BASTEI
LÜBBE

MICHAEL PALMER

DAS CADMIUM SYNDROM

MEDICAL-THRILLER

AUS DEM AMERIKANISCHEN
VON BODO BAUMANN

BASTEI LÜBBE

BASTEI-LÜBBE TASCHENBUCH
Band 12 984
Erste Auflage: August 1999

Deutsche Erstveröffentlichung / Originalausgabe

Originaltitel: CRITICAL JUDGMENT
Originalverlag: Bantam Books

Lektorat: Marco Schneiders
Einbandgestaltung: QuadroGrafik, Bensberg
Titelfoto: Mauritius Bildagentur
Satz: KCS GmbH, Buchholz / Hamburg
Druck und Verarbeitung: Cox & Wyman Ltd.
Printed in Great Britain
ISBN: 3-404-12984-9

Meinen Schwestern
Donna Palmer Prince und Susan Palmer Terry gewidmet,
die immer für mich da sind

und dem liebevollen Andenken unserer Mutter

Danksagung

Bei dem Entstehungsprozeß eines Romans gibt es keinen Ersatz für lange in Einsamkeit und im Zweifel verbrachte Stunden. Ich möchte mich herzlich bei meinen Agenten, Jane Rotrosen Berkey, Stephanie Tade und Don Cleary; meinem Herausgeber, Beverly Lewis; meiner Mitherausgeberin, Katie Hall; meinem Verleger, Irwyn Applebaum; meinem PR-Manager, Stuart Applebaum; den vielen Freunden von Bill W. und natürlich bei meiner Familie dafür bedanken, daß sie mir dabei geholfen haben, mich von meiner Isolation und Ungewißheit nicht aus dem Konzept bringen zu lassen.

Zudem bin ich an eine Reihe von Freunden mit der Bitte herangetreten, mir als kritische Leser oder technische Berater Beistand zu leisten. Steve Shapiro und Ellen Rosenthal; Dr. Steve Defossez, Dr. Donna Harkness, Kim Kelly, Dolly Fenton, Bunny Webb, Kelly Corbet; Ethan, Daniel, Matt und Dad haben alle diesem Buch ihren Stempel aufgedrückt.

M. S. P.

Es war kurz nach Mittag, als diese flackernden Lichter wiederkehrten – unzählige Regenbogensplitter, die das Innere seiner Augen überfluteten. Für sich genommen hätten diese Lichter faszinierend, ja sogar schön sein können. Aber so wie die Dinge lagen, versetzten sie ihn nur in Angst und Schrecken.

Mittag. Der letzte Schub lag gerade sechs Stunden zurück, hatte ihn aus einem angenehmen Traum herausgerissen und diesen in ein Alpdrücken verwandelt. Als diese Attacken zum ersten Mal aufgetreten waren, hatten sie sich zunächst alle paar Wochen wiederholt ... Dann alle paar Tage ... Und jetzt ... Auch die Intensität der Anfälle schien von Mal zu Mal zuzunehmen. Es war die Hölle.

Bei dem Gedanken, was ihn in der nächsten Stunde alles erwartete, bedeckten sich seine Handflächen mit Schweiß. Zuerst diese flackernden Lichter; dann dieses Unwohlsein und ein leichtes, beharrliches Zucken in den Augenwinkeln. Dieser Zustand würde fünfzehn, zwanzig oder sogar dreißig Minuten lang andauern, bevor seine Schläfen zu explodieren schienen. Er würde sich auf seinem Bett winden und schließlich schreiend auf den Boden stürzen. Er würde die Kissen gegen seine Ohren pressen in der vergeblichen Hoffnung, auf diese Weise den Knall der in seinem Kopf explodierenden Granaten ein wenig dämpfen zu können. Dann würde ihn eine schreckliche Übelkeit befallen und er sich so lange erbrechen müssen, bis er das Gefühl hatte, sein Magen würde jeden Moment in Stücke gerissen werden. Zuweilen würde er sich sogar selbst beschmutzen.

»Bitte, nicht«, wisperte er. »Gütiger Gott, bitte, nur das nicht mehr.«

Aber er wußte, daß all sein Flehen, ja, alle Gebete dieser Welt an den Qualen nichts ändern würden. Er stand kurz davor, verrückt zu werden. Und nichts würde den Wahnsinn aufhalten können. Nichts außer der vollständigen Vernichtung der Dämonen, die das alles in Gang gesetzt – dieses Natterngezücht, das sein Leben aus der Bahn geworfen hatte.

Bricker … Golden … Gentry … Forrester.

Erst, wenn der Gerechtigkeit Genüge getan und diese vier tot waren, würde er wieder Frieden finden. Erst, wenn der Auftrag, den Gott ihm erteilt hatte, erfüllt war, würden diese flackernden Lichter und diese schrecklichen Kopfschmerzen ihn nicht mehr länger plagen.

Doch im Augenblick konnte er nichts anderes dagegen unternehmen, als Schmerztabletten zu schlucken und sich auf den Anfall vorzubereiten.

Er schüttelte drei Demerol-Tabletten aus einem Plastikröhrchen und spülte sie mit einem Schluck Bourbon hinunter. Hoffentlich behielt sein Magen sie auch so lange bei sich, bis sie sich aufgelöst und ihre Wirkung entfaltet hatten.

Die Muskeln neben seinen Augen zogen sich zusammen und zuckten. Die Stärke der Lichter nahm zu. In seinem Schädel setzte das Crescendo ein.

Verzweifelt griff er nach dem Telefon und wählte eine Nummer.

»Hallo«, meldete sich die Stimme, die ihm so vertraut war. »Wir können Ihr Gespräch im Augenblick leider nicht entgegennehmen. Wenn Sie uns nach dem Signalton Ihren Namen und Rufnummer angeben, werden wir so rasch wie möglich zurückrufen.«

»Bitte«, wimmerte er, und seine Stimme war die eines kleinen Knaben. »Hilf mir, bitte. Erlöse mich von diesen fürchterlichen Schmerzen. Und halte mich von dem ab, was ich mir vorgenommen habe.«

Dann begriff er, daß er diese Worte nur in seinem Kopf gesprochen hatte.

Er legte den Hörer wieder auf die Gabel und sank resigniert auf sein Bett zurück. Niemand würde ihm helfen können; das mußte er schon selbst tun.

Laß es das letzte Mal sein, bettelte er, als das Unvermeidliche begann. Er krampfte die Hände um das Kopfteil seines Motelbetts. *Laß es heute ein Ende damit haben.*

Als er wieder zu sich kam, lag er auf dem Boden, das Gesicht auf den abgetretenen Teppich gepreßt, die Wange in seinem Speichel gebadet. Eine blasse Sonne beleuchtete, was man bestenfalls als ein schäbiges kleines Zimmer bezeichnen konnte. Doch das Motel befand sich in *deren* Nähe, und das war das Wichtigste. Er trocknete sich das Gesicht an der Tagesdecke aus Polyester ab und richtete sich dann mühsam in eine kniende Stellung auf.

Er zog den olivfarbenen Rucksack unter dem Bett hervor und stellte ihn oben auf die Matratze. Obwohl sich die beiden halbautomatischen MAK-90-Gewehre in einem tadellosen Zustand befanden, konnte er nicht davon ablassen, sie erneut zu putzen.

Bricker ... Golden ... Gentry ... Forrester.

Nacheinander tauchten ihre Gesichter vor seinem inneren Auge auf – vier Gesichter von Leuten, die einst seine Freunde gewesen waren. Gesichter, denen er einmal vertraut hatte. Nun wußte er, daß sie nur in sein Leben getreten waren, um ihn auf die Probe zu stellen. Er legte eine der beiden Handfeuerwaffen auf seinen Schoß und starrte, ohne zu blinzeln, hinauf in das Licht der Deckenbeleuchtung, um seine Willenskraft und Widerstandsfähigkeit zu testen. Vor zwei Tagen hatte er diese Waffen gekauft, war dann zu einer Kiesgrube gefahren und hatte dort zum erstenmal mit ihnen geschossen. Er hatte seit einer Schießübung vor etlichen Jahren in einem Sommerlager für Reservisten kein Gewehr mehr in der Hand gehabt und war überrascht gewesen, wie zufrieden er sich dabei gefühlt hatte – so allgewaltig. Aber er hatte nur auf Ratten geschossen, die sich dort auf einer Müllhalde tummelten. Das nächste Mal würde es dann ernst werden. Das nächste Mal würden die funkelnden Augen, die auf ihn zurückblickten, ihm nur zu sehr vertraut sein. War er dieser Aufgabe gewachsen?

Das Hämmern in seinem Kopf wurde schwächer und hörte schließlich ganz auf. Die Verkrampfung in seinem Körper lockerte sich ein wenig. Wieviel Zeit würde er wohl bis zu seinem nächsten Anfall haben? Er steckte die Waffen in ihre Segeltuchhüllen zurück und schob sie unter das Bett. Völlig erschöpft schloß er die Augen. Er hatte in seinem bisherigen Leben noch nie die Hand gegen jemanden erhoben. Aber um seine geistige Gesundheit wiederherzustellen, war er jetzt zum Töten bereit – einmal und noch einmal.

Aber es mußte doch auch eine andere Lösung geben.

Als er die Augen wieder öffnete, fiel noch immer gedämpftes Sonnenlicht durch die Vorhänge aus Spitzenimitation. Auf der Uhr des Radioweckers neben seinem Bett war es kurz nach zwei. Der Mittagsschlaf und die Tabletten hatten seinen Zorn ein wenig gemildert, aber er wußte, daß er bald wieder so hell lodern würde wie eh und je. Er hatte das Gefühl zu ersticken. Das Zimmer schien die Größe einer Briefmarke zu haben, und die Luft darin war so bleiern, daß ihm das Atmen schwerfiel. Er griff mit der Hand unter das Bett, aber noch ehe sie dort den Rucksack fand, raffte er mit der anderen Hand den Zimmerschlüssel an sich und flüchtete aus dem Raum. Offenbar war er noch immer nicht ganz dazu bereit, seinen Vorsatz in die Tat umzusetzen.

Er verließ das Motel und eilte die Straße hinunter zum Ghost Ranch Saloon. Es hatte mal eine Zeit gegeben, wo sie dort alle nach der Arbeit zusammengekommen waren. Fast hätte er gelacht bei dem Gedanken an Steve Bricker, der soff wie ein Loch und dennoch jeden Kneipenbesucher, der später kam und noch nichts getrunken hatte, im Dartspiel besiegen konnte. Doch diese Erinnerung wurde fast im gleichen Moment von einem anderen Bild dieses Mannes verdrängt, der hinter seinem massiven Schreibtisch saß und ihn obszön angrinste, während er mit einem Hammerschlag sein Leben zerstörte.

»Tut mir leid. Aber ich konnte es nicht verhindern …«

Blödsinn.

Er rief sich wieder diesen schrecklichen Augenblick ins Gedächtnis zurück, wo er vor diesem Mann gestanden und das Gefühl gehabt hatte, daß ihm die Beine unter dem Leib weggezogen würden. Der Gedanke daran zerstreute nun wieder seine Bedenken. Er würde zur Tat schreiten … bald.

Die ›Ghost Ranch‹ war ein fensterloses Bumslokal, nur von ultraviolettem Licht erhellt und mit phosphoreszierenden Cartoons von Cowboys und Indianern, Pferden und Stieren dekoriert. Aus einem Dutzend riesiger Lautsprecher dröhnte die Stimme eines Country-Sängers, der um eine zweite Chance bat.

Er lächelte grimmig. Es war sicherlich nicht das letzte Mal, daß er jemanden hören würde, der noch um eine Chance bettelte. Er bestellte sich einen Bourbon, der das Zittern in seinen Händen beseitigte, und dann einen zweiten, mit dem er sich Zeit ließ. Die Kneipe war fast leer, aber am anderen Ende der langen, kegelbahnartigen Bar versuchte eine Horde von Schnepfen, mit drei Männern in dunklen Straßenanzügen ins Geschäft zu kommen. Eine von diesen Damen – eine Blondine mit einer Dolly-Parton-Frisur und entsprechender Figur – schielte dauernd zu ihm hin und versuchte dann ihr Glück. Sie schlenderte langsam an der langen Reihe leerer Barhocker entlang, damit er ihre Figur ausgiebig studieren konnte, und stellte sich ihm dann als Gloria vor. Er nickte und erfand auch gleich einen Namen für sich. Er wollte ihre Gesellschaft, hatte jedoch nicht die Absicht, mit ihr zu schlafen. Er war nun schon seit mehreren Jahren monogam und hatte auch in seiner Junggesellenzeit nie mit einer Prostituierten verkehrt.

»Habe ich dich nicht schon früher mal hier gesehen?« fragte Gloria.

Er schüttelte den Kopf, obwohl ihre Vermutung zutraf. Bricker hatte diese Dame mindestens ein dutzendmal abgeschleppt und war einmal sogar so weit gegangen, Gloria an ihren Tisch mitzubringen und sie ihnen vorzustellen. Dieser gottverdammte Bricker.

»Was hat dich denn in unsere Stadt getrieben?«

Er wollte ein bißchen Konversation machen, aber sich keinem Verhör aussetzen. *Rede mit mir über das Wetter, verdammt noch mal. Oder über die Giants …*

Er merkte, daß er sich wieder aufzuregen begann, und fragte sich, ob das nicht der Auftakt zu einem neuen Anfall war. Seine letzte Attacke lag erst vier Stunden zurück, und er verfluchte sich nun dafür, daß er das Motelzimmer so überstürzt verlassen und vergessen hatte, seine Analgetika-Pillen einzustecken. *Schmerztabletten, schmuddelige Motelzimmer, Huren.* Sein Leben war einst so vielversprechend gewesen. Wie, zum Teufel, konnte es nur so bergab gegangen sein? Er preßte seine Kiefer aufeinander und spürte, wie der unkontrollierbare Zorn langsam wieder in ihm aufloderte. Der Zeitpunkt, ihnen das alles heimzuzahlen, rückte immer näher.

»Möchtest du ein bißchen Spaß haben?« fragte Gloria. »Ich kann es dir wirklich schön machen.«

Er schüttelte den Kopf. »Nicht heute.«

Für einen Moment fragte er sich, wie sie wohl ohne ihr Make-up aussehen würde. Soweit er das beurteilen konnte, mochte sich unter all dieser Schminke nicht einmal ein Gesicht befinden.

Schmollend erhob sie sich von ihrem Barhocker, starrte ihn dann aber auf eine seltsame Weise an.

»He, was hast du denn da in deinen Augen?« fragte sie. »Irgend so eine verrückte Sorte von Kontaktlinsen?«

»Wovon redest du eigentlich?«

»Von diesen gelben Ringen um deine Pupillen. Hu, sieht verdammt irre aus!«

»Wenn hier jemand irre ist, bist du das. Also verzieh dich jetzt endlich, oder …«

»He, Cindi, komm mal hierher und schau dir das an!«

Die Frau hatte sich halb von ihm weggedreht, als er vom Hocker aufsprang, sie bei den Brüsten packte und seine Finger derart fest in ihre Titten krallte, daß sie vor Schmerz laut aufschrie. Dann gab er ihr einen so heftigen Stoß, daß einer von ihren Stilettabsätzen abbrach, und sie sich mit dem Hintern auf den mit Sägemehl bestreuten Boden setzte. Ehe ihr jemand zu Hilfe eilen konnte, wirbelte er herum und stürmte aus dem Lokal.

Gelbe Ringe. Er hatte sein Gesicht erst gestern mindestens ein dutzendmal im Badezimmerspiegel inspiziert. Er wußte, daß er schrecklich aussah, aber an seinen Augen hatte er nichts entdecken können.

Seine Wut steigerte sich mit jedem Schritt, den er machte, und als er die belebte Straße überquerte, ohne auf den Verkehr zu achten, hatte das ein gellendes Hupkonzert zur Folge, an dem er sich jedoch nicht störte.

Diese funkelnden Lichter hatten wieder eingesetzt.

Er raste in das Motel zurück. Da war immer noch genügend Zeit, dachte er, um das zu tun, was Gott ihm aufgetragen hatte. Zeit, um diese Schmerzen ein für allemal zu beenden. Diese funkelnden Diamanten aus vielfarbigem Licht prasselten wie Hagelkörner gegen die Innenwand seiner Augäpfel. Er fummelte an dem Schloß herum, schleuderte die Zimmertür nach innen und holte den Rucksack unter dem Bett hervor.

»Nicht dieses Mal«, sagte er laut.

Dieses Mal würde er keine Kopfschmerzen haben. Dieses Mal würde er Gott nicht darum bitten, ihn zu sich zu nehmen. Dieses Mal würde er nur Rache üben. Und dann würden die Kopfschmerzen für immer vorbei sein.

1. Kapitel

»Dreihundert Joule, bitte ... und pumpen, Tom, pumpen ...«

Abby Dolans Hände schlossen sich fester um die Griffe der beiden Defibrillator-Elektroden, die sie vorne an der linken Seite gegen den mächtigen Brustkorb des Mannes preßte, der trotz zweier Elektroschocks und medikamentöser Behandlung noch immer an einem Herzstillstand litt. Sein Gesicht und die obere Hälfte seines Torsos waren violett gesprenkelt – ein sicheres Zeichen dafür, daß alle von ihr eingeleiteten Maßnahmen zur künstlichen Beatmung den Körper des Patienten nicht hinreichend mit Sauerstoff versorgten. Die Zeit war ihr größter Feind.

»Fertig zur Entladung«, sagte die Schwester an der Konsole des Defibrillators.

»Okay – alle zurücktreten!«

Abby drückte mit dem Daumen auf den rechteckigen Plastikknopf im Griff der rechten Elektrode. Im gleichen Moment konnte man einen gedämpften Knall und einen sicht- und hörbaren Funken an zwei Stellen wahrnehmen, wo die Elektrodenplatten nicht exakt auf der Haut des Mannes auflagen. Der Körper des Patienten – mindestens zweihundertfünfzig Pfund Lebendgewicht – wurde steif und wölbte sich dann, während seine beiden Arme wie Peitschen in die Höhe schnellten. Und dann sank er genauso rasch wieder in sich zusammen.

»Weiterpumpen«, befahl Abby mit einem Blick auf den Monitor.

Der Pfleger, der sich auf einen Schemel gestellt hatte, um eine größere Hebelwirkung zu erzielen, wischte mit einem Handtuch rasch das Kontaktgel von der Brust des Patienten ab, legte dann die Handballen flach gegen das Sternum des Mannes und begann dann wieder den Brustkorb des Bewußtlosen in regelmäßigen Abständen zusammenzudrücken. Ein paar Sekunden lang wurden diese Bemühungen von einer Auf- und Abbewegung auf dem Monitorschirm begleitet. Doch Abby wußte aus ihrer zehnjährigen Tätigkeit als Unfallärztin und zahllosen Code-Neunundneunzig-Einsätzen, daß dieses Wellenmuster nur künstlich erzeugt wurde und nicht von einer wirklichen Tätigkeit des Herzens herrührte.

Sie blickte zu der Code-Uhr hinauf, die von der Oberschwester der Unfallstation eingeschaltet worden war, als man den Patienten in das Zimmer Nummer drei getragen hatte. Neun Minuten. Und noch kein positives Reanimationszeichen bisher. Abby arbeitete nun schon seit vierzehn Tagen als Unfallärztin im Kreiskrankenhaus von Patience und hatte in dieser Zeit nicht nur mit Bangen, sondern auch voller Ungeduld auf ihren ersten Code-Alarm gewartet. Sie war in diesen beiden Wochen zwar sehr beschäftigt gewesen, aber nie mit einem Code. Jetzt war dieser Fall endlich eingetreten, und die ›Professorin‹, wie Abby von einigen Belegschaftsmitgliedern des Krankenhauses scherzhafterweise genannt wurde, befand sich auf der Verliererstraße.

Der Patient – ein verheirateter Versicherungskaufmann, Vater von zwei Kindern und Großvater mehrerer Enkelkinder – war erst zweiundfünfzig Jahre alt. Er hatte beim Golfspiel auf einem der städtischen Golfplätze plötzlich einen Schwächeanfall erlitten, und als die Sanitäter mit dem Rettungswagen dort eintrafen, hatten sie bei ihm noch einen spürbaren Puls und einen meßbaren Blutdruck feststellen können. Doch als man ihn hier in der Notaufnahme ausgeladen hatte, war sein Herz stehengeblieben. Abby wußte von diesem Patienten bisher nur, daß er Bill Tracy hieß, Medikamente gegen zu hohen Blutdruck einnahm, und daß seine Tochter, die im Archiv des Krankenhauses arbeitete, sich mit ihrer Mutter inzwischen auf dem Weg hierher befand.

Abby betrachtete die kleinen, unregelmäßigen Wellen

auf dem Monitorschirm. Eine hartnäckige ventrikulare Fibrillation – eine als Kammerflimmern bezeichnete lebensbedrohliche Störung im elektrischen Reizleitungssystem des Herzens, die eigentlich auf einen Hochspannungs-Elektroschock hätte reagieren müssen. Doch diese Reaktion war nicht eingetreten. Also konnte mit der Körperchemie des Mannes etwas nicht stimmen – etwas, das entweder zu diesem Herzstillstand beigetragen hatte oder sogar dessen Ursache war. Aber was konnte das sein, überlegte Abby, gegen ein wachsendes Gefühl von Panik ankämpfend. Im St.-Johns-Krankenhaus, wo sie Honorarprofessorin für Unfallmedizin gewesen war, wäre inzwischen bereits ein Kardiologe in der Notaufnahme erschienen, um sie bei ihren Reanimationsmaßnahmen zu unterstützen. Möglicherweise sogar zwei. Doch das St.-Johns-Hospital war eines der Universitätskrankenhäuser von San Francisco gewesen. Dies hier war Patience, eine landumschlossene Kreisstadt im Gebirge, in der es gerade mal zwei Kardiologen gab, von denen sich keiner zu dieser Zeit im Krankenhaus befand.

Sie blickte zu dem Pfleger hinüber, der die künstliche Beatmung des Patienten besorgte. Er machte es zu mechanisch, wenngleich er für diesen Job gut ausgebildet war. Aber er benützte die Technik, die er an einer CPR-Puppe erlernt hatte – an der sogenannten ›Wiedererweckungs-Susie‹. Doch er hatte hier nicht den Brustkorb eines normalgewichtigen Menschen unter seinen Händen, sondern den eines zweieinhalb Zentner wiegenden Bullen von einem Mann. Abby drückte die Fingerspitzen gegen Tracys Lende und suchte nach dem Puls in der femoralen Arterie, den die Bemühungen des Pflegers dort eigentlich hätten erzeugen müssen. Aber sie spürte nichts.

»Stärker, Tom«, sagte sie. »Viel stärker. Sie pumpen ihm nicht genügend Blut durch die Adern.«

»Aber …«

»Bitte – ich weiß, daß Sie davon überzeugt sind, es richtig zu machen, aber Sie müssen bei diesem Patienten schon etwas mehr Kraft aufwenden und auch den Rhythmus ein wenig beschleunigen. Ja, so ist es besser. Das ist es. Gut. Jetzt ist der Puls wieder da.«

Der Mann war wie alle medizinischen Hilfskräfte, die Abby bisher kennengelernt hatte, sehr stolz auf seine Arbeit und seine technischen Fertigkeiten. Daß sie ihn vor Kollegen gemaßregelt hatte, war kaum dazu geeignet, ihren Beliebtheitsgrad bei der Belegschaft zu steigern; doch das Ableben dieses Patienten würde sie auch nicht gerade populärer machen. Die künstliche Beatmung, wie der Pfleger sie bisher ausgeführt hatte, würde das Leben des Patienten jedenfalls nicht retten können. Sie gab deshalb einer der Schwestern die Anweisung, den Finger am Puls der femoralen Arterie zu halten und sie sofort zu rufen, wenn dieser wegbleiben sollte.

Außer Abby befanden sich noch drei Schwestern, ein Gerätespezialist und dieser Pfleger Tom im Zimmer. Im St.-Johns-Hospital würden ihr bei einem Herzstillstand ebenso viele *Ärzte,* wie hier an Hilfskräften versammelt waren, bei der Reanimation zur Seite gestanden haben. Und wenn der Patient es dann nicht schaffte, wußten zumindest alle, daß man an jede erforderliche Maßnahme gedacht und diese auch angewendet hatte. Sie fragte sich, ob wohl jemand in diesem Raum auch nur ahnte, wie besorgt sie über den Verlauf war, den dieser Code nahm – und wie groß ihre Angst, daß sie irgend etwas übersehen oder versäumt haben könnte. Selbst unter den günstigsten Voraussetzungen wog sie stets sorgfältig die Vor- und Nachteile einer Maßnahme gegeneinander ab, ehe sie einen Schritt machte – eine Verfahrensweise, die sie nicht nur auf ihren Beruf beschränkte, und die man als ihre beste oder auch schlimmste Eigenschaft bezeichnete, je nachdem, wen man danach fragte. Doch hier, ohne den fachkundigen Rat von Kollegen, die ihr dabei helfen konnten, die möglichen Gründe für das Versagen ihrer Reanimationsmaßnahmen rasch auszuschließen, war sie ganz auf sich allein angewiesen. Und die Zeit, die ihr noch blieb, um das Leben dieses Patienten zu retten, wurde immer knapper. Deshalb ging sie in fieberhafter Eile unterbewußt und dennoch systematisch Dutzende von Ursachen durch, die für diesen Herzstillstand verantwortlich sein könnten.

»Haben wir schon die Laborergebnisse?«

»Das kann noch drei oder vier Minuten dauern, sagte man mir.«

Wie Abby aus Erfahrung wußte, wurden aus diesen drei oder vier Minuten oft fünf oder zehn. Soviel Zeit hatte Bill Tracy jedoch nicht mehr. Sie betrachtete stirnrunzelnd die dunklen Markierungen auf dem Unterleib des Patienten und danach dessen aufgedunsenes Gesicht. Dann schob sie den rechten Arm unter seine Schulter und betastete das Genick. Dort befand sich eine deutliche Ausbuchtung, eine spürbare Verdickung. In ihrer zehnjährigen Praxis als Ärztin waren ihr nur fünf oder sechs Fälle mit einem Cushing-Syndrom begegnet, aber dieser Mann schien zu den möglichen Kandidaten zu gehören. Das Syndrom wurde von einem kleinen, gutartigen Gehirntumor verursacht, der den Körper auf chemischem Wege zu einer übermäßigen Produktion des Cortisol-Hormons anregte. Der Tumor selbst war in der Regel nur selten tödlich, aber der zu hohe Natrium- und zu niedrige Kaliumspiegel und noch andere von der übermäßigen Cortisolproduktion ausgelösten metabolischen Unregelmäßigkeiten führten oft zum Tode des Patienten. Zu den klinischen Zeichen eines Cushing-Syndroms gehörten unter anderem Fettsucht, ein Vollmondgesicht, blaurote Streifenmarkierungen auf dem Unterleib und eine Ausbuchtung – ein sogenannter ›Büffelhöcker‹ – im Genick. Bill Tracy wies alle diese Symptome auf. Natürlich gab es auch Tausende übergewichtige Leute, die ebenfalls diese Symptome aufwiesen, ohne jedoch unter dem Morbus Cushing zu leiden.

Das Kreiskrankenhaus von Patience verfügte über eine hohe Zahl an ärztlichen Fachkräften, wenn man bedachte, daß es nur ein Hundertbettenhospital für die stationäre Behandlung von Patienten in einem relativ kleinen, rund zwanzigtausend Einwohner umfassenden Einzugsgebiet war. Es hatte jedoch keinen Endokrinologen, und im Augenblick war auch kein Kardiologe verfügbar.

Sie überdachte nun in Windeseile die möglichen Folgen. Ohne die Laborergebnisse, besonders über die Kaliumwerte im Blut, tappte sie gewissermaßen im dunkeln. Wenn die Kaliumwerte zu niedrig waren, würden die Reanimationsbemühungen so lange wirkungslos bleiben, bis diese Abnormität behoben war. Falls der Patient jedoch nicht unter einem Cushing-Syndrom litt und seine Kaliumwerte im Blut normal waren, würde er so gut wie tot sein, wenn sie ihm jetzt noch mehr Elektrolyte intravenös einflößte.

»Bereiten Sie einen neuen Elektroschock vor«, befahl Abby der Schwester am Defibrillator und war dabei bemüht, sich ihre Panik nicht anmerken zu lassen. »Noch einmal dreihundert Joule, bitte. Und Sie fahren damit fort, seinen Brustkorb so kräftig zu bearbeiten, wie Sie nur können, Tom.«

Sie zögerte kurz. Wenn sie dem Patienten nun eine Kalium-Spritze gab, ohne seine Blutserumwerte zu kennen, war das die ungewöhnlichste Abby-Dolan-Maßnahme, die sie sich vorstellen konnte.

Nun fang schon an und gib ihm einen Elektroschock, drängte diese Stimme in ihrem Kopf. *Worauf wartest du denn noch!*

»Mary, ich möchte ihm vorher noch etwas Kalium spritzen«, hörte sie sich da plötzlich sagen. »Ziehen Sie eine Spritze mit zehn Milliäquivalent Kalium auf.«

»Aber ich habe noch nie ...«

»Bitte«, unterbrach Abby sie mit scharfer Stimme. »Ich habe jetzt keine Zeit, mit Ihnen darüber zu debattieren.«

Die Wangen der Schwester färbten sich dunkelrot, während sie rasch die verlangte Dosis Kalium aufzog. Einen

Moment lang fürchtete Abby, daß die Frau ihr sagen würde, sie sollte ihm diese Spritze doch gefälligst selbst geben. Aber das tat sie nicht.

»Ihr Kalium ist injiziert, Doktor«, erklärte sie kühl.

»Danke.«

Erst der Pfleger, und nun diese Schwester. Wie viele Leute würde sie denn noch vor den Kopf stoßen, bevor dieser Code vorüber war? Sie blickte wieder hinauf zur Uhr. Fast zwölf Minuten hatte das Ganze bisher gedauert. Wenn sie die Zeit hinzurechnete, die man für das Ausladen von Tracy gebraucht hatte, waren es sogar dreizehn oder vierzehn Minuten. So lange hätte das Kammerflimmern niemals andauern dürfen. Sie nahm wieder die Defibrillator-Elektroden zur Hand, ließ sich von der Schwester für die Konsole etwas Kontaktgel geben und rieb die beiden kreisförmigen Stahlplatten aneinander, um das Gel gleichmäßig darauf zu verteilen. Ein negatives Ergebnis ihrer Animationsbemühungen *und* ein Streit mit ihren Mitarbeitern war das letzte, was sie sich von ihrem ersten Code in Patience wünschte. Aber sie wäre ja auch niemals hier in Patience gelandet, wenn Josh nicht …

»Okay. Hören Sie auf zu pumpen, Tom. Alle zurücktreten, bitte!«

Fünfundvierzig Sekunden, seit er das Kalium bekommen hatte. Inzwischen fünfzig. Keine Zeit mehr zu verlieren. Abby drückte auf den Auslöseknopf. Wieder dieser gedämpfte Knall, diese krampfhafte Kontraktion aller Muskeln in Bill Tracys Körper, dieser schwache Geruch von verschmorter Haut. Und dann nur diese künstlich erzeugten Wellenmuster auf dem Monitor.

»Fangen Sie wieder an zu pumpen, Tom«, sagte Abby enttäuscht. »Nein, nein. Warten Sie!« Die künstlich erzeugten Wellen waren größtenteils vom Monitor verschwunden und durch eine rhythmische Wellenlinie ersetzt worden, die zwar langsam, aber regelmäßig über den Schirm wanderte. Abby spürte, wie ihr eigenes Herz bei diesem

Anblick einen Takt lang aussetzte. »Schauen Sie, ob Sie einen Puls finden«, sagte sie zu der Schwester neben ihr.

»Nun komm schon, Baby«, murmelte jemand.

»Ich habe einen Puls«, rief die Schwester, nachdem sie den Finger auf die femorale Arterie des Patienten gelegt hatte. Sie blickte absichtlich vom Monitorschirm weg, um so objektiv wie möglich zu bleiben, und berichtete, was sie unter ihren Fingerspitzen fühlte: »Jetzt ... jetzt ... jetzt ... jetzt ... jetzt ... jetzt ... jetzt.«

Der Puls, den sie regelmäßig ansagte, stimmte exakt mit dem Wellenmuster auf dem Monitor überein. Der Rhythmus der Herzschläge beschleunigte sich; das Elektrokardiogramm-Wellenmuster wurde dichter, gesünder.

»Ich habe hier einen Blutdruck von achtzig, Abby«, erklärte eine zweite Schwester. »Fünfundachtzig. He, das sieht aber gut aus!«

Ein erfolgreicher Code war stets ein gemeinsamer Sieg. Ein Fehlschlag hingegen wurde in der Regel dem Arzt ganz allein in die Schuhe geschoben, wie Abby wußte.

Diese schrecklichen violetten Sprenkel auf Bill Tracys Haut verschwanden rasch, als sein Körpergewebe nun zum erstenmal binnen einer Viertelstunde ausreichend mit Blut versorgt wurde. Keine noch so gute künstliche Beatmung reichte eben auch nur annähernd an die Sauerstoffversorgung durch den eigenen Körper heran, dachte Abby. Nun mußte man nur noch dafür sorgen, daß sich der Kreislauf stabilisierte, und darum beten, daß das Gehirn des Patienten in den letzten fünfzehn Minuten ausreichend durchblutet worden war.

Eine hübsche Frau, die nicht älter als fünfundzwanzig sein konnte, stürmte in diesem Moment ins Zimmer. Sie war mit einer verblichenen Jeanshose und einem Designer-T-Shirt bekleidet, und ihr Gesicht war grau vor Sorge.

»Dr. Dolan, ich bin Donna Tracy«, sagte sie atemlos. »Ich arbeite halbtags hier im Kellergeschoß als Archivarin, und der Patient ist mein Dad.«

Abby warf einen prüfenden Blick auf den Monitor. Das ermutigende Wellenmuster blieb stabil, wenn Bill Tracy das Bewußtsein auch noch nicht wiedererlangt hatte. Sie hob seine Augenlider an. Keine übermäßige Erweiterung der Pupillen, keine erratischen Augenbewegungen – beides ein gutes Zeichen.

»Ich kann Ihnen noch nichts Definitives sagen«, erklärte Abby. »Aber die Dinge nehmen jetzt alle einen zufriedenstellenden Verlauf.«

In diesem Moment stürmte der Labortechniker ins Zimmer, der genauso atemlos war wie Donna Tracy. »Sein Kaliumwert beträgt nur eins Komma acht!« verkündete er. »Ich habe es zuerst nicht glauben wollen und zweimal überprüft! Eins Komma acht, wahrhaftig!«

Nun lächelte Abby Dolan zum erstenmal, seit sie den Notruf vom Golfkurs empfangen und das Rettungsteam mit dem Unfallwagen dorthin geschickt hatte, und sagte:

»Aber jetzt nicht mehr.«

Donna Tracy und ihre Mutter saßen an Bill Tracys Bett, als der Hausarzt des Patienten in der Unfallstation eintraf. Bill Tracy kam langsam wieder zu sich, wurde aber weiterhin über einen Schlauch künstlich mit Sauerstoff versorgt. Weil er sich allmählich gegen diesen Schlauch wehrte, würde Abby sich in Kürze entscheiden müssen, ob sie diesen entweder entfernen oder den Patienten ruhigstellen sollte. Sie hätte auf jeden Fall die mechanische Beatmung des Patienten fortgesetzt, aber da nun der Hausarzt des Patienten zur Stelle war, lag die Entscheidung nicht mehr bei ihr.

Tracys Hausarzt hieß Gordon Clarke und war ein großgewachsener, kantiger, ein wenig nervös aussehender Mann Mitte Fünfzig. Abby hatte inzwischen schon eine ganze Reihe seiner Patienten hier in der Notaufnahme behandelt. Clarke machte zwar einen gewissenhaften Eindruck und war bei seinen Patienten gewiß beliebt, seine diagnostischen und therapeutischen Fähigkeiten bedurften jedoch dringend einer Auffrischung. Wenn er zu den am St.-Johns-Universitätskrankenhaus praktizierenden Ärzten gehört hätte oder dort als Belegarzt zugelassen worden wäre, was Abby insgeheim bezweifelte, würde man ihm dort einen Monitor* der Fakultät zugewiesen haben, damit er nicht nur seine Belegpatienten beaufsichtigen, sondern sich wissenschaftlich immer auf dem neuesten Stand bewegen konnte. Und selbstverständlich hätte er dort auch an den wöchentlich stattfindenden großen Visiten und anderen akademischen Präsentationen teilnehmen müssen. Doch dies hier war tiefste Provinz, und obwohl das Kreiskrankenhaus von Patience unglaublich modern und sehr gut ausgerüstet war, bereitete die Modernisierung eines Arztes oft weitaus größere Schwierigkeiten als der Umbau eines Gebäudes.

Abby konnte die Erleichterung in Clarkes Gesicht sehen, als er auf seinen Patienten hinunterblickte.

»Die Schwester, die mich in meiner Praxis anrief, klang so, als würde er kaum noch eine Überlebenschance haben.«

»Er ist noch längst nicht über den Berg«, erwiderte Abby, »aber seine Verfassung ist jetzt sicherlich besser als bei seiner Einlieferung.«

»Ich bin Ihnen dafür sehr dankbar.«

»Das sind wir Ihnen alle«, fügte Donna Tracy hinzu.

»Was für ein Koronarinfarkt ist es denn gewesen – in der Vorder- oder der Hinterwand?«

Abby blickte auf das EKG hinunter, das sie gerade von dem Patienten aufgenommen hatte, und händigte ihm dann den Bogen aus. Darauf waren zwar einige Zacken zu sehen, die auf eine vorübergehende Überlastung des Herzens, aber keinesfalls auf eine Verstopfung von Koronar-

* Älterer Schüler, in den USA auch Student, der Aufsichts- und Strafgewalt hat. (Anm. d. Übers.)

gefäßen hindeuteten. Clarke studierte eine Weile das Wellenmuster und blickte Abby dann verwirrt an.

»Ich kann auf diesem EKG keinen Herzschaden erkennen«, sagte er.

»Sein Kaliumspiegel betrug eins Komma acht.«

»Sind Sie sicher?«

»Wir haben es mehrmals überprüft. Auch sein Chloridspiegel war viel zu niedrig, und die Natriumwerte entsprechend überhöht. Sein Serum-pH war exorbitant – sieben Komma sechs.«

Abby hoffte, daß Clarke nun, nachdem sie ihm die wichtigsten von Tracys Blutwerten genannt hatte, mit einer Liste von möglichen Diagnosen aufwarten und dabei auch das Cushing-Syndrom und eine Übermedikation mit harntreibenden Mitteln als potentielle Ursachen einbeziehen würde. Doch nun erkannte sie, daß sie den Fall mit ihm besser unter vier Augen besprochen hätte. Er war offensichtlich ratlos und das Schweigen im Raum fast schmerzlich.

Schließlich räusperte sich Clarke und starrte auf das Karteiblatt des Patienten hinunter, das er aus seiner Praxis mitgebracht hatte. Ein leichtes Zucken zeigte sich in seinem Mundwinkel, als er schließlich sagte: »Ich – äh – habe ihm in den letzten acht Monaten zweimal eine Blutprobe entnommen und seinen Elektrolythaushalt überprüfen lassen. Dabei scheinen seine Kaliumwerte in beiden Fällen ein wenig niedrig gewesen zu sein. Ich ... ich schätze, daß ich diesen Werten keine allzu große Bedeutung beigemessen habe.«

Was Abby nicht überraschte. Ihre innere Stimme sagte ihr zwar, daß sie die Sache jetzt nicht weiterverfolgen, ihr rothaariges irisches Temperament zügeln und den Fall mit Clarke ein andermal erörtern sollte; aber mit inkompetenten Ärzten war sie noch nie nachsichtig gewesen. Daß einem Arzt mal ein Fehler unterlaufen konnte, war eine Sache – das würde wohl auch den besten Vertretern ihres Berufsstandes zuweilen passieren. Aber daß man abnorme Laborergebnisse einfach ignorierte, weil sie einem nicht *allzu* abnorm vorkamen, war eine ganz andere Geschichte. Bill Tracys Tod wäre *ihr* Fehler gewesen. Und die beiden Frauen, die jetzt an seinem Bett saßen, hätten einen schrecklichen Verlust erlitten. Nicht nur einen schrecklichen, sondern höchstwahrscheinlich auch noch einen gänzlich unnötigen Verlust. Und so überhörte sie nun zum zweitenmal diese leise Stimme in ihrem Kopf und sagte: »Der Patient hat ein rundes Tomatengesicht, einen hohen Blutdruck, blaurote Streifenmarkierungen am Unterleib und einen ausgeprägten Büffelhöcker im Nacken.«

»Ich weiß nicht, worauf Sie hinauswollen«, sagte Clarke und errötete dabei so sehr wie die Schwester, als Abby mit ihr nicht die Notwendigkeit einer Kaliumspritze hatte erörtern wollen.

»Tut mir leid, Dr. Clarke. Aber vielleicht sollten wir später noch einmal über den Fall sprechen, weil jeden Moment ein paar Schwestern erscheinen werden, um Mr. Tracy auf die Station zu bringen.«

»Nein, das ist schon okay. Sie dürfen mir ruhig sagen, was ich übersehen habe.«

Abby entdeckte nun auch die Müdigkeit in den Augen ihres Kollegen. Was wußte sie schon von den großen Anforderungen, die man an einen praktizierenden Arzt für Allgemeinmedizin in einer ländlichen Gemeinde stellte, wo sie doch noch nie eine eigene Praxis gehabt und vor drei Wochen noch an der Nabelschnur eines Universitätskrankenhauses gehangen hatte. Es kam ihr so vor, als hätte sich da plötzlich ein Schleusentor geöffnet und sie von ihrer Irritation und Ungeduld befreit.

»Dr. Clarke«, sagte sie, »es tut mir leid.«

»Das ist okay.« Nun war es Clarke, der offenbar gereizt und ungeduldig wurde. »Sagen Sie mir einfach, was die Symptome Ihrer Meinung nach zu bedeuten haben.«

»Okay. Es sieht mir ganz danach aus, als würde Ihr Patient ein Cushing-Syndrom haben.«

Clarke schloß einen Moment lang die Augen, nickte dann und seufzte. Abby bedauerte diesen Mann sogar ein wenig, weil sie wußte, was er in diesem Moment dachte.

»Es ist schon eine bewundernswerte Leistung, daß es Ihnen gelungen ist, unter so mörderischen Umständen binnen kürzester Zeit die richtige Diagnose zu finden«, erklärte er. »Ich bin mir jetzt sicher, daß Sie Bill Tracy das Leben gerettet haben.« Müde begegnete er dann den Blicken von Tracys Frau und Tochter und sagte: »Tut mir leid, Edith und Donna, aber ich hätte den Kaliumwerten in seinen Blutproben mehr Beachtung schenken sollen. Ich sehe Euch dann später oben auf der Intensivstation.«

Damit drehte er sich um und verließ rasch das Zimmer. Erst als er durch die Tür auf den Flur hinausging, bemerkte Abby George Oleander, den medizinischen Direktor des Krankenhauses, der offenbar schon eine ganze Weile dort gestanden und ihr Gespräch mitverfolgt hatte. Oleander war einer ihrer stärksten Befürworter gewesen, als sie sich um die frei gewordene Stelle des Unfallarztes am Kreiskrankenhaus von Patience beworben hatte.

Er blickte erst einem davoneilenden männlichen Kollegen nach, ehe er sich Abby zuwandte.

»Ich kann nur unterstreichen, was Clarke Ihnen gerade sagte. Sie haben eine beachtliche Leistung vollbracht, Abby«, erklärte er mit viel weniger Gefühl in der Stimme, als dieses Lob eigentlich verlangte. »Und sobald es Ihre Zeit erlaubt, hätte ich gern noch ein paar Worte mit Ihnen in meinem Büro gesprochen.«

2. Kapitel

Es war schon fast drei Uhr nachmittags, als der Strom der Patienten etwas nachließ und Abby die Gelegenheit hatte, die Unfallstation ein paar Minuten lang zu verlassen, um George Oleanders Aufforderung nachzukommen. Nach Bill Tracys Reanimation hatte ihr dieser Tag zwei neue Fälle von diesem Asthmasyndrom im Erwachsenenalter und einen weiteren Fall von jener merkwürdigen Dermatose beschert, die man als Hautausschlag hätte bezeichnen können, wenn sie nicht ganz anders ausgesehen hätte als alle Hautausschläge, die Abby bisher in ihrer Laufbahn zu Gesicht bekommen hatte. Mit den heutigen beiden Asthmafällen war die Zahl der Patienten, die in den letzten zwei Wochen mit akuten Atembeschwerden zu ihr gekommen waren, auf fünf angewachsen. Die meisten von ihnen hatten verhältnismäßig gut auf die üblichen Therapiemaßnahmen reagiert und konnten anschließend zur weiteren Behandlung an ihre Hausärzte verwiesen werden. Nur bei einem von diesen Patienten war der Zustand so bedenklich gewesen, daß er auf die Intensivstation verlegt werden mußte.

Daß ein Asthmasyndrom sich erst im Erwachsenenalter entwickelte, war ziemlich ungewöhnlich. Normalerweise konnte man mit fünf Fällen in einem halben Jahr rechnen. Aber in zwei Wochen? Zwar waren die Anamnesen, die Abby von diesen Fällen aufgenommen hatte, immer detaillierter geworden, aber ein Muster hatte sie bisher nicht in ihnen erkennen können. Auch schien keiner ihrer Kollegen im Krankenhaus die relative Häufigkeit dieser Fälle für bemerkenswert oder gar für besorgniserregend zu halten. *Allergie-Valley* war Oleanders Bezeichnung für diesen Landkreis. Oder auch *Pollenzentrale.*

Und dann dieser zweite Fall von Dermatose, der heute zu ihr gekommen war – mit harten roten Pusteln, die mehr brannten als juckten. Zwar war die Dermatologie noch nie ihre Stärke gewesen – und das war auf der Unfallstation der St.-Johns-Universitätsklinik auch nicht nötig gewesen. Die Uniklinik verfügte nämlich über eine eigene dermatologische Station mit einer Ambulanz während der üblichen Geschäftszeiten und einem ständigen Bereitschaftsdienst für außergewöhnliche Fälle. Die roten Pusteln sahen ihr eher nach einer Vasculitis aus, also nach einer Entzündung der kleinen Blutgefäße in der Haut. Aber wenn sie diese genauer hätte beschreiben müssen, schienen sie ihr weder für eine Dermatitis noch für eine Vasculitis typisch zu sein. Auf das Ersuchen ihrer Hausärzte hin hatte Abby den beiden Patienten Antihistamine und Kortisontabletten verschrieben, was vermutlich die beste Behandlungsmethode für eine beginnende Entzündung der kleinen Blutgefäße und / oder eine allergische Hautreaktion war.

Nachdem sie Bill Tracy auf die Intensivstation verlegt hatte, mußte sie ein paar Zäune flicken. Sie begann mit einer Entschuldigung bei Tom Webb, dem jungen Pfleger, der die mechanische Beatmung bei Bill Tracy durchgeführt hatte. Abby erklärte ihm, daß die enorme Anspannung während des Code-Alarms schuld daran gewesen wäre, daß sie mit dem jungen Mann schroffer als sonst umgegangen sei. Er habe seine Sache jedoch außergewöhnlich gut gemacht, und die Umsicht und Geschicklichkeit, die er in den anderen gemeinsam betreuten Notfällen bewiesen habe, verlange ihr größten Respekt ab. Zwar behauptete der junge Mann, daß er das alles verstanden habe, aber seine Miene sagte ihr, daß ihn die Geschichte immer noch wurmte.

Kurz darauf rief sie Mary Wilder zu sich – die Schwester, die sie während Tracys Reanimation angefahren hatte – und entschuldigte sich dafür, daß sie ihr nicht die Gründe für die zusätzliche Kaliuminjektion genannt hatte. Wilder, die zehn oder elf Jahre älter als Abby sein mochte, hatte schon in dem alten Kreiskrankenhaus gearbeitet, das man vor zehn Jahren abgerissen und durch einen Neubau ersetzt hatte. Der Schwester war es offensichtlich peinlich, daß sie auch nur einen Moment lang gezögert hatte, Abbys Anweisung während des Notfallalarms zu befolgen. Sie und die anderen Schwestern seien stolz darauf, eine Ärztin ihres Kalibers in diesem Krankenhaus zu haben. Die beiden Frauen schüttelten sich daraufhin herzlich die Hand, und Abby kehrte mit dem Gefühl, die erste echte Verbündete in der Unfallstation gewonnen zu haben, zu ihren Patienten zurück.

Somit war Gordon Clarke das letzte Opfer des Code-Neunundneunzig-Alarms mit einem verwundeten Ego, das es noch zu versöhnen galt. Doch die Aussprache mit ihm konnte warten, bis ihre Schicht vorbei war, und sie mit dem medizinischen Direktor geredet hatte.

George Oleanders Büro befand sich im Gebäude der Medizinischen Künste, das vermittels einer überdachten Passage über der Einfahrt mit dem Hospital verbunden war. Der Krankenhauskomplex selbst, ein dreistöckiges Juwel aus Glas, Ziegeln und Zedernholz, war auf einer Wiese am östlichen Rande des Tals am Fuße eines Hügels errichtet. Ob das dahinterliegende Gebirgsmassiv nun zu den ›Southern Cascades‹ oder den ›Northern Sierras‹ gehörte, schien davon abzuhängen, wen man danach fragte. Westlich des Krankenhauses zogen sich die Häuserzeilen von Patience hin. Die Stadt war während des Goldfiebers rasch gewachsen, zählte eine Reihe von Bergwerken und schien sich allmählich in eine Geisterstadt zu verwandeln. Wanderer und andere Naturfreunde hatten Patience jedoch schon immer als Ausgangspunkt ihrer Aktivitäten benützt und mochten Patience so am Leben erhalten haben, aber erst die Niederlassung von ›Colstar International‹ vor fünfundzwanzig Jahren hatte wirklich eine Wende zum Besseren gebracht.

Als Abby den von Glaswänden eingefaßten Übergang zum Gebäude der Medizinischen Künste betrat, blickte sie zu dem mächtigen grauen Betonklotz hinüber, der eine Viertelmeile vom Hospital entfernt und ein paar hundert Fuß über diesem auf einem Plateau aufragte. Der größte Produzent transportabler Kraftstationen der Welt, wie die Werbebroschüren von Colstar behaupteten. Die Firma stellte Alkali-, Lithium-, Blei-und-Säure-, solare und wiederaufladbare Batterien her, und da Abby die Fabrik und Joshs Abteilung bereits besichtigt hatte, sah sie keinen Anlaß, diese Behauptung anzuzweifeln.

Das Gebäude der Medizinischen Künste, das zweifellos von den gleichen Architekten entworfen worden war, die auch das Hospital kreiert hatten, beherbergte zwei Dutzend Büroräume mit Balkonen. Von dort konnte man einen Blick auf die Berge oder die Stadt werfen, während die Fenster von George Oleanders Büro im ersten Stock auf die blühende und mit Bäumen bestandene Wiese hinausgingen, die sich bis zum Fuße des Felsens hinzog, auf dem Colstar seine Fabrik errichtet hatte. An den Wänden hingen neben den üblichen Diplomen und Zertifikaten auch gerahmte Fotos, die Oleander zusammen mit zwei kalifornischen Gouverneuren zeigten, und eines mit ihm und Senator Mark Corman, der Kalifornien schon viele Jahre lang in Washington vertrat und zu den möglichen Kandidaten der Republikanischen Partei für die nächste Präsidentschaft gehörte.

Der medizinische Direktor begrüßte sie herzlich. Er war ein Mann um die Fünfzig, mit ergrauenden Schläfen und der schon ein wenig schlaffen, breitschultrigen Statur eines ehemaligen, aus der Übung gekommenen Athleten. Die kleinen roten Äderchen in seinen Wangen und seiner Nase schienen darauf hinzudeuten, daß er nicht zu den Abstinenzlern gehörte. Er wies auf den Stuhl, der vor seinem Schreibtisch stand und auf dem Abby bereits bei den beiden Einstellungsgesprächen gesessen hatte.

»So«, sagte er, »das war ja nun wirklich eine Leistung.«

»Ich hoffe, daß Sie damit den Code meinen.«

»Natürlich meine ich damit den Code. Ich weiß nicht, wie sie auf den Gedanken kommen, sich verteidigen zu müssen. Sie sind eine wunderbare Ergänzung der hier am Hospital praktizierenden Ärzteschaft.«

»Danke.«

Ein Kommentar war offenbar nicht nötig. Abby hätte sich denken können, daß er sie nicht in sein Büro zitiert hatte, um ihr zu sagen, was für eine lausige Arbeit sie hier in der Unfallstation verrichtete.

»Die Schwestern sind überaus zufrieden mit der Wahl, die wir bei den drei letzten zur Disposition stehenden Stellen getroffen haben – mit Lew Alvarez, Ihnen und dem armen Dave Brooks natürlich.«

Diesmal nickte Abby nur, um sich für seine Wertschätzung zu bedanken und ohne erst zu erwähnen, daß man sie hier auf der Unfallstation gar nicht gebraucht hätte, wenn Dave Brooks nicht bei einer Kletterpartie in den Bergen tödlich verunglückt wäre. Die anderen vier Ärzte dieser Station waren die Eheleute Chris und Jill Anderson, Ted Bogarsky, der täglich aus irgendeinem Nest, das zwanzig oder dreißig Meilen westlich von hier lag, mit dem Wagen zur Arbeit kam, und Len McCab, ein bereits in die Jahre gekommener Allgemeinmediziner. In ihrer siebentägigen Einweisungszeit hatte Oleander sie mit jedem dieser vier Ärzte und Alvarez eine Schicht lang zusammengespannt. Keiner dieser fünf Kollegen war als Unfallarzt eine Fehlbesetzung, obschon die etwas launische, unsichere Jill Anderson nicht gerade eine Bereicherung des Notfall-Ärzteteams war. Doch nur Lew Alvarez schien eine echte Begeisterung für seine Arbeit mitzubringen.

»Auch Ihre Kollegen mögen Sie«, fuhr Oleander fort.

»Da habe ich meine Zweifel.«

»Wirklich. Ich weiß das. Nur ... Abby, wir befinden uns in einer Kleinstadt, und bis die Leute hier jemanden wirklich kennen, ist es nicht nur wichtig, was der Betreffende sagt, sondern auch die Weise, *wie* er es sagt. Sie kommen aus einer Großstadt – noch dazu von einer der größten Universitätskliniken des Landes. Damit scheinen Sie für manchen hier, bevor er Sie überhaupt kannte, so etwas wie eine Bedrohung darzustellen. Jemand hat mir gesagt, daß Sie herablassend und eingebildet wären. Er sagte, daß es unter der Belegschaft viele Leute gäbe, die … ich weiß nicht, wie ich es nennen soll … von Ihnen eingeschüchtert wären. Ich habe bis heute morgen nicht verstanden, wie jemand bei Ihnen dieses Gefühl haben kann.«

»Dr. Clarke.«

»Gordon ist ein überaus netter Mann, der sich für seine Patienten aufopfert. Er ist hier schon seit mehr als zwanzig Jahren tätig – fast so lange wie ich.«

»Und ich habe ihn wie einen Idioten aussehen lassen.«

»Ich glaube nicht, daß es viele Ärzte gibt, die wie Sie in der Situation von heute morgen, wo Sekunden über Leben und Tod eines Patienten entscheiden, die Diagnose eines Cushing-Syndroms aus der Luft fischen würden.«

Abby verbiß sich die Bemerkung, daß Clarke den niedrigen Kaliumwerten in den beiden Blutproben, die er seinem Patienten in den letzten acht Monaten entnommen hatte, eine größere Beachtung hätte schenken müssen. Oleander hatte recht. Sie war seit dem Tag, an dem sie hier den Posten einer Unfallärztin angenommen hatte, nicht mehr locker und entspannt gewesen. Und zum aberhundertsten Mal in diesen zweieinhalb Wochen fragte sie sich, ob sie die richtige Entscheidung getroffen hatte. Sie konnte sich nicht daran erinnern, daß jemand im St.-Johns-Hospital – nicht einmal die Kollegen, welche schon immer ihre Schwierigkeiten damit gehabt hatten, von Frauen in übergeordneten Stellungen Befehle entgegenzunehmen – sich jemals in ihrer Umgebung unwohl gefühlt hätten. Und jetzt stellte allein schon ihr Dasein eine Bedrohung für andere dar.

Sie setzte dieser negativen Seite nun wieder das Argument entgegen, daß das Leben mit Josh und die Aussicht auf eine gemeinsame Zukunft die Entscheidung wert gewesen war, die sie getroffen hatte. Doch selbst dieser Gedanke paßte jetzt nicht mehr so gut ins Bild wie noch vor zwei Wochen.

»Diese Cushing-Diagnose ist ein Glücksfall gewesen«, sagte sie. »Zumal sie auch noch vom Labor bestätigt wurde. George, Sie haben recht. Seit ich hierherkam, stand ich ständig unter Strom.«

»Aber warum?«

»Ich weiß nicht. Vielleicht, weil alles für mich hier neu ist.«

»Ich verstehe. Ist bei Ihnen zu Hause alles in Ordnung?«

»Was meinen Sie damit?«

»Sie haben mir bei unserem ersten Gespräch gesagt, daß Sie nach Patience ziehen wollen, weil Ihr Verlobter hier bei Colstar wieder eine Anstellung gefunden hätte.«

Strenggenommen ist er gar nicht mein Verlobter. Wir haben uns noch nicht auf einen Heiratstermin geeinigt. Sie hätte ihm das sagen können, tat es aber nicht. *Aber, der Streß, unter dem ich leide, hängt durchaus mit meinem Privatleben zusammen.*

»Meine Beziehung zu Josh ist in Ordnung«, sagte sie. »Danke, daß Sie mich danach gefragt haben. Nein, ich allein bin die Wurzel des Übels. Ob Sie es mir glauben oder nicht – aber ich habe tatsächlich von dem Moment an, als meiner Anstellung hier nichts mehr im Wege stand, fürchterliche Angst vor dem neuen Job empfunden.«

»Ich verstehe. Patience ist ja auch keineswegs mit der Union Street und dem Golden Gate Park vergleichbar.«

»Nein, es war nicht die Stadt, die mir angst machte, sondern das Hospital – so merkwürdig Ihnen das auch erscheinen mag. Studium, Klinikum und dann meine Anstellung als Unfallärztin im St.-Johns-Hospital – abgesehen von den Urlaubsvertretungen in der Praxis eines Kollegen, hatte ich stets die Gewähr oder beruhigende Gewißheit, daß fachmännische Hilfe nie weiter als ein paar Stockwerke von mir entfernt war. Ich kann deshalb nur jene Kollegen in entlegenen Unfallstationen bewundern, die ganz auf sich allein gestellt sind und mit jedem Notfall rechnen müssen – ein Säugling mit hohem Fieber oder ein alter Mann mit einem Herzinfarkt; ein komplizierter Knochenbruch oder ein Emphysem. Manchmal wird sogar ein neurochirurgischer Eingriff von ihnen verlangt.«

»Wir sind hier nicht aus der Welt, Abby. Wir haben einen Landeplatz für Hubschrauber auf dem Dach. Mit dem Helikopter können wir einen Patienten in einer Stunde nach San Francisco in eine Spezialklinik bringen.«

»Falls das Wetter mitspielt. Verstehen Sie mich nicht falsch, George. Ich habe keine Angst vor komplizierten Fällen. Es ist nur so, daß ich in den letzten zehn Jahren stets jemanden zu Hilfe rufen konnte, wenn mir das notwendig erschien.«

»Es gibt wohl kaum ein Krankenhaus dieser Größe, das über so viel Fachkräfte verfügt wie unseres hier.«

»Ich weiß. Himmel, Sie sollen nicht denken, daß ich eine Mimose wäre oder mich sogar über etwas beklagen würde. Und ich weiß auch, daß jeder von uns sein Bestes tut. Aber ich möchte trotzdem keine Fehler machen.«

»Das will keiner von uns.«

»Wissen Sie, daß ich in den vier Wochen, die zwischen Ihrem Anruf und dem Antritt meiner Stellung hier lagen, fast jede freie Minute mit dem Studium medizinischer Fachbücher verbracht habe?«

»Wenn ich an Ihren Tätigkeitsbericht und Ihre Empfehlungsschreiben denke, kann ich mir das gar nicht vorstellen, Abby.«

»Aber es ist wahr. Und ich glaube, das ist auch der Grund, warum manche Leute hier meinen, ich stünde unter Hochspannung. So ein kleines Ortskrankenhaus war für mich bisher ein unbekanntes Gewässer. Ich wollte keinen Fehler machen. In einem Hospital kann man sich sehr schnell einen Ruf erwerben – besonders einen schlechten –, den man dann nur sehr schwer wieder los wird.«

»Genau aus diesem Grund habe ich Sie heute hierhergebeten. Ich möchte, daß Sie genau die Reputation genießen, die Ihren hervorragenden Qualifikationen als Ärztin entspricht. Nicht mehr und nicht weniger.«

In diesem Augenblick ertönte Abbys Piepser. Gleichzeitig steckte Oleanders Sekretärin den Kopf durch die Tür und sagte: »Das war die Unfallstation, Dr. Dolan. Dort warten drei Patienten auf Sie, von denen sich jedoch keiner in einem kritischen Zustand befindet.«

»Danke.«

»Es tut mir leid, daß ich Sie vorhin nicht empfangen konnte, aber ich hatte drüben im Labor zu tun. Ich möchte mich ganz herzlich bei Ihnen dafür bedanken, wie gut Sie meinen Neffen Brendan behandelt haben. Er ist erst fünf. Wahrscheinlich können Sie sich nicht mehr an ihn erinnern, aber ...«

»Ich erinnere mich noch sehr gut an ihn. Wir Rothaarigen achten immer sehr aufeinander.«

»Meine Schwester erzählte mir, daß Sie mit ihm geflüstert haben, als Sie die Wunde an seinem Kinn vernähten.«

Abby lächelte. »Ich habe ihm nur erzählt, daß er der Boß wäre und ich sofort mit dem Nähen aufhören würde, wenn er das wollte. Es gab für mich als Kind nämlich nichts Schlimmeres als das Gefühl, einer Sache hilflos ausgeliefert zu sein. Deshalb hatte ich auch einen so großen Bammel vor dem Zahnarzt. Ich wollte stets das Gefühl haben, daß ich eine Situation beherrsche. Ich glaube, daß das auch heute noch für mich gilt. Und deshalb versuche ich Kindern auch immer die Angst vor einer Behandlung zu nehmen, indem ich ihnen sage, daß sie die Kontrolle über das haben, was jetzt mit ihnen geschieht.«

»Meine Schwester sagte, daß Sie großartig mit ihm umgegangen seien. Haben Sie Kinder?«

»Nein ... nein, aber mein Verlobter und ich hoffen, daß wir einige bekommen werden, wenn wir erst einmal verheiratet sind.«

»Nun, das hoffe ich auch für Sie«, erwiderte die Frau lächelnd, zog den Kopf wieder zurück und schloß die Tür.

»Womit die Beweisaufnahme geschlossen ist«, sagte Oleander. »Jeder in Patience ist auf diese oder jene Weise mit allen anderen verbunden, und niemand ist hier wichtiger als ein Arzt. Sie haben bereits einen großen Eindruck auf diese Stadt gemacht, Abby. Sie müssen nur noch versuchen, ein wenig sanfter mit dem Personal umzugehen.«

»Betrachten Sie die Sache als erledigt.«

»Danke.«

Abby stand auf, und die beiden schüttelten sich die Hand.

»Ich wüßte gerne«, sagte sie, »welcher der Ärzte der Meinung war, ich sei herablassend und eingebildet.«

Dr. Oleander schien einen Moment lang zu überlegen, ob er ihre Frage beantworten sollte.

»Ich glaube«, erwiderte er schließlich, »daß es Dr. Alvarez gewesen ist, der im Vorbeigehen etwas in diesem Sinne zu mir gesagt hat. Sonst würde ich es Ihnen vermutlich gar nicht erzählt haben. Aber Alvarez ist ein exzellenter Arzt, obwohl es ihm meiner Meinung nach ein wenig an Teamgeist mangelt. Er scheint über alles und jeden seine eigene Meinung zu haben und scheut sich auch nicht, diese zu verbreiten, sie gewissermaßen auszustreuen wie eine Düngermaschine.«

Oleander lachte gern über seine eigenen Witze. Abby lächelte höflich.

Lew Alvarez. Sie hätte sich das eigentlich denken können. Alvarez war zweifellos der kompetenteste Arzt in der Unfallstation – zumindest so lange, bis sie auf der Bildfläche erschienen war. Aber Alvarez schien ihr ein wenig zu sehr von sich überzeugt zu sein. Das und sein unbestreitbar gutes Aussehen hatten es ratsam erscheinen lassen, eine gewisse Distanz ihm gegenüber einzunehmen. Es war jedoch kaum vorstellbar, daß er sie als eine Bedrohung betrachtete, wenngleich sie die Erfahrung gemacht hatte, daß man so etwas bei einem Menschen nie wissen konnte.

»Danke, daß Sie es mir gesagt haben«, erklärte sie. »Ich werde zusehen, was ich tun kann, um seine Meinung von mir zu ändern.«

»Tun Sie das, wenn Sie das glücklicher macht, obwohl ich denke, daß man Lew Alvarez' Meinung keine allzugroße Bedeutung beimessen sollte.«

Abby fragte sich, weshalb der medizinische Direktor sich so skeptisch über Lew Alvarez äußerte, wo er doch bei den Schwestern ein so hohes Ansehen genoß. Sie bedankte sich noch einmal für seine Freimütigkeit und verließ dann sein Büro. Als sie zur Unfallstation zurückeilte, gestand sie sich zum erstenmal ein, daß es Alvarez war, dem sie von allen Ärzten in diesem Krankenhaus und all ihren Kollegen in der Unfallstation am meisten hatte imponieren wollen.

Was ihr bisher wohl auch gelungen war.

3. Kapitel

Bevor Abby jedoch in ihre Abteilung zurückkehrte, machte sie noch einen Abstecher auf die Intensivstation. Dort hatte man Bill Tracy inzwischen von dem Beatmungsschlauch befreit und seinen Kopfkeil fünfundvierzig Grad in die Höhe geschraubt, so daß er, in bequemer Lage und links und rechts fürsorglich von Frau und Tochter eingerahmt, mit Hilfe eines Strohhalms etwas Flüssiges zu sich nehmen konnte. Für jemanden, der noch vor wenigen Stunden in akuter Lebensgefahr schwebte, sah er verdammt gut aus, dachte Abby.

Sie verharrte nur so lange, bis sie dieses Bild in sich aufgenommen hatte, und verließ dann die Intensivstation wieder, ohne Tracys Zimmer zu betreten. Abby mußte unwillkürlich an ihre Auseinandersetzung mit Gordon Clarke denken und scheute vor einem Kontakt mit Tracy und dessen Familie zurück. Zudem wußte sie, wie leicht die Dinge einen ganz anderen Verlauf hätten nehmen können. Es war jetzt Zeit zur Besinnung und Dankbarkeit und nicht der Moment, zu feiern oder sich gar in eitler Selbstgefälligkeit zu sonnen.

Es war schon fast halb sechs, als sie in die Unfallstation zurückkam. Zweieinhalb Stunden noch, bevor ihre Schicht zu Ende war. Ironischerweise sollte Lew Alvarez sie heute in der Unfallstation ablösen. Sie würde also sehr rasch die Gelegenheit haben, sich ihm von einer ganz neuen, nicht bedrohlichen Seite zu zeigen.

In der Notaufnahme warteten inzwischen vier Patienten auf sie, von denen sich einer im Warteraum, einer in der Röntgenabteilung und zwei auf Tragen befanden. Auf den ersten Blick schien keiner von den vieren ein komplizierter Fall zu sein, aber sie wußte nur zu gut, wie sehr der erste Blick täuschen konnte. Sie rieb sich ihre vor Müdigkeit entzündeten Augen und wünschte sich, daß sie bereits zu Hause wäre. Sie wollte Josh anrufen und ihm sagen, wann er sie erwarten könne, aber wahrscheinlich war er noch gar nicht daheim und mußte länger arbeiten. Das würde ihr bei ein oder zwei Patienten mehr auch bevorstehen. Die Schwestern hatten bereits bei den beiden ersten Patienten mit Tests begonnen, als Abby beschloß, erst einmal nach dem Rechten zu sehen, ehe sie zu Hause anrief.

Sie traf mit dem für die Abendschicht verantwortlichen Pfleger, Bud Perlow, bei der Krankenblattablage zusammen. Er war ein imponierender, über eins neunzig großer Hüne, aber Abby hatte selbst erlebt, wie er mit seinem teigigen Gesicht sogar die kleinsten und furchtsamsten Kinder zum Lachen gebracht hatte. Sie mußte immer ein paar Schritte zurücktreten, damit sie sich nicht den Hals verrenkte, wenn sie ihm in die Augen schauen wollte. Abby hatte allen Schwestern und Pflegern der Station angeboten, sie mit ihrem Vornamen anzureden, doch Perlow gehörte zu den wenigen, die sie beharrlich mit ihrem Titel und Nachnamen ansprachen.

»Der Unfallwagen ist mit ›Old Man Ives‹ auf dem Weg zur Station, Dr. Dolan«, sagte er zu ihr. »Ives wurde zusammengeschlagen und soll dabei vor allem Verletzungen im Gesicht davongetragen haben.«

»Ich kenne keinen ›Old Man Ives‹.«

»Entschuldigung, ich hatte vergessen, daß Sie hier neu sind. In Patience kennt ihn praktisch jeder. Old Man Ives ist ein Einsiedler. Ein ziemlich unheimlicher Typ. Geistig zurückgeblieben, wie man sich erzählt. Lebt hier in den Wäldern. Angeblich soll er dort tatsächlich in einer Höhle hausen. Alle paar Wochen kommt er hierher in die Stadt, um seine Schnitzereien zu verkaufen und sich von dem Erlös Lebensmittel zu besorgen. Die Leute lassen ihn normalerweise in Ruhe, aber diesmal scheint sich jemand nicht an diese Regel gehalten zu haben.«

Abby nahm zwei Krankenblätter aus dem Korb.

»Dann ist es wohl höchste Zeit, daß ich mich um die Patienten kümmere, die schon länger auf mich gewartet haben.«

»Wird vielleicht kein so großes Problem sein, wie Sie annehmen. Dr. Bartholomew von der Chirurgie ist heute als Reservearzt für die Station eingeteilt und befindet sich im Haus. Ich habe ihn erst vor ein paar Minuten gesehen.«

»Großartig.«

Das Wort kam ihr etwas sarkastischer über die Lippen, als sie beabsichtigt hatte. Bartholomew war einer von den vier Ärzten, die in der chirurgischen Abteilung ihren Dienst versahen. Wenn er als Facharzt die Unfallabteilung unterstützte, waren Schwierigkeiten vorprogrammiert. Denn Bartholomew bestand darauf, jeden mit Schnittwunden eingelieferten Patienten persönlich zu behandeln. Obwohl Abby bisher noch nicht mit ihm zusammengerasselt war, hatten die anderen Ärzte ihrer Abteilung sie davor gewarnt, daß das nur eine Frage der Zeit wäre. Bartholomew hatte ein Ego, das so aufgebläht war wie seine Taille, und es gehörte zu seinen Gepflogenheiten, jede Schwester vor den gutsituierten Patienten herunterzuputzen, wenn sie seine Spezialklammern vergessen oder aus Versehen eine Packung mit ›6-0‹ statt der von ihm verlangten ›7-0‹-Fäden geöffnet hatte.

»Soll ich ihn anwählen?«

»Ich glaube, es ist besser, wenn ich mir diesen Mr. Ives erst einmal anschaue.«

In diesem Moment sah Abby wieder einen Patienten in den Warteraum kommen, diesmal eine Frau in mittleren Jahren – blaß, aber gehfähig, gestützt von ihrem Ehemann. Allem Anschein nach eine Darminfektion. Höchste Zeit, daß sie sich an die Arbeit machte.

Der Patient, der gerade aus der Röntgenabteilung zurückkam, hatte einen glatten, unkomplizierten Bruch des rechten Handgelenks. Sie ließ ihm einen Gipsverband anlegen, verschrieb ihm ein paar Tylenol und verwies ihn dann zur weiteren Behandlung an einen Orthopäden. Die zwei Patienten auf den Tragen stellten für sie jedoch ein Rätsel dar. Keiner der beiden war ein echter Notfall, aber offenbar drohte ihnen von seiten der Krankenversicherung keine Konventionalstrafe, wenn sie mit ihren Beschwerden gleich in die Unfallstation eines Krankenhauses kamen, ohne sich erst von ihrem Hausarzt eine Überweisung ausstellen zu lassen. Der eine litt unter Erschöpfungszuständen und ständigem Husten, während der andere Fall, eine etwas aufgedonnerte Rothaarige Anfang Fünfzig, über einen unerträglichen Juckreiz klagte, obwohl sich äußerlich keine auffälligen Hautveränderungen feststellen ließen. Eine Untersuchung verlief in beiden Fällen ergebnislos, und auch die Thorax-Röntgenaufnahmen des vom Dauerhusten geplagten Patienten erbrachten keinen pathologischen Befund. Abby ordnete deshalb noch zusätzliche Laboruntersuchungen an, obwohl sie auch von diesen keine weiteren Aufschlüsse erwartete. Zwei weitere Patienten, die sie einer Serie von ungewöhnlichen und ätiologisch nicht näher bestimmbaren Fällen hinzufügen mußte.

Bildete sie sich das nur ein, oder begann sie inzwischen tatsächlich jedes Gespräch mit diesen Patienten mit den Worten: »Ich weiß zwar nicht genau, was Ihnen wirklich fehlt, aber ...?« Keiner von diesen Fällen, die wohl zu den schwierigsten der Unfallmedizin gehörten, durfte die Station mit dem Gefühl verlassen, daß man seine Symptome etwa auf die leichte Schulter nahm. Denn bei Patienten, die diesen Eindruck gewannen, mußte sie stets auf eine Schadenersatzklage gefaßt sein. Deshalb versuchte Abby, das gesundheitliche Problem eines jeden Patienten entsprechend zu würdigen.

Während die Schwestern sich die beiden noch im Wartezimmer verbliebenen Patienten vornahmen, um Personalien und Beschwerden aufzunehmen, schloß Abby die Tür ihres kleinen Ärztezimmers und wählte ihre eigene Telefonnummer, obwohl sie erwartete, daß sich dort nur der Anrufbeantworter melden würde.

»Hallo?«

Josh war also nicht nur daheim, sondern hörte sich auch so an, als ob sie ihn aus dem Schlaf geweckt hätte. In letzter Zeit schien er ihr irgendwie matt und abgespannt zu sein. In den beiden Jahren, die sie sich nun bereits kannten, und bevor er nach Patience gezogen war, hatte Josh den Schlaf stets als einen persönlichen Feind betrachtet. Selbst in den Monaten, in denen er arbeitslos gewesen war, hatte er den Eindruck eines vitalen und von Tatendrang erfüllten Menschen auf sie gemacht. Vielleicht hatte ihn die Zeit der Arbeitslosigkeit doch mehr Kraft und Energie gekostet, als sie glaubte. Oder vielleicht waren die Erwartungen und die Anforderungen, die sein Job bei Colstar an ihn stellten, doch größer, als *er* sich das vorgestellt hatte.

In den fünf Wochen, die sie nun hier in Patience zusammenlebten, und auch schon in den Wochen zuvor, war Josh ungewöhnlich reizbar, müde und zerstreut gewesen und hatte ständig über Kopfschmerzen geklagt. Eine gründliche Überprüfung seines Gesundheitszustandes mit den entsprechenden Laboruntersuchungen, die auf Abbys Drängen hin von der hauseigenen Klinik für Colstar-Angestellte bei ihm durchgeführt worden war, hatte keinen handfesten Befund erbracht. Aber diese beunruhigenden Veränderungen seiner körperlichen und psychischen Konstitution dauerten an. Seit kurzem begann sie sich sogar zu fragen, ob sie den Erfolg ihrer Beziehung so herbeigewünscht hatte, daß sie die dunkleren Seiten von Joshs Wesen einfach nicht sehen wollte.

»Hallo, mein Schatz«, sagte sie, »bist du okay?«

»He – was soll denn diese Frage bedeuten?«

»Nichts. Du hörst dich nur so müde an.«

»Tut mir leid, aber ich lag gerade auf der Couch, als du anriefst. Ich ... ich muß wohl eingeschlafen sein.«

Auf der Couch gelegen ...? Eingeschlafen ...? Der Josh Wyler, in den sie sich verliebt hatte, pflegte seit dem Säuglingsalter keinen Mittagsschlaf mehr zu halten.

»Du bist heute morgen ja auch schon um halb sechs zur Arbeit gefahren«, sagte sie. »Vielleicht solltest du ein bißchen später in deinem Büro anfangen.«

»Willst du jetzt auch noch meinen Job übernehmen? Ist es das, was du vorhast?«

Abby würde ihm nicht erlauben, einen ihrer empfindlichen Punkte zu treffen, obwohl er sich in jüngster Zeit in dieser Beziehung fast zu einem Virtuosen entwickelt hatte. Sie wollte ihn jetzt auch nicht mehr nach seinen Kopfschmerzen fragen, denn damit hätte sie wahrscheinlich *seinen* wunden Punkt getroffen, und ein Streit kam ihr im Moment sehr ungelegen.

»Ich werde heute wohl so gegen halb neun heimkommen«, sagte sie statt dessen. »Wie wäre es, wenn ich etwas

Chinesisches zum Abendessen und einen Film aus der Videothek mitbringen würde?«

»Ja. Das wäre großartig.«

Aber sie konnte keine Begeisterung aus seiner Stimme heraushören. Das Problem *mußte* sein Job sein. In den ersten Monaten, nachdem Colstar ihn zum Abteilungsleiter für Produktentwicklung bestellt hatte, war der Job offenbar die Erfüllung seiner beruflichen Wünsche gewesen. Dann schien er plötzlich Schwierigkeiten damit zu haben, die Termine einzuhalten, die man ihm für die Entwicklung und Erprobung neuer Produkte stellte. Bisher hatte es ihm nichts ausgemacht, wenn er unter Termindruck arbeiten mußte. Doch nun schien er davon wie gelähmt, zumindest aber überfordert zu sein.

Inzwischen stellte sogar Abbys Entscheidung, sich um den plötzlich frei gewordenen Posten eines Unfallarztes im Kreiskrankenhaus von Patience zu bewerben, für Josh offenbar eine Belastung dar. Seit sie zu ihm nach Patience gezogen war, hatte es fast ständig Spannungen zwischen ihnen gegeben. Vielleicht hatte Josh tatsächlich nicht damit gerechnet, daß sie den Job an der St.-Johns-Uniklinik, den sie so sehr liebte, seinetwegen aufgeben würde. Oder er hatte in den paar Monaten, in denen sie voneinander getrennt waren, einfach nur festgestellt, daß ihm ein unabhängiges Dasein besser gefiel als eine feste Beziehung. Und manchmal quälte sie der Gedanke, daß er inzwischen vielleicht eine andere hatte.

Die automatischen Türen der Ambulanzeinfahrt gingen jetzt auf, und die Mannschaft des Unfallwagens schob eine Krankenbahre auf Rädern in die Station. Das Gesicht des Patienten war mit blutgetränkter Gaze bedeckt, unter der ein mit bereits getrocknetem Blut besprenkelter graumelierter Vollbart hervorragte.

›Old Man Ives‹.

»Hör zu, Josh, ich muß jetzt auflegen«, sagte sie rasch. »Aber du kannst dich auf mich verlassen, was das Dinner und das Unterhaltungsprogramm des heutigen Abends betrifft. Und wenn du dir danach noch den Film anschauen möchtest, können wir das auch tun.«

»Ich werde hiersein.«

Abby wollte ihm noch sagen, daß sie ihn liebte. Aber was ihr dann tatsächlich über die Lippen kam, war: »Großartig. Ich sehe dich dann also später.«

Sie legte den Hörer auf die Gabel zurück und eilte hinaus in die Station, um sich um ihren gerade eingelieferten Patienten zu kümmern. Sie hätte wohl besser nicht zu Hause anrufen sollen. Das letzte, was ein Unfallarzt im Dienst gebrauchen konnte, waren Dinge, die ihn von seiner Arbeit ablenkten. Dieser Job war hart und voller Tücken und Fallen. Und gerade jetzt, in den letzten Stunden ihrer Schicht, mußte sie besonders wachsam sein und durfte sich keinen Patzer erlauben.

Die Unfallstation verfügte über fünf durch Vorhänge voneinander getrennte Behandlungszellen und über ebenso viele mit Nummern versehene Behandlungszimmer. Diese waren reserviert für kleinere chirurgische Eingriffe und orthopädische Maßnahmen, für die Behandlung von Kindern und für Fälle, die eine spezielle oder umfangreichere medizinische Behandlung erforderten.

Abby atmete erleichtert auf, als sie sah, daß Bud Perlow den Sanitäter des Unfallwagens anwies, Mr. Ives in das erste Behandlungszimmer zu bringen, das in der Regel chirurgischen Routinemaßnahmen vorbehalten blieb. Sie wäre jetzt einfach nicht mehr in der Lage gewesen, einen komplizierten Fall zu verarzten.

Bevor sie sich in das Behandlungszimmer begab, studierte sie noch kurz die Laborbefunde ihrer beiden letzten ›rätselhaften‹ Fälle, und wunderte sich nicht, daß deren Blutwerte normal waren.

»Autsch! Könnt ihr denn nicht aufpassen? Ihr habt mir mit dem Klebeband ja den halben Bart abgerissen!«

Abby traf mit Perlow vor der Tür von Zimmer eins

zusammen. Sie konnte hören, wie hinter ihm ihr neuer Patient mit den Sanitätern des Unfallwagens schimpfte.

»Bergwanderer haben ihn neben einem Pfad und mit dem Gesicht nach unten bewußtlos im Heidekraut gefunden. Offenbar wurde er von zwei Männern verfolgt, als er sich auf dem Rückweg zu seiner Behausung befand. Sie haben ihn angeschrien, daß er Patience in Zukunft meiden sollte, und ihn dann so lange mit Faustschlägen traktiert, bis er ohnmächtig wurde.«

»Vermutlich ist es in dieser Gegend nicht ratsam, von der Norm abzuweichen.«

»Wie bitte?«

»Ach, nichts. Wie ist sein Allgemeinbefinden?«

»Er ist inzwischen wieder bei Bewußtsein und offenbar auch bei Verstand, wie man hören kann. Er hat tiefe Platz- und Schürfwunden auf beiden Wangen, am Kinn und über dem rechten Auge.«

»Alkohol?«

»Ich konnte keinen Alkohol in seinem Atem riechen. Aber Ives scheint seit etlichen Monaten auch keine Dusche mehr gesehen zu haben.«

»Ich verstehe.«

Abby gefiel der sachliche Ton des Pflegers, der lediglich eine Tatsache konstatierte. Es wäre menschlich gewesen, wenn ein Arzt oder Pfleger sich von dem Geruch, dem Alter, der Fettleibigkeit oder sogar der Krankheit einer Person abgestoßen fühlte. Jeder von ihnen war in gewisser Weise das Produkt seiner Erziehung. Jeder von ihnen hatte auf diesem oder jenem Gebiet seine Empfindlichkeiten und Abneigungen. Aber sie würde nicht das geringste Verständnis dafür aufbringen, wenn ein Mitglied des Pflegepersonals wegen irgendwelcher Vorurteile, die er gegen einen Patienten hatte, diesem nicht die ihm gebührende oder die für seinen Zustand erforderliche Pflege angedeihen ließ.

Abby nahm das Krankenblatt dieses neuen Patienten

von Bud Perlow entgegen und las es rasch durch, als sie das Behandlungszimmer betrat. ›Old Man Ives‹ hieß in Wirklichkeit Samuel Ives, lebte in den ›Hügeln nördlich von Patience‹ und war einundfünfzig Jahre alt. Sie fragte sich, ob die Leute hier in Patience sie in sechzehn Jahren wohl ›Old Lady Dolan‹ nennen mochten.

Sie zog sich einen Kittel aus Papier an, streifte die Gummihandschuhe über und machte sich bereits Gedanken über diesen Fall, noch bevor sie den Rand des Bettes erreicht hatte, in dem der Patient lag. Der Mann hatte zweifellos eine Menge Schläge ins Gesicht bekommen, war aber nicht ganz so übel zugerichtet, wie sie das insgeheim befürchtet hatte.

»Mr. Ives, ich bin Doktor Dolan. Wie fühlen Sie sich jetzt?«

»Sie haben mein Geld gestohlen.«

Abby sah den Rettungssanitäter an, der verneinend den Kopf schüttelte.

»Mr. Ives«, sagte er dann in jenem lauten, lehrhaften Ton, den die meisten Angehörigen des medizinischen Pflegepersonals gegenüber ihren Patienten anzuschlagen pflegten. »Ich habe hier Ihre Geldbörse.« Er schob ein aus Plastik bestehendes Portemonnaie unter die rechte Hand des Patienten. »Es sind noch einundzwanzig Dollar darin. Ihr Buch und alles, was von Ihren Schnitzereien noch übriggeblieben ist, befindet sich in einer Plastiktüte unter Ihrem Bett. Die Männer, von denen Sie verprügelt wurden, haben Ihnen nicht das Geld, sondern Ihre Einkäufe weggenommen, denn von diesen fehlte an der Unfallstelle jede Spur.« Er wandte sich nun wieder Abby zu. »Die Polizei hat uns zum Unfallort begleitet. Sie meint die Täter zu kennen, glaubt aber nicht, daß Ives irgendwelche Angaben darüber machen wird, weil er nicht in einen Prozeß verwickelt werden will. Jedenfalls haben die Täter seine Schnitzfiguren zertrampelt. Es ist kaum etwas von ihnen übriggeblieben.«

»Haben Sie auch noch woanders Schmerzen, außer im Gesicht, Sir?« fragte Abby.

Ives schüttelte den Kopf.

Abby untersuchte nun rasch die Rippen, den Brustkorb, das Herz und den Unterleib. Aber sie konnte dort keine Schmerzempfindlichkeiten feststellen.

»Haben Sie Probleme mit den Augen?«

»Nein.«

»Sehen Sie vielleicht etwas doppelt? Zweimal den gleichen Gegenstand?«

»Ich weiß, was man unter doppelt versteht. Nein.«

»Mr. Ives, ich denke, daß wir ein paar Röntgenaufnahmen von Ihrem Gesicht und Ihrem Hals machen sollten.«

»Nein. Damit ist alles in Ordnung. Ich hatte schon mal einen gebrochenen Arm und weiß, wie sich so was anfühlt. Es ist nichts bei mir gebrochen, und ich möchte mich auch keiner Röntgenoskopie unterziehen.«

Keine *Röntgenoskopie*, sagte er. Ein Wort, das sie von diesem Mann nicht erwartet hätte. Abby blickte ihn nun etwas genauer an und versuchte, seine ölbefleckten Kleider, seinen Bart, die Schürfwunden in seinem Gesicht und ihre eigenen Vorurteile zu vergessen. Samuel Ives hielt ihrem durchbohrenden Blick stand. *Wie sieht denn nun deine Geschichte aus?* fragte sie sich im stillen.

Abby untersuchte seine Wangenknochen, Augen und Reflexe, um zunächst die Möglichkeit auszuschließen, daß hier ein Schädelbruch vorliegen könnte. Dann lockerte sie den zervikalen Stützkragen und tastete seine Wirbelsäule ab. Auch dort konnte sie keine Schmerzreaktionen feststellen.

»Okay«, sagte sie dann, »wir werden also darauf verzichten, Röntgenaufnahmen von ihrem Kopf und Hals anfertigen zu lassen. Aber ich werde später noch einmal zu Ihnen kommen, um eine etwas gründlichere Untersuchung vorzunehmen und die Wunden in Ihrem Gesicht zu behandeln.«

Ives sah sie nun zum erstenmal direkt an, als wäre er verwundert über die Bereitwilligkeit, mit der sie sich seinem Wunsch gefügt hatte.

»Vielen Dank, Doktor.«

Plötzlich stand Bud Perlow in der Tür. »Dr. Dolan, könnte ich Sie einen Moment sprechen?«

»Sie bleiben inzwischen ganz ruhig auf Ihrer Trage liegen, Mr. Ives, bis ich wiederkomme«, schärfte Abby dem Patienten ein.

»Dr. Dolan – eine Frau hat uns gerade ihre sechsjährige Tochter in die Notaufnahme gebracht, die heftig aus der Nase blutet. Ich habe sie in Zimmer drei untergebracht, weil das Licht und der Tisch dort besser sind als in dem Untersuchungsraum, den wir üblicherweise für Kinder verwenden.«

»Sehr gut.«

»Was sollen wir inzwischen mit Mr. Ives machen?«

Abby warf einen kurzen Blick auf die anderen drei Patienten, die noch auf sie warteten. Die Wunden in Samuel Ives' Gesicht mußten mindestens mit ein paar Dutzend sorgsam gesetzten Stichen vernäht werden. Eine Arbeit, die bestimmt eine Stunde dauern würde.

»Wählen Sie Dr. Bartholomew an und bitten Sie ihn, sich um Ives zu kümmern«, sagte sie. »Ist das Aufnahmeformular des Kindes bereits ausgefüllt?«

»Es liegt dort auf dem Tisch.«

Das Nasenbluten des Mädchens sah, wie in den meisten dieser Fälle, schlimmer aus, als es war. Aber es gab auch Fälle, die zum Alptraum eines jeden Arztes werden konnten und oft auf der Intensivstation oder auf dem Operationstisch endeten. Die Stelle, die Abby als Quelle der Blutung lokalisierte, war zwar ziemlich hoch gelegen, aber dennoch erreichbar. Sie verätzte die Stelle gerade mit einem Silbernitratstift, als sie hörte, wie es im Behandlungszimmer Nummer eins zu einer lautstarken Auseinandersetzung zwischen Arzt und Patient kam.

»Sie hätten doch wissen müssen, daß man sich in so einem Aufzug nicht in der Stadt blicken lassen sollte«, hörte sie Martin Bartholomew mit erhobener Stimme sagen. »So, wie Sie aussehen, jagen Sie jedem Kind einen tödlichen Schrecken ein.«

»Ich schätze, daß die Kids von Ihrem Anblick auch nicht gerade begeistert sind«, konterte Ives.

»Leute wie Sie glauben, daß die Gesellschaft Ihnen etwas schuldig sei«, fuhr der Chirurg im galligen Ton fort. »Füttert und ernährt mich, erzieht meine Kinder und pflegt mich, wenn ich mal krank werden sollte.«

»Ich habe keine Kinder, die man erziehen müßte.«

»Und besitzen auch keine Krankenversicherung. Glauben Sie etwa, daß ich dafür bezahlt werde, wenn ich solche Leute wie Sie wieder zusammenflicke? Zwanzig Jahre lang habe ich gebüffelt und geschuftet, um dahin zu gelangen, wo ich jetzt bin. Meine Familie wartet zu Hause mit dem Dinner auf mich, während ich hier sitze und die Wunden dieses ... dieses Subjekts vernähen muß, das seit Monaten kein warmes Wasser mehr gesehen hat.«

»Seit etlichen Jahren nicht mehr«, korrigierte ihn Ives. »Warum hören Sie denn dann nicht damit auf und gehen einfach nach Hause? Das werde ich jetzt nämlich tun!«

»He, liegen Sie still, verdammt noch mal, bevor ich mich mit meiner eigenen Nadel steche!«

»Ich verschwinde jetzt von hier.«

Abby entschuldigte sich bei dem Mädchen und deren Mutter, legte den Silbernitratstift beiseite und eilte zur Tür.

»Bud, sorgen Sie doch bitte dafür, daß die beiden sich wieder beruhigen. Rufen Sie notfalls den Sicherheitsdienst zu Hilfe.«

Dann setzte sie die unterbrochene Behandlung des Mädchens fort.

»In einer Woche müssen die Fäden gezogen werden«, bellte Bartholomew nebenan. »Das sollen die hier in der Notaufnahme machen. Ich bin mit Ihnen fertig.«

Abby hörte, wie Dr. Bartholomew aus dem Behandlungszimmer stürmte. Er hatte sich nicht länger als zwanzig Minuten dort aufgehalten. Als er den Durchgang zu Zimmer drei erreichte, drehte sie sich um. Sein aufgedunsenes Gesicht war puterrot, seine Augen traten fast aus den Höhlen.

»Ich bin zu Hause oder über meinen Piepser zu erreichen«, sagte er mit eisiger Stimme. »Besten Dank für die Überweisung des Patienten.«

Dann stakte er davon, ohne eine Antwort abzuwarten. Abby war jedoch ziemlich sicher, daß *er* nicht in George Oleanders Büro zitiert werden würde, um für die barsche Behandlung eines Kollegen getadelt zu werden.

Sie führte jetzt noch mit einem Wattestäbchen etwas Vaseline in die Nase des Mädchens ein, ging dann mit der Mutter kurz einen Maßnahmekatalog bei Nasenblutungen durch und schickte die beiden anschließend vorsorglich für eine halbe Stunde ins Wartezimmer, um sicherzugehen, daß die Blutung wirklich gestoppt war. Dann begab sie sich in das Zimmer eins. Samuel lag nicht mehr auf der Trage, sondern sammelte gerade seine Sachen ein. Er hatte ihr den Rücken zugewandt.

»Mr. Ives?« sagte sie mit leiser Stimme.

Als er sich zu ihr umdrehte, erreichte Abbys Zorn den Siedepunkt.

Die Wunden waren nicht nur mit einem groben Faden der Größe 3-0 statt mit dem für Gesichtsverletzungen erforderlichen feineren Garn der Größe 6-0 oder gar 7-0 vernäht worden, sondern obendrein noch so stümperhaft, daß die Haut sich an einigen Stellen bauschte. Warum hatten die Schwestern sie nicht von diesem Vorgang informiert?

Sie holte tief Luft, um sich zu beruhigen. Hier war nicht nur eine unvertretbar schlampige Behandlung durchgeführt worden, sondern es hatte sich auch niemand die Mühe gemacht, Ives zu entkleiden und ihn auf mögliche innere Verletzungen zu untersuchen.

Bis die Leute hier jemanden wirklich kennen, ist es nicht nur wichtig, was der Betreffende sagt, sondern auch die Weise, wie er es sagt … Versuchen Sie, etwas sanfter mit Ihren Mitarbeitern umzugehen …

Das war die Welt, wie George Oleander sie sah. Abby besann sich jetzt auf die vielen Beispiele von Humanität, Anteilnahme, Intelligenz und Professionalität, die ihr das Pflegepersonal der Station in den letzten drei Wochen geboten hatte. Das hier fiel ganz allein in Bartholomews Verantwortlichkeit. Er hatte im Behandlungszimmer den Ton angegeben und das Pflegepersonal dazu aufgefordert, seinen Abscheu vor solchen Menschen wie Samuel Ives zu teilen. Sie schloß die Tür des Behandlungszimmers hinter sich.

»Mr. Ives – könnten Sie sich bitte noch einmal dort auf die Trage legen?« sagte sie. »Ich möchte Sie etwas genauer untersuchen und dann Ihre Gesichtsverletzungen noch einmal vernähen.«

Es war jetzt das zweite Mal, daß Ives ihrem Blick begegnete.

»Aber keine Röntgenaufnahmen«, sagte er.

Abby öffnete kurz die Tür und sah, daß man gerade einen neuen Patienten in eine der fünf Behandlungszellen gegenüber schob. Sie machte die Tür wieder zu, suchte sich Lew Alvarez' Privatnummer aus dem Telefonverzeichnis der Klinik heraus und rief ihn zu Hause an. Ob es ihm vielleicht möglich wäre, eine Stunde früher in die Station zu kommen? Sie wäre mit ihrer Arbeit bereits arg im Verzug und habe hier einen Patienten mit umfangreichen Gesichtsverletzungen, die sie vernähen müsse. Sie fürchte, daß sich sonst bis zum Schichtwechsel um acht die Station in ein Tollhaus verwandeln könne, und sie die Patienten übereinanderstapeln müsse.

»Bin in einer Viertelstunde da«, erwiderte Alvarez prompt, ohne ihr irgendwelche Fragen zu stellen.

Als nächstes rief sie Bud Perlow an und teilte dem Pfleger mit, sie wäre jetzt im ersten Behandlungszimmer und benötige dort keine Hilfe. Er sollte nur draußen so lange die Stellung halten, bis Dr. Alvarez in der Station einträfe. Oh, und noch etwas. Sie wäre ihm sehr dankbar, wenn er keinem – absolut niemandem – verraten würde, was sie gerade machte.

Samuel Ives schloß die Augen, als sie den von Bartholomew abrasierten schmalen Streifen in seinem Bart erheblich verbreiterte. Dann schnitt sie die Nähte durch, die Batholomew gesetzt hatte, entfernte die Fäden und vereiste das Fleisch an den Wundrändern, ehe sie zwei Vergrößerungsgläser am Ende ihres Nasensattels befestigte und daranging, die Wunden erneut, diesmal mit einem Faden der Größe 6–0 zu vernähen.

Der Eingriff dauerte fünfundvierzig Minuten. In dieser Zeit wechselten sie beide kein Wort. Als Abby die letzte Naht gesetzt und verknotet hatte, trat sie vom Tisch zurück und massierte sich den steifen Nacken. In der vergangenen Dreiviertelstunde war sie völlig auf ihre Arbeit fixiert gewesen und hatte dabei in erster Linie die Muskeln in den Händen und Unterarmen gefordert. Kein Wunder also, wenn ihr jetzt der Nacken schmerzte. Trotzdem machte es ihr große Freude, wenn sie sich so sehr in die Arbeit vertiefen konnte.

»Hat man Ihnen eine Tetanusspritze gegeben?« erkundigte sie sich bei Ives.

»Ja.«

»Diese Fäden können Sie sich bereits in fünf Tagen ziehen lassen. Kommen Sie einfach hierher und fragen Sie nach mir, ohne sich erst vorne in der Aufnahme zu melden. Ich werde Ihnen jetzt noch eine Spritze mit einem Antibiotikum und für fünf Tage Tabletten geben lassen. Vielleicht finden wir auch ein frisches Hemd für Sie, bevor Sie sich wieder auf den Heimweg machen.«

»Mein rechtes Bein bereitet mir ein wenig Sorge«, entgegnete Ives. »Vielleicht könnten Sie mir auch ein paar Pillen dafür geben.«

Abby stülpte daraufhin ein neues Paar Gummihandschuhe über und zog Ives die vor Schmutz starrende und mit Blut besudelte Jeanshose aus. Die Infektion seiner rechten Wade war ziemlich ausgedehnt und zweifellos nicht erst von gestern, weil die Entzündung bis zum Knochen vorgedrungen und diesen offenbar ebenfalls infiziert hatte. Höchstwahrscheinlich eine chronische Osteomyelitis, die zu den hartnäckigsten und nur selten heilbaren Infektionen gehörte. Sie schnitt eine Grimasse – nicht, weil sie der Anblick des angeschwollenen und entzündeten Gewebes so sehr erschreckte, sondern bei dem Gedanken, wie schwierig diese Infektion zu behandeln war. Dann erst merkte sie, daß er sie beobachtete.

»Wie ist denn das passiert«, fragte Abby.

»Ich bin gestürzt und habe mir das Bein an einem Felsen aufgeschlagen.«

»Wann?«

»Ach, das muß schon zwei oder drei Jahre her sein.«

»Und Sie können mit diesem Bein auftreten und sogar gehen?«

»Es tut ein bißchen weh beim Gehen.«

Sie seufzte.

»Mr. Ives ...«

»Nur Ives. So dürfen mich die Leute nennen, die mir sympathisch sind. Ives.«

»Ives, das ist eine ziemlich tiefe und gefährliche Infektion, die Sie da an Ihrer Wade haben. Ich kann Ihnen zwar noch nicht mit Sicherheit sagen, ob sie bis zum Knochen vorgedrungen ist, und ich weiß auch nicht, was für ein Erreger sie verursacht hat; aber wenn wir die Entzündung nicht richtig behandeln, werden Sie früher oder später sehr krank davon werden. Sie könnten sogar Ihr Bein verlieren.«

»Aber so groß sind die Schmerzen wirklich nicht, die ich beim Gehen habe. Wie wäre es, wenn Sie mir jetzt nur eine Medizin dafür geben würden und ...«

»So einfach ist es nicht!« fiel Abby ihm energisch ins Wort. Dann atmete sie tief ein, um sich zu beruhigen. Sie spürte jetzt, wie sehr die Belastungen dieses Tages an ihren Nerven zehrten. Sie wußte natürlich – besonders nach diesem Debakel mit Bartholomew –, daß nicht die geringste Aussicht bestand, Ives zu einem Krankenhausaufenthalt überreden zu können.

»Hören Sie, Ives, lassen Sie mich wenigstens eine Biopsie vornehmen. Ich werde Ihrem entzündeten Bein eine kleine Gewebeprobe entnehmen, von der wir dann eine Kultur anlegen und diese mikroskopisch untersuchen können. Anschließend gebe ich Ihnen noch eine Spritze mit einem Antibiotikum, und morgen werde ich dann mit einem Fachmann für Infektionskrankheiten und einem Knochenspezialisten über Ihren Fall reden. Okay?«

»Ich weiß nicht ...«

»Ives – bitte.«

»Okay, okay.«

»Danke.«

Sie öffnete die Tür des Untersuchungszimmers und nahm zum ersten Mal seit einer Stunde wieder Kontakt mit dem Rest der Unfallstation auf. Lew Alvarez war gerade dabei, ein Rezept für den letzten Patienten auszuschreiben. Sie stand ein Stück von ihm entfernt und beobachtete, wie er sich mit der Frau angeregt in fließendem Spanisch unterhielt. Sein Englisch war akzentfrei, wie Abby bereits festgestellt hatte, und sie konnte nicht sagen, ob Spanisch oder Englisch seine Muttersprache war. Er mußte so um die Vierzig sein und sah ausgesprochen attraktiv aus. Seine Augen waren dunkel und lebhaft, und die dichten Brauen und der Schnurrbart gaben dem bronzefarbenen Gesicht etwas Verwegenes. Von all ihren Kollegen auf der Unfallstation war er derjenige, den sie am interessantesten fand.

Die Beschreibung von George Oleander, daß Alvarez ein zu sehr von sich überzeugter Arzt sei, dem es an Teamgeist mangele, wollte nicht so recht zu dem Mann passen, den sie jetzt beobachtete – zumal er nicht einen Moment lang gezögert hatte, ihrer Bitte um Unterstützung nachzukommen.

Er bemerkte Abby erst, als er der Patientin das Rezept ausgehändigt und sie aus der Notaufnahme entlassen hatte.

»Ta *da*«, sang er, während er mit der Hand auf das leere Wartezimmer und die unbesetzten Untersuchungskabinen deutete.

Er bewegte sich nun mit einer natürlichen Grazie auf sie zu. Was Lew Alvarez George Oleander auch immer über sie erzählt haben mochte – sie konnte sich nicht vorstellen, daß dieser Mann sich von irgend jemandem einschüchtern ließ.

»Vielen Dank, daß Sie meiner Bitte entsprochen haben«, sagte sie.

»Kein Problem. Wie ich hörte, hatten Sie heute einen heißen Tag. Und dann haben Sie noch mitten in einem Code ein Cushing-Syndrom diagnostiziert. Respekt, Respekt.«

»Die Diagnose wurde noch nicht bestätigt.«

»Das wird sie aber. Und kurz vor Feierabend beschert Ihnen der Unfallwagen auch noch diesen Sam Ives.«

»Nur Ives, wie er mir sagte. Er möchte nicht anders genannt werden.«

»Ives soll früher mal ein Professor am College gewesen sein. Jedenfalls hat man mir das erzählt.«

Abbys Neugier war geweckt.

»An welchem College? Und was hat er dort gelehrt?«

Alvarez zuckte mit den Achseln.

»Keine Ahnung. Vor einem Jahr oder so habe ich ihn mal eine Zeitlang auf meiner Farm beschäftigt, weil er einen Job als Gelegenheitsarbeiter suchte. Aber wir haben nie viel miteinander geredet. Ich glaube auch nicht, daß er viele Angebote bekam. Die Leute hier haben Angst vor ihm.«

»Hat er schon mal jemanden angegriffen oder verletzt?«

»Nein. Es genügt schon, ein bißchen absonderlich zu sein, um den Leuten hier unheimlich zu werden.«

»Jemand vom Pflegepersonal erzählte mir, daß er in einer Höhle wohnen soll.«

Alvarez lachte.

»In seiner Hütte gibt es zwar weder Strom noch fließend Wasser, aber eine Höhle ist sie deswegen noch lange nicht.«

»Er hat eine chronische Osteomyelitis im rechten Wadenbein. Das macht einen chirurgischen Eingriff und eine intensive Behandlung mit Antibiotika unumgänglich. Vielleicht wird sogar eine Gewebeverpflanzung notwendig sein. Doch mehr als eine Biopsie und eine Antibiotikum-Spritze hat er mir nicht gestattet. Wollen Sie mir dabei helfen?«

»Klar – wenn ich dabei von Ihnen lernen kann, wie man bei einem Herzstillstand noch rechtzeitig ein Cushing-Syndrom erkennt, falls alle Reanimationsmaßnahmen versagen.«

Abby wollte zunächst etwas ungehalten auf seinen Sarkasmus reagieren. Doch sie konnte nur Wärme und Wohlwollen auf seinem Gesicht erkennen. Er schien tatsächlich von ihren Fähigkeiten beeindruckt zu sein. Gemeinsam bereiteten sie nun die Geräte für die Biopsie und die Reagenzgläser für die Gewebekulturen vor und füllten dann einen Tropf mit den entsprechenden Antibiotika, bevor sie sich in das erste Behandlungszimmer begaben.

Doch Ives befand sich nicht mehr darin. Sie suchten ihn zwar in allen Wasch- und Toilettenräumen der Station, aber Abby wußte, daß diese Suche vergeblich sein würde. Sie hätte ihn nicht so sehr unter Druck setzen dürfen, schalt sie sich im stillen. Und offenbar hatte ihn die Warnung, er könne sein Bein verlieren, wenn er sich nicht behandeln ließe, so sehr erschreckt, daß er aus dem Krankenhaus geflüchtet war.

Er hatte in der Eile sogar die Plastiktüte mit seinen Habseligkeiten unter dem Bett zurückgelassen, die Abby nun auf der Matratze ausschüttete. Sie enthielt säuberlich mit Sandpapier bearbeitete Holzfragmente – die Köpfe, Oberkörper und Beine von überaus hübschen und kunstvoll geschnitzten Figuren – und eine zerfledderte Ausgabe von Joseph Conrads *Lord Jim*.

4. Kapitel

Auf der Heimfahrt von der ›Peking Pagode‹ aß Abby zwei Frühlingsrollen und die Hälfte der Rippchen, die sie sich dort hatte einpacken lassen. Früher waren zwanzig filterlose Zigaretten pro Tag ihr Allheilmittel gegen den Streß gewesen. Doch nachdem sie sich das Rauchen abgewöhnt hatte, griff sie immer häufiger zur Flasche, um ihren Ärger zu verdrängen. Und obwohl sie nie etwas Stärkeres als Wein trank, hatte sie sich eines Tages vorgenommen, den Alkoholkonsum auf sorgenfreie Zeiten zu beschränken. Auf diese Weise war sie fast zur Abstinenzlerin geworden. Da sie weder Zeit noch Interesse für eine regelmäßige sportliche Betätigung oder für Meditationen besaß, hatte sie schließlich das Essen zu ihrem Beruhigungsmittel erkoren, und der Kampf gegen das Übergewicht gehörte seitdem zu ihren täglichen Herausforderungen.

Heute abend, nach Bill Tracy, George Oleander, Martin Bartholomew, Lew Alvarez und Ives, die sich alle mit Josh um den Spitzenplatz in ihrem Kopf stritten, war sie froh, wenigstens noch mit den kümmerlichen Resten eines Dinners heimzukommen.

Das von Josh gemietete Haus war eine mit Zedernschindeln gedeckte Sechszimmer-Ranch an der Nordseite der Stadt. Es war das letzte Haus in einer von Bäumen gesäumten Sackgasse am Fuß des Vorgebirges. In den wenigen Wochen, seit Abby hier wohnte, hatte sie ihre Liebe für das Landleben wiederentdeckt.

Die Entfernung zwischen dem Ranchhaus und dem Hospital betrug ungefähr zwei Meilen, doch heute hatte Abby sich zu einem längeren Umweg entschlossen, der am Nordrand des Tales entlangführte. Sie hoffte, dort vielleicht noch Ives zu begegnen, ehe er in den Wäldern untertauchte. Als sie schließlich in die Einfahrt einbog, war es schon fast neun Uhr abends. Der Geruch aus der Küche verriet ihr, daß Josh mit dem Essen nicht auf sie gewartet hatte.

»Da bin ich, Schatz«, rief sie, wenngleich sie wußte, daß der Kies in der Einfahrt solche Ankündigungen überflüssig machte.

Daß er daraufhin nicht aus der Küche kam, um sie zu begrüßen, wertete sie als Zeichen für einen nicht gerade konfliktfreien Abend. Und deshalb hielt sie vor der Hintertür an, um noch ein Rippchen zu verzehren.

»Hier herein«, hörte sie ihn sagen.

Als sie durch die Küche ging, sah Abby eine mit Pillen gefüllte Flasche auf der Anrichte stehen, die Josh von der Colstar-Klinik für Werksangehörige verschrieben worden war. Es handelte sich dabei um Kopfschmerztabletten der Marke ›Fioricet‹, die Tylenol, etwas Koffein und ein Sedativum mittlerer Stärke enthielten. Wenigstens hatte er sich dazu durchgerungen, mit jemandem in der Firma darüber zu reden. Wenn er diesem erzählt hatte, daß er unter Kopfschmerzen litt, war das immerhin ein gewisser Fortschritt. Sie hatte jedenfalls schon genug stürmische Szenen damit heraufbeschworen, daß sie es auch nur gewagt hatte, dieses Thema anzuschneiden. Das würde sie heute abend tunlichst vermeiden.

Er saß auf der Couch, seinem Lieblingsplatz im Wohnzimmer, löffelte ein aus Gemüse, Reis und Fleisch bestehendes Fertiggericht, schaute sich ein Baseballspiel im Fernsehen an und löste nebenbei noch ein Kreuzworträtsel. Wenn man das Ganze in einem isolierten Standbild betrachtete, war es eine unglaublich normale Szene. Sie beugte sich vor und schlang ihm von hinten die Arme um den Hals. Dann nahm sie ihm die Brille ab und schob sich zwischen ihn und das Rätselheft.

Er blinzelte, als bemerkte er erst in diesem Moment, daß sie hier war. Dann nahm er ihr Gesicht in seine Hände und schien dieses einen Moment lang wie durch einen Nebel zu betrachten. Schließlich reagierte er auf ihre Nähe mit einem Kuß – die Augen weit geöffnet, die Lippen fast geschlossen, was sie kaum als Aufforderung zu einer etwas intimeren Handlung betrachten konnte. Doch für den Augenblick genügte ihr das.

Josh war achtunddreißig Jahre alt und von Beruf Elektroingenieur. Mit zwanzig hatte er geheiratet, aber seiner Ehe war keine lange Dauer beschieden. Nach der Scheidung hatte er sich konsequent vor jeder dauerhaften Beziehung gedrückt, ohne freilich auf die Gesellschaft von Frauen zu verzichten. Vor zweieinhalb Jahren hatte sie dann ein gemeinsamer Freund miteinander bekannt gemacht – mit der zutreffenden Prophezeiung, daß sie sich beide von dem Intellekt und dem guten Aussehen des anderen nicht würden einschüchtern lassen. Abby hatte ihn vom ersten Abend an gemocht, während Josh zunächst noch etwas zurückhaltend war. Aber weil der Job am St.-Johns-Krankenhaus ihr nur knapp bemessene und unregelmäßige Freizeiten bescherte, sah er sich dazu genötigt, Konzessionen zu machen, wenn er sie überhaupt sehen wollte. Und aus diesem Grund zogen sie nach einem halben Jahr zusammen, was eine den Umständen nach ideale Lösung darstellte. Ihre Beziehung war insgesamt harmonisch, denn beide besaßen Stil, Temperament, Witz und gemeinsame Interessen.

Während des Studiums hatte Abby eine zwei Jahre dauernde Beziehung zu einem Studienkollegen gehabt, welcher dann im Verlauf einer einzigen Woche zu dem Entschluß gekommen war, daß er weder Arzt sein noch eine dauerhafte Bindung eingehen wollte. In den darauffolgenden Jahren hatte sie sich dann so oft mit Männern getroffen, wie ihr Beruf das zuließ. Aber einen Mann fürs Leben zu suchen, hatte noch nie zu ihren Prioritäten gehört. Sie besaß gute Freunde und eine ihren Neigungen entsprechende interessante Tätigkeit in einer Stadt, die sie liebte. Wenn ihr der Richtige über den Weg laufen und das alles mit ihr teilen würde – um so besser. Falls nicht, würde sie das auch nicht am Boden zerstören. Erst nachdem sie Josh kennengelernt hatte, mußte sie sich eingestehen, daß ihre Gleichgültigkeit gegenüber einer dauerhaften Beziehung nur gespielt war.

Sie hatten sich beide von Anfang an in der Gesellschaft des anderen wohlgefühlt. Mit keiner ihrer bisherigen Männerbekanntschaften hatte Abby so viel Spaß gehabt wie mit Josh und es schien so, als wäre jeder Aspekt in ihrem Leben durch ihn besser und reicher geworden. Selbst ihre Arbeit in der Unfallabteilung war plötzlich weniger anstrengend gewesen, weil sie wußte, daß der Tag mit einem Theaterbesuch, mit einem interessanten Gespräch beim gemeinsamen Joggen durch den Park oder einem lustigen Geplansche in ihrer viel zu kleinen Badewanne enden würde, bevor sie sich liebten. Sie wußte genau, daß dies der Mann war, auf den sie gewartet hatte – der Mann, der nicht mit all den Fehlern ihrer vorangegangenen Partner behaftet war. Und jetzt, mit fast fünfunddreißig Jahren, hatte sie keine Lust mehr, wieder von vorne anzufangen.

»Tut mir leid, daß ich mich verspätet habe«, sagte sie, während sie das, was von dem versprochenen chinesischen Dinner noch übriggeblieben war, auf eine Platte legte. »Ich habe am Ende eines höllischen Tages noch einen schwierigen Fall hereinbekommen.«

»Ein Baumharz mit sechs Buchstaben. Der erste Buchstabe ist ›M‹.«

»Mastix. Josh, stell dir das vor. Da gibt es doch tatsächlich einen Einsiedler, der hier irgendwo im Norden der Stadt in den Wäldern lebt. Ein ehemaliger College-Professor, ob du es glaubst oder nicht. Er wurde zusammengeschlagen, und ich mußte ihm das Gesicht wieder zusammenflicken. Aber dann ist er aus der Unfallabteilung getürmt, ehe ich sein infiziertes Bein behandeln konnte. Ich muß ihm wohl irgendwie Angst eingejagt haben.«

»He, das wäre nicht der erste Typ, den du vergrault hast. Obwohl es mir völlig unverständlich ist, wieso ein Mann vor einer Frau flüchten sollte, die so aussieht wie Nicole Kidman, sich mit Baumharzen auskennt und sogar Leute zusammenflicken kann, die von einem Bus überfahren wurden.«

Abby lächelte und spürte, wie ihre Anspannung etwas nachließ. Sie legte ihm das letzte noch übriggebliebene Rippchen auf den Teller, und er verzehrte es ohne Kommentar. Sie hatten demnach insgeheim einen Waffenstillstand geschlossen – sie war zu spät mit dem Dinner nach Hause gekommen, und er hatte nicht auf sie gewartet. Das Dynamit lag bereit, aber niemand wollte es entzünden. Möglich, daß dieser Abend gerettet war.

Sie sank neben ihm auf das Sofa hinunter und streifte sich die Schuhe von den Füßen.

»Sein Name ist Ives. Ich habe ein paar medizinische Geräte und Medikamente aus dem Krankenhaus mit nach Hause genommen. Ich wäre dir sehr dankbar, wenn du mir morgen dabei helfen würdest, diesen Mann wiederzufinden.«

»Für morgen haben wir bereits andere Pläne«, erwiderte er kühl.

Es dauert einige Sekunden, bis Abby sich darauf besann, daß morgen ja ›Familientag‹ bei Colstar war – die erste Gelegenheit für Josh, sie mit seinen Kollegen und Mitarbeitern bekannt zu machen. Daß sie daran nicht gedacht hatte, gehörte zu den Dingen, die *sie* zu den Spannungen beisteuerte, unter denen ihre Beziehung seit einiger Zeit zu leiden hatte. Ein Glück, daß sie nicht mit einem Kollegen in der Station die Schicht getauscht oder sich für den Bereitschaftsdienst hatte einteilen lassen.

»Natürlich – das Colstar-Picknick«, sagte sie nun laut. »Entschuldigung, das hatte ich ganz vergessen. Ich habe bereits die entsprechende Garderobe dafür herausgesucht und werde selbstverständlich rechtzeitig dort sein.«

»Das wird gar nicht notwendig sein. Tatsächlich liegen auf dem Schreibtisch in meinem Büro noch ein paar Sachen, die dringend erledigt werden müßten.«

Das roch nach Dynamit.

Vorsicht, dachte sie. *Wenn du jetzt behutsam auftrittst und dich nicht provozieren läßt, können wir diesen Abend vielleicht doch noch ohne eine Explosion überstehen.*

»Josh – ich habe mich doch so sehr auf diesen Tag gefreut! Ehrlich. Ich wußte nur nicht mehr so genau, wann dieses Ereignis stattfinden sollte …«

»Hör zu. Ich möchte gar nicht, daß du dort erscheinst. Vergiß es.«

Verdammt – jetzt war es also wieder so weit, daß es jeden Moment zum Krach kam.

»Liebling, bitte, ich …«

»Offenbar merkst du gar nicht mehr, daß du dich so sehr in dieser verdammten Arbeit im Krankenhaus vergräbst, daß ich ebensogut auf dem Mond wohnen könnte. Und warum das alles? Ärgerst du dich vielleicht darüber, daß ich endlich wieder einen guten Posten habe? Möchtest du damit vielleicht allen Leuten hier in Patience beweisen, daß du in unserer Beziehung noch immer die erste Geige spielst?«

»Josh, das ist nicht fair …«

»Was ist daran nicht fair? Nun behaupte bloß nicht, daß du in all den Monaten, in denen ich arbeitslos gewesen bin, mir das nicht täglich unter die Nase gerieben hättest. Behaupte bloß nicht, du wärest nicht jeden Abend mit diesem verklärten Lächeln auf dem Gesicht nach Hause gekommen, um mir von all den Schmeicheleinheiten zu berichten, die du tagsüber von deinen Patienten, Studenten und Kollegen vom Lehrkörper der Universitätsklinik bekommen hast, während ich dir nur erzählen konnte, daß man auf meine Bewerbung im Bedarfsfalle zurückkommen wolle. Behaupte ja nicht, daß du dich nicht in dem Gefühl gesonnt hättest, daß du allein unsere Brötchen verdient hast!«

Abby spürte, wie ihr das Blut in die Wangen schoß. Denn *sie* hatte ihn dazu ermuntert, den Job bei Colstar anzunehmen, obwohl das bedeutete, daß sie sich seither nur noch selten zu Gesicht bekamen. *Sie* war diejenige gewesen, die mit der Verwaltung des Kreiskrankenhauses von Patience Kontakt aufgenommen und schließlich ihre gutbezahlte Stellung und ihre Professur an der Universitätsklinik dafür geopfert hatte, daß sie wieder zusammensein konnten.

Und nun mußte sie sich diese Vorwürfe anhören. Er war so empfindlich, so verwundbar und so mißtrauisch geworden, daß sie bei diesen Auseinandersetzungen stets in die Defensive gedrängt wurde und meinte, sich rechtfertigen oder entschuldigen zu müssen. Er mußte von seinem neuen Job enttäuscht, überfordert oder nicht ausgelastet sein. Oder er hatte mit seinem Boß Ärger und konnte oder wollte das einfach nicht zugeben. Eine andere Erklärung machte für sie keinen Sinn.

»Josh, Liebling, es tut mir leid. Aber dieser Tag heute in der Klinik ist wirklich mörderisch gewesen.« Sie nahm seine Hand und war erleichtert, daß er sie nicht wieder zurückzog. »Glaube mir – ich freue mich tatsächlich darauf, die Leute kennenzulernen, mit denen du bei Colstar zusammenarbeitest. Ich hoffe nur, daß sie mich nicht für einen Trottel halten werden.«

Sie sah, wie die Anspannung in seinem Gesicht sich ein wenig lockerte, und er die Finger seiner zu Fäusten geballten Hände wieder auseinanderfaltete. Ihre Lippen berührten kurz seinen Mund, dann legte sie die Hand in seinen Schoß und streichelte ihn dort auf eine Weise, von der sie wußte, daß sie ihm besonders gut gefiel. Er stöhnte leise, schloß die Augen und lehnte sich in die Polster zurück.

»Ich habe ihnen gesagt, daß wir um zehn dort sein würden, um ihnen beim Aufbauen der Tische und Bänke zu helfen«, murmelte er, ohne die Augen zu öffnen. »Vielleicht kommen wir morgen so zeitig aus den Federn, daß ich dir dabei helfen kann, diesen Typ wiederzufinden.«

»Das wäre großartig. Vielleicht würde er dir sogar gefallen. Er ist die erwachsene Version von jenen Kindern, die du früher nach dem Baseball-Training zum Dinner mitgebracht hast.«

Sie knöpfte nun den Hosenbund seiner Jeans auf und zog den Reißverschluß herunter. Es war nicht mehr so, daß sie ihn automatisch erregen konnte, wenn sie ihn berührte, aber diesmal hatte sie keine Probleme damit.

»Doc«, flüsterte er, »für das, was Sie jetzt mit mir anstellen, werde ich Ihnen nicht nur dabei helfen, diesen Typ wiederzufinden, sondern auch Ihre Arzttasche tragen.«

5. Kapitel

Abby lag mit dem Gesicht nach unten im Bett und redete sich ein, daß sie noch schliefe, obwohl sie wußte, daß das nicht der Fall war. Sie tastete das Bett neben sich ab, aber Josh befand sich nicht mehr darin. Das Geräusch einer Axt, die in einen Stamm einschlug, und das darauf folgende Zerbersten von Holz hatten sie geweckt. Sie schielte zu den Jalousien hinauf, durch deren Lamellen ein blasses Sonnenlicht sickerte. *Noch nicht einmal sechs,* dachte sie, tastete mit der Hand nach dem Radiowecker auf ihrem Nachttisch und stöhnte. Zwanzig Minuten nach fünf.

Ein neues Kapitel.

Was zum Teufel ist nur los mit dir, Josh?

Abby rollte sich auf den Rücken und blinzelte so lange, bis die Zimmerdecke scharf in ihr Blickfeld rückte – oder vielmehr das Poster von Albert Einstein, das Josh an dem Tag, als sie vor sechs Wochen hier eingetroffen war, befestigt hatte und dabei zu ihr gesagt hatte, das sei völlig normal, wenn Ingenieure sich bei einer Partnerin wohl fühlten. Sechs Wochen, die ihr jetzt fast wie ein Jahr vorkamen.

Abby zog sich ein T-Shirt und Shorts an und warf einen kurzen Blick in den Spiegel der Frisierkommode. Sie war ganz bestimmt keine Nicole Kidman – selbst mit ihren Kontaktlinsen nicht –, und die Uhrzeit war auch nicht dazu angetan, die besten Seiten in ihr zum Vorschein zu bringen. Aber sie besaß immer noch ein recht passables Aussehen und eine ausgezeichnete Figur und war sich ziemlich sicher, daß Nicole Kidman keine Ahnung hatte, was sie machen sollte, wenn ein schreiendes dreijähriges Kind mit einem ausgekugelten Arm zu ihr kam. Sie fuhr sich jetzt mit dem Kamm fünfundzwanzigmal durch die schulterlangen Haare und fragte sich dabei unwillkürlich, ob Lew Alvarez mit jemandem zusammenlebte. Sie wußte nur, daß er Witwer war – eine der Schwestern hatte ihr das erzählt.

Abby ging in die Küche und schaltete die elektronische Kaffeemaschine an, die sich Josh aus Europa besorgt hatte. Die Flasche mit den Fioricet-Tabletten, die gestern neben der Maschine auf der Anrichte gestanden hatte, befand sich nun auf dem Küchentisch. Irgendwann zwischen dem Ende ihres Schäferstündchens und jetzt mußte Josh ein paar Tabletten davon eingenommen haben. Von den ursprünglich fünfzig Tabletten waren jetzt noch zehn übrig. Vierzig Tabletten in vierzehn Tagen war die absolute Obergrenze einer noch zulässigen Dosis, zumal diese Tabletten süchtig machen konnten. War das vielleicht die Erklärung für seine rätselhafte Launenhaftigkeit und die häufigen Wutanfälle? Es fiel Abby schwer zu glauben, daß Josh tablettensüchtig geworden sein könnte. Er war immer ein Gesundheitsfanatiker gewesen, der streng nach Diät lebte und alles vermied, was seiner Konstitution hätte schaden können. Und bisher hatte sie ihn auch nie etwas anderes als Vitaminpillen einnehmen sehen.

Sie schielte zum Küchenfenster hin. Josh stand barfuß im taunassen Gras und kehrte ihr den Rücken zu. Schweißperlen bedeckten seinen nackten, muskulösen Oberkörper und Joshs Atem dampfte in der kühlen Morgenluft. Die wütenden, weit ausholenden Axtschläge ließen Abby erschauern.

Sie öffnete die Hintertür und trat auf die Veranda hinaus. Der Himmel war grau, aber die Luft glasklar und mit dem süßen Aroma der Bergwiesen erfüllt, das mit dem frischen Duft des gespaltenen Eichen- und Eschenholzes eine wundervolle Verbindung einging. Unmittelbar hinter dem Hof breitete sich ein dichtes Kiefernwäldchen bis zum Vorgebirge aus, das nur einen Steinwurf vom Haus entfernt lag. Es gab vieles, was sie vermißte, seit sie nicht mehr in einer Großstadt lebte, aber auch einiges, was sie dafür entschädigte.

»He, Bunyan«, rief sie jetzt, »wie wäre es, wenn du mal eine Kaffeepause machen würdest?« Noch ein Hieb, der einen Kloben Eichenholz in zwei Teile spaltete. Dann wischte er sich die Stirn mit dem Handrücken ab und drehte sich zu ihr um. Seine Miene war friedlich, sein breites Lächeln echt.

Das war der Josh, den sie liebte.

»Tut mir leid, wenn ich dich geweckt haben sollte. Ein Kaffee wäre jetzt genau das richtige.«

Abby verstaute ihre Arzttasche zusammen mit den chirurgischen Bestecken, den Gläsern für die Gewebekulturen und den Antibiotika-Ampullen, die sie heimlich aus dem

Hospital hatte mitgehen lassen, in Joshs großem Rucksack und fügte noch einige Kleidungsstücke hinzu, die er nicht mehr trug. Dann füllte sie einen großen Karton mit Konserven, Teigwaren und einigen Taschenbüchern von Daphne du Maurier, Stephen Crane und John Grisham, und verlud diesen in Joshs Geländewagen. Der khakifarbene ›Wrangler Safari‹ – oder, genauer gesagt, die Anzahlung dafür – war Abbys Geschenk an Josh gewesen, als er sich um die Stellung bei Colstar beworben und sie auch angenommen hatte.

»Wir haben ungefähr zwei Stunden Zeit, bevor ich im Park erscheinen muß«, sagte Josh, als er sich hinter das Lenkrad schwang. »Glaubst du, daß wir deinen Eremiten bis dahin finden werden?«

»Ich denke schon. Lew Alvarez – der Arzt, der ihn schon länger kennt – hat mir gesagt, wo wir parken und was wir machen sollen, wenn wir den Bergpfad zu seiner Hütte gefunden haben. Allerdings ist er seit einem Jahr nicht mehr dort oben gewesen, und deshalb war seine Beschreibung ein wenig ungenau.«

»Alvarez. Dunkle Haare und Schnurrbart? Hat er nicht eine gewisse Ähnlichkeit mit Omar Scharif in ›Doktor Schiwago‹?«

Abby erschrak.

»Ja«, brachte sie dann hervor, »die Ähnlichkeit ist wirklich verblüffend. Woher kennst du ihn denn?«

Sie spürte, wie ihre Wangen heiß wurden, und blickte rasch aus dem Fenster neben dem Beifahrersitz.

»Er hat mir damals den Oberschenkel genäht, den ich mir an diesem Nagel aufgerissen hatte – weißt du das nicht mehr?«

»Ich erinnere mich zwar daran, daß du mir von diesem Unfall erzählt hast, kann mich aber nicht entsinnen, daß du mir irgendeinen Namen genannt hättest. Damals habe ich mich ja auch noch nicht für das Krankenhaus hier interessiert. Jedenfalls hat er gute Arbeit geleistet.«

»Eine verdammt gute sogar. Er schien mir auch ein netter Mensch zu sein.«

Abby starrte immer noch aus dem Fenster zu ihrer Rechten. Die Bilder, die ihre Phantasie seit dem Schichtwechsel gestern abend beschäftigten, waren absolut harmlos – gewissermaßen ›jugendfrei‹. Trotzdem hatte sie nun das Gefühl, als würde sie bei etwas Verbotenem ertappt.

Josh war locker, lebhaft und entspannt, als sie zunächst in östlicher Richtung auf das Krankenhaus und den Hügel mit der Colstar-Fabrik zufuhren und dann quer durch das Tal auf die im Norden aufragenden Hügel. Es war inzwischen heller Morgen, der Himmel wolkenlos, die Luft angenehm warm. Ein perfektes Wetter für ein Picknick. Abby fragte sich, ob es die Natur wohl jemals gewagt hatte, sich bei einer Colstar-Veranstaltung von ihrer launischen Seite zu zeigen.

Sie fanden mühelos die Straße, die Lew ihr beschrieben hatte, eine befestigte Pflasterstraße, die sich nach einer Weile in einen unbefestigten, kiesbestreuten Fahrweg verwandelte, ehe sie schließlich nach einer Viertelmeile ganz aufhörte.

»Das ist die Stelle, wo wir den Wagen parken sollen«, sagte Abby. »Der Pfad muß gleich dort drüben sein.«

Sie waren jetzt ungefähr zwei Meilen vom Krankenhaus entfernt. Die Hügel auf der Nordseite des Tales waren steiler als jene auf der Südseite, und Abby mußte daran denken, daß Ives trotz seines schlechten Gesundheitszustandes nachts und ohne Licht diesen Hügel dort hinaufgeklettert war. Dann besann sie sich darauf, daß man diesen Mann ja nicht dazu gezwungen hatte, in den Wäldern zu leben. Er hauste freiwillig dort – aus welchen Gründen auch immer.

Josh lud sich den Rucksack auf den Rücken, befestigte mit der Leichtigkeit, die von langer Übung zeugte, die Haken der Bänder in den Tragösen und setzte sich in Bewegung. Abby folgte ihm.

Es war ein felsiger und steiler, aber deutlich markierter Pfad, der sich in östlicher Richtung durch einen dichten Wald schlängelte. Die mächtigen Bäume ließen das Licht der Morgensonne nur an vereinzelten Stellen durch.

Lew hatte ihr gesagt, daß sie nach ungefähr einer Meile den Pfad verlassen und dann den Hügel hinaufsteigen müßten. Diese Stelle wäre durch einen hohen, auf das Tal hinausschauenden Felsblock und einen schmalen Bach markiert, der von einem gefällten Baumstamm überbrückt würde. Josh bewegte sich mit dem kraftvollen Elan und der Zuversicht eines an das Leben in freier Natur gewohnten Athleten, während Abby schon ein wenig Mühe damit hatte, ihm zu folgen. Dennoch freute sie sich über ihre gute körperliche Verfassung. In den ersten Wochen, nachdem sie hierhergezogen war, und vor den Beginn ihrer Tätigkeit am Kreiskrankenhaus, hatten sie viele Ausflüge in die Hügel rings um Patience gemacht und fast jeden Tag eine kleine Kletterpartie unternommen. Doch in jüngster Zeit waren sie dazu überhaupt nicht mehr gekommen.

Die Stelle, wo sie den Pfad verlassen sollten, war genau so, wie Lew sie Abby beschrieben hatte – eine breite, ausgetretene, kahle Stelle am Fuße eines Felsens neben einem Bach. Die nächsten dreißig Meter, die sie nun den Hügel hinaufklettern mußten, brachten Abby völlig aus der Puste. Dann sahen sie etwas Helles zwischen den Bäumen aufschimmern – eine kleine, in den Wald geschlagene Lichtung, an deren Ende eine aus Abfallholz und Aluminium-Wellblechen gezimmerte und mit Schindeln gedeckte Hütte stand, deren Rückseite sich an den Hang schmiegte.

Neben der Hütte sahen sie eine Werkbank mit Schnitzwerkzeugen und einer Reihe von halbfertigen Holzfiguren, während auf der linken Seite der Lichtung eine aus Stroh gefertigte Puppe an einem Baum hing. In Gestalt und Größe ähnelte sie einem erwachsenen Menschen und aus der Brust ragten ein paar Pfeilschäfte hervor. Unterhalb dieser Puppe war ein Schild mit der Aufschrift ›Betreten Verboten‹ befestigt.

»Ich habe nicht damit gerechnet, auf diesem Hügel einem Menschen zu begegnen, der auch hier wohnt«, sagte Josh. »Es ist auch schwer zu glauben, daß jemandem so etwas in den Sinn kommen könnte. Aber für einen Einsiedler muß die Hütte dort vermutlich so etwas wie das Ritz sein.«

»Ives«, rief Abby jetzt, ohne sich der Hütte zu nähern. »Ives – ich bin es … Doktor Dolan vom Krankenhaus! Hallo – Ives?«

Einige Sekunden lang herrschte Totenstille. Dann hörten Abby und Josh das Geräusch einer Bogensehne, und unmittelbar darauf schlug ein Pfeil hoch oben in der Brust der Puppe ein – worauf sie beide unwillkürlich Deckung hinter einem Baum suchten.

»Ich komme gleich zu Ihnen hinunter, Doc«, rief Ives, und seine Stimme schien ein ganzes Stück entfernt zu sein.

Josh bewegte sich jetzt vorsichtig auf die Puppe zu und studierte die Pfeile, die in ihr steckten.

»Mit einem von diesen Dingern könnte man sogar einen Düsenjäger abschießen«, sagte er ehrfürchtig.

Im gleichen Moment kam Ives mit einem langen, glänzend polierten Bogen aus dem Wald heraus. Das Fleisch um seine Augen war dick angeschwollen. Tatsächlich machte das ganze Gesicht einen aufgedunsenen und stark lädierten Eindruck. Er hatte seine blutbesudelten Kleider gegen eine abgetragene Drillichhose und ein fadenscheiniges Arbeitshemd vertauscht, über deren Brusttasche der Name ›Norm‹ eingestickt war. In seinem Bart waren zwar noch ein paar gestockte Blutflecken zu erkennen, aber Abby war überzeugt, daß er sich den Bart gewaschen und diese nur übersehen hatte. Sie bemerkte auch, daß keine von ihren Nähten aufgegangen war.

»Tut mir leid, daß ich mich gestern heimlich verdrückt

habe, Doc«, sagte er. »Aber ich habe nun mal eben eine Aversion gegen Krankenhäuser und Ärzte.«

Abby bekundete ihr Verständnis und stellte ihn dann Josh vor.

»Ein ausgezeichneter Schuß«, meinte Josh, auf die Strohpuppe deutend, »zumal für einen Schützen mit fast zugeschwollenen Augen.«

»Aus einer Entfernung von fünfzig Metern würde ich das Ziel sogar mit verbundenen Augen treffen«, erwiderte Ives wegwerfend.

»Jagen Sie hier oben Rehe oder Hirsche?«

»Ich jage gar nichts. Ich esse kein Fleisch. Ich habe lediglich ein paar von diesen Puppen hier oben im Wald verteilt, auf die ich schieße. Vor vielen Jahren habe ich eine Zeitlang in Japan gelebt und mich dort mit der Kunst des Bogenschießens angefreundet. Ich schieße auch heute noch gern mit Pfeilen – vor allem, seit ich mir diesen Bogen angefertigt habe.«

Abby spürte, daß Josh von Ives fasziniert war.

»Ives, ich bin gekommen, um Ihr Bein zu kurieren«, sagte sie. »Aber falls das meine Möglichkeiten übersteigen sollte, müssen Sie mir versprechen, daß Sie einen Spezialisten aufsuchen und seinen Anweisungen Folge leisten.«

Ives, der gerade Joshs Gesicht studierte, gab ihr darauf keine Antwort.

»Olivfarbener Jeep Wrangler. Kalifornisches Nummernschild, acht-zwei-acht, C-J-W«, sagte er.

Sie sahen ihn nun beide verdutzt an. Er konnte sich unmöglich am Ende der Schotterstraße aufgehalten und sie beobachtet haben, als sie den Jeep dort abstellten, um sie dann eine Dreiviertelstunde später hier oben mit Pfeil und Bogen bei der Hütte zu begrüßen. Seine Miene verriet ihnen, daß ihm dieses Spiel Spaß machte.

»Okay, Ives«, sagte Abby. »Wir geben auf.«

Ives verschwand in seiner Hütte und kehrte kurz darauf mit einem Jutesack zurück, in dem sich ein offenbar gewichtiger Gegenstand befand. Ohne ein Wort zu sagen, führte er sie nun auf einem kaum erkennbaren Pfad zu einem etwa hundertfünfzig Meter entfernten und ungefähr zehn Meter breiten steinigen Plateau mit auf drei Seiten fast senkrecht in die Tiefe stürzenden Wänden, von dem man einen großartigen Blick auf das Tal und die dahinterliegenden Berge hatte. Im Westen sahen sie die Stadt in einer Art Miniaturausgabe, während sich weiter östlich das Fabrikgelände von Colstar ausbreitete, das von hier oben betrachtet einem Flughafen mit Schornsteinen glich. Ives ließ sich behende auf dem Boden nieder und forderte Abby und Josh mit einer Handbewegung auf, seinem Beispiel zu folgen. Dann griff er in den Jutesack und holte einen imposant aussehenden Feldstecher hervor.

»Eines meiner Hobbys«, erklärte er, drehte an den Okularen und reichte Abby das Fernglas. »Ich habe mir auch aus ein paar alten Infrarotgläsern ein recht gut funktionierendes Nachtsichtgerät gebastelt, wenn ich mir die Gegend im Dunkeln anschauen möchte.«

»Josh, das ist unglaublich«, sagte Abby, als sie durch den Feldstecher blickte. »Siehst du den Wagen dort drüben, der gerade die Einfahrt heraufkommt?«

»Eine schwarze Limousine. Mehr läßt sich von einem Auto, das in eine Streichholzschachtel zu passen scheint, beim besten Willen nicht erkennen.«

»Es ist ein dunkelblauer Volvo.«

Sie gab den Feldstecher an Josh weiter, der durch das Glas seine Arbeitsstelle betrachtete und leise durch die Zähne pfiff.

»Wer hätte das gedacht«, sagte er. »Der große Bruder Ives kann uns in die Kochtöpfe schauen.«

»Ich habe Ihr Gesicht wiedererkannt, weil Sie in einem recht auffälligen Wagen zur Arbeit kommen – meistens mit offenem Verdeck. Übrigens fahren Sie viel zu schnell.«

»Wissen die Leute von Colstar, was Sie hier mit Ihrem Feldstecher machen?«

»Nein. Und ich hoffe, daß Sie ihnen das auch nicht verraten werden. Es ist schließlich nur ein harmloses Hobby. Etwas, mit dem ich mir die Zeit vertreibe, wenn keine Tiere in der Nähe sind, die ich durch das Glas beobachten kann.«

»Ich werde ihnen kein Wort davon erzählen«, erwiderte Josh. »Das verspreche ich Ihnen.«

»Aber können Sie mir mal verraten, Ives«, sagte Abby, »warum Sie nicht von Ihrem Hügel heruntersteigen und mit dem Rest der Menschheit zusammenleben, wenn Sie sich schon so ein Hobby suchen müssen, damit Ihnen die Zeit hier oben nicht zu lang wird?«

»Das habe ich längst versucht«, erwiderte Ives. »Zu viele Kannibalen. Zu viele Gesetze. Zu viel Heuchelei. Zu viele Rechnungen. Zu viel Haß. Genügt Ihnen das, oder soll ich mit meiner Liste fortfahren?«

»Nein«, entgegnete Abby, obwohl sie gern noch mehr von den Dingen gewußt hätte, die ihn dazu getrieben hatten, ein Einsiedlerdasein in der Wildnis zu führen. »Nun bin ich aber an der Reihe. Haben wir beide nun ein Abkommen, was Ihr verletztes Bein anbetrifft?«

»Ich kann Ihnen nichts versprechen. Ich werde mir anhören, was Sie mir empfehlen, und es auch tun, falls es mir richtig zu sein scheint. Glauben Sie mir – es gibt so viele Dinge im Leben, die mir Freude machen, daß ich mir keineswegs wünsche, krank oder gar ein Krüppel zu werden. Aber Sie müssen auch verstehen, daß solche selbstgerechten Wichte wie dieser Chirurg, an den Sie mich verwiesen haben, nicht gerade mein Vertrauen in Ihre heilige Zunft wecken.«

»Das kann ich nur bedauern, Ives.«

»Wenn Sie schon glauben, jemanden bedauern zu müssen, dann nicht mich, sondern ihn«, sagte Ives, mit dem Kopf auf Josh deutend, als er die beiden zur Lichtung zurückführte.

»Was meinen Sie damit, Ives?«

»Ich meine damit einen weißen Mercedes mit dem

Kennzeichen MD, drei-null-drei. Doktor Aufgeblasenheit in Person.«

»Dr. Bartholomew?«

»Richtig. Fährt jeden Dienstag und Freitag um neun Uhr morgens hinauf in die Colstar-Fabrik, die er dann um drei Uhr nachmittags wieder verläßt.«

Abby drehte sich zu Josh um.

»Ives redet gerade mit mir über Martin Bartholomew. Kennst du ihn?«

»Er leitet die Klinik für Werksangehörige von Colstar.«

»Bartholomew ist Chirurg. Hat er dich etwa auf deine Kopfschmerzen hin untersucht?«

»Untersucht wäre zu hoch gegriffen. Er hat lediglich ein paar Tests angeordnet und sich dann bei der Schwester erkundigt, welche Tabletten sie auf Lager hätte.«

»Himmel! Josh, ich dachte, du hättest einen Neurologen ...« Sie hielt mitten im Satz inne. Dieser Morgen verlief einfach zu harmonisch, um ihn jetzt zu verderben. »Hör zu«, sagte sie, »wir werden ein andermal darüber reden, wenn du möchtest.«

Josh zog sich daraufhin wieder auf Ives' Beobachtungsposten zurück, während Abby dem entzündeten Bein des Eremiten eine Reihe von Gewebeproben entnahm und diese auf die dafür vorbereiteten Reagenzgläser verteilte. Nachdem diese verschlossen und etikettiert waren, injizierte sie ihm die Antibiotika, die sie aus der Klinik mitgenommen hatte. In der Regel war es nicht nötig, bei normalen Hautverletzungen am Kopf und im Gesicht ein Antibiotikum zu verabreichen, weil das Gewebe an diesen Stellen so gut durchblutet war, daß es nur in den seltensten Fällen zu Infektionen kam. Doch Ives' Bein war eine ganz andere Geschichte. Es so zu behandeln, wie sie das jetzt tat, war sicherlich nicht die idealste Methode, aber immer noch besser als gar keine. Während sie mit Pinzette, Skalpell und Schere infiziertes Gewebe entfernte, um dann die Wunde zu säubern, ließ sie den Blick über die Lichtung schweifen und lächelte bei dem Gedanken, was wohl ihre hochgelehrten Universitätskollegen gesagt haben würden, wenn die sie jetzt hätten sehen können.

Nachdem sie Ives' Wunde verbunden hatte, versprach sie ihm, daß sie in ein paar Tagen wiederkommen würde, um die Fäden zu ziehen, mit denen sie ihm die Schnittwunden im Gesicht vernäht hatte, und die Behandlung seines infizierten Beines fortzusetzen. Dann gab sie ihm noch die mitgebrachten Bücher, Konserven und Kleider, bevor sie Josh zur Lichtung zurückrief und mit ihm den Hügel hinunterkletterte.

Als sie wieder im Jeep saßen und zum Colstar-Picknick fuhren, sagte Abby: »Josh – hast du jemals ein kleines, bemerkenswertes Buch mit dem Titel ›Zen und die Kunst des Bogenschießens‹ gelesen?«

»Nicht, daß ich wüßte.«

»Es gehörte zu der Lektüre eines philosophischen Seminars, das ich an der Universität besuchte. Ich kann mich zwar nicht mehr auf den Namen des Verfassers besinnen, aber als Ives sagte, er hätte diese Strohpuppe aus einer Entfernung von fünfzig Metern mit verbundenen Augen getroffen, fiel mir dieses Buch wieder ein.«

»Das sollte doch nur ein Scherz sein«, sagte Josh.

»Das glaube ich nicht. Ich bin mir sicher, daß er mit verbundenen Augen auf diese Entfernung einen Menschen mit dem Pfeil treffen kann.«

6. Kapitel

Als sie den sechs Kilometer von der Fabrik entfernt gelegenen Colstar-Park erreichten, hatte Abby bereits eine Veränderung an Josh bemerkt. Es begann mit einigen harmlosen Gesten – mit einem Zwinkern, als würde er von der

Morgensonne geblendet; dem Reiben der Augen und Schläfen; einem Befeuchten der Lippen und einem wiederholten Auf- und Absetzen der Sonnenbrille. Und nachdem er sich anfangs so angeregt mit ihr unterhalten hatte, war er jetzt stumm wie ein Grab.

»Bist du okay?« fragte sie zaghaft.

Er funkelte sie einen Moment lang an, als hätte sie ihn aus einem Gedankengang von kosmischer Bedeutung herausgerissen.

»Natürlich bin ich okay.« Noch schnauzte er sie nicht an, sondern erteilte ihr nur einen Rüffel, indem er grollend hinzusetzte: »Schließlich bin ich schon seit halb fünf auf den Beinen, falls du das vergessen haben solltest.«

Wenn die Erfahrungen aus jüngster Zeit ihr als Indikator dienen konnten, würde er in den nächsten zwei Stunden immer verschlossener und reizbarer werden, manchmal auch seine Kopfschmerzen erwähnen. Das Ganze endete dann damit, daß er sich ins Bett legte, auf der Couch einschlief oder Streit mit ihr suchte. Zuweilen genehmigte er sich auch einen Scotch, meist zu einer völlig unpassenden Zeit und auf eine für ihn ganz untypische Weise – indem er ihn ohne Eis trank und das Glas auf einen Zug leerte. Und da sich Abbys Beobachtungen nur auf sein Verhalten innerhalb ihrer vier Wände beschränkten, hatte sie keine Ahnung, was Josh alles während seiner Arbeitszeit in der Fabrik anstellte.

Der Colstar-Park war ein Vorzeigeobjekt – ein weitläufiges, tadellos gepflegtes Areal, das mehrere Ententeiche, eine zwei Kilometer lange Joggingstrecke, ein Dutzend Spielplätze, zwei Dutzend Haine für Picknicks, drei Baseballfelder, eine Zuschauertribüne und einen kleinen See beherbergte. Abby konnte sich nicht vorstellen, daß es außer Patience eine Kleinstadt in den Staaten geben sollte, die über eine solche Oase verfügte.

Ein märchenhafter Park, ein phänomenal ausgerüstetes Hospital, eine an null grenzende Arbeitslosenquote und

Schulen, die den Vergleich mit keiner Bildungseinrichtung in den Staaten zu scheuen brauchten: Colstar International und die Gemeinde von Patience schienen eine bemerkenswerte Partnerschaft eingegangen zu sein – eine symbiotische Beziehung, die so perfekt war, als wäre sie von der Natur erschaffen. Als sie den Jeep parkten, beobachtete Abby, wie die Familien, die offensichtlich zu den Frühaufstehern gehörten, schon einen Ausflug in den Park unternahmen. Die Kinder waren mit Baseballschlägern oder Angelruten bewaffnet, und die Eltern, unter denen Abby einige ehemalige Patienten der Unfallstation erkannte, machten insgesamt einen entspannten Eindruck, auch wenn sie ihre Sprößlinge zuweilen ermahnten, nicht den Anschluß zu verlieren. Abby konnte sich gut vorstellen, wie es sein würde, wenn man seine Kinder in dieser Gemeinde großzog.

Aber mit Josh?

»He, *muchacho*«, rief sie ihm mit einer Stimme zu, die nicht so begeistert klang, wie sie das beabsichtigt hatte, »wie wäre es, wenn du auf mich warten würdest?«

Josh blickte zu ihr zurück und verlangsamte dann seinen Schritt.

»Entschuldigung«, murmelte er.

»Ich freue mich schon darauf, ein paar von diesen Colstar-Leuten kennenzulernen, von denen du mir so viel erzählt hast.«

»Nun – sie werden alle hiersein.«

Seine Stimme klang hohl.

Tatsächlich hatte Josh ihr bisher nur sehr wenig von seiner Arbeit und seinen Kollegen erzählt. Und sie hatte die Fabrik auch nur ein einziges Mal besucht, und das war gleich nach ihrer Ankunft in Patience gewesen. Eigentlich wußte sie nur, daß er an der Entwicklung von High-Tech-Batterien beteiligt war, und daß seine Forschungsabteilung anteilmäßig von der Gesellschaft und durch Zuschüsse der Bundesregierung finanziert wurde.

Colstar war der einzige große Arbeitgeber im Tal. Wenn

hier jemand nicht direkt für Colstar arbeitete, hatte er vermutlich indirekt mit dem Konzern zu tun. Man würde für das Picknick mindestens die Hälfte der dafür vorgesehenen Haine beanspruchen, hatte Josh ihr erzählt.

»Hättest du Lust, mit mir einen Ausflug zum See zu unternehmen?« fragte Abby.

»Später vielleicht. Ich muß erst beim Organisieren der Speisen helfen.«

Er deutete zu einer Stelle, wo einige Männer gerade damit beschäftigt waren, einen großen Ryder-Laster auszuladen. In der Nähe des Lasters standen bereits ein Dutzend Ölfässer auf Stelzen – offenbar ein transportabler Hähnchengrill.

»Soll ich dich dabei unterstützen?« fragte Abby.

Aber er hatte sich schon ein paar Schritte von ihr entfernt. Sie blieb, wo sie war, und folgte ihm mit den Augen. Als er den Lastwagen erreicht hatte, lehnte er sich kurz dagegen. Einen Moment lang sah es so aus, als würde er sich daran festklammern. Als sie auf ihn zuging, schien er sich wieder zu fangen und schloß sich dann den anderen Männern an, um beim Abladen zu helfen. Sie seufzte und wandte ihren Blick von ihm ab. Es würde heute wieder ein langer Tag werden.

Abby schaute sich um, ob sie sich woanders nützlich machen konnte, als ein Mann auf sie zutrat.

»Dr. Dolan?«

»Ja?«

Es war ein breitschultriger, durchtrainierter Typ mit militärisch-strammer Haltung. Seine dichte Mähne war so weiß wie das Gefieder eines Schwanes und zweifellos vorzeitig ergraut, wenn man das Gesicht darunter betrachtete. Mit seinem schwarzen Rollkragenpullover, dem schwarzen Sportjackett, der schwarzen Tuchhose und den blitzblank gewienerten, vorne spitz zulaufenden schwarzen Halbschuhen war er für ein Picknick im Freien denkbar unpassend gekleidet.

Vielleicht ein Johnny-Cash-Fan, dachte Abby.

Er streckte ihr seine Rechte hin, die sie nur zögerlich ergriff. Er hatte einen festen Händedruck, und sein Lächeln enthüllte zwei Reihen perlweißer Zähne.

»Lyle Quinn«, stellte er sich vor. »Es ist mir ein Vergnügen, Sie kennenzulernen. Ich habe schon eine Menge von Ihnen gehört.«

»Von Josh?«

Sie mochte sich nicht gern eingestehen, wie unwahrscheinlich so etwas war.

»Ja, von Josh«, bestätigte er. »Und auch von anderen Leuten. Hätten Sie etwas dagegen, wenn ich Ihnen den Park zeigen würde?«

Dieser seltsame Mann in Schwarz erregte jetzt ihre Neugierde. Sie sah wieder zu der Stelle hin, wo Josh nun mit dem gleichen fanatischen Betätigungsdrang, den er bereits heute Morgen beim Holzhacken bewiesen hatte, große mit Kartoffeln und Mais gefüllte Säcke schulterte.

»Nein«, sagte sie.

Er führte sie von dem transportablen Hähnchengrill weg und auf den See zu.

»Ich habe auch gehört, daß Sie Bill Tracy das Leben gerettet haben«, sagte er.

Abby blickte ihn nun ein wenig unbehaglich von der Seite an.

»Haben Sie beruflich mit dem Krankenhaus zu tun?« fragte sie.

Quinn zeigte ihr abermals seine perlweißen Zähne.

»In gewisser Weise ja. Ich gehöre dem Verwaltungsrat des Krankenhauses an und bin nun schon seit sechs – nein, sieben Jahren in dieser Eigenschaft dort tätig.«

Der Mann hatte etwas Selbstgefälliges an sich, das Abby unangenehm berührte.

»Das ist doch sicherlich nur eine Nebenbeschäftigung von Ihnen. Was machen Sie hauptberuflich?« fragte sie. »Für Colstar?«

»Wenn das die Firma ist, für die Sie arbeiten?«

Abby fand diesen Mann mit jeder Sekunde unsympathischer. Schlimmer noch – es kam ihr so vor, als ob er auch gar nicht die Absicht hatte, sie für sich einzunehmen.

»Sie ist es«, erwiderte er. »Ich schätze, man kann mich als Sicherheitschef der Firma bezeichnen, als oberster Wachhund oder Ordnungshüter.«

Abby erinnerte sich nun wieder daran, wie sie Josh einmal gefragt hatte, warum die Fabrik denn mit einem zweieinhalb Meter hohen Maschendrahtzaun umgeben sei, der obendrein noch von drei enggewickelten Rollen Stacheldraht gekrönt wurde. Das Ganze erinnerte Abby an ein Lager für Kriegsgefangene. Josh hatte ihr darauf bloß geantwortet, daß sie hier an einer Reihe geheimer Regierungsprojekte arbeiten würden.

»An geheimen Batterien?«

»An *Batterien der Zukunft*«, hatte er präzisiert.

»Soll das heißen, daß dieser Rundgang jetzt zu Ihren Aufgaben als Sicherheitsbeauftragter von Colstar gehört?« fragte sie.

Quinn lachte, aber seine blaßblauen Augen zeigten kein Anzeichen von Freude.

»Wohl kaum. Ich wollte lediglich die Frau kennenlernen, die sich innerhalb kurzer Zeit einen so phänomenalen Ruf an unserem Krankenhaus verschafft hat.«

Offenbar hast du nicht mit den gleichen Leuten geredet wie ich, dachte Abby.

»Würden Sie sich bitte in meinem Namen bei all jenen bedanken, die so positiv von mir reden?«

»Sie *haben* Bill Tracy das Leben gerettet. Ich weiß das aus erster Hand.«

»Woher kennen Sie Bill Tracy überhaupt?« fragte Abby. »Ist Colstar denn auch in der Versicherungsbranche tätig?«

Einen Moment lang dachte sie, daß Quinn darauf antworten würde, Colstar habe seine Finger in allen nur denkbaren Geschäften.

»Bill ist ein Freund«, sagte er statt dessen. »Viele von unseren Leuten haben bei ihm Krankenversicherungsverträge abgeschlossen.«

»Nun – um so mehr freut es mich, daß ich gerade Dienst hatte, als man ihn in der Unfallstation einlieferte.«

»Sie sind nicht die einzige, die sich darüber freut.«

Sie hatte inzwischen den von Bäumen umrahmten See erreicht, auf den sich bereits einige knallbunte Tretboote tummelten. Fröhliche Kinderstimmen drangen vom Wasser herüber, und während sie stumm dieses ausgelassene Treiben beobachteten, spürte Abby ganz deutlich, daß Quinn nicht nur ihr Loblied hatte singen wollen, als er sie zu diesem Rundgang einlud. Sie konnte nur hoffen, daß das, was er noch auf seinem Zettel hatte, nicht Josh betraf.

»Hier läßt sich's gut leben«, sagte Quinn schließlich, ehe er ihr mit einer Handbewegung zu verstehen gab, daß er nun genug gesehen habe. Dann drehte er sich zu dem Pfad um, auf dem sie gekommen waren.

»Ja«, pflichtete Abby ihm bei. »Haben Sie Kinder?«

»Zwei. Erwachsen und aus dem Haus.«

»Aber Ihnen gefällt es hier?«

»Nicht nur das. Ich mag auch die Arbeit in einem Konzern, der seine Verantwortung für das Gemeinwohl sehr ernst nimmt.«

Aha, dachte Abby, jetzt läßt er die Katze aus dem Sack.

»Es scheint so, als würde Patience ohne Colstar nicht viel hermachen«, sagte sie.

»Sie irren sich, Doktor. Ohne Colstar würde Patience überhaupt nicht mehr *existieren*. Deswegen sind wir auch sehr besorgt, wenn Leute, die das Gewinnstreben für eine Sünde halten, unserer Firma auf jede nur erdenkliche Weise zu schaden versuchen.«

»Und gibt es hier solche Leute?«

»Einige wenige, aber die sind harmlos, weil sie keiner

wirklich ernst nimmt. Allerdings bedeuten Neuankömmlinge in der Stadt ein gefundenes Fressen für diese Leute – besonders Ärzte, die in der Regel recht empfänglich sind für das sogenannte liberale Gedankengut. Ich kenne zwar Ihre politische Einstellung nicht und weiß auch sonst nur wenig von Ihnen, abgesehen von den Angaben, die Sie auf Ihrem Bewerbungsbogen gemacht haben. Aber ich bin mir sicher, daß diese Leute über kurz oder lang an Sie herantreten werden, um Sie für ihre Sache zu gewinnen.«

Abby mußte sich gewaltig zusammennehmen, um ihren Ärger zu unterdrücken. Die freiwillige Selbstauskunft eines Arztes, der sich um eine Stelle am Krankenhaus bewarb, wurde von den meisten Hospitälern vertraulich behandelt und selbst vor den Mitgliedern des Verwaltungsrates geheimgehalten. Natürlich wußte Quinn das auch, und Abby war sich ziemlich sicher, daß er diese Angelegenheit nicht nur zur Sprache gebracht hatte, um ihr seinen Spürsinn zu beweisen, sondern um sie zu warnen. Zweifellos wertete er ihr Vordiplom an der Universität von Berkeley und die Promotion an der Stanford Universität als Beweis einer linken antikapitalistischen Gesinnung.

»Wer sind diese Leute?« fragte sie.

»Das möchte ich lieber nicht verraten. Aber ich kann Ihnen sagen, daß es sich dabei um irregeführte und selbstsüchtige Individuen handelt, die bereit sind, ihre eigenen Interessen über die der Gemeinde zu stellen.«

Sie waren nun wieder auf dem Feld angelangt, wo Josh noch immer den Männern beim Aufbau der Grillstationen half. Die Menschenmenge war inzwischen beträchtlich angewachsen, und die Leute vergnügten sich bereits mit Wettbewerben und Spielen, die zum Unterhaltungsprogramm dieses Tages gehörten. Abby juckte es in den Fingern, ihre Lederhandschuhe anzuziehen und sich an dem Softballturnier zu beteiligen, aber noch stärker war ihr Wunsch, diesen Lyle Quinn endlich loszuwerden.

Abby begab sich zu der Stelle, wo sie den Rucksack abgelegt hatte, in dem sich unter anderem ihre Arzttasche und die Notfall-Apotheke befanden. »Nun, Mr. Quinn, vielen Dank für den Rundgang und die Informationen.«

Wieder dieses Lächeln, das nicht bis zu seinen Augen hinaufreichte.

»Die meisten Leute freuen sich darüber, daß Sie hier sind, Dr. Dolan«, sagte er. »Gute Ärzte sind von entscheidender Bedeutung für diese Gemeinde.«

»Wie Colstar.«

Ihre Antwort hatte ein leichtes Flackern in seinen Augen zur Folge – nicht mehr.

»Richtig«, pflichtete er ihr bei. »Wie Colstar. Nun – es war mir ein Vergnügen, Sie kennengelernt zu haben. Meine Frau und ich würden uns sehr freuen, wenn wir Sie und Josh demnächst in unserem Haus begrüßen könnten. Vielleicht gestatten Sie uns sogar, Sie für eine Mitgliedschaft im Country Club von Patience vorzuschlagen. Ich gehöre auch dort dem Vorstand an.«

Dann schüttelte er ihr noch einmal die Hand, ehe er sich zum Gehen wandte.

In diesem Moment zerriß der hysterische Schrei einer Frau die Stille. Am Westende des Feldes, unmittelbar vor einem dichten Pinienwäldchen, entstand ein Tumult, als diese Schreie nicht enden wollten. Schon bei den ersten schrillen Lauten war Quinn auf den Absätzen herumgeschwungen und sprintete nun auf die Stelle zu, wo sich bereits eine Menschentraube gebildet hatte. Abby trottete hinterher und klemmte sich ihre Baseballhandschuhe unter den Arm. Als sie bei dem Wäldchen anlangte, waren dort bereits hundert oder mehr Menschen versammelt, während andere, besonders Ehepaare mit Kindern, eiligst das Weite suchten.

»Es ist nur Angela«, hörte Abby jemanden sagen.

Dieses schreckliche Kreischen wollte kein Ende nehmen.

»Zurück!« schrie die Frau. »Kommt ja nicht näher, oder ich werde euch ebenfalls in Stücke schneiden! Darauf könnt ihr Gift nehmen!«

»Macht Platz da«, befahl Quinn. »Laßt mich durch.«

Abby sah in diesem Moment Josh am Rand der Menschenansammlung stehen und lenkte ihren Schritt dorthin.

»Nun tut doch endlich etwas!« rief eine Frau. »Helft ihr!«

7. Kapitel

Erst als Abby die Stelle erreicht hatte, wo Josh sich befand, sah sie das Problem. Eine stark übergewichtige Frau stand mit dem Rücken an einem Baum, fuchtelte mit einem fünfundzwanzig Zentimeter langen Jagdmesser herum und blutete bereits aus zahllosen Schnittwunden, die sie sich offenbar selbst an den Armen und Schenkeln beigebracht hatte. Soweit Abby das auf den ersten Blick hin beurteilen konnte, waren es nur oberflächliche und keine lebensgefährlichen Verletzungen. Aber die beigefarbenen Shorts und die weiße Bluse der Frau färbten sich nun rasch scharlachrot von ihrem Blut.

Quinn, der sich inzwischen bis zum vorderen Rand der Menge durchgedrängt hatte, war nun ungefähr zehn Meter von dieser Frau entfernt.

»Angela, leg das Messer weg«, sagte er in dem festen Ton eines Vaters, der sein unartiges Kind zur Vernunft bringen will.

»Komm ja nicht näher!« schrie sie. »Wenn du noch einen Schritt näher kommst, bringe ich mich um! Du weißt, daß ich nicht bluffe!«

Sie zog ihre Bluse in die Höhe und fuhr mit der Schneide des Messers über eine Stelle, wo sie sich bereits mehrere

Schnittwunden beigebracht hatte. Die Menge hielt den Atem an.

Abby vermutete, daß der Körper dieser Frau mit den Narben von früheren Exzessen bedeckt sein würde. Als Ärztin hatte sie schon mehrfach mit solchen Fällen von Selbstverstümmelung zu tun gehabt. Die Behandlung dieser Patienten gehörte zum Alltag der Unfallstationen und Notärzte, aber die Psychopathologie solcher Fälle war kompliziert und keineswegs einheitlich. Allzuoft beging der Patient trotz intensiver Behandlungen Selbstmord.

»Oh, Gott«, entfuhr es Abby, als sie sich an Josh vorbeischob.

»Bleib hier«, flüsterte Josh ungehalten. »Diese Frau hat bei uns in der Produktionsabteilung gearbeitet. Sie kommt auch jetzt noch oft in die Fabrik und macht diesen Unsinn. Quinn und die Polizei werden schon wissen, wie man sie behandeln muß.«

Abby funkelte ihn an.

»Wie kannst du nur so etwas zu mir sagen!«

»Angela«, rief Quinn und rückte einen kleinen Schritt näher an sie heran. »Du mußt sofort damit aufhören und das Messer weglegen. Wir kümmern uns dann um dich.«

»Zurück!« schrie sie. »Begreift ihr jetzt endlich, was passieren kann, wenn man sich über Leute lustig macht, nur weil sie dick sind? Ich kann das nicht mehr länger ertragen!«

Schluchzend brachte sie sich nun mit dem Messer eine Reihe von Stichwunden an ihrem Unterarm bei. Dabei mußte sie eine kleine Arterie durchtrennt haben, denn Abby sah aus einer dieser Wunden hellrotes Blut sprudeln.

»Josh, würdest du bitte den Rucksack holen«, sagte Abby über die Schulter hinweg. »Meine Arzttasche befindet sich darin.«

»Nein! Du hältst dich da raus. Quinn kann das machen. Es ist nicht nötig, daß du im ganzen Tal herumfährst und überall den Helden spielst!«

»Jesus.« Abby wandte sich nun an einen großen, kräftig aussehenden Mann mit tätowierten Oberarmen, der rechts neben ihr stand. »Entschuldigung«, sagte sie, »ich bin Doktor Dolan von der Unfallstation des Krankenhauses. Gleich neben den Picknicktischen dort hinten liegt ein großer grauer Rucksack. Meine Arzttasche und eine Notfall-Apotheke befinden sich darin. Könnten Sie mir den Rucksack bitte hierherbringen?«

»Aber klar doch, Doc«, erwiderte der Mann und sprintete los.

Abby war insgeheim darauf gefaßt, daß ihr Liebhaber diesem Mann jetzt nachrennen und ihn zu Boden reißen würde. Denn Josh hatte nun die Phase erreicht, wo das, was ihn seit Wochen innerlich zu belasten schien, in Frust und Bösartigkeit umzuschlagen drohte. Der Dampfdruck im Schnellkochtopf stieg und das Sicherheitsventil klemmte. Irgendwann würde er explodieren. Nun – auch sie war nicht mehr sehr weit von diesem Punkt entfernt.

Quinn wandte sich jetzt an die Menge. »Hört mal zu. Ihr kennt alle Angelas Problem. Es ist nicht besonders hilfreich, wenn ihr hier herumsteht und sie angafft. Also geht jetzt weiter und sucht euch einen guten Platz für das Picknick. Und schafft mir die Kinder vom Hals.«

In wenigen Sekunden hatte die Menge sich zerstreut, als hätten die Zuschauer nur auf jemanden gewartet, der das Zauberwort sprach, das sie aus dem Bann dieses grauenhaften Anblicks löste. Fünfzehn oder zwanzig Personen blieben zurück – zumeist Männer, die nicht gaffen, sondern offenbar etwas unternehmen wollten.

Abby beachtete Josh nicht länger, trat an Quinns Seite und sagte leise: »In meinem Rucksack ist Verbandszeug und eine Not-Apotheke. Der Mann, den ich danach geschickt habe, wird jeden Moment hiersein.«

»Oh, Angela ist okay«, erwiderte Quinn, der sich offenbar über die Genannte ärgerte und frustriert war, weil er das Problem nicht durch einen Frontalangriff lösen konnte.

»Eine Verrückte. Das macht sie nun schon seit ein paar Monaten. Rennt mit dem Kopf gegen eine Wand oder schnipselt so lange mit einem Messer an sich herum, bis sie blutet wie ein abgestochenes Schwein. Wir haben das allmählich gründlich satt. Ich wollte nur sichergehen, daß außer ihr niemand verletzt wird.«

»Sie hat sich eine Arterie im Arm aufgeschnitten. Wir sollten versuchen, diese Blutung möglichst rasch zu stillen.«

»Die Polizei ist bereits alarmiert und ein Krankenwagen auf den Weg hierher.« Quinn wagte sich wieder einen kleinen Schritt näher an Angela heran. »Sie wird es überstehen. Selbst Menschen, die beide Arme und Beine verloren haben, überleben.«

»Nicht immer«, erwiderte Abby in scharfem Ton. Konnte jemand wirklich so gefühlsarm sein?

Sie rückte ebenfalls einen Schritt vor, bis sie wieder auf gleicher Höhe mit ihm war. Die Entfernung zwischen ihnen und der Frau betrug nun höchstens noch drei Meter.

»Bleibt dort stehen!« schrie Angela und ließ das Messer wie einen Säbel durch die Luft sausen. »Kommt nicht näher! Laßt mich sterben! Ich habe nichts Besseres verdient!«

Ihre Augen spiegelten wilde Entschlossenheit wider. Tränen vermischten sich nun mit dem Blut auf ihren Wangen. Der Boden um sie herum verwandelte sich allmählich in einen roten Sumpf.

»Zum Henker mit ihr«, murmelte Quinn.

Eine Frau eilte plötzlich an Quinns linke Seite. Sie hatte kurzes, mit grauen Strähnen durchsetztes Haar, eine dicke Hornbrille auf der Nase und trug ein T-Shirt mit der Aufschrift ›Rettet den Planeten‹.

»Lyle«, sagte sie atemlos, »ich habe die Polizei und den Rettungsdienst alarmiert. Es kann noch zehn Minuten oder eine Viertelstunde dauern, bis sie hier eintreffen. Sie sind gerade bei den Five Corners, wo sich ein Unfall ereignet hat.«

»Gütiger Himmel.«

»Die arme Angela. In einem so schlimmen Zustand wie heute habe ich sie noch nie gesehen. Nachdem ich mit Sergeant Brewster gesprochen hatte, habe ich ihre Mutter angerufen. Sie wollte sich sofort auf den Weg hierher machen, aber sie wohnt in Green Gables.«

»Na großartig, Kelly«, schnaubte Quinn. »Das letzte, was wir hier gebrauchen können, ist noch so ein hysterisches Mitglied des Cristoforo-Clans.«

»Tut mir leid.«

»Hör zu. Du rufst jetzt noch mal Brewster an und sagst ihm, daß ich in spätestens fünf Minuten zwei seiner Männer mit einem Streifenwagen hier sehen möchte.«

Die Frau nickte und eilte davon.

Im gleichen Moment erschien der Man mit Abbys Rucksack und setzte diesen keuchend neben ihr auf dem Boden ab. Ohne den Blick von Angela Cristoforo abzuwenden, packte Abby ihre Arzttasche und den Plastikbeutel mit den Bandagen und Kompressen aus, die nach der Behandlung von Ives' Bein übriggeblieben waren. Erleichtert stellte sie fest, daß sie auch noch mindestens zwei Paar sterile Gummihandschuhe in ihrer Reise-Apotheke hatte. Denn andernfalls hätte Abby sich fragen müssen, ob sie es als Arzt überhaupt riskieren durfte, Angela gleich hier zu behandeln, wenn sie das mit ungeschützten Händen tun mußte und dabei mit dem Blut der Frau in Berührung kam.

»Angela, ich bin Dr. Dolan vom hiesigen Krankenhaus«, sagte sie. »Ich will Ihnen helfen, Ihre Schnittwunden verbinden und die Blutung an Ihrem Arm stillen.«

In diesem Moment nahm Abby eine Bewegung wahr – einen Mann, der sich zwischen den Bäumen in Angelas Rücken offenbar an diese heranzupirschen versuchte. Sie wußte, daß auch Quinn den Mann bemerkt haben mußte.

»Die Ärzte vom Krankenhaus hassen mich«, schluchzte Angela. »Sie wollen nichts mit mir zu tun haben. Und die Schwestern lachen mich aus.«

Abby hütete sich, mit dieser Frau über etwas zu streiten, woran sie glaubte und was möglicherweise sogar zutreffen mochte.

»Ich werde dafür sorgen, daß sie das nie wieder tun. Ich verspreche es Ihnen.«

Angela begann jetzt ein Kinderlied zu singen und sich im Takt der Melodie die Spitze des Messers in die Brust zu bohren. Irgendwo im Tal heulte eine Sirene. Abby konnte nur hoffen, daß der zu erwartende Tumult Angela Cristoforo nicht zum Äußersten treiben würde. Niemand hier wollte offenbar glauben, daß eine Frau vor Dutzenden von Zeugen verbluten konnte. Abby wußte es besser.

Der Mann zwischen den Bäumen in Angelas Rücken war jetzt noch anderthalb Meter von ihr entfernt. Abby bemühte sich, seine Gegenwart nicht mit ihren Augen zu verraten. Er war groß und dunkel, trug hellblaue Jeans und ein lohfarbenes Arbeitshemd.

»Wer ist das?« flüsterte sie, ohne den Blick von Angela abzuwenden.

»Ein Mechaniker unserer Wartungsabteilung. Willie Cardoza. Einer von diesen Typen, die sich dauernd wichtig machen müssen. Ich weiß nicht, was zum Teufel er sich jetzt wieder ausgedacht hat.«

»Zu spät, um ihn noch daran zu hindern«, flüsterte Abby.

Sie holte ein Paar Gummihandschuhe aus ihrer Not-Apotheke und streifte sie über. Dann hielt sie eine Rolle Verbandszeug in die Höhe.

»Was für Tricks habt ihr denn jetzt vor?« kreischte Angela. »Kommt ja nicht näher! Ich warne euch! Ich meine es ernst!«

Sie hob das Jagdmesser hoch und setzte es an ihre Kehle.

»Angela, *bitte* – machen Sie das nicht!«

Willie Cardoza kam in diesem Moment aus dem Wäldchen heraus. Wenn Angela nun herumschwang, war er ihr und dem Messer schutzlos ausgeliefert. Die Vorgänge der nächsten Sekunden schienen für Abby im Zeitlupentempo abzulaufen. Willie machte in dem Augenblick, als Angela sich rasch zu ihm umzudrehen begann, einen Satz nach vorn. Er überragte sie zwar um mindestens fünfzehn Zentimeter, aber die Frau konnte ihm eine viel größere Körpermasse entgegensetzen.

»Angela!« schrie Quinn.

Diese Ablenkung genügte. Willie packte von hinten Angelas rechtes Handgelenk und legte ihr gleichzeitig den linken Arm um den Hals. Sie wand sich in seinem Griff und versuchte, mit den Füßen nach ihn zu treten, aber er spreizte die Beine und zog Angela mit sich auf den Boden.

»Angie, ich bin es, Willie.« Er preßte seinen Mund ganz dicht an Angelas Ohr, während er gleichzeitig ihr Handgelenk wie ein Schraubstock umklammert hielt. »Angie, du mußt jetzt damit aufhören. Es ist vorbei.«

Einen Moment lang wurde Angela Cristoforos Körper ganz steif. Dann ließ sie mit einem jammervollen Wehlaut das Messer fallen, während Lyle Quinn rasch einen Schritt nach vorn machte und es mit einem Fußtritt zwischen die Büsche kickte.

Willie Cardoza rollte die Frau behutsam von seinem Körper herunter und auf die Seite.

»Angie, du bist jetzt friedlich und läßt dich von diesen Leuten hier versorgen«, sagte er. »Du gibst jetzt Ruhe, damit sie deine Wunden verbinden können.«

Die Sirenen kamen rasch näher und verstummten, als zwei Streifenwagen auf das Baseballfeld rollten.

Während Abby sich neben der verletzten Frau auf den Boden hinkniete, begegnete sie dem Blick Willie Cardozas. Sein langes, schmales, wettergegerbtes und zerfurchtes Gesicht schien schwere Zeiten gesehen zu haben. Aber seine Augen waren gütig.

»Das war sehr mutig, was Sie da eben gemacht haben«, sagte sie.

Er lächelte bescheiden.

»Sie würde für mich dasselbe getan haben«, sagte er. »Wir Rebellen in der Firma müssen zusammenhalten.«

Damit stand er vom Boden auf, drehte sich um und ging davon, ohne mit Quinn ein Wort zu wechseln.

Abby überzeugte sich zunächst davon, daß Angela einen regelmäßigen und kräftigen Puls hatte und keine von ihren Verletzungen lebensbedrohlich war, und kümmerte sich dann um Angelas Wunden. Sie hatte zwei davon verbunden, als der Rettungstrupp eintraf. Nachdem sie diesem einen kurzen Bericht abgestattet hatte, vertraute sie ihm die Verletzte an. Niemand beherrschte Erste-Hilfe-Maßnahmen besser als die Leute vom Rettungstrupp.

»Wie lange macht sie denn so etwas schon?« erkundigte sie sich nun bei Quinn.

»Ich weiß es nicht. Seit einem halben Jahr vielleicht. Sie hat in dieser Zeit auch einige Monate in verschiedenen psychiatrischen Anstalten verbracht.«

»Und davor?«

Quinn zuckte mit den Achseln.

»Sie war – wie sagte Cardoza eben? – ein Rebell. Aufsässig.«

Abby packte ihre Sachen wieder in den Rucksack und beobachtete, wie die Leute vom Rettungstrupp Angela an einen Tropf hängten und sie dann für den Transport in das Krankenhaus vorbereiteten.

Als Abby sich den Rucksack auf dem Rücken festschnallte, stellte sie mit Bestürzung fest, daß ihre Arme, Beine und Kleidung voller Blut waren. Die Flecken mußte sie auf der Stelle auswaschen. Abby verabschiedete sich kurz von Lyle Quinn und ging davon.

Das Picknick war inzwischen in vollem Gange. Ein Dutzend mit Schürzen versehene ›Küchenchefs‹ – alles Abteilungsleiter der Firma, wie Josh ihr erzählt hatte – waren über das Feld verteilt und bedienten ihre Angestellten mit Grillhähnchen und Steaks. Doch Josh befand sich nicht unter ihnen, obwohl er ihr gesagt hatte, daß er ebenfalls für diesen Job eingeteilt worden sei. Sie warf einen prüfenden Blick in die Runde und dann auf den Weg, der zum See hinunterführte, konnte ihn aber nirgends entdecken. Dann ging sie zum Parkplatz, wo sie den Jeep abgestellt hatte. Doch der war ebenfalls verschwunden.

Sie wartete eine Viertelstunde, obwohl sie wußte, daß er nicht zurückkommen würde. Abby überlegte einen Moment lang, ob sie Lyle Quinn bitten sollte, sie mit seinem Wagen nach Hause zu bringen, und suchte dann eine Telefonzelle auf, um ein Taxi zu bestellen. Sie fühlte sich so frustriert, besorgt und wütend wie noch nie, seit sie nach Patience gezogen war.

Wenn Josh sich weiterhin weigern würde, ihre Hilfe anzunehmen und sich untersuchen zu lassen, dann würde sie ausziehen.

Sie blickte in dem Moment auf den Park zurück, als der Unfallwagen seine Fahrt zum Krankenhaus antrat. Die Szene hatte etwas Surrealistisches – diese großartige Bergkulisse, diese gepflegten Spielfelder, dieses schimmernde smaragdgrüne Gras, der Rauch, der von den Grillstationen aufstieg, das fröhliche Gelächter. Und am Rand dieser Idylle der Unfallwagen, der eine Frau forttrug, die sich selbst verstümmelt hatte – die unter den schlimmsten Haßgefühlen litt, die man sich vorstellen konnte: den Haß auf sich selbst.

8. Kapitel

Abby stellte ihren drei Jahre alten Mazda auf dem für die Ärzte reservierten Parkplatz ab und betrat das Krankenhaus durch die Zufahrt für Unfallwagen. Der Andrang, der um halb acht Uhr abends in der Notaufnahme herrschte, war größer, als ihr lieb sein konnte, aber immer noch zwei

Stufen von einem absoluten Chaos entfernt. Auch gut, dachte sie. Ein paar hektische Stunden würden ihr helfen, ihre Gedanken ausschließlich auf die Arbeit zu konzentrieren.

Fünf Tage waren seit dem Colstar-Picknick vergangen – eine von häuslichen Spannungen und Reibereien geprägte Zeit, die von relativ ereignisarmen Schichten im Krankenhaus unterbrochen worden war. Nachdem sie damals mit dem Taxi vom Colstar-Park nach Hause gekommen war, hatte sie ihre Sachen gepackt und war in das kleine Gästeschlafzimmer gezogen. Und dort war sie seither auch geblieben, obwohl Josh ihr jeden Tag aufs neue beteuerte, daß er sich nie mehr so unmöglich wie auf dem Picknick benehmen würde.

Abby freute sich darauf, die heutige Nacht im Krankenhaus zu verbringen, denn auf diese Weise konnte sie dem Ärger zu Hause entfliehen. Es gab aber auch noch einen anderen Grund, der ihre Stimmung hob, als sie das Krankenhaus betrat. Der Arzt, den sie dort ablösen sollte, war Lew Alvarez. Seit Bill Tracys Reanimation hatten sich ihre Pfade nicht mehr gekreuzt. Doch während ihrer Schichtzeiten war es Abby immer wieder gelungen, hier eine Schwester und dort einen Arzt in ein Gespräch über ihn zu verwickeln. Sie konnte nicht leugnen, daß sie Alvarez interessant und attraktiv fand. Doch sie sträubte sich innerlich gegen das Eingeständnis, daß sie vielleicht sogar in ihn verknallt sein könnte. Das sich stetig verschlechternde Verhältnis zu Josh öffnete ihr eben nur die Augen für andere Leute. Das war alles.

Und was sie inzwischen über Alvarez erfahren hatte, fesselte sie um so mehr. Er war seit etwas über drei Jahren am Kreiskrankenhaus tätig und gehörte nun zu den für die Unfallstation verantwortlichen Ärzten. Obwohl George Oleander gewisse Vorbehalte gegen ihn zu haben schien, hatten sich keine Schwester und kein Pfleger in der Unfallabteilung negativ über Alvarez geäußert, außer daß die

Station – was sie nur als ein Kompliment für ihn betrachten konnte – während seiner Schichtzeiten zuweilen in Gefahr geriet, wegen Überfüllung geschlossen zu werden, weil er den verschiedenen Patienten zuviel Zeit widmete.

Abby war sich ziemlich sicher, daß Alvarez nicht in einer festen Beziehung lebte, obwohl eine Schwester das Gegenteil behauptete. Wieder andere hielten ihn sogar für schwul. Abby kannte sich gut genug in Krankenhäusern aus, um zu wissen, daß keiner der Ärzte – ob männlich oder weiblich, sich mit jemandem einlassen konnte, ohne daß die Kollegen das binnen kürzester Zeit spitzbekamen. Also machte sie bei Alvarez – inoffiziell und vorläufig nur mit Bleistift – den Vermerk, daß er heterosexuell und ungebunden sei. Nebenbei bewirtschaftete er auch noch eine kleine Farm in den Hügeln westlich der Stadt, vertrat in seinen Freischichten Kollegen im staatlichen Sanatorium für Geisteskranke in Caledonia und trainierte eine Jugend-Fußballmannschaft, die, wie man ihr berichtete, nur selten ein Match verlor.

Abby machte jetzt einen Bogen um den Patientenbereich und begab sich direkt in die Suite für den Stationsarzt vom Dienst, die aus einem geräumigen Büro, einem Schlafzimmer und einem Bad bestand. Dort bereitete sie sich nun routinemäßig, sowohl äußerlich wie innerlich, auf ihre Arbeit vor. Sie vertauschte ihre Straßenkleider gegen die sterile blaue Krankenhaustracht und den Arztkittel, wusch sich mit kaltem Wasser das Gesicht ab, betrachtete sich prüfend im Spiegel und ging dann zur Tür. Dort hielt sie einen Moment inne, kehrte noch einmal an das Waschbecken zurück, um ihr Haarband im Nacken zurechtzurücken und, fast gegen ihren Willen, sich ein wenig die Lippen zu schminken.

Alvarez sah sie schon, als Abby den Fuß durch die Tür der Notaufnahme setzte, blickte auf eine theatralische Weise zur Stationsuhr hinauf und reckte beide Daumen in die Höhe.

»Hier geht es zu wie in einem Bienenstock, seit wir um drei Uhr nachmittags einen Code-Alarm hatten«, erklärte er. »Ein fünfundsiebzigjähriger Mann mit einem massiven Hinterwandinfarkt.«

»Mit positivem Ergebnis?« Abby spürte schon, wie die Antwort ausfallen würde, bevor Alvarez den Kopf schüttelte. »Tut mir leid ... Aber wie wäre es, wenn ich mich schon mal über den Stoß von Krankenblättern hermachen würde? Vielleicht gelingt es uns, ihn mit vereinten Kräften abzubauen.«

»Ich werde so lange bleiben, bis der Korb leer ist«, sagte er.

»Das müssen Sie aber nicht.«

»Und Sie hätten auch nicht eine halbe Stunde vor Schichtwechsel hiersein müssen.«

Der erste Patient, den Abby sich jetzt vornahm, gehörte wieder dieser ›Ich-weiß-nicht-was-Ihnen-fehlt‹-Gruppe an: ein achtunddreißig Jahre alter Vater von drei Kindern, der über Erschöpfung und Kopfschmerzen klagte. Nach Abbys Erfahrung zählten Erschöpfungszustände und Kopfschmerzen zu den am schwierigsten zu bewertenden und zu diagnostizierenden Fällen. Und seit sie hier am Kreiskrankenhaus als Notärztin tätig war, hatte sie bereits eine ganze Menge solcher Patienten in der Notaufnahme gesehen. Es gab eine fast unbegrenzte Zahl von Ursachen für jedes dieser beiden Symptome – die vielleicht häufigste Ursache war Streß, also ein psychosomatisches Leiden. Abby hatte zwar nie daran gezweifelt, daß der menschliche Geist Krankheiten auslösen, *aber* auch heilen konnte. Das Problem bestand jedoch darin, daß man die Diagnose einer psychosomatischen Krankheit nur auf dem Wege eines Exklusionsverfahrens erreichen konnte – also alle anderen in Frage kommenden Möglichkeiten systematisch eliminiert werden mußten. Wenn man bei einem Symptom wie Erschöpfung von der Annahme einer emotionalen Ursache ausging, konnte man in Teufels Küche kommen.

Abby ordnete also eine ihr hinreichend erscheinende Anzahl von Blut-, Harn- und sonstigen, alle organischen Ursachen abdeckenden Untersuchungen an. Bevor sie zu ihrer in solchen Fällen üblichen ›Ich-weiß-zwar-nicht‹-Ansprache ansetzte, winkte Bud Perlow, der Chefpfleger, sie in einen der Behandlungsräume für Leichtverletzte hinüber und händigte ihr ein Krankenblatt aus. Die Patientin in diesem Zimmer hieß Hazel Cookman, war vierundachtzig Jahre alt, verwitwet und offenbar gestürzt.

»Ich weiß, daß Sie sich im Augenblick um zehn Fälle gleichzeitig kümmern müssen«, entschuldigte sich Perlow. »Aber ich wollte Sie doch einen kurzen Blick auf ihren Arm werfen lassen, damit sie mir sagen können, ob Sie davon Röntgenaufnahmen haben möchten. Meiner Meinung nach ist das nicht nötig … Die Dame wird Ihnen gefallen. Wenn sie keine Lehrerin gewesen ist, hat sie ihre Bestimmung verfehlt.«

Die Frau, die mit Kissen im Rücken auf der Trage saß, trug ein kurzärmeliges marineblaues Baumwollkleid mit Spitzenkragen. Mit der Perlenkette und den Perlohrringen sah sie so aus, als habe sie gerade eine Wohltätigkeitsveranstaltung ihrer Pfarrgemeinde besuchen wollen. Sie musterte Abby mit strengem Blick und vorgeschobenem Unterkiefer, und sagte dann in energischem Ton: »Ich hoffe doch, daß Sie für die Behandlung meines Armes eine entsprechende Qualifikation besitzen, junge Frau.«

»Ja, die habe ich. Könnten Sie mir jetzt vielleicht erzählen, wie das passiert ist?«

»Nun – ich bin gestürzt. Steht das denn nicht schon auf dem Papier, das Sie da in der Hand halten?«

»Ja. Aber nicht, wie und wo das geschah.«

»Ich bin gestürzt. Das ist doch wohl nichts Ungewöhnliches. Ich war gerade dabei, mir in der Küche ein Suppenhuhn zu kochen, als ich stürzte. Dabei muß ich mir wohl den Arm am Tischrand aufgeschlagen haben. Ich schaute mir den Arm im Spiegel an und wußte, daß die Wunde mit ein paar Stichen genäht werden müßte.« Sie warf Abby wieder einen strengen Blick zu. »Und ich wäre Ihnen jetzt dankbar, wenn Sie das erledigen und mich dann wieder nach Hause schicken würden, Doktor. Ich habe mein Haus nämlich in einer solchen Eile verlassen, daß ich vergaß, den Herd auszuschalten.«

»Und wie sind Sie hierhergekommen?«

»Wie? ... Mit meinem Wagen natürlich.«

»Natürlich«, wiederholte Abby und schenkte dem Pfleger ein kurzes Lächeln.

Hazel Cookmans Verletzung war typisch für ältere Leute mit einer ›Seidenpapier‹-Haut. Knapp unter ihrem Ellenbogen hatte sich ein Stück der Oberhaut von der Unterhaut gelöst und hing nun wie ein Lappen herunter. Die Haut mußte an dieser Stelle wieder eingepaßt und mit einigen Stichen und Heftpflaster fixiert werden.

»Nun?« erkundigte sich Hazel. »Können Sie das wieder in Ordnung bringen?«

»Kann ich.«

»Und?«

Abby überprüfte zunächst den Puls in der linken und rechten Karotisarterie am Hals der Patientin.

»Ich möchte gern Ihr Herz und Ihr Nervensystem untersuchen«, sagte sie. »Meiner Meinung nach sollten wir ein Elektrokardiogramm und ein Blutbild von Ihnen machen lassen.«

»Du liebe Güte – ich bin doch nur wegen dieser Platzwunde am Arm hierhergekommen. Ich habe keine Zeit für solche Kinkerlitzchen, junge Frau.«

»Mrs. Cookman, ich mag in Ihren Augen zwar eine junge Frau sein und betrachte das als Kompliment. Aber ich bin nebenbei auch noch Ärztin und sehr besorgt darüber, wenn meinen Patienten etwas fehlt. Und in Ihrem Fall kommt es mir sehr merkwürdig vor, daß Sie sich offenbar nicht daran erinnern können, wie und warum Sie gestürzt sind. Die Untersuchungen, von denen ich eben sprach, dauern nicht lange. Und wenn diese erledigt sind, werde ich auch die Wunde an Ihrem Arm vernähen. Das verspreche ich Ihnen.«

»Aber ...«

»Danke.« Abby wandte sich dem Pfleger zu. »Wir werden den Blutdruck der Patientin in verschiedenen Stellungen messen müssen – im Liegen, Sitzen und Stehen –, aber erst, wenn ich ihr EKG gesehen und ausgewertet habe.« Sie trat ein wenig beiseite, damit die alte Dame sie nicht mehr hören konnte, ehe sie hinzusetzte: »Ich kann mir nicht helfen, aber irgend etwas stört mich an dieser Geschichte, daß sie einfach so hingefallen wäre. Ich vermute eher, daß sie das Bewußtsein verloren hat und *dann* gestürzt ist. Sie sollten sie lieber gleich an den Monitor anschließen, bevor Sie irgend etwas anderes mit ihr machen.«

»Sie wird mir den Kopf abreißen.«

Abby tätschelte seinen Arm. »Falls sie das versuchen sollte, brauchen Sie doch nur eine von diesen großartigen Grimassen zu schneiden, mit denen Sie sonst immer die kranken Kinder zum Lachen bringen. Damit dürften Sie auch bei Hazel Erfolg haben.«

Dem nächsten Patienten entfernte Abby einen Splitter, bevor sie mit Lew im Stationszimmer beim Sammelfach für die Krankenblätter zusammentraf. Mit vereinten Kräften dürfte der Rückstand ziemlich schnell abgebaut sein.

»Irgend etwas Interessantes?« fragte Alvarez.

»Eigentlich nicht. Nur eine nette alte Dame mit einer Schürfwunde, die vernäht werden muß. Lew – warum gehen Sie jetzt nicht nach Hause?«

Er schaute sich in der Station um, wo noch zahlreiche Patienten auf ihre Behandlung warteten.

»In einer halben oder dreiviertel Stunde vielleicht. Für heute abend habe ich mir nur vorgenommen, einige alte Rechnungen zu begleichen. Und je müder man ist, um so leichter geht einem diese Arbeit von der Hand.«

Ein Mann ohne Teamgeist? Abby fragte sich nun, was denn zwischen Lew und dem medizinischen Direktor vorgefallen sein mochte, daß dieser keine sonderlich hohe Meinung von Dr. Alvarez hatte.

»Dr. Dolan!« rief Bud Perlow in diesem Moment aus Hazels Zimmer.

Abby lief sofort in den dritten Behandlungsraum, und Lew Alvarez folgte ihr. Hazel Cookman hatte offenbar gerade das Bewußtsein verloren. Ihr Monitor zeigte eine Pulsfrequenz von zehn Schlägen pro Minute an.

»Sie hat einen totalen Herzblock«, sagte Abby, während ihr eigener Puls beträchtlich in die Höhe schnellte. »Geben Sie Code-Alarm, Lew. Und Sie bringen die Kanülen für den Tropf an, Bud. Ich werde inzwischen mit der Herzmassage beginnen. Sobald wir Unterstützung bekommen, verabreichen wir der Patientin fünf Zehntel Atropin.«

Sie schob rasch einen niedrigen Metallschemel an das Lager der Patientin heran und stieg darauf, damit sie über mehr Hebelkraft für die Herzmassage verfügte. Im gleichen Moment löste sich der Herzblock wieder auf, und der Monitor zeigte eine normale Herzfrequenz an. Abby überprüfte rasch den Puls in den beiden Halsschlagadern und konnte diesen auch mühelos finden. Nach wenigen Sekunden und einem leisen Stöhnen war Hazel wieder hellwach.

»Bud, schaffen Sie uns sofort einen Kardiologen herbei«, sagte Abby. »Sie braucht einen Schrittmacher. Haben wir einen externen davon in der Station?«

»Klar doch.«

»Dann bringen Sie ihn her – für alle Fälle.«

Abbys Vermutung über den Sturz der alten Dame fand nun ihre Bestätigung. Eine Verhärtung der Arterien in Hazels Herz verhinderte, daß sich die Signale zur Anregung und Steuerung der Herzkontraktion im Muskelgewebe des Herzens ausbreiten konnten. Die Stelle, von der diese Impulse normalerweise ausgingen, war der im rechten Vorhof liegende sogenannte Sinusknoten. Wenn dessen Signale blockiert wurden, reduzierte sich automatisch die Pulsfrequenz, so daß auch der Blutdruck nicht mehr hoch genug war, um den Körper hinreichend mit Sauerstoff zu versorgen. Deswegen hatte Hazel vorhin auch kurz das Bewußtsein verloren. Diese Blockade war offensichtlich soeben aufgehoben oder überwunden worden, weil die Pulsfrequenz und der Blutdruck wieder ihre normalen Werte erreichten. Die Situation konnte sich jedoch buchstäblich mit dem nächsten Herzschlag wieder ändern.

Der Kardiologe würde mit einer Nadel einen daran befestigten Draht in die Vene unterhalb von Hazels Schlüsselbein einfädeln und diesen Draht durch die Vene in den rechten Vorhof des Herzens hineinschieben, bis die Nadelspitze dort die Herzinnenhaut berührte. Das andere Ende des Drahts würde dann mit einem temporären, äußeren Schrittmacher verbunden, der sich jedesmal einschaltete, wenn die Frequenz der Impulse, die der natürliche, angeborene Schrittmacher pro Minute aussendete, unter siebzig absackte. Wenn sich der Puls der Patientin stabilisiert hatte, konnte ihr ein permanenter Schrittmacher unter der Haut implantiert werden. Doch solange noch keine vorläufige, künstliche Reizleitung in das Herz der Patientin eingeführt war, befand sie sich in akuter Lebensgefahr.

Hazel blinzelte zweimal. Sie war sich offensichtlich noch nicht bewußt, was für eine fieberhafte Tätigkeit sich da an ihrem Bett entfaltete.

»Was ist, Doktor«, fragte sie, »werden Sie nun die Wunde an meinem Arm vernähen oder nicht?«

»Das hat noch ein bißchen Zeit«, erwiderte Abby. »Mrs. Cookman, wir beide müssen jetzt etwas besprechen.«

Bud Perlow hatte inzwischen die Kanülen für den Tropf befestigt und schob nun den externen Schrittmacher ans Bett. Es handelte sich dabei um ein reines Notfallgerät mit zwei Kontaktplatten, die unterhalb der Wirbelsäule und neben dem Brustbein auf den Körper gelegt wurden. Der von dem Gerät ausgesendete elektrische Impuls würde dann durch die Brust der Patientin schießen und alle Muskeln ihres Körpers – also auch die ihres Herzens – zusammenziehen. Keine sehr angenehme, aber lebensrettende Prozedur. Abby bemerkte jetzt, daß, im Gegensatz zu allen anderen Geräten, die sich hier im Krankenhaus befanden, dieser selten verwendete Apparat ein antiquiertes Modell war.

Ohne den Herzmonitor an der Wand über dem Bett aus den Augen zu lassen, bemühte sie sich, in kurzen Worten Hazel die Situation zu erklären.

Die über achtzig Jahre alte Frau hörte ihr mit einer ungewöhnlichen Aufmerksamkeit und Geduld zu. Sie erkundigte sich sogar danach, wie sich der permanente Schrittmacher später unter ihrer Haut anfühlen würde.

Abby wollte ihr diese Frage gerade beantworten, als die großen, regelmäßigen Ausschläge auf dem Bildschirm, welche die Frequenz und Stärke der Herzkontraktionen anzeigten, plötzlich aufhörten. Es war also wieder ein sogenannter AV-Block eingetreten – eine Blockade der natürlichen Reizleitung des Herzens. Hazels Lider sanken herab.

»Geben Sie ihr jetzt das Atropin!« befahl Abby, während sie den Metallschemel rasch wieder ans Bett schob. »Lew, wissen Sie, wie man einen externen Schrittmacher bedient?«

»Nicht so recht.«

»Aber ich«, sagte Bud, der gerade das die Herztätigkeit anregende Atropin injizierte. »Wir haben vor einem Jahr mal eine stationsinterne Schulung an diesem Gerät durchgeführt.«

»Schalten Sie das Gerät sein. Alle zurücktreten!« rief Abby. »Wir werden gleich den externen Schrittmacher auslösen!«

Abby stand jetzt auf dem Schemel und hielt ihre ausgestreckten Hände nur wenige Zentimeter über Hazels Brustbein, um sofort mit der äußeren Herzmassage beginnen zu können, falls der externe Schrittmacher keinen wirkungsvollen Puls im Herzen der Patientin erzeugen sollte.

»Der Kondensator lädt sich nicht auf, Dr. Dolan«, sagte Bud in diesem Moment. »Ich glaube, das Gerät hat einen Kurzschluß.«

In Abbys Kopf überschlugen sich nun die Gedanken, während sie ihre Hände auf die Brust der Patientin drückte und mit der Herzmassage begann. Abermals dauerte es nur ein paar Sekunden, bis bei Hazel wieder die normale Herztätigkeit einsetzte und der Monitor einen regelmäßigen Puls anzeigte. Und wenig später war die Frau wieder hellwach und konnte sich nicht daran erinnern, daß sie ohnmächtig geworden war.

»Haben wir inzwischen den Kardiologen erreicht?«

»Dr. Price ist der für Notfälle eingeteilte Arzt«, erwiderte die Oberschwester. »Aber er befindet sich zur Zeit nicht im Haus. Wir haben ihn zwar angewählt, aber er hat noch nicht zurückgerufen.«

»Doktor, ich warte immer noch darauf, daß Sie mir diese Wunde am Arm vernähen«, sagte Hazel.

»Bald«, erwiderte Abby. »Sie hatten wieder einen von diesen Ohnmachtsanfällen.«

»Ich habe nichts davon gespürt.«

»Ich weiß.«

Abby gab der Oberschwester jetzt Anweisung, den Monitor im Auge zu behalten, eine zweite mit Atropin gefüllte Spritze bereitzuhalten und dazu noch eine Spritze mit Isuprel, einem ebenfalls die Herztätigkeit anregenden Medikament. Dann winkte sie Lew herbei und zog sich mit ihm in eine Ecke des Zimmers zurück.

»Ich denke, daß wir uns nicht nur auf das Atropin oder das Isuprel verlassen sollten.«

»Dieser Meinung bin ich auch.«

»Wie viele Herzkatheter haben Sie schon eingeführt?«

»Oh – einen. Und das ist auch schon ein paar Jahre her. Und Sie?«

»Dito. Ich hatte in solchen Fällen ja stets mindestens einen Kardiologen im Rücken. Insgesamt haben wir beide also Erfahrung bei zwei Herzkathetern gesammelt. Und wir können nicht hier herumstehen und darauf warten, daß uns die Patientin unter den Händen wegstirbt.«

Lew blickt zum Monitor hinauf.

»Mir gefällt Ihr Stil, Doktor«, sagte er. »Machen wir uns an die Arbeit. Aber die anderen dürfen nicht merken, daß wir Muffensausen haben.«

Begleitet von den nicht enden wollenden Nörgeleien der Patientin, gelang es Abby und Lew ohne große Schwierigkeiten, den Katheter mit dem Draht des temporären Schrittmachers in Hazel Cookmans rechten Herzventrikel einzuführen. Zunächst betäubte und desinfizierte Abby die Stelle unter Hazels Schlüsselbein, wo sie den Katheter in die Subklavia-Vene einführen wollte. Und dann, geleitet von ›Landmarken‹, die sie nur mit den Fingerspitzen ertasten konnte, drückte sie den Katheter mit dem großen Nadelöhr durch die Haut neben dem Knochen in die vom Kopf zum Herzen führende Subklavia hinein. Während Lew den Elektrokardiographen bediente, Richtungsangaben machte und ihr Mut zusprach, fädelte Abby den dünnen Draht des Schrittmachers durch das Öhr des Katheters, schob diesen durch die obere Hohlvene in das Herz der Patientin hinein, dann durch die rechte Vorkammer und den Tricuspidalis – die Dreizipfelklappe –, bis er mit dem Myocardgewebe des rechten Ventrikels in Berührung kam.

»Aufhören«, rief Lew. »Er ist dort. Er sitzt jetzt an der richtigen Stelle im Ventrikel!«

Sie verband den Draht nun mit dem kleinen Kasten, in dem sich der Transistor für die Reizgebung befand, und sofort zeigte der Monitor über dem Bett eine normale Pulsfrequenz an.

Abby drehte sich nun halb zur Wand, damit niemand ihre zitternden Hände sehen konnte. Ohne Lew Alvarez hätte sie wohl niemals versucht, die Kathode des Schrittmachers in das Herz der Patientin einzuführen. Sie bezweifelte, daß ihr das ohne seine Hilfe überhaupt gelungen wäre.

»Ausgezeichnete Arbeit«, sagte er, während sie den Draht an Hazels Haut festnähte, damit er nicht verrutschen oder gar den Kontakt mit dem Myocardgewebe verlieren konnte. »Sitzt perfekt. Sie dürfen mir jederzeit so ein Ding verpassen, Doktor.«

»Dr. Price hat soeben angerufen«, meldete sich da die Oberschwester zu Wort. »Er hat in Caledonia an einer Visite im Staatskrankenhaus teilgenommen und wird in spätestens einer halben Stunde hiersein.«

»Okay, Mrs. Cookman«, sagte Abby. »Ich bin jetzt soweit, daß ich Ihnen diese Wunde am Arm vernähen kann. Anschließend wird sich Dr. Price, unser Herzspezialist, um Sie kümmern. Obwohl der externe Schrittmacher, den Dr. Alvarez und ich soeben bei Ihnen angebracht haben, einwandfrei arbeitet, wird Dr. Price Sie gewiß so lange hierbehalten, bis er Ihnen einen permanenten Schrittmacher implantieren kann. Haben Sie das alles verstanden?«

»Oh, ja. Das habe ich, meine Liebe. Sie haben sich ja auch so große Mühe damit gegeben, mir das alles genau zu erklären. Und ich bin auch gern dazu bereit, hier in Ihrer Abteilung für Herzpatienten zu bleiben.«

»Großartig.«

»Nur kann ich das leider nicht.«

»Aber …«

»Zumindest so lange nicht, bis ich die Herdplatte abgeschaltet habe, auf der mein Huhn kocht. Das wäre nicht nur eine schreckliche Verschwendung von Lebensmitteln, sondern könnte auch zu einem Brand führen.«

Abby sah zu Lew hin und brachte es sogar fertig, ernst zu bleiben, als er feixend ihren Blick zurückgab.

»Haben Sie denn keine Verwandten, die das für Sie machen könnten?«

»Nein.«

»Und wenn wir einen Nachbarn oder die Polizei damit beauftragen würden?«

»Ich bezweifle sehr, daß Holly und Alex damit einverstanden wären.«

»Warum kümmert sich dann nicht einfach einer von den beiden darum?«

Hazel Cookman tätschelte Abby die Hand.

»Holly ist ein hundert Pfund schwerer deutscher Schäferhund, meine Liebe. Und Alex, dessen Rasse ich leider nicht kenne, ist noch viel größer und schärfer als Holly. Seit mein Mann tot ist, halte ich ständig große Hunde. Diese beiden sind zwei wunderbare Freunde, und ich muß mir wirklich keine Sorgen machen, wenn ich abends mal vergessen sollte, die Haustür abzuschließen. Aber wenn ich nicht im Haus bin, kann es keiner betreten, ohne von den beiden angegriffen zu werden oder meinen Lieblingen etwas zuleide zu tun. Und ich werde es niemals zulassen, daß eines von beiden passiert.«

»Ich verstehe … Mrs. Cookman, ich bin gleich wieder bei Ihnen.«

»Aber warten Sie nicht zu lange damit, junge Frau. Es wird jetzt wirklich Zeit, daß ich nach Hause komme.«

Wieder zog sich Abby mit Lew in eine entfernte Ecke des Zimmers zur Beratung zurück.

»Das ist verrückt«, sagte sie. »Kann sie das denn wirklich machen?«

»Gegen jeden ärztlichen Rat das Krankenhaus verlassen, um die Herdplatte abzustellen, auf der ihr Huhn kocht, meinen Sie? Ich glaube schon.«

»Aber …«

»Ihr Schrittmacher arbeitet doch einwandfrei, und deshalb besteht jetzt auch keine Gefahr mehr, daß ihr Herz versagen könnte«, sagte er. »Außerdem ist ihr Haus höchstens zwei Kilometer vom Krankenhaus entfernt. Lassen Sie die alte Dame eine Erklärung unterschreiben, daß sie auf eigenen Wunsch und eigenes Risiko das Krankenhaus verläßt. Dann packen Sie für alle Fälle ein paar Herzmittel ein, rufen einen Krankenwagen und fahren mit ihr nach Hause.«

»Das ist aber doch eigentlich meine Schicht, und Sie haben längst frei. Deshalb hatte ich eigentlich gedacht, daß Sie vielleicht ...«

»Nein, nein. Bitte. Ich werde das Meine dazu beisteuern, indem ich hierbleibe. Sie ist schließlich Ihre Patientin. Ich werde auch Hank Tarver, meinen Tierarzt, anrufen. Er wird vor Hazels Haus auf Sie warten und die beiden Hunde in seinem Zwinger unterbringen.«

»Ich kann es kaum glauben, daß ich eine vierundachtzigjährige Frau mit einem totalen Herzblock nach Hause begleite, damit ihr Huhn nicht verkocht.«

»Willkommen in Schilda, Professor. Was werden Sie erst sagen, wenn die Leute hier damit anfangen, Sie mit Hühnern zu *bezahlen?*«

Als Abby mit der Ambulanz von Hazel Cookmans Bungalow in das Hospital zurückkehrte, hätte sie gern irgend jemandem erzählt, wie glatt und erfolgreich doch auch diese Operation, Hazels Suppenhuhn vor dem Anbrennen zu retten, verlaufen war. Denn erst heute war ihr so richtig bewußt geworden, wie vielseitig und aufregend der Aufgabenbereich einer Notärztin tatsächlich sein konnte.

Nachdem Hazels Herdplatten ausgeschaltet und ihre beiden Hausgenossen, Alex und Holly, auf dem Weg zu einer Hundepension waren, ergriff die alte Dame Abbys Hand und sagte: »Danke – Sie sind zu gütig, junge Frau.«

»Unsinn«, erwiderte Abby. »Wer sich vierundachtzig

Jahre so wacker durchs Leben geschlagen hat wie Sie, verdient, daß wir alle unser Bestes für ihn tun.«

Dann füllte sie für Hazel einen Einweisungsbescheid aus, der so lange gültig sein würde, bis der Kardiologe die Behandlung und Betreuung dieser Patientin in der Intensivstation übernahm. Anschließend suchte sie dann nach Lew, den sie im Büro des diensthabenden Stationsarztes fand, wo er gerade den Rest eines Dinners verzehrte, das man ihm aus der Diätküche heraufgebracht hatte. Selbst nach so einem harten Vierzehn-Stunden-Tag in der Unfallstation sah er noch frisch aus.

»Alles im Lot«, sagte er. »Kein Rückstau mehr. Und sobald ich zu Hause bin, werde ich mir ein Glas Chianti einschenken, meine Stereoanlage einschalten, die Beine auf den Tisch legen und mich von den Villa-Lobos einschläfern lassen. Jedenfalls habe ich beschlossen, das Bezahlen meiner Rechnungen auf morgen zu verschieben. Ich weiß nicht, ob Sie schon auf den Dienstplan geschaut haben oder noch nicht, aber ich bin derjenige, der Sie morgen früh ablösen wird.«

»Nein, ich habe mir den Schichtplan noch nicht angesehen. Kommen Sie, ich werde Sie hinausbegleiten.«

Als sie am Warteraum vorbeikamen, sah Abby dort eine Frau am Schalter der Notaufnahme stehen, in der sie einen ihrer diagnostischen Problemfälle wiedererkannte – eine Rothaarige, die früher mal mit den Rockettes getanzt haben soll, wie jemand ihr erzählt hatte. Als die Frau Abbys Blick auffing, winkte sie ihr verlegen zu, weil es ihr offenbar peinlich war, hier schon wieder zu erscheinen. Danach kratzte sie sich am Arm.

Abby gab ihr mit einer Handbewegung zu verstehen, daß sie sich gleich um sie kümmern würde, und ging dann mit Lew die Rampe für die Krankenwagen hinunter, hinter der sich der Parkplatz für die Stationsärzte befand. Es war eine Nacht, wie man sie wohl niemals in einer Großstadt sah – ein schimmernder, tief hängender Vollmond im

Nordosten und im Westen ein samtschwarzer, mit Sternen übersäter Himmel. Die Luft war so klar, daß man die Milchstraße deutlich erkennen konnte.

»Eine herrliche Nacht«, sagte Lew.

In diesem Moment hielt ein Auto auf dem für Notfall-Patienten reservierten Parkplatz. Abby sah, wie ein Mann auf Krücken sich aus dem Schatten des Wagens löste und auf den Vordereingang der Station zuhumpelte. Sie wartete, bis der Wagen weggefahren und wieder Ruhe eingekehrt war, bevor sie sagte: »Lew, ich bin Ihnen sehr zu Dank verpflichtet für das, was Sie heute für mich getan haben. Ohne Ihre Hilfe wäre das alles nicht so problemlos über die Bühne gegangen.«

»War nicht der Rede wert«, sagte er. »Ich habe unser Schrittmacher-Abenteuer sehr genossen. Und außerdem hatte ich nicht nur das Gefühl, Ihnen das bißchen Hilfe schuldig zu sein, sondern auch bei Ihnen Abbitte leisten zu müssen für eine Bemerkung, die ich über Sie gemacht habe. Ich hielt sie anfangs nämlich für eine ziemlich schnippische und eingebildete Kollegin. Beides trifft nicht zu, und es tut mir leid, daß ich so etwas von Ihnen gedacht habe.«

»Seltsam – denn dasselbe hatte ich anfangs auch von Ihnen angenommen.«

»Ich habe von den Schwestern erfahren, daß Sie zu Sam Ives' Hütte hinaufgestiegen sind, um sein Bein zu behandeln. Ein überaus freundliches und humanes Verhalten, das muß ich schon sagen.«

»Er leidet an einer schweren Kolbenschimmel-Pilzinfektion, wie die Untersuchung der Gewebeproben ergeben hat – vielleicht sogar an einer Osteomyelitis. Ich habe ihn dann in seiner Hütte aufgesucht, weil ich es für ziemlich unwahrscheinlich hielt, daß er noch einmal hierher ins Krankenhaus kommen würde.«

»Nicht nach seinen Erfahrungen mit Martin Bartholomew.«

»Bartholomew ist wohl tatsächlich ein Problem. Aber sonst habe ich eigentlich nur positive Erfahrungen mit den Kollegen hier gemacht; mit den meisten jedenfalls. Und auch die Stadt wächst mir so langsam ans Herz. Als ich das erste Mal hierherkam, hatte ich in dieser Hinsicht beträchtliche Zweifel. Ich habe den Job in der St.-Johns-Klinik nämlich nur aufgegeben, weil ich mit meinem ...«

Ihre Stimme verebbte. *Mit meinem was?* Das Wort ›Verlobter‹ schien ihr eine sich immer weiter von der Realität entfernende Beziehung zu sein.

»Ich weiß. Er ist Leiter der neuen Produktentwicklungsabteilung bei Colstar.«

»Herrgott – ist das aber eine *kleine* Stadt.«

Abby ärgerte sich ein wenig darüber, daß auch so persönliche Informationen über sie in der Klinik die Runde machten. Aber tatsächlich wäre es ihr in einer Großstadt wohl nicht anders ergangen – erst recht nicht als neue Ärztin.

»Und wie steht es mit Ihnen?« fragte sie. »Gefällt es Ihnen hier?«

»Ja. Das meiste jedenfalls.«

»Das meiste? Und womit haben Sie Ihre Probleme?«

Sie merkte sofort, daß er mit der Antwort zögerte. Er drehte sich von ihr weg und blickte nach Osten. Und als er dann sprach, geschah das in einem heiseren Flüsterton.

»Ich habe meine Probleme mit *denen* dort«, erklärte er ziemlich gereizt.

Abby drehte sich nun in die gleiche Richtung und sah dort als Silhouette vor dem Vollmond den Felsen mit der Colstar-Fabrik aufragen. Dutzende von Flutlichtern strahlten das Gelände an, das sie jetzt entfernt an ein Zuchthaus erinnerte, und der Name der Gesellschaft füllte mit seinen riesigen roten Neonbuchstaben fast die ganze Westwand der Fabrik aus.

»Aber weshalb?« fragte sie.

In diesem Moment traf wieder ein Auto vor dem Krankenhaus ein. Eine ältere Frau holte einen zusammenklappbaren Rollstuhl aus dem Kofferraum und faltete ihn auseinander. Lew und Abby halfen ihr dann dabei, ihren Gatten aus dem Beifahrersitz in den Rollstuhl zu heben.

»Es sind seine Brustbeschwerden«, erklärte die Frau. »Es geht ihm zwar schon wieder besser, wie er sagt, aber Dr. Robbins möchte ihn trotzdem untersuchen und ist bereits auf dem Weg hierher.«

Dann schob sie ihren Mann rasch auf die elektrischen Schiebetüren zu und verschwand mit ihm in der Notaufnahme.

»Ich sollte jetzt wohl besser wieder hineingehen und ihn im Auge behalten, bis Dr. Robbins hier eintrifft«, sagte Abby zu Lew. »Könnte ich Sie, wenn ich meine Patienten versorgt habe und es noch nicht zu spät dafür ist, vielleicht zu Hause anrufen, um unser Gespräch zu Ende zu führen?«

»Das ist kein Thema für Telefongespräche«, sagte er schnell. Und dann, als sie ihn ein wenig befremdet ansah, fügte er hinzu: »Ich mache Ihnen einen anderen Vorschlag. Ich komme morgen, wenn es ihnen recht ist, eine Stunde früher in die Station, und dann können wir darüber reden.«

»Wenn es Ihnen nichts ausmacht, schon so zeitig aufzustehen?«

»Ich bewirtschafte eine Farm, Abby. Ich stehe *immer* so früh auf. Falls Sie gerade beschäftigt sein sollten, werde ich warten. Und reden Sie bitte mit niemandem darüber, solange wir nicht miteinander gesprochen haben – einverstanden?«

»Einverstanden«, wiederholte sie, etwas bestürzt über diese Vorsichtsmaßnahme und seinen Ton.

»Abby, es tut mir leid, wenn ich Ihnen paranoid vorkomme«, sagte er wieder so leise, daß es fast ein Flüstern war. »Aber ich habe jeden Grund dazu.«

Die Frau hieß Buchanan, war im Mittelwesten geboren und dort aufgewachsen, bis sie mit achtzehn nach New York gezogen war, um dort Karriere im Showgeschäft zu machen. Ihre Haare hatte sie sich feuerrot gefärbt.

»Ich war eine verdammt gute Tänzerin«, begann sie ihren Redefluß, während Abby sorgfältig ihre Haut, Augen und Ohren untersuchte. »Zumindest für die Verhältnisse von Sioux City. New York ist natürlich eine ganz andere Geschichte. Trotzdem war mir dort das Glück hold, weil ich Dennis Buchanan kennenlernte, der mich ganz schnell von dort wegholte. Ein paar Jahre später wohnten wir dann in einem Vorort von L. A., und Dennis verkaufte Teppiche. Er hat ein Talent für so etwas. Er hätte, wie man so schön sagt, den Eskimos auch Kühlschränke verkaufen können. Egal – eines Tages fuhren wir einfach so herum und entdeckten diese Stadt hier auf unserer Autokarte. Dennis gefiel der Name der Stadt. Also beschlossen wir, hier zu übernachten, und waren keine fünfzehn Minuten in der Stadt, als er an dieser John-Deer-Traktorenstation das Schild entdeckte, daß diese zu verkaufen sei. ›Claire‹, sagte er da zu mir, ›das ist es. Weiter brauchen wir jetzt nicht mehr zu fahren.‹ Das liegt nun schon fast zehn Jahre zurück. Und jetzt frage ich mich allmählich, ob ich vielleicht eine Allergie gegen dieses verdammte Nest entwickelt habe. Oder gegen Traktoren. Oder möglicherweise sogar gegen Dennis. Nur eines weiß ich: Ich kann diesen Juckreiz nicht mehr länger ertragen.«

»Mrs. Buchanan ...«

»Es ist okay, wenn Sie mich Claire nennen. Jeder tut das hier.«

»Okay, Claire – hat denn dieser Juckreiz nach Einnahme der Cortisontabletten, die ich Ihnen neulich mitgegeben habe, nicht erheblich nachgelassen?«

»Ein wenig. Und das auch nur für kurze Zeit. Das Benadryl könnte vielleicht auch ein bißchen geholfen haben. Aber dann war es wieder so schlimm wie zuvor. Besonders nachts. Ich habe mich mit meinen Beschwerden auch an Dr. Oleander gewandt, aber der sagte das gleiche wie Sie – daß er nichts finden könne. Er hat sich aber sehr lobend über Sie ausgesprochen. Er sagte, Sie hätten alles gemacht, was man in so einem Fall wie meinem überhaupt tun kann.«

»Nur, daß ich immer noch nicht weiß, was Ihnen eigentlich fehlt.«

»Er meint, es wären die Nerven.«

»Sind Sie ein nervöser Typ?«

»Eigentlich nicht, aber ich habe Angst vor zu kleinen Räumen. Klaustrophobie nennt man das wohl. Meine Mutter und meine Schwester haben das auch. Dr. Oleander hat bei mir mal wegen meiner Magenbeschwerden einen MR-Test machen lassen, und wenn er mir nicht ein Beruhigungsmittel gegeben und die Augen verbunden hätte, hätten sie mich nie in diese Röhre hineinbekommen.«

»Was für Magenbeschwerden? Und wann?«

»Das weiß ich nicht mehr so genau. Das muß vor sechs oder acht Monaten gewesen sein. Die Tests verliefen alle negativ, und meine Verdauungsstörungen haben sich dann auch von alleine gelegt. Aber ich kann nicht einfach so dasitzen und darauf warten, daß dieses Jucken aufhört, Dr. Dolan. Sie müssen mir schon helfen und etwas dagegen unternehmen, bevor ich mich vor einen von Dennis' Raupenschleppern werfe.«

»Ich habe zwar keine Ahnung, woher diese Beschwerden kommen, aber ich glaube nicht, daß die Ursache dafür in Ihrem Kopf zu suchen ist. Ich kann an manchen Stellen unter Ihrer Haut so etwas wie eine Schwellung oder Verdickung spüren, aber das ist auch nur so ein Gefühl von mir und kein Befund. Und ich kann auch nicht sagen, ob diese Schwellungen nun daher rühren, daß Sie sich an diesen Stellen so oft kratzen, oder ob es eine andere Ursache dafür gibt. Als nächstes sollten Sie einen Dermatologen aufsuchen und vielleicht eine Biopsie machen lassen.«

»Wie Sie meinen.«

»Vielmehr, wie Dr. Oleander meint, denn er ist ja Ihr zuständiger Hausarzt. Er kennt Sie seit vielen Jahren, und wir wollen uns nicht anmaßen, ihm Empfehlungen zu geben, wie er seine Patienten behandeln soll. Aber ich bin sicher, daß er sie gern an einen Hautspezialisten überweisen würde.«

»Das glaube ich nicht«, widersprach ihr Claire. »Denn Sie haben mir ja schon beim letzten Mal empfohlen, einen Dermatologen aufzusuchen. Doch Dr. Oleander sagte dann zu mir, dieses Jucken käme entweder von einem Ausschlag oder von den Nerven, und ich müßte nicht erst dreißig Meilen weit fahren, um von einem sogenannten Spezialisten dasselbe zu erfahren.«

»Da sich Ihr Zustand jedoch nach einer Behandlung mit Cortison-Tabletten nicht gebessert hat, könnte ich mir durchaus vorstellen, daß Dr. Oleander bereit wäre, seine Meinung zu ändern«, entgegnete Abby.

Wenn man die Größe dieser Stadt und das entsprechende Einzugsgebiet bedachte, konnte man die Ausstattung mit Fachärzten als vorbildlich bezeichnen. Hier waren die Kardiologie, die Pulmonologie, die Neurologie und sogar die Rheumatologie mit mindestens einem Spezialisten vertreten und daneben auch noch fast alle chirurgischen Spezialgebiete wie die Urologie, der Hals-Nasen-Ohren-Bereich und die Orthopädie. Aber nicht die Dermatologie. Abby teilte im Grund Oleanders Meinung: Die Behandlung vieler gewöhnlich auftretender Hautprobleme war in der Regel eine Sache des gesunden Menschenverstandes, und die alte und bewährte Maxime für dieses Spezialgebiet lautete: *Wenn es trocken ist, mach es naß; wenn es näßt, mach es trocken; und wenn du im Zweifel bist, verwende Steroide.* Doch soweit Abby das beurteilen konnte, fiel Claire Buchanans Hautproblem in dieser Hinsicht aus dem Rahmen und konnte nur als außergewöhnlich bezeichnet werden.

»Ich mache Ihnen einen Vorschlag«, sagte sie. »Es ist

jetzt Viertel vor zehn, und Dr. Oleander hat heute nacht Bereitschaftsdienst, falls wir hier noch einen Arzt zur Unterstützung brauchen. Könnte es Ihr Gewissen beruhigen, wenn ich ihn jetzt anrufen würde?«

»O ja, das könnte es. Danke, Doktor. Vielen Dank.«

Abby verspürte eine gewisse Abneigung gegenüber Patienten, die sich von Ärzten einschüchtern ließen, obwohl es darunter offenbar Fälle gab, die einem genetischen Zwang folgten. Jedenfalls schien es ihr zu den Pflichten eines Arztes zu gehören, solche Kommunikationshindernisse niederzureißen. Ihren bisherigen Erfahrungen nach war George Oleander ein verdammt guter praktischer Arzt, und als medizinischer Direktor lenkte er zweifellos ein Schiff, auf dem die Offiziere und die Mannschaft Hand in Hand arbeiteten. Aber er strahlte manchmal auch eine Zuversicht aus, die einige Patienten daran hindern mochte, seine Entscheidungen in Frage zu stellen oder sich diese von anderen Ärzten bestätigen zu lassen.

Sie entnahm Claire für alle Fälle eine weitere Blutprobe und schickte diese zu einer Reihe von Routinetests ins Labor, bevor sie in das Büro des Stationsarztes ging und Oleander anrief, der sich schon nach dem ersten Klingelzeichen meldete.

»Hallo, George, ich bin es – Abby Dolan. Entschuldigung, wenn ich Sie noch zu so später Stunde anrufe, zumal es sich gar nicht um einen Notfall handelt.«

»Kein Problem, Abby. Ich habe gerade gelesen und mich gewundert, warum es bei Ihnen so ungewöhnlich ruhig ist.«

»Jetzt vielleicht, aber anfangs nicht. Wir hatten eine Patientin mit einem AV-Block, um den sich jetzt Brian Price auf der Intensivstation kümmert.«

Dann berichtete sie ihm von ihrer Odyssee mit Hazel Cookman. Als sie damit zu Ende war, brach der medizinische Direktor in ein lautes Lachen aus.

»Ich kenne diese Hunde«, sagte er. »Das sind zwei ganz

tückische Biester. Aber ich glaube, daß ich lieber mit Hazels Lieblingen als mit deren Frauchen zusammenrasseln würde. Das hört sich so an, als hätten Sie wieder eine ausgezeichnete Arbeit geleistet. Ich wette, daß spätestens in zwei Tagen ganz Patience diese Geschichte kennt – oder zumindest eine *Version* davon. Genau das ist es, was diese Gemeinde braucht, Abby.«

»Danke.«

Gemeinde. Abby versuchte sich daran zu erinnern, wie oft Lyle Quinn dieses Wort beim Colstar-Picknick verwendet hatte.

»Ich bin froh, daß Sie diese Geschichte erzählt haben«, fuhr Oleander fort, »weil ich nämlich vorhatte, Sie in mein Büro zu bitten.«

»Schon wieder?«

»Ich fürchte, daß Dr. Bartholomew und praktisch jeder hier inzwischen gehört hat, was Sie neulich mit dem Gesicht des alten Ives' angestellt haben.«

»So alt ist Ives ja nun auch wieder nicht«, entgegnete Abby, die spürte, wie der Ärger in ihr hochkam. »Dr. Bartholomews Nähte waren inakzeptabel.«

»Da ist er aber ganz anderer Meinung. Abby – Marty Bartholomew ist seit vielen Jahren ein Bestandteil dieser Gemeinde. Ich gebe zu, daß er zuweilen mit seinen Behandlungsmethoden nicht ganz auf der Höhe der Zeit ist. Aber er hat schon um drei Uhr morgens in Schneestürmen Hausbesuche gemacht, wenn die Leute das von ihm verlangt haben, und die Babys in der Stadt auf die Welt gebracht, bevor unsere Hebammen an Bord kamen. Er ist hier sehr beliebt.«

Abby wußte, daß sie keinen Blumentopf damit gewinnen konnte, wenn sie ihre Handlungsweise vor diesem Gericht verteidigte. Aber sie wollte Rückgrat beweisen und wählte ihre Worte mit Bedacht.

»Ich habe getan, was ich im Interesse des Patienten für das Beste hielt.«

»Ich verstehe, Abby. Aber wie ich Ihnen bereits vor einer Woche sagte, muß man die Dinge in einem Gemeindekrankenhaus manchmal ein bißchen anders handhaben als in einer Großstadtklinik. Und nun erzählen Sie mir, weshalb Sie mich sprechen wollten.«

Sein Ton ließ keine Erwiderung mehr zu. Für ihn war dieses Thema beendet und ihr Konto ausgeglichen. Der Pluspunkt, den sie mit Hazel Cookmans Behandlung erzielt hatte, war mit dem Minuspunkt, den sie sich mit der Verletzung von Martin Bartholomews Ego eingehandelt hatte, verrechnet worden. Zeit, sich dem nächsten Problem zuzuwenden.

Abby gab sich große Mühe, in ihren Ausführungen ja nichts zu sagen, was Oleander vielleicht als aufrührerisch oder gar als Konfrontation auslegen konnte. Sie erläuterte ihm nun Claire Buchanans Fall und hoffte, daß er selbst zu dem Schluß kommen würde, hier sei die Überweisung an einen Dermatologen angebracht.

»Hört sich ganz nach einer klassischen Neurodermitis an«, sagte er, als sie geendet hatte. Das war die Standarddiagnose für Hautkrankheiten, die man auf emotionale Ursachen zurückführte.

»Ich habe mich gefragt, ob hier nicht eine ungewöhnliche Form von Vasculitis vorliegen könnte. Die Patientin leidet unter einem außerordentlich starken Juckreiz.«

»Ich sehe schon, worauf Sie hinauswollen, Abby. Sie möchten, daß ich Claire an Dr. O'Brien in Caledonia überweise. Vielleicht mache ich das auch. Aber vorher möchte ich ganz sicher sein, daß wir in Patience alle unsere Möglichkeiten und medizinischen Kenntnisse voll ausgeschöpft haben.«

»Ich verstehe«, sagte Abby, aber das war eine Lüge.

»Dann geben Sie Claire doch einfach ein paar Kapseln Valium oder Xanax oder irgendeinen anderen milden Tranquilizer und sagen ihr, daß sie morgen zu mir in die Praxis kommen soll. Ich werde sie mir anschauen. Und falls es nötig sein sollte, ihr einige Gewebeproben für eine Biopsie zu entnehmen, so können wir das auch hier im Hospital machen. Wenn uns das immer noch nicht weiterbringt, werde ich O'Brien anrufen. Wir versuchen nämlich gerade, ihn zu überreden, hier in Patience eine Praxis aufzumachen. Es würde unsere Position schwächen, wenn er den Eindruck gewinnt, daß unsere Leute ihn auch so besuchen und die fünfzig Kilometer bis nach Caledonia gern in Kauf nehmen.«

»Ich hätte gern gewußt, wie Sie den Fall beurteilen.«

»Ich werde Ihnen eine Kopie von meinen Notizen zukommen lassen. Es steht natürlich außer Frage, daß Sie hier trotz dieses Bartholomew-Fauxpas vorzügliche Arbeit leisten, Abby. Nur weiter so.«

»Danke.«

»Oh, und noch etwas. Sagen Sie Claire doch bitte, daß sie das nächste Mal doch gleich zu mir kommt, bevor sie in die Notaufnahme rennt. Ihr habt dort genügend andere Sorgen. Ich bin jedenfalls die ganze Nacht unter dieser Nummer zu erreichen, falls Sie mich brauchen sollten.«

Dann legte er auf, ohne ihre Antwort abzuwarten. Es war ihm irgendwie gelungen, ihr Konzept zu erraten und ihr das Heft aus der Hand zu nehmen. Die Folge davon war, daß Claire Buchanan nun nicht nach Abbys Vorstellungen, sondern nach den Wünschen ihres Hausarztes behandelt werden würde. Das war der Nachteil des medizinischen Fachbereiches, für den sie sich entschieden hatte, und sie kehrte nun mit einem leichten Unbehagen zu ihrer Patientin zurück, deren Sache sie nicht energisch genug vertreten hatte.

9. Kapitel

Der Patientenstrom riß während der ganzen Nacht nicht ab, nahm aber auch keine bedrohlichen Formen an, und als Abby eine gute Stunde vor Schichtende ein Duschbad in der Suite für den diensthabenden Stationsarzt nahm, benützte sie diese Gelegenheit dazu, die blaue Krankenhaustracht wieder gegen ihre Straßenkleider zu vertauschen und diese unter ihrem Ärztekittel zu tragen, als sie in die Station zurückkam. Sie war seit halb sechs wach, als man sie zu einem dreijährigen Kind mit Ohrenschmerzen gerufen hatte. Lew Alvarez und die Sorgen, die Colstar ihm offenbar bereitete, waren Abby seither nicht mehr aus dem Kopf gegangen.

Sie machte noch rasch einen Rundgang durch die verwaisten Behandlungsräume der Station, teilte der Nachtschwester mit, wo man sie finden könne, und trat dann hinaus unter den leichtbewölkten Morgenhimmel. Der Colstar-Felsen im Osten lag noch im Schatten, doch die weitläufige Fabrikanlage darauf erglühte bereits im Licht der aufgehenden Sonne. Lew befand sich genau an der Stelle, die er ihr gestern abend beschrieben hatte – jenseits des geteerten Parkbereiches neben einer einsamen Parkbank. Selbst aus dieser Entfernung spürte Abby seine Nervosität.

»Hallo«, begrüßte sie ihn.

»Guten Morgen. Wie war die Nacht?«

»Erträglich. Zwei KAWIFs. Aber sonst nichts Nennenswertes.«

»KAWIFs?«

»Die Abkürzung für ›Keine Ahnung, was Ihnen fehlt‹. Ich hab' sie von meinem Stammkunden übernommen. In letzter Zeit kommen weit mehr von diesen Patienten in die Notaufnahme, als ich das bisher gewohnt war.«

»KAWIFs. Das Gefällt mir. Ehrlich.«

Sein ironisches Lachen schien darauf hinzudeuten, daß er mehr über diese Fälle wußte als sie.

»Also – worüber wollten Sie nun mit mir reden«, sagte Abby.

Lew legte den Finger auf den Mund und blickte sich vorsichtig um.

Knappe zehn Meter von ihnen entfernt überquerten zwei Schwestern den Parkplatz, die sich – jedenfalls für Abby – eindeutig außer Hörweite befanden. Trotzdem schüttelte Lew den Kopf, um Abby davor zu warnen, das Gespräch fortzusetzen, ehe die beiden nicht im Krankenhaus verschwunden waren.

»Sie müssen mir versprechen, daß Sie mit niemandem über unser Gespräch reden werden«, flüsterte er schließlich und sah Abby dabei so eindringlich an, daß sie erschrak.

»Aber Lew«, erwiderte sie ebenso leise, »hier kann uns doch niemand hören.«

»Seien Sie sich dessen nicht so sicher! Ich glaube, daß sie inzwischen sogar mein Telefon angezapft haben. Keine Ahnung, was sie sonst noch anstellen werden.«

»Wer?«

Lew blickte hinauf zur Colstar-Fabrik.

»Dieselben Leute, die das da gebaut haben.«

»Lew – ich fürchte, ich kann Ihnen nicht ganz folgen.«

»Diese KAWIFs, die Sie vorhin erwähnten ...«

»Ja? Was ist mit denen?«

»Über welche Beschwerden klagen diese Leute? Über Kopfschmerzen? Ausschläge? Erschöpfungszustände? Jähe Stimmungswechsel? Chronischen Husten? Leichtes Fieber?

Sie warf ihm einen überraschten Blick zu. Er fragte sie nicht – er stellte fest.

»Ja«, sagte sie, »solche Sachen.«

»Nun, dann habe ich eine Neuigkeit für Sie. Patienten mit solchen unerklärlichen Symptomen gibt es hier überall. Und in weitaus größerer Zahl, als man das erwarten sollte.«

»Vielleicht bin ich ein bißchen schwer von Begriff, Lew. Aber ich habe immer noch nicht verstanden, worauf Sie hinauswollen.«

Er blickte sich wieder vorsichtig um.

»Hören Sie – das ist weder die richtige Zeit noch der richtige Ort, um darüber zu reden. Ich traue niemandem in diesem Krankenhaus. Tatsächlich traue ich nicht einmal den Wänden in diesem Gebäude. Deshalb möchte ich, daß Sie mit Ihren Äußerungen im Arztzimmer sehr vorsichtig sind. Es könnten dort Wanzen versteckt sein – oder Schlimmeres.«

»Kameras?«

Abby wurde es ganz schlecht bei diesem Gedanken. Und sie begann sich nun auch über Lew zu wundern.

»Ob Sie es glauben oder nicht – diese Möglichkeit besteht«, sagte er, als er ihre skeptische Miene sah. »Ich hatte zwar kein Glück, als ich dort überall nach Kameras und versteckten Mikrofonen gesucht habe, aber ich bin ja auch kein Geheimagent.«

»Könnten Sie jetzt vielleicht zur Sache kommen?«

»Hören Sie – wir sollten jetzt wirklich nicht mehr länger hier draußen so beieinander stehen. Denn die wissen ja bereits, daß ich ihr Feind bin. Und wenn sie uns öfter zusammen sehen, wird man Sie sehr bald der Komplizenschaft verdächtigen. Es mag Ihnen zwar so vorkommen, als würde ich unter Verfolgungswahn leiden, was Colstar betrifft. Aber glauben Sie mir – ich habe triftige Gründe dafür. Das werden Sie einsehen, wenn Sie mir die Gelegenheit geben, Ihnen alles zu erklären.«

»Weiter.«

»Okay. Es gibt eine Gruppe engagierter Leute, die versuchen, etwas zu unternehmen. In diesen KAWIF-Fällen, meine ich. Deshalb würde ich es gern sehen, wenn Sie zu unserem nächsten Treffen kämen.«

Abby blickte zu dem Colstar-Felsen hinüber und dann auf Lew zurück. Waren es etwa die ›engagierten Leute‹ aus seiner Gruppe, vor denen Lyle Quinn sie gewarnt hatte? Vermutlich. Und hätte man sie jetzt vor die Wahl gestellt, entweder für Quinn oder Lew Alvarez Partei zu ergreifen, wäre ihr die Entscheidung nicht schwergefallen. Aber sie war noch neu hier in der Stadt und hatte genug eigene Probleme.

»Ach, Lew, ich weiß nicht«, sagte sie. »Ich habe keine Veranlagung zum Kreuzfahrer, und ein Vereinsmensch bin ich nie gewesen.«

»Dann kommen Sie doch wenigstens zu dem Treffen und hören sich an, was wir zu sagen haben«, erwiderte er. »Wir nennen uns ›Die Allianz‹ und treffen uns alle drei oder vier Wochen bei irgendeinem der Mitglieder. Die morgige Zusammenkunft findet in meinem Haus statt.« Er überreichte ihr ein Kuvert mit einer Wegskizze. »Und ob Sie nun zu diesem Treffen kommen oder nicht – erzählen sie bitte niemandem etwas davon. Schon gar nicht Ihrem Freund.«

»Josh ist in letzter Zeit kaum ansprechbar; Streß am Arbeitsplatz vermutlich. Da werde ich ihm wohl kaum erzählen, daß ich Kontakt zu Leuten aufgenommen hätte, die seinem Arbeitgeber Probleme machen wollen.«

»Nicht mehr Probleme, als sie uns allen hier machen«, warf Lew ein.

»Lew, ich kann Ihnen wirklich nichts versprechen. Und ich bin auch nicht der Typ, der für irgend etwas auf die Barrikaden steigt. Bei der letzten Wahl habe ich mir nicht einmal die Mühe gemacht, zur Wahlurne zu gehen.«

Lews Gesicht war todernst.

»Glauben Sie mir, Abby«, sagte er, »wenn Sie erst die Ziele unserer Allianz kennen, dann werden Sie Ihre Einstellung ändern.«

»Ich kann Ihnen nicht verwehren, so von mir zu denken. Bleibt abzuwarten, ob Sie recht behalten.«

»Fein. In der Zwischenzeit könnten Sie schon mal eine Liste von diesen KAWIF-Fällen anlegen, wie ich das getan habe.«

Bevor Abby das Hospital verließ, rief sie noch einmal bei Claire Buchanan an. Die Beruhigungsmittel hatten Claire zwar ein paar Stunden Schlaf verschafft, aber nicht diesen beständigen Juckreiz vermindert. Sie erzählte Abby, daß sie in etwa einer Stunde Dr. Oleander in seinem Büro anrufen wolle, um mit ihm einen Termin auszumachen. Abby ermunterte Claire dazu, sich noch mindestens einen Tag Ruhe zu gönnen, indem sie die Beruhigungsmittel so oft einnahm, wie sie das laut Beipackzettel tun durfte. Dann legte sie den Hörer mit dem Gefühl auf, dieser Frau immer noch nicht angemessen geholfen zu haben.

Da Josh um diese Zeit schon in der Fabrik arbeitete, hatte Abby keine Eile damit, nach Hause zu fahren. Und wie immer nach einer Nachtschicht – selbst nach solchen, in denen sie kein Auge zugetan hatte –, wollte sie sich nicht sofort zu Bett begeben. Wenn sie das tat, würde sie binnen weniger Minuten eingenickt sein und Schwierigkeiten mit dem Aufwachen haben – egal, zu welcher Zeit. Zudem hatte sie herausgefunden, daß sie sich nach zehn oder elf Stunden Schlaf oft schlapper fühlte als nach ihren gewohnten sieben. Es war besser, wenn sie wenigstens einen Teil des Morgens nutzbringend zu verwenden versuchte, ehe sie sich Morpheus' Armen überließ.

Sie fuhr eine Weile durch den Park und hielt dann an, um einen kurzen Spaziergang zum See hinunter zu machen. Es war alles so friedlich, perfekt wie in einem Bilderbuch. Auf dem Weg zurück zu ihrem Wagen hielt sie am Rand des Spielfeldes an und blickte zu der Stelle hinüber, wo Angela Cristoforo gestanden und mit ihrem Blut den gepflegten Rasen besudelt hatte. Abby hatte den Fall weiterverfolgt und inzwischen erfahren, daß man Angela, nachdem ihre Wunden vernäht worden waren, in eine geschlossene Abteilung der staatlichen Heilanstalt für Geisteskranke in Caledonia eingewiesen hatte. Eben noch eine seit vielen Jahren bewährte und zuverlässige Colstar-Mitarbeiterin, und dann plötzlich eine sich selbst verstümmelnde Furie. Dieser Wandel machte zwar nicht viel Sinn, aber das war ja bei den in vielerlei Maskierungen auftretenden Fällen von Geisteskrankheit nichts Ungewöhnliches.

Es war bereits nach neun, als sie ihren Wagen startete und nach Hause fuhr. Da gab es ein paar Briefe, die sie noch schreiben wollte. Und wenn dann ein Wunder geschehen und sie immer noch wach sein sollte, würde sie ein Buch darüber lesen, wie man denn den Übergang von den jungen in die mittleren Jahre am besten meistern konnte. Sie war mit der Lektüre allerdings so langsam vorangekommen, daß ihre besten Jahre vermutlich schon vorbei waren, wenn sie es einmal ausgelesen haben sollte. Während der Nachtschichten im Krankenhaus hatte ihr immer das Außerordentliche, Unvorhersehbare und die Begegnung mit den unterschiedlichsten Menschen gefallen. Aber danach fiel es Abby oftmals schwer, sich wieder an das Leben außerhalb des Krankenhauses zu gewöhnen.

Als sie in die Auffahrt einbog und dort Joshs Jeep stehen sah, wußte sie bereits, daß es Ärger geben würde. Er hätte schon vor Stunden in der Fabrik sein müssen. Und als sie ihr Auto hinter dem Jeep abstellte, war sie noch mehr davon überzeugt, daß etwas nicht stimmen konnte. Josh liebte seinen Wagen über alles und pflegte ihn dementsprechend. Doch jetzt befand er sich in einem unbeschreiblichen Zustand. Die Karosserie war mit dicken Schlammspritzern überzogen, die Reifen voller Lehm, und die Windschutzscheibe mit Erdklumpen übersät. Drei leere Bierflaschen und zerknüllte Sandwich-Pappschachteln lagen auf dem Wagenboden, und sogar der Fahrersitz war mit einer eingetrockneten Schmutzschicht überzogen, als wäre Josh irgendwo aus dem Wagen gefallen und hätte sich dann mit lehmverschmierter Kleidung wieder hinter das Lenkrad geklemmt.

Die Hintertür des Hauses stand offen, und die Küche befand sich in einem ähnlich desolaten Zustand wie der Jeep. Es roch nach Alkohol und verdorbenen Nahrungsmitteln. Die zerknüllte Tüte einer Frittenbude lag neben zwei halb aufgegessenen Napfkuchen auf dem Küchentisch. Es mußte schon viel zusammenkommen, wenn Josh, der stets auf eine gesunde Ernährung bedacht war, sich sein Essen an der Frittenbude besorgte. Und solche Napfkuchen hatten noch nie auf seinem Speiseplan gestanden. Auf dem Brett neben der Spüle standen drei Arzneifläschen mit Tylenol, Fioricet und Ibuprophen, die jeweils zur Hälfte mit Pillen gefüllt waren. Daneben lag eine umgestürzte Tequila-Flasche, die Josh vollständig geleert hatte.

Abby befürchtete das Schlimmste und rief laut seinen Namen. Beim zweiten Versuch drang aus dem Wohnzimmer ein Stöhnen. Er lag dort auf der Couch, nicht ganz bei Sinnen, aber offensichtlich nicht in einem lebensbedrohlichen Zustand. Er trug Jeans, ein ärmelloses T-Shirt und seine Wanderstiefel, und war so verdreckt wie der Jeep. Überall auf dem Teppich entdeckte Abby die schlammigen Abdrücke seiner Stiefelsohlen.

Abby prüfte zunächst Joshs Puls, der kräftig war, und dann seine Pupillen, die ein wenig erweitert waren. In den zweieinhalb Jahren ihres Zusammenlebens hatte sie Josh kein einziges Mal betrunken gesehen. Tatsächlich hatte sie ihn immer damit gehänselt, daß er so etwas wie ein Alkohol-Snob sei, der es vorzog, seinen schwachprozentigen Gerstensaft aus hohen Stielgläsern oder Tonkrügen zu schlürfen, während sie ihr Bier stets aus Büchsen trank. Nun stank er nach Alkohol. Als sie ihn betrachtete, empfand sie keinen Zorn – nur die Sorge einer Ärztin und das Bedauern einer Frau, deren Liebesbeziehung sich in einen Scherbenhaufen zu verwandeln drohte.

Sie versuchte erst gar nicht, ihn aufzuwecken, sondern ging zum Telefon und ließ das Band des Anrufbeantworters ablaufen. Jemand aus der Fabrik hatte vor einer halben Stunde hier angerufen und sich darüber gewundert, daß Josh noch nicht an seinem Arbeitsplatz erschienen war.

Benommen begab Abby sich nun in die Küche zurück und begann dort aufzuräumen, während sie dieses Alptraum-Szenarium noch einmal an ihrem inneren Auge vorbeiziehen ließ.

Hätte es möglicherweise noch schlimmer ausfallen können?

Als das Stöhnen aus dem Wohnzimmer lauter und entschlossener wurde, tränkte Abby eines der Küchenhandtücher mit Wasser, brachte es ins Wohnzimmer und wischte Joshs Gesicht damit ab. Seine Lider öffneten sich flatternd über blutunterlaufenen wässrigen Augen.

»Sie haben aus dem Werk angerufen, weil sie dich dort vermissen«, sagte Abby. Sie war überrascht über die Formulierung, mit der sie den Satz einleitete, und über die Kälte in ihrer Stimme.

Er griff sich an die Stirn und versuchte, mit geschwollener Zunge seine Lippen anzufeuchten. Es dauerte ein paar Sekunden, bis er den Sinn ihrer Worte begriff, und die Verwirrung, die sich dann auf seinem Gesicht zeigte, war zweifellos echt.

»Wieviel Uhr ist es, Abby?«

»Halb zehn.«

»Ich habe noch nie verschlafen.«

»Wenn du dich mit Tequila und Tabletten vollpumpst und die ganze Nacht in deinem Jeep herumfährst, brauchst du dich darüber nicht zu wundern.«

Er richtete sich nun mühsam in eine sitzende Stellung auf und betrachtete sich genauer.

»Ich bin noch nie mit dem Jeep über offenes Gelände gefahren.«

»Da irrst du dich aber gewaltig. Geh hinaus und schau ihn dir an.

»Jesus.« Josh rieb sich die Augen. »Alles, an das ich mich noch erinnern kann, ist dieser Kopfschmerz. Genau hier.« Er deutete auf die Mitte seiner Stirn.

»Scheint so, als hättest du ein Blackout gehabt. Der Jeep ist von oben bis unten voller Schlamm.«

»Ich ... ich kann mich nicht entsinnen, das Haus überhaupt verlassen zu haben.« Er wischte mit der Hand über seine schmutzigen Stiefel. »Aber das muß ich wohl, wenn du es sagst.«

Er erhob sich von der Couch und wäre dabei fast über den Beistelltisch gefallen.

»Josh, du brauchst Hilfe. Das sage ich dir nun schon seit Wochen. Ich möchte, daß du jetzt sofort Dr. Owen anrufst, damit er dich untersucht und eine MR- oder CT-Aufnahme von dir machen läßt.«

»Nein! Ich habe ja bereits einen Termin bei ihm und bin jetzt wieder okay. Ich habe nur ein bißchen zuviel getrunken. Und da ich normalerweise kein großer Trinker bin, ist mir das nicht gut bekommen. Ich werde mich jetzt waschen und dann ins Büro fahren. Ich muß einen Bericht schreiben und ...«

»Josh, ich werde nicht hier stehen und tatenlos zuschauen, wie du dich – uns – auf diese Weise ruinierst.«

»Verdammt, Abby, siehst du denn nicht, welche Rolle *du* in der ganzen Sache spielst?«

»*Meine* Rolle?«

»Ja, *deine* Rolle!«

Er lief nun wie eine Furie im Zimmer herum, während seine Stimme immer lauter und schriller wurde. Zum ersten Mal in ihrem Leben mit Josh beschlich sie ein Gefühl der Angst.

»Du arbeitest die ganze Nacht«, brüllte er sie an. »Und wenn du nicht arbeitest, studierst du. Und wenn du nicht studierst, schläfst du. Du hast ja keine Ahnung, wieviel Streß du um dich herum verbreitest. Und dann kommst du nach Hause und verlangst, ich solle jetzt sofort einen gottverdammten Neurologen aufsuchen, nur weil ich Kopfschmerzen und ein wenig über den Durst getrunken habe, nachdem du mir bereits vor einer Woche empfohlen hast, mein angeblich gestörtes Innenleben vor einem Psychiater auszubreiten! Denk doch mal an den Streß, unter dem *ich* stehe! Kannst du dir nicht vorstellen, daß auch ich Bedürfnisse habe?«

Einen Augenblick lang zeigte diese Attacke Wirkung. Abby spürte, daß sie langsam schwach wurde.

»Josh, ich meine es ernst«, sagte sie mit gepreßter Stimme.

»Das tue ich auch, verdammt noch mal! Keiner schreibt mir vor, was ich zu machen habe. Keiner! Und du schon gar nicht!«

Abby funkelte ihn an und drehte ihm dann den Rücken zu. Aber Josh packte sie bei den Schultern und schwang sie herum, so daß sie ihn wieder anschauen mußte. Seine Augen waren glasig vor Zorn. Entrückt. Fast blicklos. Instinktiv duckte Abby sich vor dem Schlag, den Sie erwartete. Josh wirbelte herum und rammte seine zur Faust geballte Hand in die Wohnzimmerwand. Dann taumelte er hinaus auf den Hof und übergab sich dort auf dem Rasen.

Nach diesem Gewaltausbruch zitterte Abby am ganzen Körper, wollte aber trotzdem zu ihm hinausgehen und ihn trösten. Doch ein mächtiges Gefühl von innerer Distanz und Trennung hielt sie davon ab. Abby konnte Joshs Würgen nicht länger ertragen und verschloß ihre Ohren mit den Händen. Dann eilte sie in das kleine Gästezimmer und warf sich dort auf das Bett. Sie hatte die letzte Karte in ihrer Beziehung ausgespielt. Nun lag es ganz allein an ihm.

10. Kapitel

Der Psychiater Graham DeShield war stolz auf seinen Ruf als Therapeut der Prominenz. Ob es sich nun um einen Football-Superstar, einen Leinwandhelden aus Carmel oder eine dem Geldadel und der gesellschaftlichen Elite von San Francisco angehörende Persönlichkeit handelte: DeShield war stets bereit, diese zu jeder Zeit und auch an jedem Ort zu behandeln, wenn der Bekanntheitsgrad seines Patienten das erforderte. Es kümmerte ihn wenig, daß einige Vertreter seiner Zunft ihn als einen sozialen Karrieristen mit minimalen akademischen Empfehlungen abtaten, während andere sich über DeShields lockere Art und sogar über seinen Intellekt lustig machten.

Sein professionelles Repertoire war jedenfalls weit gespannt und faszinierend, und daß er Erfolge hatte, zumal in der Behandlung von Phobien und Narzißmen, war eine von den Medien dokumentierte und weitverbreitete Tatsache. Er wußte, daß der Schlüssel zum Erfolg in der Vorauswahl lag. Schien ihm der Fall zu prosaisch, zu kompliziert oder ohne Aussicht auf Erfolg zu sein, wies er ihn mit dem Hinweis auf seinen angeblich überfüllten Terminkalender einfach ab. War der potentielle Patient jedoch in der angemessenen sozialen Stellung und besaß das nötige Kleingeld, konnte es passieren, daß DeShield sich selbst in hoffnungslosen Fällen zu einer Behandlung bereit erklärte, vorausgesetzt, daß sich der Patient hinsichtlich der Prognose seines Falles keinen Illusionen hingab.

Heute hatte er zunächst an einem Mittagessen im ›Bay Club‹ teilgenommen, zu dem er als Gastredner eingeladen worden war. Etwas später an diesem Nachmittag würde er dann ein erstes Orientierungsgespräch mit der Schauspielerin Bebe Washington haben. Er hatte einige ihrer Filme gesehen und mußte all jenen recht geben, die sie zu den schönsten Frauen der Welt zählten. Ihr Agent, ebenfalls einer seiner Patienten, hatte ihn der Schauspielerin empfohlen.

Unglücklicherweise mußte er zwischen seinem Lunch und Bebe Washington auch noch den Fall des siebenundzwanzig Jahre alten Ethan Black einschieben. Als Sohn von Ezra Black, einem der reichsten Männer des Landes, wurde Ethan natürlich automatisch als Patient akzeptiert. Die Behandlung des jungen Mannes hatte bisher jedoch zu keinem Ergebnis geführt, und das war für DeShield nicht nur frustrierend, sondern machte ihm auch angst. Black Ezra, wie man seinen Vater zumeist nannte, besaß ein hochempfindliches Temperament und den Ruf, jeden zu vernichten, der ihm geschäftlich in die Quere kam oder ihn auf irgendeine andere Weise enttäuschte. Es gab natürlich auch welche, die ausgesorgt hatten, weil sie sich, aus welchen Gründen auch immer, bei diesem Mann beliebt gemacht oder sein Wohlwollen errungen hatten.

DeShield hörte, wie die Tür des Wartezimmers geöffnet und wieder geschlossen wurde, und wußte, daß das nur Ethan sein konnte. Bevor er sich seinen Notizen über diesen Patienten zuwandte, warf er noch einen kurzen Blick aus dem Fenster des Büros, das sich im dreiundzwanzigsten Stockwerk befand, und bewunderte die Gefängnisinsel Alcatraz, die Bucht und die Golden-Gate-Bridge.

Ethan Black arbeitete als Rechnungsprüfer für eine zum Familienbesitz gehörende Gesellschaft in Patience. Seine psychiatrische Fallgeschichte reichte nur ein Jahr zurück. Nach einem Autounfall, bei dem er eine Gehirnerschütterung, ein Schleudertrauma und zahlreiche, jedoch harmlose Hautabschürfungen erlitten hatte, veränderte sich sein bisher passives, in sich gekehrtes Wesen radikal. Er war immer häufiger in Prügeleien verwickelt, in deren Verlauf er einem Mann sogar mit seinem Baseballschläger einen Schädelbruch zufügte. Deshalb hatte man Ethan an DeShield überwiesen und ihn im Hempstead Institute, unmittelbar vor den Toren der Stadt, untergebracht.

Alle neurologischen Tests, denen er sich unterzogen hatte, waren negativ verlaufen, und auch die CT- und MR-Untersuchungen hatten keinen pathologischen Befund ergeben. Demnach konnte es sich bei ihm nur um ein posttraumatisches Syndrom handeln. Die Prognose für solche Fälle war überaus günstig. Genauso, wie DeShield es mochte.

In jeder ihrer bisherigen Sitzungen hatte DeShield für Ethan ein Therapie-Programm entworfen, das geeignet war, dessen Feindseligkeit und Aggressionen abzubauen und ihn von Gewalttätigkeiten abzuhalten – ein Programm, das an das Kind appellierte, welches in Ethan steckte. Und tatsächlich schien die Therapie erfolgreich zu verlaufen, denn Ethan hatte die Praxis jedesmal mit dem Versprechen verlassen, seine mentalen Übungen anzuwenden, bevor er aggressiv wurde. Und deshalb konnte DeShield Black Ezra auch jedesmal eine hoffnungsvolle Auskunft geben, wenn dieser bei ihm anrief und sich danach erkundigte, welche Fortschritte sein Sprößling denn inzwischen gemacht habe. Aber nach jeder Sitzung hatte Blacks einziger Sohn und Erbe nichts Eiligeres zu tun gehabt, als hinzugehen und jemanden krankenhausreif zu schlagen. Bisher war der Schaden zwar stets mit Geld begrenzt und ein Skandal verhindert worden. Aber Black Ezra haßte es, wenn er jemanden mit Geld abspeisen mußte, und deshalb hatte DeShield auch immer mehr das Empfinden, daß der Mann ihn jetzt für die Missetaten seines Sohnes verantwortlich machte.

Ethan an einen anderen Psychotherapeuten zu überweisen, kam natürlich nicht in Frage. Black Ezra hatte sich ja an ihn gewandt, weil er in dem Ruf stand, der beste zu sein. Konnte es denn noch einen besseren als den besten geben?

Mit einem Seufzer erhob sich DeShield nun von seinem Schreibtisch und öffnete die Tür zum Wartezimmer. Ethan saß dort mit seinem Chauffeur und Leibwächter und trug das gleiche sanfte Lächeln zur Schau, dem zu mißtrauen der Therapeut inzwischen gelernt hatte.

»Kommen Sie bitte herein, Ethan.«

Black maß nur knapp einen Meter siebzig, besaß jedoch die Figur eines Berufsringers. Er hatte dichte schwarze, gekräuselte Haare und erschien stets unrasiert zu den Sitzungen. Tatsächlich gab es nichts an diesem Mann, was DeShield sympathisch fand. Ethans Erscheinung und Betragen trieben den Therapeuten zur Verzweiflung. Und die schrille Stimme des jungen Mannes erinnerte ihn an ein flennendes Kind.

»Ich hatte noch mehr Kopfschmerzen«, sagte Ethan Black.

»Erzählen Sie mir alles darüber.«

DeShield blickte zu dem Wecker auf seinem Schreibtisch und versuchte den Minutenzeiger mit der Kraft seines Willens zu größerer Eile anzutreiben.

»Sie erinnern sich doch noch an diese Träume, von denen ich Ihnen erzählt habe. In denen mir nacheinander Arme und Beine, Penis, Hoden und schließlich der Kopf abgeschnitten wurden?«

»Ja. Ethan, ich erinnere mich an sie.«

Wie könnte ich sie denn auch vergessen, wenn du sie mir in jeder Sitzung aufs neue erzählst?

»Nun, die habe ich jetzt jede Nacht. Blutiger und schmerzhafter als jemals zuvor. Sie sind schauderhaft. Absolut schrecklich. Ich glaube, daß Sie recht hatten.«

»Womit?«

»Daß der Bösewicht in meinen Träumen – der mir das alles abhackt – ich selbst bin.«

»Natürlich sind Sie das selbst. Es sind Ihre Minderwertigkeitsgefühle, die sich in diesen Träumen manifestieren und die Sie doch mit den Übungen im positiven Denken, die ich Ihnen beigebracht habe, ohne weiteres überwinden könnten.«

»Das habe ich ja auch versucht. Meiner Meinung nach

stehen die jüngsten Alpträume aber mit den Kopfschmerzen in Zusammenhang, die mich gestern abend und heute morgen geplagt haben.«

»Erzählen Sie mir alles darüber.«

Erzählen Sie mir alles darüber. DeShield fragte sich nun, wie oft er diesen Satz wohl noch würde wiederholen müssen, ehe diese sechzig Minuten dauernde Sitzung vorüber war. Er dachte an Bebe Washington.

»Es waren die gleichen wie früher. Nur vielleicht noch schlimmer. Zuerst war da dieser Geruch, von dem ich Ihnen erzählt habe. Es roch nach faulen Eiern. Schwefelig. Sobald ich diesen Geruch wahrnehme, weiß ich, daß es ein Unheil geben wird. Daß der Geruch immer schlimmer werden wird, bis mir dann nach zwanzig oder dreißig Minuten der Kopf explodiert.«

»Ethan, haben Sie wieder jemanden verprügelt?«

»Mir wurde … äh … schlecht.«

»*Haben* Sie nun jemand verprügelt oder nicht?«

»Einen Aufseher, glaube ich.«

DeShield spürte, wie sich ein Knoten in seinem Magen bildete. Das bedeutete, daß Black Ezra wieder zehn- oder fünfzehntausend Dollar Schweigegeld bezahlen mußte und daß seine reine Weste abermals einen schwarzen Fleck bekam.

»Ethan, Ethan«, sagte DeShield, während er Kraft für einen neuen Frontalangriff sammelte. »Lassen Sie uns jetzt ein paar Entspannungsübungen machen.«

»Wenn Sie meinen.«

»Dann schließen Sie jetzt die Augen und konzentrieren sich ganz auf meine Stimme. Du mußt mir vertrauen, Ethan. Du mußt wissen, daß ich dich liebe und an dich glaube.«

»Sie glauben an mich«, murmelte Ethan.

»So ist es. Nun stell dir vor, daß du auf dem Gipfel eines Berges stehst, während die Sonne durch die Wolken bricht und dich in ihrem warmen Licht badet. Kannst du das spüren?«

»Ja, ich spüre es.«

Ethan stand auf, spreizte die Arme und drehte sich mit geschlossenen Augen um die eigene Achse. DeShield saß hinter seinem Schreibtisch und schaute ihm angewidert dabei zu. Wie lächerlich sein Patient jetzt aussah – wie dieses Pirouetten drehende Flußpferd in *Fantasia*.

»Das ist es, Ethan. Du spürst diese Wärme. Und du spürst, wie das Kind, das in dir steckt, die Macht über dich und deine Gefühle gewinnt.«

Ethan fuhr fort, sich langsam um seine Achse zu drehen.

»Das Kind in dir. Höre auf die Stimme des Kindes, das in dir steckt, und tue das, was es dir sagt.«

»Okay«, sagte Ethan.

Dann blieb er abrupt stehen und stemmte beide Hände in die Hüften.

»Was ist okay?«

»Ich höre dieses Kind in mir und weiß nun, was ich jetzt tun soll.«

»Wunderbar. Das ist wunderbar.«

Ethans Gesichtsausdruck schien lebhafter zu werden, seine Haltung mehr Zuversicht auszustrahlen. *Drücken wir uns jetzt beide die Daumen, Black Ezra,* dachte DeShield. Vielleicht war das tatsächlich der Durchbruch.

»Dr. DeShield?«

»Ja, Ethan?«

»Sagen Sie meinem Vater, daß Sie es versucht haben.«

Und dann nahm Ethan mit zwei schnellen, federnden Schritten Anlauf und warf sich mit dem ganzen Gewicht seines stämmigen Körpers gegen das riesige Panoramafenster, das unter der Wucht des Aufpralls fast geräuschlos zerbarst. Ohne einen einzigen Laut von sich zu geben, stürzte Ethan in die Tiefe. Danach herrschte absolute Stille, während die heiße Sommerluft durch das geborstene Fenster in die von der Klimaanlage angenehm temperierten Praxisräume hineinströmte.

Benommen trat DeShield nun ans Fenster. Er hatte schon immer unter Höhenangst gelitten, und mußte sich nun an der Wand festhalten, um nachzusehen, was von seinem Patienten übriggeblieben war. Erst nach einer Weile fiel ihm auf, daß sein Telefon klingelte.

»Ha-hallo?«, sagte er stockend.

»Doktor DeShield? Ezra Black hier. Tut mir leid, wenn ich Ihre Sitzung störe, aber ich muß unbedingt mit meinem Sohn sprechen.«

Abbys Wecker läutete abends um sieben. Sie hatte zwar erst in zwei Tagen wieder Dienst in der Unfallstation, aber nach einer so langen Nachtschicht mußte ihr Körper ganz behutsam auf Normalzeit umgestellt werden. Wenn sie tagsüber ein paar Stunden schlief, dann aufstand und bis Mitternacht wach blieb, erfüllte das in der Regel diesen Zweck. Die Jalousie an ihrem Fenster war hochgezogen, damit sie sich anhand der Abendsonne zeitlich orientieren konnte. Abby stieg aus dem Bett und wurde sich plötzlich der Stille im Haus bewußt. Entweder lag Josh wieder völlig betrunken in seinem Zimmer, oder er hatte sich aufgerappelt und war zur Arbeit gefahren.

Sie setzte sich in den kleinen Sessel vor ihrem Fenster, starrte hinaus auf die Berge und versuchte, sich über ihre Gefühle klarzuwerden. Sie sträubte sich zwar gegen die Kälte in ihrem Herzen, konnte daran aber offenbar nichts ändern. Den Ausdruck in Joshs Augen, als er sie an den Schultern gepackt hielt, würde sie wohl nie mehr vergessen können – egal, wie ihre Beziehung sich weiterentwickeln würde.

Dann streckte sie sich und ging ins Wohnzimmer. Noch ehe sie den Zettel auf dem Eßzimmertisch entdeckte, wußte sie bereits, daß Josh gegangen war. Den Computer und den Drucker hatte er mitgenommen.

Abby – ich weiß, daß ich alles verdorben habe. Ich wollte San Francisco niemals verlassen und hätte niemals hierherziehen sollen. Aber was konnte ich denn anderes tun? Sie haben mir hier so viel Geld und eine Menge Verantwortung geboten. Aber Du hast für das alles bezahlen und so tun müssen, als würde es Dir nichts ausmachen. Nun – mir ist das aber keineswegs egal gewesen. Aber im Moment weiß ich wirklich nicht, was mit mir los ist. Ich weiß nur, daß ich Dich heute vor Wut fast geschlagen hätte. Vielleicht werde ich verrückt. Möglich, daß mit meinem Gehirn etwas nicht in Ordnung ist. Vielleicht ist es aber auch nur der Streß in der Firma. Oder daß ich mich hier einfach nicht eingewöhnen kann. Meine Gefühle für Dich haben jedenfalls nichts damit zu tun. Sie sind stärker als je zuvor.

Ich habe mir in der Firma ein paar Tage freigenommen, um in den Bergen zu wandern und über alles nachzudenken. Wenn ich aus den Bergen zurückkehre, dann nicht in dieses Haus. Solange ich nicht weiß, was mir fehlt, und wieder befürchten muß, die Kontrolle über mich zu verlieren, möchte ich nicht in Deiner Nähe sein. Ich habe mit einem Immobilienmakler gesprochen und mir ein Häuschen im Westen des Tales gemietet. Ich werde demnächst bei Dir anrufen und noch ein paar von meinen Sachen abholen lassen. Und ich werde auch zum Arzt gehen, das verspreche ich Dir. Bis dahin kann ich zumindest keinen weiteren Schaden mehr anrichten.

Gib auf Dich acht und verzeih mir, daß ich alles verdorben habe. Ich werde in Kontakt mit Dir bleiben.

Ich liebe Dich
Josh

Abby sank auf das Sofa und las den Brief, den Josh ihr hinterlassen hatte, zum zweitenmal. Nach den Reibereien der letzten Zeit und den zahllosen Beleidigungen, die sie sich von ihm hatte gefallen lassen müssen, empfand sie jetzt eine gewisse Erleichterung – eine Erleichterung darüber, daß jeder wieder seine eigene Wohnung haben würde; daß Josh bereit war, sich helfen zu lassen; und schließlich, daß damit alle Zweifel, ob sie zu diesem Treffen der ›Allianz‹ kommen sollte, ausgeräumt worden waren.

11. Kapitel

Es war halb acht Uhr abends, als Abby die von Lew angefertigte Skizze auf dem Beifahrersitz des Mazda glattstrich und sich dann auf den Weg quer durch das Tal machte. Eine dichte Wolkendecke ließ es ihr ratsam erscheinen, die Scheinwerfer einzuschalten, damit sie sich nicht verirrte.

Knapp vierundzwanzig Stunden waren vergangen, seit sie Joshs Botschaft gelesen hatte. Seitdem hatte Abby nichts mehr von ihm gehört. Sie hatte auch keinen Versuch unternommen, seinen Aufenthaltsort in Erfahrung zu bringen. Und so sehr sie sich jetzt auch isoliert fühlte und voller Bangen an die Zukunft dachte, wußte sie doch, daß eine Trennung im Moment das beste war. In einem Telefongespräch mit dem Neurologen Garrett Owen hatte sie erfahren, daß Josh tatsächlich einen Termin vereinbart hatte, um seine ständigen Kopfschmerzen behandeln zu lassen. Allerdings würden bis dahin noch mehrere Wochen vergehen.

»Warum hat er meiner Sprechstundenhilfe denn nicht gesagt, daß es sich um einen Notfall handelt?«, hatte Owen gefragt. »Dann hätte ich ihn doch zu einem früheren Termin irgendwo eingeschoben.«

Abby war schon kurz davor gewesen, Owen zu sagen, daß er das jetzt nachholen sollte, ließ dann aber doch die Finger davon. Das war jetzt Joshs Spiel, dessen Regeln er ganz allein bestimmte.

Die auf Lews Skizze eingezeichnete Route führte Abby an der Stelle vorbei, wo der Weg zu Ives Berghütte abzweigte, und dann am Fuß der nördlichen Hügel entlang, bis sie ungefähr zwei Kilometer westlich der Stadt zu einer unbefestigten Straße kam, die auf der Skizze als ›Meine Zufahrt‹ bezeichnet war. Dort entdeckte sie auch ein roh gezimmertes Schild mit einem Pfeil und der Inschrift ›The Meadows – Alvarez‹.

Der steinige Zufahrtsweg führte nun eine halbe Meile steil bergauf, und es war kaum vorstellbar, wie Lew jemals sein Haus erreichen wollte, wenn es hier schneite. Die Farm befand sich auf dem Scheitel des Hügels – ein anspruchsloses, weißgetünchtes zweistöckiges Haus mit einer großen alten Scheune und zwei Außengebäuden. Die Aussicht nach Osten und Süden war herrlich, denn sie umfaßte nicht nur die ganze Stadt, sondern schloß auch noch das Colstar-Plateau und die imposante Bergkulisse mit ein. Mehrere Kühe grasten in der Nähe und etwas weiter draußen, auf einem von Wildblumen überwucherten Feld, wieherten zwei Pferde.

Abby hatte keine Ahnung, wie viele Mitglieder der ›Allianz‹ zu diesem Treffen kommen würden, und war ein wenig enttäuscht, als sie nur zwei Wagen vor dem Haus stehen sah, von denen einer vermutlich auch noch Lew gehörte. Alvarez' Begrüßung war ausgesprochen herzlich. Er trug eine ausgebleichte Jeanshose, ein kariertes Arbeitshemd und abgewetzte Cowboystiefel. Diese Sachen standen ihm genausogut wie die blaue Krankenhaustracht und sein Arztkittel.

»Ein schönes Fleckchen, das Sie sich hier ausgesucht haben«, sagte Abby, als er sie durch die Küche führte. Die Kücheneinrichtung ließ darauf schließen, daß der Besitzer ein leidenschaftlicher Koch sein mußte.

»Ich wußte, daß es Ihnen gefallen würde.«

Sie durchschritten nun eine kurze, getäfelte Diele und betraten dann ein riesiges Wohnzimmer, dessen Wände mit gerahmten Fotos bedeckt waren. Die meisten davon waren offenbar in einem fremden Land aufgenommen worden, und Abby fielen darunter besonders die vielen Porträtaufnahmen einer Frau auf – einer schlanken, dunkelhaarigen Schönheit mit einem strahlenden Lächeln. Abby fragte, wo diese Bilder gemacht worden seien.

»In Paraguay. Dort wurde ich geboren, und dort werde ich auch eine Praxis eröffnen, wenn ich meine Ausbildung hier am Krankenhaus abgeschlossen habe. Die Frau auf den Fotos ist … war … meine Frau. Sie ist tot.«

»Das tut mir leid.«

Seine Trauer war mit Händen zu greifen.

»Danke. Mir geht es nicht anders«, sagte er.

Im Wohnzimmer waren ein kleines Büfett mit Getränken, Salzgebäck und Chips, ein Diaprojektor und eine Leinwand aufgebaut. Dort wartete bereits eine stämmige Frau mittleren Alters, die Barbara Torres hieß, und die Lew als stellvertretende Direktorin der ›Patience Valley Region Visiting Nurse Association‹ vorstellte.

»Es freut mich sehr, daß Sie gekommen sind«, sagte sie zu Abby. »Wir haben bisher nur Gutes von Ihnen gehört.«

Abby bedankte sich und nahm von Josh ein Glas Mineralwasser entgegen.

»Erwarten Sie viele Gäste heute abend?« fragte sie.

Lew und Torres tauschten einen kurzen Blick.

»Gil Brant, dem die Apotheke in der Stadt gehört, müßte eigentlich jeden Moment hier eintreffen«, sagte Lew. Er machte eine kurze Pause, und suchte nach den passenden Worten. »Früher gehörten ein paar Dutzend Leute zur ›Allianz‹, aber zur Zeit sind es wohl nur wir drei, fürchte ich.«

Sehr wenige. Sie sind harmlos, weil niemand sie sonderlich ernst nimmt.

Lyle Quinn hatte offenbar seine Hausaufgaben gemacht.

Lew führte sie zu einem Sessel, von wo sie einen guten Blick auf die Leinwand hatte.

»Während wir noch auf Gil warten«, sagte Lew, »könnten wir beide, Barbara und ich, Ihnen vielleicht schon mal die Entstehungsgeschichte der Gruppe erzählen und deren Ziele erläutern.«

»Bitte.«

»Wie Sie wissen, bin ich als letzter Unfallarzt vor Ihnen nach Patience gekommen. Als ich hier an der Klinik meinen Dienst antrat, hatte David Brooks, der schon seit Jahren im Kreiskrankenhaus arbeitete, bereits eine beunruhigende Anzahl solcher Fälle zusammengetragen, die Sie als KAWIFs bezeichnen.«

»KAWIFs?«, fragte Torres.

»Abbys Abkürzung für ›Keine Ahnung, was Ihnen fehlt‹«, erklärte Lew.

Barbaras Lächeln schien darauf hinzudeuten, daß sie die Ironie dieser Bezeichnung genauso zu schätzen wußte wie Lew.

»Jedenfalls haben wir beide, David und ich, uns in den darauffolgenden Monaten über diese Fälle unterhalten – über die merkwürdigen Ausschläge, die chronischen Erschöpfungszustände, das im Erwachsenenalter auftretende Asthma, die Kopfschmerzen und so fort. Wir kamen beide zu der Überzeugung, daß alle diese Symptome auf eine gemeinsame äußere Ursache hinzudeuten schienen. Daß die Wurzel des Übels in der Umgebung der Patienten zu suchen sei – wie zum Beispiel bei den Leuten, die ständig mit radioaktivem Material arbeiten. In diesem Zusammenhang dachten wir natürlich gleich an den Colstar-Konzern.«

Plötzlich läutete die Türglocke. Lew verließ den Raum und kam kurz darauf mit Gil Brant wieder – einem großgewachsenen Mann mit einem freundlichen, rundlichen Gesicht.

»Ich möchte Ihnen zunächst für die Handschrift auf Ihren Rezepten und für die Genauigkeit Ihrer Verordnungen gratulieren«, sagte Brant, nachdem Lew sie miteinander bekannt gemacht hatte. »Und lassen Sie mich Ihnen auch dafür danken, daß Sie sich jetzt auf unsere Seite geschlagen haben und unsere Ziele unterstützen.«

Abby spürte, wie die Röte in ihre Wangen stieg, und Lew sah sich zu einer Richtigstellung veranlaßt.

»Gil, Abby hat mir zu verstehen gegeben, daß sie sich keiner Sache verpflichtet fühlt. Sie ist nur hergekommen, um sich anzuhören, was wir zu sagen haben. Und um zu sehen, ob es vielleicht eine gemeinsame Erklärung für diese seltsamen Fälle gibt, mit denen sie in der Zeit, seit sie hier am Krankenhaus tätig ist, bereits zu tun hatte. Das ist alles.«

»Ja, ja, ich verstehe. Nun, warum fangen wir dann nicht damit an?«

»Barbara, würdest du Abby bitte zeigen, was wir haben?« sagte Lew.

Torres holte nun einen Computerausdruck aus ihrer Aktentasche und händigte diesen Abby aus.

»Das ist eine Liste von hundertfünfundsiebzig Patienten, die in der Notaufnahme von Dr. Alvarez, dem verstorbenen Dr. Brooks und von einigen unserer ambulanten Krankenschwestern registriert worden sind. Sie finden neben jedem Namen das Alter und die Diagnose des Patienten. Für einige von diesen Patienten mögen inzwischen vielleicht von den zuständigen Hausärzten definitive Diagnosen erstellt worden sein, aber darüber wissen wir nichts und können es auch nicht in Erfahrung bringen.«

Abby überflog den Computerausdruck. Die Zahl der Patienten, die sie selbst behandelt hatte, war verschwindend gering.

»Ich könnte Ihrer Liste vermutlich noch zwanzig Patienten hinzufügen«, sagte sie. »Und wie sieht es mit den anderen in der Stadt praktizierenden Ärzten aus? Könnten Sie diese nicht auch um ihre Mitwirkung bitten?«

»Als David zum erstenmal mein Gefühl bestätigte, daß hier ein Muster vorliegen würde«, erwiderte Lew, »waren wir übereingekommen, genau das zu tun. Ohne auch nur mit einer Silbe anzudeuten, daß wir Colstar als die Wurzel des Übels in Verdacht hatten, ließen wir Flugblätter verteilen. Darauf kündigten wir die Gründung eines Vereins an, der sich ›Allianz für einen gesunden Patienten‹ nennen sollte, und beschrieben die Symptome, die uns so merkwürdig vorkamen. Ungefähr fünfzig Leute sind zu dieser Gründungsversammlung gekommen, unter denen sich mindestens fünfzehn am Krankenhaus tätige Kollegen befanden.«

»Und was geschah dann?«

Lew drehte sich zu dem Apotheker um.

»Gil?«

»Nun – die Leute von Colstar bekamen Wind davon und starteten sofort eine Kampagne, die uns in Mißkredit bringen sollte. Von da an kamen immer weniger Leute zu den Versammlungen. Und als wir dann versuchten, unsere Theorie vom Ursprung des Übels zu beweisen, was jedoch nicht gelang, begann man uns sogar als … als …«

»Nur zu, Gil. Sag es ruhig. Als Scharlatane zu bezeichnen.«

»Nun – was *war* denn das für eine Theorie?« erkundigte sich Abby.

Brant sah Lew an, der dem Apotheker kurz zunickte und dann das Wort ergriff.

»Cadmium«, sagte er. »Die Colstar-Fabrik in Patience ist nicht nur der Verwaltungssitz und die Forschungszentrale des Unternehmens. Hier werden auch alle wiederaufladbaren Batterien hergestellt, und ein Hauptbestandteil dieser Batterien ist Cadmium. Colstar läßt es tonnenweise hierherbringen. Deshalb gingen wir von Anfang an bei unserer Theorie davon aus, daß diese verschiedenartigen, organisch nicht auf einen Nenner zu bringenden Symptome, die uns im Krankenhaus präsentiert wurden, auf eine Cadmiumvergiftung zurückzuführen seien.«

Abby versuchte sich an das wenige zu erinnern, was sie über die schädliche Wirkung dieses Schwermetalls wußte.

»Die Toxizität ist so ähnlich wie bei Quecksilber, nicht wahr?«

»Genau«, sagte Brant. »Cadmium befindet sich zusammen mit Quecksilber in der gleichen Gruppe im Periodensystem der Elemente. Sie haben Ihre Hausaufgaben gemacht, wie ich sehe.«

Lew dämpfte nun das Licht im Raum und stellte den Projektor an. Das erste Bild, das auf der Leinwand erschien, war eine offensichtlich von Experten zusammengestellte Liste mit der Überschrift ›Symptome einer Cadmiumvergiftung‹.

»Diese Dias wurden für eine Präsentation vor der OSHA, der staatlichen Gesundheitsbehörde, und der ETA, dem Aufsichtsamt für den Umweltschutz und die Sicherheit von Industrieanlagen, zusammengestellt. Offenbar haben sie dort wenig Eindruck gemacht, sonst würden wir heute abend nicht hier sitzen.«

Die Liste enthielt alle Symptome und Befunde der ›KAWIF-Fälle‹, die Abby und ihre Kollegen in der Notaufnahme registriert und behandelt hatten. Aber es gab noch andere Symptome, die typisch für eine Cadmiumvergiftung waren – Nierenversagen, schwere Erkrankungen der Atemwege, Zahnfleischbluten, Zeugungsunfähigkcit.

»Also«, sagte Abby, »nun spannen Sie mich nicht so auf die Folter. Wie sahen denn die Blutwerte dieser Patienten aus?«

»Es ist uns gelungen, von einigen Patienten bis zu fünfzehn Blutproben untersuchen zu lassen«, antwortete Lew. »Aber sie waren alle negativ.«

»Wurden sie im Krankenhaus oder in anderen Labors untersucht?«

»Zumeist hier. Das Laboratorium im Krankenhaus hat einen Vertrag mit der Colstar-Klinik für Werksangehörige. Hier werden die Blutproben auf Nickel, Cadmium, Lithium und andere Toxine hin untersucht, die in der Fabrik gebräuchlich sind. Deshalb verfügt das Krankenhaus auch über die entsprechenden Geräte und Fachkräfte.«

»Wir glauben, daß das Krankenhaus Anweisung hat, alle positiven Testergebnisse geheimzuhalten«, fügte Torres hinzu.

»Oder es gibt jemanden im Labor, der alle Blutproben, die auf Cadmiumwerte hin untersucht werden sollen, durch Blut ersetzt, das garantiert nicht mit diesem Schwermetall belastet ist.«

»Aber warum?«

»Aus dem üblichen Grund«, sagte Lew. »Des Geldes wegen. Es würde Colstar viele Millionen kosten, wenn sie ihre Fabrik auch nur einige Tage lang schließen, die Quelle der Cadmiumvergiftung lokalisieren und alles Nötige veranlassen müßten, um diese zu beseitigen. Zudem steht Colstar im scharfen Wettbewerb mit anderen Firmen, die sich ebenfalls um lukrative Regierungsaufträge bemühen. Wenn Colstar gezwungen wäre, ihre Anlagen umzurüsten oder die Produktion vorübergehend einzustellen, würde die Firma bei der Auftragsvergabe sicherlich nicht mehr berücksichtigt werden. Wissen Sie, daß Senator Corman aus Patience stammt?«

»Und ob. Das war das erste, was mir jeder erzählt hat, bei dem ich mich über die Stadt erkundigte.«

»Corman und Ezra Black sind dicke Freunde. Colstar ist eine von den Gesellschaften, die zu Blacks Industrie-Imperium gehören«, fuhr Lew fort. »Außerdem findet Corman hier großen Zuspruch, weil er in Washington die Trommel für die Firma rührt. Er kümmert sich in erster Linie darum, daß Colstar immer ein großes Stück des Auftragskuchens abbekommt, den die Regierung jedes Jahr an die Industrie verteilt. Aber wenn es hier eine Umweltkatastrophe geben sollte, in die die Gesellschaft verwickelt ist, dann wird er sie wohl kaum vor dem Ruin beschützen können. Ich möchte Ihnen deshalb noch mehr von diesen Dias zeigen.«

Die nächsten zehn Bilder waren Ansichten von der

Fabrik, die der Fotograf aus verschiedenen Blickwinkeln aufgenommen hatte.

»Diese Aufnahmen wurden vor ungefähr acht Jahren von Dave Brooks gemacht«, erklärte Lew. »Achten Sie auf den Rauch, der aus den Schornsteinen quillt. Die Gesellschaft behauptet – und ihre Angaben wurden von der EPA bestätigt –, daß es sich bei diesem Rauch um reinen Wasserdampf handeln würde. Wir haben da unsere Zweifel. Jetzt sind die Schornsteine merkwürdigerweise nur noch nachts in Betrieb; tagsüber sieht man da oben auf dem Felsen fast nichts mehr qualmen.«

»Und was ist das dort?«

Abby deutete auf drei etwa gleichgroße schmale Rechtecke hin, die in der Felswand unterhalb der Fabrik schwach zu erkennen waren. Leider ließ die mangelnde Bildschärfe keine Aussage über Art und Funktion dieser Rechtecke zu, und auf den anderen Fotos waren sie gar nicht zu sehen.

»Ich habe keine Ahnung, was das sein könnte«, sagte Lew. »Was meint ihr dazu?«

»Zuerst dachte ich, es wären Schatten oder eine optische Täuschung«, erwiderte Barbara. »Aber jetzt, wo Sie mich darauf aufmerksam machen, kann ich sie deutlich erkennen.«

»Sehen mir wie Schlitze in der Felswand aus«, fügte Brant hinzu. »Vielleicht irgendwelche Fenster? Ich weiß nicht einmal, ob diese Schlitze heute noch existieren.«

»Merkwürdig«, sagte Lew. »Wir sollten das wohl schleunigst überprüfen. Vielen Dank, daß Sie uns darauf hingewiesen haben, Abby. Ich wußte doch, daß wir davon profitieren würden, als ich Sie zu unserem Treffen eingeladen habe. Und nun sehen Sie sich bitte mal das hier an.«

»Sie meinen den Bach?«

»Eher schon ein Fluß bei der Schneeschmelze, den Sie heute auf keinem Foto mehr sehen können. Colstar hat einen großen Anbau direkt darüber errichtet. Ich habe keine Ahnung, wohin das Wasser jetzt fließt, und weiß nur, daß es schließlich in einem Steinbruch landet, aus dem die Stadt ihr Trinkwasser bezieht.«

»Ist das Wasser im Steinbruch auf Cadmium untersucht worden?«

»Alle Proben waren negativ.«

»Und was sagen die Leute von der EPA und OSHA dazu?«

»Die meisten hören gar nicht mehr auf uns. Wir konnten sie aber vor zwei Jahren dazu bewegen, eine Ortsbesichtigung vorzunehmen. Natürlich haben sie nichts Verdächtiges gefunden. Aber ich möchte Sie daran erinnern, daß wir hier von der Möglichkeit des ökonomischen Todes einer ganzen Stadt sprechen. Das ist starker Tobak, besonders, wenn auch noch ein einflußreicher Senator in die Sache verwickelt ist. Wir sind der Meinung, daß die EPA die Augen vor dem verschließt, was dort oben in der Fabrik geschieht.

Die Geschichte, die ich Ihnen jetzt erzählen werde, klingt zwar unglaublich, ist aber wahr. Es gibt hier weiter südlich eine Reifenfabrik, die für die dortige Gemeinde eine ähnliche Bedeutung hat wie Colstar für Patience. Vor ein paar Jahren nahm dort die Zahl der Arbeitsunfälle, die von der Fabrik an die OSHA gemeldet wurden, ständig zu. Es handelte sich dabei zumeist um zerquetschte oder abgetrennte Gliedmaßen, die offenbar auf einen veralteten, nicht den Sicherheitsnormen der technischen Überwachungsbehörde entsprechenden Maschinenpark hindeuteten. Der Arbeitsminister, der ja gewissermaßen der oberste Chef der OSHA ist, begab sich schließlich höchstpersönlich in die Stadt, um die Fabrik wegen zahlloser Verstöße gegen die Sicherheitsbestimmungen am Arbeitsplatz zu schließen. Er erwartete, damit bei der öffentlichen Meinung eine Menge Pluspunkte für die Verwaltung einzuheimsen. Aber weit gefehlt. Es gab einen empörten Aufschrei in der Stadt, und der Minister sah sich enormem politischem Druck ausgesetzt. Schon wenige Tage später bekam die Fabrik wieder eine vorläufige Produktionsgenehmigung, bis eine Untersuchungskommission einen endgültigen Beschluß fassen würde. Dieser läßt noch heute auf sich warten. Die Fabrik wurde nie mehr geschlossen, und soweit ich weiß, ist die Zahl der Arbeitsunfälle an den Maschinen noch genauso hoch wie damals.«

»Glauben Sie, daß Patience ohne Colstar zu einer Geisterstadt würde?«

Es war Gil Brant, der Abby darauf antwortete.

»Selbstverständlich müßte die Stadt zunächst eine harte Zeit durchmachen. Ich glaube aber, daß sie sich schließlich von diesem Schlag wieder erholen würde – besonders dann, wenn ein anderer Hersteller die Fabrik übernehmen oder Colstar seine Produktionsanlagen umrüsten würde.«

»Außerdem könnte uns der Tourismus so lange über Wasser halten, bis sich neue Perspektiven für Patience ergeben«, sagte Barbara.

»Aber es ist Ihnen nicht gelungen, die Gemeinde hinter sich zu bringen?«

Schon wieder dieses Wort. Nur kam es diesmal Abby über die Lippen.

»Anfangs«, erwiderte Lew, »gab es hier einen harten Kern von Leuten, die sich nicht entmutigen ließen – auch dann nicht, als man unsere Plakate abriß, der *Chronicle* aufhörte, von unseren Versammlungen zu berichten, und anonyme Telefonanrufer uns zu beschimpfen und zu bedrohen begannen. Aber dann starb David.«

»Was wollen Sie damit sagen?«

»David erzählte mir, er hätte eindeutige Beweise – das Tonband von einem Gespräch und schriftliche Dokumente –, daß Colstar die Blutproben manipulieren würde, die sie zur Auswertung ins Krankenhauslabor schickten. Ein paar Tage später fand man David dann tot am Fuß eines Felsens, der ›Spike‹ genannt wird. Die Polizei und der Leichenbeschauer meinten, er sei beim Klettern tödlich verunglückt. Aber wir hatten da unsere Zweifel. David war ein erfahrener Bergsteiger, und der Schwierigkeitsgrad des ›Spike‹ ist nicht allzu hoch, erst recht nicht für einen geübten Alpinisten. David hatte schon schwierigere Felswände als den ›Spike‹ bestiegen. Nach seinem Tod beschlossen wir, unsere Versammlungen weniger auffällig abzuhalten. Tatsächlich arbeiten wir seither im Untergrund.«

Aber nicht tief genug, um Lyle Quinns Argwohn zu entgehen. Abby fröstelte bei dem Gedanken, daß der Tod ihres Vorgängers kein Unfall gewesen sein könnte.

»Angenommen, David ist tatsächlich ermordet worden – wer ist Ihrer Meinung nach dafür verantwortlich?«

»Das werde ich Ihnen gleich zeigen«, sagte Lew.

»Jetzt sind also von dem ehemals harten Kern nur noch Sie drei übriggeblieben?«

»Wir würden natürlich gern wieder mehr Leute für unsere Sache gewinnen«, sagte Barbara. »Aber die Zahl der Mitglieder ändert nichts an unserer Überzeugung, daß diese Firma viele Leute hier krank macht, und daß wir nicht einfach dabeistehen und das zulassen können.«

»Und wenn das bedeutet, daß Colstar gezwungen wäre, seine Fabrik zu schließen?«

Barbara zuckte hilflos mit den Achseln.

»Dann muß Patience sich eben aufrappeln und in eine andere Richtung marschieren. Als die Mine hier in den zwanziger Jahren dichtmachte, schien dies für Patience das Ende zu bedeuten. Aber damals gelang es einigen tatkräftigen Leuten, Patience als Standort für Colstar attraktiv zu machen und die Firma hier anzusiedeln. Patience war schließlich der Gewinner, und was wir damals geschafft haben, könnte uns doch wieder gelingen.«

»Wir wollen die Regierung zwingen, Colstar so lange zu schließen, bis die Quelle der Umweltverseuchung gefunden ist«, fügte Brant hinzu. »Ich denke, daß es hier genügend Leute gibt, die über diese Umweltbelastung genauso denken wie wir und die uns unterstützen würden.«

»Aber deren Unterstützung hängt davon ab, daß Sie auch den Beweis für Colstars Umweltverseuchung finden«, sagte Abby.

»Genau.«

Lew schob nun das nächste Dia in den Projektor. Es war eine Porträtaufnahme von Lyle Quinn – offenbar der Schnappschuß eines Reporters.

»Wir glauben, daß dieser Mann und eine Frau, die ich Ihnen auf dem nächsten Dia zeigen werde, die beiden Bösewichter in diesem Spiel sind«, sagte Lew. »Lyle Quinn ist ein ehemaliger CIA-Agent und jetzt Chef der Sicherheitsabteilung von Colstar. Er verfügt über gute politische Kontakte, besonders zu Corman. Er ist auch mit allen maßgeblichen Leuten in Patience befreundet – mit dem Bürgermeister, dem Polizeichef, dem geschätzten Vorsitzenden unseres Krankenhaus-Verwaltungsrates, Joe Henderson, und noch anderen Größen, die ich jetzt nicht alle aufzählen möchte. Sie haben mich vorhin gefragt, wer meiner Meinung nach für Davids Tod verantwortlich ist, wenn es kein Unfall war. Dieser Mann ist meine Antwort darauf.«

Abby überlegte, ob sie den dreien jetzt von ihrem Zusammentreffen mit Quinn beim Colstar-Picknick berichten sollte, entschied sich dann aber dagegen. Sie war hier, um zuzuhören und zu lernen. Außerdem waren diese Leute – ob nun zu Recht oder nicht – zweifellos voreingenommen, was Lyle Quinn anbetraf.

»Und wer ist nun die Frau, von der Sie vorhin gesprochen haben?« fragte Abby.

Lew drückte auf die Fernbedienung des Projektors, und das nächste Bild, das nun auf die Leinwand geworfen wurde, war das einer asketisch aussehenden Frau mit Hornbrille und kurzgeschnittenen glatten Haaren. Abby betrachtete das Bild aufmerksam, und nach einer Minute fiel bei ihr der Groschen. Sie kannte die Frau vom Colstar-Picknick und erinnerte sich, daß sie damals ein T-Shirt mit dem Aufdruck ›Rettet den Planeten‹ getragen und als einzige ein gewisses Mitgefühl für Angela Cristoforo bekundet hatte.

»Kelly Franklin«, sagte Lew. »Leiterin der Abteilung für die Sicherheit am Arbeitsplatz und gesundheitsverträgliche Produktions- und Arbeitsbedingungen. Franklin arbeitet nun schon seit fünf Jahren bei Colstar und tut so, als würde sie alles unternehmen, um gesundheitsgefährliche Praktiken in der Fabrik aufzudecken, aber wir sind davon überzeugt, daß sie eine Betrügerin ist – eine Marionette von Quinn und der Firmenleitung.«

»Und worauf stützt sich Ihre Überzeugung?«

»Franklin hat uns bei zahlreichen Gelegenheiten versichert, daß sie eine umfassende Untersuchung im Werk vornehmen und sogar in unserer Gegenwart Blutproben von Colstar-Mitarbeitern an ein unabhängiges Labor schicken würde. Aber sie hat ihre Zusagen nie wahrgemacht.«

»Vielleicht wartet sie auch nur darauf, daß Sie einen objektiven Beweis liefern«, sagte Abby. »Oder vielleicht sollten wir – vielmehr *Sie* – etwas aggressiver werden und sie auf diese Weise zwingen, schon etwas mehr zu tun, als nur Lippenbekenntnisse abzulegen.«

»Das haben wir uns bereits vorgenommen«, sagte Lew, schaltete dann das Licht im Raum wieder ein und gab Abby noch etwas Zeit, um das, was sie hier gesehen und gehört hatte, zu überdenken. Dann sagte er: »Nun – was halten Sie von dem Ganzen?«

Abby starrte in ihr Glas und versuchte einen klaren Gedanken zu fassen. Vor ihrem geistigen Auge erschienen nacheinander Lyle Quinn, Josh, der medizinische Direktor der Colstar-Klinik, Martin Bartholomew, Kelly Franklin, George Oleander, Lew, Claire Buchanan und noch einige andere KAWIF-Patienten. Sie konnte die schweigende Erwartung im Raum spüren. Sollte sie diesen Leuten vielleicht erzählen, daß das Verhältnis mit ihrem Freund wahrscheinlich in die Brüche gehen und sie sich deshalb bald wieder nach einem Job in San Francisco umsehen würde?

»Ich denke, daß die Beschwerden vieler oder sogar aller dieser Patienten auf eine gemeinsame in ihrer Umgebung befindliche Ursache hindeuten«, sagte sie, ihre Worte sorgfältig wählend. »Und wenn das zutrifft, dann ist es schwer vorstellbar, daß Colstar nicht für diese Ursache verantwortlich sein soll.«

»Sie treten also unserer ›Allianz‹ bei?« fragte Brant.

»Nicht offiziell. Jedenfalls vorläufig noch nicht. Mein Engagement in dieser Sache ist weniger ausgeprägt als bei Ihnen. Zudem arbeitet der Mann, dessentwegen ich hierhergezogen bin, für Colstar. Ich müßte schon einen überzeugenden, unanfechtbaren Beweis gegen diese Leute haben, bevor ich Partei ergreife.«

»Glauben Sie denn, daß Ihr Freund auf uns hören würde?« fragte Torres. »Wenn wir nur eine Person unseres Vertrauens innerhalb dieser Fabrikmauern hätten …«

»Barbara, bitte!« fiel ihr Lew schroff ins Wort. »Das ist nicht fair.«

Die Frau sank sichtlich in sich zusammen.

»Entschuldigung«, sagte sie. »Wir bemühen uns nun schon seit Jahren, und ich werde langsam ein wenig frustriert.«

»Ich verstehe«, sagte Abby. »Liefern Sie mir einen schlüssigen Beweis für Colstars Schuld, und ich werde versuchen, Josh für diese Sache zu gewinnen. Bis dahin gedenke ich folgendes zu tun: Ich werde eine Liste von solchen Patienten führen, die mit verdächtig erscheinenden Symptomen zu mir in die Notaufnahme kommen. Und soweit es meine Zeit erlaubt, werde ich mich gründlich über die Toxizität von Cadmium schlau machen. Wenn ich es für angebracht halte, werde ich Blutproben von Patienten mit verdächtigen Symptomen an eine befreundete Toxikologin an der St.-Johns-Klinik in San Francisco schicken. Und wenn Sandra Stuart sagt, das Blut wäre sauber, dann *ist* es auch sauber. Das dürfen Sie mir glauben!«

»Solange Sie sich auch die Mühe machen, mit diesen

Blutproben bis nach Caledonia oder noch weiter zu fahren, um sie dort bei der Post aufzugeben«, erklärte Brant.

Damit war das Treffen beendet, und Lew Alvarez begleitete seine Gäste zu ihren Fahrzeugen. Torres und Brant bedankten sich noch einmal bei Abby, daß sie zu ihrem Treffen gekommen war, und fuhren dann los.

»Auch ich möchte Ihnen danken«, sagte Lew. »Ehrlich gesagt, hatte ich nicht damit gerechnet, daß Sie kommen würden. Versprechen Sie mir, sich das, was Sie heute abend hier gehört und gesehen haben, noch einmal durch den Kopf gehen zu lassen?«

»Ich verspreche es.«

Abby spürte, daß er wünschte, sie würde jetzt noch nicht nach Hause fahren. Und sie wäre auch gerne hiergeblieben, wenn er sie darum gebeten hätte – jedenfalls für ein paar Tage. Diese schrecklichen Szenen in den letzten Wochen mit Josh hatten sie zermürbt. Sie mochte Lews gesunden Menschenverstand und sehnte sich nach der Wärme seiner Gesellschaft. Aber statt sie zum Bleiben zu bewegen, streckte Lew ihr nur die Hand hin und schüttelte die ihre auf eine höchst geschäftsmäßige Weise.

»Wir sehen uns also dann in ein paar Tagen wieder im Krankenhaus«, sagte er. »Und wenn Sie nichts dagegen haben, würde ich mich in der nächsten Zeit gern mal mit Ihrem Freund treffen.«

»Josh ist im Augenblick nicht in der Verfassung, sich mit irgend jemandem treffen zu können. Es ging ihm gar nicht gut in letzter Zeit. Er war ziemlich unausgeglichen und litt unter heftigen Kopfschmerzen. Ich habe mir seinetwegen ziemliche Sorgen gemacht.«

»Hat er sich untersuchen lassen?«

»Bisher noch nicht. Er nimmt Kopfschmerztabletten, die ihm der Arzt in der Colstar-Klinik verschrieben hat. Aber heute hat er sich einen Termin bei Garrett Owen geben lasen. Fragt sich nur, ob er ihn auch einhält.«

»Sagen Sie ihm, daß er das unbedingt tun sollte.«

»Das würde ich, wenn ich es könnte. Aber nach seinem gestrigen Wutanfall ist er ausgezogen. Ich weiß nicht einmal, wo er jetzt wohnt.«

»Tut mir leid. Seid Ihr beiden verlobt?«

»Inoffiziell, würde ich sagen. Aber solange sich sein gegenwärtiger Zustand nicht gebessert hat und unsere Mißhelligkeiten nicht bereinigt sind, kann man davon wohl nicht sprechen.«

Da hast du es, dachte sie. *Jetzt kannst du mich bitten, dazubleiben.*

»Dann müssen wir Ihnen helfen, genau das zu tun«, sagte er statt dessen und öffnete die Wagentür für sie. »Basierend auf dem, was Sie mir schon von ihm erzählt und wir bereits in einer Reihe anderer Fälle beobachtet haben, würde ich vorschlagen, daß Garrett Owen bei der Untersuchung Ihres Freundes auch die Cadmiumwerte in seinem Blutserum ermitteln sollte.«

12. Kapitel

Abby hatte es nicht eilig mit der Heimfahrt und hielt unterwegs an einem Supermarkt an, um sich dort einen Liter Magermilch und eine Dose Instantkaffee zu kaufen. Auf dem Weg zur Kasse gab sie dann einer Welle von Selbstmitleid nach und nahm noch eine Tafel Schokolade aus dem Regal. Ein leeres Haus in einer Sackgasse am südlichen Stadtrand von Patience war der letzte Ort, zu dem sie sich jetzt hingezogen fühlte.

Sie schaltete die Deckenbeleuchtung des Mazdas an und betrachtete sich im Rückspiegel. Da waren tatsächlich ein paar kleine Fältchen um ihre Augen, aber sonst sah sie der Frau noch ziemlich ähnlich, die sich auf der Universität und später an der Uniklinik vor attraktiven Verehrern kaum retten konnte. Bis zu dem Tage, an dem sie Josh kennengelernt hatte. Möglicherweise hatten ihre Anspielungen auf Lew Alvarez Josh zur Raserei getrieben. Doch nun befand sie sich allein auf dem Weg in ein leeres Haus. Dieser Alvarez war entweder ein moderner Sir Galahad, oder sein Interesse an ihr beschränkte sich darauf, die Mitgliederzahl der Allianz um dreiunddreißig Prozent zu erhöhen.

Als sie jetzt weiterfuhr, dachte sie über Lews Verdacht nach, daß Joshs Symptomen eine Cadmiumvergiftung zugrunde liegen könnte. Emotionale Labilität, Abgespanntheit und Atrophie des Gehirns hatten auf der Liste gestanden, die Lew ihr gezeigt hatte. Dennoch konnte sie kaum glauben, daß Josh, der so sehr auf seine Gesundheit bedacht war, es zulassen würde, an seinem Arbeitsplatz den Einwirkungen dieses Schadstoffes ausgesetzt zu werden. Und falls die Kontamination mit dem Schadstoff außerhalb der Fabrik erfolgt war – warum war Abby dann bisher verschont geblieben?

Eines war sicher: Wenn sie und Josh sich wiedersehen würden, wäre es äußerst unklug von ihr, Colstar und die Cadmiumvergiftung zur Sprache zu bringen, solange Josh noch unter dem Gefühl litt, daß sie ihn in beruflicher Hinsicht übertrumpfen oder ihn gar daran hindern wolle, in seiner neuen Firma Karriere zu machen. Sie würde jedoch den Neurologen anrufen und ihn fragen, ob er Josh nicht früher als vereinbart in seine Praxis bestellen könne, und ihn auch darum bitten, Joshs Blutprobe auf Cadmiumwerte hin untersuchen zu lassen. Sollte der Neurologe sich als ein aufgeschlossener Kollege erweisen, würde sie ihm vielleicht sogar anbieten, mit ihr gemeinsam die befreundete Toxikologin in San Francisco aufzusuchen. Eine Schwermetallvergiftung war gefährlich, aber heilbar, wenn sie früh genug erkannt wurde.

Als sie mit dem Wagen in die Auffahrt einbog, überlegte Abby, daß eine Cadmiumvergiftung, so schrecklich sich das auch anhören mochte, immer noch besser war als eine chronische Migräne oder eine temporäre Gehirnanhangs-Epilepsie – zwei Diagnosen, die auf ihrer Liste von Möglichkeiten ganz oben standen und nicht heilbar waren.

Das Haus lag völlig im Dunkeln. Abby hatte sich an das Alleinsein noch nicht gewöhnt und im Haus kein Licht brennen lassen. Sie schloß den Wagen ab – eine unnötige Vorsorge in Patience, aber ein Relikt aus ihrer Zeit in der Großstadt – und war bereits auf halbem Weg zur Hintertür, als sie plötzlich spürte, daß jemand sie beobachtete. Sie schwang mit klopfendem Herzen herum.

»Josh? ... Josh, bist du das?«

Irgend jemand *war* in der Nähe der Garage. Abby konnte eine männliche Silhouette sehen und überlegte verzweifelt, was sie jetzt machen sollte. Die Hintertür war abgesperrt, und obwohl sie den Schlüssel dafür schon in der Hand hielt, würde sie es niemals schaffen, in das Haus zu gelangen, bevor er sie erreicht hatte. Vor ihr auf dem Boden lag ein faustgroßer Stein, den sie vielleicht als Waffe benutzen konnte. Sie brauchte dann nur noch laut um Hilfe zu rufen und hoffen, daß einer ihrer Nachbarn, von denen keiner in unmittelbarer Nähe wohnte, sie vielleicht hörte. Aber bevor sie sich für irgend etwas entscheiden konnte, war der Mann bereits aus dem Schatten der Garage herausgetreten.

Einen Moment lang setzte ihr Herzschlag aus. Dann erkannte sie ihn. Quinn.

»Tut mir leid, wenn ich Sie erschreckt habe, Dr. Dolan.«

Er trug Schwarz und war genauso gekleidet wie damals auf dem Picknick. Doch der Effekt, als er jetzt gegen Mitternacht aus dem Schatten heraustrat, war weitaus bedrohlicher als damals im Park. Abby zweifelte nicht daran, daß er diese Wirkung beabsichtigt hatte. Seine silbergrauen Haare schimmerten im Licht der Sterne.

»Was wollen Sie von mir?« fragte sie.

»Mit Ihnen reden.«

»Josh ist im Haus. Lassen Sie mich erst zu ihm gehen und ihm sagen, daß Sie hier sind.«

»*Josh* ist gestern abend in das Haus der Sawickis gezogen. Die Sawickis halten sich im Augenblick in San Diego auf, um sich dort um ihre krebskranke Großmutter zu kümmern. Josh hat heute in der Firma angerufen, um uns mitzuteilen, daß er nicht zur Arbeit kommen würde. Er mag sich an diesem Abend sonstwo befinden, aber bestimmt nicht in diesem Haus.«

»Ich glaube nicht, daß ich Sie mag, Mr. Quinn. Außerdem bin ich müde. Und ich kann es beim besten Willen nicht leiden, wenn jemand nachts auf meinem Grundstück herumschleicht, nur weil er mit mir reden möchte.«

»Zehn Minuten«, sagte Quinn. »Wenn Sie dann immer noch wollen, daß ich gehe, werde ich auf der Stelle verschwinden.«

»Vielleicht ein andermal.«

»Ich möchte mit Ihnen über diese kleine Versammlung in Dr. Alvarez' Haus sprechen, von der Sie soeben zurückgekommen sind, und außerdem über die Position Ihres Freundes Josh Wyler bei Colstar … Zehn Minuten.«

Quinns Bemerkungen über Joshs derzeitigen Aufenthaltsort hatten Abby so überrascht, daß sie sich über sein Wissen, wo sie in den letzten Stunden gewesen war, nicht mehr wundern konnte. Quinn war zweifellos ein Mann, vor dem man sich in acht nehmen mußte und dessen Macht und Selbstbewußtsein ihr sogar ein bißchen Angst einjagten. Und falls Quinn tatsächlich für den Tod von David Brooks verantwortlich war, wie Lew und die beiden anderen Mitglieder der ›Allianz‹ behaupteten, dann würde sie jetzt einen Spaziergang mit einem Mörder machen. Aber wenn Quinn ihr etwas zuleide tun wollte, war das jetzt wohl nicht der richtige Ort und der passende Zeitpunkt dafür. Trotzdem hatte sie nicht die Absicht, diesen Mann zu einem Gespräch ins Haus zu bitten, wo sie mit ihm allein sein würde.

»Zehn Minuten«, sagte sie und ging mit ihm wieder zur Straße hinunter, wo sie zumindest ihre Nachbarn in größerer Nähe wußte.

»Ich nehme an, Wylers Umzug in das Haus der Sawickis bedeutet, daß die Dinge hier nicht zum besten stehen.«

»Ist es das, worüber Sie mit mir reden wollten?«

»Josh Wyler arbeitet bei uns in einer sehr sensiblen und entscheidenden Position. Häusliche Probleme könnten einen negativen Effekt auf seine Arbeitsleistung haben.«

»Wir sind gerade dabei, unsere Differenzen auszuräumen.«

»Großartig. Setzen Sie Ihre diesbezüglichen Bemühungen fort und lassen Sie mich wissen, wenn Colstar Ihnen dabei irgendwie behilflich sein kann.«

»Wir haben schon eine Menge Hilfe, vielen Dank.«

»Es sollte nur ein Angebot sein.«

Quinn ging eine Weile schweigend neben ihr her.

»Ich hatte es Ihnen ja prophezeit, daß diese Leute einen Versuch machen würden, Sie vor ihren Karren zu spannen«, sagte er dann unvermittelt.

»Ja, das haben Sie.«

In Abbys Augen machte es keinen Sinn, ihn danach zu fragen, ob er ihr zu Lews Haus gefolgt oder einer der drei Allianz-Mitglieder ein Colstar-Spion war. Seiner Antwort war nicht zu trauen – egal, wie sie ausfallen würde.

»Haben sie Ihnen auch diesen Quatsch von der Cadmium-Umweltverseuchung erzählt?«

»Sollten sie das?«

»Ich bin sicher, daß sie es getan haben. Das ist schon immer ihre Masche gewesen, wenn sie jemanden für ihre Allianz rekrutieren wollten. Aber diese Leute befinden sich auf dem Holzweg, Dr. Dolan. Sie sind meilenweit von der Wahrheit entfernt, denn wir gehen mit unseren Schwermetallen genauso sorgfältig um, wie jede andere Fabrik in diesem Land.«

»Was kümmert Sie dann das Geschwätz dieser Leute?«

»Ich habe Ihnen schon auf dem Colstar-Familienfest gesagt, daß ich dafür bezahlt werde, mich um alles zu kümmern, was eine Bedrohung für den guten Ruf oder gar die Existenz von Colstar darstellen könnte. Wie Ihnen Wyler sicherlich verraten haben wird, führen wir im Augenblick eine Reihe von wichtigen Forschungsprojekten für die Regierung durch, zu denen auch transportable Kraftstationen gehören. Vieles von dem, woran wir arbeiten, untersteht natürlich der Geheimhaltung, wozu auch eine Reihe von Projekten seiner Abteilung gehören. Eine Situation, die die Gesellschaft dazu zwingen würde, die Fabrik hier zu schließen oder ihre Produktion für längere Zeit zu unterbrechen, könnte natürlich den Verlust der Aufträge bedeuten. Ich bin sicher, daß der harte Kern dieser ›Allianz für ein gesundes Patience‹ Sie auf diesen Umstand hingewiesen hat.«

»So ist es.«

»Dr. Dolan – hätten Sie etwas dagegen, wenn ich Sie Abby nennen würde?«

»Dr. Dolan gefällt mir gut.«

»Wie Sie wollen. Dr. Dolan, ich bin davon überzeugt, daß die Allianz es gut meint. Aber sie ist irregeleitet.«

»Und wie sieht es mit den Symptomen aus, die wir im Krankenhaus immer häufiger bei den Patienten feststellen?«

»Ein Beispiel dafür, was passieren kann, wenn übereifrige Ärzte ihr Wissen und ihren Status dazu verwenden, die Meinung von Laien auf dem Gebiet des Gesundheitswesens zu beeinflussen. Es ist reine Panikmache, was die Doktoren Brooks und Alvarez da veranstaltet haben. Und glauben Sie mir, Dr. Dolan – deswegen stürzt der Himmel nicht ein. Die meisten Leute lassen sich leicht von Medizinern beeindrucken und entdecken Krankheiten an sich, die sie gar nicht haben. Es gibt hier keine ökologische Katastrophe und schon gar keine Cadmiumverseuchung. Kein anderer Arzt hier in Patience hat die Position der Allianz unterstützt.«

Abgesehen von mir.

Sie hatten nun die Stelle erreicht, wo die Straße zu Abbys Wohnung eine zweispurige Autobahn kreuzte, die sich durch die Berge schlängelte und das südliche Idaho und den Norden Nevadas mit dem Ozean verband. Sie hielten unter einer Straßenlaterne an. Eine Zeitlang war nur das Zirpen der Grillen zu hören und dann das Rumpeln eines herannahenden Lastwagens, der schließlich an ihnen vorbeidonnerte und in westlicher Richtung weiterfuhr – dem Zentrum der Stadt entgegen.

»So, Mr. Quinn«, sagte Abby, als die Geräusche des Lastwagens verhallt waren. »Sie scheinen mir Ihre Position ebenso entschieden zu vertreten wie die Allianz die ihrige. Und was genau verlangen Sie jetzt von mir?«

»Ich möchte, daß Sie die Verpflichtungen, die Sie möglicherweise gegenüber diesen Leuten eingegangen sind, so lange ruhen lassen, bis Sie alle Fakten kennen. Die Allianz führt nur noch ein Schattendasein. Fast alle ursprünglichen Mitglieder haben inzwischen die Wahrheit erkannt und den Verein wieder verlassen. Er benötigt dringend neue Mitglieder – insbesondere Ärzte –, wenn er überleben will. Die Allianz stellt kein ernstzunehmendes Problem für uns dar. Aber glauben Sie mir, Dr. Dolan – ich weiß genug über Sie, um Sie mir nicht auf deren Seite zu wünschen.«

Ich weiß genug über Sie … Wieder eine von diesen versteckten Drohungen. Quinn hatte die gleiche Technik wie beim Picknick angewandt, nur daß er diesmal keinen Überraschungseffekt erzielte.

»Mr. Quinn«, erwiderte sie ruhig, »was Sie über mich wissen oder nicht wissen, ist mir völlig egal. Was für mich zählt, ist das Wohl meiner Patienten. Und wenn Sie schon so viel über die Allianz und das heutige Treffen wissen, dann sollte Ihnen auch bekannt sein, daß ich gegenüber diesen Leuten bis dato keinerlei Verpflichtungen eingegangen bin.«

»Ausgezeichnet.«

»Aber sobald ich einen erhöhten Cadmiumwert im Blutbild meiner Patienten feststellen oder andere Beweise für ein von Colstar verursachtes Leiden bekommen sollte, werde ich mich auf der Stelle der Allianz und ihren Attacken gegen Colstar anschließen.«

»Das ist sicherlich fair. Doch bevor Sie sich auf *diese* Seite schlagen, hätte *ich* gern Ihre Unterstützung.«

»Wie bitte?«

»Ich möchte Sie als Beraterin für Colstar engagieren. Als Sachverständige für Berufskrankheiten und ähnliches mehr. Ihr Beraterhonorar würde davon abhängen, wie oft wir Ihre Dienste benötigen. Aber ich kann Ihnen versprechen, daß Sie zusammen mit dem Gehalt, was wir – das *Krankenhaus*, meine ich natürlich – Ihnen für Ihre Arbeit in der Unfallabteilung bezahlt, ein recht gutes Auskommen haben werden.«

»Und zu den Bedingungen dieses Handels würde natürlich gehören, daß ich mich von der Allianz fernhalten soll.«

Quinn warf ihr einen Blick zu.

»Ganz im Gegenteil«, sagte er. »Am liebsten wäre es mir, wenn Sie auf unserer Gehaltsliste stehen *und* die Versammlungen der Allianz besuchen würden. Vorgewarnt bedeutet, gut gewappnet zu sein.«

»Sie möchten, daß ich für Sie spioniere?«

Quinn reagierte nicht gleich auf ihre Frage, sondern ging schweigend neben ihr her, bis sie sich wieder ihrem Haus genähert hatten.

»Was ich wirklich von Ihnen möchte, ist, daß Sie zu uns kommen und sich in unserer Fabrik umschauen. Ich werde Ihnen Kelly Franklin vorstellen, die für den Umweltschutz und die Sicherheit am Arbeitsplatz verantwortlich ist. Sie verfügt über Pläne, auf denen jeder Quadratzentimeter unserer Fabrikanlagen eingezeichnet ist. Sie können sich anhand dieser Pläne jeden Bereich unserer Anlage aussuchen und diesen so lange inspizieren, wie Sie wollen. Und wenn Sie dort irgend etwas entdecken sollten, was möglicherweise unsere Mitarbeiter oder die Umwelt kontaminieren könnte, werden wir Ihnen helfen, die dafür zuständige Aufsichts- oder Ordnungsbehörde zu benachrichtigen und deren Anweisungen befolgen. Ich gebe Ihnen mein Wort darauf.«

»Und wann wollen Sie, daß ich damit anfange?«

»Sofort, wenn Ihnen das recht ist. Kelly erwartet uns bereits in ihrem Büro. Jetzt ist der beste Zeitpunkt dafür, weil die dritte Schicht nur aus einer kleinen, vorwiegend mit Wartungsaufgaben betreuten Mannschaft besteht, und Sie sich deshalb um so freier in unseren Anlagen bewegen können.«

»Mr. Quinn, ich bin jetzt nicht mehr fit genug für so ein Unternehmen. Und ich kann nicht glauben, daß es Kelly Franklin zu dieser späten Stunde anders ergehen sollte als mir.«

»Dr. Dolan, ich weiß zufällig, daß heute Ihr freier Tag ist und Sie erst übermorgen wieder zum Dienst im Krankenhaus erscheinen müssen. Diese Sache ist für uns sehr wichtig. Aus diesem Grund ist auch Kelly sehr daran interessiert, Sie kennenzulernen. Und ich versichere Ihnen in meiner Eigenschaft als Mitglied des Krankenhaus-Aufsichtsrates und als Vizepräsident der Firma, für die Josh Wyler arbeitet, daß sie auch sehr wichtig für uns beide ist.«

Abby fühlte sich beinahe erleichtert. Zumindest hatte Quinn nun die Katze aus dem Sack gelassen. Er hatte seine Drohung zwar in Zuckerwatte verpackt, aber Abby zweifelte keinen Moment daran, daß er Joshs Job, wenn nicht gar ihren eigenen, als Druckmittel verwendete. Sie selbst konnte ohne große Schwierigkeiten auch woanders eine Beschäftigung als Notärztin finden, aber für Joshs berufliche Zukunft wollte Abby nicht verantwortlich sein. Wenn er durch ihr Verschulden seine Stellung bei Colstar verlieren sollte, würde das ihrer ohnehin gestörten Beziehung den Todesstoß versetzen. Diese schleichende Angst, die Abby schon bei ihrem ersten Treffen mit Quinn überkam, wurde allmählich größer. Der Sicherheitschef von Colstar arbeitete systematisch daran, sie unter seine Kontrolle zu bringen. Trotzdem konnte es wohl nicht schaden, wenn sie sich in der Fabrik ein wenig umsah. Denn wie sonst hätte sie Lews Vermutung, daß Joshs Symptome auf eine Cadmiumvergiftung hindeuteten, überprüfen können?

»Ich verspreche Ihnen nichts«, sagte sie schließlich. »Ob ich nun bei dieser Besichtigungstour etwas entdecken sollte oder nicht. Keine Versprechungen.«

»Natürlich. Ich wußte, Sie würden es verstehen.«

»Und wenn ich beschließen sollte, diesen … diesen Beratervertrag nicht anzunehmen, möchte ich, daß Sie Josh und mich in Ruhe lassen.«

»Sie haben mein Wort darauf.«

»Sie werden mir hoffentlich nachsehen, daß ich nicht weiß, wieviel Ihr Wort wert ist.«

Quinn hatte seinen Wagen vor dem Haus eines Nachbarn geparkt. Abby folgte ihm in ihrem Mazda die lange gewundene Auffahrt zur Fabrik hinauf und fragte sich dabei, ob Ives sie zu dieser späten Stunde von seinem Hügel aus durch sein Nachtsichtgerät beobachtete. Und sie fragte sich auch, wie lange es wohl noch dauern könnte, bis Lyle Quinn dem Eremiten auf die Schliche kam.

Der uniformierte Wärter am Tor winkte sie zu dem riesigen, aber spärlich besetzten Parkplatz der Firma durch. Quinn parkte vor dem Schild, das seinen Namen trug, und gab Abby mit einem Handzeichen zu verstehen, daß sie ihren Wagen daneben abstellen sollte – auf einen Platz, der eigentlich für einen gewissen Mr. Wang reserviert war. Ein zweiter uniformierter Wächter öffnete ihnen dann beflissen die Eingangstür.

»Hier läuft ja alles wie am Schnürchen«, sagte Abby.

»Freut mich, daß Sie das zu schätzen wissen.«

Die große, plüschige Empfangshalle war verwaist. Quinn ließ Abby genügend Zeit, um die zahllosen Plaketten und Auszeichnungen an den Wänden zu betrachten, die der Firma für ihre Verdienste um das Gemeinwohl und für hervorragende industrielle Leistungen verliehen worden waren.

Ein Musterexemplar von einem Betrieb, dachte Abby automatisch. Abgesehen natürlich von dem Sicherheitschef, der nachts wehrlosen Frauen auflauert, einer ehemaligen Angestellten, die sich in der Öffentlichkeit verstümmelt, und vielleicht dem etwas sorglosen Umgang mit einem giftigen Schwermetall.

»Kelly Franklins Büro befindet sich im gleichen Flügel, in dem auch Ihr Freund Josh seinen Arbeitsplatz hat. Jemand erzählte mir, daß Sie vorhatten, sich zu verloben. Ich hoffe doch sehr, daß es dazu kommen wird.«

»Sie scheinen mir ein überaus sentimentaler Mensch zu sein«, sagte Abby.

Die Gänge, die zu den Flügeln A, B und C führten, waren so breit wie Alleen und hell erleuchtet.

Quinn führte sie nun einen Gang hinunter, in dem sie nur hin und wieder einem Arbeiter im Laborkittel begegneten. Nach einer Weile gelangten sie an eine Tür mit einer Milchglasscheibe und der Aufschrift: K. Franklin – Beauftragte für die Gesundheit am Arbeitsplatz. Quinn klopfte dort so energisch an, daß die Geräusche wie Pistolenschüsse durch den langen Korridor hallten.

Kelly Franklin begrüßte Abby mit offenkundiger Sympathie. Sie war weder so zwanglos, wie sie Abby auf dem Colstar-Picknick erschienen war, noch so streng, wie Lews Dia unterstellte. Quinn machte sie miteinander bekannt und verließ dann wieder das Büro, nachdem er Abby noch einmal die Zusage gegeben hatte, daß sie sich für die Inspektion der Anlagen so viel Zeit nehmen könne, wie sie wolle.

»Dr. Dolan«, sagte er zum Schluß, »wir wissen natürlich, daß Sie eine Unfallärztin und keine Expertin für Berufskrankheiten sind. Aber wir sind auch davon überzeugt, daß Sie alle Maßnahmen, die wir zur Sicherheit und zum Schutze unserer Arbeiter und der Bewohner von Patience unternommen haben, richtig einzuschätzen und zu würdigen wissen.«

Abby bedankte sich mit eisiger Stimme für dieses Kompliment.

»Was kann ich Ihnen anbieten?« fragte Kelly, als sie allein waren. »Eine Tasse Tee, Mineralwasser oder Limonade vielleicht?«

»Nein, danke, ich möchte nichts trinken.«

Abby sah sich nun in Kellys Büro um. Auf dem Schreibtisch stand eine gerahmte Fotografie, die zwei Mädchen im Teenageralter zeigte – offenbar Kellys Töchter. An den Wänden hingen einige Diplome von Universitäten in Kalifornien und Washington, die deutlich machten, daß Kelly Franklin auf ihrem Gebiet nicht zu unterschätzen war.

»Sie scheinen mir nicht gerade begeistert davon zu sein, daß Sie hier sind, Dr. Dolan«, stellte Kelly fest. »Das tut mir leid. Lyle hat eine sehr eigenwillige Auffassung von seinem Job. Und es ist ihm egal, ob er jemandem auf die Zehen treten muß, oder die Leute Übles von ihm denken, solange er nur erreicht, was er sich vorgenommen hat.«

»Nun, offenbar bin ich heute das Opfer seines eigenwilligen Durchsetzungsvermögens«, entgegnete Abby.

Kelly Franklin blickte verlegen zur Seite.

»Ich möchte gar nicht wissen, wie er es angestellt hat, Sie mitten in der Nacht hierherzubringen«, sagte sie. »Aber ich werde versuchen, Ihren Besuch so angenehm wie möglich zu gestalten. Und Sie dürfen mir glauben, daß es nicht gerade zu Lyles Gewohnheiten gehört, irgend jemandem einen Freibrief für die Besichtigung unserer gesamten Anlagen auszustellen. Er scheint auf Ihre Meinung großen Wert zu legen.«

»Nur weiß ich leider nicht, warum.«

»Vielleicht hat das etwas mit Josh zu tun«, sagte Kelly. »Lyle erzählte mir, daß Sie mit Josh zusammenleben. Er ist wirklich ein netter Kerl. Hochintelligent und äußerst humorvoll. Eine wertvolle Ergänzung unseres Mitarbeiterstabes.«

»Freut mich, das zu hören.«

So viel also zu ihrer Sorge, daß Joshs unberechenbares Verhalten sich bereits auf seine Arbeit übertragen haben könnte. Abby war also, jedenfalls bis zu diesem Zeitpunkt, das erste und einzige Opfer seiner Raserei.

Kelly schien darauf zu warten, daß Abby noch mehr sagen würde. Als das nicht geschah, erklärte sie schließlich: »Nun – dann wollen wir also mit der Besichtigungstour beginnen.« Kelly hob einen prallgefüllten Ordner mit Computerausdrucken vom Boden neben ihrem Schreibtisch auf. »Wie Lyle mir erzählte, gilt Ihre Hauptsorge dem Cadmium, das wir hier in der Fabrik verarbeiten. Das hier ist eine umfassende, mit Anmerkungen und Hinweisen versehene Bibliographie zur Frage der Cadmium-Toxizität. Ich habe mir die Bibliographie aus der Zentralbibliothek der obersten Gesundheitsbehörde in Bethesda besorgt und hätte sie gern zurück, wenn Sie sie nicht mehr benötigen. Aber das eilt nicht.«

»Danke.«

»Und hier ist eine Liste von Krankenhauspatienten, denen Blutproben entnommen wurden, um sie auf Cadmiumwerte zu untersuchen. Die Entlassungspapiere der stationär aufgenommenen Patienten mit den ärztlichen Verordnungen, oder die bei den ambulanten Patienten von den Notaufnahmeärzten erstellten Diagnosen sind der Liste beigefügt. Wie Sie sehen können, wurde in keiner der entnommenen Blutproben Cadmium nachgewiesen. Die nächste Liste enthält die Namen von fast fünfhundert willkürlich von uns ausgesuchten Werksangehörigen, denen wir Blutproben entnommen und diese auf Cadmium, Nickel und andere Metalle hin untersucht haben. Das ist eines der unter meiner Aufsicht stehenden Gesundheitsprogramme, die hier laufend durchgeführt werden.«

»Und diese Blutproben werden im Labor des Kreiskrankenhauses ausgewertet?«

»Ja, in dem Krankenhaus, in dem Sie tätig sind. Warum fragen Sie?«

»Nur so.«

»Haben Sie noch andere Fragen? Zu den Listen oder dem Programm? Nein? Gut. Dann können wir jetzt die Inspektionstour beginnen. Ich habe draußen ein Elektrofahrzeug und außerdem die Grundrißpläne von allen Gebäuden und Anlagen der Fabrik. Wenn wir versuchen, alle Räume zu besichtigen, werden wir morgen nachmittag immer noch hiersein. Aber falls Sie tatsächlich jeden Raum inspizieren möchten, bin ich natürlich gern bereit, Ihnen diesen Wunsch zu erfüllen.«

Mit Kelly Franklin am Steuer des Elektrofahrzeugs, rollten sie nun den langen Korridor des A-Flügels hinunter, während Abby den Grundrißplan studierte. Die Fabrik bestand aus zwei Stockwerken, von denen eines unter der Erde lag. Im C-Flügel, dem Fertigungsbereich der Firma, reichten die Fabrikationsräume teilweise über zwei Stockwerke hinaus. Auch das Kellergeschoß in den beiden anderen Flügeln war zum größten Teil von der Produktionsabteilung in Beschlag genommen. Abby entschied sich dafür, mit ihrer Inspektion im A-Flügel zu beginnen, wo die Forschungsabteilung untergebracht war. Anschließend wollte sie dann alle Räume besichtigen, in denen die wiederaufladbaren Batterien hergestellt wurden – also gewissermaßen in das Herz der Firma vorstoßen, was die Verwendung und Verarbeitung von Cadmium betraf.

Während Abby mit dem Innenleben von Colstar vertraut gemacht wurde, konnte sie auch stückweise ihren Wissensstand über Kelly Franklin erweitern. Kelly arbeitete seit fünf Jahren für Colstar und war geschieden. Ihre beiden Töchter besuchten auf Drängen des Vaters eine Privatschule in der Nähe von San Francisco. Obwohl es in Patience für eine gebildete alleinstehende Frau kein nennenswertes Gesellschaftsleben gab, war es Kelly doch gelungen, über den Sierra Club und auf Schiffsreisen für Sporttaucher, die sei zweimal im Jahr unternahm, andere Leute kennenzulernen. Was sie hier in Patience festhielt, war die Schönheit der Umgebung, die ausgezeichnete Bezahlung und die Tatsache, daß sie ihren Job liebte.

Während Abby Kellys Lebensgeschichte lauschte, dachte sie an ihre eigene Situation. Wenn die Trennung von Josh ein Dauerzustand werden sollte, würde sie wohl kaum in Patience bleiben wollen.

Im Flügel der Forschungsabteilung hielten sich zu dieser Zeit nur ein uniformierter Wächter und ein Wissenschaftler auf. Die Abteilung hatte die Form eines riesigen Rechtecks mit einem von Glaswänden umschlossenen Atrium in der Mitte, das, wie Kelly ihr erklärte, für Forschungsarbeiten mit giftigen oder möglicherweise giftigen Substanzen bestimmt war. Dieses Atrium verfügte über eine moderne Entlüftungsanlage mit mehreren Filtern, und was aus diesen herauskam, war eine garantiert reine und gesunde Atemluft.

»Wir sind uns der Toxizität einiger Materialien, mit denen wir hier arbeiten, sehr wohl bewußt«, erklärte Kelly. »Bei Cadmium zum Beispiel, das ja zu den giftigeren Substanzen gehört, unterschreiten wir die von den Gesundheitsbehörden vorgeschriebenen Luftqualitäts-Grenzwerte um ein beträchtliches.«

»Das klingt ja toll«, erwiderte Abby ohne Begeisterung.

»Vielleicht würde es noch besser klingen, wenn ich Ihnen an einem Beispiel diese von den Behörden festgesetzten Grenzwerte veranschauliche. Der höchste zulässige Cadmiumgehalt der Atemluft entspräche zwei Aspirintabletten, die man zerstoßen und das dabei entstehende Pulver mit einem Gebläse im Astrodome* verteilen würde.«

»Das ist in der Tat beeindruckend.«

Das Atrium war von mehreren Laboratorien umgeben, in denen das übliche hektische Treiben herrschte, das man von einer vielbeschäftigten Forschungsstätte erwartete.

»Das hier ist Joshs Reich«, sagte Kelly. »Zweifellos die Abteilung mit der höchsten Arbeitsbelastung, da wir uns einem enormen Wettbewerbsdruck ausgesetzt sehen. Aber soweit ich das sehen oder beurteilen konnte, hält Josh diesem Druck recht gut stand.«

Hört, hört, dachte Abby, als sie die Räume und die dort aufgebauten Apparaturen und Gerätschaften betrachtete. Jeder Quadratzentimeter dieses riesigen Raumes machte einen makellos sauberen Eindruck, und auch die Laboreinrichtungen waren in einem tadellosen Zustand.

Auf dem Korridor zum C-Flügel wurde sie von einer fünf Meter hohen Anschlagstafel begrüßt, auf der stand:

COLSTAR INTERNATIONAL, PATIENCE,
KALIFORNIEN
DIE SICHERHEIT DER MITARBEITER
IST UNSERE VORNEHMSTE PFLICHT
HUNDERT TAGE OHNE ARBEITSUNFALL

Die Produktionsabteilung stand der Forschungs- und Entwicklungsabteilung in puncto Sauberkeit und Sicherheit in nichts nach. Cadmium, Nickel und alle anderen hier verwendeten gesundheitsschädlichen Metalle wurden von Roboterarmen angefaßt, die von Arbeitern in Atem-

* Der Astrodome in Houston, Texas, ist das größte überdachte Sportstadion der Welt. Es verfügt über 66 000 Sitzplätze und einer aus Stahl und Kunststoff bestehenden Kuppel von 196 Meter Spannweite (Anm. d. Übers.)

masken, Handschuhen und Schutzanzügen bedient wurden. Die riesigen Behälter, in denen die Metalle miteinander vermischt und für das Füllen der Batteriegehäuse vorbereitet wurden, waren verschlossen und versiegelt. Ventilation und Filterung der Luft waren oberstes Gebot.

Abby mußte zugeben, daß sie beeindruckt war. Colstar schien auf einem Fundament von Sicherheitsvorschriften errichtet worden zu sein.

»Ich habe da noch ein paar Fragen«, sagte Abby, als sie im Elektrokarren wieder durch den Korridor flitzten. »Erstens – wissen Sie etwas von einem Fluß, der sich hier einmal auf dem Gelände der Fabrik befunden haben soll?«

»Natürlich.«

»Was ist aus ihm geworden?«

Kelly lächelte.

»Ich weiß nicht, ob ein Betriebsfremder das jemals zu Gesicht bekommen hat«, sagte sie. »Aber da Lyle Ihnen ja den freien Zugang zu allen Räumen der Fabrik zugesichert hat, wollen wir uns jetzt auf den Weg dorthin machen.«

Sie fuhr mit Abby zum Ende des B-Flügels und schloß dort eine große Eisentür auf, hinter der sich ein großes Schwimmbecken samt Rutsche und Wasserfall befand. Es war ein extravagantes, künstlich angelegtes Dschungelparadies, über dem sich eine dicke, undurchsichtige Glaskuppel wölbte. In einem Nebenraum bemerkte Abby ein kleines Fitneß-Center.

»Diese Räumlichkeiten sind für Mr. Ezra Black und die leitenden Angestellten der Firma reserviert. Ich gehöre diesem Club zwar ebenfalls an, mache aber von dem Recht, die Einrichtung zu benutzen, keinen Gebrauch. Sie dulden hier Frauen im Management, solange sie nicht den männlichen Kollegen in die Quere kommen oder versuchen, sich wie Männer zu benehmen. Tatsächlich ist es mir ein wenig peinlich, daß es hier eine solche Einrichtung gibt. Wenn Josh noch keinen Schlüssel zu diesem Raum besitzt, wird er ihn sicherlich bald bekommen.«

»Und das Wasser dieses Schwimmbeckens stammt aus dem Bach, der früher hier vorbeifloß?«

»Ja, das Wasser wird hier jedoch auf achtundzwanzig Grad erwärmt. Das überschüssige, nicht für den Pool benötigte, und das daraus abfließende Wasser stürzt dann fast zwanzig Meter hinunter in eine Filteranlage, die sich außerhalb an der Südwand des Felsplateaus befindet. Von dort aus fließt es in den Oxbow River, der an der Nordseite des Tals entlang verläuft und sich dann in einen Steinbruch ergießt. Ein Monitor zeigt an, ob sich in dem aus dem Becken abfließenden Wasser Kolibakterien und andere Toxine befinden, und ich überprüfe persönlich alle zwei Wochen die Qualität des Wassers.«

Ein Schwimmbad für Abteilungsleiter! Lew und die anderen Mitglieder der Allianz würden sicherlich bitter enttäuscht sein, wenn sie die Lösung des Falles vom verschwundenen Fluß erfuhren.

»Ich habe genug gesehen«, sagte Abby, nachdem sie auf ihre Armbanduhr geschaut hatte. Es war halb drei Uhr morgens. »Sie müssen ziemlich erschöpft sein. Mir hat die Tour gefallen.«

Kelly brachte sie mit dem Elektrofahrzeug zu ihrem Büro zurück.

»Es war mir eine Freude, Sie kennenzulernen«, sagte sie. »Vielleicht könnten wir mal zusammen essen gehen.«

»Vielleicht«, erwiderte Abby und wurde sich dann bewußt, wie unangemessen kühl ihre Antwort ausgefallen war. Sie hatte in den zweieinhalb Stunden, die sie mit Kelly Franklin verbracht hatte, kein einziges Mal den Verdacht gehegt, daß diese Frau etwas vor ihr verbergen wollte. »Hören Sie«, fügte sie dann plötzlich hinzu, »ich würde Sie auch gern wiedersehen. Ich werde Sie morgen oder in den nächsten Tagen hier anrufen. Bis dahin können wir uns ja überlegen, was wir gemeinsam unternehmen wollen.«

»Großartig.«

Kelly rief Quinn über den Piepser und überreichte Abby die versprochenen Computerausdrucke.

»Danke«, sagte Abby. »Das wird jetzt wohl ein paar Nächte lang meine Bettlektüre sein.«

»Viel Spaß. Gibt es noch etwas, was ich für Sie tun kann?«

Abby überlegte kurz, bis ihr die seltsamen geometrischen Schattengebilde an der Felswand unterhalb der Fabrikanlage einfielen.

»Noch eine letzte Frage«, sagte sie. »Gibt es unter dem Kellergeschoß noch andere Stockwerke?«

»Nein. Das Kellergeschoß ruht auf solidem Fels. Das einzige Gebäude, welches noch tiefer in die Erde reicht, ist das Filterhaus, aber dieses befindet sich, wie ich Ihnen schon sagte, außerhalb des Felsens.«

»Es gibt also keine Luftschlitze oder Öffnungen, die man auf der Nordostseite des Colstar-Plateaus in die Felswand geschlagen hat?«

»Nein. Warum? Haben Sie einen Grund anzunehmen, daß sich dort solche Öffnungen befinden könnten?«

Abby studierte einen Moment lang Kellys Gesichtsausdruck und forschte darin vergeblich nach einem Hinweis, daß die Frau ihr etwas zu verbergen suchte.

»Nein, es war nur so ein Gedanke«, sagte sie.

13. Kapitel

Abby legte die Abhandlung über die Toxizität von Cadmium, in der sie soeben gelesen hatte, beiseite und packte ihre Sachen für einen neuerlichen Ausflug zu Samuel Ives' Berghütte zusammen. Sie freute sich auf das Wiedersehen mit diesem Exzentriker und erkannte in ihm einen der wenigen Lichtblicke in dem einsamen und isolierten Dasein, das der Umzug aus der Stadt ihr beschert hatte.

Der frühe Morgen war kühl und die aufgehende Sonne durchdrang die Dunkelheit. In anderthalb Stunden begann Abbys Tagschicht in der Notaufnahme. Mit etwas Glück mochten dann die nächsten zwölf Stunden interessant und hektisch genug sei, um sie gänzlich in Beschlag zu nehmen. Ihr Geist brauchte dringend eine Erholungspause von der Außenwelt. Es war nun eine Woche her, seit Josh ausgezogen war. Vor drei Tagen hatte er einige seiner Sachen abgeholt, aber Abby war zu diesem Zeitpunkt im Krankenhaus gewesen. Als sie nach der Arbeit nach Hause kam, fand sie auf dem Eßzimmertisch einen zerdrückten Strauß Wiesenblumen und einen Brief folgenden Inhalts:

Ich glaube, ich weiß jetzt, wer für meine Probleme verantwortlich ist. Sobald ich mir SICHER bin, werde ich handeln. Dann erst werde ich FREI sein. Ich BETE zu Gott, daß Du nicht zu ihnen gehörst.

Diese bizarre Botschaft war ein harter Schlag für Abby. In den acht Tagen, seit Josh und sie wieder getrennt lebten, hatte sie die Erinnerung an die glückliche Zeit ihres Zusammenseins heimgesucht. Doch als sie diese Zeilen las, wurde ihr plötzlich bewußt, daß Josh Wyler nicht länger jemand war, auf den sie bauen konnte. Schlimmer noch: Er hatte sich offenbar in einen Menschen verwandelt, vor dem man sich fürchten mußte.

Um ihre Zeit auszufüllen, nahm Abby an einem Aerobic-Kurs teil und hielt sich mit Joggen fit. Die sportlichen Aktivitäten hatten den positiven Effekt, daß ihr der Aufstieg zu Ives' Hütte erheblich weniger Mühe machte als beim ersten Mal. An diesem Morgen war sie nicht einmal außer Puste, als sie vor seiner Behausung anlangte.

Wie sie vermutet hatte, war der für die chronische Infektion von Ives' Bein verantwortliche Erreger ein langsam wachsender Kolbenschimmelpilz der Gattung Aspergillus, dem nur mit Amphotericin B, einem starken, intravenös zu verabreichenden Antibiotikum, beizukommen war. Da sich der Eremit jedoch hartnäckig weigerte, erneut in das Kreiskrankenhaus von Patience zu kommen, hatte Abby widerstrebend einen kurzen Katheter in einer Vene an seinem Unterarm angebracht. An den Tagen, wo sie nicht zu seiner Hütte hinaufsteigen konnte, versorgte er sich selbst mit diesem Medikament. Und Abby mußte trotz der Zweifel an dieser von ihr gewählten Behandlungsmethode zugeben, daß die tiefsitzende Entzündung in seiner rechten Wade mit jedem Tag besser aussah.

»Nicht schießen, Ives«, rief Abby vorsichtshalber, als sie die Lichtung erreicht hatte. »Ich bin es!«

Ives blickte von der Werkbank auf. In seinen Händen hielt er den Bogen.

»Heute wird nicht geschossen, Doc, sondern nur geputzt und poliert.«

»Er sieht wunderschön aus«, sagte Abby.

Der Eremit begutachtete seine Arbeit. »Er tut's vielleicht noch ein Jahr.«

»Und dann?«

»Werde ich mir einen neuen anfertigen, schätze ich.«

Abby deutete nun auf die Strohpuppe, die Ives als Zielscheibe diente. »Nun sagen Sie es mir endlich – treffen Sie die Puppe mit verbundenen Augen oder nicht?«

Sie hatte ihn das schon mehrmals gefragt, aber noch nie eine ehrliche Antwort darauf bekommen.

Auch diesmal antwortete er ausweichend. »Warum sollte ich mir ein Tuch vor die Augen binden, wenn ich doch sehen kann?«

Die Schnittwunden in seinem Gesicht verheilten gut, und von den Blutergüssen, die er erlitten hatte, war kaum noch etwas zu sehen.

»Sie haben gutes Heilfleisch«, sagte Abby.

Ives langte mit der Hand in das Gras neben seiner Werkbank und hielt dann eine Büchse Chef-Boyardee-Spaghetti in die Höhe.

»Das verdanke ich meiner Diät«, sagte er.

»Ives – verraten Sie mir mal«, fragte Abby, als sie sein Bein frisch verband, »wie lange Sie hier oben schon wohnen.«

»Das weiß ich nicht mehr so genau. Neun Jahre, vielleicht zehn.«

»Ich hätte da eine Frage, die Colstar betrifft.«

»Fragen Sie.«

»Ich habe ein Foto gesehen, das ungefähr vor acht Jahren von der Fabrik gemacht wurde. Es war zwar ziemlich unscharf, aber es schien mir so, als würden sich in der Felswand unterhalb der Fabrik drei längliche Schlitze befinden.«

»Die jedoch heute nicht mehr zu sehen sind«, ergänzte Ives.

»Genau.«

»Das waren irgendwelche Fenster – ungefähr vierzig oder fünfzig Zentimeter breit und gut anderthalb Meter hoch. Sie sahen fast so aus wie diese Schießscharten in mittelalterlichen Burgen, durch die die Bogenschützen Pfeile verschossen, ohne von den Pfeilen ihrer Gegner getroffen zu werden.«

»Was ist aus diesen Fenstern geworden?«

Ives zuckte mit den Achseln.

»Eines Tages waren sie nicht mehr da – zugemauert, würde ich sagen.«

»Können wir von hier aus die Stellen sehen, wo sich die Schlitze früher befunden haben?«

»Wir können es ja mal versuchen, obwohl ich glaube, daß sie ziemlich gründliche Arbeit geleistet haben, als sie die Fenster damals verschlossen.«

Ives holte einen Segeltuchsack und eine Armeedecke aus der Hütte und führte Abby zu seinem Beobachtungspunkt. Sie hatte seit dem Tag, an dem sie zum ersten Mal mit Josh hier heraufgeklettert war, Ives' Ausguck nicht mehr aufgesucht. Als Abby auf das Tal hinuntersah, fragte sie sich, wo Josh sich in diesem Augenblick wohl befinden mochte, was er gerade machte und ob er den neuen Termin bei Dr. Garrett Owen auch wahrgenommen hatte. Denn sie hatte den Neurologen damals auch angerufen und ihn gebeten, den Termin um zwei Wochen vorzuverlegen.

Das Sonnenlicht ergoß sich über die Berge und tauchte den Colstar-Felsen in ein bernsteinfarbenes Licht. Ives breitete die Decke auf dem Boden aus und legte sich neben Abby auf den Bauch.

»Ich bin immer wieder erstaunt, wie riesig dieser Komplex ist«, sagte sie.

»Mich erinnert er stets an eine Festung«, sagte Ives, während er die Schutzkappen von den Okularen seines Feldstechers entfernte. Dann reichte er Abby das Fernglas.

Da Abby sich ja schon einmal in der Colstar-Fabrik befunden hatte, konnte sie sich leicht orientieren. Sie richtete zunächst den Feldstecher hinunter ins Tal, suchte dort das Dach des Krankenhauses und stellte das Glas scharf darauf ein. Dann wanderte sie mit dem Feldstecher von dort aus über die Wiese, bis sie den hohen Zaun mit den drei übereinandergetürmten Stacheldrahtrollen erreicht hatte, die das Gelände der Firma Colstar so wirkungsvoll vom Tal trennte. Hinter diesem Zaun war noch ein breiter, mit Steinen durchsetzter Rasenstreifen, bevor die Felswand fast senkrecht aus dem Boden herauswuchs. Abby entdeckte auch das Filterhaus, von dem Kelly Franklin ihr erzählt hatte. Abby suchte nun die Felswand sorgsam mit dem Feldstecher ab.

Nichts.

»Wo genau waren denn diese Schlitze?« fragte sie.

Ives blickte kurz durch den Feldstecher und gab ihn ihr zurück.

»Richten Sie das Glas auf den Namen ›Colstar‹ an der Fabrikmauer. Ob Sie es glauben oder nicht – jeder dieser Buchstaben ist zweieinhalb Meter groß. Dann peilen Sie das ›S‹ in der Mitte des Namens an und gehen von dort aus senkrecht nach unten. Dort müssen sich die Dinger befunden haben.«

Das Auflösungsvermögen der Gläser war unglaublich. Man konnte noch aus dieser Entfernung jede Unebenheit an der Felswand deutlich erkennen. Abby suchte nun zweimal die Klippe von oben bis unten ab.

»He, Ives«, rief sie dann aufgeregt. »Ich glaube, ich kann jetzt sehen, wo diese Schlitze einmal gewesen sind. Man muß nur lange und sehr genau hinschauen, um auch heute noch die Umrisse von den Fenstern oder Scharten erkennen zu können. Nur scheinen sie jetzt entweder zubetoniert oder mit bemaltem Holz verkleidet zu sein.«

Ives nahm jetzt wieder den Feldstecher und studierte die Felswand.

»Sieht wie Sperrholz mit aufgeklebten Steinen aus.«

»Aber was versteckt sich hinter diesen Fenstern? Das ist jetzt die Frage.«

Und warum wußte die Colstar-Beauftragte für den Umweltschutz und die Sicherheit am Arbeitsplatz keine Antwort darauf? Das war eine noch größere Frage.

Ives setzte den Feldstecher wieder ab.

»Hol mich doch der Kuckuck!« sagte er. »Da sitze ich nun schon seit Jahren hier und betrachte fast täglich diesen Felsen von oben bis unten, von links nach rechts und kreuz und quer, und dann kommen Sie daher und zeigen mir dort etwas, das ich bisher noch nie bemerkt habe.« Er blickte sie an und grinste. »Offenbar muß ich doch mit verbundenen Augen durch die Weltgeschichte tappen.«

14. Kapitel

Die Kopfschmerzen begannen wie immer mit diesem seltsamen chemischen Geschmack hinten auf der Zunge. Sein Zorn war kontinuierlich angewachsen, selbst zwischen den Migräneanfällen, aber nun hatte er das Gefühl, als sei irgendwo tief in seinem Inneren eine Lunte angezündet worden, und er war machtlos, die Explosion zu verhindern. Das hatte er nicht verdient. Sein ganzes Leben lang hatte er sich bemüht, stets das Richtige zu tun. Es war einfach nicht gerecht, daß er jetzt wahnsinnig wurde. Drei Jahre beim Corps. Zwei Reihen Ordensspangen. Er wäre besser noch ein paar Jahre bei der Truppe geblieben, oder vielleicht sogar für immer. Denn danach ging es steil bergab. Erst dieses Fiasko mit dem Imbiß und den gottverfluchten Bankern, die nicht hatten warten wollen; darauf folgte Job auf Job. Dann zwei Jobs auf einmal, nur um sich über Wasser halten zu können; und schließlich sogar drei, wenn die Kraft dafür noch ausreichte. Und nun hatten sie ihn in der Fabrik entlassen. Und warum? Weil er sich zu oft krank meldete. Aber wer, zum Henker, konnte oben auf einer zehn Meter langen Leiter arbeiten, wenn Kanonenschüsse in seinem Kopf explodierten? Er spürte, wie es hinter seinen Augen zu pochen begann – dieser grauenhafte, pulsierende Schmerz. Der Geschmack im Mund wurde schärfer, unangenehmer. Er nahm einen Schluck Wasser und spuckte es wieder aus. Hatte keinen Sinn, es hinunterzuwürgen. Er würde sich sowieso bald übergeben müssen.

Er lief ins Schlafzimmer und riß die Plastikfolie der chemischen Reinigung von seiner Paradeuniform herunter. Die Marines würden es sicher nicht gern sehen, wenn er sich dafür die Uniform anzog. Aber zum Teufel damit! Sie hatten so viele Jahre damit verbracht, ihm das Töten beizubringen. Nun wollte er herausfinden, wie viel er bei ihnen gelernt hatte.

Seine Hände zitterten so heftig, daß es ihm kaum gelang, die Uniformjacke zuzuknöpfen. Aber selbst nach fast fünfzehn Jahren paßte sie ihm noch verdammt gut. Er hätte seinen Boß nicht anschreien sollen, nur weil dieser verlauten ließ, er könnte die Kopfschmerzen vielleicht nur vortäuschen. Und daß er ihm dann eine gelangt hatte, war noch verkehrter gewesen. Doch er wollte damit nur unterstreichen, was jeder sowieso schon wußte – daß dieser Mann ein Arschloch war. Mr. Country-Club-Snob.

Das Pochen wurde zu einem elektrischen Bohrer, der Löcher in sein Gehirn stanzte. Er preßte die Hände gegen die Schläfen und sank auf den Boden. Schließlich rappelte er sich wieder hoch und wankte aus dem Haus. Während er die Jacke der Paradeuniform glattzog, lief er taumelnd zu seinem Wagen.

Der Country Club. Das war es. Das war das verdammte Problem. Diese verfluchten Country Clubs, die sie über das ganze Land verteilt hatten, um solche Leute wie ihn daran zu erinnern, daß sie arme Schlucker und wertlose Taugenichtse waren. Einmal ein Versager, immer ein Versager. Aber vergiß nicht, daß die guten Leute vom Country Club dich einmal drei Wochen lang in ihr elegantes Clubhaus eingeladen haben – ja, bis er mit dem Innenanstrich fertig gewesen war.

Er ließ die Maschine seines Chryslers aufheulen – eine Kiste mit einhundertsiebzig Meilen auf dem Tacho und dem zweiten Austauschmotor unter der Haube. Er sah jetzt alles nur noch verschwommen, und sein Gehirn stand in Flammen. Was für ein elendes Dasein! Was hatte er getan, um so etwas zu verdienen? Nichts. Absolut nichts. Er schoß mit dem Wagen aus der Einfahrt, hielt mit kreischenden Bremsen wieder an, öffnete die Fahrertür und übergab sich. Damit war jetzt Schluß, schwor er sich hustend, während ihm der Gallensaft aus dem Mund lief. Er hatte sich jetzt zum letztenmal übergeben. Sie konnten zwar alle auf ihm herumtrampeln und ihm ohne ersichtlichen Grund den Job wegnehmen, aber das Rückgrat würde er sich nicht brechen lassen. Nein, Sir. Er war ein gottverdammter Marineinfanterist, und mochten die Marines auch zu nichts anderem taugen – sie wußten jedenfalls, wie man zurückschlägt.

Die Spießer hatten das Geld und die Macht, Häuser, Diamanten und die Country Clubs. Er hatte einen zwölf Jahre alten Panzer von einem Wagen und den Kampfgeist der Marines. Beides konnten sie ihm nicht nehmen.

Fünfundfünfzig ... sechzig ... fünfundsechzig ...

Der Wagen begann zu beben. Er krampfte die Hände fester ums Lenkrad und trat das Gaspedal bis zum Boden durch. Die Kopfschmerzen waren so höllisch wie eh und je, aber heute kümmerte ihn das nicht. Diese Country-Club-Leute hatten ihm das angetan. Jetzt war er an der Reihe ...

Siebzig ... fünfundsiebzig ...

Die Querstraßen flogen an ihm vorbei. Bäume und Telefonmasten waren Schemen im Nebel. Der Wagen bockte wie ein wilder Stier. Beißender Qualm drang aus der Motorhaube. Er saß jetzt nicht mehr, sondern stand, hielt den Lenker umklammert und stemmte das steife rechte Bein auf das Gaspedal. Auftrag: Vernichtung des Gegners. *Ziel in Sicht. Sir.*

»Von den Gewölben Montezumas bis zum Strand von Tripolis ...«

Der Wagen schoß von der Straße herunter, über einen kurzen Rasenstreifen und dann einen kleinen Hügel hinauf. Der Zaun hinter einem Windschutz aus grünem Vinyl war unmittelbar vor ihm. *Kein Problem, Sir.*

Achtzig ... fünfundachtzig ...

»Wir schlagen die Schlachten unseres Landes in der Luft, zu Lande und zu Wasser ...«

Endlich war es vorbei mit diesen Kopfschmerzen und dem scheußlichen Geschmack im Mund. Endlich würde er nicht mehr dafür bestraft werden, wenn er sich hinlegen mußte.

Das Kreischen des Motors … das Knirschen von Metall auf Metall … die Schreie … noch mehr Schreie … der Aufprall … der Schmerz … die Dunkelheit …

Auftrag ausgeführt, Sir …

15. Kapitel

Standon, Carl

– Blutserumuntersuchung auf toxische Metalle, insbesondere Cadmium und Nickel – keine Werte gefunden.

Anderson, Jaye

– Blutserumuntersuchung auf toxische Metalle, insbesondere Cadmium und Nickel – keine Werte gefunden.

McElroy, Thomas

– Blutserumuntersuchung auf toxische Metalle, insbesondere Cadmium und Nickel – keine Werte gefunden.
– Positive Spuren von Organophosphaten

Abby saß an ihrem Schreibtisch im Bereitschaftszimmer und studierte die Laborergebnisse ihrer drei ersten KAWIF-Fälle, deren Blutproben sie auf Cadmiumwerte hin hatte untersuchen lassen. Einer dieser drei Fälle, ein Farmer namens Thomas McElroy, dessen Hausarzt George Oleander war, hatte sie in der Notaufnahme aufgesucht, weil er unter Abgeschlagenheit und einem chronischen Husten litt, der auch nach einer Behandlung mit Antibiotika nicht abgeklungen war. Abby hatte deshalb bei ihm nicht nur einen Cadmiumnachweis angeordnet, sondern – einer Eingebung folgend – sein Blut auch auf Organophosphate hin untersuchen lassen. Ein Organophosphat war ein Neurotoxin – also ein Nervengift –, das im

Zweiten Weltkrieg, zumeist in gasförmiger Konsistenz, als chemischer Kampfstoff Verwendung gefunden hatte. Doch Organophosphate waren häufig auch Bestandteile von Düngemitteln, und offenbar war Thomas McElroy diesem Nervengift in irgendeiner Form ausgesetzt gewesen.

Positive Spuren. Sie hatte keine genaue Vorstellung davon, wie sie das verstehen sollte. Auf der Universität lernten die Medizinstudenten das leicht ironische Gesetz, daß man niemals eine Blutuntersuchung anordnen sollte, wenn man davon bloß Normalwerte erwartete. Die logische Konsequenz dieses Gesetzes war, daß die richtige Antwort auf ein ›abnormes‹ Ergebnis in der Wiederholung des Tests bestand.

Abby hielt es jedoch für angemessener, diesen Fall wieder George Oleander, dem Hausarzt des Patienten, in den Schoß zu werfen und ihm alle weiteren Entscheidungen zu überlassen. Wenn McElroys Symptome tatsächlich auf eine Organophosphatvergiftung zurückzuführen waren, hätte sie damit zum erstenmal eine definitive Diagnose für einen ihrer KAWIF-Fälle gefunden. Und es würde sich dabei *nicht* um Cadmium handeln. Sie steckte den Kopf durch die Tür, um nachzusehen, ob in der Station noch alles ruhig war. Die Sonntage fingen oft friedlich an, viele Familien waren in der Kirche oder krochen erst spät aus den Federn. Im Augenblick war es jedenfalls *sehr* ruhig. Abby befand sich bereits wieder auf dem Weg zurück zum Schreibtisch, als die Stimme der Empfangsschwester aus der internen Sprechanlage drang:

»Dr. Dolan? Der medizinische Direktor auf Leitung zwei für Sie!«

»Ein sehr effizientes Krankenhaus«, murmelte Abby und drückte auf den entsprechenden Knopf ihres Telefons. »Hallo, George. Ich wollte Sie gerade anrufen.«

»Um mir eine Erklärung zu liefern, wie ich hoffe.«

»Wie bitte?«

»Ich habe soeben die Kopien der Laborergebnisse von Blutuntersuchungen erhalten, die Sie bei zweien meiner Patienten angeordnet haben – Carl Standon und Tom McElroy.«

»Ja?«

»Abby, warum haben Sie die Blutproben auf Cadmiumwerte hin untersuchen lassen? Und bei wie vielen Patienten haben Sie das noch getan?«

»Nur noch bei einem. Ich verstehe nicht, wo hier das Problem liegt.«

»Nun, dann wird es Zeit, daß Sie es erkennen. Welche Indikationen haben Sie dazu veranlaßt, diese Tests anzuordnen?«

»Nun – die Symptome der Patienten waren keineswegs einheitlich. Ich habe jedoch inzwischen eine Menge Fachliteratur über die Toxizität von Cadmium …«

»Ich sage Ihnen hier und jetzt, daß ich bei meinen Patienten keine überflüssigen Blutuntersuchungen dulde, ohne vorher konsultiert zu werden. Und ich kann Ihnen auch verraten, daß die meisten Ihrer Kollegen am Krankenhaus der gleichen Meinung sind wie ich.«

Abby spürte, wie ihre Selbstbeherrschung langsam ins Wanken kam.

»Ich hatte keineswegs das Gefühl, daß die Tests überflüssig wären«, erwiderte sie kühl. »Ich ließ bei Mr. McElroy auch einen Organophosphat-Bluttest durchführen, und dieser ist positiv ausgefallen.«

»McElroy ist Farmer. Jeden Sommer verwendet er dieses verdammte Giftzeug, wird regelmäßig damit verseucht und jedesmal von mir entsprechend behandelt, wenn seine Blutwerte hoch genug sind und daher eine Behandlung rechtfertigen. Es ist nicht *dieser* Test, über den ich mich aufrege, und das wissen Sie auch. Wenn Sie versuchen sollten, Colstar und dieser Stadt Schwierigkeiten zu bereiten, werden Sie sich recht bald nach einem anderen Job umschauen müssen.«

»Drohen Sie mir nicht, George. Und sprechen Sie bitte nicht in einem solchen Ton mit mir. Ich habe getan, was nach meinem Dafürhalten das Beste für diese Patienten war.«

»Sie haben es deshalb getan, weil ein gewisser Kollege Druck auf Sie ausgeübt hat.«

»Das stimmt nicht.«

»Nun hören Sie mir mal zu. Als wir in der letzten Woche in meinem Büro miteinander sprachen, hatte ich geglaubt, daß es ein Einverständnis zwischen uns gäbe, was es bedeutet, in dieser Stadt zu arbeiten.«

Es war kein Einverständnis, sondern dein Verständnis davon, dachte Abby.

»Wir sind hier, um unser Bestes für diese *Gemeinde* zu tun«, fuhr Oleander fort. »Und der Versuch, eine Firma, die uns alle ernährt, in den Schmutz zu ziehen, zeugt nicht gerade von Teamgeist. Außerdem – das kann ich Ihnen versprechen – ist Colstar an keiner der hier auftretenden Krankheiten schuld. Ich hätte gedacht, daß auch Sie inzwischen davon überzeugt wären.«

Lyle Quinn und George Oleander hatten also zweifellos miteinander zu tun, dachte Abby. Und Quinn hatte sich ihr gegenüber ja auch schon als Mitglied des Verwaltungsrates dieses Krankenhauses zu erkennen gegeben.

»George«, sagte sie, »ich bemühe mich nach bestem Wissen und Vermögen, den Leuten in dieser Stadt eine gute Ärztin zu sein. Wenn sich das nicht mit dem verträgt, was Sie unter Teamgeist verstehen, kann ich das nur bedauern.«

»Ich erwarte lediglich von Ihnen, daß Sie bei meinen Patienten keine Cadmiumwertbestimmungen mehr durchführen lassen, ohne erst mit mir darüber zu reden. Was glauben Sie denn, was passiert, wenn diese Leute ihre Rechnungen oder die Belege ihrer Krankenversicherung bekommen und daraus erfahren, daß ein am hiesigen Krankenhaus tätiger Arzt den Verdacht hegt, Colstar hätte sie mit Cadmium vergiftet?«

»*Könnte* sie vergiftet haben. Ich ...«

»Bitte, Abby. Ich meine es so, wie ich es sagte. Lassen Sie die Finger davon.«

»Wie Sie meinen, George. Es sind ja Ihre Patienten.«

»Gut. Ich habe heute Bereitschaftsdienst ...«

»Ich weiß.«

»Nun, ich bin gerade unterwegs zum Haus der Kusine meiner Frau und rufe von meinem Wagen aus an. Ich werde von dort aus zwanzig Minuten bis zum Hospital brauchen. Allerhöchstens fünfundzwanzig. Meine Sprechstundenhilfe hat die Nummer, unter der ich notfalls zu erreichen bin. Sehen Sie zu, daß Sie möglichst alleine zurechtkommen, wenn es nicht gerade um Leben oder Tod geht. Und schreiben Sie für alle Fälle, bei denen Sie eine stationäre Behandlung für nötig halten, eine vorläufige Einweisung aus. Ich bin auf einer Jubiläumsfeier und werde vermutlich bis fünf oder sechs Uhr nachmittags dort ausharren. Danke.«

Er legte auf, ohne ihre Antwort abzuwarten.

»Jawohl, Mister Teamgeist«, murmelte Abby.

Sie wusch sich das Gesicht, um sich abzukühlen. Josh hin oder her: Wenn das die Bedingungen waren, unter denen sie ihr Dasein am Kreiskrankenhaus von Patience fristen sollte, wollte sie ihre Chancen woanders suchen. Schwer zu glauben, daß sie noch vor zwei Monaten mit Freundinnen in Sausalito in einem Strandcafé gesessen und darüber geredet hatte, wie sie sich die Hochzeit mit Josh ausmalte.

Abby trocknete sich gerade das Gesicht ab, als die Oberschwester der Tagesschicht, Mary Wilder, gegen ihre Tür hämmerte und diese dann einen Spaltbreit öffnete.

»Abby, kommen Sie rasch«, rief sie. »Wir erwarten jede Sekunde ein paar Schwerverletzte.«

Abby nahm ihren Ärztekittel vom Stuhl und eilte hinaus in die Station.

»Es hat einen schlimmen Unfall beim Patience-Country-Club gegeben«, sagte Mary mit einer leichten Panik in der Stimme, gab sich ansonsten aber große Mühe, ruhig und gefaßt zu wirken. »Ein Mann ist dort mit seinem Wagen durch den Zaun auf einen der Tennisplätze gerast, hat drei Frauen überfahren und ist dann mit dem Fahrzeug gegen ein Hindernis geprallt. Offenbar sind alle vier schwer verletzt. Ein Rettungswagen ist bereits auf dem Weg hierher, während sich zwei weitere noch am Unfallort befinden. Somit sind alle Rettungswagen der Stadt im Einsatz. Tom Webb wollte sich gleich wieder über Funk melden. Er ist der Chefsanitäter vom Rettungstrupp des ersten Wagens.«

Abby spürte den Adrenalinstoß ganz deutlich. Instinktiv suchte sie sämtliche Taschen ihres Ärztekittels ab, ob sie auch alle Instrumente bei sich hatte. Mehrere Schwerverletzte am Sonntagmorgen in einer Unfallstation, die nur mit einem Arzt besetzt war und mit reduzierter Belegschaft arbeitete! Ihre Bedenken, die für alle Notfälle bestens gerüstete St.-Johns-Uniklinik gegen ein kleines, entlegenes Provinzkrankenhaus einzutauschen, sollten sich offenbar bestätigen.

Sie eilte mit Schwester Mary hinüber in den Kommunikationsbereich der Station, wo die mit dem Funksprechgerät gekoppelte Telefonanlage und ein Telemetrie-EKG-Gerät standen.

»Soll ich den Katastrophenalarm auslösen?« fragte Mary.

Der Katastrophenalarm, der in jeder Schicht einmal im Jahr geübt wurde, war eine Telefonaktion, die in spätestens fünfzehn Minuten fast das gesamte medizinische, technische und das der Verwaltung angehörende Personal mobilisieren und auf den Plan rufen würde – ein Verwirrung stiftendes und ausgesprochen kostspieliges Unternehmen. Der Alarm wurde vermittels eines Kippschalters ausgelöst, der nur ein- oder ausgeschaltet werden konnte. Zwischenstufen und Teilmobilisierungen waren in der Alarmanweisung nicht vorgesehen. Abby wußte, daß ihre Wahl jetzt die erste von zahllosen weiteren kritischen Entscheidungen sein würde, die sie in den nächsten Minuten treffen mußte.

»Nicht, bevor wir noch ein paar zusätzliche Informationen bekommen haben«, sagte sie. »Aber stellen Sie fest, wer von den Ärzten im Haus ist, und trommeln Sie so viele Schwestern und Pfleger zusammen, wie Sie zur Versorgung von – wie viele Verletzte sind es, sagten Sie?«

»Vier, glaube ich.«

»... zur Versorgung von vier Schwerverletzten brauchen werden. Und rufen Sie in der Röntgenstation und dem Labor an und sagen Sie den Leuten dort, daß wir hier jede Hilfe gebrauchen können.«

Mary benutzte den Hausapparat der Schwesternstation für diese Telefonate. Im gleichen Moment erwachte das Funkgerät mit ein paar statischen Geräuschen zum Leben.

»Hier spricht Tom Webb vom Unfallrettungswagen drei«, meldete sich eine Männerstimme. Im Hintergrund konnte Abby eine Sirene heulen hören.

»Ja, Rettungstrupp drei. Hier Dr. Dolan von der Unfallstation.«

»Dr. Dolan, wir werden in ungefähr vier Minuten mit zwei – ich wiederhole, *zwei* – Verletzten der Dringlichkeitsstufe zwei bei Ihnen eintreffen. Beide Personen sind weiblichen Geschlechts, Mitte Dreißig, und wurden beim Tennisspielen von einem Auto angefahren. Eine der Frau hat allem Anschein nach einen Trümmerbruch am Waden- und Schienbein erlitten, während die andere multiple Fleischwunden und Hautabschürfungen davongetragen hat. Beide Personen sind bei Bewußtsein und die Vitalzeichen sind im Augenblick relativ stabil.«

»Verstanden, Wagen drei. Wie viele Verletzte sind es insgesamt?«

»Vier. Eine weitere weibliche Person und der Mann, der den Wagen fuhr. Beide sind ziemlich übel zugerichtet. Verletzte der Dringlichkeitsstufe eins. Zwei Rettungswagen befinden sich im Augenblick am Unfallort und leisten dort Erste Hilfe.«

»Verstanden. Wir erwarten Sie hier.«

Abby drehte sich zu Mary Wilder um, die gerade einen Anruf getätigt hatte und ein grimmiges Gesicht machte.

»Es befinden sich nur noch zwei weitere Ärzte im Haus. Dr. Levin, der gerade einen Kaiserschnitt macht, und Dr. Metha, der ihm als Anästhesist dabei hilft.«

Abby schaltete den Katastrophenalarm ein.

»Bereiten Sie zwei Kabinen für die ersten beiden Verletzten vor«, befahl Abby. »Die für größere Wundbehandlungen, Notoperationen und Reanimationsmaßnahmen bestimmten Räume sparen wir für die anderen beiden Unfallopfer auf.«

Fast im gleichen Moment, als der Katastrophenalarm ausgelöst wurde, begann sich bereits die Notaufnahme mit Schwestern, Pflegern und Technikern zu füllen. Aber kein Arzt befand sich unter den Leuten, die dort zusammenströmten. Zwei Spezialbetten für Unfallverletzte standen bereits in der Station, und ein drittes wurde kurz darauf mit dem Lastenaufzug aus der Chirurgie heruntergebracht. Mary Wilder und die Leiterin des Krankenhauspflegepersonals stellten rasch Behandlungsteams für die vier angekündigten Unfallopfer zusammen. Die Leute von der Anmeldung klemmten ihre Formulare auf den Schreibbrettern fest. Die für die Blutbank zuständige medizinische Assistentin überprüfte noch einmal ihre Vorräte und verständigte die Zentrale zur Versorgung mit Frischblutkonserven, sich für eine rasche Lieferung bereit zu halten. Der Techniker aus der Röntgenabteilung kam mit seinem transportablen Gerät in die Unfallabteilung und baute es dort auf. Der Phlebotomist bereitete seine Gerätschaften zur Blutentnahme vor und zog sich dann in eine Ecke zurück, wo er den anderen nicht im Wege stand. Plötzlich kehrte einen Moment lang Ruhe in der Station ein, während alle mit Spannung auf die Ankunft des Rettungswagens warteten.

»Okay«, sagte Abby, als die ersten Sirenentöne in der Ferne erklangen, und nahm einen Schluck Wasser. »Laßt uns jetzt alle einen kühlen Kopf bewahren und das tun, was wir gelernt haben.«

Sie streifte sterile Gummihandschuhe über und eilte hinaus in die den Rettungsfahrzeugen vorbehaltene Ladezone der Notaufnahme. Im gleichen Moment rasten ein Einsatzwagen der Polizei und ein Rettungswagen der Feuerwehr die Einfahrt hinein. Abby musterte rasch die beiden Verletzten. Das rechte Bein des ersten Unfallopfers steckte in einem großen Schienenverband, der bereits durchblutet war. Die Frau hing an einem Tropf, dessen Fließgeschwindigkeit hoch eingestellt war, und trug einen zervikalen Stützkragen. Ihr Gesicht und die Tenniskleidung waren mit Blut verschmiert und schmutzig von dem roten Lehm des Tennisplatzes. Außerdem hatte sie mehrere tiefe Schürfwunden an ihrer linken Schulter. Abby warf nun einen kurzen prüfenden Blick auf die zweite Frau, die soeben aus dem Rettungswagen gehoben wurde, und beschloß, sich zuerst um die Verletzte mit dem gebrochenen Bein zu kümmern.

Als sie in die Station zurückkam, schnitt bereits eine der Schwestern mit einer Schere die Kleider der Verletzten auf.

»Rebecca Mason«, sagte der für den Rettungstrupp verantwortliche Sanitäter, »vierunddreißig. Alles, was wir bei ihr feststellen konnten, ist das, was Sie jetzt sehen.« Er senkte die Stimme. »Ihr Bein sieht ziemlich übel aus.«

Abby ließ die Trage der Verletzten anhalten und prüfte, ob sie einen Puls in der Arterie *dorsalis pedis* auf dem Fußrücken der Verletzen und in der hinteren Schienbeinarterie über dem Sprunggelenk spüren konnte. Dann markierte sie mit einem Stift die Stellen, wo sich diese beiden Arterien am Bein der Verletzten befanden, ehe sie Anweisung gab, die Frau in die dritte Kabine zu schieben.

Ihre erste Aufgabe bestand nun darin, Atemwege, Respiration und Blutkreislauf zu überprüfen. Das ABC aller Traumata. Während Abby leise mit der Verletzten redete, um diese zu beruhigen, überprüfte sie systematisch deren Vitalfunktionen, die kritischen Pulsstellen, den Schädel, die Brust und den Unterleib. Sie fühlte sich dabei seltsam entrückt, als wäre da eine ganz andere Person, die mit ruhiger, bestimmter Stimme ihre Anweisungen gab.

»Fließgeschwindigkeit der Kochsalzlösung auf fünfhundert halten. Routine-Laboruntersuchung, Blutgerinnungstest und Agglutinationsbestimmung der Blutgruppe und des Rh-Faktors. Frontale und laterale Röntgenaufnahmen vom Hals. Niemand bewegt die Patientin, bevor ich die Röntgenbilder gesehen habe! Dann machen wir mit dem transportablen Gerät noch einige Aufnahmen von der Brust und dem verletzten Bein, ehe wir die Patientin in die Röntgenabteilung verlegen, um die notwendigen Detailaufnahmen zu machen. Jetzt einen Katheder in die Blase einführen. Sie dort rufen noch einmal den Orthopäden vom Bereitschaftsdienst an, ob er schon auf dem Weg hierher ist. Und ständig den Puls in den Beinarterien an den von mir markierten Stellen kontrollieren!«

»Jawohl, Doktor.«

»Fällt Euch irgend etwas ein, das ich vielleicht übersehen oder vergessen haben könnte? Nein? Gut – dann haltet mich auf dem laufenden.«

Diese Verletzte konnte sie im Moment abhaken. Abby zog sich ein frisches Paar Gummihandschuhe an und eilte hinüber zu der zweiten Patientin namens Katherine McNamara, die man bereits entkleidet und mit einem Laken zugedeckt hatte. Der Gazeverband um ihren Kopf war über dem rechten Auge blutdurchtränkt. Wie bei Rebecca Mason war auch ihr Hals mit einem zervikalen Stützkragen versehen und der Kopf auf dem körperlangen Frakturbrett fixiert worden. Eine Schwester aus einer anderen Abteilung, die Abby nur vom Sehen kannte, erstattete ihr rasch Bericht. Hautabschürfungen auf dem Rücken, die nicht genau untersucht werden konnten, solange die Möglichkeit eines gebrochenen Halswirbels bestand. Außerdem eine tiefe Schnittwunde auf der Stirn. Sonst keine auffälligen Verletzungen.

Abby wußte, daß hinsichtlich der einzelnen Fälle gewisse Prioritäten gesetzt werden mußten. Das war die ›Triage‹, ein Auswahlverfahren, demzufolge verschiedene Patienten nach der Schwere ihrer Verletzungen eingeteilt wurden, um zu gewährleisten, daß stets die schwereren Fälle vor den leichteren versorgt wurden. Denn nur auf diese Weise konnte der größtmögliche Erfolg mit dem zur Verfügung stehenden Personal und der vorhandenen Behandlungseinrichtung erzielt werden. Aber in solchen Katastrophenfällen wie heute kam noch ein anderer Faktor hinzu. Hier mußten zuerst jene Patienten behandelt werden, die diese Versorgung zum Überleben brauchten, und nicht jene, die keine Überlebenschance mehr hatten. Falls sich diese Situation ergeben sollte, dann würde Abby die entsprechende Entscheidung treffen müssen.

Nach ihrer Einschätzung war die Behandlung von Katherine McNamara weniger dringlich als die von Rebecca Mason. Abby ließ also Röntgen- und Blutuntersuchungen bei Rebecca Mason durchführen. Kaum hatte sie die entsprechenden Anweisungen gegeben, als Mary Wilder zu ihr eilte. »Der Rettungswagen wird in spätestens vier Minuten mit dem nächsten Verletzten hier eintreffen – männlich, einundvierzig Jahre, Dringlichkeitsstufe eins. Kaum noch bei Bewußtsein, hypotonisch, multiple Traumata.«

»Einer von den Tennisspielern?«

Mary schüttelte den Kopf.

»Nein, es handelt sich um den Fahrer des Wagens. Der Mann, der für das alles verantwortlich ist.«

»Wir bringen ihn in den Behandlungsraum für Schwerverletzte«, sagte Abby. »Und, Mary …«

»Ja?«

»Lassen Sie uns doch alle nach Kräften versuchen, so objektiv und professionell wie möglich zu sein.«

Der wütende Ausdruck in den Augen der älteren Frau milderte sich sofort.

»Ich werde mich bemühen«, sagte sie. »Aber ich kenne diese beiden Frauen hier sehr gut. Und auch die dritte, der man auf dem Tennisplatz noch Erste Hilfe leistet.«

»Was haben sie bisher von ihr gemeldet?«

»Ihr Name ist Peggy Wheaton. Multiple Traumata. Sie ist bewußtlos. Ihr Mann, Gary, ist der Direktor der hiesigen Bank. Sie haben drei Kinder.«

Trotz Abbys Appell war es der Schwester nicht möglich, den Zorn, den sie gegenüber dem Fahrer des Wagens empfand, aus ihrer Stimme herauszuhalten.

»Rufen Sie das Team zusammen, das für die Behandlung dieses Verletzten zusammengestellt wurde. Und sagen Sie auch dem Team für Peggy Wheaton, daß es sich für ihre Ankunft bereit halten soll.«

Sie stellte sich auf die Zehenspitzen und ließ den Blick durch die Station schweifen, in der ein ziemliches Chaos herrschte. Mehrere Polizisten hielten sich jetzt hier auf, zusammen mit Sanitätern, Technikern, medizinischen Assistenten, Schwestern, Pflegern und sogar zwei Leuten von der Hausverwaltung – einer der Nachteile des Katastrophenalarms. Abby winkte einen Polizisten herbei und bat ihn, alle, die im Augenblick nicht für die Versorgung der Kranken und Verletzten benötigt wurden, in den Warteraum zu führen. Dann entdeckte sie am anderen Ende der Station die kompetente junge Kinderärztin Susan Torrance.

»Sagen Sie mir, was ich tun soll«, bat die Kinderärztin.

»Sich in eine Orthopädin verwandeln.«

»Ich wünschte, ich könnte das.«

»Haben Sie Probleme mit dem Vernähen von Wunden?«

»Nein.«

Wieder Sirenentöne. Diesmal für einen Fall von höchster Dringlichkeitsstufe. Abby wies Susan Torrance an, eine detaillierte Untersuchung bei Katherine McNamara durchzuführen, aber die Patientin nicht eher zu bewegen, bis sie, Abby, oder ein Radiologe die Röntgenaufnahmen gesehen und ausgewertet hatten.

Dann zog sie sich wieder ein frisches Paar Gummihandschuhe an und ging hinaus in die für Unfallwagen reservierte Ladezone.

»Wo bleiben denn nur all die Ärzte?« fragte sie Mary Wilder.

Jeder Arzt, ob er nun Bereitschaftsdienst hatte oder nicht, wurde bei einem Katastrophenalarm über Piepser, Funk oder Telefon aufgefordert, alles stehen und liegen zu lassen und sich unverzüglich im Krankenhaus einzufinden.

»Ich glaube, daß einige im Urlaub oder auf Tagungen sind. Und das Telefonsystem bricht manchmal zusammen, wenn zu viele Leute, die angewählt werden, nicht zu Hause sind und deshalb den Hörer nicht abnehmen. Aber sie werden alle kommen. Das verspreche ich Ihnen. Und bis dahin machen Sie Ihre Sache ja recht gut.«

Abby setzte ein gequältes Lächeln auf.

»Danke«, sagte sie.

»Hier kommen sie schon.«

Ein zweiter Rettungswagen, dem wieder ein Einsatzfahrzeug der Polizei vorausfuhr, bog in die Einfahrt zur Notaufnahme ein. Abby feuchtete sich die Lippen mit der Zunge an und bewegte rhythmisch die Finger, sie abwechselnd zur Faust schließend und dann wieder auseinanderfaltend. Ein Patient mit Verletzungen höchsten Grades. In der St.-Johns-Klinik war sie stets ein relativ kleiner Teil des Teams gewesen, das solche Fälle bewertet und behandelt hatte. Während ihrer Ausbildung zur Unfallärztin war sie in allen Techniken der Wundbehandlung unterwiesen worden, und zwar in der Regel an anästhesierten Schafen.

Später hatte sie dann im Lauf der Zeit bei den Patienten, die zu ihr in die Notaufnahme kamen, viele dieser Techniken anwenden können. Aber seit sie zum Lehrkörper der Fakultät gehörte, wurde Abby stets von chirurgischen Fachärzten und jüngeren Kollegen, die auf diesem Gebiet Erfahrungen sammeln und ihre Fertigkeiten verbessern wollten, unterstützt. Doch jetzt war sie ganz auf sich allein gestellt.

Die beiden Polizisten des Streifenwagens waren die ersten, die eilig die Station betraten.

»Er steht wegen versuchten Mordes unter Arrest, Doktor«, sagte einer der beiden zu Abby. »Bitte, unterrichten Sie uns ständig darüber, wo er sich gerade aufhält und was mit ihm geschieht.«

»Was ist denn genau passiert?«

»Er lenkte den Wagen mit Vollgas von der Straße herunter, fuhr einen kleinen Hügel hinauf und durchbrach dann den Zaun einer Tennisanlage. Raste in diese Gruppe Unschuldiger hinein und schleuderte sie beiseite wie eine Bowlingkugel die Kegel, bevor er gegen einen Mast der Flutlichtanlage prallte. Dieser verrückte Idiot trug eine Uniform der Marineinfanterie. Aber er gehört dieser Truppe genausowenig an wie Sie oder ich.«

»War er denn bei Bewußtsein? Ich meine, ist es nicht möglich, daß er am Steuer seines Wagens ohnmächtig wurde und dabei das Gaspedal niederdrückte?«

»Teufel, nein. Die Leute hörten ihn schreien und singen, ehe er den Zaun niederwalzte.«

»Okay. Danke. Mary – Sie kommen jetzt mit mir.«

Die Trage mit dem Verletzten wurde im Eiltempo ausgeladen und rollte dann an ihr vorbei in die Station. Alles, was sie hatte sehen können, war ein Mann, der mit Blut und Glassplittern bedeckt war. Er stöhnte und versuchte die Riemen zu sprengen, die ihn an das Frakturbrett fesselten. Sein Hals steckte in einem weichen zervikalen Stützkragen und nicht, wie die beiden ersten Unfallopfer, in diesem steifen, jede Bewegung des Halses verhindernden Modell. War dem Rettungstrupp etwa der Vorrat an den starren Schutzkragen ausgegangen? Oder hatte hier jemand bereits sein Urteil hinsichtlich der Überlebenschance dieses Verletzten gefällt?

Das Frakturbrett wurde nun auf eine fahrbare Krankenhaustrage gehoben. Abby wartete einen Moment, während die Schwestern so viel von der Kleidung des Verletzten entfernten, wie sie konnten. Schließlich trat sie mit einem Handtuch an die Trage heran, um die Glassplitter vom Körper des Verletzten zu wischen.

»Blutdruck ist siebzig«, meldete eine der Schwestern.

»Macht ein Handtuch naß und bringt es mir bitte«, sagte Abby. Damit entfernte sie einige Glassplitter aus dem Gesicht und den Augenwinkeln des Verletzten. Wenn die Zeit es zuließ, würden sie die übrigen Splitter nach einem Klebeband-Verfahren entfernen. Doch im Augenblick hatten sie Wichtigeres zu tun.

»Maximale Fließgeschwindigkeit am Tropf einstellen. Und bereitet mir Kanüle und Schlauch für eine Jugularvenen-Infusion vor.«

»Wird sofort erledigt.«

»Mein Auge«, stöhnte der Mann. »Da ist etwas in meinem Auge.«

»Wir werden gleich dazu kommen, Sir. Versuchen Sie jetzt nur still liegenzubleiben.«

Abby unterzog den Patienten nun einer ersten, vorläufigen Untersuchung. Seine Atmung war flach und rasselnd. Unterhalb der rechten Brustwarze des Verletzten war ein Gaze-Klebeband angebracht worden. Als sie ihn entfernte, legte Abby eine gezackte Schnittwunde frei. Im rechten Lungenflügel war keine Luftbewegung erkennbar.

»Bereiten Sie bitte alles für eine Bülau-Dränage vor«, sagte Abby und befestigte den Verband wieder über der Wunde.

Die rechte Lunge war durchbohrt worden und kollabiert. Jedesmal, wenn der Verletzte jetzt Luft holte, wurde diese vom Bronchialbaum in die rechte Seite des Thorax hineingeblasen, und der Druck, der von dieser Brustseite aufgebaut wurde, machte es dem noch intakten linken Lungenflügel unmöglich, sich ausreichend mit Luft zu füllen. Dieser wachsende Druck in der Brusthöhle mußte vermittels eines in den Brustraum eingeführten Katheters abgebaut und der rechte Lungenflügel wieder expandiert werden.

Abby wischte das Blut vom Gesicht des Mannes ab, um dessen Farbe betrachten zu können. Da waren ein paar flache Schnittwunden und Hautabschürfungen, aber nichts, was die oberen Luftwege einengen oder deren Funktion behindern konnte.

»Helft mir«, stöhnte der Verletzte. »Bitte, helft mir.«

Abby starrte nun hinunter auf sein Gesicht.

»Mary, ich kenne diesen Mann«, sagte sie unvermittelt. »Ich habe ihn auf dem Colstar-Picknick gesehen. Sein Name ist Willie Cardoza.«

16. Kapitel

Sie werden in zwei Minuten mit Peggy hier eintreffen«, meldete Mary Wilder, als sie den Wagen mit dem Gerät für die Lungenintubation hereinschob. »Keine Veränderungen bei ihr. Vitalzeichen stabil. Sie atmet zwar, ist aber nicht bei Bewußtsein.«

»Okay. Alles für ihre Behandlung vorbereiten. Aber zuerst muß ich bei diesem Verletzten hier noch die Infusionskanüle und den Brust-Katheter für die Dränage anbringen. Der Mann macht mir große Sorge.«

Marys Gesichtsausdruck ließ keinen Zweifel daran, um welchen Patienten *sie* sich Sorgen machte.

Cardozas Zustand verschlechterte sich rasch. Neben der kollabierten Lunge hatte er höchstwahrscheinlich auch noch innere Blutungen. Sein Blutdruck war kaum noch wahrnehmbar, und er konnte jeden Moment das Bewußtsein verlieren. Auf der lateralen Röntgenaufnahme des Halses vermochte Abby keine Fraktur zu erkennen, und sie entfernte den weichen zervikalen Stützkragen. Wenn sie außer der lateralen auch noch zwei oder drei aus anderen Blickwinkeln aufgenommene Röntgenbilder von Cardozas Hals gehabt hätte, wäre ihr sicherlich wohler gewesen. Aber dafür fehlte ihnen einfach die Zeit.

Abby betäubte nun eine Stelle an seinem Hals unmittelbar neben dem Kehlkopf. Bei Trauma-Patienten waren großvolumige Infusionsschläuche, die eine rasche Infundierung von Flüssigkeiten oder Blut in eine der Hauptvenen ermöglichten, oft von lebensentscheidender Bedeutung. Wie die meisten Unfallärzte besaß Abby eine große Erfahrung und Geschicklichkeit darin, diese Infusionsschläuche in einer der Halsvenen anzubringen – entweder vermittels eines ›blinden‹ Einstichs in die *Subclavia*, die Unterschlüsselbeinvene, in die sie bei Hazel Cookman die Leitung des Schrittmachers eingefädelt hatte; oder durch einen ›blinden‹ Einstich in die Innere Drosselvene, den sie jetzt bei Cardoza vorbereitete.

»Sind inzwischen weitere Ärzte eingetroffen?«

»Dr. Cohen ist gerade gekommen«, erwiderte Mary. »Und die beiden mit dem Kaiserschnitt im OP werden in zehn Minuten fertig sein.«

Les Cohen, ein älterer Allgemeinmediziner, war zwar keine große Hilfe, aber besser als nichts.

Abby tastete rasch Cardozas Hals nach den Stellen ab, an denen sie sich für den Einstich orientieren mußte, und als sie diese gefunden hatte, drang sie dort mit der Kanüle in das Hautgewebe ein. Gleichzeitig erzeugte sie mit dem Kolben des Glaszylinders, an dem die Hohlnadel befestigt war, einen Unterdruck, damit sie an dem angesaugten Blut sofort erkennen konnte, wann die Hohlnadel die Vene erreicht hatte. Andernfalls lief sie Gefahr, diese zu durchstechen.

Der Weg, den die Kanüle nehmen mußte, führte nach innen und leicht nach unten – auf die Höhlung unmittelbar über dem Brustbein zu. Die Nadel war ungefähr zwei Zentimeter tief in den Hals eingedrungen, als Blut in den Glaszylinder hineinschoß. *Bingo!* Sie schraubte den Glaszylinder von der Kanüle ab, fädelte einen Polystolkatheter durch die Hohlnadel und nähte ihn rasch an dieser Stelle fest. Die zentrale Infusionsleitung war verlegt. Eine Sorge weniger.

»Was ist mit den anderen Ärzten der Unfallstation?« fragte sie.

»Dr. Bogarsky ist für die Tagesschicht als Reservearzt eingeteilt. Er befindet sich gerade auf den Weg hierher, wohnt aber in Millerton. Ich bezweifle, daß der Telefondienst die Andersons oder Dr. McCabe erreichen konnte. Dr. Alvarez arbeitet bis heute abend um acht in Caledonia im staatlichen Krankenhaus.«

»Und jemand von der Chirurgie?«

»Dr. Bartholomew. Er wird in zehn Minuten hier eintreffen.«

»Sagen Sie Dr. Cohen, daß er die Verletzte mit der Beinfraktur übernehmen und ihr Antibiotika infundieren soll. Ein Gramm Unisyn, würde ich vorschlagen. Wir werden sie für den OP vorbereiten, sobald ein Orthopäde hier eintrifft, aber ich bin mir ziemlich sicher, daß der Mann vor ihr unters Messer muß.«

»Aber wir wissen doch noch nicht, in welchem Zustand Peggy sich befindet«, gab Schwester Mary zu bedenken.

»Dr. Dolan«, rief eine andere Schwester von der Tür. »Der Rettungswagen ist soeben mit Mrs. Wheaton eingetroffen. Sie bringen sie gerade in das Behandlungszimmer.«

»Verdammt«, murmelte Abby. »Blutdruck?«

»Immer noch siebzig.«

Cardoza war inzwischen nicht mehr bei Bewußtsein. Seine Hautfarbe war besorgniserregend, die Atmung unregelmäßig. Außer dem Lungentubus hätte Abby noch eine Leitung in die Radialarterie an seinem Handgelenk verlegen müssen, damit man den Blutdruck laufend überwachen konnte, und einen Irrigationstubus in seinen Abdomen, der ihnen den Nachweis liefern konnte, ob der Verletzte an inneren Blutungen litt. Falls Blut aus dem Darm-Irrigationsschlauch abfloß, würde man Cardoza rasch in den OP bringen müssen, um nach den Ursachen dieser Blutungen zu forschen.

Allein für Cardoza hätte sie jetzt dringend mindestens noch ein zweites Paar chirurgisch erprobter Hände benötigt. Statt dessen sah Abby sich nun auch noch mit einem zweiten Verletzten der Dringlichkeitsstufe eins konfrontiert.

»Ich muß bei Mr. Cardoza noch einen Brustkatheter setzen, bevor ich ihn allein lassen kann«, sagte sie.

»Dr. Dolan«, erwiderte Mary Wilder, »die Verletzte ist Peggy Wheaton. Gehen Sie zu ihr. Wir halten inzwischen ein wachsames Auge auf ihn.«

Abby spürte, wie der Zorn sich in ihr regte.

Es ist schon schlimm genug hier, wollte sie die Schwester anschreien. *Machen Sie jetzt um Himmels willen die Sache nicht noch schlimmer!*

Aber sie fing sich rasch wieder und sagte in sachlichem, aber bestimmtem Ton: »Ich werde mir Mrs. Wheaton sofort vornehmen, sobald ich den Katheter gesetzt habe. Schicken Sie inzwischen Dr. Torrance zu ihr, um die Erstuntersuchung vorzunehmen.«

»Aber Torrance ist doch Kinderärztin.«

»Dr. Torrance ist eine approbierte Ärztin«, erwiderte Abby, die ihre Ungeduld jetzt nicht mehr länger verbergen konnte. »Ich muß jetzt diesen Katheter setzen.«

Schwester Mary funkelte sie böse an und stürmte dann

aus dem Zimmer. Abby war sich sogleich der Kälte bewußt, mit der die übrigen Mitglieder des Teams sie nun behandelten. Aber daran konnte sie nichts ändern. Ohne diesen Eingriff würde Cardoza in wenigen Minuten tot sein. Sie war sein Arzt, nicht sein Richter.

Von einem eisigen Schweigen umgeben, machte Abby mit dem Skalpell einen Einschnitt zwischen zwei Rippen an Cardozas Brustkorb. Dann durchstieß sie mit einem Trokar – einer dolchartigen, in einem Röhrchen steckenden starken Nadel – an dieser Stelle die Brustwandmuskel, so daß das Röhrchen in die Brusthöhle hineinragte, die vorher vom rechten Lungenflügel ausgefüllt gewesen war. Mit einem lauten Zischen entwich die Luft, die einen lebensgefährlichen Druck auf den linken noch intakten Lungenflügel ausgeübt hatte.

»Verbinden Sie jetzt bitte den Katheter mit dem Saug- und Dränagesystem«, sagte sie zu der assistierenden Schwester, während sie den Schlauch festnähte. »Blutdruck?«

»Achtzig, Doktor.« Und fast widerstrebend fügte die Schwester hinzu: »Puls ist jetzt deutlicher zu hören.«

Cardozas Hautfarbe wurde sofort besser, obwohl sie bei weitem noch nicht zufriedenstellend war. Auch die Blutversorgung von Cardozas Gehirn schien sich verbessert zu haben, weil er nun wieder zu stöhnen begann und bewußte, zielgerichtete Bewegungen ausführte.

»Bereitet jetzt alles für eine arterielle Blutdruckmessung und eine Magenspülung vor, während ich mir die Patientin im Zimmer nebenan ansehe. Ich werde mich danach wieder um ihn kümmern.«

»Wie sieht es aus mit ihm?« fragte der Polizist, der vor der Tür des Behandlungszimmers Wache stand.

»Ich glaube nicht, daß er flüchten wird«, erwiderte sie.

Der Anblick, der sich beim Betreten des zweiten Behandlungszimmers bot, wollte ihr gar nicht gefallen. Peggy Wheaton lag mit geschlossenen Augen regungslos auf der Trage und atmete flach und mühsam. Sie trug noch den starren zervikalen Stützkragen um den Hals, aber ihr Tennisdreß war inzwischen entfernt worden. Daß Mrs. Wheaton drei Kinder zur Welt gebracht hatte, konnte man diesem durchtrainierten Körper nicht ansehen. Der Gazeverband um ihren Kopf war an der linken Seite blutdurchtränkt, Füße und Hände leicht nach innen gedreht. Die Abweichungen von der Normalstellung waren geringfügig und mochten unter anderen Umständen keinerlei Bedeutung gehabt haben. Aber Abby deutete sie als Zeichen einer ernsthaften Kopfverletzung.

»Was haben Sie bisher unternommen?« fragte sie Susan Torrance, die Kinderärztin.

»Die oberen Luftwege, das Herz und die Lunge überprüft. Sie scheinen in Ordnung zu sein.«

»Blutdruck?«

»Einhundertzehn.«

»Pupillen?«

»Habe ich mir noch nicht angesehen. Ich ließ erst eine laterale Röntgenaufnahme vom Hals machen.«

»Sehr gut. Danke. Ist der Zustand der anderen Patientin stabil?«

»Ja.«

»Ausgezeichnet. Würden Sie dann bitte hierbleiben? Ich werde ein zweites Paar Hände vermutlich gut gebrauchen können.«

Die Kinderärztin trat vom Bett der Patientin zurück, und Abby nahm ihren Platz ein. Mit dem Ophthalmoskop in der Linken, hob sie mit der rechten Hand behutsam die Lider der Verletzten an. Aber noch ehe sie die Pupillen der Frau überprüfen konnte, bemerkte sie etwas, das noch viel beunruhigender war als alle bisher entdeckten Symptome: Aus dem linken Ohr der Verletzten sickerte Blut und eine klare Flüssigkeit, die normalerweise Rückenmark und Gehirn umgab. Der Austritt dieser Flüssigkeit deutete auf einen Schädelbruch hin. Um das Ausmaß der Fraktur festzustellen, mußte Abby Peggys Kopf abtasten. Doch zuerst untersuchte sie mit dem Ophthalmoskop die Augen der Patientin. Die Pupillen waren geweitet und zeigten keinerlei Reaktion auf das Licht des Augenspiegels. Dann strich Abby mit dem spitzen Ende ihres Reflexhammers über die Sohlen von Peggys Füßen. Sowohl am rechten wie am linken Fuß reagierte der große Zeh auf diesen Reiz, indem er sich aufrichtete, statt sich einzurollen. Beide Befunde – hinsichtlich der Augen und der Füße – waren außerordentlich besorgniserregend.

Um sie herum warteten drei Schwestern und eine Kinderärztin gespannt auf die Anweisungen. Abby wußte, daß keine von den vieren sich in diesem Moment über die Verfassung der Patientin im klaren war. Obwohl Peggy Wheaton atmete und der Blutdruck normal war, hatte ihre Gehirntätigkeit möglicherweise längst ausgesetzt.

Abby fürchtete sich vor dem, was sie nun ertasten würde, als sie den Kopfverband aufschnitt und ihre Hände vorsichtig von beiden Seiten unter den Schädel der Verletzten schob. Der Schaden war erheblich – ein breiter, tief eingedrückter Knochenbereich unterhalb einer langen Rißwunde. Abby zog ihre Hände vorsichtig unter Peggys Schädel hervor und betrachtete die mit Blut bedeckten Fingerspitzen, an denen teilweise Fäden klebten, die eindeutig vom Gehirngewebe der Verletzten stammten. Ob Peggy nun atmete oder nicht, ihr Blutdruck normal war oder nicht – hier war jeder Arzt mit seinem Latein am Ende. Kein medizinisches Wunder würde Peggy Wheaton noch retten können.

»Fordern Sie einen Hubschrauber von der medizinischen Flugbereitschaft an«, sagte Abby. »Geben Sie Ihr Decadron, zehn Milligramm, intravenös. Und Sie besorgen mir ein Intubationsgerät. Sie braucht einen Neurochirurgen.«

Oder besser noch einen Priester.

»Bitte, lassen Sie mich durch. Entschuldigen Sie.« Ein

überaus gutaussehender Mittvierziger mit graumelierten Haaren eilte an das Bett der Verletzten. Er war unter der Sonnenbräune ganz blaß im Gesicht. »Ich bin Gary Wheaton«, sagte er.

»Abby Dolan.«

Abby streifte sich die Gummihandschuhe herunter und zog das Laken bis zu Peggy Wheatons Schultern hinauf.

»Dr. Dolan, ich habe schon viel Gutes über Sie gehört. Ich bin froh, daß Sie heute der diensthabende Arzt in der Station sind. Wie geht es ihr?«

Abby blickte auf die Frau hinunter und suchte nach den geeigneten Worten und dem richtigen Ton, obwohl sie wußte, daß sie beides niemals finden würde.

»Es geht ihr nicht gut, Mr. Wheaton.« Abby blickte sich im Zimmer um und sah, daß jetzt auch die Schwestern und Torrance an ihren Lippen hingen. »Sie hat einen Schädelbruch erlitten, und soweit ich das bei meiner ersten, flüchtigen Untersuchung feststellen konnte, scheint mir auch ein großer Bereich des Gehirns geschädigt zu sein.«

»O mein Gott. Ist sie ... ich meine, sie wird doch durchkommen, nicht wahr?«

Abby zuckte mit den Achseln.

»Ich habe einen Hubschrauber angefordert. Sie muß von einem Neurochirurgen behandelt werden.«

In diesem Moment eilte die Schwester, die Willie Cardoza betreute, ins Zimmer.

»Dr. Dolan – sein Blutdruck beträgt fünfzig!«

»Ist das etwa der Mann, der meine Frau so zugerichtet hat?« fragte Gary Wheaton.

»Dr. Torrance«, sagte Abby und ließ die Frage des Ehemannes mit Bedacht unbeantwortet, »bitte behalten Sie hier für einen Moment lang alles im Auge. Ich werde so rasch wie möglich wieder zurückkommen. Und führen Sie inzwischen schon mal die Intubation durch, falls sich die Atmung der Patientin verschlechtern sollte.«

»Ich – äh – werde Sie wohl besser verständigen, wenn das passieren sollte«, sagte die Kinderärztin.

»In Ordnung. Mr. Wheaton – Sie können so lange in dem Zimmer für Angehörige warten, wenn Sie möchten.«

»Ich bleibe hier bei meiner Frau. Und ich will nicht, daß Sie sie jetzt allein lassen, Dr. Dolan.«

»Ich weiß«, sagte Abby und ging zur Tür. *Niemand möchte das.*

Ehe Abby sich wieder in Cardozas Zimmer begab, blickte sie sich in der Station um. Der Orthopäde war inzwischen eingetroffen und untersuchte Rebecca Masons gebrochenes Bein. Aber Abby wußte, daß er für eine Notfalluntersuchung des Magen- und Darmbereichs schlechter gerüstet war als sie.

Cardozas Zustand verschlechterte sich rasch.

Abby bemühte sich verzweifelt darum, ruhig zu bleiben und alle Möglichkeiten zu durchdenken. Wenn die Blutung in seinem Magen- und Darmbereich so schwer war, gab es vermutlich nichts, was sie dagegen unternehmen konnte. Es blieb ihr nichts anderes übrig, als wieder von vorn zu beginnen – beim ABC der Trauma-Versorgung. Cardozas Luftwege waren in Ordnung, ebenso sein Monitormuster. Als sie nun seinen Brustkorb zum zweitenmal untersuchte, traf sie ins Schwarze. Der Tubus, den sie in die Brusthöhle eingeführt hatte, hatte einen Knick bekommen. Und damit war das Problem, das sie mit dem Dränagekatheder beseitigt hatte, erneut aufgetreten – ein Luftüberdruck, der nicht durch den Tubus entweichen konnte. Sie bog den Tubus wieder gerade und sofort stieg Cardozas Blutdruck an. Auch seine Hautfarbe verbesserte sich augenblicklich.

»Besorgt mir bitte rasch eine Blutkonserve für den Patienten«, befahl Abby. »Ohne Serum-Gegenkontrolle, wenn seine Blutgruppe bekannt sein sollte. Und falls nicht, dann möchte ich Null negativ. Ich übernehme die Verantwortung.«

Als sie bei dem Patienten den Schlauch für die Magenspülung einführte, steckte Mary Wilder den Kopf durch die Tür. Sie schien sehr aufgeregt zu sein. »Peggys Atmung verschlechtert sich rapide. Sie hat bereits zweimal kurz ausgesetzt. Dr. Torrance versucht gerade, die Intubation durchzuführen, aber sie hat Schwierigkeiten mit dem Gerät.«

»Sagen Sie ihr, daß sie sich nicht weiter damit abmühen, sondern statt dessen nur eine Atemmaske mit Blasebalg verwenden soll. Ich werde sofort hinüberkommen.«

»Aber ...«

»Bitte!«

Abby schloß die Einführung des Darmtubus bei Cardoza ab und beobachtete dann, wie die Salzwasserlösung mit Blut vermischt wieder herauskam.

»Besorgt mir so rasch wie möglich zwei Blutkonserven und hängt sie an den Tropfgalgen.«

Als sie in den Traumaraum zurücklief, trafen Georg Oleander und Martin Bartholomew in der Unfallstation ein und folgten ihr in das Zimmer. Abby war nicht im mindesten überrascht, als die beiden Ärzte Gary Wheaton mit seinem Vornamen anredeten.

»Gott sei Dank, daß ihr gekommen seid«, sagte Wheaton zu den beiden Männern. »Diese Frau hat Peggy allein gelassen, um den Mann zu behandeln, der sie überfahren hat. Und jetzt atmet Peggy nicht mehr.«

»Ich kann sie nicht durch die Atemmaske ventilieren, wenn sie diesen Kragen um den Hals hat!« erklärte Susan Torrance.

Dann nimm ihn ihr doch ab! dachte Abby voller Wut. *Die Atmung hat immer Priorität. Alles andere ist zweitrangig!*

»Was geht hier vor sich, Abby?« wollte Oleander wissen.

Abby nahm sich nicht die Mühe, ihm darauf eine Antwort zu geben. Sie lockerte Peggys zervikalen Stützkragen und gab ihr mit dem Blasebalg durch die Atemmaske einige kräftige Luftschübe in die Lunge. Die Pulsfrequenz der Patientin, die ein lebensbedrohliches Tief erreicht hatte, nahm rasch wieder zu. Trotzdem wußte Abby, daß alle Bemühungen vergeblich waren. Sie bereitete nun eine Intubation durch Peggys Nase in die Lunge vor. Doch in diesem Moment traf Dr. Metha, der Anästhesist, in der Station ein.

»Abby, lassen Sie das Doktor Metha machen«, befahl Oleander mit einer unangemessenen Schärfe in der Stimme. »Sandon, Mrs. Wheaton benötigt einen nasotrachealen Tubus. Würdest du das bitte übernehmen?«

»Wird sofort erledigt, George.«

Abby überließ ihm den Tubus. Sie war zwar eine Expertin im Einführen von Beatmungsschläuchen, aber das war jetzt nicht der richtige Zeitpunkt für Eifersüchteleien. Der Anästhesist führte mühelos den Schlauch durch die Nase der Patientin ein.

»Ich habe einen Hubschrauber beim medizinischen Flugdienst angefordert, Dr. Oleander«, erklärte Abby nun mit übertriebener Gleichgültigkeit. »Das Problem der Patientin befindet sich im linken Occipitalbereich. Sie sollten sich ein Paar sterile Handschuhe anziehen und diesen überprüfen, wie ich das bereits getan habe. Dr. Bartholomew – ich brauche Sie für einen größeren operativen Eingriff bei dem männlichen Patienten. Seine Abdominalspülung ist positiv. Wir infundieren zwar gerade Blut, aber ich bin überzeugt, daß wir jetzt bald nach der Ursache der inneren Blutung suchen sollten.«

»Ist das der Mann, der für das Unglück verantwortlich ist?« forschte Bartholomew.

Abby versuchte diese Frage zu ignorieren.

»Er hatte ein Pneumothorax-Problem, das wir aber mit Hilfe einer Bülauschen Dränage stabilisieren konnten,« sagte sie. »Trotzdem haben wir Mühe, seinen Blutdruck aufrechtzuerhalten.«

»Ich habe Sie gefragt, ob das der Mann ist, der das Unglück verschuldet hat.«

»Ja.«

»Dann werde ich ihn mir vornehmen, sobald ich mir von Mrs. Wheatons Gesundheitszustand ein Bild gemacht habe. Keine Minute eher.«

Abby gab ihm darauf keine Antwort – aus Angst, sich im Ton zu vergreifen.

»Es tut mit wirklich leid um Ihre Frau«, sagte sie noch leise zu Gary Wheaton, ehe sie das Zimmer verließ.

Willie Cardoza hatte auf die Neuverlegung der Dränage und die Bluttransfusion gut angesprochen. Er war jetzt vollkommen wach, wenn auch benommen.

»Willie«, sagte Abby. »Ich bin Dr. Dolan. Es geht Ihnen jetzt schon besser, aber mit ihrem Magen ist irgend etwas nicht in Ordnung, vielleicht ein Riß in der Milz. Haben Sie mich verstanden?«

Cardoza nickte. Er versuchte sie anzuschauen, zuckte dann aber zusammen.

»Da ist etwas in meinem rechten Auge«, krächzte er.

Abby sah jetzt die kleinen Glassplitter, die noch in den Brauen und Haaren des Mannes hingen. Vorsichtig hob sie das Lid seines rechten Auges an, aber die Schmerzen machten es ihm unmöglich, das Auge offenzuhalten. Sie träufelte ein schmerzbetäubendes Mittel auf die Bindehaut, und Sekunden später öffnete er die Augen. Abby untersuchte sie mit einem Vergrößerungsglas.

»Da steckt ein winziger Glassplitter in Ihrer Hornhaut, Mr. Cardoza. Starren Sie jetzt nur auf einen Punkt an der Zimmerdecke, damit ich ihn entfernen kann. Und was Sie dort auch immer anvisieren – halten Sie den Blick fest darauf gerichtet, und bewegen Sie sich nicht.«

Trotz der Schmerzen, unter denen Cardoza leiden mußte, war er ein vorbildlicher Patient. Abby nahm eine feine Nadel zur Hand, schob deren Spitze unter den Rand des in der Hornhaut eingebetteten Splitters und entfernte diesen mit einer leichten Schleuderbewegung aus dem Auge. Die Hornhaut – eine klare Kuppel über dem vorderen Teil des Auges – sah unbeschädigt aus. Aber um völlig sicherzugehen, träufelte Abby mit Hilfe einer Pipette ein fluoreszierendes Färbemittel auf die Hornhaut. Auch der feinste Haarriß in der Kornea würde sich mit dieser Flüssigkeit anfüllen und im ultravioletten Licht hell aufleuchten.

Abby ließ das Oberlicht ausschalten. Die Hornhaut sah auch im ultravioletten Licht unbeschädigt aus, war aber von einem goldenen Ring umrandet, den Abby bisher noch nie in einem Auge gesehen hatte. Vielleicht eine Reaktion der vom Färbemittel gereizten Bindehaut, oder ein aufgerauhter Bereich am Rand der Kornea, der das Färbemittel aufsog. Doch dann bemerkte sie, daß das andere Auge im UV-Licht ebenfalls einen goldenen Ring an der gleichen Stelle hatte. Und dieses Auge war nicht mit einem Färbemittel versehen worden.

Sie versuchte gerade, eine Erklärung für dieses faszinierende Phänomen zu finden, als sich jemand hinter ihr räusperte. Abby blickte sich um. Eingerahmt vom Licht, das draußen im Flur brannte, stand Georg Oleander in der Tür.

»Peggy Wheaton ist tot«, sagte er. »Warum, zum Teufel, haben Sie sie in diesem kritischen Zustand allein gelassen?«

17. Kapitel

Ted Bogarsky, der für die Tagesschicht eingeteilte Reservearzt der Unfallstation, traf kurz nach Peggy Wheatons Hinscheiden in der Notaufnahme ein. Gemeinsam arbeiteten die beiden Ärzte nun den gewaltigen Patientenstau ab, der nach der Katastrophe auf dem Tennisplatz des Country Clubs entstanden war. Trotzdem war es schon nach achtzehn Uhr, als der letzte Patient den Warteraum verließ.

Willie Cardoza war inzwischen in den OP hinein- und später wieder herausgefahren worden und befand sich nun in einem stabilen Zustand auf der Intensivstation, wo er rund um die Uhr von einem Polizisten bewacht wurde. Bartholomew hatte sich widerstrebend dazu bereit gefunden, den operativen Eingriff bei Cardoza vorzunehmen, um die Ursache seiner inneren Blutungen zu finden, die, wie Abby bereits vermutet hatte, von einem Riß in der Milz herrührte. Abgesehen von dieser Läsion und dem durchbohrten rechten Lungenflügel hatte er keine weiteren kritischen Verletzungen davongetragen, und deshalb würde er gewiß durchkommen, falls nicht der unversöhnliche Haß, der ihm im Krankenhaus und in der ganzen Gemeinde entgegengebracht wurde, dazu führte, daß sich jemand zu Cardozas Henker aufschwang.

Abby bemühte sich nach Kräften, sich jeweils auf den Patienten zu konzentrieren, den sie gerade zu versorgen hatte. Die Belegschaft der Unfallstation war nach Peggy Wheatons Exitus außerordentlich distanziert und wenig kooperativ, so daß Abby es schließlich aufgab, um Unterstützung zu bitten. Deshalb fädelte sie den Faden, den sie zum Vernähen einer Wunde brauchte, selbst ein und erledigte den Schriftverkehr für jeden ihrer Patienten eigenhändig. Kurz nachdem sie Peggy Wheaton in der Obhut der Doktoren Oleander, Bartholomew und Metha gelassen hatte, war der Blutdruck der Patientin nicht mehr meßbar gewesen und ihre Pulsfrequenz unter zwanzig gesunken. Eine massive Dosis verschiedener Medikamente hatte sie zwar noch eine Weile am Leben erhalten, aber bevor der Hubschrauber des medizinischen Rettungsdienstes auf dem Dach des Krankenhauses gelandet war, hatte die Patientin einen irreversiblen Herzstillstand erlitten.

Abby zweifelte nicht daran, daß der Leichenbeschauer den letalen Charakter von Wheatons Kopfverletzung bescheinigen würde. Aber sie wußte ebensogut, daß dieser Befund auf viele Bewohner von Patience wenig Eindruck machen würde.

Sie hatte gerade die Wunde am Knie eines Kindes vernäht, als Ted Bogarsky zu ihr ins Zimmer kam. Er war ein jovialer Mann, der nur für seine Familie zu leben schien und außerdem ein guter Unfallarzt. Er wohnte außerhalb von Patience und legte offenbar keinen Wert auf gesellschaftliche Kontakte zu den maßgeblichen Persönlichkeiten dieser Gemeinde. Außerdem hielt er sich aus allen lokalpolitischen Verwicklungen heraus. Wenn er, wie die anderen, Abby für den Tod von Peggy Wheaton verantwortlich machte, dann verbarg er diese Ansicht sehr erfolgreich.

»Warum gehen Sie jetzt nicht nach Hause?« fragte er. »Da ich heute sowieso für die Nachtschicht eingeteilt bin, kann ich sie doch jetzt schon ablösen. Im übrigen könnte ich die Überstunden gut gebrauchen.«

»Ted, Sie machen doch bereits Überstunden. Und ich finde nicht, daß ich früher gehen sollte, denn das würde hier gewiß keinen guten Eindruck hinterlassen.«

»Ich verstehe. Das muß ein höllischer Tag für Sie gewesen sein. Wenn Ihnen das etwas hilft – ich bin der Meinung, Sie haben das alles hier brillant gehandhabt. Kein anderer Arzt hätte es besser machen können. Ich an Ihrer Stelle wäre jetzt jedenfalls total entnervt.«

»Unsinn, Ted. Trotzdem vielen Dank. Es ist gut zu wissen, daß wenigstens einer versteht, was hier abgelaufen ist.«

»Jeder wird das mit der Zeit einsehen. Die Leute hier sind im Augenblick nur ein bißchen gereizt.«

»Das will ich hoffen. Ted, ich möchte Sie gern etwas fragen. Haben Sie jemals von einem Syndrom gehört, wo am Rand der Hornhaut Ringe erzeugt werden, die bei normaler Beleuchtung zwar unsichtbar sind, unter starkem ultravioletten Licht jedoch golden aufleuchten?«

»Wie die Ringe bei einer Kupfervergiftung? Wie heißen diese Dinger gleich wieder?«

»Kayser-Fleischer-Ringe. Die fluoreszieren jedoch nicht. Aber Sie haben recht! Man findet sie im Auge an derselben Stelle.«

Bogarsky schüttelte den Kopf. »Warum fragen Sie mich das?«

»Ach – es war nur etwas, das ich kürzlich gelesen habe, aber dessen Einzelheiten mir inzwischen entfallen waren. Hören Sie – warum lassen Sie mich nicht noch eine Weile hier ausharren? Und falls es hier ruhig bleiben sollte, werde ich ein bißchen früher gehen, ja?«

»In Ordnung.«

»Ich gehe nur für ein paar Minuten ins Bereitschaftszimmer um mich dort zu waschen und ein wenig frisch zu machen.«

Abby hatte ihm eigentlich sagen wollen, daß sie diese seltsamen Ringe in den Augen von Willie Cardoza gesehen hatte. Aber es war nichts damit gewonnen, wenn sie ihm das schon jetzt erzählte, bevor sie mehr darüber wußte. Soweit sie sich erinnern konnte, wurde in keinem der Artikel, die sie über die Toxizität von Cadmium gelesen hatte, ein Befund in den Augen erwähnt. Abby konnte sich aber an eine Stelle erinnern, wo von fluoreszierenden Phänomenen die Rede war. Die Artikel befanden sich in ihrer Aktentasche im Bereitschaftsraum, und Abby hatte sie heute eigentlich genauer studieren wollen, bevor in der Notaufnahme die Hölle losbrach.

Während sie nun die Artikel auf dem Schreibtisch ausbreitete, fragte sie sich im stillen, ob da irgendwo jemand an einer Videokonsole saß und sie auf einem Monitor beobachtete. Abby überflog die Abhandlungen, bis ihr Blick an einem Artikel mit der Überschrift ›Medizinische Befunde bei Arbeiten, die mit der Herstellung von Nickel-Cadmium-Batterien befaßt sind‹ hängenblieb. Achtunddreißig Arbeiter waren in dieser Studie untersucht worden. Vierunddreißig von ihnen hatten über Kopfschmerzen geklagt, sechsundzwanzig litten unter Abgespanntheit, Müdigkeit und allgemeiner Schwäche. Sechzehn hatten Schwindelanfälle gehabt, und einer von ihnen war am Lou-Gehrig-Syndrom gestorben. Auf den Computertomographien von sechs dieser Arbeiter hatte man zudem eine Gehirnatrophie festgestellt. Abby legte den Artikel wieder beiseite. Er berichtete zwar sehr eindrucksvoll von den schädlichen Effekten, die giftige Schwermetalle auf das zentrale Nervensystem ausübten, enthielt aber nicht die Information, nach der sie eigentlich suchte. Zehn Minuten später, als Abby schon aufgeben und sich wieder zu Bogarsky in die Station begeben wollte, wurde sie in einer chemischen Fachzeitschrift endlich fündig.

Cadmium in der Leber und den Nieren, so begann der Artikel, *kann im Laboratorium mit Geräten, die nach dem Röntgen-Fluoreszenz-Verfahren arbeiten, nachgewiesen und gemessen werden.*

Die technische Erklärung dieses Verfahrens war ausgesprochen kompliziert, aber Abby verstand zumindest soviel, daß Cadmium im Hautgewebe unter bestimmten Voraussetzungen zu *leuchten* begann. Abby beschloß, sich das Original dieses Artikels zu beschaffen und einen Biochemiker zu bitten, ihr das Verfahren zu erklären.

Sie legte die Zeitschrift beiseite und massierte sich ihre schmerzenden Nacken- und Schultermuskeln. Die Nervenanspannung, der Streß und zehn Stunden Arbeit ohne Unterbrechung forderten ihren Tribut. Abby hatte genug von diesem Tag und wollte nur noch nach Hause. Doch zuerst mußte sie sich vergewissern, daß auf der Station alles in Ordnung war. Sie öffnete die Tür des Bereitschaftszimmers und wäre dabei fast mit Joe Henderson, dem Präsidenten der Klinik, zusammengestoßen. Henderson war ein sportlicher, muskulöser Typ mit Stirnglatze, der vehement für den von der Verfassung verbürgten Waffenbesitz plädierte. Egal, wie ernst oder prekär das Thema auch war, über das Henderson mit jemandem diskutierte – er schien immer zu grinsen. Nur jetzt tat er es nicht.

»Abby«, erklärte er, »man sagte mir, daß ich Sie hier finden würde. Haben Sie eine Minute Zeit, um mit mir und einigen anderen Herren zu reden?«

»Nun, ich weiß nicht, wie es im Augenblick drüben in der Station aussieht.«

»Alles im Lot, wie mir soeben Ted Bogarsky versicherte.«

»Dann werde ich wohl eine Minute Zeit haben.«

»Das mit Peggy Wheaton ist eine schreckliche Sache; einfach furchtbar«, sagte er, während er Abby zu dem kleinen Konferenzzimmer führte, das sich auf dem Flur gleich neben der Unfallstation befand.

Len McCabe, der Doyen unter den Ärzten der Unfallstation, erwartete sie dort zusammen mit George Oleander und einem dritten Mann, der sich Abby als Terry Cox vorstellte. Cox' Leidenschaften – gutes Essen, feine Weine und Geld – waren ihm deutlich anzusehen.

»Ich arbeite für dieses Hospital«, sagte er. »Ich bin Anwalt und zugleich ein guter Freund von Gary und Peggy Wheaton.«

Ein Anwalt. Welche Überraschung.

»Sollte ich mir jetzt einen eigenen Anwalt besorgen?« erkundigte sich Abby. Vor lauter Müdigkeit fiel es ihr nicht leicht, höflich zu bleiben.

»Abby«, sagte McCabe, »es gibt keinen Grund, jetzt wütend zu werden. Wir wollen nur von Ihnen wissen, was sich heute dort drüben in der Station abgespielt hat.«

»In Gegenwart eines Anwalts?«

»Ein besorgter Freund«, korrigierte Cox. »Und ein Vertreter des Hospitals. Es erübrigt sich wohl zu erwähnen, daß Gary und seine Familie zutiefst bestürzt sind. Ich dachte mir, daß ich vielleicht helfen könnte, ihnen die Sachlage zu erklären.«

Abby holte tief Luft, um sich zu beruhigen.

»Nun gut«, sagte sie. »Folgendes ist in der Unfallabteilung geschehen: Es dauerte fast zwanzig Minuten, ehe sich auf unseren Katastrophenalarm hin ein zweiter approbierter Mediziner in Gestalt einer Kinderärztin auf der Station einfand. Ich untersuchte Mrs. Wheaton und stellte dabei fest, daß ihr meine Zeit und meine Bemühungen nicht so viel nützen konnten, wie das bei Mr. Cardoza der Fall sein würde. Ich hatte das Empfinden, daß sein Leben nur noch an einem seidenen Faden hing, während das ihre bereits verloren war.«

Cox schnitt eine Grimasse.

»Wollen Sie damit zum Ausdruck bringen«, sagte er, »daß Sie sich nach einer nicht einmal eine Minute dauernden Untersuchung von Peggy Wheaton – einer jungen Frau mit Puls, Blutdruck und selbsttätiger Atmung – bereits sicher sein konnten, daß es sich nicht mehr lohne, ihr Leben zu retten, sondern das Ihres Mörders?«

»Mr. Cox, wir befinden uns nicht im Gerichtssaal«, erwiderte Abby. »Und mir gefällt auch nicht die Weise, wie Sie mich hier ins Kreuzverhör nehmen wollen.« Sie hielt einen Moment inne, während der Anwalt eine Entschuldigung murmelte. »Ich bedauere den Tod von Mrs. Wheaton zutiefst«, fuhr sie fort, »bin jedoch dafür ausgebildet worden, den Zustand eines Patienten so rasch wie möglich zu bewerten und entsprechende Entscheidungen zu fällen. Die meisten dieser Entscheidungen sind nicht von großer Bedeutung und reine Routine, doch bei einigen geht es um Leben oder Tod. Der Entschluß, meine Bemühungen auf Mr. Cardoza zu konzentrieren, ist mir sehr schwergefallen, aber es war die richtige Entscheidung. Davon bin ich nach wie vor überzeugt.«

In diesem Moment tauchte gänzlich unerwartet das Bild von Willie Cardoza vor ihrem inneren Auge auf, wie er im Gras gelegen und Angela Cristofore mit beiden Armen umklammert hatte.

»*Sie würde für mich dasselbe getan haben*«, hatte er zu ihr gesagt. »*Wir Rebellen in der Firma müssen zusammenhalten.*«

»Wäre Ihre Entscheidung genauso ausgefallen, wenn Sie mehr Zeit gehabt hätten?« fragte Cox.

Abby gab ihm keine Antwort. Statt dessen wandte sie sich Oleander zu.

»Haben Sie Mrs. Wheatons Schädel untersucht, George? Haben Sie sich vom Ausmaß der Verletzungen überzeugt?«

Der medizinische Direktor errötete.

»Ich … nein. Nein, das habe ich noch nicht getan«, räumte er ein. »In diesem Moment ging doch alles drunter und drüber. Abby, wir beschuldigen Sie nicht, etwas falsch gemacht zu haben. Ich habe versucht, Ihnen einige Unterschiede zwischen einer Großstadt wie San Francisco und einem so kleinen Ort wie Patience zu erklären. Inzwischen hat jeder Bewohner dieser Stadt eine Version von dem gehört, was sich heute hier abgespielt hat. Wir wollen lediglich sicherstellen, daß wir alle, wenn wir den Standpunkt des Hospitals vertreten, auf derselben Seite stehen.«

»Und tun wir das auch?«

»Was?«

»Alle auf der gleichen Seite stehen?«

Abby hatte nicht die Absicht, sich für ihre heutige Arbeit im Krankenhaus zu entschuldigen. Seit vielen Jahren hatte sie sich vor einem solchen Tag gefürchtet. Nun war er zur Wirklichkeit geworden. Und ob dieser Männerclub das nun akzeptieren wollte oder nicht: Sie war mit ihrer heutigen Leistung sehr zufrieden, hatte einem Mann das Leben gerettet und keine Zeit mit einem hoffnungslosen Fall vertrödelt, so schrecklich das auch klingen mochte.

»Ich … äh … nehme an, daß es so ist«, sagte Oleander. »Joe, Terry, Len?«

Die Männer tauschten untereinander einen Blick. Keiner von ihnen sah zufrieden aus, und niemand schien noch etwas sagen zu wollen. Abby glaubte jedoch, an den Augen und zusammengepreßten Kiefern der Männer ablesen zu können, was sie dachten:

Unsere Gemeinde hat so ihre eigene Verfahrensweise mit Leuten, die uns den Rücken zukehren, Dr. Dolan. Sie hatten genü-

gend Chancen, uns zu demonstrieren, daß sie sich in die Gemeinde integrieren möchten. Rechnen Sie nun nicht damit, daß sie noch viel länger an diesem Krankenhaus bleiben werden.

Abby gab jedem der vier Männer zum Abschied die Hand und bat Cox, Gary Wheaton ihr tiefstes Beileid zu übermitteln. Dann sammelte sie ihre Sachen im Bereitschaftszimmer ein, verabschiedete sich von Ted Bogarsky und verließ das Krankenhaus. Überrascht stellte sie fest, daß es draußen noch hell war. Als sie zu dem für Unfallärzte reservierten Parkplatz ging, bemerkte sie nicht die magere junge Frau, die aus den nun länger werdenden Schatten der Gebäude heraustrat und ihr folgte.

Abby war schon fast am anderen Ende der Ladezone für Rettungswagen angelangt, als die Frau Abbys Namen rief. Abby drehte sich um, während die Frau näher kam. Sie war Mitte Dreißig und hatte ihre dunklen Haare zu einem Pferdeschwanz zusammengebunden, der ihr bis zur Mitte des Rückens hinunterfiel. Das schmale Gesicht wirkte streng, wenngleich die großen Augen etwas Kindliches hatten. Sie trug eine Jeanshose und eine batikgefärbte Bluse.

»Dr. Dolan«, stammelte sie nervös, »entschuldigen Sie bitte, daß ich Ihnen nachlaufe. Ich wollte schon im Krankenhaus mit Ihnen reden, aber da waren immer zu viele Leute in der Nähe.«

»Was kann ich für Sie tun?«

»Mein Name ist Colette Simmons. Ich bin Willie Cardozas Freundin. Wir leben jetzt fast fünf Jahre zusammen.«

»Warum sind Sie nicht schon früher zu mir gekommen?«

»Ich arbeite als Kellnerin in einem Restaurant, das dreißig Kilometer von hier entfernt ist. Ich habe bis vor einer halben Stunde, als ich nach Hause kam, noch gar nichts von diesem Unfall gewußt. Eine Krankenschwester, die hier auf der Inneren arbeitet und mit mir befreundet ist, hat mich angerufen und mir alles erzählt. Sie sagte, Sie hätten Willie das Leben gerettet.«

»Ich bin froh, daß er über den Berg ist.«

»Dr. Dolan, das alles hat mich furchtbar aufgeregt. Willie würde niemandem etwas zuleide tun, wenn er nicht selbst angegriffen würde. Der Polizist, der vor seinem Zimmer Wache steht, sagte mir, daß Willie wegen Mordes verhaftet wäre. Sie werden ihn, sobald sie können, in ein Gefängniskrankenhaus überführen. Aber ich glaube, er muß furchtbar krank gewesen sein, bevor das alles passierte.«

»Möchten Sie sich vielleicht setzen und mit mir darüber reden?«

»Ja, bitte.«

Abby deutete auf die niedrige, am Rande des Parkplatzes stehende Bank, wo Lew ihr zum erstenmal von der Allianz erzählt hatte.

»Was meinen Sie damit, daß Willie krank gewesen sein müßte?«

»Willie und ich sind seit etwa fünf Jahren zusammen, Doktor Dolan. Wir leben in einem Wohnwagen am Stadtrand, belästigen dort niemanden, und werden auch von keinem belästigt. Aber Willie hat sich stets darum bemüht, Leuten, die alt oder krank waren, kleine Gefälligkeiten zu erweisen – ihren Zaun zu flicken, für sie einzukaufen oder so etwas Ähnliches. Er hat sogar diesem Mädchen geholfen, daß sich beim Colstar-Picknick mit dem Messer verstümmelte. Ich weiß nicht, ob Sie schon davon gehört haben.«

»Ich bin selber dabeigewesen, Colette. Ich sah, was er getan hat.«

»Dann wissen Sie auch, daß er ein guter Mann ist.«

»Was hat ihn denn so verändert?«

»Ich weiß es nicht, aber in den letzten vier Monaten hat er sich recht eigenartig benommen. Er ist, wie soll ich sagen, furchtbar launisch gewesen. Alles ging ihm auf die Nerven, und das paßte einfach nicht zu ihm.«

Abby spürte, wie bei jedem Wort dieser Frau die Spannung in ihr wuchs.

»Bitte, fahren Sie fort«, sagte sie.

»Und dazu kamen dann noch diese schrecklichen Kopfschmerzen, die immer mit einem merkwürdigen Geschmack im Mund begannen. Möglicherweise hängt das alles mit einem Sturz von der Leiter zusammen. Es geschah im März, und er schlug dabei mit dem Kopf so heftig auf einen Stein, daß er einige Sekunden lang bewußtlos war. Die Wunde mußte mit fünfundzwanzig Stichen genäht werden, und seither hatte Willie all diese Beschwerden.«

»Hört sich nach einer Gehirnerschütterung an. Hat man eine Computertomographie von ihm gemacht? Sie wissen, was das ist?«

»Ja. Sie haben vor ein paar Monaten so eine Aufnahme von ihm gemacht. Der Doktor in der Colstar-Klinik sagte, daß man darauf nichts Verdächtiges erkennen könnte.«

»Und wie lautete seine Diagnose?«

»Migräne-Kopfschmerzen. Sie gaben ihm Tabletten, aber Willies Beschwerden wurden immer schlimmer. Vor einigen Tagen hatte er dann Streit mit seinem Boß, weil er angeblich so oft krankfeiern würde, worauf Willie ihm mit der Faust ins Gesicht schlug. Das paßt überhaupt nicht zu ihm, Dr. Dolan. Das ist nicht der Willie Cardoza, den ich seit fünf Jahren kenne.«

»Ich verstehe«, sagte Abby. »Haben Sie eine Ahnung, was heute mit ihm passiert ist?«

Colette schüttelte den Kopf.

»Er war schon auf dem Weg zur Arbeit, als ich aufstand. Ich weiß nur, daß er gestern unausstehlich war. Er schimpfte und nörgelte und war voller Haß. Den ganzen Tag sprach er nur von *den Bonzen*, die sein Leben ruinierten. Jetzt ist *er* derjenige, den die Leute in Patience hassen. Ich habe solche Angst um ihn. Gibt es denn etwas, das Sie tun könnten, um ihm zu helfen?«

»Das weiß ich nicht, Colette.«

Abby war nahe dran, über die merkwürdigen Veränderungen zu sprechen, die sie bei Josh beobachtet hatte, überlegte es sich dann aber anders. Colette Simmons konnte in dieser Situation vielleicht einen falschen Gebrauch davon machen. Statt dessen schrieb sie Colette ihre Telefonnummer auf.

»Hier«, sagte Abby. »Sie können mich jederzeit unter dieser Nummer oder im Krankenhaus erreichen, wenn Sie mit mir sprechen möchten, Colette.«

»Bitte, versuchen Sie ihm zu helfen.«

»Ich werde tun, was in meiner Macht steht.«

»Dr. Dolan – gibt es irgendeinen Hinweis, daß es nicht Willie war, der das alles angerichtet hat?«

»Nein«, erwiderte Abby traurig. »Das ist so ungefähr das einzige, dessen ich mir im Augenblick sicher bin.«

»Danke.«

Die Frau schüttelte ihr die Hand und eilte dann ins Krankenhaus zurück. Abby verharrte bei der Bank und überlegte, wie ihr nächster Schritt aussehen sollte. Cardoza und Josh – zwei Colstar-Angestellte, die unter bizarren Kopfschmerzen litten und ein sich ständig verschlechterndes Sozialverhalten aufwiesen, das in gewalttätigen, paranoiden Ausbrüchen gipfelte. Gab es noch andere mit diesen Symptomen? Paßte dieses Muster auch zu einigen Leuten, die auf der Liste der ›Allianz‹ standen? Und was bedeutete dieser seltsame Befund in den Augen – hatte Josh auch diese leuchtenden Ringe am Rand der Hornhaut? Es wurde Zeit, daß sie ein paar Daten zusammenstellte und miteinander verglich. Und daß sie so rasch wie möglich, vielleicht noch heute abend, Lew von dem in Kenntnis setzte, was sie heute erfahren und entdeckt hatte.

Abby stellte in Gedanken eine Liste ihrer nächsten Unternehmungen auf. Zuerst eine heiße Dusche und dann vielleicht ein kleines Nudelgericht beim Italiener. Danach würde sie in das Krankenhaus zurückfahren, um nach Willie Cardoza zu sehen, erneut seine Augen zu untersuchen und die Eintragungen auf seinem Krankenblatt zu studieren. Und schließlich wollte sie sich mit der Namensliste, die Barbara Torres ihr gegeben hatte, in das Krankenhausarchiv begeben und dort einige Akten einsehen. Vor ihrem geistigen Auge erschienen die ersten Umrisse eines noch undeutlichen Bildes. Es wurde Zeit, das Bild mit Farben zu versehen.

Vor ihr, über den Baumwipfeln, verkündete die ›Firma‹ mit zweieinhalb Meter großen Leuchtbuchstaben dem Tal ihre frohe Botschaft:

Colstar International, Patience, Kalifornien. Die Sicherheit unserer Mitarbeiter ist unsere vornehmste Pflicht!

Abby lachte bitter bei der Erinnerung an diesen Slogan, als sie sich zu ihrem Wagen begab. Sie hatte bereits die Tür neben dem Fahrersitz aufgesperrt, als sie die Glassplitter entdeckte, die fast die ganze Rückbank bedeckten. Dann sah sie auch den kleinen Felsbrocken, der die Heckscheibe zertrümmert hatte.

Erbost blickte Abby sich auf dem Parkplatz um. Da war niemand zu sehen.

Sie überprüfte die Reifen und atmete erleichtert auf. Die Heckscheibe schien das einzige Vandalismusopfer zu sein – zumindest diesmal.

»Idioten«, murmelte sie.

Abby nahm ihre Aktentasche, die sie auf dem Dach des Wagens abgestellt hatte, und verschloß das Fahrzeug wieder. Im Moment wünschte sie nichts weniger, als diesen Vorfall dem Sicherheitsdienst des Krankenhauses oder der Polizei zu melden. Aber sie wußte auch, daß ihre Autoversicherung sich weigern würde, den Schaden zu ersetzen, wenn sie diesen nicht sogleich meldete. Und das letzte, was sie in diesem Moment gebrauchen konnte, waren unnötige Ausgaben. Bald, vielleicht eher als ihr lieb war, konnte sie nämlich ohne Job dastehen.

18. Kapitel

Die Intensivstation im ersten Stock des Kreiskrankenhauses war, wie fast alles andere in diesem Hospital auch, in medizinischer Hinsicht auf dem neuesten Stand. Hier wurden nicht nur die Herzinfarktpatienten und die Schwerverletzten, sondern auch alle postoperativen Fälle betreut, die zu schwach oder in einem zu labilen Gesundheitszustand waren, um sofort vom Aufwachraum auf die chirurgische Station verlegt zu werden. Abby kam oft hierher, um nach den Patienten zu sehen, die sie dort eingewiesen hatte. Aber einen solchen Betrieb, wie er heute abend hier herrschte, hatte sie bisher noch nie erlebt. Um die zentrale Versorgungs- und Überwachungszentrale herum waren zehn mit Glaswänden versehene Kabinen gruppiert, und alle Betten in diesen Kabinen waren belegt.

Abby machte als erstes im Schwesternzimmer halt, wo sie Willie Cardozas Krankenblatt studierte. Obwohl noch etwa fünfzig Prozent der Krankenblätter dieses Hospitals in Heftern abgelegt wurden, war man gerade dabei, die Dokumentenverwaltung des Krankenhauses auf ein System mit der Kurzbezeichnung KarMen umzustellen – auf das Karsten-Mendenhallsche stimmenaktivierte Daten-Kodierungssystem. Im Vergleich dazu war die Dokumentenverwaltung des St.-Johns-Hospitals geradezu steinzeitlich. KarMen, das jüngste Produkt einer Silicon-Valley-Firma, basierte auf einem Verfahren, das mündliche Diktate sofort in die Computersprache übersetzte und diese nicht nur im gleichen Moment ausdruckte, damit sie sofort für den Krankenhauspatienten verwendet werden konnten, sondern auch elektronisch archivierte. Die Sicherheitskopien und schriftlichen Dokumente, die noch auf das Karsten-Mendenhallsche System umgestellt werden mußten, wurden in einem feuersicheren Gewölbe des Hospitals aufbewahrt. KarMen war ein so intelligentes

System, daß auch Ärzten und Schwestern mit ausländischem Akzent oder Sprachfehlern ihre Diktate ›registrieren‹ lassen konnten, indem sie erst eine Serie von vorgeschriebenen Wörtern und Sätzen in das Mikrophon ihres Diktiergerätes sprachen. Das System stellte sich dann auf ihre Sprachgewohnheiten ein, so daß die Umwandlung ihrer Diktate in elektronische Zeichen durch die ›sprachlichen Abartigkeiten‹ nicht beeinträchtigt wurden. Die elektronisch gespeicherten Dokumente waren durch eine Serie von Codewörtern sorgsam gegen unbefugte Abrufe geschützt, wobei jedem Arzt und jedem Mitglied des Pflegepersonals ein festes Codewort zugeteilt war, das unter keinen Umständen einer dritten Person mitgeteilt werden durfte.

Abby studierte die operativen Eintragungen von Martin Bartholomew in Cardozas Krankenblatt und mußte zugeben, daß der Chirurg eine professionelle Arbeit geleistet hatte. Cardozas Zustand war während der ganzen Operation stabil geblieben, und die Operation war ohne nennenswerten Blutverlust verlaufen, sobald man die Blutgefäße, die die Milz versorgten, abgebunden hatte.

In den von Bartholomew ausgefüllten Aufnahmepapieren war auch eine arthroskopische Knieoperation vermerkt, die er vor drei Jahren bei dem Patienten vorgenommen hatte, und ein viertägiger Krankenhausaufenthalt wegen einer Lungenentzündung vor vier Jahren. Aber in Cardozas Krankengeschichte stand kein Wort von der Kopfverletzung, die nach Colette Simmons Ansicht für Cardozas sich ständig verschlechternde seelische und körperliche Verfassung verantwortlich gewesen war. Abby wollte nun die früheren Krankenblätter von Willie Cardoza im KarMen-System aufrufen, aber die Terminals im Schwesternzimmer waren alle belegt. Sie nahm sich deshalb vor, das später nachzuholen, wenn sie Cardoza untersucht hatte, und machte sich auf den Weg zu seiner Kabine. In der Tasche ihres Ärztekittels steckte der mit dem UV-

Licht kombinierte Augenspiegel, den sie sich aus der Unfallstation entliehen hatte, und eine zusammengefaltete Kopie der Meldung, die sie beim Sicherheitsdienst des Krankenhauses erstattet hatte.

Nachdem sie die zertrümmerte Heckscheibe in ihrem Wagen entdeckt hatte, hatte Abby mit einigem Widerstreben den Wachhabenden vom Dienst aufgesucht, der ununterbrochen auf einem Zahnstocher kaute, als er ihre Beschwerde aufnahm.

Offenbar hatte er bereits eine Version der Cardoza-Wheaton-Story gehört, da er kein Wort der Entrüstung für den Übeltäter fand. »Wir werden uns der Sache annehmen, Doc«, sagte er, während er einige Glasscherben, die auf dem Asphalt neben Abbys Wagen lagen, mit der Stiefelkappe ins Gebüsch beförderte. »Der Täter muß aber ganz schön kräftig gewesen sein. Der Brocken da wiegt ja mindestens zwanzig Pfund.«

Danach war Abby ins Krankenhaus zurückgekehrt und hatte auf dem Weg zur Intensivstation kurz in der Unfallstation haltgemacht, um sich dort das ophtalmologische UV-Licht zu besorgen. Denn bevor sie diesen seltsamen Befund in Willie Cardozas Augen weiterverfolgte, wollte sie auf Nummer Sicher gehen. Auf dem Weg durch die Aufnahme kam sie an mehreren Schwestern und Hilfskräften vorbei, aber niemand sprach Abby an – ausgenommen Bud Perlow, der offenbar ehrlich besorgt war über das, was sie gerade durchmachte. In ihrer medizinischen Karriere hatte sie selten im Clinch mit Ärzten oder Schwestern gelegen. Vielmehr hatte sie gerade in harten Zeiten aus dem Respekt, den die Kollegen ihr entgegenbrachten, Kraft geschöpft. Und jetzt hatte sie unter überaus schwierigen Bedingungen eine fast fehlerlose Leistung vollbracht und damit nicht nur ihren Job, sondern möglicherweise ihre ganze Karriere gefährdet. Willkommen in Patience, Kalifornien.

Der Polizist, der auf einem Klappstuhl vor Willie Cardozas Kabine saß, wirkte inmitten des hektischen Treibens auf der Station auffallend deplaziert. Er würdigte Abby keines Blickes, als sie in Cardozas Zimmer trat.

Willie lag mit geschlossenen Augen in seinem Bett und atmete gleichmäßig. Über ihm zeigten die Monitore des Überwachungssystems ständig das EKG-Muster, seinen Blutdruck, den Blutdruck der herznahen Venen, den Blutdruck der Lungenschlagader und den Sauerstoffgehalt seines Blutes an. Intensivpflege vom Besten. Das Licht war gedämpft, und das Säuseln, Zischen und Gurgeln von Willies Sauerstoffversorgungsgerät und der an seinem Brustkatheder angeschlossenen Saugpumpe vermischte sich mit den rhythmischen Geräuschen aus neun anderen Kabinen. Doch aus dieser Kakophonie vermochte Abby ganz deutlich den schrillen Alarmton heraushören, mit dem eine von Cardozas Infusionspumpen anzeigte, daß ihre Leistung abgeklemmt oder verstopft war. Die Schwestern waren gerade mit anderen Patienten beschäftigt und mochten deshalb den Alarm übersehen haben. Doch Abby fragte sich nun, ob der Polizist vor Willies Krankenzimmer die Bedeutung dieses Signals nicht kannte oder es absichtlich ignorierte.

Sie untersuchte den Schlauch, der von dem Plastikbeutel am ›Galgen‹ über die Pumpe bis hinunter zu Willies Hand führte. Da war nirgendwo ein Knick oder eine andere Behinderung zu entdecken. Als nächstes streckte sie sacht Willies angewinkelten Unterarm aus. Sogleich verstummte der hohe Pfeifton, und das rote Warnlicht erlosch. Wie sie sehen konnte, floß die Flüssigkeit aus dem Infusionsbeutel wieder tröpfchenweise durch den Plastikschlauch ab. Anstatt die Schwestern mündlich davon in Kenntnis zu setzen, daß der Patient den Tropf mit dem Anwinkeln seines Ellenbogens jederzeit unterbrechen konnte, schrieb sie diese Information auf einen Zettel, den sie an dem Infusionsbeutel befestigte. Sie war gespannt darauf, ob sich hier jemand die Mühe machen würde, Cardozas Arm zu schienen, damit er ihn nicht mehr anwinkeln konnte.

»Ist alles okay?«

Willie blickte aus halbgeöffneten Augen zu ihr hinauf. Er trug eine Sauerstoffmaske, aus seiner Nase ragte ein Schlauch, der verhinderte, daß sich im Magen zuviel Säure ansammelte. Seine Lippen waren spröde und teilweise aufgerissen. Auf der Stirn zeigte sich eine Reihe von schwachen Blutergüssen, und seine Stimme hatte diesen rauhen, heiseren Ton eines Patienten, der erst vor kurzem künstlich beatmet worden war. Abby trat an die Seite des Krankenbetts, wo das schwache fluoreszierende Notlicht ihr Gesicht am besten beleuchten konnte.

»So weit, so gut«, sagte sie. »Und wie geht es Ihnen?«

»Wer sind Sie?«

»Ich heiße Abby Dolan und bin die Unfallärztin, die Ihre medizinische Erstversorgung durchgeführte, als Sie hier eingeliefert wurden.«

»Habe ich wirklich jemanden umgebracht, wie alle hier behaupten?«

»Können Sie sich denn nicht mehr daran erinnern, wie es zu Ihrem Unfall gekommen ist?«

»Ich weiß nur noch, daß ich zornig war. Und daß ich schreckliche Kopfschmerzen hatte und mich übergeben mußte.«

»Das ist alles, woran Sie sich erinnern können?«

»Habe ich wirklich jemanden getötet?«

Abby konnte seine Verwirrung und die Seelennöte spüren. Sie nahm seine Hand.

»Sie haben mit Ihrem Wagen drei Personen überfahren, Mr. Cardoza. Drei Frauen. Und ich bedaure es sehr, Ihnen sagen zu müssen, daß eine von diesen Frauen inzwischen verstorben ist.«

Cardoza schloß wieder die Augen.

»Mein Gott«, stöhnte er leise.

Abby hätte ihm gern ein paar Fragen über seine Kopfschmerzen und die anderen Beschwerden gestellt, die seiner gewalttätigen Aktion im Country Club vorangegangen waren, aber dafür war später oder am nächsten Morgen noch Zeit. Sie stöpselte statt dessen die UV-Lampe in eine der Steckdosen über dem Bett ein.

»Mr. Cardoza«, sagte sie. »Ich kann mir gut vorstellen, daß Sie müde sind, und ich weiß, daß ich Ihnen soeben eine schreckliche Nachricht überbracht habe. Aber wenn es Ihnen nichts ausmacht, würde ich jetzt gern mit diesem speziellen Licht Ihre Augen untersuchen. Ich habe nämlich heute morgen einen Glassplitter aus einem Ihrer Augen entfernt und möchte mich nur vergewissern, daß sie jetzt in Ordnung sind.«

Für einen Moment zeigte Cardoza nicht die geringste Reaktion darauf, sondern blieb mit geschlossenen Augen liegen. Als er sie endlich öffnete, löste sich eine Träne aus seinem rechten Augenwinkel und rollte langsam am Rand der Sauerstoffmaske entlang.

»Danke«, flüsterte Abby. »Ich möchte Ihnen helfen, Willie. Sie können mir vertrauen.«

Sie richtete nun den Strahl der UV-Lampe auf Cardozas Pupillen. Da war wieder dieser schimmernde goldene Ring in seinen Augen – dünn wie eine Bleistiftmine, aber deutlich zu erkennen.

Sie untersuchte Cardozas Augen eine halbe Minute lang und sagte ihm dann, daß er sie wieder schließen könne. Bisher kannte sie diese goldbraunen Kayser-Fleischer-Ringe, die zu den Symptomen einer Kupfer-Vergiftung gehörten, nur aus Abbildungen in medizinischen Fachbüchern; aber soweit sie sich erinnern konnte, hatten sie fast den gleichen Umfang und saßen auch an der gleichen Stelle wie diese Ringe hier. Und traten solche Veränderungen an der Hornhaut nicht auch bei Vergiftungen mit Silber oder Gold auf? Ein oder zwei Stunden in der Bibliothek würden reichen, um ihre Erinnerungslücken wieder zu schließen. Noch konnte sie diese Ringe nicht als Hinweis auf ein körperliches Leiden oder eine krankhafte Veränderung von Organen bewerten, aber bis dahin war es nicht mehr weit. Abby beschloß, noch heute abend oder spätestens morgen mit Lew über diesen bizarren Befund zu reden. Bis dahin wollte sie, solange die Nervosität sie noch wach hielt, das Krankenhausarchiv konsultieren.

Sie zog Cardoza die Decke bis zu den Schultern hinauf und klopfte ihm das Kissen auf.

»Lassen Sie den Kopf nicht hängen, Mr. Cardoza«, sagte sie, bevor sie sein Zimmer verließ.

Wie in vielen anderen Hospitälern war auch das Archiv des Kreiskrankenhauses von Patience im Keller untergebracht. Als Abby sich auf den Weg dorthin machte, spürte sie, wie die Anstrengungen dieses turbulenten Tages ihren Tribut zu fordern begannen. Aber es gab noch zu viele offene Fragen, als daß sie nun ihr Vorhaben hätte aufgeben oder auf einen anderen Tag verschieben wollen. Außerdem hatte sie keine Lust, nach Hause zu eilen, um dort eine weitere Nacht in einem leeren Haus zu verbringen.

Die Tür des Archivraums war abgesperrt, aber Abby sah ein Licht hinter der Milchglasscheibe. Sie klopfte an und wartete.

»Einen Moment!« antwortete eine Frauenstimme aus dem Archiv.

Dann sah Abby durch die Scheibe die Umrisse einer Gestalt, die sich der Tür näherte. Kurz darauf wurde diese geöffnet.

»Hallo, Dr. Dolan. Ich bin Donna Tracy, Bills Tochter. Kommen Sie herein!«

»Wie geht es Ihrem Vater?«

»Er ist zu Hause, und es geht ihm inzwischen – dank Ihrer Hilfe – wieder recht gut. Wissen Sie, daß sein Cushing-Syndrom-Test positiv ausgefallen ist?«

»Ja, das weiß ich.«

»Er ist jetzt bei einem Spezialisten am Universitätskrankenhaus von San Francisco in Behandlung – bei Dr. Fitzgerald. Kennen Sie ihn?«

»Einen besseren Arzt hätte er kaum finden können.«

»Das freut mich für ihn.«

Bill Tracy, Willie Cardoza – zwei Leben, für deren Rettung sie unmittelbar verantwortlich zeichnete. Doch in dem einen Fall war Abby dafür kritisiert worden, daß sie damit einen Kollegen in Verlegenheit gebracht hatte; und in dem anderen Fall hatte man sie sofort zum Paria erklärt, weil es ihr gelungen war, den Patienten am Leben zu erhalten. Sie hatte wahrlich keinen leichten Stand in diesem Haus.

»Ich habe von der Frau gehört, die heute umgekommen ist.«

»Eine traurige Geschichte.«

»Ich weiß nicht, wie Sie das alles durchstehen.«

»Manchmal weiß ich das selbst nicht.«

»Wie kann ich Ihnen helfen?«

»Ich brauche Informationen über einige Patienten, die mit allergischen Reaktionen zu mir in die Notaufnahme kamen, und wollte mir zu diesem Zweck die entsprechenden Krankenakten ansehen. Ich habe jedoch keine Ahnung, wie viele dieser Akten schon auf das KarMen-System umgestellt sind, und wie viele sich noch in der bisher üblichen Form in den Achivkästen befinden.«

Donna Tracy biß sich auf die Unterlippe.

»Dr. Dolan, ich bin mir nicht sicher, ob Sie das machen dürfen.«

»Warum nicht? Ich besitze doch ein Codewort, mit dem ich die im Computer gespeicherten Dokumente aufrufen kann. Ich muß nur wissen, wo man die gesuchten Angaben findet. Sie haben mein Wort darauf, daß ich Ihnen nicht im Weg sein werde.«

»Das muß ich wohl erst mit meinem Boß abklären.«

Abby blickte auf die Uhr.

»Ich werde nicht lange für meine Recherchen brauchen. Vielleicht eine Stunde, allerhöchstens zwei. Ich bin wirklich froh darüber, daß es Ihrem Vater bessergeht.«

»Danke. Sie können mit Ihren Recherchen schon mal beginnen, während ich versuche, Joanne Ricci zu erreichen. Sie wird bestimmt nichts dagegen haben, aber ich muß trotzdem Rücksprache mit ihr nehmen.«

»Danke, Donna.«

»Haben Sie die Namen und die Patientennummern? ... Gut. Sie brauchen mir diese nur anzugeben, und ich werde nachsehen, welche davon bereits auf KarMen umgestellt sind und welche noch in den Aktenschränken ruhen. Bisher sind nur die OP-Protokolle und die Krankenblätter der Unfallstation vollständig auf das KarMen-System umgestellt; aber zwei Leute sind hier jeden Tag damit beschäftigt, auch den Rest der medizinischen Unterlagen im Computer abzuspeichern. Trotzdem bewahren wir nach wie vor alle schriftlichen Kopien auf, und ich denke, daß das auch noch für eine längere Zeit so bleiben wird. Doch das KarMen-System erleichtert einem die Arbeit natürlich sehr und nimmt auch viel weniger Raum in Anspruch.«

»Dann lassen Sie uns anfangen. Und noch etwas.«

»Ja?«

»Haben Sie hier zufällig eine Straßenkarte von Patience und dem Rest des Tales?«

»Nein, aber ich könnte mir vorstellen, daß die Sicherheitsabteilung so etwas hat. Harvey müßte sich jetzt irgendwo im Haus befinden. Möchten Sie, daß ich ihn aufrufe und danach frage?«

»Nein, nein. Damit hat es keine Eile.«

Harvey. Abby reichte Donna die erste Hälfte ihrer Patientenliste und ging mit der zweiten Hälfte zum nächstgelegenen Computerplatz.

Name des Patienten, Alter, Geschlecht, Adresse, Familienstand, Datum, Uhrzeit, angegebene Beschwerden, Entlassungsdiagnose, Hausarzt, behandelnder Krankenhausarzt, Blutuntersuchung, Röntgenaufnahmen. Im Rahmen eines Fortbildungsprogramms für Unfallärzte an der Uniklinik hatten Abby und ihre Kollegen drei Monate damit verbracht, eine kritische Abhandlung über die Fachliteratur zu einem bestimmten Thema oder eine Übersicht der entsprechenden Krankenhausdokumentationen zu verfassen. Abbys Studie über die inneren Verletzungen von Patienten, die mit Einschußwunden an bestimmten Stellen des Körpers eingeliefert wurden, aber keine Austrittswunden aufwiesen, war sogar in einem medizinischen Fachblatt veröffentlicht worden. Damals hatten sie und andere Teilnehmer an diesem Programm noch darüber gemurrt, daß man die praxisorientierten Unfallärzte, die schnelles Handeln und rasche Entscheidungen gewohnt waren, mit der Erstellung von Datenbanken und der Auswertung von Datenanalysen behelligte. Heute war sie jedoch dankbar dafür.

Als Abby die ersten Daten in den Computer eingab, kehrte Donna Tracy mit ihrer Liste und einem Stapel von Dokumenten zurück.

»Einige der hier aufgeführten Personen sind nie Patienten dieses Krankenhauses gewesen«, sagte Donna. »Die Namen, bei denen ich ein ›K‹ vermerkt habe, sind im KarMen-System erfaßt. Sie können diese Dokumente gleich hier am Terminal mit Ihrem Schlüsselwort aufrufen. Es handelt sich in der Regel um Protokolle der Notaufnahme von ambulanten, aber nicht stationär im Krankenhaus behandelten Personen.«

Es war schon lange nach neun, als Abby damit begann, ihre Computerdiagramme auszuwerten. Dieser Prozeß war aus mehreren Gründen schwieriger, als sie zunächst angenommen hatte. Erstens war sie inzwischen so erschöpft und unkonzentriert, daß sie sich darauf beschränken mußte, die Daten der betreffenden Personen unter einer bestimmten Rubrik aufzurufen, ohne zu versuchen, daraus irgendwelche Rückschlüsse zu ziehen. Ihr zweites Problem war das Fehlen einer klar formulierten Hypothese. Es gab kein Postulat, das sie mit ihrer Recherche bestätigen oder zu widerlegen versuchte. Was sie hier machte, war im Grunde ein Schuß ins Blaue. Sie sammelte jede verfügbare Information und hoffte, gewisse Übereinstimmungen oder, noch besser, ein Muster darin zu entdecken.

Gegen 22 Uhr hatte sie acht Fälle überprüft. Vier davon waren Colstar-Angestellte und bei George Oleander in Behandlung. Bei keinem der insgesamt acht Fälle gab es eine endgültige Diagnose, die von positiven Labortests bestätigt worden wäre, obwohl bei allen eine Reihe detaillierter Untersuchungen durchgeführt worden war.

Abby blickte auf die Uhr. Die Erschöpfung machte ihr langsam zu schaffen, aber sie wollte noch ein letztes Dokument aufrufen, bevor sie ihre Recherche für heute beendete. Erst in diesem Moment wurde ihr bewußt, daß sie noch immer den Augenspiegel mit der ultravioletten Lampe bei sich trug. So, wie die Dinge heute liefen, würde Harvey jetzt wahrscheinlich schon vor der Klinik auf sie warten, um sie wegen Diebstahls festzunehmen. Das lenkte ihre Gedanken wieder auf Willie Cardoza und das Krankenblatt seiner Kopfverletzung, das sie hatte einsehen wollen.

Sie rief also das KarMen-System auf und tippte JOSHWY ein, das erste ihrer beiden Codeworte. Nachdem sie eine Serie von Fragen beantwortet hatte, wer sie war und warum sie die Akte einsehen wollte, gab sie ihr zweites Codewort, KILKENNY, ein – die Grafschaft in Irland, wo ihr Vater geboren worden war. Willies KarMen-Krankenakte, tauchte daraufhin rasch auf dem Bildschirm auf. Sie zeigte genau das an, was Bartholomew bereits in seiner Anamnese vermerkt hatte: eine Knieoperation und einen vier Tage dauernden Krankenhausaufenthalt wegen einer Lungenentzündung. Aber keine Kopfverletzung.

»Donna«, rief Abby, »entschuldigen Sie, wenn ich Sie

störe, aber haben Sie zufällig die Originalakte von Willie Cardoza hier im Archiv?«

»Sie meinen den Patienten, der sich zur Zeit auf der Intensivstation befindet?«

»Ja.«

»Die müßte eigentlich oben auf der Station sein, aber ich werde mal nachsehen.« Sie verschwand im feuersicheren Archivgewölbe, aus dem sie schon nach einer Minute wieder auftauchte. »Ich kann sie nicht finden. Sie muß ...«

Donna wurde von dem lauten Geräusch der Archivzimmertür unterbrochen, die gegen die Wand prallte und einer Frau in mittleren Jahren – begleitet von Harvey, dem Wachmann – den Weg freigab. Die Frau mußte direkt von einem festlichen Dinner hierhergeeilt sein, denn sie trug einen dunklen Hosenanzug, jede Menge Schmuck und reichlich Make-up auf dem Gesicht.

»Mrs. Ricci!« rief Donna, und in ihrer Stimme spiegelte sich Betroffenheit und Furcht wider.

»Donna, anstatt mir eine Nachricht auf dem Anrufbeantworter zu hinterlassen, hätten Sie meinen Piepser anwählen sollen. Es handelt sich hier um eine Situation, die meine sofortige Kenntnisnahme erfordert.«

Harveys Schweinsgesicht blickte auf Abby hinunter, und er schüttelte jetzt tadelnd sein mächtiges Haupt.

»Ich ... es tut mir leid«, stammelte Donna. »Ich hätte nicht gedacht, daß ...«

»Das war nicht der richtige Moment zum Denken«, unterbrach Ricci sie schroff. »Das war der Augenblick, wo Sie sich an unsere Vorschriften hätten erinnern müssen.«

Inzwischen hatte Abby ihre Fassung wiedergefunden. Sie ignorierte den Wächter und wandte sich an Mrs. Ricci.

»Entschuldigung«, sagte sie, »aber worum geht es hier eigentlich?«

Joanne Ricci gab ihren Blick mit der Unbekümmertheit einer Person zurück, die daran gewöhnt war, anderen Leuten Befehle zu erteilen.

»Donna hat mir eine Nachricht hinterlassen, daß Sie hier wären. Offensichtlich sah sie nichts Falsches darin, Ihnen die Einsichtnahme in unsere Krankenakten zu gestatten. Aber ich betrachte das als einen Fehler und befinde mich damit auf der gleichen Linie wie das Komitee, das die Einsichtnahme in die medizinischen Dokumente genehmigen muß. Zum Glück habe ich auf der Dinnerparty, die ich gerade besuchte, mit einer Fernbedienung die gespeicherten Telefonate von meinem Anrufbeantworter abgerufen.«

»Ich habe mir lediglich die Krankenakten von Patienten angesehen, die möglicherweise unter allergischen Reaktionen leiden«, sagte Abby.

»Offen gestanden, Dr. Dolan, interessiert es mich wenig, was Sie in diesen Akten gesucht haben, sondern nur der Erlaß, gegen den Sie« – sie warf jetzt einen vernichtenden Blick auf Donna – »und *Sie* verstoßen haben. Dürfte ich Sie jetzt bitten, die Hefter mit den Krankenblättern wieder hier auf den Tisch zu legen und dann den Raum zu verlassen?«

Abby hatte das Gefühl, daß die Forschheit der Frau ein wenig aufgesetzt war, und ihre Reaktion – wozu auch die Begleitung von Harvey gehörte – in gar keinem Verhältnis zu der Verletzung irgendeiner Vorschrift stand. War sie wirklich so wütend und aufgebracht, wie sie sich gab, oder hatte sie nur vor irgend etwas Angst?

»Mrs. Ricci«, sagte Abby, »ich verstehe das Ganze noch immer nicht. Welche Vorschrift ist es denn, gegen die ich verstoßen haben soll?«

»Es gibt in diesem Krankenhaus eine Verfügung, daß ohne die schriftliche Erlaubnis des über die medizinische Dokumentation Aufsicht führenden Komitees keine Akteneinsicht vorgenommen werden darf. So steht es in der Satzung dieses Krankenhauses, die Ihnen bei Ihrer Anstellung in der Erwartung ausgehändigt wurde, daß Sie diese auch durchlesen würden.«

Abby hatte noch nie von einer Krankenhaussatzung

gehört, die Ärzten verbot, ohne schriftliche Erlaubnis archivierte Patientenakten einzusehen. Aber die Bibliothekarin des Krankenhausarchivs von Patience war zweifellos nicht in der Stimmung, mit ihr darüber zu diskutieren.

»Nun – könnten Sie mir wenigstens verraten, wer der Vorsitzende dieses Komitees ist?«

»Dr. Martin Bartholomew ist schon seit vielen Jahren in dieser Eigenschaft hier tätig.«

Abby stöhnte innerlich. *Schon wieder eine Konfrontation mit diesem Bartholomew!* Genau das, was sie jetzt brauchte. Nun – die Auseinandersetzung mit ihm würde zumindest nicht an diesem Abend stattfinden. Denn für heute hatte sie mehr als genug von diesem Krankenhaus und seiner Belegschaft.

»Es tut mir leid, daß Sie meinetwegen Ärger haben«, sagte sie zu Donna, die blaß und sichtlich erschüttert neben ihr stand.

Sie nahm ihre Aktentasche vom Tisch und ging damit zur Tür. Harvey gebärdete sich dort mit vor der Brust verschränkten Armen wie ein Eunuch, der ein Haremszelt bewachte – bereit, sich Abby in den Weg zu stellen, wenn sie versuchen sollte, noch einmal in den Raum zurückzukehren. Plötzlich blieb Abby stehen und drehte sich zu der Bibliothekarin um.

»Mrs. Ricci«, sagte sie. »Ich möchte nur noch betonen, daß Donna mir nicht gestatten wollte, Einsicht in die Archivakten zu nehmen. Sie hat mir die entsprechenden Bestimmungen des Krankenhauses genannt, aber ich habe nicht auf sie gehört.«

»Dann hätte sie eben energischer auftreten sollen.«

»Das ist gar nicht so einfach, wenn man jung ist, in einem Krankenhaus arbeitet und ein Arzt einem sagt, was man tun soll.«

»Das mag schon sein. Es bleibt jedoch abzuwarten, ob das auch eine akzeptable Entschuldigung ist. Ich weiß nicht, was mit euch Unfallärzten los ist.«

»Wie meinen Sie das?«

»Ich arbeite nun schon seit zwölf Jahren hier. Diese Bestimmung, die die Akteneinsicht regelt, hat es schon immer gegeben, und Sie sind erst der zweite Arzt, der dagegen verstoßen hat. Aber der andere war auch ein Unfallarzt.«

»Wer?« fragte Abby in bewußt beiläufigem Ton, während sie den wütenden Blick der Bibliothekarin erwiderte.

»Das war Dr. Brooks«, antwortete Joanne Ricci. »David Brooks. Ich weiß nicht, ob und was das Komitee damals gegen ihn unternommen hat, aber man verlangte von mir die Entlassung des Mädchens, das ihm Zutritt zum Archiv gewährt hatte.«

19. Kapitel

Abby fuhr nach Hause und verbrachte dann eine halbe Stunde damit, mit einem Staubsauger die Glasscherben aus dem Innenraum des Wagens zu entfernen. Sie war müde, verwirrt und sehr verärgert. Sie kam sich vor wie jemand, der eine Theaterkarte kauft, sich dann aber unvermittelt als Mitwirkender auf der Bühne wiederfindet, und zwar in der Rolle des Bösewichts.

Der Gedanke, Patience zu verlassen, tauchte nun immer öfter in ihrem Bewußtsein auf. Sie beschloß, morgen früh ihren ehemaligen Chef in der St.-Johns-Klinik anzurufen. Und wenn er dort eine Stellung für sie hatte … nun, dann würde sie der Versuchung wohl kaum widerstehen können. Cadmiumvergiftung, geistige Zusammenbrüche oder was auch immer – Joshs seltsame und bedrohliche Botschaft machte ihr angst. Sie hatte alles in ihrer Macht Stehende getan, um ihn untersuchen und behandeln zu lassen. Aber allem Anschein nach war sein Verhalten inzwischen noch unberechenbarer und weit weniger kooperativ als zuvor. Wo hörte ihre Verantwortlichkeit für ihn auf?

Seit seinem letzten Besuch war keine Flasche Bier mehr im Kühlschrank. Also mußte sie sich mit einer Dose Eistee und einer angebrochenen Packung Löffelbiskuits begnügen. Abby nahm ein gerahmtes Foto von sich und Josh von der Anrichte und stellte es auf den Küchentisch. Sie hatten damals eine Bergwanderung auf den Mount Tamalpais im Marin County unternommen, zehn Meilen nordwestlich von San Francisco. Josh hatte seine Kamera in eine Astgabel geklemmt und mit dem Selbstauslöser diesen Schnappschuß von ihnen beiden aufgenommen. Beim Auslösen hatte dann ein Windstoß die Kamera ein wenig verkantet und damit unbeabsichtigt ein gutes in ein künstlerisches Foto verwandelt. Abby schloß die Augen und durchlebte noch einmal die Wärme und Gerüche jenes wunderschönen Herbsttages. Aber die Emotionen von damals – dieses unglaubliche Gefühl von Nähe, Vertrautheit und Zusammengehörigkeit – ließen sich jetzt nicht mehr so leicht wiederbeleben.

Einem Impuls folgend, nahm sie das regionale Telefonbuch aus der Tischschublade. Quinn hatte ihr erzählt, daß die Leute, bei denen Josh zur Miete wohnte, Sawicki hießen. Es konnte hier nicht viele Leute mit diesen Namen geben. Vielleicht hatte Joshs Termin bei dem Neurologen schon zu einem Ergebnis geführt, überlegte sie. Möglicherweise war ihm sein jüngstes Verhalten so peinlich, daß er nicht bei ihr anrief – oder sein Dickkopf hinderte ihn daran.

Sie wollte gerade den Namen Sawicki im Telefonbuch heraussuchen, als das Telefon klingelte. *Es gibt doch keine Zufälle,* dachte sie und nahm den Hörer in der Erwartung ab, daß Josh sich am anderen Ende der Leitung befinden würde. Aber es war Lew Alvarez, und seine Stimme klang sehr erleichtert.

»Abby, ich bin froh, daß ich Sie endlich erreichen konnte.«

»Nun, Sie wissen vermutlich schon, was heute im Krankenhaus passiert ist.«

»Ich weiß nur, daß es einen Unfall mit Schwerverletzten gegeben hat, denn das Hospital versuchte heute früh, mich zu erreichen. Als ich dann später am Tag dort anrief, sagte man mir, man habe inzwischen alles unter Kontrolle. Wie ich hörte, ist Gary Wheatons Frau an den Unfallfolgen gestorben. Das tut mir schrecklich leid für Sie. Ich kann nachempfinden, wie Ihnen zumute sein muß. Und deshalb habe ich auch die ganze Zeit versucht, Sie telefonisch zu erreichen. Was genau ist denn eigentlich passiert, und wie geht es Ihnen jetzt?«

»Was heute passiert ist, hängt davon ab, mit wem Sie darüber reden. Und ich bin okay, wenn ich mich auch schon besser gefühlt habe.«

»Erzählen Sie mir davon.«

Abby blickte durch das leere Speisezimmer hinüber in das verlassene Wohnzimmer. So müde sie auch war – der Gedanke, den Rest des Abends allein zu verbringen, stimmte sie unbehaglich. Es war kein sexuelles Verlangen, das sie verspürte, sondern der Wunsch nach Nähe und Geborgenheit.

»Sind Sie im Augenblick beschäftigt?« hörte sie sich plötzlich fragen.

»Eigentlich nicht. Meine Krankenhausschicht hat nur zwölf Stunden gedauert – und es sind weitaus geruhsamere Stunden gewesen, als Sie sie hier erlebt haben müssen. Ich wollte nur noch ein bißchen lesen und mich dann hinlegen.«

»Nun – wäre es Ihnen recht, wenn wir uns noch heute abend treffen würden? Ich habe Ihnen eine Menge zu erzählen.«

Lews Zögern – selbst wenn es nur kurz war – stimmte sie nachdenklich. Er *war* mit jemanden liiert. Das *mußte* es sein. Und diese Frau saß vermutlich neben ihm.

»Die Nacht ist sehr klar«, sagte er, »und die Aussicht

grandios. Wenn Sie mich besuchen möchten, werde ich mich glücklich schätzen, Sie hier empfangen zu dürfen.«

Abby legte das Tamalpais-Foto mit der Bildseite nach unten auf den Tisch.

»Wäre es Ihnen in zwanzig Minuten recht?«

»Ich finde das alles nicht überraschend«, sagte Lew, nachdem Abby ihm die Ereignisse dieses Tages in der Unfallstation geschildert und von dem anschließenden Treffen mit Oleander, Henderson, McCabe und dem Anwalt Terry Cox erzählt hatte. »Ich kann mir nicht vorstellen, daß jemand, der in Patience zu den tonangebenden Leuten gehört, bis heute früh überhaupt etwas von Willie Cardozas Existenz gewußt hat. Und falls ja, dann bezweifle ich, daß er viel von ihm gehalten hat. Schon bevor ich anfing, mir hier Feinde zu machen, indem ich für Dave Brooks Partei ergriff, wurde ich wie ein Außenseiter behandelt. Und den Job am Krankenhaus habe ich nur bekommen, weil eine zusätzliche Kraft für die Unfallabteilung dringend benötigt wurde. Man war sogar bereit, über meine Hautfarbe hinwegzusehen. Aber ich bin natürlich niemals dazu aufgefordert worden, Mitglied im Country Club zu werden.«

Abby dachte in diesem Augenblick an die Country-Club-Fühler, die sowohl Oleander als auch Lyle Quinn bereits nach ihr ausgestreckt hatten.

»Ich glaube, darauf sollten Sie eigentlich stolz sein.«

Sie saßen beide in einer hölzernen, schon etwas mitgenommenen Hollywood-Schaukel, die sich auf einer kleinen Erhebung hinter Lews Haus befand. Es war eine klare Nacht, und die Temperatur rechtfertigte die fadenscheinige Steppdecke, die Lew aus dem Haus mitgebracht hatte. In weniger als einer Stunde hatte Abby ein halbes Dutzend Sternschnuppen gezählt. Aber obwohl Lew sie zweifelsohne mit einer gewissen Wärme behandelte, hatte die romantische Kulisse bisher nicht auf ihn abgefärbt. Er saß in seiner Ecke der Schaukel und hörte ihr aufmerksam zu, ohne sich jedoch in ihren Augen zu verlieren.

»Wie ging es denn Cardoza, als Sie das Krankenhaus verließen?« fragte er.

»Nun – abgesehen davon, daß man ihn des Mordes beschuldigt, einen Polizisten vor die Tür gesetzt und der Obhut von Pflegepersonen anvertraut hat, die ihn lieber tot sähen, ging es ihm meiner Meinung nach ganz gut.«

»In Las Rosas gibt es ein Gefängnishospital. Er wird vermutlich schon bald dorthin verlegt werden – vielleicht schon morgen.«

»*So* schnell wohl kaum.«

»Es sollte Sie jedenfalls nicht überraschen, falls es doch so rasch geht. Das Krankenhaus dort ist gar nicht so übel und verfügt über eine Intensivstation und mehrere Operationsräume. Und das letzte, was Patience gebrauchen kann, ist ein verrückter Killer, der es sich auf der Intensivstation des Krankenhauses gemütlich macht.«

»Nun, da gibt es noch etwas anderes, das Sie wissen sollten.«

Abby berichtete ihm von dem bizarren Befund in Willie Cardozas Augen und erwähnte auch das Treffen mit Colette Simmons auf dem Parkplatz des Kreiskrankenhauses.

»Sie glauben also, daß die Ringe in den Augen des Patienten Symptome einer Cadmiumvergiftung sein könnten?« sagte Lew, der offenbar von ihrer Entdeckung überrascht war.

»Es wäre möglich.«

»Ich brauche wohl nicht erst zu betonen, daß ich eine Menge über dieses Thema gelesen habe. Warum bin ich bei meiner Lektüre niemals auf solche Ringe gestoßen?«

»Weil ich mir nicht sicher bin, ob bisher überhaupt irgend etwas über dieses Phänomen publiziert worden ist. Denn zum einen benötigt man ultraviolettes Licht, um die Ringe überhaupt wahrnehmen zu können, und zum anderen scheint bisher kein Patient, der an einer Cadmiumvergiftung litt, auf diese Weise untersucht worden zu sein.«

»Möglich.«

»Außerdem war Willie vielleicht einer extrem hohen Cadmiumbelastung ausgesetzt. In den meisten Publikationen, die ich zu diesem Thema gelesen habe, wurden immer nur die Auswirkungen einer kumulativen, sich über einen langen Zeitraum erstreckende Belastung durch niedrige Cadmiumdosen beschrieben. Vielleicht treten diese Augenringe nur bei einer einmaligen, kurzen Belastung durch eine hohe Cadmiumdosis auf.«

»Ein einziger, aber hoher Schub. Vielleicht bei einem Unfall.«

»Durch eine extrem hohe Konzentration in der Luft oder im Wasser.«

»Abby, wir müssen sein Blut untersuchen, und zwar bald.«

»Ich hatte mir bereits vorgenommen, eine Blutprobe von ihm auf Cadmiumwerte hin untersuchen zu lassen, aber ich dachte, daß es damit keine Eile hätte, bis Sie mir von diesem Gefängsnishospital erzählt haben.«

»Es eilt in der Tat.«

Abby hätte ihm gern alles anvertraut, was ihr in jüngster Zeit widerfahren war – dieses seltsame Erlebnis heute mit Joanne Ricci im Archivraum, und zuvor der Besuch von Lyle Quinn und die daran anschließende Besichtigungstour mit Kelly Franklin in der Colstar-Fabrik. Aber konnte sie das tun, ohne sich damit offen zu den Zielen der Allianz zu bekennen? Ihre Position im Krankenhaus stand auf wackeligen Füßen. Wenn sie jetzt ein Mitglied der Allianz wurde, würde das mit hoher Wahrscheinlichkeit ihre Entlassung als Unfallärztin nach sich ziehen.

Sie war sich nun nicht mehr so sicher, ob es auch in ihrem eigenen Interesse lag, Josh bei der Lösung seiner Probleme zu helfen. Aber wenn sie ihren Job am Krankenhaus verlor, wäre die Entscheidung gefallen. Dann würde sie auch nicht mehr herausfinden können, ob Willie Cardoza für seine Taten verantwortlich gemacht werden konnte oder nicht. Wenn sie jetzt der Allianz beitrat, würde das ihre Probleme nur vermehren. Zudem war der einzige objektive Befund, den sie bisher hatten, die Ringe in Willies Augen. Alles andere war nach wie vor reine Spekulation.

»Lew, ich weiß nicht, ob ich bei Willie eine solche Blutwertbestimmung vornehmen sollte«, sagte sie. »Ich habe nämlich erst heute morgen von George einen Rüffel bekommen, weil ich bei drei seiner Patienten Blutproben auf Cadmiumwerte hin habe untersuchen lassen.«

»Das haben Sie getan?«

»Ich … ich dachte, daß die Symptome der Patienten eine derartige Untersuchung rechtfertigten.«

Sie konnte ihm anmerken, wie sehr er sich über diese Neuigkeit freute.

»Ich wußte doch, daß Sie beeindruckt waren von dem Material, das wir Ihnen bei dem Treffen zeigten. Ich konnte es Ihnen ansehen. Und diese Blutuntersuchungen wurden im Labor des Krankenhauses durchgeführt?«

»Ja.«

»Dann gehe ich wohl nicht fehl in der Annahme, daß sie negativ ausfielen.«

»Lew, ich muß mir das erst überlegen. Willie ist Martin Bartholomews Patient. Er und George stehen so zueinander.« Sie kreuzte zwei Finger. »Wenn George erfährt, daß ich wieder eine Blutuntersuchung bei einem Patienten angeordnet habe, ohne den zuständigen Arzt zu fragen, bin ich erledigt.«

»Das ist ja der springende Punkt, Abby. Wir ordnen gar keine Blutuntersuchung an.«

Die Erregung, die in seinen dunklen Augen aufleuchtete, machte ihn für Abby noch anziehender.

»Das verstehe ich nicht«, sagte sie.

»Wir entnehmen ihm selbst die Blutprobe. Und zwar

sofort. Sie haben uns doch damals bei dem Treffen erzählt, daß sie mit einer Toxikologin an der St.-Johns-Klinik befreundet wären.«

»Mit Sandy Stuart. Sie gehört zu den Besten in ihrem Fach.«

»Wir bringen ihr einfach das Blut, das sie testen soll.«

»Und was passiert, wenn das Ergebnis positiv ist?«

»Dann benützen wir es als Hebel bei den nationalen Gesundheits- und Umweltbehörden, damit sie sich kooperativer zeigen als bisher. Sie werden dann nicht umhinkönnen, Willie Cardoza aufzusuchen – wo immer er dann auch sein mag –, um ihm noch mehr Blut für eine Gegenprobe abzuzapfen. Dann haben wir eine Handhabe gegen Colstar.«

»Und was ist, wenn der Test negativ ausfällt?«

»Dann ziehe ich mich aus der Sache zurück, und Sie werden nie mehr ein Wort von der Allianz hören. Aber er wird nicht negativ ausfallen, das spüre ich in meinen Knochen. Abby, wir haben verdammt hart gearbeitet, um einen solchen Durchbruch zu erzielen. Wir brauchen jetzt Ihre Hilfe.«

Ehe Abby sich bewußt wurde, was sie da machte, hatte sie den Arm nach ihm ausgestreckt. Lew nahm ihre Hand und zog sie sacht an sich heran. Sein Kuß war behutsam und fragend.

Sie legte die Hände um Lews Gesicht und näherte sich seinen Lippen. Gleichzeitig spürte sie, wie seine Umarmung fester und der Kuß selbstbewußter, zielstrebiger wurde.

»Ich habe dich von dem Tag an, als ich dich kennenlernte, umarmen und küssen wollen«, sagte er. »Aber ich … kannte deine Situation nicht. Ich wollte nichts falsch machen.«

Sie legte ihren Kopf an seine Brust. Über dem Tal leuchtete eine Sternschnuppe auf, die länger brannte als alle anderen zuvor.

»Das einzige, was du in diesem Moment falsch machen könntest, ist, mich loszulassen«, flüsterte sie.

Sie fuhren auf getrennten Wegen zum Krankenhaus und parkten ihre Fahrzeuge nicht nebeneinander. Lew wollte als erster auf die Intensivstation gehen und vorher noch einen Abstecher in die Notaufnahme machen, um sich dort den Augenspiegel mit der UV-Lampe zu besorgen. Als Ausrede für den Besuch auf der Intensivstation sollte ein Herzpatient dienen, den er dort am Tag zuvor eingewiesen hatte. Abby würde dann fünf Minuten später in die Unfallstation kommen und sich von da aus sofort in das Labor begeben. Dort wollte sie zwei Gläser mit einem Antikoagulans für die Blutentnahme und eine große Spritze an sich nehmen.

Abby hatte während der Fahrt zum Hospital über das Gefühl nachgedacht, zum erstenmal seit zwei Jahren von einem anderen Mann als Josh Wyler geküßt und berührt zu werden. Joshs Küsse waren stets eine Aufforderung zum Liebesakt gewesen. Lew hingegen schien damit zufrieden zu sein, ihre Nähe zu spüren – eine positive Reaktion bei ihr auszulösen. Seine Berührung war forschend und sinnlich, aber auch zärtlich und sogar beschützend. Hätte er jetzt mehr von ihr gefordert, würde sie sich ihm vermutlich verweigert haben. Aber Abby spürte auch, daß er – wie groß sein Verlangen auch sein mochte – erst dann mit ihr ins Bett gehen würde, wenn sie selbst dazu bereit war.

»Noch mehr Sachen für den alten Ives?«

Abby, die gerade einen dreißig Kubikzentimeter fassenden Glaskolben und drei große Reagenzgläser in die Tasche ihres Ärztekittels schob, blickte bei den Worten der jungen Laborantin erschrocken auf.

»Oh, hallo Grace! Ja, Sie haben recht. Sein Bein wird mit jedem Tag besser. Ich bin wirklich froh, daß Sie jedesmal wegschauen, wenn ich hier meine Raubzüge mache. Ives weiß das ebenso zu schätzen. Und wie sieht es bei Ihnen aus? Haben Sie viel zu tun?«

»Es geht. Ich habe aber gehört, was heute in der Unfallabteilung los war, Dr. Dolan. Der Laborant, der für Sie die Blutuntersuchungen machte, hat in den höchsten Tönen von Ihnen gesprochen.«

»Ist das Ihr Ernst?«

»Er sagt, er hätte noch nie einen Unfallarzt gesehen, der sein Handwerk so präzise und geschickt beherrscht wie Sie.«

»Richten Sie ihm für die hohe Meinung, die er von mir hat, ein Dankeschön aus. Und Ihnen möchte ich dafür danken, daß Sie mir das gesagt haben. So etwas hört man gern.«

Wenn sie nur wüßte.

Abby eilte die Treppe zur Intensivstation hinauf. In dem Moment, als sie die Station betrat, wußte sie, daß Lew bereits dort war und seinen Teil der Aktion erledigt hatte. Im letzten Zimmer der Station herrschte ein ziemliches Getümmel. Der Patient, den Lew am Tag zuvor hier eingewiesen hatte, war ein schwerhöriger achtzig Jahre alter Mann, der zu Widersätzlichkeiten neigte, wenn man ihn störte. Er litt unter periodisch auftretenden Brustschmerzen, die in diesem Fall aber nicht auf einen Herzschaden zurückzuführen waren. Lews Plan bestand darin, diesen Mann so lange zu untersuchen, bis er ein bißchen gallig wurde, und dann den Schwestern gegenüber besorgt festzustellen, daß der Patient kurz vor einem Herzinfarkt stand. Da man in solchen Fällen gar nicht die Zeit hatte, den zuständigen Arzt zu verständigen, würde er selbst ein EKG, eine Blutuntersuchung, Aufnahmen mit dem transportablen Röntgen- und Ultraschallgerät und außerdem eine Gewichtsüberprüfung anordnen, um sicherzustellen, daß der Patient keine Harnstauung hatte. Und just in diesem Moment gab der alte Mann dem Pflegepersonal auf eine unmißverständliche Weise zu verstehen, was er von einem solchen Testbombardement mitten in der Nacht hielt.

Abby schenkte dem Polizisten vor Cardozas Zimmer ein warmes Lächeln. Ihn schien es offenbar nicht zu stören oder zu beunruhigen, daß sie den Patienten ein weiteres Mal besuchte. Sie blieb neben Cardozas Bett stehen, um die Signale auf seinem Monitor zu studieren und gleichzeitig den dösenden Polizisten vor der Glaswand der Kabine zu beobachten. Außer ihm befand sich jetzt niemand in ihrer Nähe. Sie ging rasch auf die andere Seite des Bettes und drehte dem Wächter den Rücken zu, damit er nicht sehen konnte, was sie jetzt tat. Willies Monitor zeigte einen regelmäßigen Puls und einen normalen Blutdruck an. Er schien tatsächlich über den Berg zu sein.

Abbys Ziel war die Dreiwegehahn-Kanüle, die sie unter Willies Handgelenk in der Radialarterie angebracht hatte. Von dort führte ein Schlauch zu einem Gerät, das den Blutdruck in elektrische Signale umsetzte, und eine zweite Leitung zu dem intravenösen Katheder. Der dritte, noch unbesetzte Hahn der Kanüle ermöglichte es ihr jetzt, dem Patienten ohne Verwendung einer Hohlnadel Blut abzuzapfen. Abby holte die große Spritze aus der Tasche ihres Ärztekittels und schloß sie an diesen Hahn an. Dabei wachte Willie auf und blickte sie mit schlaftrunkenen Augen an.

»Hallo, Doc«, sagte er. Seine Stimme war immer noch ein rauhes Flüstern.

»Ich zapfe Ihnen nur ein bißchen Blut ab, Willie.«

»Soviel Sie wollen«, erwiderte er. Dann kniff er die Augen zusammen. »Sind Sie nicht bei diesem Picknick im Colstar-Park dabeigewesen?«

»Ja. Ich habe Sie auch dort gesehen«, erwiderte sie. »Das war eine mutige und selbstlose Tat, die Sie damals vollbracht haben.«

Abby stellte den Dreiwegehahn so ein, daß der Kanal

zum Glaszylinder der Spritze geöffnet wurde. Ein leichtes Zurückziehen des Kolbens genügte, um das hellrote arterielle Blut in den Zylinder hineinschießen zu lassen. Als dieser gefüllt war, stellte sie den ursprünglichen Leitungsweg wieder her.

»Das war nichts Besonderes«, erwiderte Willie. »Angela hat eine Menge Probleme.«

Genau wie du, dachte Abby.

Dann befestigte sie schnell eine große Hohlnadel am Glaszylinder der Spritze und durchstieß damit die Gummistöpsel der Reagenzgläser. Das Vakuum in den Gläsern sog rasch das Blut aus dem Glaszylinder heraus. Abby hatte genügend Blut abgezapft, um damit zwei Reagenzgläser und ein drittes zur Hälfte füllen zu können. Danach versah sie die Nadel mit einer Schutzkappe und verstaute die Spritze und die drei Reagenzgläser in der Tasche ihres Ärztekittels.

»Wie ich sehe, frischen Sie Ihre Bekanntschaft mit unserem Freund Willie auf.«

Bei diesen Worten hinter ihrem Rücken setzte Abbys Herz einen Takt lang aus. Sie schwang herum. Ihre Knie, die sich in Gelee zu verwandeln schienen, drohten unter ihr einzuknicken.

»Ah, Mr. Quinn! Machen Sie Ihre Runde?«

Sie brachte die Worte kaum über die Lippen. *Wie lange hatte er schon hinter ihr gestanden? Was hatte er gesehen? Ahnte er, was sie hier tat?* Ihre Gedanken überstürzten sich. Sie strich mit der Hand über die Tasche ihres Ärztekittels. Die Reagenzgläser mit dem frisch gezapften Blut waren dort seinem Blick verborgen, aber der Kolben der Spritze ragte einige Zentimeter über den Rand der Tasche hinaus.

Quinns Lächeln war eisig.

»Ich wollte Sie gerade dasselbe fragen«, sagte er. »Ich dachte, Sie hätten schon vor drei Stunden Dienstschluß gehabt.«

»Ich … ich war noch in der Bibliothek. Wie Sie vermutlich schon wissen, haben Mr. Cardoza und ich heute eine ziemlich lange Zeit miteinander verbracht. Ich wollte nur noch einmal nachsehen, wie es ihm geht, bevor ich mich auf dem Heimweg mache.«

Quinn wußte Bescheid. Das konnte sie von seinem Gesicht ablesen. Er wußte, was sie hier gemacht hatte, und er versuchte jetzt nur auf die wirkungsvollste Weise darauf zu reagieren. Allem Anschein nach war sie als Ärztin an diesem Krankenhaus erledigt. Sie hatte das Gefühl, daß ihr Gesicht so rot wurde wie das Blut in ihrer Kitteltasche.

»Ach so«, sagte Quinn. »Wie ich hörte, sollen Sie heute eine bemerkenswerte Arbeit geleistet haben.«

»So bemerkenswert, daß mich jetzt alle – vom medizinischen Direktor bis hinunter zum Pförtner – mit Nichtachtung strafen.« Abby drehte sich zu Willie um, nahm seine Hand und beugte sich über ihn. »Passen Sie gut auf sich auf. Ich sehe Sie morgen wieder.«

»Und Sie passen gut auf mein Blut auf, Doc«, erwiderte er.

Abby richtete sich bei diesen Worten rasch auf und schnellte herum, weil sie nicht sicher war, ob Willie nur geflüstert oder so laut gesprochen hatte, daß Quinn keine Silbe entgangen sein konnte. Doch der Sicherheitschef von Colstar drehte ihr den Rücken zu und unterhielt sich mit dem Polizisten. Abby verbarg den sichtbaren Teil des Kolbens in ihrer Tasche und verließ Willies Kabine.

»Und was hat *Sie* hierhergeführt?« fragte sie Quinn.

»Willie gehört zu Colstar. Und was Colstar angeht, geht auch mich etwas an.«

»Es geht ihm den Umständen entsprechend gut.«

»Bedauerlicherweise kann ich nicht gerade behaupten, daß ich mich über diese Nachricht freue.«

Seine stahlgrauen Augen waren die kältesten, in die Abby jemals in ihrem Leben geblickt hatte.

»Ja … nun«, sagte sie, »er steht unter Arrest. Ich bin sicher, daß er für seine Tat bestraft werden wird.«

»Peggy Wheaton war eine bemerkenswerte Persönlichkeit und eine sehr gute Freundin von mir.«

Abby hatte nichts anderes erwartet. Sie wurde abermals dafür kritisiert, daß sie Cardoza das Leben gerettet hatte. Aber Quinn formulierte seine Kritik niemals direkt. Es bestand immer noch eine entfernte Chance, daß ihm nicht aufgefallen war, wie sie Willie Blut abgenommen hatte. Doch Abby bezweifelte das. Er wollte wahrscheinlich nur herausfinden, was sie mit diesem Blut vorhatte. So oder so – im Moment wünschte Abby nichts sehnlicher, als die Station zu verlassen. Der Tumult in der Kabine des Achtzigjährigen hatte sich inzwischen etwas gelegt. Abby fing für den Bruchteil einer Sekunde Lews Blick auf und beantwortete ihn mit einer kurzen Kopfbewegung in Quinns Richtung.

Halte dich von Cardozas Kabine fern. Versuche nicht, seine Augen zu untersuchen.

Lew sagte noch etwas zu den Schwestern und verließ die Station. Aber Abby wußte, daß Quinn viel zu aufmerksam war, als daß ihm Lews Anwesenheit entgangen sein konnte.

»Nun«, sagte sie, »ich sollte mich jetzt wohl besser auf den Heimweg machen.«

»Weder Sie noch Dr. Alvarez haben um diese Zeit Dienst, und trotzdem sind Sie beide hier. Sollte das ein Zufall sein?«

»Wir beide haben Patienten auf dieser Station. Deswegen sind wir hier.«

Das war eine ziemlich fadenscheinige Erklärung. Aber wenn Quinn gesehen hatte, wie sie Cardoza Blut abnahm, war das nicht weiter wichtig.

»Ja«, sagte Quinn. »So sieht es jedenfalls aus.« Er vergewisserte sich kurz, daß sie außer Hörweite des Polizisten waren, ehe er fortfuhr. »Ich habe seit Ihrer Besichtigungstour bei Colstar nichts mehr von Ihnen gehört. Mein Angebot liegt zwar noch auf dem Tisch, aber ich kann Ihnen nicht versprechen, daß es dort noch viel länger bleiben wird. Wie Sie bereits erwähnten, sind einige Leute ziemlich erbost über die Entscheidung, die Sie heute getroffen haben.«

»Das kann ich nur bedauern. Ich habe das getan, was meiner Meinung nach das einzig Richtige war.«

»Davon bin ich überzeugt … Es ist jetzt Sonntag nacht. Sollte ich, sagen wir, bis Dienstag mittag nichts von Ihnen gehört haben, dann muß ich davon ausgehen, daß Sie kein Verlangen danach haben, als Beraterin für uns tätig zu sein.«

»Ich werde es mir überlegen.«

»Ich hoffe«, sagte er – und es kam ihr so vor, als würde sich sein Blick jetzt auf ihre Kitteltasche heften –, »daß Sie sich auch sehr genau überlegen, wie Dr. Oleander dazu steht, daß Sie eigenmächtig Blutproben auf Cadmiumwerte hin untersuchen lassen.«

»Auch daran werde ich denken.«

»Tun Sie das.« Jetzt war tatsächlich eine deutliche Drohung aus seine Stimme herauszuhören. »Wissen Sie vielleicht auch, warum Mr. Wyler in den letzten Tagen nicht zur Arbeit erschienen ist? Wir haben mehrmals versucht, ihn in seiner neuen Wohnung anzurufen, aber sein Telefon scheint defekt zu sein.«

»Ich habe seit einer Woche nichts mehr von Josh gehört«, log sie. »Wenn ich ihn sehen sollte, werde ich ihm sagen, daß Sie nach ihm suchen. Gute Nacht, Mr. Quinn.«

Sie wandte sich dem Ausgang zu.

»Dr. Dolan«, rief er ihr hinterher.

Sie drehte sich noch einmal nach ihm um.

»Ja?«

»Dr. Dolan, Sie sollten nicht vergessen, wie dünn der Faden ist, der Sie noch mit diesem Krankenhaus verbindet. Veranlassen Sie uns nicht, den Faden gänzlich zu durchschneiden.«

20. Kapitel

Die Leute von der Autoglas-Werkstatt in Patience besaßen offenbar keinen Draht zur Gerüchteküche der Stadt, dachte Abby. Sie war überrascht, als schon eine Stunde nach ihrem Anruf ein rotgelb gestreifter Werkstattwagen in ihre Auffahrt einbog. Abby hatte erwartet, daß man sie als Kunde nicht gerade bevorzugt behandeln würde, je weiter die Wheaton-Cardoza-Geschichte sich im Tal ausbreitete.

Es war ein grauer Morgen, und der Nieselregen war kaum das Wetter, das sie sich für ihre aufregende Fahrt durch die Berge nach Sacramento und dann hinunter nach San Francisco wünschte. Aber sie würde die Reise trotzdem unternehmen. Die Reagenzgläser mit Willie Cardozas Blut waren sorgsam in Tücher und Schaumstoff eingewickelt und lagerten in einer Kühlbox die man normalerweise zum Transport menschlicher Herzen verwendete. Sandy Stuart sollte sie am frühen Nachmittag in San Francisco erwarten. Für den toxikologischen Nachweis von Cadmium würde sie ungefähr einen Tag brauchen, aber in einem dringenden Notfall ging es auch schneller. Abby hatte ihrer Freundin versichert, daß es sich nicht um einen derartigen Notfall handelte. Und während die Männer von der Autoglaserei eine neue Heckscheibe in ihren Wagen einsetzten, stand Abby im Nieselregen an der Hintertür und ging noch einmal die Route durch, die sie nehmen würde. Eine Autofahrt von Patience, ganz gleich in welche Richtung, war nie ganz einfach.

»Du kannst nicht einfach von hier nach dort fahren«, hatte Josh ihr am Telefon erklärt, als sie ihm zum erstenmal in Patience besuchen wollte. »Entweder fährst du erst nach Norden und dann nach Osten; oder zuerst nach Westen, dann nach Norden und schließlich nach Osten; oder du schlängelst dich im Zickzackkurs quer durch die Berge.«

Heute würde sie zuerst auf dem schmalen Highway nach Westen fahren – weg von der Stadt. Die zweispurige Straße, die sich in Serpentinen durch die Berge schlängelte, gehörte zu Abbys Lieblingsrouten, denn sie führte durch einen dichten, jahrhundertealten Wald. Die Luft würde selbst an einem so verregneten Tag wie heute nach immergrünen Hölzern und Waldboden riechen und überreich an Sauerstoff sein. Nach ungefähr dreißig Kilometern wollte Abby dann auf einem anderen zweispurigen Highway in südlicher Richtung durch die Vorberge der Sierras zur I-80 fahren. Von dort führte ein achtspuriger Highway durch Sacramento bis zur Bucht hinunter.

Der Mann von der Autoglaserei war fast fertig mit der Heckscheibe, als Lew anrief.

»Ich habe gerade meinen Dienst im Krankenhaus angetreten«, sagte er. »Ich dachte, du wärst vielleicht schon unterwegs.«

»In ein paar Minuten mache ich mich auf den Weg.«

»Hattest du Schwierigkeiten, einen Handwerker von der Autoglaserei zu bekommen?«

»Nein. Vermutlich gehört der Besitzer dieser Werkstatt zu den wenigen Leuten in Patience, die keine engen Freunde von Gary und Peggy Wheaton sind.«

»Es tut mir wirklich leid, daß du dir dauernd diese Vorwürfe anhören mußt.«

»Danke ... Lew, ich habe den gestrigen Abend sehr genossen.«

»Mir geht es nicht anders, Abby.« Seine Stimme verebbte.

Obwohl er nichts sagte, konnte Abby seine Gefühle erraten. Und sie war nahe daran, dasselbe für ihn zu empfinden. Nachdem sie gestern abend das Krankenhaus getrennt verlassen hatten, hatte Lew in einer kaum befahrenen Nebenstraße auf sie gewartet. Abby hatte ihr Fahrzeug hinter seinem abgestellt und sich zu ihm in den Wagen gesetzt. Atemlos und mit hämmerndem Herzen hatte sie ihm von der Konfrontation mit Lyle Quinn auf der Intensivstation berichtet.

Lew war einigermaßen bestürzt gewesen. »Glaubst du, daß Quinn gesehen hat, wie du Cardoza Blut abgezapft hast?«

»Ich weiß es nicht. Es kam mir jedenfalls so vor. Aber er sagt einem ja nie etwas direkt ins Gesicht. Himmel, wie ich diesen Mann verabscheue!«

»Wäre es vielleicht nicht besser, wenn ich heute nacht bei dir bliebe?« fragte Lew.

»Ich ... ich werde mich schon wieder beruhigen.«

»Ich muß zwar um sieben Uhr im Krankenhaus sein. Aber wenn du ...«

»Nein, nein. Das ist wirklich nicht nötig, Lew.«

»Nun – falls du mich aus *irgendeinem* Grund brauchen solltest, dann ruf mich einfach im Krankenhaus an. Oder besser auf meinem Handy, denn die Vermittlung dort ist absolut lausig. Du hast doch die Nummer von meinem Handy, nicht wahr?«

»Ja ... Lew?«

»Was ist?«

»Ich muß es dir vermutlich gar nicht erst sagen, aber ich möchte, daß wir uns richtig verstehen. Ich will herausfinden, was Willie wirklich fehlt, und ich mache mir große Sorgen um Josh. Aber deswegen bin ich noch lange kein Kreuzfahrer.«

»Abby, ich weiß das. Vermutlich besser, als du glaubst. Und was ich dir schon einmal gesagt habe, gilt noch immer – niemand, am allerwenigsten ich, würde dich dazu zwingen, der Allianz beizutreten.«

Anschließend hatten sie sich lange geküßt. Lew hatte mit seinen Lippen Abbys Stirn berührt, ihre Lider, die Ohren und dann wieder ihren Mund. Seine Atemgeräusche waren ihr fremd, aber auch ungemein tröstlich gewesen. Lews Hand hatte ihre Brüste berührt und gerade so lange darauf verweilt, um sie wissen zu lassen, wie sehr er sie begehrte. Abby hatte ihn fest an sich gedrückt und die Innenseite seiner Schenkel gestreichelt.

»Bald«, war alles, was ihr in diesem Moment über die Lippen kam.

Abby blickte aus dem Küchenfenster. Der Mann von der Autoglaserei packte gerade sein Handwerkszeug zusammen und holte die Garantiebescheinigung aus seinem Wagen.

»Es ist soweit, Lew«, sagte sie. »Der Mann von der Autoglaserei ist soeben mit der Heckscheibe fertig geworden, und ich werde mich jetzt auf den Weg machen.«

»Sei vorsichtig, Abby. Ich traue Quinn nicht weiter, als ich ihn sehen kann. Ich habe mir gestern nacht, als du allein nach Hause gefahren bist, große Sorgen um dich gemacht. Eigentlich wollte ich dir das gar nicht sagen, aber ich bin in der Nacht ein paarmal an deinem Haus vorbeigefahren.«

»Was für eine Verschwendung.«

»Wie bitte?«

»Ach, nichts. Das war süß von dir, Lew. Zumal eine Frühschicht auf dich wartete.«

»Sei vorsichtig«, wiederholte Lew. »Und ruf mich morgen sofort an, wenn du wieder zu Hause bist.«

Abby legte auf und schaute sich zum letzten Mal im Haus um. Dann unterschrieb sie die Papiere, die der Mann von der Autoglaserei ihr brachte, warf die Tasche mit den Sachen, die sie für eine Übernachtung brauchte, auf den Rücksitz, stellte die Kühlbox mit den Blutproben auf den Wagenboden und fuhr los. Der Regen war gerade so stark, daß sie mit der Intervallschaltung des Scheibenwischers auskam. Sie kramte im Handschuhfach nach ihren Tonbandkassetten, bis sie Tracy Chapman und Mary-Chapin Carpenter in die engere Wahl nahm. Der trübe Morgen gab Tracy den Zuschlag.

Es herrschte so gut wie kein Verkehr. Sie öffnete das Schiebedach einen Spaltbreit und beschleunigte auf achtzig Kilometer pro Stunde – das schnellste Tempo, das man auf dieser engen und gewundenen Straße fahren konnte. Sie bewegte den Kopf von einer Seite zur anderen und dann vor und zurück, bis sich die Verspannung im Nacken- und Schulterbereich allmählich auflöste. Obwohl es nur eine Tagesreise werden sollte, verspürte sie das Gefühl von Freiheit. Sechs höllische Wochen waren vergangen, seit sie das letzte Mal zu Hause gewesen war. *Zu Hause*. Sie fragte sich, wie lange sie wohl in Patience wohnen mußte, bevor sie aufhörte, San Francisco als ihr Zuhause zu betrachten. Vielleicht ein Leben lang.

Ein Tanklaster rauschte an ihr vorbei, als der Wald auf beiden Seiten der Straße dichter wurde. Abby erweiterte den Spalt des Schiebedaches um einige Zentimeter. Feucht-würzige Gebirgsluft füllte den Wagen aus.

Alles wird ein gutes Ende nehmen, sagte sie sich. Vielleicht lag die Lösung für Willie Cardozas und Joshs Problem schon ganz nahe. Und wenn diese Sache erledigt war, konnte sie sich endlich mit ihren eigenen Problemen beschäftigen.

Sie wollte gerade die Musik ein wenig lauter stellen, als es hinter ihr krachte und der Wagen nach vorn gestoßen wurde. Abby fuhr in die Höhe und saß einen Moment lang kerzengerade und wie gelähmt in den Sitzgurten. Hatte sie einen auf der Straße liegenden Gegenstand überrollt oder gar ein Tier überfahren? Ein zweiter Stoß, der von einem metallischen Knirschen begleitet war, schaffte rasch Klarheit. Abby schaute in den Rückspiegel und riskierte dann einen Blick über die Schulter. Ein großer schon etwas ramponierter Pritschenwagen mit einem schwarzen Stahlbügel vor dem Kühler befand sich keine zwei Meter hinter ihr. Er hatte übergroße Geländereifen, so daß sein Fahrerhaus Abbys Wagen um gut einen halben Meter überragte.

Abbys Hände hielten das Lenkrad umkrampft und instinktiv trat sie das Gaspedal bis auf den Boden nieder. Die regennasse Fahrbahn wurde zu einem auf- und abwogenden Fließband, und Abby hatte das Gefühl, als würde sie auf einer Achterbahn fahren. Der Pritschenwagen holte sie indes wieder ein, und sie blickte genau in den Moment in den Rückspiegel, als er ihrem Wagen abermals einen Stoß versetzte. Obwohl dieser weit heftiger war als die beiden vorangegangenen Stöße, behielt Abby die Kontrolle über ihren Wagen.

Nur schien die durchgezogene Linie auf der Straßenmitte jedesmal unter die Fahrerseite zu geraten, wenn sie einen Blick nach hinten riskierte. Abby mußte den Lenker ständig nach rechts reißen, um diesen Fehler zu korrigieren. Als sie wieder nach links driftete, kam ihr in einer Kurve ein riesiger Lastzug entgegen, der ihr beinahe den Kühler abrasiert hätte. Mit einem ohrenbetäubenden Getöse raste er an Abby vorbei, und die Druckwelle schob ihren Wagen fast von der Straße. Abby schrie laut auf, während sie den Lenker nach rechts einschlug. Der Pritschenwagen, der ein wenig zurückgefallen war, holte nun rasch wieder auf. War sie zufällig vor den Kühler eines Verrückten geraten, oder wurde sie das Opfer eines gezielten Angriffs? Sie blickte noch einmal in den Rückspiegel und erhaschte einen Blick auf den Fahrer des Pritschenwagens. Jetzt wurde ihr alles klar, denn der Mann trug eine Skimaske. Das war keine zufällige Karambolage. Entweder saß Quinn dort hinter dem Lenkrad, oder einer seiner Handlanger.

Um weitere Zusammenstöße zu vermeiden, trat Abby noch fester aufs Gaspedal. Die Tachonadel bewegte sich auf die Hundert zu. Es war jetzt nur noch eine Frage der Zeit, wann sie aus einer Kurve hinausgetragen oder über eine Böschung in den Wald hineinrasen würde. Doch Abbys Verstand reagierte so reflexartig, wie sie es von ihrer zwölfjährigen Praxis als Notärztin gewohnt war. Ihre Gedanken wurden klarer und konzentrierter.

Dennoch kam der Pritschenwagen kontinuierlich näher. Sie konnte jetzt keine Erhöhung des Tempos mehr riskieren. Jeder weitere Stoß bei dieser Geschwindigkeit würde ihr die Gewalt über den Wagen entziehen. Doch der nächste Stoß war nicht mehr als ein kleiner Stups, der sie daran erinnern sollte, daß sie ihrem Verfolger völlig ausgeliefert war. Abbys Tachonadel stand auf Hundert. Der Pritschenwagen setzte jetzt zu einem Überholmanöver an – offenbar in der Absicht, sie von der Straße herunterzudrängen. Doch dann ordnete er sich rasch wieder hinter ihr ein, als ein Cabriolet mit plärrendem Signalhorn auf sie zukam.

Plötzlich machte die Straße eine scharfe Rechtskurve und ging in ein Gefälle über, so daß der Verfolger einen Moment lang außer Sicht kam. Abby wunderte sich, warum Quinn – oder wer auch immer am Lenker des Pritschenwagens saß – sie nicht so lange von hinten angerempelt hatte, bis sie die Gewalt über ihren Wagen verlor. Sie konnte es sich nur damit erklären, daß er sie verängstigen, aber nicht umbringen wollte. Möglicherweise wollte er aber auch nur noch ein bißchen mit ihr spielen, bevor er sie umbrachte. *Spielen*. Das sah Quinn ähnlich.

Da der Pritschenwagen noch immer nicht zu sehen war, hoffte Abby, daß er die Verfolgung aufgegeben hatte. Doch das war wohl eher ein frommer Wunsch als eine reale Möglichkeit. Sie mußte jetzt unbedingt etwas unternehmen. Soviel sie wußte, gab es entlang der Straße keine Tankstelle, Raststätte oder Häuser, und es hatte auch keinen Sinn, den Fahrer eines entgegenkommenden Wagens auf sich aufmerksam zu machen. Es gab nur die Möglichkeit, irgendwo anzuhalten und zu Fuß zu flüchten, oder auf einen Waldweg zu stoßen, in den sie einbiegen konnte.

Die Achterbahn führte abermals bergauf – eine Erhebung, eine Bodenwelle und danach wieder eine Erhebung. Die erste Erhebung wurde für Abbys Wagen zur Flugschanze, und er schlug anschließend auf der zweiten so heftig auf, daß das Chassis Funken sprühte. Abby biß sich bei der Landung auf die Zunge, schmeckte ihr eigenes Blut und sah in Gedanken alles mit einem geborstenen Benzintank in einem Feuerball enden. Doch nach dieser tückischen Bodenwelle setzte der Wagen seine Fahrt mit unverminderter Geschwindigkeit fort.

Als Abby über den Scheitel eines kleinen Hügels kam, sah sie in unmittelbarer Nähe einen Wagen aus dem Wald rechts der Straße herauskommen, der kurz anhielt, rasch die beiden Fahrbahnen überquerte und zwischen den Bäumen links der Straße wieder verschwand. Da vorne mußte eine Kreuzung sein, dachte Abby. Sie blickte wieder in den Rückspiegel. Der Pritschenwagen befand sich zwar noch ein gutes Stück hinter ihr, schien jedoch wieder aufzuholen. Vielleicht konnte sie dort vorne von der Straße abbiegen und im Wald untertauchen, ehe ihr Verfolger den Hügelkamm erreichte. Keine Zeit für lange Überlegungen. *Tu es!*

Ohne die Geschwindigkeit zu verringern, lenkte Abby das Fahrzeug auf die Böschung und raste – nur anderthalb Meter von den Bäumen entfernt – auf die Stelle zu, wo sie den Wagen die Straße hatte überqueren sehen. Sie wartete einen Moment, ehe sie auf die Bremse stieg und das Lenkrad nach rechts riß. Das Antiblockiersystem ratterte wie ein Maschinengewehr, als der Wagen schlitternd eine fast perfekte Wendung von neunzig Grad nach rechts vollführte. Noch ehe sie begriff, daß ihr dieses Manöver geglückt war, holperte der Wagen schon auf einem schmalen, offensichtlich der Holzabfuhr dienenden Forstweg hügelabwärts. Sie versuchte einen Blick nach hinten zu werfen, ließ aber angesichts der tückischen Kurven davon ab. Im Moment konnte sie nur den Kurs halten und das Beste hoffen. Sie hatte die Geschwindigkeit zwar auf sechzig Kilometer pro Stunde gedrosselt, aber unter den gegebenen Umständen war selbst das ein selbstmörderisches Tempo. Sie trat auf die Bremse. Als sie dann aus einer scharfen Kurve herauskam, gabelte sich der Weg vor ihr. Abby entschied sich für die rechte Abzweigung. Aus dem Forstweg war nun eine Fahrspur geworden, die steil nach unten führte, und einen Moment lang sah es so aus, als würde diese sich in nichts auflösen. Zweige peitschten gegen die Windschutzscheibe und kratzten an den Türen. Der Wagen schoß weiter bergab, schabte über Steine, als er ein trockenes Bachbett durchquerte, und kletterte dahinter einen Hang hinauf.

Wie lang war es her, seit sie den Highway verlassen hatte – eine Minute? Fünf? Vielleicht dreißig Sekunden. Da es erneut bergan ging, trat Abby das Gaspedal wieder kräftig durch. Ihre Arme taten inzwischen höllisch weh, und die Hände fühlten sich an, als wären sie am Lenkrad festgelötet. Staub und Kies aufwirbelnd, hatte das Chassis ihres Fahrzeugs alle paar Meter Bodenberührung, bis der Wagen dann, als er eine Böschung hinaufschoß, plötzlich gar keinen Boden mehr unter den Rädern hatte. Diesmal landete er jedoch nicht im Geröll, sondern auf Beton. Sie hatte offensichtlich wieder eine Straße erreicht, die wesentlich schmaler war als die zweispurige Autobahn, die sie vor einigen Minuten verlassen hatte. Abby riß den Lenker hart nach links und kam nach einer Weile schlitternd zum Stehen. Sie zitterte am ganzen Leib, als hätte man sie soeben in eine Wanne mit eiskaltem Wasser getaucht. Auf dieser Straße herrschte überhaupt kein Verkehr. Mit einiger Mühe brachte sie Tracy Chapman zum Schweigen und öffnete die Wagentür. Die Stille war überwältigend. Abby lauschte auf das Geräusch eines Pritschenwagens, konnte aber nichts dergleichen hören. Mit wackligen Beinen stieg sie aus dem Wagen und öffnete die Kühlbox, die zwischen Fahrersitz und Rückbank eingeklemmt gewesen war. Die Reagenzgläser waren unversehrt.

»Gott sei Dank, daß es Schaumstoff gibt«, flüsterte sie.

Abby atmete gierig die frische Gebirgsluft. Langsam erreichte ihr Puls wieder Normalwerte. Das Zittern hörte auf, aber ihre Gedanken überschlugen sich. Lyle Quinn – oder einer seiner Handlanger – hatte soeben versucht, sie umzubringen.

Oder sollte es nur eine Warnung sein?

Der Kleinlaster mit seinen Mammut-Reifen hätte natürlich ohne weiteres anhalten, umkehren und sie im Wald einholen können. Vielleicht war ihrem Verfolger aber entgangen, daß sie den Highway verlassen hatte. Möglich war auch, daß er einen Motorschaden oder eine Reifenpanne erlitten hatte. Aber eines war sicher: Quinn kannte ihre Ladung. Er *mußte* davon wissen. Abby gab dem Dach ihres Wagens einen anerkennenden Klaps und schob sich dann wieder hinter das Lenkrad. Vielleicht hatte der Sicherheitschef von Colstar ihr nur die Botschaft übermitteln wollen, daß sie nicht mehr nach Patience zurückkehren sollte. Wenn das der Fall war, hatte er sich gewaltig verrechnet. Je größer der Druck wurde, den man auf sie ausübte, um so größer wurde ihre Entschlossenheit, sich nicht unterkriegen zu lassen.

Abby drehte am Zündschlüssel, und der Motor sprang sofort an. Der Nieselregen hatte aufgehört, und zwischen den Wolken lugte hier und da der blaue Himmel hervor. Sie holte noch einmal tief Luft, damit auch das letzte Beben in ihren Fingerspitzen verschwand, und fuhr dann in Richtung Osten weiter. Die Reise nach San Francisco würde etwas länger dauern als geplant. Aber sie würde es bis dahin schaffen … *und auch wieder zurück.*

Lyle Quinn hatte soeben dafür gesorgt.

21. Kapitel

Es war später Nachmittag, als Abby in Sandra Stuarts Büro in der Pathologie der St.-Johns-Klinik anlangte. Die Toxikologin, in deren Labor Willie Cardozas Blutproben ausgewertet werden sollten, hatte ihr eine Botschaft hinterlassen, daß sie im Moment eine Vorlesung halten müsse und Abby um halb sechs in der Krankenhausbibliothek treffen wollte. Dort lagen bereits eine Bibliographie und mehrere Artikel bereit, die Abby in der Zwischenzeit studieren konnte.

Nachdem Abby die befestigte Forststraße im Wald erreicht hatte, war sie auf dieser in östlicher Richtung weitergefahren. Nach einer halben Stunde gelangte sie zu einer Tankstelle und ließ sich den genauen Weg nach San Francisco beschreiben. Im ersten Moment hatte sie daran gedacht, die Attacke auf dem Highway der Polizei zu melden. Diesen Gedanken hatte sie dann aber rasch wieder verworfen. Was versprach sie sich denn davon? Sie würden diesen Pritschenwagen vermutlich niemals finden, und die Polizei konnte ihr gewiß nicht mehr sagen, als sie ohnehin schon wußte.

Sie war hinter den Jahresbänden einiger Fachzeitschriften verschanzt, als Sandy in die Bibliothek kam. Auf viele machte die Toxikologin einen wortkargen, verschlossenen Eindruck, aber Abby kannte ihr sympathisches und teilnahmsvolles Wesen nur allzu gut. Und im Hörsaal verwandelte Sandy sich in eine anregende, faszinierende Dozentin, die als Koryphäe auf ihrem Gebiet galt. Sie war nur ein paar Jahre älter als Abby und Mutter zweier kleiner Söhne. In Abbys Augen war Sandys Mann, der als Pathologe an einer anderen Klinik tätig war, immer mehr mit seiner Arbeit als mit seiner Frau verheiratet gewesen. Doch sie hatte ihre Freundin noch nie über ihren Gatten klagen hören.

»Entschuldigung, daß ich mich verspätet habe«, sagte Sandy. »Das war meine Vorlesung über exotische Gifte, und da muß ich am Ende der Stunde stets mit einem endlosen Strom von Fragen rechnen, die von Sokrates über Napoleon bis zu Howard Hughes reichen.«

»Danke, daß du dir Zeit für mich nimmst.«

»Es ist schön, dich wiederzusehen. Wenn wir hier fertig sind, wird Fred auf die Kinder aufpassen, damit wir beide essen gehen und tratschen können. Ristorante Milano, okay?«

»Großartig. Soweit ich mich erinnern kann, warst du diejenige, die mich zum erstenmal in dieses Restaurant geschleppt hat. Inzwischen bin ich wie besessen von diesem Lokal, erst recht seit ich gezwungen bin, mit dem Pizza-Tower in Patience vorliebzunehmen.«

»Das wundert mich nicht. Aber versuchen wir zunächst hier unser Bestes zu tun. Morgen werde ich dann das Labor für deine Cadmiumanalyse einspannen. Da ich morgen fast den ganzen Tag Vorlesungen halten muß, werden die Ergebnisse der Analyse erst am späten Nachmittag oder vielleicht sogar erst übermorgen vorliegen.«

»Ich bin schon froh, daß du mir überhaupt hilfst.«

»Ich muß gestehen, daß man heutzutage nur noch selten einen Cadmiumnachweis von uns verlangt. Aber ich bin sicher, daß wir das hinkriegen werden. Du sagtest, daß Josh möglicherweise davon betroffen sein könnte?«

Abby beschrieb Sandy die schrecklichen Veränderungen, die sie in den letzten sechs Monaten bei Josh bemerkt hatte und die in letzter Zeit immer schlimmer geworden waren. Sandy hörte ihr aufmerksam zu und machte sich zuweilen ein paar Notizen, die sie einen Moment lang studierte und dann beiseite schob. Als Abby geendet hatte, seufzte Sandy, beugte sich vor und tätschelte ihren Arm.

»Das tut mir leid, Abby. Ich war so froh über eure Beziehung.«

»Ich auch.«

»Allerdings hatte ich schon immer den Eindruck, daß Josh seine Gefühle in sich hineinfraß – besonders damals, als er Mühe hatte, eine neue Anstellung zu finden. Trotzdem kann ich mir sein momentanes Verhalten nur damit erklären, daß er an irgend etwas erkrankt ist – vielleicht ein Toxin oder eine Art Tumor.«

Abby seufzte. »Ich wünschte, ich könnte ihn auf Cadmium hin untersuchen lassen, aber diese Chance werde ich jetzt wohl nicht mehr bekommen.«

»Nun – ich betrachte mich nicht gerade als Experte für organische Cadmium-Schädigungen, aber ich hoffe doch, daß wir etwas klarer sehen, wenn wir die Bibliographie und die Artikel hier durchgeackert haben.«

Sie verbrachten anschließend drei weitere Stunden in der Bibliothek und suchten in den medizinischen Fachblättern gezielt nach Hinweisen auf fluoreszierende Augenringe und psychotische Gewaltausbrüche bei cadmiumvergifteten Patienten. Es gab eine ganze Reihe von Anspielungen auf akute Geisteskrankheiten, besonders bei Arbeitern, die beträchtliche Mengen dieses Metalls inhaliert oder jahrelang cadmiumverseuchte Lebensmittel verzehrt hatten. Besonders fesselnd und zugleich erschreckend war ein Artikel aus Polen, der von einem Bäcker berichtete, der plötzlich auf bestialische Weise seine Frau und seine beiden Kinder erstochen hatte. Die Gesundheit des Mannes hatte sich in den Monaten vor dieser Bluttat rapide verschlechtert, und in einer der vielen Blutproben, die man ihm damals abgenommen hatte, waren unzulässig hohe Cadmiumwerte gemessen worden. Später führte man diese Vergiftung auf goldene Zahnplomben zurück, die mit Cadmium kontaminiert waren. Nachdem man die Zahnprothesen entfernt und den Mann einer entsprechende Chelationstherapie unterzogen hatte, waren die Blutwerte Cadmium-negativ gewesen und alle Symptome seiner Verhaltensstörung wieder verschwunden.

Eine Kur, dachte Abby. *Aber leider ein bißchen zu spät für seine Frau und seine Kinder.*

Sie konnten jedoch beide keinen Hinweis auf die seltsamen Augenringe finden, die Abby bei Willie Cardoza entdeckt hatte. Allerdings sahen die Verfasser der Forschungsberichte offenbar auch keinen Anlaß, die Augen ihrer Patienten mit ultraviolettem Licht zu untersuchen.

Schließlich klappte Sandy das letzte auf ihrem Stapel liegende Fachmagazin zu, setzte ihre Brille ab und rieb sich die Augen.

»Ich weiß nicht, wie es dir geht, Abby. Aber jedes Wort, das ich in den letzten zehn Minuten gelesen habe, schien entweder wie ›Ristorante‹ oder ›Milano‹ auszuschauen.«

»Ich bin soweit.«

»Also – ich verspreche, dir spätestens bis übermorgen die Ergebnisse der Bluttests zu liefern. Mein Labor wird das Blut auf alle Schwermetalle hin untersuchen und auch einem außenstehenden Labor eine Probe davon schicken, um unseren Befund bestätigen zu lassen.«

»Das wäre großartig.«

»Aber verrate mir mal, was du tun wirst, wenn wir nichts finden sollten?«

Diese Frage kam für Abby völlig überraschend. Angesteckt von Lews Enthusiasmus, hatte sie diese Möglichkeit überhaupt nicht in Betracht gezogen.

Sie dachte einen Moment nach und sagte dann: »Wenn der Test negativ ausfallen sollte, werde ich wohl nach Hause kommen und versuchen, irgendwo eine Stelle in der Unfallabteilung der umliegenden Krankenhäuser zu finden. Falls das mißlingen sollte, werde ich vermutlich als Arzt in einer Praxis enden. Es gibt Schlimmeres als das.«

»Ich kann mir nichts Schlimmeres vorstellen, als *dich* aus der Unfallmedizin ausscheiden zu sehen!«

Was wirst du tun, wenn wir nichts finden sollten?

Diese Worte wollten Abby nicht aus dem Kopf gehen, als sie nach Patience zurückfuhr. Und je länger sie über Sandy Stuarts Frage nachdachte, um so überzeugter war sie, daß Willie Cardoza an einer Cadmiumvergiftung litt. Sie hatte bei Sandy übernachtet und heute früh noch zwei Stunden in der Bibliothek verbracht, bevor sie die Rückreise angetreten hatte. Sie mied diesmal die Bergstraßen und blieb, so weit es ging, auf den Highways. Diese Route war zwar wesentlich ärmer an Naturschönheiten; aber in Anbetracht der Hinreise hätte sie die Landschaft sowieso nicht genießen können, sondern ständig den Rückspiegel im Auge behalten.

Was ihr jedoch weiterhin Kopfzerbrechen machte, war die schlichte Tatsache, daß sie noch am Leben war. Wenn Quinn für David Brooks Tod verantwortlich war – warum hatte er Abby dann nicht mit einem weiteren ›Unfall‹ aus dem Weg geräumt? Vielleicht fürchtete er die polizeilichen Ermittlungen, die nach zwei tödlichen Unfällen von Krankenhausärzten unausweichlich waren, zumal die Allianz keine Ruhe geben und unangenehme Fragen stellen würde.

Abby kehrte auf der gleichen Straße nach Patience zurück, auf der sie am Tage vorher die Stadt verlassen hatte. Heute regnete es nicht, aber über dem Tal hing noch eine dicke Wolkendecke. In spätestens vierundzwanzig Stunden würde sie von Sandy Stuart die Ergebnisse bekommen. Sie hoffte für Willie, daß der Test positiv ausfiel. Nichts würde Peggy Wheaton wieder ins Leben zurückrufen können. Aber einen Mann wegen Mordes zu verurteilen, der für seine Tat nicht verantwortlich gemacht werden konnte, würde ihrem Tod keine größere Würde oder Bedeutung verschaffen. Das war nur möglich, wenn man jene Leute bestrafte, die Cardoza mit irgendeinem Giftstoff zum Killer gemacht hatten.

Bei den ›Five Corners‹ bog Abby von der Straße ab und fuhr in nördlicher Richtung weiter. Lews Farm war nur ein paar Meilen von hier entfernt, und statt erst nach Hause zu fahren und ihn von dort anzurufen, konnte sie das ebensogut gleich hier von einem Münzapparat aus erledigen. Sie hörte, wie erleichtert er war, als er ihre Stimme vernahm.

»Wie ist das Urteil ausgefallen?« erkundigte er sich aufgeregt. »Cardozas Blut ist positiv, nicht wahr?«

»Sie haben die Proben noch nicht untersucht, Lew. Sandys Labor wird erst heute nachmittag oder morgen früh dazu kommen.«

»Aber sie wird dich doch anrufen, sobald sie die Werte hat, nicht wahr?«

»Natürlich ... Lew, auf der Fahrt ist etwas passiert, über das ich gern mit dir reden würde.«

»Was war denn los?«

»Ein großer Pritschenwagen hat versucht, mich von der Straße zu drängen. Ich glaube, daß Lyle Quinn oder einer seiner Handlanger vorhatte, mich umzubringen.«

»Aber du bist okay?«

»Ich konnte dem Burschen gerade noch mit heiler Haut entkommen.«

»Dem Himmel sei Dank! Seit das mit David passiert ist, traue ich diesem Monster alles zu. Ich hatte ja gleich meine Bedenken, als du mir sagtest, daß Quinn möglicherweise beobachtet hat, wie du Cardoza Blut abgezapft hast. Bist du wirklich okay?«

»Ja, mach dir keine Sorgen. Aber wenn du jetzt Zeit hättest, würde ich dir gern alles persönlich erzählen. Ich befinde mich gerade auf der Straße hinter den ›Five Corners‹.«

»In diesem Fall können die Kühe warten.«

»Soll ich einen Lunch für uns mitbringen? Ich sehe da zwei goldene Bögen auf der anderen Straßenseite.«

»Vielleicht kann ich dir auch nichts Besseres bieten, aber ich würde es gern probieren. Laß mal sehen ... Was hältst du von Krabben oder Artischockenherzen?«

»Ich glaube, daß der Big Mac, den ich im Sinn hatte, warten kann«, sagte Abby.

»Ich koche gern«, sagte Lew, als er ihr Mittagessen auf den Küchentisch stellte.

»Du untertreibst offenbar auch gern. Das sieht herrlich aus.«

Abby hatte ihm gerade ausführlich von dem Attentatsversuch auf dem Highway und ihrem Abend mit Sandy Stuart berichtet. Und jetzt, bei einer Erdbeersuppe, einem Krabben-und-Artischockenherzen-Salat und Sauerteigbrot erzählte sie ihm zum erstenmal von Lyle Quinns Besuch nach dem Allianz-Treffen und ihrer Besichtigungstour mit Kelly Franklin im Colstar-Gebäude.

»Sie wissen, daß wir ihnen auf der Spur sind, Abby. Deswegen versuchen sie jetzt, dich beiseite zu schaffen. Je mehr Sympathisanten wir für unsere Sache gewinnen können, um so größer ist die Wahrscheinlichkeit, daß wir Colstar auf die Schliche kommen. Diese Leute sind Ungeziefer.«

»Was Lyle Quinn anbetrifft, stimme ich dir zu; aber Kelly Franklin hat auf mich einen guten Eindruck gemacht.«

»Sie ist bloß Quinns Marionette. Glaube mir.«

»Mag sein. Aber wenn sie tatsächlich etwas verheimlicht, dann ist sie eine verdammt gute Schauspielerin.«

»Sie treiben alle ein falsches Spiel. Sie haben Menschen auf dem Gewissen – viele Menschen –, und sie werden alles tun, um zu verhindern, daß man sie dafür zur Verantwortung zieht. Colstar ist ein Ezra-Black-Unternehmen, und jeder weiß, daß dieser Mann ein Skorpion ist. Sein Glaubensbekenntnis ist der Profit und sonst nichts.«

»Mag sein«, erwiderte Abby.

»Du wirst nicht mehr daran zweifeln, wenn wir von deiner Freundin die toxikologischen Untersuchungsergebnisse bekommen, und wir die restlichen KAWIF-Fälle analysiert haben.«

Er lachte bei dieser Abkürzung, die er sich inzwischen so sehr zu eigen gemacht hatte, als hätte sie eine echte diagnostische Bedeutung.

»Da wir gerade von den KAWIFs reden: Ich frage mich inzwischen, ob Josh nicht dem Verhaltensmuster Willie Cardozas folgen könnte. Ich mache mir seinetwegen große

Sorgen und weiß nicht, an wen ich mich in diesem Fall sonst wenden könnte. Hoffentlich ist es dir nicht peinlich, mit mir darüber zu sprechen.«

Lew füllte zwei Tassen mit starkem Kaffee und ließ sich dann wieder in dem Sessel ihr gegenüber nieder.

»Ich würde lügen, Abby, wenn ich sagte, es wäre mein größter Wunsch, daß ihr wieder zusammenkommt. Aber ganz gewiß wünsche ich ihm auch nichts Böses. Also – worum geht es?«

»Ich erwähnte dir gegenüber ja bereits, daß Joshs Symptome jenen sehr ähneln, die Colette Simmons bei Willie festgestellt hat.«

»Ja, ich war beeindruckt von dieser Übereinstimmung.«

»Dann war da dieser Artikel, von dem ich dir vorhin erzählte. Über einen Polen, der seine Frau und seine Kinder erstach.«

»Aufgrund cadmiumverseuchter Goldplomben.«

»Genau. Joshs Verhalten wurde in dem gleichen Maße immer irrationaler und gewalttätiger. Tatsächlich ist er nur aus dem Grund ausgezogen, weil er fürchtete, er könnte mir etwas antun. Nun scheint er verschwunden zu sein. Quinn sagte mir, er sei seit Tagen nicht mehr zur Arbeit erschienen, und niemand habe ihn in seiner neuen Wohnung erreichen können. Gestern abend versuchte ich ihn dort anzurufen, aber die Leitung war tot. Ich mache mir seinetwegen große Sorgen und weiß wirklich nicht, was ich tun soll.«

Lew dachte einen Moment nach und brachte ihr dann den Telefonapparat und das Telefonbuch von Patience.

»Hier. Probiere es noch einmal.«

»Danke.« Abby suchte die Nummer heraus und sprach, während sie wählte. »Orchard Road. Weißt du, wo das ist?«

»Ja. Nicht weit von der McDonald's-Filiale entfernt, wo du das Mittagessen für uns besorgen wolltest.«

»Ich bekomme keine Verbindung«, sagte Abby. Als

nächstes wählte sie die Nummer der Telefonzentrale von Colstar. »Kelly Franklins Büro, bitte.«

»Die Höhle des Löwen«, flüsterte Lew.

»Kelly, hier spricht Abby Dolan.«

»Hallo, Abby. Ich freue mich, von Ihnen zu hören. Was ist mit Josh los?«

»Das wollte ich eigentlich *Sie* fragen. Haben Sie etwas von ihm gehört?«

»Er ist schon seit einigen Tagen nicht mehr zur Arbeit erschienen. Niemand scheint zu wissen, weshalb. Wir werden nach einem Ersatz suchen müssen, wenn er nicht spätestens morgen erscheint oder wenigstens anruft. Er hat hier eine Reihe von halbfertigen Projekten hinterlassen.«

»Du meine Güte.«

»Kann ich etwas tun, um Ihnen bei der Suche zu helfen?«

»Rufen Sie mich bitte an, wenn er bei Ihnen auftaucht oder Sie etwas von ihm hören sollten. Sie haben doch meine Nummer, nicht wahr?«

»Ja. Abby, ich habe gehört, was am Sonntag in der Klinik passiert ist. Es muß schrecklich für Sie gewesen sein, eine solche Entscheidung treffen zu müssen.«

»Das war es auch, Kelly. Danke für Ihr Verständnis. Ich habe nicht vergessen, daß ich Ihnen eine Verabredung zum Essen schuldig bin, sobald sich die Aufregung hier ein wenig gelegt hat.«

»Das hat doch keine Eile. Versuchen Sie erst mal, Josh zu finden.«

Abby war überzeugt, daß Kelly Franklins Sorge um sie und Josh ehrlich war, als sie den Hörer wieder auf die Gabel zurücklegte. Lew war jedoch so besessen davon, dem Colstar- Syndrom auf den Grund zu kommen, daß er ihre Ansicht nicht teilte. Aber diesmal hatte er sich getäuscht.

»Lew, ich muß zur Orchard Road fahren«, sagte sie plötzlich. »Könntest du mir den Weg dorthin beschreiben?«

»Ich kann noch was Besseres tun«, erwiderte er und zog seine lohfarbene Windjacke an.

Abby und Lew verließen die Farm und fuhren zu den ›Five Corners‹ zurück.

»Nehmen wir einmal an, daß Sandy tatsächlich Cadmiumwerte in Willies Blutproben findet«, sagte Abby. »Was machen wir dann? An wen sollen wir uns wenden? An die Polizei? An Joe Henderson, den Direktor unserer Klinik? An die staatlichen Behörden? An die Bundesbehörden?«

»Warum nicht gleich an alle, die du soeben genannt hast?«

»Ernsthaft, Lew.«

»Nun, wir dürfen nicht vergessen, daß Colstar diese Stadt gleichsam besitzt; dazu gehört auch das Krankenhaus. Deshalb scheiden Henderson, die Einwohner von Patience und sogar die Staatspolizei von vornherein aus. Ein guter Anwalt könnte für Willie einen Freispruch erwirken, wenn wir vor Gericht beweisen können, daß er mit Cadmium vergiftet wurde. Aber wir wollen doch erreichen, daß diese Fabrik sofort zugemacht wird und so lange geschlossen bleibt, bis die Ursache der Kontamination beseitigt und Schadenersatz geleistet worden ist. Deshalb kommen für mich nur zwei Ansprechpartner in Frage – die Bundesbehörden für Gesundheit und Umweltschutz. Beide könnten sofort tätig werden, wenn wir ihnen schlüssige Beweise liefern, daß Colstar unverantwortlich gehandelt oder Informationen über einen Betriebsunfall, bei dem die Umwelt kontaminiert wurde, zurückgehalten hat.«

»Aber du hast mir doch erzählt, daß bereits Spezialisten von beiden Behörden hiergewesen sind und Ermittlungen angestellt haben.«

»Genau. Und deshalb besteht auch kaum eine Chance, daß sie noch einmal hierherkommen und Nachforschungen anstellen, wenn wir ihnen nicht eine positive Blutprobe und den unwiderlegbaren Beweis dafür präsentieren, daß dieser Betonklotz dort oben auf dem

Colstar-Felsen die Ursache des Übels ist. Aus diesem Grund müssen wir uns weiter in die Akten vertiefen. Alter, Geschlecht, Trinkwasserversorgung, Wohnlage, Fahrroute zur Arbeitsstelle, verwendete Medikamente, Freizeitbeschäftigungen und so weiter. Ich bin fest davon überzeugt, daß die Wurzel des Übels irgendwo in diesen Akten zu finden ist, oder vielleicht in einer Kombination von diesen Akten und einem Fragebogen, den wir den KAWIFs vorlegen. Wir müssen einfach noch mehr Daten sammeln.«

»Das ist nicht möglich, Lew. Joanne Ricci hat den Zugang zu den Akten versperrt. Ich kann keine dieser Akten mehr aufrufen, ohne vorher die Aufsicht des Archivs um Erlaubnis zu fragen. Diese Frau ist hart wie Stahl.«

»Dave Brooks und ich pflegten sie ›Drachenlady‹ zu nennen. Weißt du, daß sie inzwischen das arme Mädchen gefeuert hat, das dir neulich bei der Akteneinsicht geholfen hat?«

»Donna Tracy?«

»Ja. Ich rief heute morgen Len McCabe in der Unfallstation an, um zu fragen, ob ich nicht mit einem Kollegen die Schicht wechseln könne. Bei der Gelegenheit warnte er mich davor, noch einmal eine nicht genehmigte Akteneinsicht vorzunehmen, und erzählte mir dann von Tracys Entlassung. Das Hospital fängt an, sich in ein Straflager zu verwandeln.«

»Ich kann einfach nicht glauben, daß sie meinetwegen ihren Job verloren hat. Das ist ja furchtbar! Sie hat kleine Kinder. Wenn wir nach Josh geschaut haben, werde ich sie sofort anrufen.«

»Vielleicht weiß sie auch eine Möglichkeit, wie du ohne Erlaubnis in dieses Aktensystem eindringen kannst.«

»Lew, ich würde sie niemals um so etwas bitten.«

»Warum nicht? Was hat sie denn zu verlieren – etwa ihren Job? Wir befinden uns in einem Krieg, Abby. Und bevor du hier aufgetaucht bist, hatten wir nicht einmal genügend Munition für unsere Gewehre.«

Zum erstenmal, seit Abby Lew Alvarez als Privatperson kennengelernt hatte, verspürte sie einen Anflug von Ärger über diesen Mann.

»Ich bin nicht hierhergekommen, um mich einer Armee anzuschließen«, sagte sie. »Daran hat sich inzwischen auch nichts geändert. Ich will lediglich dem Patienten helfen, dessen Rettung man mir zum Vorwurf macht; und dem Mann, der noch vor einem Monat die wichtigste Person in meinem Leben gewesen ist.«

»Und wie steht es mit all diesen KAWIFs? Deren Schicksal ist dir also egal, wie?«

»Natürlich ist es mir nicht egal. Aber versuch nicht, mich zu etwas zu drängen, Lew. Denn bei mir scheint das immer nur dazu zu führen, daß der Schuß nach hinten losgeht. Und das möchte ich in unserem Fall gern vermeiden.«

»Verstanden. Tut mir leid. Ich werde versuchen, meine Gefühle in dieser Sache für mich zu behalten.«

Die Orchard Road führte durch ein Neubauviertel, in dem kein Baum älter als fünf Jahre zu sein schien. Es bestand aus auffallend gesichtslosen Reihenhäusern, und den Rasen im Vorgarten von Haus Nr. 17, das den Sawickis gehörte, hätte auch ein Platzregen nicht mehr zum Leben erwecken können. Der Gedanke, daß Josh in einer solchen Gegend wohnte, stimmte Abby traurig. Sie erinnerte sich in diesem Moment wieder daran, wie aufgeregt er gewesen war, als er ihr von dem phantastischen, ruhig gelegenen Haus berichtet hatte, das für sie wie geschaffen wäre.

Die Auffahrt, die zu einem überdachten Abstellplatz führte, war leer. Sie parkten vor der Einfahrt und klingelten an der Haustür. Nichts. Abby ging vorne an der Hausmauer entlang und spähte durch das Wohnzimmerfenster. Der Raum war ein einziges Chaos: Zeitungen und zerknüllte Computerausdrucke lagen auf dem Boden verstreut, und überall standen leere Bierdosen, Mineralwasserflaschen, Pizza-Kartons und aufgerissene Chipstüten herum.

»Laß uns zur Rückseite gehen«, sagte sie leise.

Lew schritt um das Haus herum, und Abby folgte ihm mit einem beklommenen Gefühl in der Brust. Der Rasen hinter dem Haus war genauso braun und verdorrt wie jener im Vorgarten. Einige Dornengewächse hatten ihre Ranken bereits bis zur Veranda vorgeschoben. Abby trat mit dem Fuß eine leere Konservenbüchse beiseite – eine von vielen, die dort auf den Steinplatten lagen. An den Fenstern der Rückseite waren die Jalousien heruntergelassen. Neben der Veranda führten ein paar Stufen zur Kellertür hinunter. Als Abby die Klinke niederdrückte und an der schweren Stahltür rüttelte, schwang sie auf.

»Lew, komm rasch hierher!« rief sie.

»Ich weiß nicht, ob das eine so gute Idee ist«, erwiderte Lew, als er die Eisentür hinter sich zuzog.

Der Keller war mit Werkzeugen, Gartengeräten und dem üblichen Gerümpel aus ausrangierten Möbelstücken, Kartons und Kisten vollgestopft. Abby und Lew stiegen langsam die innere Kellertreppe zum Erdgeschoß hinauf, fanden die Tür dort ebenfalls unverschlossen und schauten sich vorsichtig in der Diele und den von dort abgehenden Zimmern um. In der Küche fanden sie Stapel von Papptellern und überquellende Mülleimer. Die Betten im Schlafzimmer waren unbezogen, und überall lagen Joshs Kleidungsstücke verstreut. Die Telefonapparate waren ausgestöpselt oder die Leitungen einfach aus der Wand gerissen. Abby bewegte sich jetzt mit klopfendem Herzen von Zimmer zu Zimmer und jeden Winkel. Sie fürchtete, jeden Augenblick Joshs Leiche zu entdecken. Der Geruch von ranzigen Essensresten erfüllte das Haus.

Joshs Computer und der Drucker standen auf einem kleinen Tisch in einer Ecke des Wohnzimmers. Der Boden war mit zerknüllten Papieren übersät. Abby faltete einen dieser Papierbälle auseinander. Es handelte sich um einen an den Gouverneur gerichteten Brief, in dem Josh auf eine ziemlich konfuse und sprunghafte Weise über die im ganzen Land verstreuten Industriebarone klagte, die ihre ehemaligen Angestellten in die Armut und Obdachlosigkeit trieben. Auf einem zweiten Blatt Papier entdeckte sie einen im selben Tenor abgefaßten Brief, der an den Präsidenten der Vereinigten Staaten adressiert war. Sie wollte gerade ein drittes Blatt auseinanderfalten, als Lew aus dem Badezimmer rief.

»Abby, komm doch mal hierher.«

Sie ließ das Papier wieder fallen und eilte den Korridor hinunter. In diesem Moment befürchtete sie das Schlimmste.

Aber da war keine Leiche, sondern nur eine mit kruden, rötlichbraunen Blockbuchstaben auf den Spiegel geschriebene Botschaft:

DIE RACHE IST MEIN
ICH WILL VERGELTUNG

»Ein Spruch aus der Bibel«, sagte Lew. »Ich weiß nur nicht genau, an welcher Stelle er steht.«

Abby trat näher an den Spiegel heran und studierte die Schrift.

»Lew«, sagte sie, »das ist getrocknetes Blut.«

22. Kapitel

Das Polizeirevier von Patience befand sich in einem eleganten, aus Pinien-, Rotholz und Glas errichteten Gebäude im Zentrum der Stadt. Der Wald aus Stab- und Schüsselantennen auf dem Dach ließ vermuten, daß die technische

Ausstattung der kommunalen Polizeizentrale genauso gut und kostspielig war wie die des Krankenhauses. Das deutete auf Verbindungen zu Colstar hin, dachte Abby.

Sie hatte sich allein auf den Weg zum Revier gemacht, um Joshs Verschwinden und den alarmierenden Zustand im Haus der Sawickis zu melden. Der Sergeant, der ihren Bericht entgegennahm, war ein rotgesichtiger Fettklops und hieß Sullivan, wie Abby dem Plastikschild an seinem Hemd entnehmen konnte. Er behandelte sie mit einer an offene Verachtung grenzenden Herablassung.

»Ich wäre Ihnen ja gern behilflich, Miss Dolan. Nur wüßte ich nicht, was wir in dieser Situation tun könnten.«

Abby begann innerlich zu kochen.

»Zunächst könnten Sie mich mit *Dr.* Dolan anreden. Und dann würde ich gern mit Ihrem Vorgesetzten sprechen.«

Sullivan errötete.

»Captain Gould befindet sich auf einer Dienstreise, *Doktor* Dolan, und wird erst am späten Nachmittag wieder hiersein. Er dürfte Ihnen aber dasselbe sagen wie ich. Wenn die Sawickis Mr. Wyler wegen Vandalismus anzeigen würden, könnten wir eine Fahndung nach ihm einleiten. Aber so, wie Sie uns den Sachverhalt schildern, ist bisher nur ein Verbrechen begangen worden – und zwar von Ihnen, weil Sie unerlaubt in ein Haus eingedrungen sind.«

Bete zu Gott, daß ich nicht Dienst habe, wenn du einmal mit einer Verletzung ins Krankenhaus eingeliefert werden solltest, wollte Abby ihm darauf zur Antwort geben. Aber sie wußte, daß sie sich mit dieser Drohung nur noch mehr Schwierigkeiten einhandeln würde. Davon abgesehen hielt sie sich strikt an den Grundsatz, alle Patienten gleich zu behandeln. Aber Sergeant Sullivan würde sie vielleicht einen Einlauf verordnen …

Abby lächelte bei diesem Gedanken, unterschrieb das Protokoll und machte sich dann auf den Heimweg. Sie wollte Joshs Eltern und seine besten Freunde anrufen, um sie von Joshs Zustand und seinem Verschwinden zu unterrichten. Die Schwierigkeit bestand darin, es ihnen möglichst schonend beizubringen und niemanden zu beunruhigen. Aber wie sollte ihr das gelingen, wo sie doch selbst in höchstem Maße beunruhigt war?

Doch bevor sie *diese* Telefonate erledigte, wollte sie zunächst noch Donna Tracy anrufen. Die junge Archivarin war ein Opfer von Abbys Recherche geworden. Eine Entschuldigung würde der jungen Frau zwar nicht den verlorenen Arbeitsplatz ersetzen, aber im Moment konnte Abby nicht mehr für sie tun.

Wie sich herausstellte, war Donna Tracy zwar wütend auf ihren Boß, Joanne Ricci, brachte Abby aber nach wie vor große Sympathie entgegen.

»Sie haben meinem Vater das Leben gerettet«, sagte sie, »und da hätten Sie schon etwas wesentlich Schlimmeres anstellen müssen, um Ihren Kredit bei mir wieder zu verspielen. Aber soweit ich weiß, haben wir doch nur versucht, uns ein paar Informationen über Patienten zu verschaffen, die krank gewesen sind. Deswegen verstehe ich nicht, warum diese Ricci sich so aufregte. Jedenfalls haben Sie es meiner Meinung nach nicht verdient, so von ihr heruntergeputzt zu werden, und das habe ich ihr auch gesagt. *Das* war der Grund, weswegen sie mich feuerte. Nicht, weil ich Ihnen geholfen habe, sondern weil ich ihr sagte, sie sei im Unrecht gewesen. Und daß ich Ihnen jederzeit wieder dabei helfen würde, Krankenakten einzusehen, wenn Sie mich darum bitten würden.«

Abby fragte sich plötzlich, ob sie Donna Tracy nicht beim Wort nehmen sollte. Sie sträubte sich zwar noch gegen eine zu enge Bindung an die Allianz, aber sie verspürte ein noch größeres Verlangen nach der Wahrheit. Und Donna Tracy hatte ihr die Tür dazu geöffnet.

»Donna, ich möchte Sie um etwas bitten. Aber Sie können jederzeit nein sagen.«

»Das wird mir nicht schwerfallen. Ich bin nämlich von Natur aus eine Neinsagerin.«

»Es geht um folgendes«, erwiderte Abby und gab Donna einen vorsichtig formulierten, aber vollständigen Überblick über jene Sorte von Fällen, deren Krankheitsursache möglicherweise auf eine Umweltbelastung durch giftige Schwermetalle in Patience zurückzuführen war.

»Dazu müßten Sie Einsicht in die Akten nehmen, die im KarMen-System gespeichert sind«, erklärte Donna, als Abby mit ihren Ausführungen zum Ende gekommen war.

»Das ist die Bitte, die Sie mir abschlagen können.«

»Besitzen Sie einen Computer mit einem Modem?«

Abby überlegte, ob sie in die Orchard Road zurückfahren und dort entweder Joshs Computer mitnehmen oder diesen an Ort und Stelle benutzen sollte. Aber erstens wußte sie nicht, ob die Telefonleitungen dort überhaupt noch funktionierten, und zweitens wollte sie sich nicht für längere Zeit dort aufhalten, da der Polizei inzwischen ja der ›herrenlose‹ Zustand des Hauses bekannt war. Sie hätte zwar den Computer ohne weiteres in ihre Wohnung mitnehmen können, befürchtete jedoch, daß Josh einen Wutanfall bekommen würde, wenn er in seine Wohnung zurückkehren und das Fehlen des Computers bemerken sollte. Außerdem war sie sich gar nicht so sicher, ob es ihr überhaupt gelingen würde, den Computer in ihrer Wohnung aufzubauen und die Komponenten richtig anzuschließen.

»Wie könnte ich auf die Schnelle an so ein Gerät herankommen?« fragte Abby.

»In der Bibliothek der Volkshochschule gibt es ein Dutzend von diesen Dingern. Wenn Sie möchten, können wir uns dort gegen neunzehn Uhr treffen. Um diese Zeit ist Joanne bestimmt nicht mehr im Archiv. Es dürfte mir nicht schwerfallen, in das KarMen-System einzudringen. Alles andere müssen Sie dann schon selbst machen.«

»Das ist mehr, als ich gehofft habe. Ich bin Ihnen überaus dankbar dafür. Aber vergessen Sie nicht …«

»Ich weiß, ich weiß. Ich müßte Ihnen gar nicht helfen.

Aber erinnern Sie sich noch daran, Dr. Dolan, wie mein Vater ausgesehen hat, als er dort in der Notaufnahme auf dem Tisch lag und der Monitor so gut wie gar keinen Puls mehr anzeigte?«

»Natürlich erinnere ich mich daran. Ich werde das nie mehr vergessen.«

»Nun – er ist soeben mit meiner Mutter nach Hawaii geflogen.«

Es war fast zweiundzwanzig Uhr, und in einer Stunde würde die Bibliothek der Volkshochschule von Patience schließen. Abby war eine von vier Personen, die im Hinterzimmer der Bibliothek vor einem Computer saßen. Bisher hatte sie noch keinen eindeutigen Zusammenhang zwischen den Patienten entdecken können, deren Akten sie studiert hatte. Aber sie spürte, daß sich aus der *Flut* von Informationen früher oder später ein Muster herauskristallisieren würde.

Donna Tracy war tatsächlich ohne große Mühe in das KarMen-System eingedrungen. Als Abby sie fragte, wessen Codewort sie dafür verwendet hatte, hatte Donna nur geantwortet: »Ich habe Freunde.«

Als Abby sich schon nach kurzer Zeit in dem System zurechtfand, hatte sie darauf bestanden, daß Donna wieder nach Hause fuhr. Sie wollte unter allen Umständen vermeiden, daß Donna ihretwegen noch mehr Ärger bekam.

»Ich kann Ihnen gar nicht sagen, wie sehr Sie mir heute abend geholfen haben«, sagte Abby. »Und wie leid es mir tut, daß Sie Ihren Job verloren haben.«

»Das ist nicht so wichtig. Ich war hier von Anfang an am falschen Platz. Deshalb habe ich mir vorgenommen, mich weiterzubilden.«

»Das ist nie verkehrt«, erwiderte Abby. »Werden Sie denn jetzt zurechtkommen?« fragte sie dann, weil sie nicht so recht wußte, wie sie das Thema Geld anschneiden sollte.

Donna blickte auf eine gekünstelte Weise erst auf die Liste, die Abby vorbereitet hatte, und dann auf den Monitor.

»Ich weiß es nicht«, erklärte sie, klopfte Abby freundschaftlich auf die Schulter und verließ den Raum.

Jetzt, fast drei Stunden später, rief Abby den zwanzigsten Patienten auf ihrer Liste auf: Henry Post, fünfundvierzig Jahre, Vater von drei Kindern. Post arbeitete für die Stadt als Platzwärter im Colstar-Park.

Name ... Alter ... Geburtsdatum ... Adresse ...

Abby trug die entsprechenden Angaben auf ihrem Datenblatt ein und verglich sie dann mit der Karte, die sie sich von dem Tal angefertigt und willkürlich mit einem aus fünfundzwanzig gleich großen Segmenten bestehenden Gitternetz überzogen hatte. Danach markierte sie die Privatadresse des Patienten und die Adresse seiner Arbeitsstelle mit verschiedenfarbigen Punkten in den jeweiligen Segmenten. Es schien sich inzwischen eine leichte Anhäufung von Punkten im südwestlichen Teil des Tales abzuzeichnen – also in dem Bereich, der am weitesten von der Colstar-Fabrik entfernt war. Doch noch war diese Anhäufung nicht so auffällig, daß man daraus irgendwelche Rückschlüsse hätte ziehen können.

Status: Ambulant. Hausarzt: G. Oleander.

Aufnahmediagnose: chronischer Husten. Entlassungsdiagnose: chronische Bronchitis. Untersuchungsbefund: keine pathognostischen Merkmale. Laborbefunde: CBC normal, Thoraxröntgenbilder normal, MRT unauffällig ...

Abby trug gewissenhaft jede über diesen Patienten verfügbare Information in ihre Liste ein. Im Verlauf ihrer Arbeit beschlich sie wieder dieses Gefühl, daß irgend etwas mit diesen Daten nicht stimmte – abgesehen davon, daß in der überwiegenden Anzahl der Fälle George Oleander der behandelnde Hausarzt war. Der Maßnahmenkatalog war in den meisten Fällen einfach *zu* aufwendig. Die Zahl der Patienten, bei denen man eine Computertomographie oder sogar eine Kernspin-Tomographie vorgenommen hatte, war ungewöhnlich hoch. Bei letzterem handelte es sich um ein raffiniertes und sehr anspruchsvolles Verfahren, das in diagnostischer Hinsicht die höchste und letzte Instanz darstellte – unglaublich akkurat, aber auch sehr teuer. Dabei wurde der Patient in eine Röhre geschoben, in der er fast eine Stunde lang bewegungslos liegen mußte, während ein dreidimensionales Bild von seinem ganzen Körper angefertigt wurde – für viele Patienten ein entnervendes Erlebnis. Doch neben diesen technisch aufwendigen Verfahren waren auch zu viele Blutuntersuchungen, Hämogramme, chemische Profile und Standard-Röntgenaufnahmen gemacht worden. In einer Zeit, wo man die ausufernden Kosten des Gesundheitswesens einzudämmen versuchte und streng auf die Verhältnismäßigkeit der Mittel achtete, stellten diese exorbitanten Laboruntersuchungen eine unerhörte Geldverschwendung dar.

Der Befund trug zwar nichts zur Erklärung des KAWIFs bei, konnte aber aufgrund seiner Häufigkeit auch nicht als Zufall oder ein Versehen gewertet werden. Möglich, daß hier ein Versicherungsbetrug vorlag – eine Honorarabsprache mit dem Radiologen oder dem Labordirektor. Aber es war schwer zu glauben, daß ein so wohlhabender und vornehm wirkender Mann wie George Oleander für ein paar Dollar seinen Ruf und seine Karriere aufs Spiel setzen würde.

Abby ignorierte die schmerzhafte Muskelverspannung in ihrem Rücken, die nach drei Stunden pausenloser Arbeit alles andere als bemerkenswert war. Statt dessen wandte sie sich ihrem nächsten KAWIF-Fall zu: einer dreiunddreißig Jahre alten Lehrerin namens Mildred Moore.

… Aufnahmediagnose: chronische Hautabszesse.

Entlassungsdiagnose: dito. Behandelnder Hausarzt: G. Oleander …

Ihre Datensammlung wurde immer umfangreicher,

und mit jeder weiteren Information verfestigte sich in ihr der Verdacht, daß es etwas gab, was sie bisher übersehen hatte – ein Muster, das ihr in der Fülle von Informationen entgangen war.

Aber was?

Sie rieb sich die Augen, stand auf und streckte sich. Noch eine Stunde. Das konnte sie schaffen. Morgen hatte sie erst abends wieder Dienst in der Unfallabteilung. Das gab ihr Gelegenheit, Ives' Bein zu untersuchen und dann erneut in das KarMen-System einzudringen. Außerdem erwartete Abby für morgen den Anruf der Toxikologin Sandy Stuart.

Sie bewegte den Kopf hin und her, bis ihre Halswirbel knackten – eine Gewohnheit, die Josh nicht ausstehen konnte. Ein Student blickte erschrocken von seinem Computerschirm auf. Abby grinste spitzbübisch und murmelte eine Entschuldigung. Als sie sich dann wieder auf ihren Platz setzte, war ihr Computerschirm leer. Sie wählte die Nummer, die sie mit dem KarMen-System verbinden würde. Nichts. Da war etwas Unangenehmes im Anzug. Das spürte sie ganz deutlich.

Rasch sammelte sie ihre Notizen ein und eilte zum Schalter.

»Ich habe meine Verbindung verloren«, sagte sie. »Gibt es irgendwelche Probleme mit dem Telefon?«

»Nicht daß ich wüßte.«

»Wieviel bin ich Ihnen schuldig?«

»Vier Stunden – das macht sechzehn Dollar.«

Abby legte eine Zwanzigdollarnote auf den Schalter und ging, ohne auf das Wechselgeld zu warten.

Als sie ungefähr hundert Meter die Straße hinuntergefahren war, schoß ein Streifenwagen mit Blaulicht in entgegengesetzter Richtung an ihr vorbei. Abby lenkte den Wagen an die Bordsteinkante und beobachtete im Rückspiegel, wie der Streifenwagen in den Parkplatz der Volkshochschule einbog.

»Tut mir leid, Donna«, murmelte sie.

Dann lenkte sie den Wagen wieder auf die Fahrbahn zurück und raste nach Hause. Es gab genügend sichere Verstecke für ihre Datensammlung. Sie fragte sich nur, ob man das gleiche auch von ihr behaupten konnte.

23. Kapitel

Abby vernähte in der Notaufnahme gerade die Wunde am Kinn eines Kindes, als sie von draußen Schreie und das Geräusch quietschender Bremsen hörte. Sie schnitt den feinen Nylonfaden durch und hatte gerade ihre Instrumente beiseite gelegt, als Joshs Geländewagen durch die Tür der Ambulanz in die Station hineinraste und dort mit Schwester Mary Wilder kollidierte, die wie ein Ball durch die Luft flog und mit einem fürchterlichen Geräusch an die Wand prallte. Im nächsten Moment verwandelte sich die mit Glasscherben und Betonbrocken übersäte Station in ein Chaos. Patienten, Pfleger und Schwestern schrien durcheinander, rannten um ihr Leben und suchten irgendwo Schutz.

Der Jeep raste durch den zentralen Untersuchungsbereich und rammte die Tragbahre einer älteren Frau. Die Krankentrage wurde wie ein Akkordeon zusammengefaltet, und die Frau landete sechs Meter weiter auf dem Boden, wo sie wie eine defekte Schaufensterpuppe liegenblieb. Dann prallte der Jeep gegen die Wand. Die Motorhaube löste sich aus ihrer Verankerung und zertrümmerte die Windschutzscheibe. Flammen schlugen aus dem Motor.

Abby rannte in den beißenden schwarzen Qualm hinein. Hinter dem Spinnwebengeflecht der Windschutzscheibe konnte sie Josh erkennen, der sich mit der Fahrertür abmühte. Sein Gesicht war blutüberströmt. Sie rief seinen Namen – einmal, zweimal –, doch ihre Stimme ging in den Schreien der anderen unter. Sie rannte vorwärts und stolperte dabei über Mary Wilder. Der Kopf der Schwester war auf eine unnatürliche Weise abgewinkelt. Blut rann aus ihren Mundwinkeln, und sie starrte mit dem leeren Blick des Todes zu Abby hinauf.

Abby kam im selben Moment wieder auf die Beine, als Josh schwankend aus dem Jeep stieg. Er war eine gespenstische Erscheinung – ein Teufel mit vor Haß gebleckten Zähnen. Das Blut strömte ihm über das Gesicht, doch selbst unter dieser roten Flut konnte sie noch seine Augen wie heiße Kohlen glühen sehen.

»Josh!« schrie sie, als er einen Revolver zog und diesen auf eine Schwester richtete. »Josh – nein!«

Er hörte ihre Stimme und senkte die Waffe ein wenig. Dann drehte er sich langsam zu ihr um und zielte mit dem Revolver auf ihr Gesicht. Sie versuchte, ihm etwas zuzurufen, ihn zu bitten, aber es kam kein Laut über ihre Lippen. Die Szenerie um sie herum schien zu verschwimmen, die Schreie leiser zu werden, die Rauchschwaden in der Luft einzufrieren. Schließlich sah sie nur noch die gähnende Mündung des Revolvers und darüber Joshs teuflische Augen. Plötzlich klingelte irgendwo ein Telefon. Abby versuchte das Geräusch zu lokalisieren. Die Revolvermündung dehnte sich aus wie ein Luftballon, bis dieser zerplatzte und verschwand. Die gräßlichen Augen sprühten Funken und erloschen. Die Schreie verstummten, der Rauch zerstob. Jetzt hörte sie nur noch das Läuten.

Zitternd, desorientiert und nach Luft ringend, rollte Abby sich auf die Seite und krampfte die Hand um den Hörer. Sie erinnerte sich selten an Träume und hatte bisher noch nie einen Traum von solcher Eindringlichkeit erlebt. Ihr Mund war völlig ausgedörrt, das Nachthemd unangenehm feucht.

»Hallo?« krächzte sie.

»Abby Dolan?«

Abby räusperte sich und stemmte sich auf einen Ellenbogen hoch. Die Bilder ihres Alptraumes hielten sie immer noch gefangen.

»Ja.«

»Hier spricht Joe Henderson. Es tut mir leid, wenn ich Sie geweckt habe, Abby.«

Sie setzte sich nun kerzengerade auf und versuchte sich zu konzentrieren. Der Direktor des Krankenhauses hatte sie bisher noch nie zu Hause angerufen. Das konnte nichts Gutes bedeuten. Sie blickte auf ihren Wecker. Fast halb zehn. So lange hatte sie seit Monaten nicht mehr geschlafen.

»Geben Sie mir nur ein paar Sekunden Zeit, um richtig wach zu werden, Joe. Ich bin gestern erst sehr spät ins Bett gekommen.

»Ich weiß.«

Aha.

Abby nahm einen Schluck aus dem zur Hälfte mit Wasser gefüllten Glas, das auf ihrem Nachttisch stand. Dann tauchte sie ihre Finger hinein und rieb sich damit über die Augen. Dieser Alptraum war so gottverdammt real gewesen. Nun schien sich die Realität in einen Alptraum zu verwandeln.

»Worum geht es also?«

»Abby, könnten Sie mich in meinem Büro aufsuchen? Ich würde gerne etwas mit Ihnen besprechen.«

»Was?«

Falls Joe Henderson beabsichtigte, sie von ihrem Posten als Unfallärztin abzulösen, dachte sie nicht daran, ihm die Sache zu erleichtern.

Es trat eine längere Pause ein, während Henderson nach der treffenden Antwort auf ihre Frage suchte.

»Abby, offenbar hat es in den letzten Wochen eine Reihe von Meinungsverschiedenheiten zwischen Ihnen und einigen Kollegen gegeben. Ich denke, daß es jetzt an der

Zeit wäre, Ihnen die Dinge so zu präsentieren, wie man sie mir dargestellt hat. Auf diese Weise haben Sie die Chance, mir Ihren Standpunkt darzulegen.«

»Werde ich mich wieder vor einem Komitee rechtfertigen müssen?« erkundigte sie sich.

»Wie bitte?«

Abby ignorierte die Stimme in ihrem Kopf, die darauf pochte, vernünftig zu sein und dem Treffen zuzustimmen.

»Als Sie mich das letztemal zu einem Gespräch eingeladen haben – an dem Tag, als dieser Unfall passierte –, hatte ich das Gefühl, als wäre ich aus Versehen in die Aufnahmezeremonie einer Bruderschaft hineingeplatzt.«

»Ich weiß nicht, wovon Sie sprechen.«

»Joe, stellen Sie sich einmal vor, Sie würden in ein Zimmer gerufen und müßten dort vier Frauen erklären, wie Sie Ihren Job verrichten.«

Zweifellos hatte Henderson damit gerechnet, daß sie ihre Stellung kampflos aufgeben würde, und sie sah ihn nun im Geiste vor sich, wie er krampfhaft versuchte, sein ständiges Lächeln beizubehalten.

»Wir werden nur zu zweit sein, Abby. Ich gebe Ihnen mein Wort darauf.«

»Um wieviel Uhr?«

»Um eins?«

Sie blickte wieder auf ihre Uhr. Das würde ihr noch genügend Zeit für einen Besuch in Ives' Berghütte lassen.

»Ich werde dort sein«, sagte sie.

Als Abby diesmal den Hügel zu Sam Ives' Hütte hinaufstieg, verspürte sie eine ungewöhnliche Schwere in der Brust. In ihrer Laufbahn als Unfallärztin war sie Zeuge vieler vorhersehbarer Tragödien gewesen. Doch bevor sie nach Patience gekommen war, war ihr Leben außerhalb des Krankenhauses ausgesprochen friedlich verlaufen. Nun schien sie von allen Seiten attackiert zu werden.

Oleander, Quinn, Josh und jetzt auch Joe Henderson. Sie hatte sich nie vor harten Entscheidungen gescheut. Das war ein Bestandteil ihres Jobs, der jetzt in ihr Privatleben hinübergeschwappt war. Doch sie haßte dieses Zwangsjacken-Gefühl, wenn andere über sie entschieden. Und in ungefähr einer Stunde würde Henderson vermutlich genau das tun.

Ehe sie zu Ives' Hügel gefahren war, hatte sie einen Abstecher ins Krankenhaus gemacht, um dort mehr als die bisher übliche Menge an Verbandszeug einzuladen. Falls sie entlassen oder vom Dienst suspendiert werden sollte, würde es erheblich schwieriger, wenn nicht gar unmöglich sein, die Bandagen, Instrumente und vor allem die Medikamente für Ives zu besorgen. Antibiotika waren zu teuer, als daß die Krankenhausapotheke sie einfach verschenken konnte, doch auf Abbys Drängen hin hatte die Chefapothekerin mit einer pharmazeutischen Firma ein Sonderabkommen getroffen. Die Kosten dieser Medikamente waren für Abby also durchaus erschwinglich.

Auch die weiteren Behandlungen machten ihr Sorgen, besonders die regelmäßige Wundtoilette des infizierten Gewebes, die nötig war, damit die Wunde vollständig verheilte. Sie hoffte, daß Lew Ives' Behandlung übernehmen würde, falls sie dazu gezwungen wurde, die Stadt zu verlassen. Wenn die Colstar-Kräfte sich jedoch dazu entschlossen, reinen Tisch zu machen, konnte sich Lew gleich hinter ihr in die Schlange der Arbeitslosen einreihen. Tatsächlich hatte sie jedoch niemals von ihm selbst oder einem Außenstehenden auch nur andeutungsweise gehört, daß sein Job in Gefahr wäre. Oleander wußte von seiner Anti-Colstar-Kampagne, Quinn ebenso. Aber irgendwie hatte Lew es immer geschafft, sich aus dem Rampenlicht herauszuhalten und allen Leuten, die ihm Schwierigkeiten machen konnten, aus dem Weg zu gehen. Abby bewunderte seine Kunst, sich unsichtbar zu machen.

Sie hielt am Rand der Lichtung an, um ihr Kommen mit

der üblichen Warnung, daß er nicht schießen solle, anzukündigen. Ives pendelte in einer offenbar selbstgemachten Hängematte und las ein Buch. Die Hängematte war ungefähr vier Meter über dem Boden zwischen zwei Bäumen befestigt.

»Hallo, Doc«, rief er. »Ich dachte mir schon, daß Sie mich heute besuchen würden, aber ich war mir nicht mehr ganz sicher.«

»Ives – wie sind Sie dort hinaufgekommen?«

»Genauso, wie ich jetzt zu Ihnen hinunterkommen werde.«

Er packte ein dickes, gedrehtes Seil, schwang sich aus der Hängematte und kletterte mit Hilfe des Taues scheinbar mühelos auf den Boden hinunter. Erst jetzt fielen Abby die kräftigen und muskulösen Arme des Einsiedlers auf.

»Verraten Sie mir etwas«, sagte sie. »Haben Sie sich an dem Abend, als Sie zusammengeschlagen wurden, überhaupt zur Wehr gesetzt?«

»Sie kennen die Antwort darauf.«

»Sie tun keinem Menschen etwas zuleide.«

»Ich würde nicht einmal *Insekten* etwas zuleide tun, wenn sich das vermeiden ließe.« Er warf das Taschenbuch auf seine Werkbank. »Louis L'Amour«, sagte er. »Haben Sie schon mal Wildwestromane gelesen?«

»Ich dachte, Sie wären ein Freund der klassischen Literatur.«

»Offensichtlich haben Sie noch nie einen Roman von Louis L'Amour gelesen. Das sollten Sie unbedingt nachholen, am besten gleich. Den kenne ich schon fast auswendig.«

Abby hütete sich davor, dieses Geschenk abzulehnen, obwohl sie seit dem Tag, als sie sich zu einer Bewerbung am hiesigen Krankenhaus entschloß, keinen Roman mehr in der Hand gehabt, geschweige denn gelesen hatte. Sie bedankte sich und verstaute das schon etwas zerfledderte Buch in ihrem Rucksack.

»In Ordnung. Dann wollen wir mal nach dem Bein schauen.«

Die doppelte Attacke von erregerspezifischen Antibiotika und der chirurgischen Entfernung des abgestorbenen Gewebes war erfolgreich. Pinkfarbene gesunde Haut zeigte sich an den Wundrändern. Abby fragte sich, was wohl mit Ives passieren würde, wenn sie Patience verlassen mußte.

»Und was hat man Ihnen angetan?« fragte er, als sie den Rest des infizierten Gewebes entfernte.

»Was meinen Sie damit?«

»Etwas stimmt nicht mit Ihnen.«

»Woher wollen Sie das wissen?«

»Nun, es ist entweder diese negative ionische Aura, die Sie umgibt, oder der traurige Gesichtsausdruck.«

»Ich war mir nicht bewußt, daß man mir das so leicht ansehen kann.«

»Etwas, worüber Sie reden möchten?«

»Ich bin zum Direktor des Krankenhauses bestellt. Wir werden uns dort in ungefähr einer Stunde treffen. Ich glaube, daß er mich entlassen wird.«

»Weswegen?«

»Ich weiß nicht, wie er das königliche Dekret abfassen wird; aber der wahre Grund ist, daß ich die Akten von Krankenhauspatienten studiert habe, deren Probleme möglicherweise auf eine Schwermetallvergiftung zurückzuführen sind, für die Colstar verantwortlich sein könnte.«

»Als Sie das letztemal hier waren, haben Sie Cadmium erwähnt.«

»Genau. Bisher sind alle Cadmiumtests, die hier im Krankenhaus gemacht wurden, negativ gewesen. Aber um die Möglichkeit auszuschließen, daß etwas mit dem hiesigen Labor nicht stimmen sollte, habe ich die Blutprobe eines Patienten nach San Francisco gebracht, damit sie dort von einer befreundeten Ärztin analysiert werden kann.«

»Ausgezeichnete Idee.«

»Ich habe versucht, die Krankenhausakten jener Patienten zu studieren, von denen ich annehme, daß sie die Opfer einer Cadmiumvergiftung sein könnten. Das war ein Stich ins Wespennest, weil ich mir dafür nicht die Erlaubnis irgendeines blödsinnigen Komitees besorgt habe. Ich konnte bisher auch weder die Ursache noch den genauen Zeitpunkt bestimmen, wann diese Cadmiumvergiftung möglicherweise erfolgt ist. Aber es gibt ein Muster, das alle Patienten miteinander verbindet. Ich bin mir absolut sicher.«

»Dann müssen Sie eben weiterforschen.«

»Das ist so, als würden Sie einer auf dem Rücken liegenden Schildkröte sagen, daß sie weitergehen soll.«

»Nun, ich glaube, daß man Ihnen eine Art Warnung erteilt. Soweit ich das beurteilen kann, ist Colstar eine sehr selbstbewußte Firma. Ich glaube, daß Sie diesen Leuten viel weniger Kopfschmerzen bereiten, als Sie meinen.«

»Woher wollen Sie das so genau wissen?«

»Wie ich Ihnen ja bereits erzählt habe, behalte ich diese Firma ständig im Auge. Außerdem haben einige meiner Freunde dort früher gearbeitet. Und wenn sie mich besuchen, dann sprechen wir natürlich auch über Colstar.«

»Könnten Sie mir da nicht auf irgendeine Weise weiterhelfen? Vielleicht wissen Ihre Freunde etwas von einem Betriebsunfall oder einem unsachgemäßen Umgang mit Cadmium.«

Der Einsiedler schüttelte den Kopf.

»Das bezweifle ich. Mir ist aber aufgefallen, daß in den letzten Tagen eine Menge Betrieb da drüben herrschte. Sobald Sie mein Bein verbunden haben, werde ich mein Logbuch holen und Ihnen zeigen, was ich meine.«

Abby beendete ihre Arbeit und blickte dem Eremiten nach, als er in seine Hütte ging, um den Jutesack mit dem Feldstecher zu holen. Er hinkte jetzt kaum noch, obwohl die Wunde an seinem Bein noch lange nicht verheilt war.

Sie dachte daran, wie sehr er noch vor einigen Wochen gehumpelt hatte, und wie groß seine Schmerzen gewesen sein mußten, daß er seinen Stolz und seine Abneigung gegen Krankenhausärzte überwunden und sich von ihr hatte behandeln lassen. Ives hatte nicht viel über seine Vergangenheit geredet, ihr jedoch anvertraut, daß er früher einmal Philosophieprofessor gewesen war und davor in Vietnam gedient hatte. Er war unkompliziert und neigte oft dazu, die Dinge auf eine kindliche, stark simplifizierende Weise zu betrachten. Doch sie hatte noch nie einen Menschen kennengelernt, der jeden einzelnen Tag des Lebens so sehr zu genießen wußte wie Ives. Falls sie Patience verlassen mußte, würde sie ihn sehr vermissen.

Ives stellte den Jutesack auf die Werkbank und schlug sein Logbuch auf.

»In den letzten vier Tagen sind mehrere Nobelschlitten den Colstar-Hügel hinaufgefahren. Zwei Jaguars, ein Mercedes, ein Porsche. Keiner der Fahrer war mir bekannt. Doch das große Firmenereignis fand gestern statt«, sagte er. »Ein Cadillac mit verlängertem Chassis und mit keinem Geringeren als Senator Mark Corman darin. Kennen Sie ihn?«

»Ich habe von ihm gehört.«

»Er wurde von einem Typ im dunklen Anzug begleitet – möglicherweise sein Leibwächter – und von dem anderen, den ich den Mann in Schwarz nenne. Meine Freunde sagen, er hieße Quinn. Er scheint keine besonders abwechslungsreiche Garderobe zu besitzen, weil ich ihn noch nie etwas anderes als Schwarz habe tragen sehen.«

»Sein Name ist Lyle Quinn. Er ist der Sicherheitschef von Colstar. Er mag sich zwar kleiden wie eine Comicfigur, aber ich glaube, daß er ein sehr gefährlicher Mann ist.«

»Hmmm. Prominenter, einflußreicher Senator besucht Batteriefabrik. Was könnte das bedeuten?«

»Nun, erstens stammt er ja aus dieser Stadt.«

»Da haben Sie recht. Das ist mir bekannt.«

»Und zweitens bemüht sich Colstar im Wettbewerb mit anderen Firmen ständig um neue Regierungsaufträge. Jedenfalls hat Josh so etwas erwähnt.«

»Ich glaube, das wird es sein. Corman will sich vermutlich wieder bei seinen Wählern einschmeicheln, indem er Colstar Regierungsgelder zuschanzt. Aber da Sie gerade von Josh sprachen – haben Sie inzwischen wieder etwas von ihm gehört?«

Abby schüttelte den Kopf. Sie hatte Ives ansatzweise von dem erzählt, was Josh und sie in letzter Zeit durchgemacht hatten, aber jetzt war nicht der richtige Zeitpunkt dafür, ihn in die letzten tragischen Entwicklungen einzuweihen.

»Ives«, sagte sie, »es tut mir leid, daß ich nicht länger bleiben kann, aber unten im Krankenhaus spielt jetzt die Musik. Was auch immer passieren mag – ob mit oder ohne Job –, ich werde auf jeden Fall versuchen, in drei Tagen um dieselbe Zeit wieder hierzusein.«

»Die werden Sie nicht feuern. Da bin ich mir ganz sicher.«

»Wir werden sehen.«

Sie hatte sich schon auf den Weg gemacht, kehrte dann aber noch einmal um und schloß Ives rasch in die Arme.

»Passen Sie gut auf sich auf«, sagte sie leise.

»Das sollten *Sie* erst recht tun«, erwiderte er. »Und bis zu unserem Wiedersehen werde ich meine Lieblingsfabrik ständig im Auge behalten und darüber nachdenken, weshalb ein Senator der Vereinigten Staaten von Amerika so sehr an Batterien interessiert ist.«

24. Kapitel

Joe Henderson trug einen blauweiß gestreiften Leinenanzug, als er Abby in seinem Büro im ersten Stock des Krankenhauses empfing. Abby fiel auf, daß Hendersons Büro fast die gleiche Aussicht bot wie das Büro des medizinischen Direktors. Das Fenster gab den Blick auf die Wiese frei, die sich bis zum Colstar-Felsen hin erstreckte. Abby war bei ihrem ersten Vorstellungsgespräch auch von Henderson interviewt worden, und obwohl er gelegentlich zu sexistischen Bemerkungen neigte, war sie bisher ganz gut mit ihm zurechtgekommen. Als Abby damals in seinem mit Pinienholz getäfelten und mit Jagdtrophäen geschmückten Büro gesessen hatte, war es ihr nicht schwergefallen, diesen Mann zu beurteilen. Henderson war einer jener Zeitgenossen, die die Bemerkung, Abby sähe für eine Ärztin ausgesprochen attraktiv aus, nicht für anstößig hielten. Es war deshalb keine Überraschung für sie gewesen, als er diesem unangemessenen Kompliment auch noch die Frage folgen ließ: »Wieso sind Sie dann überhaupt Ärztin geworden?«

Nun saß sie stocksteif in einem Ledersessel mit niedriger Rückenlehne und wartete darauf, daß dieser Mann mit seinem Loblied auf ihre Fähigkeiten als Unfallärztin zu Ende und auf den Anlaß ihres Treffens zu sprechen käme.

»Es sind also nicht Ihre beruflichen Fähigkeiten, die hier zur Debatte stehen. Ich möchte, daß Sie das wissen«, sagte er.

»Was ist es dann?«

»Nun – offen gestanden gibt es ein paar ziemlich einflußreiche Mitglieder des Verwaltungsrates und auch einige Kollegen, die Ihre Reife und Ihr Urteilsvermögen anzweifeln.«

Abby spürte, wie ihr Entschluß, nicht aus der Haut zu fahren, ins Wanken geriet.

»Erklären Sie mir das bitte genauer.«

Henderson fuhr sich mit den Fingern durch die schütteren Haare und spielte dann mit seinem Brieföffner, der einem Golfschläger nachempfunden war.

»Nun – dann lassen Sie uns zunächst mit der Tatsache beginnen, daß einige unserer Ärzte der Meinung sind, Sie würden ihre fachliche Qualifikation anzweifeln. Soweit ich weiß, hat aber keiner von ihnen unter irgendwelchen diesbezüglichen Bemerkungen leiden müssen. Wir befinden uns hier jedoch in einer Gemeinde, in der praktisch jeder jeden kennt, und was wir alle am meisten schätzen und verteidigen, ist unser Ruf.«

Abby umklammerte mit beiden Händen die Armlehnen des Sessels.

»Weiter.«

»Dann diese Sache mit Peggy Wheaton. Da gibt es Leute, die an jenem Tag zugegen waren und meinen, Sie hätten kein Recht gehabt, die Patientin in diesem kritischen Zustand allein zu lassen und sich um den ... den Mann zu kümmern, der sie kaltblütig ermordet hat. Selbst wenn Peggy Ihrer Meinung nach keine Überlebenschance mehr hatte, führen die Leute diese Entscheidung auf mangelhaftes Urteilsvermögen zurück.«

Er hielt inne, um Abby Gelegenheit zu einem Kommentar zu geben; doch sie sagte nichts. Ihre Kiefer waren nun genauso fest aufeinandergepreßt, wie ihre Hände die Armlehnen umklammerten. Ives irrte sich. Henderson baute hier ein sorgsam orchestriertes Crescendo auf, mit ihrer Entlassung als Finale.

»Und schließlich noch diese Geschichte mit der unerlaubten Akteneinsicht«, fuhr er fort. »Wie sich die Mitglieder der Ärzteschaft in einem solchen Fall zu verhalten haben, ist in den Bestimmungen unserer Krankenhaussatzung klar und deutlich niedergelegt. Da wir uns, wie schon gesagt, in einer ›gläsernen‹ Gemeinde befinden, waren die Ärzte dieses Krankenhauses der Meinung, daß die Daten der Patienten, die sich uns anvertrauen, so vertraulich wie möglich zu behandeln sind. Wir wollten damit auch verhindern, daß es zu nicht genehmigten Revisionen von Behandlungsmethoden kommt, die dazu geeignet wären, einen Arzt gegen einen anderen auszuspielen. Erst vor zwei Tagen hat Mrs. Ricci Sie im Archiv noch ausdrücklich auf diese Bestimmungen hingewiesen. Doch wir haben Grund zu der Annahme, daß Sie gestern abend noch einmal Einsicht in die Krankenakten unseres Hospitals genommen haben – diesmal mit Hilfe eines Computers, der sich in der Bibliothek der Volkshochschule befindet. Ich gebe zu, daß wir keinen absoluten Beweis dafür haben, daß Sie es gewesen sind. Doch das Kontrollsystem, das wir zum Schutz des neuen Datenarchivs eingebaut haben, zeigte uns an, daß es sich um einen externen Einbruch in unser Datenarchiv handelte, und nannte auch die Telefonnummer, über die der Einbruch erfolgte. Wir haben uns dann eine genaue Personenbeschreibung von der Aufsicht in der Bibliothek geben lassen, die zu der fraglichen Zeit dort ihren Dienst versah.«

»Ich *war* es«, sagte Abby.

»Warum? Weshalb taten Sie das, obwohl Sie wußten, daß es nach den Bestimmungen unserer Krankenhaussatzung verboten ist?«

Abby zögerte. Inwieweit konnte sie sich Henderson anvertrauen? Er hatte offensichtlich Verbindungen zu Colstar; jeder in Patience hatte sie. Aber er war auch der Chef der Institution, die für die medizinische Betreuung aller auf ihrer Liste stehenden Patienten verantwortlich war. Bestimmt würde ihm – ebenso wie Oleander und Quinn – bekannt sein, daß die Allianz noch immer aktiv war. Aber möglicherweise war er sich nicht im klaren darüber, welche Dimensionen dieses Toxizitätsproblem inzwischen angenommen hatte – und wie explosiv es war. Vielleicht war jetzt der Zeitpunkt gekommen, wo sie ihre Nachforschungen publik machen sollte. Außerdem fragte sie sich, welchen Schaden Henderson anrichten konnte, wenn er Colstar bei der Vertuschung eines Betriebsunfalls – oder was auch immer diese Kontamination verursacht hatte – unterstützte. Er konnte sie natürlich feuern, aber das hatte er ja ohnehin vor. Deshalb beschloß sie, ihm zumindest einen Teil ihrer Befürchtungen mitzuteilen.

»Joe, Sie sagten vorhin, diese Bestimmung sei in die Krankenhaussatzung aufgenommen worden, um die Vertraulichkeit von Patientenakten zu gewährleisten. Nun – ich habe diese Bestimmung verletzt, weil ich glaube, daß das Leben eben dieser Patienten in Gefahr ist. Und ich glaube auch, daß Colstar dafür verantwortlich ist.«

Henderson lehnte sich vor.

»Warum haben Sie nicht schon früher mit jemandem von uns darüber gesprochen?«

»Mit wem denn? Dr. Oleander ist mir fast an die Gurgel gesprungen, als ich bei einigen seiner Patienten eine Blutuntersuchung auf Cadmiumwerte hin anordnete.«

»Die alle negativ waren, wie man mir sagte.«

»Sehen Sie? Das ist ein Musterbeispiel dafür, daß es in dieser Stadt keine Geheimnisse gibt. Das, was Colstar meiner Vermutung nach angestellt haben könnte, ist kriminell. Möglicherweise mußten deswegen sogar Leute sterben. Der Firma würde eine schwere Strafe oder sogar die Schließung drohen. Falls da etwas vorsätzlich vertuscht wurde, könnten die Verantwortlichen ins Gefängnis wandern. Mit wem sollte ich also darüber reden? Konnten Sie da von mir verlangen, daß ich das Archivkomitee um die Erlaubnis zur Akteneinsicht bitte, wenn dessen Vorsitzender Martin Bartholomew ist, der auch die Colstar-Klinik für die Firmenangestellten leitet?«

»Ich verstehe.«

»Und deshalb entschied ich, daß das Wohl meiner Patienten – und es sind auch *Ihre* Patienten – es rechtfertigt, diese Bestimmung zu verletzen.«

»Abby, wie kommen Sie überhaupt darauf, Colstar sei

für eine fahrlässige Cadmiumverseuchung verantwortlich, wenn es dafür absolut keine Beweise gibt? Keine positiven Testergebnisse. Nichts.«

»Ich warte auf den Anruf eines unabhängigen Labors in San Francisco, das ich mit der Untersuchung von Blutproben beauftragt habe.«

»Sie trauen unserem Labor nicht?«

»Offen gestanden, traue ich im Augenblick niemandem hier.«

»Und welchem Patienten haben Sie diesmal Blut für eine Untersuchung entnommen?«

Abby fragte sich erneut, wieweit sie sich Henderson anvertrauen sollte. Konnte sie Cardozas Namen nennen, ohne ihn damit in Gefahr zu bringen? Aber wenn sie an ihre Begegnung mit dem Pritschenwagen dachte, blieb in Patience sowieso kein Geheimnis lange verborgen.

»Willie Cardoza«, antwortete sie.

Hendersons Versuch, überrascht auszusehen, versagte kläglich.

»Sie glauben, daß er mit Cadmium vergiftet wurde?« fragte er.

»Ja, das glaube ich. Das würde auch seine Gewalttätigkeit und die Irrsinnigkeit seiner Tat erklären. Ich habe mich sehr intensiv mit diesem Thema beschäftigt. Ein gewalttätiges, psychotisches Verhalten gehört zu den Symptomen einer Cadmiumvergiftung, besonders bei hohen Dosen. Außerdem finden sich in Cardozas Augen bestimmte Merkmale, die höchstwahrscheinlich auf eine Schwermetallvergiftung hindeuten – und Cadmium ist ein Schwermetall. Selbstverständlich würde ich mich besser fühlen, wenn ich wüßte, daß Willie für seine Tat nicht verantwortlich war, obwohl ich nach wie vor zu meiner Entscheidung stehe, daß seine Behandlung Vorrang hatte. Ich habe das getan, was jeder Arzt in der Notfallausbildung lernt – sich zuerst um jene Patienten zu kümmern, die eine Überlebenschance haben.«

»Die *Ihrer Meinung nach* diese Chance haben.«

»Verdammt, Joe! Aber gut – wenn Sie das glücklicher macht, werde ich mich Ihrer Auffassung anschließen. Und jetzt beenden wir dieses Thema.«

»Hat außer Ihnen noch jemand diese Merkmale in Cardozas Augen gesehen?«

»Noch nicht. Aber wer möchte, kann das jederzeit tun.«

»Das wird nicht so leicht sein, wie Sie meinen. Cardoza wurde heute morgen in ein Gefängnishospital verlegt.«

»In welches?«

»Ich fürchte, es ist mir nicht gestattet, diese Information an Dritte weiterzugeben.«

Abby seufzte. »Was für ein Possenspiel.«

Henderson fand diese Bemerkung offenbar anstößig.

»Wir sind nicht dieser Meinung, Doktor«, schnaubte er. »Unser Hospital und die Firma Colstar nehmen die Gesundheit der Bewohner von Patience außerordentlich ernst. Als in dieser Kommune vor zweieinhalb Jahren die ersten Gerüchte über Colstar laut wurden, haben die Umweltschutzbehörde und das für die Sicherheit am Arbeitsplatz zuständige Bundesamt entsprechende Ermittlungen angestellt. Die Firma Colstar hat damals alles getan, um diese Ermittlungen zu unterstützen, und den beiden Teams, die sich hier fast eine Woche lang aufhielten, freien Zutritt zu all ihren Anlagen gewährt. Es wurden damals kleinere Verstöße gegen bestehende Vorschriften entdeckt, die sofort abgestellt wurden; aber nichts, was eine gesundheitliche Gefahr für das Tal oder die Arbeiter von Colstar dargestellt hätte. Sie sind doch selbst dort oben gewesen. Sie haben sich doch selbst davon überzeugen können, wie streng die Sicherheitsmaßnahmen befolgt werden.«

Wieder so ein offenes Geheimnis.

»Woher wissen Sie denn, daß ich dort oben war?« fragte sie.

»Abby, was macht das jetzt noch für einen Unterschied?

Das Problem ist, daß Sie es darauf angelegt haben, Konflikte zu schaffen, wo es keine Konflikte gibt. Wir haben den Eindruck gewonnen, daß Ihr Temperament und Ihre Arbeitsmethoden viel besser in einen Ort passen, wo nicht jeder mit den Verhältnissen seiner Mitbewohner so sehr vertraut ist wie hier. Die Empfehlungsschreiben von den Direktoren der St.- Johns-Klinik waren überragend. Vielleicht sollten Sie besser wieder an einer Klinik mit einem akademischen Umfeld arbeiten, wo Kontroversen gewissermaßen zur Tagesordnung gehören.«

»Joe, ich glaube nicht, daß Patienten wie Bill Tracy, Hazel Cookman und viele andere, die ich inzwischen hier behandelt habe, der Meinung sind, ich würde Konflikte erzeugen und Zwietracht säen. Es fällt mir schwer, mich an einige Aspekte des Kleinstadtlebens zu gewöhnen, aber sobald ich die Unfallstation betrete, fühle ich mich frei und in meinem Element. Bevor ich hierherkam, hatte ich Angst, ohne ständige fachärztliche Hilfe im Rücken auf einer Unfallstation zu arbeiten. Nun habe ich entdeckt, daß mir diese Herausforderung sogar Spaß macht. Ich möchte nicht von hier weggehen. Zumindest nicht jetzt.«

Henderson schüttelte den Kopf. »Wie ich hörte, will eine Reihe von Pflegekräften und Ärzten nicht einmal mehr mit Ihnen sprechen.«

»Weil ihnen der Tod von Peggy Wheaton nahegeht. Das ist verständlich. Aber sie werden mit der Zeit einsehen, daß Peggy gar keine Chance hatte.«

»Abby, es tut mir leid, aber das wird nicht funktionieren.«

Sie holte tief Luft, um sich zu beruhigen.

»Joe, als Sie mich heute morgen anriefen, habe ich noch einmal meinen Vertrag durchgelesen, in dem klar und deutlich steht, aus welchen Gründen man mich entlassen kann. Ich glaube nicht, daß das, was Sie heute über mich und meine Arbeit gesagt haben, einen Entlassungsgrund darstellt.«

»Ich möchte Sie nicht feuern, Abby. Ich will Ihnen nur nahelegen zu kündigen.«

»Und wenn ich nein sage?«

Henderson trommelte mit den Fingern auf seinem Schreibtisch und zog dann eine Akte aus der Schublade.

»Die falsche Beurteilung der in einer kritischen Situation notwendigen Maßnahmen ist durchaus ein Entlassungsgrund. Ich habe hier den Autopsiebericht von Peggy Wheaton.«

Abby blickte ihn fragend an.

»Ich war bei der Autopsie zugegen«, sagte sie. »Vom Anfang bis zum Ende. Ich verstehe nicht, was das ...«

»Lesen Sie, was in dem Bericht steht, Abby«, unterbrach er sie.

Die erste Seite des Autopsieberichts beschrieb, wie die Schädeldecke von Peggy Wheaton entfernt und die Verletzungen des Schädelknochens und des Gehirns untersucht worden waren. Abby las diesen ersten Absatz mit wachsendem Unbehagen. Die Verletzungen, die hier beschrieben wurden, waren nicht so ernst wie die massive Fraktur und die ausgedehnten Schäden am Gehirn, die Abby in der Unfallstation diagnostiziert hatte und die später, wie sie aus eigener Beobachtung wußte, bei der Autopsie bestätigt worden waren. Tatsächlich waren die hier beschriebenen Verletzungen so geringfügig, daß sie *nicht* zu Peggys Tod hätten führen müssen.

»Das ist eine Lüge«, sagte sie. »Jedes Wort, das hier steht, ist gelogen.«

Die zweite Seite galt den Befunden in Peggys Brust: eine Quetschung des Herzens mit einem traumatischen Hämoperikardium – eine die Herztätigkeit behindernde Blutansammlung zwischen Herzmuskel und Membrane. Wenn dieser Befund wahr gewesen *wäre* – und Abby wußte, daß das nicht der Fall war, weil sie ja Peggys vollkommen normales Herz bei der Obduktion selbst gesehen hatte –, würde sie tatsächlich schuldhaft die rasch zu beseitigende Todesursache der Frau übersehen haben.

»Sie glauben doch wohl nicht im Ernst, daß Sie damit durchkommen! Ich werde darauf bestehen, daß man das Gewebe noch einmal untersucht.«

»Das steht Ihnen frei. Ich kann mir aber nicht vorstellen, daß Sie damit Erfolg haben werden. Der Autopsiebericht ist amtlich und von dem vereidigten Amtsarzt, Dr. Barrett, unterschrieben.«

Abby stöhnte. Barrett leitete die Pathologie des Kreiskrankenhauses und außerdem das Labor, das bisher in keiner der untersuchten Blutproben eine Spur von Cadmium gefunden hatte.

»Ich kann einfach nicht glauben, daß Sie sich zu so etwas hergeben würden.«

»Abby, niemand hier möchte, daß dieser Bericht an die Öffentlichkeit gelangt. Er würde ein schlechtes Licht auf das Krankenhaus und auf Sie werfen. Tatsächlich wäre ich nicht überrascht, wenn Gary Wheaton und sein Anwalt sich dazu genötigt sähen, die Sache gerichtlich zu verfolgen. Das könnte Sie Ihre Zulassung als Ärztin kosten.«

»Stelle ich eine so große Bedrohung für Colstar dar, daß Ihr Euch alle gegen mich verschworen habt? Was, zum Teufel, geht hier eigentlich vor?«

»Wir würden es begrüßen, wenn Sie zum Ersten des nächsten Monats kündigen würden.«

»Und wenn ich mich weigere?«

»Dann müssen wir wohl entscheiden, was im Interesse des Hospitals und der Gemeinde das beste wäre.«

In diesem Moment meldete sich Abbys Piepser, und gleichzeitig fing der Lautsprecher auf dem Flur vor Hendersons Büro an zu plärren.

»Code Neunundneunzig, Röntgenstation. Code Neunundneunzig, Röntgenstation ...«

Abby holte den Piepser aus der Tasche und blickte darauf.

»Es ist die Unfallstation, und es ist dringend«, sagte sie, während sie ihren Sessel vom Schreibtisch wegschob. »Sie brauchen meine Hilfe bei diesem Code.«

»Wir können unser Gespräch ja auch später noch beenden«, erwiderte Henderson eisig. »Vielleicht sollten wir erst einmal nachsehen, was in der Radiologie los ist.«

»Ihre Sekretärin könnte der Station inzwischen mitteilen, daß ich auf dem Weg dorthin bin. Und falls ich das später vergessen sollte zu sagen, Joe – Sie sind eine Kanaille.«

Die Lautsprecher verkündeten noch immer den Code Neunundneunzig, als Abby den Flur zur Treppe hinunterlief. Die radiologische Abteilung befand sich im Erdgeschoß – in der Nähe der Unfallstation. Sie versuchte sich in diesem Moment daran zu erinnern, welcher Arzt heute in der Notaufnahme Dienst hatte. Wer das auch immer sein mochte – er würde jetzt den Code-Einsatz leiten. Als sie durch die offenen Türen in die radiologische Abteilung hineinlief, fiel ihr plötzlich ein, daß Jill Anderson heute an der Reihe war. Das konnte kaum gutgehen. Jill war fahrig, unsicher und neigte zu Temperamentsausbrüchen. *Und ihr hatte man eben noch ein getrübtes kritisches Urteilsvermögen vorgeworfen!* Abby hatte sich schon mehrmals gefragt, was Jill in einem Fachbereich zu suchen hatte, der zumindest einen kühlen Kopf verlangte. Jedesmal, wenn Jill ihren Stationskittel anzog, rechnete Abby mit einer Katastrophe.

Eine medizinische Assistentin, die am Eingang der Station stand, deutete den hell erleuchteten Korridor hinunter.

»In der Kernspin-Tomographie, Dr. Dolan!« rief sie. »Bitte beeilen Sie sich.«

Die Magnetische Resonanzbildabteilung bestand aus einem kleinen Empfangsbereich, einer Umkleidekabine und einem Raum, in dem der wuchtige Kernspin-Tomograph selbst untergebracht war. Davor standen mehrere Leute, die sich den Hals verrenkten, um die Vorgänge hinter den dicken Glaswänden verfolgen zu können.

»Werfen Sie einen von denen hinaus und gehen Sie einfach hinein«, sagte eine Schwester, als Abby näher trat.

Als Studentin, Assistenzärztin und schließlich als Notfallfachärztin hatte Abby an Hunderten von Code-Neunundneunzig-Einsätzen teilgenommen. Aber diese bizarre Szene in dem überfüllten MRT-Raum würde sie wohl nie mehr vergessen. Jill Anderson versuchte mit tränenüberströmtem Gesicht einer Frau, die verzweifelt mit Armen und Beinen um sich schlug, eine Spritze zu verabreichen. Jeder Quadratzentimeter Haut, den Abby von der Patientin sehen konnte, war flammend rot. Jill gegenüber stand Dr. Del Marshall, ein Radiologe Mitte Sechzig, und bemühte sich, die Patientin mit einem schwarzen Ambu-Beatmungsbalg zu ventilieren. Aber schon von der Tür aus konnte Abby erkennen, daß es ihm nicht gelang, auch nur ein Quentchen Luft in die Lungen der Frau zu befördern.

»Was ist los?« fragte Abby, als eine Schwester beiseite trat, um ihr an der Trage Platz zu machen.

»Anaphylaktischer Schock«, erwiderte Jill. »Die Patientin bekam ihn während der Aufnahmen im MRT-Gerät. Ihre Kiefer sind so fest zusammengepreßt, daß man nicht intubieren kann. Sie atmet kaum noch.«

Warum hast du die Patientin nicht sofort aus diesem Kabuff in die Unfallstation hinübergebracht? hätte Abby am liebsten gebrüllt. Die vierzig Sekunden, die sie für diesen Umzug vielleicht gebraucht hätte, wären ihr durch den Raum und die dortigen Geräte tausendfach entgolten worden. Aber vielleicht war die Zeit jetzt schon so kostbar, daß ein Umzug nicht mehr in Frage kam.

Abby trat hinter Del Marshall, um die Patientin und die Bemühungen des Radiologen besser erkennen zu können. Über der schwarzen Gummimaske der Patientin bemerkte sie hellrote Haare. Marshall trat zurück und überließ Abby den Beatmungsbalg. Abby hob den Balg vorsichtig in die Höhe. Die Frau, die dort mit weit aufgerissenen Augen vor ihr lag und vergeblich nach Luft rang, war Claire Buchanan.

25. Kapitel

Claire Buchanans rotes, aufgedunsenes Gesicht war kaum noch wiederzuerkennen. Sie ruderte so heftig mit Armen und Beinen, als würde sie jemand mit einem Kissen ersticken.

Jill Anderson sah kaum besser aus als die Patientin. Das Make-up war völlig zerlaufen, und ihr ohnehin blasses Gesicht war blutleer.

»Ich muß ihr diesen Katheter setzen, damit wir sie mit Anectine betäuben können«, sagte sie. »Und sobald sich ihre Kiefer lockern, können wir ihr vielleicht einen Schlauch intubieren.«

Betäuben. Schlauch. Soweit Abby sehen konnte, war Claire Buchanan noch bei Bewußtsein. In dieser Situation waren Jills Bemühungen nicht nur kontraproduktiv, sondern für die Patientin geradezu lebensgefährlich, da der sinnlose Versuch, einen Katheter an Claires Halsvene anzubringen, nur einen unnötigen Zeitverlust bedeutete. Der Milchsäureüberschuß – das Exzeßlaktat –, der sich infolge der niedrigen Sauerstoffwerte im Blut rasch aufbaute, konnte jeden Moment zu einem Herzstillstand führen.

Jill war zwar die Leiterin des Code-Neunundneunzig-Einsatzes, aber Abby konnte unter keinen Umständen zulassen, daß die Dinge so blieben, wie sie im Augenblick waren. Was hatte sie denn noch zu verlieren? Henderson hatte sie doch soeben mehr oder weniger gefeuert.

»Jill«, sagte sie mit unverhohlener Entschlossenheit, »lassen Sie mich Ihnen helfen.«

In diesem Moment glich Jill einem verängstigten Tier, das auf einen Baum geklettert war und nun erkennen mußte, daß es sich nirgendwo mehr hinflüchten konnte.

»Übernehmen Sie«, sagte Jill.

Gott sei Dank.

Abby spürte bereits, wie immer in solchen Momenten, eine Verlangsamung der Bewegungsabläufe und eine Dämpfung aller Geräusche, während ihr Körper und ihr Geist sich auf die wesentlichen Elemente des hier vorliegenden Falles konzentrierten. Und binnen weniger Sekunden hatte sie das Problem der Patientin erkannt und verstanden, was in diesem Fall zu tun war.

»Jill, befestigen Sie bitte eine Aderpresse hier am Arm«, sagte sie. »Und irgend jemand legt seinen Finger auf ihre Femoralis, um dort den Puls zu kontrollieren, bis wir sie an unseren tragbaren Monitor anschließen können.«

Als nächstes wandte sie sich der Schwester Mary Wilder zu. Sie hatten sich einmal mit Vornamen angeredet und waren enge Verbündete im Kampf um das Leben von Notfall- und Unfallpatienten gewesen. Doch seit Peggy Wheatons Tod hatte die Schwester kein freundliches Wort mehr mit ihr gesprochen.

»Mrs. Wilder, geben Sie Dr. Anderson bitte null Komma acht Milligramm Epinephrin mit einer siebenundzwanziger Nadel.«

Wilder blickte sie mit ausdruckslosem Gesicht an.

»Ja, Doktor.«

Trotz der gegenwärtigen Situation mußte Abby an ihren Alptraum denken und daran, wie Schwester Mary darin zu Tode gekommen war.

Wenn du nur wüßtest …

»Jill, vergessen Sie den Katheter, den Sie an der Subklavia setzen wollten. Suchen Sie sich irgendeine kleine Vene und infundieren Sie das Epi. Spritzen Sie es ihr notfalls in die Femoralis oder die äußere Jugularis. Solange sie das Epi intravenös bekommt, ist es in Ordnung.«

Abby überprüfte nun Claires Kiefer, die tatsächlich so fest zusammengepreßt waren wie ein Fangeisen. Es war also sinnlos, zu versuchen, einen Schlauch durch den Mund in die Luftröhre der Patientin einzuführen. Aber es gab noch eine andere Möglichkeit – oder vielmehr zwei. Eines dieser beiden Verfahren – eine nasotracheale Intubation – konnte sie vermutlich gleich hier an Ort und Stelle durchführen. Doch für die zweite Möglichkeit – einen Luftröhrenschnitt – würde sie chirurgische Beleuchtung, die automatische Absaugvorrichtung und das übrige Instrumentarium der Notaufnahme benötigen. Und das bedeutete einen riskanten Stellungswechsel.

»Ich brauche einen nasotrachealen Tubus der Größe sechs«, sagte sie.

Der nasotracheale Atemschlauch war so gefertigt, daß man ihn durch die Nase, an der Rückseite des Rachens entlang und zwischen den Stimmbändern hindurch in die Luftröhre einführen konnte. Da dieser Schlauch in dem langen, engen Nasengang festgehalten wurde, waren bei länger anhaltenden Beatmungsperioden die Gewebeschäden geringer als bei der endotrachealen Intubation durch den Mund, da der Schlauch eine größere Bewegungsfreiheit im Rachenraum hatte und die Verletzungsgefahr entsprechend größer war. Doch die Intubation durch die Nase dauerte länger, war technisch schwieriger und konnte auch dieses Organ verletzen, wenn sie nicht sachgerecht durchgeführt wurde. In der Regel wurde bei der Einführung eines nasotrachealen Beatmungsschlauches ein beleuchtetes Laryngoskop – ein Kehlkopfspiegel – in den Mund des Patienten eingebracht, mit der die Zunge beiseite geschoben und der Arzt in die Lage versetzt wurde, unter ständiger Beobachtung des Vorgangs den Schlauch mit Hilfe einer langstieligen Klammer durch den Rachenraum und den Kehlkopfeingang zu schieben. Da Claire jedoch ihre Kiefer fest zusammengepreßt hatte, war es Abby nicht möglich, ein Laryngoskop zu verwenden. Sie würde die Intubation ›blind‹, also mit Hilfe ihres Gehörs und Tastsinns, *und* alleine durchführen müssen. Abby hatte diese Technik zwar schon oft angewandt, aber noch nie in einer so kritischen Notfallsituation – noch dazu bei einem Patienten, der bei Bewußtsein war und mit Beinen und Armen um sich schlug.

Sie drehte sich kurz von Claire Buchanan weg und flüsterte mit einer der Schwestern. »Würden Sie bitte in die Unfallstation hinübergehen und dort alles für eine Tracheotomie vorbereiten, falls es mir nicht gelingen sollte, den Schlauch einzuführen.«

Im nächsten Moment beugte sie sich wieder über die Trage und versuchte, die Patientin ein wenig zu beruhigen. Gleichzeitig führte sie der Frau mit Hilfe der Beatmungsmaske und des Blasebalgs den lebensnotwendigen Sauerstoff zu.

Ihre schlimmsten Feinde waren nun die Zeit und die eingeschränkten Raumverhältnisse, die Jill sich für ihre medizinischen Notfallmaßnahmen ausgesucht hatte. Abby sortierte rasch diejenigen Leute aus, die im Augenblick nicht gebraucht wurden, und bat sie, draußen zu warten. Del Marshall schickte sie in eine Ecke des Zimmers, wo er ihr nicht im Weg sein konnte. Der Radiologe, der an solche medizinischen Krisensituationen kaum gewöhnt war, folgte bereitwillig ihrer Anordnung. Er war leichenblaß im Gesicht, und einen Moment lang fürchtete Abby sogar, daß er in Ohnmacht fallen würde. Während sie dem Radiologen kurz nachschaute, als er sich in eine Ecke des Raumes zurückzog und dort an die Wand lehnte, hatte sie für den Bruchteil einer Sekunde Blickkontakt mit Joe Henderson, der in der Tür stand und das Geschehen beobachtete. Sie tauschten einen kurzen Blick, bevor Abby sich ohne erkennbare Reaktion wieder ihrer Patientin zudrehte.

Claires Gesicht war scharlachrot. Ihre Lippen glichen Würsten, und das Gewebe um die Augen herum war so angeschwollen, daß es fraglich schien, ob sie ihre Augen überhaupt aufmachen konnte. Wesentlich bedenklicher aber war die Tatsache, daß ihre Bewegungen sichtlich schwächer wurden.

Mach schon, Jill, betete Abby im stillen. *Infundiere ihr endlich das Epi ... Verdammt noch mal, beeile dich!*

Die Schwester, die am Wagen mit der Notfallausrüstung stand, reichte Abby jetzt den nasotrachealen Schlauch.

»Haben Sie den Ballon überprüft?« erkundigte sich Abby.

Es kam nicht selten vor, daß Abby den Schlauch mühelos intubiert hatte, um dann entdecken zu müssen, daß der Ballon, der den Raum zwischen der Innenwand der Trachea und dem Schlauch abdichten sollte, fehlerhaft war. In diesem Fall mußte die Intubation mit einem neuen Schlauch wiederholt werden, aber dann waren die Stimmbänder in der Regel traumatisiert und angeschwollen.

»Nein, Doktor«, murmelte die Schwester. »Entschuldigung.«

»Dann tun Sie das bitte«, befahl Abby. »Und er muß auch besser eingeölt sein.«

Wenn du so weitermachst und Leute wie Jill und diese Schwester maßregelst, dann darfst du dich nicht wundern, falls sie dich am Ende noch lynchen, dachte Abby.

»Ich hab's, Abby!« rief Jill plötzlich. »Das Epi ist drin!«

»Ich wußte doch, daß Sie es schaffen würden. Und jetzt setzen Sie den Katheter in der Subklavia. Aber lassen Sie sich genügend Zeit dafür. Wenn die Kanüle angebracht ist, infundieren Sie ein paar Steroide – am besten vierzig Milligramm Solu-Medrol und dann noch fünfzig Milligramm Benadryl.«

Claire hatte inzwischen aufgehört zu atmen. Sie mußten jetzt jeden Moment darauf gefaßt sein, Reanimationsmaßnahmen bei der Patientin durchzuführen. Aber solange sie den Lungen keinen Sauerstoff zuführen konnten, war jeder Versuch einer künstlichen Beatmung sinnlos. Abby konnte sich nicht erinnern, wann sie das letzte Mal den Exitus eines Patienten mit anaphylaktischem Schock erlebt hatte. Die Notfallbehandlung solcher Patienten war in der Regel erfolgreich. Zudem war sie in der St.-Johns-Klinik stets von mehreren kompetenten Unfallchirurgen umgeben gewesen, die in nur einer oder höchstens zwei Minuten einen perfekten Luftröhrenschnitt durchführen konnten. Aber hier hatten die Heftigkeit von Claires allergischen Reaktionen und Jills Unentschlossenheit Abby in eine außerordentlich prekäre Lage versetzt.

Abby versuchte mit dem Beatmungsbalg noch ein letztes Mal, Claires Lungen reinen Sauerstoff zuzuführen. Claires Halsmuskeln waren inzwischen genauso verkrampft wie ihre Kiefermuskulatur; der Widerstand gegen eine reguläre Luftzufuhr war gewaltig. Auf der anderen Seite der Trage wurden Jills Bewegungen immer zögerlicher. Abby konnte unmöglich so lange warten, bis Jill die Infusionskanüle gesetzt hatte.

Sie versuchte sich zu konzentrieren und alles Nebensächliche zu verdrängen. Doch die Erinnerung an die früheren Begegnungen mit Claire Buchanan wollte ihr einfach nicht aus dem Kopf.

»... sind Sie ein nervöser Typ?«

»Nein, das glaube ich nicht. Ich habe nur große Angst vor dem Aufenthalt in geschlossenen Räumen ...«

Abby blickte in den langen, glänzenden Zylinder des Kernspin-Tomographen hinein. Wie konnte jemand, der an einer echten Klaustrophobie litt, es fünfundvierzig Minuten in dieser Röhre aushalten? Denn so lange brauchte man in der Regel für eine komplette magnetische Kernspin-Aufzeichnung.

»Claire, halte durch, bitte ...«

Abby spürte, wie die Panik mit eiskalten Fingern nach ihr griff.

»… Ich war eine verdammt gute Tänzerin, wenigstens für Sioux City …«

»Verlaß uns nicht, Claire … Verlaß uns jetzt nicht …«

»Okay, dann machen wir jetzt die Intubation. Mrs. Wilder. Sie legen Ihre Hände links und rechts an den Brustkorb der Patientin und pressen diesen rhythmisch zusammen, wenn ich es Ihnen sage. So bekomme ich wenigstens ein Geräusch, an dem ich mich orientieren kann. Ich werde nur einen Versuch machen. Wenn mir die Intubation nicht gelingt, bringen wir sie sofort hinüber in die Notaufnahme, um dort einen Luftröhrenschnitt zu machen. Sind wir auch absolut sicher, daß sich im Augenblick kein Chirurg im Hause befindet?«

»Der Chirurg vom Dienst wurde verständigt, aber er braucht mindestens zehn Minuten für die Fahrt von seiner Praxis bis hierher.«

Es war schon sechs oder sogar sieben Jahre her, seit Abby ihre letzte Notfall-Tracheotomie durchgeführt hatte. Aber wenn sie den Beatmungsschlauch nicht einfädeln konnte, blieb ihr gar nichts anderes übrig, als mit Claire Buchanan in die Unfallstation hinüberzurennen, ihren ganzen Mut zusammenzunehmen und bei ihr einen Luftröhrenschnitt anzubringen.

»Jill, machen Sie bitte einen Moment Pause, bis ich den Schlauch intubiert habe. Ich brauche jetzt absolute Ruhe, damit ich die Luft hören kann, die durch ihren Kehlkopfeingang strömt. Sind Sie soweit, Mrs. Wilder?«

Innerhalb von Sekunden herrschte Stille in dem Raum. Abby beugte sich zu der Patientin hinunter und brachte ihren Mund ganz dicht an Claires Ohr heran.

»Claire, können Sie mich hören?«

Keine Antwort, keine Bewegung.

»Claire, Sie werden gleich einen Plastikschlauch in Ihrer Nase spüren. Der soll Ihnen beim Atmen helfen.«

Immer noch keine Reaktion.

Es blieb jetzt keine Zeit mehr für Erklärungen. Obwohl

Claire Buchanan ihre Kiefer weiterhin fest zusammenpreßte, würde sie jeden Moment das Bewußtsein verlieren. Abby schickte noch zwei Schwestern aus dem Raum, deren Hilfe sie nicht benötigte. Dann nahm sie den eingeölten Plastiktubus und führte ihn in Claires rechtes Nasenloch ein. Der Schlauch ließ sich kaum bewegen. Als nächstes schob Abby ihre freie Hand unter Claires Kopf und hob ihn etwas an. Der Schlauch blieb im Nasengang an einer der harten Lamellen des Gaumenbeins hängen, aber als Abby den Schlauch ein wenig drehte und dabei etwas Druck ausübte, kam er wieder frei, und sie konnte ihn nun bis zur Rückwand des Rachenraums hineinschieben. Der erste Schritt war gelungen – der leichtere Teil.

Abby beugte sich noch tiefer hinunter, bis ihr Ohr sich dicht über dem hinteren Ende des Schlauches befand.

»Okay, Mrs. Wilder«, sagte sie in die Stille hinein, »drücken Sie jetzt den Brustkorb alle drei Sekunden einmal zusammen.«

Abby hörte ein schwaches Geräusch in der Tiefe des Rachens und schob den Schlauch ein kleines Stück weiter. Diesmal hörte sie nichts. Also hatte sie den Schlauch vermutlich schon an der Eingangspforte der Luftröhre vorbei in die Speiseröhre hineingeschoben. Sie zog den Schlauch deshalb wieder einen Zoll weit zurück und drehte ihn ein bißchen, damit das Ende im Rachenraum mehr in die Richtung des Kehlkopfs zeigte.

»Dr. Dolan, ich spüre keinen Puls mehr in der Femoralis.«

Abby überprüfte rasch den Puls an der Halsschlagader. Er war zwar noch spürbar, aber sehr schwach. Das Leben der Patientin hing an einem seidenen Faden.

»Mrs. Wilder«, sagte Abby. »Wenn wir die Patientin auf die Unfallstation verlegen müssen, stellen Sie die Thoraxmassage ein. Wir werden mit den Reanimationsmaßnahmen erst beginnen, wenn wir dort sind. Bitte bereiten Sie sich alle auf diesen Stellenwechsel vor.«

Ihr blieben jetzt noch ungefähr zehn Sekunden für einen zweiten Versuch. Wenn dieser mißlang, konnte sie nur noch einen zeitraubenden Sprint in die Unfallstation machen und dort unter den denkbar schlechtesten Voraussetzungen einen Luftröhrenschnitt durchführen.

»Absolute Ruhe jetzt«, sagte sie abermals, obwohl kaum ein Geräusch zu vernehmen war. »Mrs. Wilder, setzen Sie die Brustkorbmassage fort.«

Abby hielt ihr Ohr wieder über das hintere Ende des Schlauchs, während die Schwester erneut alle drei Sekunden den Brustkorb der Patientin zusammendrückte. Claire Buchanans Arme und Beine vollführten jetzt nur noch krampfhafte, sinnlose Zuckungen. Plötzlich hörte Abby wieder das schwache Zischen einströmender Luft und schob daraufhin den Schlauch ungefähr einen Zentimeter tiefer in den Rachen hinein. Das Geräusch wurde lauter. Plötzlich war da ein Widerstand, so daß sie den Schlauch nicht weiter einbringen konnte. War sie gegen die Epiglottis, den knochenartigen Verschluß des Kehlkopfs, gestoßen? Oder war sie bereits in diesen eingedrungen, und wurde der Schlauch jetzt von den angeschwollenen Stimmbändern über der Luftröhre blockiert?

Abby spürte, wie die Panik wieder in ihr aufsteigen wollte. Das Ganze war ein einziger Alptraum. Sollte sie nun versuchen, den Schlauch mit Gewalt tiefer in den Schlund hineinzuschieben – in der Hoffnung, daß er sich jetzt vor der Luftröhre im Kehlkopf befand? Oder war es besser, die Intubation aufzugeben und den Sprint in die Unfallstation zu riskieren, um dort eine Notfall-Tracheotomie von einer Ärztin durchführen zu lassen, die einen solchen Eingriff seit vielen Jahren nicht mehr gemacht hatte? Abby wartete, bis sie wieder ein leises Gurgeln einströmender Luft hörte, und schob dann den Schlauch mit soviel Kraftaufwand, wie sie aufzubringen wagte, tiefer in den Schlund hinein. Falls sie dort ein wichtiges Organ verletzte, konnte dies zu einer lebensbedrohlichen Blutung in

Claires Lunge führen. Dafür würde sie die volle Verantwortung übernehmen müssen.

Plötzlich traf sie auf einen Widerstand. Dann hörte sie einen leisen, schnalzenden Laut, und der Schlauch rutschte fast drei Zentimeter tiefer. Abby wußte, daß sie sich nun in der Luftröhre befand. Das vordere Schlauchende hatte sich zwischen den Stimmbändern hindurchgeschoben und war im unteren Bereich der Luftröhre angelangt. Möglicherweise waren auch die Stammbronchien angeschwollen, aber da der Patientin bereits Epinephrin infundiert worden war, würde diese Blockade nicht ausreichen, um eine Ventilation der Lungenflügel zu verhindern.

»Den Blasebalg«, befahl Abby. »Rasch!«

Mary Wilder reichte ihr den schwarzen Ball, den Abby am hinteren Schlauchende befestigte und sofort mit der Ventilation begann. Unter der Trage befand sich auch ein Sauerstofftank, den Abby über einen zweiten Plastikschlauch mit dem Beatmungsbalg verband.

»Ich spüre wieder einen Puls in der Femoralis!« rief die Schwester.

»Ausgezeichnet. Jill, Sie können jetzt noch mal versuchen, die Kanüle in die Subklavia einzubringen. Dann ziehen wir mit oder ohne diesen Katheter in die Notaufnahme um. Lassen Sie sich Zeit dafür. Ich weiß, daß Sie es schaffen.«

Jill Anderson, der jetzt nicht mehr die Tränen über das Gesicht strömten, hatte bereits das Handtuch werfen wollen. Doch nachdem sie einen Blick mit Abby gewechselt hatte, fand sie die notwendigen Orientierungsmarken am Hals der Patientin und durchstieß dann mit der Hohlnadel die Haut unterhalb des Schlüsselbeins. Sofort sprudelte Blut in den Glaskolben ihrer Spritze.

»Ja!« rief Jill begeistert, »ja!«

Eine Schwester applaudierte.

Nachdem eine großvolumige Kanüle in der Hauptvene

über dem Herzen eingebracht war, konnte man der Patientin rasch noch etwas Epinephrin und das Antihistamin Bernadryl intravenös verabreichen.

In weniger als einer Minute bewegte Claire ihre Arme und Beine wieder zielgerichtet.

»Ihr Puls ist jetzt viel besser«, rief die Schwester. »*Viel* besser.«

»Großartig«, sagte Abby. »Dann sollten wir die Patientin endlich aus diesem verdammten Kabuff herausbringen und in die Unfallstation hinüberschaffen. Mrs. Wilder, würden Sie bitte die Leitung des Umzugs übernehmen?«

Die grauhaarige Schwester blickte Abby mit unverblümter Erleichterung an.

»Nennen Sie mich Mary«, sagte sie dann.

26. Kapitel

Als Claire Buchanan schließlich von der Notaufnahme auf die Intensivstation verlegt wurde, befand sie sich bereits auf dem Weg der Besserung. Sie war zwar noch benommen, aber bei vollem Bewußtsein. George Oleander, der sofort herübergekommen war, um ihre weitere Versorgung zu übernehmen, bedankte sich bei Abby für den Behandlungserfolg, hatte aber keine Erklärung für Claires schwere allergische Reaktion. Er verteidigte auch nicht seine Weigerung, sie an einen Dermatologen zu überweisen. Abby wollte ihm erneut eine Blutuntersuchung auf Cadmiumwerte hin empfehlen, fand dann aber, daß sie das in Anbetracht der Kontroverse, die sich um ihre Person entsponnen hatte, besser auf einen späteren Zeitpunkt verschieben sollte.

Ihre eigentliche Schicht in der Unfallstation würde erst in ein paar Stunden beginnen, und sie war nicht in der

Stimmung, Jill Anderson bereits jetzt schon abzulösen. Sie beschloß statt dessen, Claire noch einmal in der Intensivstation aufzusuchen, dann vielleicht einen Spaziergang zu machen und schließlich in der ›Peking Pagode‹ ihr Abendessen einzunehmen. Nach allem, was sie heute durchgemacht hatte, hatte sie sich eine Reisplatte redlich verdient.

Bevor Abby zur Intensivstation ging, suchte sie noch einen Münzfernsprecher auf, um Sandy Stuart im St.-Johns-Hospital anzurufen. Die Toxikologin befand sich jedoch in einer Konferenz, und ihre Sekretärin hatte keine Ahnung, wer im Labor für die Cadmiumanalyse zuständig war. Abby gab der Sekretärin daraufhin die Nummer ihres Handys durch und bat, Sandy möge sie zurückrufen, sobald sie die Untersuchungsergebnisse kannte.

Auf der Intensivstation ging es verhältnismäßig ruhig zu, was wohl teilweise darauf zurückzuführen war, daß man Willie Cardoza inzwischen in ein Gefängnishospital verlegt hatte. Abby spürte sofort eine Veränderung im Verhalten des Pflegepersonals, als sie die Station betrat. Zwei der diensthabenden Schwestern kamen zu ihr, um Abby für die erfolgreiche Rettungsaktion ihre Glückwünsche auszusprechen. Eine von ihnen murmelte dabei sogar etwas von dieser ›aufgebauschten Wheaton-Geschichte‹. Es war offensichtlich, daß sie in der Gunst ihrer Kollegen und Mitarbeiter wieder gestiegen war. Abby fragte sich jedoch, wie lange dieser Zustand wohl andauern würde. Denn noch war nichts von der perfiden Unterstellung durchgesickert, daß sie nicht nur die Schwere von Peggys Kopfverletzungen überschätzt, sondern in ihrer Hast, Peggys Mörder zu versorgen, ein todbringendes Hämatom im Herzbeutel der Patientin übersehen hatte.

Ein Gefühl der Einsamkeit überkam sie jetzt. Sie blickte auf die Uhr und fragte sich, wo Lew sich jetzt wohl aufhalten mochte. Er hatte in der letzten Zeit viele Stunden im Krankenhaus verbracht, weil der Stationsarzt, den er dort eigentlich nur vertreten sollte, seine Stellung plötzlich fristlos gekündigt hatte. Sie überlegte, was wohl aus ihrer Beziehung werden würde, falls man sie dazu zwang, ihre Stellung an diesem Krankenhaus aufzugeben und von Patience wegzuziehen. Aus dem Keim ihrer Beziehung konnte sich etwas ganz Besonderes entwickeln, aber sie waren beide auf diesem Weg noch nicht so weit vorangeschritten, daß Abby seinetwegen in Patience bleiben oder Lew ihretwegen seine hiesige Stellung aufgeben würde. Zudem war die Sache mit Josh nach wie vor ungeklärt. Vielleicht wäre es am besten, das alles hier einfach hinter sich zu lassen – Josh, Lew, das Krankenhaus – und woanders neu anzufangen. Aber diese Idee reizte Abby nicht besonders, zumal sich Joe Henderson dann in seinen schmutzigen Methoden bestätigt fühlen konnte – ganz zu schweigen von Mister Skimaske und seiner rüden Art, sich Probleme vom Hals zu schaffen.

Liebe, Heirat, Kinder, ein interessanter Job und ein Platz, wo es sich leben ließ. Die Gründe, die ihren Umzug nach Patience veranlaßt hatten, waren ihr stets ehrlich und einleuchtend erschienen. Und es hatte auch alles so vielversprechend angefangen. *Wieso, zum Teufel, war daraus ein solches Fiasko geworden?*

Ironischerweise lag Claire Buchanan in der gleichen Kabine, in der vor kurzem noch Willie Cardoza untergebracht worden war. Der lebensrettende Tubus steckte noch in ihrer Nase, war jedoch nicht mehr, wie Abby durch die Glaswand erkennen konnte, an ein Beatmungsgerät angeschlossen. Ein sehr gutes Zeichen.

Auf dem Stuhl neben Claires Bett saß ein leicht übergewichtiger Mann mit Rollkragenpullover und Sportjackett und streichelte Claires Hand. Das mußte Dennis Buchanan sein – der Mann, der Eskimos Kühlschränke verkaufen konnte und Claire in New York vor dem Verhungern gerettet hatte. Als Abby beobachtete, wie sehr der Mann um seine Frau besorgt war, hatte sie plötzlich einen bittersüßen Geschmack auf der Zunge. Unwillkürlich mußte sie an die Zeit zurückdenken, als Josh sie auf eine so sanfte, zärtliche Weise umsorgt hatte. Damals war fast jedes Problem erträglich gewesen.

Gegen ihre Melancholie ankämpfend, trat Abby nun näher an die Glaswand heran. Claires Lippen waren nicht mehr so dick wie vor zwei Stunden, und obwohl ihre Lider noch angeschwollen waren, konnte sie jetzt die Augen wieder öffnen. Auch die schreckliche Entzündung der Haut klang langsam ab. Wenn sie Glück hatte, würde man sie noch im Laufe dieses Tages von ihrem Tubus befreien können. Abby wollte die Patientin jetzt unter keinen Umständen stören, sondern erst am Abend mit ihr sprechen. Falls der Schlauch bis dahin noch nicht entfernt sein sollte, würde Claire ihre Fragen sicherlich schriftlich beantworten können. Abby hatte eine ganze Reihe von Fragen an sie, und die dringlichste davon lautete: ›Wie ist das passiert?‹

Abby war bereits auf dem Weg zum Ausgang, als ihr plötzlich eine Idee kam. Sie machte kehrt und ging in das Schwesternzimmer. Dort, in einem Fach, fand sie den Hefter mit Claires früherer Krankenakte. Eine recht dünne Akte, wie Abby feststellte. Claire war bisher nur einmal stationär in diesem Krankenhaus aufgenommen worden, und zwar vor sechzehn Jahren, als man sie von einem gesunden Mädchen entbunden hatte. Sie war auch nur fünfmal zu einer ambulanten Behandlung in der Unfallstation gewesen – die beiden Male, als Abby dort Dienst gehabt hatte, und davor wegen eines verstauchten Knöchels, einer Schnittwunde und einmal wegen Magenschmerzen, die als Gastritis diagnostiziert worden waren.

Gastritis. Claire hatte ihr damals etwas darüber erzählt, was Abby recht merkwürdig gefunden hatte. Sie blätterte die Laborberichte und die Röntgenbefunde durch. Man hatte an dem Abend, als Claire über Magenschmerzen klagte, ein Blutbild von ihr anfertigen lassen. Und am Tag darauf eine Kernspin-Tomographie, die jedoch keinen pathologischen Befund erbracht hatte. *Das* war es. *Das* war

Abby so seltsam vorgekommen, als Claire ihr damals davon erzählte.

Eine MCT – eine Kernspin- oder magnetische Computertomographie – war dann angebracht, wenn ein Arzt den Verdacht hatte, daß ein ernsthafter pathologischer Befund vorlag, den er jedoch auf einer konventionellen Röntgenaufnahme nicht zu erkennen oder nicht nachzuweisen vermochte. Aber in Claires Fall war die Computertomographie ein Verfahren, das in keinem Verhältnis zu ihren Symptomen stand. Und obendrein bedeutete es eine schreckliche Tortur für eine Patientin, die so sehr unter Klaustrophobie litt wie Claire.

Zudem war dieses Verfahren so zeitaufwendig, daß es meistens eine lange Warteliste für die Patienten gab. Doch George Oleander hatte gleich eine Computertomographie angeordnet, ohne zuvor eine höhere Stufe der gastrointestinalen Untersuchungsmethodik in Erwägung zu ziehen. Warum hatte er das nicht getan? Und warum hatte er heute eine zweite MCT-Aufnahme angeordnet?

Abby verließ die Intensivstation und begab sich hinunter in die radiologische Abteilung, in der auch die Kernspin-Anlage untergebracht war. Dabei kam ihr zum erstenmal der Gedanke, wie ungewöhnlich es doch war, daß ein so kleines Krankenhaus wie das in Patience überhaupt ein solches Gerät besaß. Denn obwohl dieses Hospital auch ein relativ großes Einzugsgebiet hatte, wußte sie doch aus Erfahrung, daß Krankenhäuser dieser Größe es aus Kostengründen vorzogen, ihre Patienten an ein selbständiges MCT-Zentrum zu verweisen, das mehrere Krankenhäuser bediente. Einige Krankenhäuser hatten auch Verträge mit mobilen MCT- Zentren, die von Hospital zu Hospital fuhren und dort MCT- Bilder anfertigten. Doch dieses Krankenhaus verfügte nicht nur über einen eigenen Kernspin-Tomographen, sondern noch dazu über das neueste Modell eines mit Röntgenstrahlen arbeitenden Computer-Tomographen.

Nichts deutete in dem Raum, in dem die Kernspin-Anlage stand, noch auf das Drama hin, das sich hier erst vor zwei Stunden abgespielt hatte. Der Boden war blitzblank gewienert und die Maschine schon wieder in Betrieb. Del Marshall saß außerhalb des Raumes an einer Konsole und studierte die bemerkenswert präzisen Bilder, die der Tomograph ihm lieferte. Hinter der Glasscheibe, der ihn vom Computerraum trennte, konnte man die mit einem Tuch bedeckten Füße eines Patienten sehen, dessen Körper in der Röhre des Tomographen steckte.

»Hallo«, sagte Abby. »Wie geht es Ihnen?«

Marshall blickte zu ihr hoch und lächelte freundlich. Er war ein hagerer, väterlicher Typ mit einer Nickelbrille und grauem Bürstenhaarschnitt.

»Ich habe keinen Herzanfall dort drinnen bekommen, wenn Sie das meinen sollten.«

»Im Gegenteil, Sie haben sich recht wacker geschlagen.«

»Nett von Ihnen, so etwas zu sagen, aber ich weiß es besser. Ein Kursus in Unfallhilfe und medizinischer Notfallpraxis ist eine Sache, aber die Konfrontation mit einem Menschen aus Fleisch und Blut, der aufgehört hat zu atmen, eine ganz andere. Ich kann zwar verstehen, daß ich in so einem Fall weiche Knie bekomme, bin jedoch ein wenig erschrocken, daß Jill Anderson der Sache nicht besser gewachsen war. Weiß der Himmel, ob die arme Frau jetzt noch leben würde, wenn Sie nicht hinzugekommen wären.«

»Danke. Haben Sie eine Ahnung, was da drinnen passiert ist?«

»Nein, absolut nicht«, gab er ihr mit geradezu reflexartiger Schnelligkeit zur Antwort. »Eben war sie noch ganz still und friedlich, und im nächsten Moment schlug sie mit den Armen und Beinen gegen die Innenwand des Zylinders. Als wir sie dann aus der Röhre herauszogen, war sie schon ganz aufgedunsen und ihr Gesicht so rot wie eine Tomate.«

»Nun – ich komme gerade von der Intensivstation, und es sieht so aus, als ob sie sich ziemlich rasch von ihrem anaphylaktischen Schock erholt. Ich wollte Sie nur fragen, ob Sie vielleicht noch die Überweisung von Mrs. Buchanan an Ihre Abteilung haben, weil ich daraus einige Angaben für meinen Unfallbericht benötige.«

Abby formulierte ihre Bitte sehr vorsichtig, weil sie nicht wußte, wie eng die Beziehung des Radiologen zu Henderson oder zu George Oleander war. Denn die beiden durften natürlich nicht wissen, daß sie immer noch heimlich Informationen über Patienten des Krankenhauses sammelte.

Marshall rief daraufhin Claires Verordnungsblatt auf seinem Bildschirm auf. Der Eintrag, dem Abbys besonderes Augenmerk galt, war die vorläufige Diagnose, mit der Oleander die Verordnung einer MCT-Aufnahme begründete. Demnach litt die Patientin an *periodisch auftretenden Hautausschlägen von möglicherweise maligner Art.*

Die Diagnose, daß die Hautausschläge möglicherweise bösartig und deren Ursachen nicht ohne weiteres erkennbar wären, war nicht unbegründet. Hautausschläge *waren* zuweilen die äußerliche Manifestation einer schweren inneren Erkrankung. Doch diese MCT-Untersuchung schien ebenso wie die vorhergegangene voreilig verordnet worden zu sein. Natürlich konnte Oleander in seiner Praxis bereits eine Reihe von diagnostischen Verfahren bei seiner Patientin durchgeführt haben, von denen Abby keine Kenntnis besaß. Aber ihr Gefühl sagte ihr, daß das nicht der Fall gewesen war.

Oleander schien demnach eine sonderbare Vorliebe dafür zu haben, Kernspin-Tomographien bei KAWIF-Patienten zu verordnen. Eine Angewohnheit, die er offenbar mit anderen an dieser Klinik tätigen Ärzten teilte.

Vor dem Beginn der Abendschicht blieb ihr gerade noch so viel Zeit, um nach Hause zu fahren und ihre Datensammlung auf die Verordnung von MCTs hin zu studieren. Das chinesische Abendessen mußte sie auf ein andermal verschieben.

Abby bedankte sich bei dem Radiologen und verließ das Krankenhaus. Sie versuchte sich darüber klarzuwerden, was ihr bei den bisherigen Nachforschungen entgangen sein könnte. Wenn der Befund von Willie Cardozas Blutuntersuchung positiv war, würde sie zunächst annehmen, daß alle KAWIFs, einschließlich Claire Buchanan und Josh, an einer mehr oder weniger schweren Cadmiumvergiftung litten. Was hatte dann aber diese unangemessen häufige Verordnung von Kernspin-Tomographien bei diesen Patienten zu bedeuten?

Im Gegensatz zu den üblichen Röntgen- und sogar den CT-Aufnahmen, wo ein Computer Hunderte von individuellen Röntgenstrahlen zu Bildern zusammensetzte, wurde der Patient im Kernspin-Tomographen von einem Magnetfeld umgeben und dann mit Radiowellen bombardiert. Die zahllosen Wasserstoffatome, die sich in der menschlichen Körperflüssigkeit befanden, sendeten unter dem Einfluß der Magneten und der auf die Eigenbewegung der Atome – dem ›Spin‹ – abgestimmten Radiowellen des Tomographen elektromagnetische Echos aus, die von einer Antenne empfangen und sodann in unglaublich detaillierte Schnittbilder vom menschlichen Körper umgesetzt wurden. Diese ›Scheibchenaufnahmen‹ vom Inneren des Körpers wurden dazu verwendet, dreidimensionale Bilder von Körperorganen herzustellen. Die Idee dieses magnetischen Kernspin-Resonanzverfahrens schien einem Science-fiction-Roman entnommen zu sein, und jene, die an ihre Verwirklichung glaubten, mußten sich jahrelang den Spott anerkannter Wissenschaftler gefallen lassen.

Soweit Abby wußte, waren bisher keine nennenswerten oder gar bedenklichen Nebenwirkungen dieses magnetischen Resonanzbildverfahrens auf den menschlichen Körper bekannt geworden. In einem Vortrag über diese Technik, den Abby sich im letzten Jahr angehört hatte, war von einer leichten Körpertemperaturerhöhung der Patienten berichtet worden, die vermutlich von dem intensiven Bombardement mit Radiowellen herrührte. Möglicherweise würden sich im Lauf der Zeit, wenn dieses Verfahren bei einem immer größeren Patientenkreis angewendet wurde, noch andere Nebenwirkungen zeigen. Aber bislang blieben sie auf eine leichte Temperaturzunahme beschränkt – abgesehen natürlich von dem psychischen Trauma, fast eine Stunde lang und völlig unbeweglich in einer Metallröhre liegen zu müssen, umgeben von dem relativ lauten Geräusch der sich ständig auf- und wieder entladenden Magnetspulen.

Für Abby bestand das Problem nun darin, eine brauchbare Erklärung dafür zu finden, wie die MCTs mit den verschiedenartigen klinischen Erscheinungsbildern der KAWIF-Fälle in Einklang gebracht werden konnten. Die Kenntnis der biochemischen Vorgänge im Gehirn steckte noch in den Kinderschuhen. Vielleicht lösten die Radiowellen, das Magnetfeld oder sogar die klaustrophobischen Effekte, die durch den Aufenthalt in einer engen Röhre erzeugt wurden, irgendeine chemische Reaktion aus. Und vielleicht entstand unter dem Einfluß von Cadmium sogar so etwas wie ein Kurzschluß im Gehirn. *Vielleicht. Vielleicht. Vielleicht.*

Aber diese Erklärung galt nur bedingt; in einigen Fällen paßte sie, in anderen wieder nicht. Es gab kein durchgängiges Muster. Von Willie Cardoza war zum Beispiel erst nach seiner Kopfverletzung eine MCT-Aufnahme gemacht worden. Josh war, bevor er nach Patience kam, niemals krank gewesen, und hatte bisher auch noch nie einen Kernspin-Tomographen gesehen. Claire Buchanan schien Probleme mit ihrem Immunsystem zu haben – insbesondere mit dem chemischen Immunsystem ihrer Haut. Andere KAWIF-Patienten klagten nur über ständige Müdigkeit, und wieder andere über chronischen Husten, dem mit Antibiotika nicht beizukommen war.

Als Abby in ihrer Wohnung anlangte, entschied sie sich für die einfachste Theorie: Offenbar sollte die übermäßig hohe Anzahl von MCT-Untersuchungen dem Hospital zusätzliche Einnahmequellen verschaffen oder die Daseinsberechtigung der teuren radiologischen Kernspin- Abteilung beweisen. Und was hatte dieses betrügerische Verfahren mit dem KAWIFs zu tun? Vermutlich gar nichts.

Als Abby aus dem Computerraum der Volkshochschule von Patience geflüchtet war, hatte sie nach einem sicheren Versteck für ihre Datensammlung gesucht. Es war klar, daß jemand wie Lyle Quinn versuchen würde, die Unterlagen in seine Hand zu bekommen und zu vernichten. Schließlich hatte Abby sich für ein Loch in der Wand hinter der Heizungsanlage im Keller entschieden – eine Stelle, die man zwar bei einer gründlichen Durchsuchung des Hauses entdecken würde, aber nicht eher, bis der Betreffende eine Menge Gerümpel beiseite geräumt und überprüft hatte.

Sie trug ihre Datensammlung vom Keller ins Wohnzimmer und machte sich dann daran, auf einem neuen Blatt Papier nur die Daten der MCT-Untersuchungen einzutragen – wann sie stattgefunden, welcher Arzt sie verordnet und was für Ergebnisse sie gebracht hatten. Nichts. Das einzige Muster, das sie hier zu entdecken vermochte, war der fast in allen Fällen negative Befund der Kernspin-Untersuchungen. Sie rieb sich die Augen und begann im Zimmer auf- und ab zu laufen. Da war etwas. Sie spürte das. Vielleicht brauchte sie die Daten von weiteren Fällen. Aber noch wahrscheinlicher war, daß sie mit einer Fülle vorgefaßter Meinungen an die Sache heranging. Sie durfte sich nicht mit bestimmten Erwartungen an die Arbeit machen ...

Sie wanderte noch immer im Zimmer umher, als ihr Piepser sich meldete. Es war kein Ortsanschluß, den das Gerät anzeigte, aber eine Nummer aus dem Nahbereich.

Lew meldete sich schon nach dem ersten Läuten. Sie hatte ihn noch nie so aufgeregt erlebt.

»Ich befinde mich hier im Hospital von Caledonia«, sagte er. »Und eine meiner Patientinnen ist Angela Cristoforo. Weißt du, wer das ist?«

»Ja, das Mädchen, das sich mit dem Messer verstümmelte.«

»Genau. Seit diesem Vorfall im Colstar-Park ist das schon das zweite Mal, daß sie hier eingeliefert wurde. Diesmal hat ihre Mutter sie dabei ertappt, wie sie sich Brandwunden zufügte. Offenbar hat sie auch ihr Bett angezündet.«

Vor Abbys innerem Auge tauchte kurz die Szene im Colstar-Park auf – Angela, die Lyle Quinn anschrie, während Willie Cardoza sich vorsichtig von hinten an sie heranpirschte.

›... *laßt mich sterben! Ich habe den Tod verdient!*‹

»Wie schrecklich«, sagte sie.

»Das mag sein«, erwiderte Lew, »aber sie ist auch der Durchbruch, auf den wir so lange gewartet haben. Und den haben wir dir zu verdanken.«

»Das verstehe ich nicht.«

»Ihre Augen. Ich hatte gerade die Aufnahmeuntersuchung bei ihr gemacht, als mir die Ringe einfielen, die du bei Willie Cardoza gefunden hast. Angela Cristoforo hat sie auch, Abby! Genau diese Ringe, die du mir beschrieben hast. Unsichtbar im regulären Licht, aber glühend wie Feuer im ultravioletten Licht. Beide Patienten sind vergiftet, beide wahnsinnig und gewalttätig und beide arbeiteten für Colstar. Hast du schon etwas von deiner Freundin in San Francisco gehört?«

»Noch nicht, aber das kann nicht mehr lange dauern. Tatsächlich dachte ich, es wäre Sandy, als mein Piepser sich meldete. Hast du Angela schon Blut entnommen?«

»Das werde ich gleich tun. Jetzt haben wir sie, Abby! Ich wußte doch, daß dieser Tag kommen würde. Als du mir damals zum erstenmal von deinen KAWIF-Fällen erzählt hast, wußte ich, daß wir sie packen würden. Alles, was wir jetzt noch brauchen, ist etwas mehr Zeit, um alles organisieren und unsere Befunde zusammenstellen zu können.«

Das ist vielleicht alles, was mir hier noch bleibt.

»Lew, das ist eine großartige Nachricht. Du hast in den letzten Jahren sehr hart dafür gearbeitet und verdienst den Durchbruch.«

»*Du* bist der Durchbruch, Abby. Du hast das geschafft. Wirst du mich anrufen, sobald du die Ergebnisse von Cardozas Blutuntersuchung hast?«

»Natürlich. Wo bist du jetzt?«

»Im Bereitschaftszimmer. Aber ich werde mich gleich um einige Patienten kümmern müssen. Wir haben Vollmond.«

»Himmel, ja. Ein schlechtes Omen für meine Nachtschicht.«

Abby beschloß, ihm nichts von ihrem Treffen mit Joe Anderson und dem gefälschten Autopsiebericht zu erzählen. Das war Lews großer Tag, und sie wollte ihm diesen nicht verderben.

»Abby, ich kann es kaum erwarten, dich wiederzusehen. Wie wäre es mit morgen? Wir könnten zusammen essen.«

»Ja, das wäre nett.«

»Sehr begeistert scheinst du aber nicht zu sein.«

»Oh, doch. Es gibt nur so viele Dinge, die ich jetzt bedenken muß. Vergiß nicht, daß du schon seit Jahren einen Feldzug gegen Colstar führst, während ich bloß versuche, meinen Kopf über Wasser zu halten.«

»Ich verstehe. Es tut mir leid, daß ich immer von der plumpen Annahme ausgehe, du und die Allianz würden im gleichen Boot sitzen.«

»Das ist schon in Ordnung. Ich bin auf deiner Seite. Das weißt du.«

»Wirst du gleich ins Krankenhaus fahren?«

»Ja. Auf der Intensivstation befindet sich eine Patientin, deren Augen *ich* jetzt gern untersuchen würde.«

»Halte mich auf dem laufenden, ja?«

Abby legte das Handy auf den Tisch zurück, brachte ihre Notizen in das Versteck im Keller und packte dann ihre Sachen für die Nachtschicht zusammen. Sie hatte Lews Einladung zum gemeinsamen Essen nur lauwarm begrüßt. Das hatte er nicht verdient. Ihre Empörung über Henderson war durchaus berechtigt, aber gleichzeitig nahm sie es Lew übel, daß er nicht dagewesen war, um Hendersons Attacke zu parieren. Die kleine Abby Dolan, die sich selbst leid tat. Damit war es auf den Punkt gebracht. Lew war im Moment mit seinen Patienten beschäftigt, aber sobald sich eine Gelegenheit dazu ergeben würde, wollte sie ihn noch einmal anrufen und sich bei ihm entschuldigen. Sie hatte nur einen Verbündeten in Patience, auf den sie wirklich bauen konnte. Und nun war sie im Begriff, diesen zu vergraulen.

Es dämmerte bereits, als sie wieder ins Hospital zurückfuhr. Obwohl der August erst zwei Wochen alt war, roch die Luft schon nach Herbst. Der Sommer, der so vielversprechend begonnen hatte, war fast vorüber. *Was würde als nächstes passieren?* fragte sie sich.

Lews Entdeckung der Ringe in Angela Cristoforos Augen konnte ein Stich ins Wespennest sein. Abby hoffte, daß Lew vernünftig genug war, seine Entdeckung nicht voreilig publik zu machen. Wenn sie ihn später anrufen würde, um sich für ihre Kratzbürstigkeit zu entschuldigen, wollte sie ihn warnen. Dieser gefälschte Obduktionsbericht von Peggy Wheaton bewies, daß die Opposition mit allen Mitteln zurückschlagen und ihre Stellungen nicht kampflos räumen würde.

Abby ging in die Unfallstation, um dort den Augenspiegel mit dem ultravioletten Licht in die Tasche ihres Arztekittels zu schieben. Zuerst Willie Cardoza und jetzt Angela Cristoforo. Beide hatten ähnliche Symptome, beide waren Angestellte von Colstar, und beide hatten diese verräterischen Augenbefunde. Nun wurde es Zeit herauszufinden, ob einer der KAWIF-Patienten auch zu diesem Club gehörte. Claire Buchanan befand sich allein in ihrer Kabine, als Abby die Intensivstation betrat. Dankbar stellte Abby fest, daß man bei Claire inzwischen den nasotrachealen Tubus entfernt und diesen durch einen einfachen gegabelten Nasenschlauch ersetzt hatte, der ihr Sauerstoff zuführte. Da Abby nicht vergessen hatte, wie Lyle Quinn sie bei der Blutabnahme von Cardoza überrascht hatte, behielt sie die Tür der Kabine ständig im Auge.

»Hallo«, sagte sie, »erinnern Sie sich noch an mich?«

»Dr. Dolan von der Unfallstation.«

Claire war kaum zu verstehen, da ihre Stimmbänder von der Intubation des Beatmungsschlauches und der allergischen Reaktion noch angeschwollen waren. Das Gesicht und ihre Augenlider waren ebenfalls noch aufgedunsen, jedoch nicht mehr so stark wie vor einigen Stunden. Und die Haut war zwar gesprenkelt, hatte aber jetzt eher eine rosige als scharlachrote Färbung, unter der bereits einige blasse Partien hervortraten. Claires allergische Reaktion war eine der heftigsten, die Abby bisher in ihrer Praxis erlebt hatte. Doch die Patientin würde sie, gottlob, überstehen.

»Wie geht es Ihnen?« erkundigte sich Abby.

»Schon etwas besser.«

»Wenn Sie sich zu müde fühlen, um mit mir zu reden, komme ich später wieder.«

»Das ist schon in Ordnung. Ich erinnere mich daran, wie Sie mir im MCT-Raum geholfen haben. Vielen Dank.«

Claire mußte noch immer nach zwei oder drei Worten eine Pause einlegen, um Luft zu holen. Abby mußte sich also kurz fassen.

»Es war knapp«, sagte sie. »Ich bin froh, daß Sie es geschafft haben. Kann ich Ihnen etwas bringen? Einen Becher Wasser vielleicht?«

»Das wäre großartig.«

Abby hielt den Becher und den Strohhalm für sie.

»Claire, ich möchte nicht, daß Sie jetzt zuviel sprechen, aber können Sie mir sagen, was da unten passiert ist?«

Die Frau zuckte mit den Achseln.

»Das weiß ich nicht so genau. Ich hasse diese MCT-Untersuchungen, und deshalb nahm ich vorher die Beruhigungspillen, die Dr. Oleander mir gegeben hat.«

»Tabletten? Mehr als eine?«

»Drei, glaube ich. Auch das weiß ich nicht mehr so genau. Und bevor sie mich dann in diesen Zylinder hineinschoben, gaben sie mir eine Augenbinde – so ein schwarzes Tuch, das Leute sich umbinden, wenn sie nicht einschlafen können.«

Sie machte wieder eine Pause, um Luft zu holen und noch einen Schluck Wasser zu sich zu nehmen.

»Claire, wir können auch später darüber reden.«

»Nein, das ist in Ordnung. Ich … zuerst dachte ich, ich würde mich ganz gut halten. Doch plötzlich fiel mir das Atmen immer schwerer, als hätte sich die Luft in Flüssigkeit verwandelt. Sie hatte auch einen komischen Geschmack.«

»Einen Geschmack?«

»So kam es mir jedenfalls vor. Dann wurde auch mein Juckreiz schlimmer, und plötzlich bekam ich keine Luft mehr. Es war schrecklich. In diese Röhre bringen mich keine zehn Pferde mehr hinein, das schwöre ich Ihnen.«

»Claire, ich bin so froh, daß es Ihnen wieder bessergeht. Ich werde später noch einmal nach Ihnen sehen. Aber bevor ich gehe, würde ich gern Ihre Augen mit diesem Licht hier überprüfen.«

Abby schaute durch die Glaswand hinaus in die Station. Niemand befand sich in ihrer Nähe. Rasch schloß sie den Vorhang und löschte das Licht. Ihr Herz pochte, als sie die Ultraviolett-Lampe einschaltete, sich über Claires Bett beugte und durch das eingebaute Vergrößerungsglas blickte. Claires Augen waren absolut normal. Keine Ringe, kein fluoreszierendes Glimmen. Abby rieb sich die Augen und schaute noch einmal durch das Glas. Nichts.

»Können Sie etwas entdecken?« erkundigte sich Claire.

»Ihre Augen sind völlig in Ordnung«, erwiderte Abby, die sich immer noch bemühte, irgendeinen verräterischen Hinweis auf eine Schwermetallvergiftung zu finden. »Absolut normal.«

Schließlich schaltete sie das Gerät aus, die Beleuchtung wieder ein und zog die Vorhänge zurück. Eine Schwester wurde auf diese Bewegung aufmerksam, trennte sich von ihren Kolleginnen und kam jetzt auf die Kabine zu.

»Claire, ich werde später noch einmal nach Ihnen schauen«, wiederholte Abby mit lauter Stimme. »Halten Sie die Ohren steif und tun Sie alles, was die Schwestern Ihnen sagen.«

Mit diesen Worten eilte sie aus der Kabine, lächelte der Schwester zu und ging davon, um etwaigen Fragen zu entfliehen. Aber nachdem sie keine leuchtenden Ringe in Claires Augen hatte entdecken können, mußte sie sich selbst eine ganze Reihe von Fragen stellen, auf die ihr niemand eine Antwort geben konnte. Sie hatte fast die Unfallstation erreicht, als ihr Piepser sich meldete und diesmal einen Anruf aus dem Bereich 415 – San Francisco – anzeigte. Abby eilte zu der Telefonzelle am Ende eines verwaisten Korridors und kramte auf dem Weg dorthin ihre Telefonkarte aus der Tasche. Einen Moment lang dachte sie, daß es vielleicht Josh war, der mit ihr sprechen wollte. Aber es war Sandy Stuart, die sich nach dem ersten Läuten meldete.

»Tut mir leid, daß ich dich so lange warten ließ, Abby«, sagte sie. »Aber wir haben die Probe zweimal nach zwei verschiedenen Methoden untersucht. Und dann wurde ich zu einer Konferenz gerufen. Ich habe selbst erst vor wenigen Minuten die Ergebnisse erfahren.«

Nach dem negativen Ergebnis von Claires Augenuntersuchung war Abby jetzt auch auf schlechte Nachrichten aus San Francisco gefaßt. Falls man im Blut von Willie Cardoza nichts gefunden hatte, waren sie wieder auf Feld eins gelandet. Falls es überhaupt ein solches Feld gab.

»Ich bin bereit«, sagte sie. »Was habt ihr gefunden?«

»Du hast mit deiner Vermutung ins Schwarze getroffen, Abby. Dein Patient ist mit Cadmium vollgepumpt. Auch der kleinste Cadmiumwert im Blut ist giftig, aber wir haben bei ihm über zehn Mikrogramm pro Deziliter gemessen. Schon mit eins Komma fünf oder zwei Mikrogramm pro Deziliter kann jemand sehr krank werden. Dieser Mann muß folglich einer gewaltigen Cadmiumdosis ausgesetzt gewesen sein. Was ist das eigentlich für eine Stadt, in der du wohnst?«

27. Kapitel

Wie lange haben Sie diesen eingewachsenen Zehnagel schon? ... Drei Wochen? Sir, warum kommen Sie damit um halb drei Uhr morgens zu uns? ... Ja, ja, natürlich. Sie konnten nicht schlafen ...«

Der stetige Strom von Patienten mit Beschwerden, die man keineswegs als Notfälle bezeichnen konnte, wäre auch unter den denkbar besten Umständen demoralisierend für Abby gewesen. Aber heute, in dieser sich scheinbar endlos hinziehenden Zwölfstunden-Nachtschicht, mußte Abby sich sehr beherrschen, die Patienten ihre Ungeduld nicht spüren zu lassen.

Sie lief ständig Gefahr, gegen eine der wichtigsten Unfallstation-Maximen zu verstoßen, daß man niemals von irgendwelchen Vermutungen ausgehen darf. Fast wäre in diesem Trommelfeuer chronischer Halsentzündungen, sechs Tage alter Knöchelverstauchungen und kränkelnder Babys ein ältlicher Gentleman untergegangen, der über ›Verdauungsbeschwerden‹ klagte. Abby war in Gedanken immer noch mit dem Untersuchungsbefund von Sandy Stuarts Labor beschäftigt und außerdem halb betäubt von dieser schier endlosen Parade von Bagatellfällen. Deshalb wollte sie dem Mann schon ein Mittel gegen Magenübersäuerung geben und ihn mit dem üblichen ›Wiederkommen-wenn-es-nicht-besser-wird‹-Spruch heimschicken, als die Vorsehung sie einen Moment innehalten und einen prüfenden Blick auf sein Gesicht werfen ließ. Da war etwas – eine auffallende Blässe oder auch nur ein Flackern der Angst in seinen Augen –, das sie veranlaßte, diesen Mann nicht nach Hause, sondern hinüber in die Technik zu einem Elektrokardiogramm zu schicken. Das EKG, das man ihr fünf Minuten später brachte, deutete eine massive Herzattacke an, und keine Stunde nach seiner Einweisung in die Intensivstation erlitt der Mann einen Herzstillstand, der jedoch rasch und wirksam von den auf diesen Fall vorbereiteten Schwestern behoben werden konnte.

Gegen Morgen hing Abby dann nur noch in den Seilen, blickte alle zehn Minuten auf die Uhr und fürchtete sich vor jedem neuen Patienten und der Möglichkeit, etwas Wichtiges zu übersehen. Die Nachricht von Cardozas Cadmiumvergiftung und Angela Cristoforos Augenbefund waren sicherlich lebensrettend für die beiden. Doch für Josh waren die Folgen erschreckend. Denn im Gegensatz zu Willie und Angela, die sich zur Zeit in Krankenhäusern aufhielten und bald einer Chelationstherapie unterzogen werden würden, befand Josh sich jetzt irgendwo dort draußen auf einem Rachefeldzug gegen Gott weiß wen. Willie hatte Peggy Wheaton getötet. Angela hätte beinahe sich selbst umgebracht. Konnte es da noch irgendeinen Zweifel geben, daß auch Josh in diesen mörderischen Wahnsinn verfiel?

Das unberechenbare Verhalten, welches Josh in den

letzten Wochen an den Tag gelegt hatte, machte nun einen Sinn. Wie er und die beiden anderen sich jedoch eine so schwere Cadmiumvergiftung hatten zuziehen können, blieb für Abby eines der dunkelsten Geheimnisse. Es konnte sich dabei nur um eine einmalige, aber heftige Kontamination mit diesem Schwermetall gehandelt haben – vermutlich im Verlauf eines Betriebsunfalls, bei dem Cadmium freigesetzt worden war und bei dem Josh, Willie, Angela und wahrscheinlich auch noch andere Personen sich im Zentrum des Geschehens befunden haben mußten.

Während Abby die Instruktionen für den letzten Patienten niederschrieb, den sie in ihrer Schicht noch behandeln würde, bat sie die Nachtschwester, im Archiv anzurufen und sich dort zu erkundigen, ob von Angela Cristoforo schon einmal MCT-Aufnahmen gemacht worden wären. Abby war überzeugt, daß eine solche Anfrage von Dr. Dolan im Archiv sogleich einen Anruf bei Joanne Ricci oder sogar bei Joe Henderson nach sich ziehen würde. Aber bei der Schwester kamen keine Rückfragen. Und eine Viertelstunde, nachdem die Schwester im Archiv angerufen und Abby bereits ihre Sachen zusammengepackt hatte, kam diese mit der Meldung zu ihr: keine MCTs von Angela.

Statt nach Hause zu fahren, lenkte Abby ihren Wagen in die entgegengesetzte Richtung – zu den ›Five Corners‹ am anderen Ende der Stadt. Sie mußte Josh jetzt so schnell wie möglich finden. Und sie kannte nur einen Ort, wo sie mit ihrer Suche nach ihm beginnen konnte – das Haus in der Orchard Road. Wenn Josh nicht in seine Wohnung zurückgekehrt war, mußten dort noch immer wütende Briefe auf dem Fußboden verstreut sein, von denen mindestens einer an den Präsidenten der Vereinigten Staaten adressiert war. Und es gab schließlich auch noch Joshs Computer. Irgendwo in den darin abgelegten Dateien mußte es einen Hinweis auf seinen Verbleib geben.

Doch vorher wollte sie noch frühstücken. Sie hatte seit

Mitternacht nur ein paar Salzstangen und einen Becher mit Himbeerpudding gegessen und entschied sich deshalb für den erstbesten Schnellimbiß. Sie war nicht unbedingt stolz auf ihre Eßgewohnheiten, schämte sich dieser aber auch nicht. Und ausgerechnet Josh, der selbst nie einen Schnellimbiß aufsuchte, war bisher der einzige von ihren Freunden gewesen, der sich an ihren Fast-food-Manieren nie gestört hatte.

Sie mußte unwillkürlich an die vielen Pommes-frites-Tüten und Hamburger-Verpackungen denken, die sie in seinem Jeep und auf der Terrasse hinter dem Haus in der Orchard Road gefunden hatte. Wenn sie noch einen positiven Beweis für seinen Wahnsinn benötigte, dann hatte sie ihn hier gefunden. Möglich, daß ihre Gefühle für Josh inzwischen abgekühlt waren, aber sie mochte ihn immer noch viel zu sehr, um den Gedanken, daß er sich selbst oder einem Fremden etwas antun könnte, ertragen zu können. Sie mußte ihn einfach finden.

Sie setzte sich bei McDonald's an einen Ecktisch und schlürfte ihren Kaffee. Um sie herum bereiteten sich die Leute auf ihren Tagesbeginn vor. Das Leben in dieser so untadeligen Gemeinde von Patience nahm seinen gewohnten Gang.

Natürlich gab es außer ihr und den drei Mitgliedern der Allianz noch jemanden, der wußte, daß diese Stadt krank war. Lyle Quinn oder Kelly Franklin – vermutlich sogar beide – mußten von einem Betriebsunfall Kenntnis haben, der die Umwelt verseucht hatte oder das noch immer tat. Und bestimmt hatte Joe Henderson die Anweisung bekommen, Abby Dolan aus dem Krankenhaus und aus Patience zu vertreiben, bevor sie das, was hier geschah, aufdecken konnte.

Sie ließ ihren Blick durch das Lokal schweifen und fragte sich, wie diese Leute wohl auf die Nachricht reagieren würden, daß Colstar ihre Gesundheit und die ihrer Angehörigen gefährdet hatte. Es würde gewiß nicht einfach sein, sie davon zu überzeugen. Die Beweise mußten überwältigend und unanfechtbar sein. Lews Geschichte von der Reifenfabrik in Texas war ein Beleg dafür, wie irrational sich Menschen verhalten konnten, wenn ihre Lebensgewohnheiten auf dem Spiel standen.

Vielleicht hatten die meisten Leute hier das größte Interesse daran, den Status quo – egal, wie dieser auch beschaffen sein mochte – zu erhalten. Und vielleicht war es auch das beste für sie, wenn sie die Stadt für immer verließ, sobald sie Josh gefunden und ihm die medizinische Hilfe verschafft hatte, die er brauchte. Sie konnte den Nahkampf ja Lew, der Allianz und jedem anderen, den er sonst noch dafür zu rekrutieren vermochte, überlassen.

Sie verließ das Restaurant, als draußen ein Bus seine Ladung lachender und schwatzender Rentner absetzte. Einer der Reisenden – ein noch recht strammer Senior mit Schirmmütze – blickte zum Einkaufszentrum von Patience und auf die dahinterliegenden Hügel.

»Eine hübsche Stadt«, hörte sie ihn sagen. »Sehr hübsch.«

Vor dem Haus in der Orchard Road gab es keinen Hinweis, daß jemand in den letzten beiden Tagen hiergewesen war. Die Stahltür im Keller war noch immer nicht abgesperrt, Souterrain und Erdgeschoß in dem gleichen verheerenden Zustand, wie bei ihrem ersten Besuch. Und im Badezimmer stand noch immer diese mit gestocktem Blut geschriebene Botschaft auf dem Spiegel:

DIE RACHE IST MEIN
ICH WILL VERGELTUNG

Nur der Geruch von verfaulenden Lebensmitteln war inzwischen stärker geworden. Abby öffnete ein paar Fenster und füllte dann einen Müllsack mit den überall herumliegenden Abfällen und verdorbenen Speiseresten. Danach wandte sie ihre Aufmerksamkeit den auf dem Teppich im Wohnzimmer herumliegenden zerknüllten Briefen zu. Fünfundvierzig Minuten später hatte sie eine Liste von neunzehn Namen zusammengestellt, die unter anderem den Präsidenten der Vereinigten Staaten, den Gouverneur von Kalifornien, den Generaldirektor von IBM und sogar eine Frau enthielt, die Abby als Joshs Grundschullehrerin zu identifizieren vermochte. In diesem besonders giftigen Brief, der nur so von gemeinen Schimpfwörtern strotzte, wie sie Abby bisher nie aus Joshs Mund vernommen hatte, beschuldigte er die Lehrerin, die Kreativität der Schüler zu unterdrücken und ihren empfänglichen Seelen ihre verstaubten altjungferlichen Lebensansichten aufzupropfen.

Aus jedem Wort, jedem Absatz konnte Abby den Schmerz, die Verwirrung und die Seelenqual ihres früheren Geliebten heraushören. Doch keiner der Adressaten auf ihrer Liste schien das Ziel eines Mordanschlages zu sein.

Die Rache ist mein.

Sie warf den letzten der Briefe in den Müllsack und schaltete Joshs PC ein. Sie hatte den Computer für ihre Korrespondenz und zweimal sogar für die Vorbereitung ihrer Vorlesungen benutzt, so daß sie sich recht gut damit zurechtfand. Es war jetzt kurz vor zehn. Draußen fiel der Regen aus einem schiefergrauen Himmel herunter. Abby rieb sich die vor Müdigkeit entzündeten Augen. Ihre Energie begann allmählich nachzulassen. Sie überlegte, ob sie sich einen Kaffee aufbrühen sollte, verwarf diesen Gedanken jedoch wieder und rief statt dessen die mit ›Korrespondenz A‹ bezeichnete Datei auf. Insgesamt hatte Josh acht solcher Briefdateien angelegt, die in alphabetischer Reihenfolge bis zum Buchstaben H reichten und auf der Festplatte installiert waren.

Mit Entsetzen stellte Abby fest, daß diese aus fünfunddreißig Briefen, Notizen und sogar Gedichten bestehende Datei eine einzige Haßtirade darstellte. Teilweise handelte es sich um die letzten Entwürfe von Briefen, die sie bereits gelesen hatte. Abby überflog die in den Dateien enthaltenen Texte, um nach Namen zu suchen, die sie ihrer Liste hinzufügen sollte. Sie sah sich gezwungen, die Texte immer rascher durchzugehen, da ihre Konzentration mit jeder Minute schwächer wurde.

Nachdem sie die erste Datei überprüft hatte, rief sie die zweite auf. Als sie sah, daß diese fünfundzwanzig Briefe umfaßte, wußte sie, daß sie vielleicht noch die Datei ›C‹ schaffen würde, dann aber unbedingt eine Pause einlegen mußte. Vielleicht konnte sie mit Lew zu Mittag essen und ein kurzes Nickerchen machen. Danach wollte sie sich einen starken Kaffee aufbrühen und die restlichen Dateien durcharbeiten.

Die ›Korrespondenz B‹ hatte den gleichen Tenor wie die ›Korrespondenz A‹. Da war ein Brief an ein Restaurant, das einmal seine Kalbsmedaillons nicht richtig zubereitet hatte, und ein Brief an den Besitzer dieses Hauses, in dem Josh sich über die schlechte Bauweise beschwerte. Dann entdeckte sie plötzlich eine Datei mit ihrem Namen, die erst vor fünf Tagen angelegt worden war. Man konnte sie eher als einen Torso bezeichnen.

Meine Liebste –

Ich habe mich nicht darum gerissen. Ich verstehe auch nicht, warum man mich dazu auserwählt hat. Aber ich weiß, was ich tun muß. Offenbar ist es mir nicht erlaubt, Dich zu besitzen, Dich zu lieben, bis ich davon befreit bin. Deswegen werde ich ja verrückt. Ich habe immer wieder dagegen angekämpft, obwohl ich doch nur hätte nachgeben müssen. Nachgeben und akzeptieren, daß ich auf die Probe gestellt werde. Die Rache ist mein, spricht der Herr, und ich bin sein Vollstrecker. Ich muß Deine Liebe und Deinen Respekt zurückgewinnen. Ich muß das vergelten, was sie mir angetan haben. Ich muß meine Schande rächen. Und nun bin ich unterwegs, um genau das zu tun. Wenn ich ihnen von Angesicht zu Angesicht gegenüberstehe und ihr Leben auslösche, wie sie meines ausgelöscht haben, werde ich dazu bereit sein, Deine Liebe zurückzugewinnen. Ihr Tod wird ein Geschenk sein – ein Geschenk an Dich; ein Geschenk an uns; ein Geschenk an den Mann, der ich einmal gewesen bin. Bete für mich, Abby. Bete für uns. Bete darum, daß dieser Schmerz endlich ein Ende haben möge. Und am meisten solltest Du für sie beten. Die Rache ist mein.

Bricker ... Golden ... Gentry ... Forrester.

BrickerGoldenGentryForresterBrickergoldengentryforrester

Abby starrte auf die Namen. Sie kannte sie alle. Steve Bricker war Joshs ehemaliger Vorgesetzter bei der Firma Seradyne und früher mit ihm befreundet gewesen. Nancy Golden war eine ehemalige Kollegin im Labor, in dem Josh bei Seradyne gearbeitet hatte. Als die Firma Personaleinsparungen vornehmen mußte, war Josh davon überzeugt gewesen, daß sie Nancy nur behalten hatten, weil sie eine Beziehung zu Pete Gentry unterhielt, dem Leiter der Forschungs- und Entwicklungsabteilung. Allan Forrester schließlich war der Präsident von Seradyn.

Nach seiner Entlassung hatte Josh ein Jahr lang die ganze Geschichte mit stoischer Gelassenheit und seinem trockenen Humor behandelt. Aber jetzt, in diesem vom Wahnsinn genährten Haß, der zweifellos ein Symptom seiner Cadmiumvergiftung war, hatte er sich die vier Seradyne-Angestellten als Mordopfer ausgesucht.

Abby hatte keine Ahnung, wo Josh sich in diesem Moment aufhalten mochte. Aber sie kannte jetzt wenigstens das Ziel seiner Reise. Plötzlich war ihre Müdigkeit wie weggeblasen. Sie fertigte rasch einen Computerausdruck von diesem Brief an, eilte aus dem Haus und raste hinauf zu Lews Farm. Den ganzen Weg über betete sie, daß Josh seinen Plan noch nicht in die Tat umgesetzt hatte.

Die kurze Fahrt schien eine Ewigkeit zu dauern. Lews Wagen war neben dem Jägerzaun geparkt. Als Abby ihr Fahrzeug auf der kiesbestreuten Zufahrt abbremste, drückte sie auf die Hupe, um Lew ihre Ankunft mitzuteilen. Doch er stand bereits neben der Fahrertür, ehe Abby diese öffnen konnte.

»Ich hörte dich unten am Fuß des Hügels auf der Zufahrtsstraße«, sagte er. »Mein Gehör ist so an die Stille hier oben gewöhnt, daß ich manchmal nachts aufwache, wenn draußen auf der Weide eine Kuh nicht richtig atmet. Was ist denn passiert?«

Abby sprang aus dem Wagen, küßte ihn flüchtig auf den Mund und gab ihm den Brief.

»Das habe ich eben in Joshs Computer gefunden«, sagte Abby, während sie auf das Haus zulief. »Diese vier Leute haben mit ihm in einem Labor in Fremont zusammengearbeitet. Ich muß sie sofort anrufen und warnen.«

Fremont befand sich auf der anderen Seite der Bucht, nicht weit von San José entfernt. Abby hatte keine Mühe, die Seradyne-Telefonzentrale zu erreichen.

»Ich möchte Steve Bricker sprechen.«

Sie hielt den Atem an, darauf gefaßt, daß das Mädchen am anderen Ende der Leitung ihr jeden Moment mitteilen würde, daß Steve Bricker gar nicht mehr am Leben war.

»Hier spricht Steve Bricker.«

»Gott sei Dank«, flüsterte Abby. »Steve, hier ist Dr. Abby Dolan. Erinnern Sie sich an mich?«

»Die Freundin von Josh Wyler?«

»Richtig.«

»Wie geht's ihm?«

»Nun – ehrlich gesagt sehr schlecht.«

Abby stellte sich das ungläubige Gesicht ihres Gesprächspartners vor, als sie ihm von den psychotischen Auswirkungen einer schweren Cadmiumvergiftung erzählte, unter der Josh offensichtlich litt. Und daß er jetzt auf dem Weg zu seiner ehemaligen Firma war, um Rache zu nehmen.

»Entschuldigung, Abby, aber das begreife ich nicht ganz. Josh ist doch immer so ein umgänglicher und freundlicher Mensch gewesen. Ich weiß zwar, daß er nicht gerade erfreut war über die Umstrukturierungen und Personalkürzungen, die wir hier vornehmen mußten; aber ich denke, daß die Abfindung, die wir ihm gezahlt haben, doch recht fair gewesen ist.«

Abby war nur einmal in ihrem Leben mit Steve Bricker zusammengetroffen und hatte ihn als einen Mann in Erinnerung, der sehr von sich eingenommen war. Jetzt, nach diesem kurzen Gespräch, wußte sie, warum sie ihn nicht sonderlich sympathisch gefunden hatte. Der Mann besaß das Einfühlungsvermögen eines Elefanten.

»Josh wollte keine Abfindung, sondern seinen Job. Und ob zu Recht oder nicht – er gibt Ihnen jetzt die Schuld, daß sich die Dinge nicht so entwickelt haben, wie er sich das vorstellte.«

»Das ist verrückt.«

»Das sage ich ja die ganze Zeit, Steve. Josh braucht dringend Hilfe. Es gibt eine recht brauchbare Therapie, mit der das Cadmium wieder aus seinem Körper entfernt werden kann. Aber erst mal müssen wir ihn finden.«

»Nun, ich kann nur hoffen, daß er nicht auf dumme Gedanken kommt. Ich besitze einen Waffenschein und eine Pistole, mit der ich verdammt gut umzugehen weiß.«

Abby stöhnte. Das war es ja, was sie verhindern wollte – daß irgendein wildgewordener Cowboy erst schoß, bevor er Fragen stellte.

»Steve, ich werde jetzt auch die anderen benachrichtigen. Ich möchte nicht, daß Josh zu Schaden kommt.«

»Solange er nicht versucht, irgendwelche Dummheiten zu machen, wird er das wohl auch nicht. Alan Forrester befindet sich zur Zeit auf Urlaub. Nancy Golden arbeitet hier auf der gleichen Etage. Gentry ebenfalls. Ich kann mit den beiden reden und auch mit dem Sicherheitsdienst. Vielleicht werden sie die Wache noch mit einem Mann verstärken, obwohl ich das nicht für notwendig halte. Das Gebäude ist so abgesichert, daß nicht mal eine Maus unbemerkt hier eindringen könnte.«

»Steve, was auch passiert – versuchen Sie zu verhindern, daß er verletzt wird. Das ist das mindeste, was Sie tun können.«

»Falls Josh versuchen sollte mich oder einen der drei anderen umzubringen, kann ich Ihnen nur eines versprechen – daß es ihn zuerst erwischt. So sind nun mal die Regeln. Sie wissen vielleicht nicht, daß ich damals versucht habe, seine Kündigung zu verhindern. Nun sehen Sie, was ich davon habe.«

Abby seufzte und legte den Hörer auf die Gabel. Steve Bricker war ein hoffnungsloser Fall und jede weitere Erklärung eine Zeitverschwendung. Aber die Polizei in Fremont mußte sie unbedingt informieren und für alle Fälle auch Joshs Bruder in Los Angeles. Joshs Mutter wollte sie hingegen nicht anrufen, denn diese hatte sich schon bei Abbys letztem Telefonat furchtbar aufgeregt. Mehr konnte sie im Augenblick wohl nicht tun.

Lew setzte sich ihr gegenüber an den Tisch und blickte sie besorgt an.

»Was hat er gesagt?«

»Bricker? Daß er schon mal seinen Revolver reinigen wird und sich auf das Duell mit Josh freut.«

»So ein Idiot.«

Lew kam um den Tisch herum und massierte ihre Schultern und Schläfen.

»Oh, das tut gut.«

Sie schloß die Augen und gab sich eine Weile lang diesem Wohlgefühl hin, während er sein Gesicht in ihren Haaren barg und sie auf den Scheitel küßte.

»Wir werden ihn finden«, flüsterte er.

»Vielen Dank, Lew. Ich weiß nicht, was ich ohne dich tun würde. Hast du das Gefängnishospital erreichen können?«

»Ja. Obwohl dieser blöde Arzt in Las Rosas mir nicht bestätigen wollte, daß Willie Cardoza ein Patient des Krankenhauses ist. Aber da er es auch nicht abgestritten hat, habe ich ihm erklärt, was er tun muß. Und ich glaube, daß er mich auch verstanden hat; doch ganz sicher bin ich mir da nicht. Vielleicht solltest du dich mit Willies Freundin in Verbindung setzen. Die müßte doch wissen, wohin man ihn gebracht hat.«

»Gute Idee. Und was ist mit Barbara Torres und diesem Apotheker – wie hieß er gleich wieder?«

»Gil Brant. Ich werde die beiden anrufen, ein Treffen mit ihnen vereinbaren und sie auf Trab bringen. Aber offen gestanden halte ich die beiden für Pappkameraden. Versammlungen zu besuchen, ist eine Sache. Doch eine ganz andere ist es, wenn man seine Stellung in der Stadt aufs Spiel setzt, indem man sich offen gegen das Establishment wendet. Deswegen war Dave Brooks ja so wertvoll. Er ließ sich nicht einschüchtern und war absolut furchtlos. Du wirst ihm immer ähnlicher.«

»Unsinn. Ich gewöhne mich langsam an den Gedanken, meine Zelte in Patience abzubrechen und von hier wegzuziehen.«

»Das kannst du doch nicht machen, Abby! Nicht jetzt, wo wir so dicht daran sind, die verbrecherischen Machenschaften hier aufzudecken.«

»Wir sind nicht so dicht daran, wie du behauptest, und das weißt du auch. Wir haben einen positiven Bluttest, aber der wird vor Gericht nicht viel wert sein. Und wir haben zwei Augenbefunde, die auf eine Cadmiumvergiftung schließen lassen. Nur haben wir nicht die leiseste Ahnung, wie das passieren konnte. Ich kann mir auch nicht vorstellen, daß Colstar so einfach die Waffen strecken und uns die notwendigen Beweise ausliefern wird. Außerdem könnten wir Angela Cristoforo und Willie Cardoza sogar in Gefahr bringen, wenn wir ihre Cadmiumvergiftung publik machen. Schließlich habe ich noch immer das Gefühl – so sehr ich mich auch dagegen sträube –, daß das nicht meine Stadt oder mein Krieg ist. Ich bin in diese Sache nur deshalb verwickelt, weil ich Willie und Josh helfen möchte. Colstar übt seinen Einfluß auf alles und jeden hier aus.«

»Ich weiß, daß diese Firma sehr mächtig ist, aber …«

»Lew, sie haben den Obduktionsbericht von Peggy Wheaton manipuliert und wollen ihn – falls ich nicht kündige – als Beweis dafür verwenden, daß ich für ihren Tod verantwortlich bin.«

Lew hörte ihr entsetzt zu, als sie von dem Treffen mit Joe Henderson erzählte.

»Zur Hölle mit ihnen«, war alles, was er sagen konnte, als sie ihren Bericht beendet hatte. Dann kniete er sich neben ihr nieder. »Das tut mir so leid, Abby. Es tut mir so leid, daß ich dich in diese Lage gebracht habe. Aber wir brauchen dich trotzdem. Ich brauche dich.«

Er brachte sein Gesicht ganz dicht an ihres heran und schloß sie fest in die Arme, als er sie küßte. Seine Lippen öffneten sich, und seine sanften Hände wurden forschender, zielstrebiger. Abby ertappte sich bei dem Gedanken, wie es wohl wäre, wenn sie nackt neben ihm liegen würde. Was für ein Gefühl es wohl war, wenn er sich auf sie legte und in sie eindrang …

»Lew, bitte«, sagte sie schließlich und entzog sich seiner Umarmung. »Es gefällt mir, wenn du mich berührst. Ich bin sehr gern mit dir zusammen. Aber im Moment steht mir einfach nicht der Sinn danach. Im Augenblick muß ich mich zuerst einmal darum kümmern, Josh wiederzufinden.«

»Entschuldigung. Du hast recht, es ist jetzt nicht der richtige Zeitpunkt dafür.«

»Du brauchst dich dafür nicht zu entschuldigen. Wenn es zwischen uns passiert, möchte ich ganz für dich dasein.«

Sie küßte ihn noch einmal rasch auf den Mund und nahm dann wieder den Telefonhörer ab.

»Wen rufst du jetzt an?«

»Die Polizei in Fremont und danach vielleicht Joshs Bruder in Los Angeles. Ich habe auch daran gedacht, noch einmal ein Gespräch mit Kelly Franklin zu führen.«

»Meinst du nicht, daß das riskant wäre? Du hast doch eben selbst gesagt, daß Colstar versuchen könnte, die cadmiumverseuchten Patienten zu beseitigen.«

»Colstar vielleicht, aber nicht Kelly. Ich kann einfach nicht glauben, daß sie so etwas tun würde.«

»Das ist der Punkt, wo unsere Meinungen auseinandergehen«, sagte Lew. »Sie hat genausoviel Dreck am Stecken wie alle anderen, die bei Colstar das Sagen haben.«

»Dann mußt du dich eben auf meine weibliche Intuition verlassen, die mir sagt, daß es nicht so ist.«

Wie Abby erwartet hatte, erhielt sie nur wenig Unterstützung von der Polizei in Fremont und von Joshs oberflächlicher, selbstsüchtiger Schwägerin. Das Gespräch mit Kelly Franklin versprach auch nicht viel besser zu werden.

»Sind Sie sich sicher, daß die Werte von Cardozas Blutuntersuchung stimmen?« fragte Kelly.

»Absolut sicher. Die Frau, die den Test durchführte, gehört zu den führenden Toxikologen dieses Landes.«

»Ich kann das nicht glauben. Ich habe jeden Quadratzentimeter dieser Firma untersucht und alles, was bei uns mit der Lagerung und Verwendung von schädlichen Substanzen zusammenhängt. Dutzende Male. Ich sehe einfach keine Möglichkeit, wie so etwas hätte passieren können.«

»Es handelt sich hier möglicherweise um eine Kontamination großen Stils«, fügte Abby hinzu. »Ich habe einen Computerausdruck von über hundertfünfzig Personen, die an seltsamen, schwer zu definierenden Symptomen leiden, die jedoch für eine Cadmiumvergiftung typisch sind.«

»Sind das diejenigen Leute, bei denen Sie auch eine

übermäßige Verordnung von MCT-Untersuchungen festgestellt haben?«

»Richtig.«

»Aber ich sehe da keinen Zusammenhang.«

»Ich auch nicht. Zumindest jetzt noch nicht. Aber ich bin mir ziemlich sicher, daß es einen gibt. Diese Cadmiumwerte sind kein Zufall und die MCT-Untersuchungen auch nicht.«

»Was soll ich nun Ihrer Meinung nach tun?«

»Kelly, ich habe den schweren Verdacht, daß Colstar die Leute hier krank macht – in manchen Fällen sogar sehr krank. Was glauben *Sie* denn, was man in so einem Fall unternehmen müßte?«

»Wissen Sie – das ist verrückt. Sie haben einen positiven Bluttest bei einem Mann, der früher für uns gearbeitet hat, und ein paar leuchtende Ringe in den Augen einer Frau, die vermutlich eine Vielzahl von starken Psychopharmaka bekommt. Aber das reicht noch lange nicht, um diese Firma dichtzumachen. Ich werde dem nachgehen, aber ich brauche mehr, viel mehr als das, was Sie mir soeben geliefert haben, um irgendwelche Schritte zu unternehmen.«

»Dann tun Sie mir wenigstens einen Gefallen.«

»Und der wäre?«

»Wenn Sie schon keine Schritte unternehmen, dann sollten Sie auch Lyle Quinn nichts von unserem Gespräch erzählen. Bitte. Ich traue ihm nicht.«

»Abby, ich weiß nicht, ob ich Ihnen das versprechen kann.«

»Bitte. Nur für einen Tag. Die nächsten vierundzwanzig Stunden.«

»Ich werde es mir überlegen. Aber versprechen kann ich nichts.«

»Danke.«

»Und, Abby ...«

»Ja?«

»Ich denke, daß Lyle gar nicht so übel ist, wie Sie meinen. Wenn Sie sich nicht von seinem Imponiergehabe und dem forschen Auftreten beeindrucken lassen, werden Sie finden, daß er nicht annähernd so hart ist, wie er jeden glauben machen möchte.«

»Wenn das stimmt, müßte ich mich aber sehr in ihm getäuscht haben«, erwiderte Abby und legte auf.

»Was hat sie gesagt?« fragte Lew.

»Das, was du von ihr erwartet hättest. Aber ich habe zumindest erreicht, daß sie nachdenklich wurde. Auf das Mittagessen werde ich wohl verzichten müssen. Ich möchte lieber noch mal ins Hospital fahren und mit der Patientin sprechen, die in der MCT-Röhre einen anaphylaktischen Schock bekam. Dann werde ich eine Dusche nehmen und mich ein paar Stunden aufs Ohr legen.«

Sie konnte ihm seine Enttäuschung ansehen.

»Ganz wie du willst. Ich bin sowieso besser für ein Abend- als für ein Mittagessen zu gebrauchen. Wenn du aufwachst, wirst du ganz bestimmt Hunger haben.«

»Das klingt großartig. Sobald ich aufwache, werde ich dich anrufen. Falls du bis fünf noch nichts von mir gehört haben solltest, steht es dir frei, mich anzurufen.«

»Prima. Wenn dich schon die Sache mit Colstar nicht in Patience halten kann, dann schafft das vielleicht mein geräucherter Lachs.«

»Lew!«

»War doch nur Spaß. Ich weiß doch, daß du alles unternehmen wirst, was du für nötig hältst.«

Abby zog ihn vom Boden hoch und küßte ihn auf den Mund. »Ich bin froh, daß du das verstehst«, flüsterte sie.

28. Kapitel

Abby hatte nicht das Verlangen, Joe Henderson über den Weg zu laufen, aber sie wollte noch einmal mit Claire Buchanan sprechen. Denn wenn Claire sich weiterhin so rasch von ihrem allergischen Schock erholte wie bisher, würde man sie vielleicht schon morgen früh aus dem Krankenhaus entlassen.

Abby wollte deshalb noch einmal nach der Patientin sehen und ihr alles Gute wünschen. Sie hatten dem Tod gemeinsam die Stirn geboten und einen Aufschub erwirkt. Doch Abby wußte, daß das nur die halbe Wahrheit war. Etwas an diesen MCT-Untersuchungen ließ ihr keine Ruhe – etwas, das sich ihr möglicherweise erschloß, wenn sie noch einmal mit Claire deren Anamnese durchging. Und da ihr Entschluß, Patience zu verlassen, so gut wie feststand, wußte sie auch, daß das wahrscheinlich die letzte Gelegenheit war, mit der Patientin darüber sprechen zu können.

Denn sie hatte Lew die Wahrheit gesagt. Sie würde so lange an diesem Hospital und in dieser Stadt bleiben, bis man die wahre Ursache von Willie Cardozas Krankheit erkannt und eine entsprechende Behandlung eingeleitet hatte. Sie war Josh dasselbe schuldig. Doch nun hatte sie nichts mehr zu gewinnen, aber viel zu verlieren, wenn sie hierblieb. Sie hatte die Entschlossenheit und Skrupellosigkeit von Colstar erheblich unterschätzt. Der Kampf um die Wahrheit mochte zwar weitergehen, aber am Ende, fürchtete Abby, würde die Allianz unterliegen. Und wenn sie sich dazu entschied, hierzubleiben und auf seiten der Allianz zu kämpfen, würde sie zweifellos zu den Opfern dieses Krieges gehören. Joe Henderson hielt alle Trümpfe in der Hand – den Beweis, daß ihrem ärztlichen Urteilsvermögen nicht zu trauen sei, und eine Gemeinde, die bereits gegen sie Front gemacht hatte. Für das Krankenhaus von

Patience war sie schon Geschichte; nichts konnte daran noch etwas ändern. Aber ein Prozeß wegen schuldhafter Unterlassung medizinischer Maßnahmen, die zum Tod einer Patientin geführt hatte, würde möglicherweise ihre Karriere als Ärztin beenden.

Das Beste, was sie in dieser Situation tun konnte, war ihre Niederlage zu akzeptieren und die Kündigung einzureichen. Daß Colstar die Gesundheit der Bevölkerung von Patience in hohem Maße gefährdete, stand für sie fest. Aber überall auf der Welt wurden Menschen von korrupten Gesellschaften und Regierungen geschädigt. Sie war für all diese Tragödien nicht verantwortlich. Sie hatte ihren Kopf für Lew und die Allianz hingehalten, und nun konnte jeden Moment das Fallbeil darauf heruntersausen.

Ihre Gründe, das Krankenhaus und die Stadt zu verlassen, waren vernünftig und einleuchtend. Trotzdem würde sie noch ein Zaungast bleiben. Obwohl sie keine zwei Monate an diesem Krankenhaus gearbeitet hatte, war sie auf eine Weise, wie sie ihr am St.-Johns-Krankenhaus nie beschieden gewesen war, zu einem wichtigen Bestandteil im Leben vieler Patienten geworden. Das Gefühl, sie nun im Stich zu lassen, würde ihr genauso weh tun wie das Wissen, daß sie in einer gerechten Sache eine so schreckliche Niederlage hatte einstecken müssen.

Dann gab es da noch dieses sich ständig vertiefende Gefühl für Lew. Sie hatte bereits ihre akademische Laufbahn zugunsten eines Mannes aufgegeben. War sie nun bereit, für einen anderen Mann ihre ganze berufliche Karriere aufs Spiel zu setzen? Aber würde Lew es ihr jemals verzeihen, wenn sie sich weigerte, ihn in seinem Anliegen noch länger zu unterstützen?

Und schließlich war da noch Josh. Wenn ihre Rollen vertauscht gewesen wären, hätte er jedes Opfer gebracht, um sie zu retten. Davon war sie überzeugt. Sie würde ihn gewiß viel schneller finden können, wenn sie nicht mehr so viele Stunden im Krankenhaus verbrachte.

Nein, sagte sie sich. Diesmal mußte ihr Kopf über ihre Gefühle und Instinkte obsiegen. Sie hatte zuviel zu verlieren, wenn sie in Patience blieb. Sie würde Lew ihre Datenblätter vermachen und sobald wie möglich nach San Francisco zurückkehren. Mit ein bißchen Glück würde sie dort vielleicht an einem Ort arbeiten können, der nicht zu weit von Seradyne entfernt war, falls Josh dort zuschlagen sollte.

Abby fühlte sich erleichtert, nachdem sie zu einem Entschluß gekommen war. Sie betrat das Krankenhaus durch den Eingang der Notaufnahme und erkundigte sich bei der Information nach Claire Buchanans Zustand. Die ehemalige Revuetänzerin war inzwischen von der Intensivstation in ein Einzelzimmer auf der gleichen Etage verlegt worden. Abby traf sie dort in einem Lehnstuhl vor dem Panoramafenster, das auf die Colstar-Klippe hinausblickte. Claires Gesicht hellte sich auf, als sie ihre Besucherin erkannte.

»Endlich sehe ich Sie wieder«, sagte Claire. »Die Schwestern haben mir erzählt, daß ich Ihnen mein Leben verdanke, weil es Ihnen gelungen ist, mir diesen Atemschlauch einzuführen. Ich konnte mich zwar erinnern, daß Sie in meiner Nähe gewesen sind, hatte aber nicht die geringste Ahnung, was da vor sich ging. Deswegen habe ich es bisher versäumt, mich bei Ihnen zu bedanken.«

»Viele Leute haben dabei mitgewirkt, Ihnen zu helfen. Ich bin froh, daß es Ihnen wieder so gut geht.«

»Mir ginge es noch besser, wenn ich von diesem Juckreiz erlöst wäre.«

Claire deutete auf einige Stellen an ihrem Armen, die die gleichen Hautverletzungen aufwiesen, die Abby bereits bei den früheren Besuchen der Patientin in der Notaufnahme untersucht hatte. Sie sahen immer noch aus wie Entzündungen von kleinen Kapillargefäßen.

»Claire, könnten Sie mir vielleicht ein paar Fragen beantworten? Man hat bisher zweimal eine MCT-Untersuchung bei Ihnen durchgeführt. Richtig?«

»Ja, das stimmt.«

»Auch Röntgenaufnahmen?«

»Nur einmal. Vor ein paar Wochen sind Aufnahmen von meiner Brust gemacht worden.«

»Und davor?«

»Keine.«

»Und wie viele Blutproben? Können Sie sich noch daran erinnern?«

»Nun – Dr. Oleander hat mir mehrmals Blut abgenommen. Und Sie auch. Aber ich kann mich nicht daran erinnern, daß man mir vor meiner ersten Computertomographie Blut abgezapft hat. Und die wurde gemacht, als ich diese Magenschmerzen bekam.«

Abby starrte die Frau ungläubig an.

»Sind Sie sich da sicher?«

»Wenn ich auch nur eine ausgemusterte Revuetänzerin bin, habe ich trotzdem ein ausgezeichnetes Gedächtnis. Man hat mir nach meiner ersten MCT Blut abgenommen, aber niemals vorher.«

Nun war es Abby, die aus dem Fenster blickte, hinüber zu dem Zaun mit den Stacheldrahtrollen am anderen Ende der Wiese. Der Colstar-Felsen mit dem massiven Fabrikgebäude darauf ragte drohend und düster vor dem grauen Mittagshimmel auf. Abby schloß die Augen. Das Muster, das sich ständig ihrem Zugriff zu entziehen und in einem Nebel zu verstecken schien, zeichnete sich jetzt klar und deutlich in ihrem Bewußtsein ab. Claire Buchanan hatte ihr die Augen geöffnet. Am Kreiskrankenhaus von Patience wurden nicht nur MCTs im Übermaß verordnet, sondern viele dieser kostspieligen Untersuchungen waren schon durchgeführt worden, *bevor* die Patienten mit ihren Gesundheitsproblemen in die Notaufnahme kamen. Es war fast so, als hätten diese Untersuchungen erst jene Krankheitssymptome ausgelöst! Die Bestätigung ihrer Theorie würde sie in der Datenbank des KarMen-Systems im Krankenhausarchiv finden. Aber sie glaubte, schon genug Beweise dafür in ihrer losen Blättersammlung zu haben, die sie hinter der Heizungsanlage im Keller versteckt hatte.

»Claire, es war mir ein Vergnügen, noch einmal mit Ihnen zu sprechen«, sagte Abby. Sie konnte es kaum erwarten, nach Hause zu fahren. »Ich freue mich sehr, daß es Ihnen wieder so gut geht.«

»Danke. Sagen Sie, Dr. Dolan – sehen Sie eine Chance, daß ich eines Tages auch diese Ausschläge und den Juckreiz los werde?«

Abby nahm die Hände der Frau in ihre.

»Claire, Sie müssen wissen, daß man uns schon als Studenten beibringt, den Patienten niemals irgendwelche Versprechungen zu machen. Aber eines kann ich Ihnen jetzt sagen. Ich verspreche Ihnen, daß es nicht mehr lange dauern wird, bis Sie eine Antwort auf die Frage bekommen, was Ihnen wirklich fehlt. Und mit etwas Glück wird diese Antwort auch den Weg zu der richtigen Behandlung Ihrer Beschwerden weisen.«

Claire Buchanan erhob sich aus ihrem Sessel und umarmte sie.

»Passen Sie gut auf sich auf, Doktor«, sagte sie. »Und vergessen Sie nicht, sich auch etwas Zeit für die angenehmen Seiten des Lebens zu nehmen.«

Abby benutzte die Treppe zum Keller und verließ das Krankenhaus durch den Lieferanteneingang. Ihre Datensammlung und die darin enthaltenen Beweise würden ihr Vermächtnis an Lew und die Allianz sein. Bei einer auffallend hohen Zahl von KAWIFs waren MCTs verordnet worden, bevor die Patienten über Beschwerden geklagt hatten. Offenbar gab es Absprachen zwischen den Radiologen und den Krankenhausärzten, um sich materielle Vorteile zu verschaffen. Doch keiner schien dabei zu berücksichtigen, daß viele der unschuldig in diesen Betrug verwickelten Patienten mit Cadmium belastet waren. Aber die starken Magnetfelder und die intensiven Ultraschallwellen der Computertomographie lösten zusammen mit dem Cadmium diese Krankheitssymptome aus.

Auf der Heimfahrt ließ sich Abby diese Erklärung noch einmal durch den Kopf gehen. Zugegeben – sie war so dünn und schwach wie nasses Seidenpapier. Ein rechteckiger Pfahl, den sie in ein kreisrundes Loch einpassen wollte. Aber immerhin eine Theorie, die sie mit einigen ihrer Daten beweisen konnte. Und das war mehr, als die Allianz in den drei Jahren ihres Bestehens zustande gebracht hatte.

Sie war jetzt fast neunundzwanzig Stunden auf den Beinen, seit Joe Henderson sie mit seinem Anruf geweckt hatte. Das Studium der Datensammlung mußte warten. Sie brauchte dringend ein paar Stunden Schlaf.

Abby betrat das Haus durch die Hintertür und schaltete als erstes den Anrufbeantworter ein. Er hatte zwei Nachrichten aufgezeichnet. Eine Frau von der Autoglasfirma in Patience erkundigte sich, ob sie mit ihrem Service zufrieden sei. Der zweite Anrufer hatte aufgelegt, ohne etwas zu sagen. Keine Nachricht von Josh, auf die sie so verzweifelt wartete.

Abby spulte das Band ein wenig zurück und ließ es dann noch einmal ablaufen. Wer sie da auch immer angerufen hatte – er hatte zehn Sekunden nach ihrer Ansage verstreichen lassen, ehe er wieder auflegte. Sie schaltete den Ton höher und ließ das Band ein drittes Mal ablaufen. Sie hätte schwören können, daß die aufgezeichneten Atemzüge von Josh stammten.

»Nun sag schon was«, murmelte sie. »Los, nun sag doch irgend etwas.«

Sie zog das Kostüm aus, das sie für ihre unselige Verabredung mit Henderson gewählt hatte, und streifte ein leichtes Nachthemd über. Dann öffnete sie die Vordertür, weil sie noch die Post der letzten beiden Tage durchsehen wollte. Der metallene Briefkasten war direkt neben dem Türpfosten an der Hauswand angeschraubt. Sie hatte schon dessen Klappe geöffnet und wollte gerade mit der

Hand hineingreifen, als der Türpfosten neben ihrem Gesicht zerbarst. Holzsplitter rieselten auf sie nieder. Kurz darauf hörte sie ein Geräusch irgendwo dort oben auf dem Hügel zu ihrer Rechten. Bevor sie darauf reagieren konnte, gab es ein lautes metallisches Scheppern, und die ganze Seitenwand des Briefkastens war weggerissen. Abby schrie, duckte sich instinktiv und wich zurück. Dann sah sie die Einschußlöcher im Holz, legte sich flach auf den Boden der Veranda und öffnete die Fliegengittertür mit den Fingerspitzen. Während sie das tat, durchschlug eine Kugel das Fliegengitter und bohrte ein Loch in die halbgeöffnete Haustür. Außer diesem leisen Knall hatte sie keinen der Schüsse gehört.

Ihr Körper befand sich nun in höchster Alarmbereitschaft. Das Herz hämmerte gegen die Rippen, und die Lungen schienen die Luftaufnahme zu verweigern. Sie hatte Kelly Franklin offenbar falsch eingeschätzt. Diese Frau mußte sie gleich, nachdem sie aufgelegt hatte, an Quinn verraten haben. Schadensbegrenzung war jetzt bei Colstar angesagt.

Ich denke, daß Lyle gar nicht so übel ist, wie Sie meinen. Sie werden finden, daß er nicht annähernd so hart ist, wie er jeden glauben machen möchte. Hatte Franklin das nicht von ihrem Kumpel Quinn behauptet? *Zum Henker mit ihr,* dachte Abby.

Auf Händen und Knien kroch sie in das Haus zurück und schloß mit einem Fußtritt die Tür. Dann schob sie sich auf dem Bauch zum Telefon in ihrem Schlafzimmer. Hinter ihr zerbarsten die Scheiben des Wohnzimmerfensters in einem Kugelhagel und überschütteten das Sofa und den Teppich mit Glassplittern. Sie duckte sich zwischen ihrem Bett und der Wand, um Schutz vor den Kugeln zu suchen, und wollte gerade den Notruf 911 wählen, als das Telefon läutete. Sie zögerte und riß dann den Hörer von der Gabel.

Die Stimme, die eindeutig zu einem Mann gehörte, klang rauh und etwas gedämpft.

»Verschwinde«, sagte der Mann, »verschwinde jetzt endlich von hier!«

Schweißgebadet legte sie den Hörer auf die Gabel zurück, nahm ihn dann wieder hoch und wählte die Nummer des Polizeireviers. Der Beamte, der ihren Anruf entgegennahm, wußte sofort, wer sie war und wo sie wohnte.

»Wir werden, sobald es geht, jemand zu Ihnen schicken«, sagte er, als hätte sie soeben gemeldet, daß sich ein herrenloser Hund in ihrem Garten herumtrieb.

Aber schicken Sie nicht den Mann, der soeben auf mich geschossen hat, hätte sie am liebsten geantwortet.

Sie legte wieder auf und konnte vor lauter Angst und Wut ihre Tränen nicht zurückhalten. Als zwei Streifenwagen fünfzehn Minuten später vor ihrem Haus hielten, hatte sie sich das Gesicht gewaschen, ein T-Shirt mit dem Logo der Stanford-Universität und ein Paar Jeans angezogen, und brühte sich gerade einen Tee auf. Durch das zerschossene Fenster sah sie Sergeant Sullivan aus dem ersten Streifenwagen steigen und lachend mit einem Mann plaudern, der Jeans und eine Windjacke mit dem Logo der Oakland Raiders trug. Ohne sich erst die Mühe zu machen, sie von ihrer Ankunft in Kenntnis zu setzen, begannen die beiden die Einschußlöcher in der Tür und der Vorderwand des Hauses zu inspizieren. Der zweite Streifenwagen trug die Aufschrift ›Captain‹ über dem blauen Markierungsstreifen am vorderen Kotflügel. Dem Fahrzeug entstieg ein Beamter, den Abby als Captain Gould in Erinnerung hatte. Der Mann war fast zwei Meter groß und trug Uniform, Cowboystiefel, Sonnenbrille und Schirmmütze.

Vom Regen in die Traufe, schoß es Abby durch den Kopf.

Als Gould sich der Haustür näherte, bemerkte er, daß Abby ihn durch das Fenster beobachtete. Er machte mit der rechten Hand eine Bewegung, die man ansatzweise für einen militärischen Gruß halten konnte. Sie nickte, und nachdem er kurz mit den beiden Männern gesprochen hatte, die mit der Untersuchung der Einschußlöcher beschäftigt waren, kam er durch die Haustür. Seine ersten Worte waren genau so, wie Abby sie erwartet hatte.

»Dr. Dolan, ich bin Captain Gould. Ich habe schon eine Menge über Sie gehört.«

»Nun, dann können Sie Ihr Wissen um die Tatsache erweitern, daß jemand versucht hat, mich umzubringen.«

Gould nahm mit der einstudierten Bedachtsamkeit eines Clint Eastwood seine Sonnenbrille ab und ließ sie in ein am Gürtel befestigtes Futteral gleiten.

»Wer?«

Abby überlegte, wie ihre Antwort darauf ausfallen sollte, zuckte schließlich mit den Schultern und sagte: »Ich denke, daß es Lyle Quinn war.«

Der Polizist lachte laut.

»Entschuldigung, Captain«, sagte Abby. »Aber ich habe nicht den Eindruck, daß die Situation so schrecklich komisch wäre.«

Sie wußte, daß ihr Temperament selbst unter den günstigsten Voraussetzungen nur schwer zu zügeln war. Jetzt, wo ihre Nerven blank lagen, drohte sie jeden Moment überzukochen. Aber eine Auseinandersetzung mit dem Polizeichef von Patience war wohl das letzte, was sie sich leisten konnte.

»Nehmen Sie es mir nicht übel, Doktor«, erwiderte er, »aber da sind zwei Dinge, die Sie wissen sollten. Erstens, daß Lyle Quinn und seine Gattin sich in diesem Augenblick in der St.-Margarets-Kirche aufhalten, um mit anderen zusammen meiner Frau bei der Vorbereitung eines Basars zu helfen, der heute abend dort stattfinden soll.«

Abby spürte, wie ihre Wangen sich vor Verlegenheit und Ärger über diesen Klüngel feuerrot färbten.

»Und was wäre das zweite?« erkundigte sie sich mit versteinertem Gesicht.

»Nun, es mag Ihnen vielleicht etwas gefühllos erscheinen, aber Sergeant Sullivan und Detektiv Jacques haben mir gerade dort draußen erzählt, daß die Schüsse, die Ihr

Haus getroffen haben, höchstwahrscheinlich von der Felsplatte auf dem Hügel abgegeben wurden.« Er deutete mit der Hand durch das Fenster auf die von ihm angegebene Stelle. »Das heißt, aus einer Entfernung von ungefähr dreihundert Metern. Lyle ist ein hochdekorierter Offizier bei den Rangern gewesen. Mit diesen Präzisionsgewehren und den speziellen Zielgeräten, die man heutzutage in jedem Waffengeschäft kaufen kann, hätte er ein Loch durch das ›O‹ auf Ihrem Stanford-T-Shirt geschossen, wenn er das gewollt hätte. Und das gleiche gilt für die meisten Jäger in dieser Gemeinde, also praktisch für fast alle Männer in dieser Stadt. Glauben Sie mir, Doktor, die Tatsache, daß Sie noch am Leben sind, spricht dafür, daß niemand Sie töten wollte.«

»Gleich nach den Schüssen hat ein Mann angerufen. Er hat seine Stimme verstellt, aber die Botschaft war klar genug.«

»Und wie lautete diese?«

»›Verschwinde jetzt endlich von hier!‹ Mehr hat er nicht gesagt.«

»Sehen Sie? Ich sagte Ihnen ja, daß derjenige, der von dort drüben auf Ihr Haus geschossen hat, Ihnen nur seinen Standpunkt klarmachen wollte.«

»Verschwinden Sie, Captain«, sagte sie mit süßer Stimme.

»Wie bitte?«

»Das war seine Botschaft an mich. Nun ist es *meine* Botschaft an *Sie*. Man hat mich nicht bestreikt, Captain, sondern auf mich geschossen. Ich bin im Augenblick nicht in der Stimmung, mir Ihren selbstgerechten Sarkasmus anzuhören. Also lassen Sie mich jetzt bitte allein. Ich bin müde und habe Kopfschmerzen. Ich brauche ein paar Stunden Schlaf, und mir ist klar, daß diese Farce von einer Ermittlung nirgendwo hinführen wird.«

Gould zögerte einige Sekunden, zuckte dann mit den Schultern und sagte: »Wie Sie meinen.«

Er machte einen Schritt auf die Tür zu, ehe er sich noch einmal zu ihr umdrehte.

»Dr. Dolan, mir mißfallen die Methoden, die dieser Anrufer verwendet hat, aber ich denke, daß Sie seine Botschaft beherzigen sollten. Es gibt eine Menge in dieser Stadt, das Sie offenbar nicht begreifen. Wir sind hier in vielerlei Dingen voneinander abhängig. Und wenn Sie jemandem auf der Ostseite des Tals auf die Zehen treten, wird ganz bestimmt jemand auf der Westseite ›Au‹ rufen.«

»Das haben Sie hübsch gesagt. Danke für Ihren Rat. Ich werde aufpassen, wo ich hintrete.«

Gould funkelte sie einen Moment lang an und schien ihr noch etwas sagen zu wollen. Doch dann marschierte er durch die Haustür geradewegs zu seinem Dienstwagen und fuhr davon. Ein paar Minuten später folgten Sergeant Sullivan und der Detektiv seinem Beispiel, ohne auch nur ein einziges Wort mit ihr geredet zu haben.

Abby suchte im Anzeigenblatt von Patience die Telefonnummer eines Mannes heraus, der sich für Reparaturen jeder Art empfahl, und dieser erklärte sich sogleich bereit, mit einer Sperrholzplatte ihr zerschossenes Fenster zu vernageln. Als sie die Glassplitter im Wohnzimmer aufgekehrt hatte, wollte sie es sich zunächst in einem Sessel gemütlich machen und dösen, bis der Mann mit dem Sperrholz bei ihr eintraf. Doch sie war noch viel zu aufgeregt und zornig, um die nötige Ruhe zu finden.

Erst dieser Pritschenwagen und nun das. *Verschwinde! Verschwinde jetzt endlich von hier.* Quinn übermittelte seine Botschaften mit der Subtilität eines Bulldozers.

Aber er würde sich an ihr die Zähne ausbeißen, dachte Abby. Sie stieg hinunter in den Keller, holte ihre Datensammlung aus dem Versteck und ging diese noch einmal durch. Im Gegensatz zu ihren früheren Bemühungen wußte sie jetzt, welcher Gesichtspunkt der entscheidende war. Was kam zuerst: Die Krankheitssymptome oder die MCT-Untersuchung?

Abby war nicht überrascht, daß der Mann mit der Sperrholzplatte viel später kam, als er versprochen hatte. Obwohl der Handwerker keine Ahnung haben konnte, womit sie sich gerade beschäftigte, versteckte sie ihre Datensammlung im Küchenschrank, bis er mit seiner Arbeit fertig war. Die Daten, die sie bisher überprüft hatte, bestätigten ihre Vermutung. Die MCTs dienten nicht dazu, eine Diagnose zu unterstützen, sondern diese irgendwie *vorwegzunehmen*.

Es war jetzt nach drei. Fast dreißig schlaflose Stunden lagen hinter ihr. Der Mann, der das Wohnzimmerfenster vernagelte, redete ununterbrochen und berichtete ihr, was man sich so alles in der Stadt von Leuten erzählte, die sie gar nicht kannte. Seiner Frage, wie es denn zu diesen Schäden am Haus gekommen sei, wich sie einige Male aus, bis sie seine Neugierde schließlich mit der Antwort, es seien ein paar umherziehende Vandalen gewesen, zu befriedigen versuchte. Aber die Einschußlöcher waren deutlich genug, und der Handwerker würde seinem nächsten Kunden gewiß eine abenteuerliche Geschichte über die verrückte Ärztin aus der Großstadt erzählen. Abby lächelte bei dem Gedanken, daß keine Geschichte, die der Mann sich ausdenken konnte, der Wahrheit auch nur nahe kommen würde. Im selben Moment klingelte das Telefon.

Automatisch eilte Abby zu dem Apparat auf ihrem Nachttisch. Doch dann konnte sie dort nur stehen und das Telefon anstarren, während es unentwegt klingelte. Beim nächsten Klingelzeichen würde der Anrufbeantworter das Gespräch übernehmen. Plötzlich erinnerte Abby sich an die Aufzeichnung von Joshs Atemzügen und griff nach dem Hörer.

»Hallo?«

»Abby, hier ist Kelly Franklin.« Die Stimme der Frau war fast ein Flüstern. »Sind Sie allein?«

Abby spürte, wie ihre Körpertemperatur um ein paar Grade stieg, als die Frau ihren Namen erwähnte.

»Bin ich nicht«, erwiderte sie kühl. »Ein Handwerker repariert gerade mein Wohnzimmerfenster. Was wollen Sie?«

»Bitte, schicken Sie ihn weg, Abby. Ich muß sicherstellen, daß Sie allein sind, bevor wir reden können. Ich werde das Telefon wechseln und Sie dann noch einmal anrufen. Reichen zehn Minuten?«

»Worum geht es denn überhaupt?«

»Bitte. Es ist sehr, sehr wichtig.«

»Wo sind Sie denn jetzt?«

»Im Augenblick in der Bibliothek. Bitte, vertrauen Sie mir.«

Abby sank auf ihr Bett. *Warum sollte ich das?*

»Einverstanden«, sagte sie. »In zehn Minuten.«

29. Kapitel

Abby mußte schon ihre ganze Redekunst aufbieten und auch noch zwanzig Dollar Trinkgeld dazulegen, bis der Mann endlich begriff, daß er eine Pause einlegen sollte. Er stieg gerade die Vortreppe hinunter, als Kelly Franklin zum zweitenmal anrief. Diesmal riß Abby den Hörer förmlich von der Gabel.

»Ihr Freund Quinn hat mir soeben von einem Mann mit einem Schnellfeuergewehr ein Ultimatum stellen lassen. Und Sie haben mich heute in dem Glauben gelassen, daß Sie in den nächsten vierundzwanzig Stunden keinem etwas von unserem Telefongespräch erzählen würden.«

»Ich habe niemandem ein Wort davon gesagt. Das schwöre ich.«

»Sie haben behauptet, daß er zu diesen bellenden Hunden gehöre, die nicht beißen. Es waren aber keine Marzipankugeln, die mir vor einer halben Stunde die ganze Vorderfront ruiniert haben. Unser oberster Ordnungshüter, Captain Gould, nahm die Sache nicht sonderlich ernst. Er meinte, der Mann, der mir diese Löcher in die Hauswand stanzte, wäre ein erfahrener Meisterschütze gewesen, der mich nur aus der Stadt vergraulen wollte. Ich habe mir nicht die Mühe gemacht, ihn darauf hinzuweisen, daß ein kleiner Schluckauf oder eine Mücke im Auge dieses Meisterschützen genügt hätte, mich in das Leichenschauhaus der Stadt zu befördern, statt mich aus dieser zu vergraulen.«

»Abby, Sie müssen mir glauben. Ich habe Lyle nicht einmal gesehen, nachdem wir miteinander gesprochen haben. Er könnte natürlich mein Telefon angezapft haben – was ich ihm durchaus zutraue –, aber ich habe mit niemandem über unser Gespräch geredet. Ich war viel zu sehr damit beschäftigt, einige Dinge nachzuprüfen, die Sie in Ihrem Gespräch erwähnten.«

Kelly war offensichtlich sehr betroffen von Abbys Vorwürfen. Doch Abby erinnerte sich an Lews Warnung, daß diese Frau eine perfekte Schauspielerin sei. Andererseits hatte Captain Gould ihr erzählt, daß Lyle Quinn zu der Zeit, als die Schüsse auf ihr Haus abgegeben wurden, sich mit einer Reihe anderer Personen in der Gemeindekirche von Patience aufgehalten habe. Wenn Kelly ihn dort nicht angerufen hatte, mußte er wohl tatsächlich das Telefon in ihrem Büro angezapft haben. Abby spürte, wie ihr Zorn allmählich nachließ.

»Von wo rufen Sie jetzt an?« fragte sie.

»Aus meinem Wagen. Ich traue dem Telefon in meinem Büro nicht. Und in der Nähe unserer Münzapparate halten sich immer ein paar Leute auf, die selbst ein Telefongespräch führen wollen.«

»Sie hören sich ja plötzlich genauso schizophren an wie unsereiner.«

»Ich fange an mich so zu fühlen, Abby. Einige Dinge, die Sie mir bei unserer ersten Zusammenkunft sagten, haben mir keine Ruhe gelassen. Vor allem die Frage, ob ich etwas von irgendwelchen Schlitzen in der Nordwand des Colstar-Felsens wüßte. Sie haben mir damals zwar nicht verraten, was Sie zu dieser Frage veranlaßte, aber ich war mir sicher, daß Sie einen triftigen Grund haben mußten.«

»Ich hatte damals ein altes Dia von der Felswand gesehen, auf dem solche Schlitze zu erkennen waren. Daraufhin haben ein Freund und ich diese Felswand noch einmal durch einen Feldstecher betrachtet. Dabei kamen wir zu dem Ergebnis, daß mit an Sicherheit grenzender Wahrscheinlichkeit Schlitze in der Felswand gewesen sein mußten – insgesamt drei –, die man inzwischen jedoch verschlossen oder auf irgendeine Weise getarnt hat.«

»Ich weiß.«

»*Wie bitte?*«

»Ich weiß, daß es dort drei Fenster gegeben hat. Eine *meiner* Freundinnen arbeitet in der Bibliothek. Ich habe sie nach einem Buch über die Patience-Mine gefragt. Sie hat eines gefunden, das im Archiv unter Verschluß gehalten wird. Es wartet dort auf Sie.«

»Ich werde es mir morgen anschauen.«

»Wenn es Ihnen möglich ist, sollten Sie das lieber schon heute tun. Morgen wird die Bibliothek erst um ein Uhr nachmittags geöffnet.«

»Ich habe seit gestern morgen noch keine Minute geschlafen«, sagte Abby, während sie sich die Augen rieb.

»Abby, ich glaube Ihnen jetzt. Es muß etwas bei Colstar vorgehen, von dem ich nichts weiß. Und das macht mir angst. Ich habe Ihnen in diesem Buch einen Zettel mit Informationen hinterlassen. Ich … ich hätte das wohl nicht tun sollen.«

Seufzend schob Abby ihr Nachthemd wieder unter das Kopfkissen zurück und fuhr sich mit einem Kamm durch die Haare.

»Ich werde in einer Viertelstunde in der Bibliothek sein«, erklärte sie.

»Danke. Sie werden mich besser verstehen, wenn Sie die

Notizen auf meinem Zettel lesen. Aber suchen Sie vorher noch das Katasteramt im Keller des Rathauses auf. Fragen Sie dort nach dem Band mit der Nummer achtundfünfzig und schlagen Sie in diesem die Seite einhundertsiebzehn auf.«

»Seite einhundertsiebzehn. Band achtundfünfzig.«

»Das Katasteramt ist bis vier Uhr nachmittags geöffnet.«

»Noch etwas?«

»Ja. Verzeihen Sie, daß ich an Ihnen gezweifelt habe. Was es auch immer kosten mag, ich werde herausfinden, warum man bei Colstar etwas vor mir verbirgt.«

»Seien Sie vorsichtig.«

»Das werde ich. Lesen Sie meine Botschaft und handeln Sie entsprechend. Ich werde im Verlauf des Nachmittags oder spätestens heute abend noch einmal telefonisch Kontakt mit Ihnen aufnehmen. Und bitte, rufen Sie mich *nicht* im Büro an.«

Ihre Stimme klang jetzt sehr aufgeregt, und die Worte schienen sich förmlich zu überschlagen.

»Immer mit der Ruhe, Kelly. Wir werden der Sache schon auf den Grund gehen.«

»Verdammt noch mal! Diese Leute haben mich belogen. So etwas lasse ich mir nicht gefallen. Ich hasse nichts mehr, als von anderen Leuten getäuscht zu werden.«

Ohne auf eine Antwort von Abby zu warten, knallte Kelly Franklin den Hörer auf die Gabel.

Abby blickte sehnsüchtig auf ihr Bett. Als Assistenzärztin hatte sie einmal vier Monate lang sechsunddreißig Stunden in der Notaufnahme Dienst getan – mit zwölfstündigen Ruhepausen dazwischen. Sie hatte das damals recht gut überstanden. Tatsächlich galten ›Sechsunddreißigerschichten‹ in der Ausbildung als die ›höheren Weihen‹ eines Unfallarztes. Doch heute wußte sie, daß lange Arbeitszeiten ohne Schlaf keine heroische Tat, sondern dumm und für einen Arzt sogar ausgesprochen gefährlich waren.

Das Rathaus von Patience, das sich unweit der Polizeistation auf einer kleinen Anhöhe erhob, war das einzige aus Steinen errichtete Gebäude in der Stadt. Wie fast alles in diesem Tal, machte es mit seinem manikürten Rasen und dem von Bäumen umstandenen Ententeich einen ansichtskartenreifen Eindruck. Es war 1922 erbaut worden, wie man der Inschrift über dem Eingang entnehmen konnte.

Auf dem Weg in die Stadt hatte Abby sich in einem Schnellimbiß einen großen Becher extra starken Instant-Kaffee und eine Saccharin-Bombe in Gestalt zweier mit Gelee gefüllter Krapfen einverleibt. In fünfzehn oder zwanzig Minuten würde sie dann das Gefühl haben, daß weitere dreißig oder vierzig Stunden ohne Schlaf durchaus in Reichweite ihrer Fähigkeiten lagen. Diese chemisch erzeugte Euphorie hielt ungefähr ein oder zwei Stunden; doch der Zusammenbruch, der darauf folgen mußte, würde das biologische Äquivalent des Schwarzen Montags sein.

Niemand nahm Notiz von ihr, als sie die mit Marmorplatten ausgelegte Vorhalle durchschritt und dem Wegweiser zum Katasteramt folgte. Das weißhaarige Männlein, das dort hinter dem Schalter döste, konnte schon hier gesessen haben, als der Grundstein zu diesem Gebäude gelegt wurde.

Abby räusperte sich. »Entschuldigung, aber ich müßte hier ein paar Grundstücksakten einsehen. Band achtundfünfzig.«

»Sie können aber keinen der hier verwahrten Bände mit nach Hause nehmen.«

»Ich weiß.«

»Wir schließen in einer Stunde.«

»Ich weiß.«

»Sind Sie Immobilienmaklerin?«

»Nein, Medizinerin.«

»Oh.«

Das Männlein war schon wieder eingenickt, bevor Abby an dem Schalter vorbeiging und dann immer tiefer in das schwach erleuchtete Gewölbe des Katasteramts eindrang. Er roch nach Schimmel, Staub und altem Papier. Hunderte von khakifarbenen, in Leinen gebundene Wälzer mit Goldaufdruck standen in sechs langen Reihen freistehender Regale und in vier bis zur Decke hinaufreichenden Wandregalen. Sie fand den Band achtundfünfzig ohne große Mühe und war froh, nicht auf die Hilfe des Männleins am Schalter angewiesen zu sein. Aber wieso war Kelly Franklin auf den Gedanken gekommen, sich hier umzusehen?

Die Seite hundertsiebzehn war das erste einer ganzen Serie von Dokumenten, die sich mit der Patience-Mine befaßten. In diesem Dokument wurde die Beschlagnahme der Immobilie, bekannt unter dem Namen ›Goldmine von Patience‹, durch die Stadt Patience beurkundet. Als Grund der Beschlagnahme waren nicht bezahlte Gewerbesteuern und Rechnungen angegeben. Das nächste Dokument beurkundete den Verkauf der Immobilie durch die Stadt Patience an die ›Kalifornische Akkumulatorengesellschaft‹. Als Datum dieser Transaktion war der 18. Oktober 1925 eingetragen.

Die darauf folgenden Seiten enthielten Beschreibungen und Baupläne einer Fabrik für Alkalibatterien, die auf dem Grundstück der ehemaligen Goldmine errichtet werden sollte. Als Abby diese Baupläne sah, wurde ihr auf der Stelle klar, warum Kelly mit ihren Ermittlungen hier begonnen hatte. Rund fünfzehn Meter vom Felsrand entfernt hatte sich der Hauptschacht der ehemaligen Goldmine befunden, der über fünfunddreißig Meter tief in den Fels getrieben worden war und somit eine Länge erreicht hatte, welche die des Felsens übertraf. Außer einem Pfeil mit der Inschrift ›Wird versiegelt‹ war auf dieser Zeichnung nichts vermerkt.

Abby entdeckte allerdings einen kleinen Zettel, der

offensichtlich von Kelly Franklin stammte. *Ich hatte keine Ahnung, daß dieser Schacht überhaupt existierte. Ich glaube auch nicht, daß er jemals versiegelt wurde.*

Abby nahm ein Blatt Schreibmaschinenpapier zur Hand, übertrug darauf die wichtigsten Details dieser Zeichnung und ging dann auf Zehenspitzen an dem Schalter vorbei, hinter dem das weißhaarige Männlein jetzt schnarchte. Die Existenz dieses Schachtes überraschte sie nicht. Aber daß man ihn vor Kelly Franklin geheimgehalten hatte, gab ihr sehr zu denken. Der Koffein-und-Saccharin-Mix, den sie sich vor einiger Zeit einverleibt hatte, wurde nun von einem Adrenalinstoß verstärkt. Der erste Eindruck, den sie von Kelly Franklin beim Picknick im Colstar-Park bekommen hatte, hatte sich also mehr als bestätigt.

Die Stadtbibliothek befand sich gegenüber vom Rathaus, aber Abby wählte nicht den direkten Weg, um einen möglichst großen Abstand zur Polizeistation einzuhalten. Am Rande des Gehsteigs vor der Bibliothek befand sich ein Münzfernsprecher. Abby betrat die Telefonkabine, fischte die Nummer von Seradyne aus ihrer Tasche und rief Steve Bricker an.

»Steve, hier spricht Abby Dolan. Wie sieht es bei euch aus?«

Er lachte.

»So ruhig wie in Abrahams Schoß. Glauben Sie nicht, daß Sie die Sache ein bißchen dramatisieren?«

»Keineswegs, Steve. Hier wurde eine Frau von einem Mann überfahren, der …«

»… der genauso mit Cadmium vergiftet war wie Josh. Ich weiß, ich weiß. Sie haben mir das schon bei Ihrem ersten Anruf erzählt.«

»In dem Bewußtsein dieser Menschen scheinen sich die Objekte ihres Hasses ins Riesenhafte zu steigern …«

»Und Josh haßt uns, weil wir ihn entlassen haben. Abby, uns wird schon nichts passieren. Wir haben den Sicherheitsdienst noch um einen Mann verstärkt, und die Polizei fährt alle fünfzehn oder zwanzig Minuten Streife um unser Gebäude. Zudem sind Pete Gentry und ich ständig mit einer Pistole bewaffnet, falls alle anderen Maßnahmen versagen sollten. Ich an Ihrer Stelle würde die Hospitäler anrufen. Wenn Josh tatsächlich so krank ist, wie Sie sagen, wird er sich dort vielleicht melden, um sich behandeln zu lassen.«

»Das ist eine gute Idee. Vielleicht werde ich das machen.«

»Noch etwas, Abby. Sagten Sie neulich nicht, daß Sie hierherkommen wollen?«

»Ja. Sobald ich eine Vertretung für mich gefunden habe.«

»Ich habe Sie immer für eine sehr interessante Frau gehalten. Wie wäre es denn, wenn wir uns hier auf einen Drink treffen würden?«

»Auf Wiedersehen, Steve.«

Arschloch.

Die Lektüre, die Kelly für sie in der Bibliothek hatte zurücklegen lassen – *Eine Kurze Geschichte der Patience-Mine* –, war ein dünnes, schon leicht zerfleddertes Büchlein, das nur noch von einem Gummiband zusammengehalten wurde. Kelly hatte dem Buch ein Kuvert beigelegt. Abby ging in eine der Lesenischen, öffnete den Briefumschlag und las Kellys Botschaft.

A–

Ich arbeite nun schon seit fünf Jahren für Colstar und habe viele Stunden damit verbracht, Blaupausen und Grundrißpläne dieser Fabrik zu studieren. Doch ich hatte keine Ahnung davon, daß sich unterhalb der Fabrik noch Räume im Felsen befinden könnten, bis Sie mir gegenüber einen solchen Verdacht äußerten.

Es gibt sie tatsächlich.

Wenn Sie dieses Büchlein durchgelesen haben, gehen Sie doch bitte zu der Bibliothekarin, und lassen Sie sich von ihr die beiden Ausgaben der ›Patience Valley Chronicle‹ zeigen, die ich bestellt habe. Sehen Sie sich darin den Nachruf auf Schumacher und die Geschichte und den Nachruf auf Black an. Viel Glück.

K

Die Goldmine von Patience, die im Jahr 1850 eröffnet worden war, hatte fast fünfzig Jahre lang gute Erträge abgeworfen, bis sie dann um die Jahrhundertwende plötzlich versiegt war. Abby blätterte die Seiten des schmalen Bandes durch, der von einem der letzten Eigentümer der Mine, einem gewissen William H. Gardner, verfaßt worden war. Sie las hier nicht nur von unglaublichen Profiten, welche die Mine einigen verschafft hatte, sondern auch von den Intrigen, die sie ausgelöst, und dem finanziellen Ruin und dem Selbstmord, in den sie so manchen getrieben hatte. Sogar Morde waren ihretwegen begangen worden.

Daran schien sich ja bis heute nicht viel geändert zu haben, dachte Abby verbittert.

Zwischen den Seiten achtunddreißig und neununddreißig hatte Kelly ein Lesezeichen eingefügt. Auf diesen und den darauffolgenden Seiten waren Skizzen von der Mine abgebildet. Drei Luftschächte waren demnach vom Hauptschacht abgegangen, die nach ungefähr dreißig Metern die Felswand durchstießen und deren Lage mit den Schlitzen auf Lews Dia übereinstimmten. Der oberste dieser drei Schlitze befand sich ungefähr acht Meter unterhalb der Fabrik. Die nächsten beiden Schlitze folgten jeweils im Abstand von acht Metern, so daß sich der unterste etwa zehn Meter über dem Talboden in der Felswand befinden mußte.

Auf der anderen Seite des Hauptschachtes gingen große, von Menschenhand geschaffene Kavernen ab, die sich mit dem Abbau goldhaltigen Gesteins ständig ausgedehnt hatten. Eine dieser künstlich erschaffenen Höhlen schien sich ungefähr fünfzehn Meter tief unter dem Plateau zu befinden; die andere Kaverne jedoch höchstens fünf oder sechs Meter. Die Skizzen waren ziemlich primitiv, doch auf einem Stich mit der Bildunterschrift ›Das Durchbohren einer mächtigen Felswand‹ waren die Schlitze in der Felswand deutlich zu erkennen.

Abby übertrug auch diese Zeichnungen auf ein Blatt Papier und sah dann kurz die restlichen Seiten durch. Es war jetzt schon nach halb fünf, und die Wirkung des Koffeins begann nachzulassen. Sie ging mit dem Büchlein zum Ausgabeschalter zurück und bat die Bibliothekarin um die beiden Ausgaben der *Patience Valley Chronicle.*

»Hier ist die Ausgabe vom Zwölften des Monats«, sagte die Bibliothekarin. »Die Ausgabe vom letzten Februar befindet sich auf Mikrofilm. Die Lesegeräte stehen im Hauptsaal gleich hinter diesen Türen dort.«

»Danke.«

Abby klemmte sich die Zeitung unter den Arm und ging in die Haupthalle. Dort entdeckte sie ein Lesegerät, das gerade nicht benutzt wurde, und beschloß, sich den Mikrofilm zuerst vorzunehmen. Die darauf abgelichtete Ausgabe war am 3. Februar erschienen, also vor sechseinhalb Monaten. Auf der Titelseite wurde von der bevorstehenden Neubesetzung im regionalen Planungsausschuß berichtet, und die Sportseite sang ein Loblied auf die Basketballmannschaft der Valley Regional High School, weil sie zum zweitenmal hintereinander den Sieg in ihrer Liga davongetragen hatte. Soweit schien alles normal. Doch ein in dieser Ausgabe erschienener Nachruf war alles andere als das.

Gustav ›Gus‹ Schumacher, vierundvierzig, war Vorarbeiter bei Colstar

Zweihundert Verwandte und Freunde versammelten sich

heute in der Gemeindekirche von Patience, um Abschied von Gustav W. ›Gus‹ Schumacher zu nehmen, der zwanzig Jahre der Firma Colstar angehört hat, zehn Jahre davon als Vorarbeiter in der Versandabteilung. Ein treusorgender Vater und vielen Bewohnern von Patience freundschaftlich verbunden, starb Mr. Schumacher am 15. Januar bei einem Feuergefecht mit der Polizei in Las Vegas. Kurz vor seinem Tod soll Mr. Schumacher dort drei Angestellte des Golden Nugget Casinos erschossen haben.

Wie Familienmitglieder uns berichteten, soll Mr. Schumacher vor einigen Jahren in diesem Casino sehr viel Geld verloren haben. Später verzichtete er auf jegliche Form des Glücksspiels und gehörte sogar zu den Gründungsmitgliedern der regionalen Sektion der ›Anonymen Spieler‹ in Patience. Wie die Familie uns weiterhin berichtete, litt Mr. Schumacher in letzter Zeit unter gesundheitlichen Problemen und hatte sich deshalb in ärztliche Behandlung begeben.

Schumacher hinterläßt eine Frau, drei Kinder und zwei Enkelkinder.

Erschüttert las Abby diesen Nachruf ein zweites Mal durch. Ein dreifacher Mörder, den die Polizei nur mit einem tödlichen Schuß hatte überwältigen können, der aber in seiner Gemeinde einen so guten Ruf genoß, daß zweihundert Leute an seinem Trauergottesdienst teilgenommen hatten. *Schumacher litt in letzter Zeit unter gesundheitlichen Problemen und hatte sich deshalb in ärztliche Behandlung begeben.* Abby zweifelte keine Sekunde, daß rasende Kopfschmerzen und Wutanfälle zu Schumachers ›gesundheitlichen Problemen‹ gehört hatten. Ein Besuch bei der Witwe würde genügen, um ihr das zu bestätigen.

Der zweite Nachruf, der in der Ausgabe vom 12. August dieses Jahres sowohl die Titelseite als auch die Traueranzeigen beherrschte, war genauso beunruhigend und deprimierend. Abby hatte ihn sogar schon einmal gelesen, und zwar an dem Tag, als diese Zeitung erschienen war. Sie hatte damals mit Kollegen darüber gesprochen, aber nur aus einem Mitgefühl heraus, nicht aus beruflichem Interesse. Das war jetzt anders.

Der siebenundzwanzig Jahre alte Ethan Black, Sohn des Industriebarons Ezra Black, hatte in San Francisco mit einem Sprung aus dem Fenster der im dreiundzwanzigsten Stockwerk eines Bürohauses befindlichen Praxis des renommierten Psychiaters Graham DeShield seinem Leben selbst ein Ende gesetzt. Ethan Black hatte ein betriebswirtschaftliches Diplom an der Fullerton-Universität erworben und war seit zweieinhalb Jahren als Finanzprüfer bei Colstar beschäftigt gewesen. Neben seinem Diplom besaß er auch den Pilotenschein und hatte in seiner Freizeit Bühnendekorationen fürs Theater entworfen. Zu den Hinterbliebenen gehörten neben seinen Eltern, Ezra und Estelle Black aus Feather Falls, Kalifornien, auch eine Schwester, Ellen St. Germaine, die jetzt in Genf lebte.

DeShield wollte sich der Presse gegenüber nicht zu diesem tragischen Vorfall äußern und erklärte lediglich, daß Ethan sich wegen einer schweren Depression in seiner Behandlung befunden habe. Sein Tod sei nach den Therapie-Erfolgen der letzten Zeit ein schwerer Schock gewesen.

Ezra Black, der milliardenschwere Industriekapitän, hatte bei einer Pressekonferenz auf seiner Ranch in Feather Falls nicht nur den Tod seines Sohnes zutiefst bedauert, sondern auch seine Enttäuschung über das medizinische Establishment geäußert, dem es nicht gelungen sei, die Ursache für die rätselhafte Depression seines Sohnes zu finden. Ironischerweise stellte einer von Blacks pharmazeutischen Konzernen ›Xerane‹ her, das zu den in der Welt am meisten verschriebenen Mitteln gegen Depressionen gehörte.

Abby, die sich auch von diesem Artikel und dem Nachruf Notizen machte, kannte Dr. Graham DeShield. Tatsächlich hatte sie sogar einmal einen Vortrag besucht, den er im vollbesetzten Auditorum Maximum ihrer Universität gehalten hatte. Das war jetzt schon fünf oder sechs Jahre her, aber sie erinnerte sich noch daran, daß er einige illustre Patienten so deutlich beschrieben hatte, daß jeder, der Zeitung las oder die Nachrichten im Fernsehen verfolgte, diese ohne Mühe zu identifizieren vermochte.

Diese Anspielungen hatten seinen Vortrag zweifellos interessant gemacht, aber Abby hatte damals so etwas wie Dankbarkeit empfunden, daß in der kurzen Periode ihres Lebens, wo sie meinte, die Hilfe eines Psychotherapeuten in Anspruch nehmen zu müssen, ihre Wahl nicht auf DeShield gefallen war.

Sie legte ihren Notizblock zur Seite und studierte die Fotografie des jungen Mannes, der Erbe eines Milliardenvermögens gewesen war.

Es waren deine Kopfschmerzen, nicht wahr, Ethan? Aber wie war es möglich, daß du mit Cadmium verseucht wurdest? Du hast doch in einem Büro der Firma gearbeitet. Wie konntest du dich dort mit Cadmium vergiften?

CARDOZA ... CRISTOFORO ... SCHUMACHER ... BLACK ... JOSH ...

Nachdem Abby diese Namen in Blockbuchstaben niedergeschrieben hatte, fügte sie in gleicher Schrift die Frage hinzu:

... UND WIE VIELE NOCH?

Sie verstaute die Notizen in ihrer Aktentasche und besorgte sich noch zwei Informationen, bevor sie die Bibliothek verließ: erstens die Telefonnummer von Gustav Schumachers Witwe, und zweitens die genaue geographische Lage von Feather Falls, einem Ort am Rand von Lake Oroville und dem Plumas-Nationalpark, den man auf der Landkarte nur mit einem Vergrößerungsglas finden konnte, jedoch nach Abbys Mutmaßung wohl fast gänzlich Ezra Black gehörte. Sie entsann sich, einmal einen Artikel über seine riesige Ranch und die dazugehörigen Wälder gelesen zu haben – ein abgelegener, rustikaler Palast mit Wildgehegen und eigenem Hubschrauber-Landeplatz. Es sah so aus, als würde man Feather Falls von Patience aus mit dem Wagen in ein oder zwei Stunden erreichen können, je nachdem, wie die Straßen dorthin beschaffen waren. Es würde nicht das erste Mal sein, daß sie ihren akademischen Titel dazu benützte, sich mit einer Geheimnummer verbinden zu lassen. Ob Ezra sie allerdings empfangen würde, stand auf einem anderen Blatt.

Es hörte sich zwar paradox an, wenn sie versuchte, den Eigentümer von Colstar wegen einer Cadmiumverseuchung sprechen zu wollen, deren Urheber seine eigene Gesellschaft war. Aber sein Sohn hatte einen schrecklichen Tod gefunden. Und vielleicht hatte Ezra Black keine Ahnung warum.

30. Kapitel

Dorothy Schumacher wohnte in einem bescheidenen, mit roten Schindeln gedeckten Haus am westlichen Ende des Tals. Es war gerade ein paar Minuten nach acht, als Abby am nächsten Morgen dort in der Einfahrt hielt. Am Abend zuvor hatte sie eine Dame von der Telefonvermittlung davon überzeugen können, daß es ein medizinischer Notfall sei, weswegen sie Ezra Black in Feather Falls unbedingt sprechen müsse. Der Milliardär hatte daraufhin auch mit ihr gesprochen, wenngleich der Trick, mit dem sie die Verbindung zu ihm hergestellt hatte, ihn offensichtlich ärgerte.

»Meine Tochter lebt in Europa, meine Frau ist hier bei mir, und mein Sohn ist tot«, sagte er. »Es gibt *keinen* medizinischen Notfall, der für mich von Interesse sein könnte, Dr. Dolan. Also tragen Sie mir jetzt Ihr Anliegen vor, das so wichtig ist, daß Sie dafür Ihr Privileg als Ärztin mißbraucht haben. Und wenn ich das Gefühl habe, daß Sie das nur taten, um mich in irgendeiner Form um Geld anzubetteln, werde ich sofort auflegen. Morgen früh dürfen Sie dann mit einem Anruf von der staatlichen Ärztekammer rechnen.«

Ganz gegen ihre Natur fühlte Abby sich sogleich von dem Mann eingeschüchtert, dessen Konterfei sie auf der Titelseite des *Time-Magazine* gesehen hatte und der in dem Ruf stand, binnen Minuten Leute zu machen oder zu vernichten.

»Ich möchte mit Ihnen über Ihren Sohn reden.«

»Weiter.«

»Ich würde Sie deswegen gern persönlich sprechen, Mr. Black.«

»Warum?«

»Es gibt Grund zu der Annahme, daß Ethan an einer Chemikalienvergiftung litt, als er starb.«

»Welcher Art von Chemikalie?«

»Bitte, Mr. Black. Es würde viel leichter für mich sein, wenn ich Ihnen das persönlich erklären könnte.«

»Dr. Dolan, wir sind uns bisher noch nicht begegnet, aber ich bin mir Ihrer Rolle, die Sie beim Tod von Gary Wheatons Frau gespielt haben, durchaus bewußt. Und was ich davon hörte, hat bei mir keinen guten Eindruck hinterlassen. Also beantworten Sie jetzt bitte meine Frage, oder unser Gespräch ist zu Ende.«

Abby war jetzt nicht nur eingeschüchtert, sondern auch in arger Verlegenheit. Ezra Black war daran gewöhnt, alle Fäden in der Hand zu behalten. Und er dachte gar nicht daran, ihr auch nur einen kleinen Schritt entgegenzukommen. Sie hatte damit gerechnet, daß der schwierigste Teil ihres Unternehmens darin bestand, überhaupt mit ihm Gespräch zu kommen. Jetzt wußte sie es besser.

Sie versuchte, ihre Worte sorgfältig zu wählen. Denn wenn sie jetzt zu vorsichtig war, würde er das sofort merken und auflegen. Sie wünschte sich nun, daß sie Ethan

Blacks Krankheitsgeschichte studiert hätte, aber dazu hatte ihr einfach die Zeit gefehlt. Sie wußte nur so viel über ihn, wie in der Zeitung gestanden hatte: daß er bei Colstar gearbeitet, an einer schweren Depression gelitten und sich auf eine schreckliche Weise selbst umgebracht hatte. Der Rest war reine Spekulation.

»Ich glaube, daß er sich mit Cadmium vergiftet hat.«

»Mit Cadmium aus meiner Fabrik?«

»Ja.«

»Lächerlich.«

»Ich besitze die Ergebnisse einer Blutuntersuchung bei einem meiner Patienten, die hohe Cadmiumwerte nachweist. Ich habe auch Beweise dafür, daß eine Reihe anderer Patienten mit diesem Schwermetall kontaminiert wurden. Alle diese Leute haben irgendwann einmal bei Colstar gearbeitet, und meiner Kenntnis nach hat jeder von ihnen Gewalttaten gegen andere Menschen oder sich selbst begangen.«

Es trat jetzt eine längere Pause ein. Abby spürte, daß etwas von dem, was sie soeben gesagt hatte, bei ihm einen Nerv getroffen haben mußte.

»Ich erwarte Sie morgen mittag in meinem Haus in Feather Ridge«, befahl Black. »Sie durchqueren die Ortschaft Feather Falls und bleiben auf der Hauptstraße, die nach einem Kilometer bei meiner Ranch endet. Die Torwache wird sie dort erwarten.«

»Danke, Mr. Black.«

»Und bringen Sie genügend Beweise mit, die mein Interesse an Ihrer Geschichte wecken könnten. Denn so, wie die Dinge stehen, traue ich Ihnen nicht. Und von Glauben kann schon gar nicht die Rede sein.«

Aber es gibt dir zu denken, setzte Abby in Gedanken hinzu, während sie den Hörer auf die Gabel zurücklegte.

Aber was? Und warum?

Abby hatte danach noch vergeblich versucht, Willie Cardozas Freundin zu erreichen. Colette Simmons hatte ihren Telefonanschluß gekündigt, und Angela Cristoforo, Abbys zweite Wahl, wohnte jetzt bei ihrer Mutter. Aber als Abby deren Nummer wählte, meldete sich dort niemand. In der vom Hospital in Caledonia angelegten Krankenakte waren zwar Angelas Kopfschmerzen aufgeführt, aber nur unzureichend dokumentiert. Außerdem hätte Abby vor morgen mittag auch gar keine Kopie der Akte bekommen können. Also blieb nur noch Gus Schumachers Witwe. Ihre Nummer war im Telefonverzeichnis unter ›Dorothy und Gustav‹ eingetragen.

»Gus war ein so guter Mann«, sagte Dorothy Schumacher. »Ich wußte, daß ihn irgend etwas zu dieser Wahnsinnstat getrieben hat.«

»Ich kann Ihnen nichts versprechen«, hatte Abby geantwortet. »Aber ich würde mich gern morgen früh kurz mit Ihnen treffen, wenn Ihnen das recht ist.«

Dorothy beschrieb Abby daraufhin den Weg zu ihrer Wohnung und nahm ihr das Versprechen ab, sich wenigstens die Zeit für eine Tasse Kaffee und ein Stück von ihrem selbstgemachten Apfelstrudel zu nehmen.

Abby stellte den Wecker auf sechs, fand Joshs Diktiergerät in einer Schublade und legte es auf den Eßzimmertisch. Dann drückte sie ihr Gesicht in das Kissen. Ihre Nerven lagen jetzt so blank, daß sie nur mit Mühe einschlief.

Dorothy Schumacher, eine freundliche, vorzeitig ergraute Frau, schien dafür geschaffen zu sein, eine Schürze zu tragen und ihre Enkelkinder zu verwöhnen. Sie begrüßte Abby mit aufrichtiger Herzlichkeit, doch Abby hätte schwören können, daß ihre Tapferkeit nur eine Fassade war. Dorothy führte sie sofort in die Küche, die mit bemalten Wandtellern, Sammeltassen und allerlei Zinnsachen dekoriert war. Lew hatte ihr gesagt, daß sie für die achtzig Meilen nach Feather Falls zweieinhalb Stunden Fahrtzeit einplanen müsse. Doch Abby wußte schon in dem Moment, wo Dorothy sich an ihrem Herd zu schaffen machte und dabei ununterbrochen von ihrem verstorbenen Gatten redet, daß es nicht leicht sein würde, von hier zeitig aufzubrechen.

»Wenn es Ihnen nichts ausmacht, Mrs. Schumacher, würde ich gern alles, was Sie mir zu sagen haben, auf Band aufzeichnen.«

»Bitte, nennen Sie mich Dotty. Keiner hier redet mich mit Mrs. Schumacher an. Und nicht einmal mit Dorothy. Dotty schien auch immer so gut zu mir zu passen, seit ich …«

»Dotty, ist es in Ordnung, wenn ich etwas davon aufzeichne?«

»Damit habe ich keine Probleme. Als wir vor dreiundzwanzig Jahren heirateten, haben wir die ganze Hochzeit auf Band aufgenommen. Stellen Sie sich das mal vor! Ich habe mir erst neulich wieder das Band angehört und – trinken Sie Ihren Kaffee mit Sahne?«

»Nur ein paar Tropfen Milch, aber keinen Zucker.«

Abby schaltete ihr Bandgerät an und dann wieder aus, als die Witwe mit feuchten Augen von ihrem letzten Kegelabend berichtete, an dem sie zusammen mit ihrem Mann teilgenommen hatte. Es würde einer geschickten Gesprächsführung bedürfen, um Ezra Black dazu bewegen zu können, dieser Aufzeichnung länger als drei Sekunden zu lauschen. Sie wartete, bis Dotty eine Pause einlegte, bevor die das Gerät wieder einschaltete.

»Dotty, ich möchte Ihnen keine Worte in den Mund legen«, sagte sie rasch. »Vielmehr werde ich alles tun, um das zu vermeiden. Aber könnten Sie mir jetzt bitte etwas über die gesundheitliche Verfassung Ihres Mannes in den letzten Wochen erzählen, bevor er nach Las Vegas fuhr und dort … in Schwierigkeiten geriet?«

Wieder erging sich Dotty in langatmigen Ausführungen, was Gus so alles in den letzten Wochen seines Lebens gemacht hatte, bevor er seine verhängnisvolle Reise in das

Golden Nugget Casino von Las Vegas antrat. Abby war im Verlauf ihres Studiums auch darin geschult worden, den Patienten niemals Fragen zu stellen, die eine Diagnose gewissermaßen vorwegnahmen. Es war entscheidend, daß der Patient soviel wie möglich von sich aus erzählte und sich nicht von dem behandelnden Arzt in eine bestimmte Richtung drängen ließ. Andererseits konnte sie nicht stundenlang hier herumsitzen und Aufzeichnungen machen. Es blieb ihr gar nichts anderes übrig, als das Gespräch in eine bestimmte Richtung zu lenken.

»Dotty, hatte Gus Kopfschmerzen?«

»Und ob! Als er einmal hinten im Garten arbeitete, wurde ihm davon so übel, daß er sich ins Gras legen und ...«

Die Idee war gut, nur die Ausführung schlecht. Abby sah ihre Hoffnungen, Black dieses Band vorspielen zu können, immer mehr schwinden. Sie schaltete das Gerät wieder ab. Hier konnte nur noch ein Frontalangriff helfen.

»Dotty, meine Zeit ist knapp. Wir müssen also versuchen, Fragen und Antworten möglichst kurz zu fassen.«

»Möchten Sie nicht noch ein Stück von diesem Strudel haben? Ich habe ihn mit ungesalzener, cholesterinarmer Butter gebacken.«

»Nein, vielen Dank.« Abby schaltete das Gerät wieder ein. »Dotty, ist in der Zeit, wo Gus an Kopfschmerzen litt, irgend etwas Ungewöhnliches passiert?«

Dotty hörte einen Moment damit auf, den Strudel, den Abby mit nach Hause nehmen sollte, in Pergamentpapier einzuwickeln, und dachte in der darauf folgenden Stille überraschend lange nach.

»Verstehen Sie unter ›ungewöhnlich‹ vielleicht diese Blitzlichter, über die er immer klagte, bevor seine Kopfschmerzen kamen?«

Abby ballte unter der Tischplatte die linke Hand zur Faust und rieb diese aufgeregt an ihrem Knie.

»Ja, Dotty, genau das meine ich damit. Erzählen Sie mir doch bitte jetzt etwas von diesen Blitzlichtern ...«

Wie Lew vorausgesagt hatte, brauchte Abby für die Fahrt nach Feather Falls etwas mehr als zwei Stunden. Sie hätte ihn gern nach dorthin mitgenommen, doch er hatte heute die Vertretung für Jill Anderson übernommen und würde deshalb bis Mitternacht im Krankenhaus bleiben müssen.

Abby kurvte durch die adrette Hauptstraße von Feather Falls und hatte die Ortschaft schon nach wenigen Sekunden wieder verlassen. Dahinter führte die Straße durch eine wellige Hügelkette, an einem kleinen gemalten Schild vorbei, auf dem nur ›Feather Ridge‹ geschrieben stand, und schließlich in einen großen, sorgsam angelegten Obstgarten hinein. Nach ungefähr fünfzig Metern erreichte Abby ein vier Meter hohes, schmiedeeisernes Tor, dessen Flügel die aus Bronze gegossenen und kunstvoll verschnörkelten Initialen ›EB‹ zierten. An dieses Portal schloß sich dann links und rechts, so weit das Auge reichte, ein ungefähr zwei Meter hoher Gitterzaun an, der, wie Abby vermutete, elektrisch geladen war. Sie stoppte den Wagen an der Schranke eines Wachhäuschens, das die Zufahrt zu Blacks Anwesen regulierte.

»Dr. Dolan, wir haben Sie erwartet«, sagte der Wächter. »Würden Sie bitte aus dem Wagen steigen und Ihren Kofferraum öffnen?«

Ein zweiter Wachmann kam hinzu und suchte Abby, nachdem sie den Wagen verlassen hatte, mit einem Metalldetektor ab. Auch das Fahrzeug wurde innen und außen einer gründlichen Inspektion unterzogen. Wer so besorgt um seine Sicherheit war, mußte viele Feinde haben, dachte Abby. Einer der Wächter überprüfte kurz das Tonbandgerät und gab es ihr dann zurück.

»Würden Sie mal bitte das Band für mich ablaufen lassen?«

Abby kam seiner Aufforderung nach. Der Torwächter entschuldigte sich für die Unannehmlichkeiten, die sie ihr bereitet hatten, sagte etwas in sein Funksprechgerät und öffnete das Tor mit einer elektronischen Fernsteuerung.

»Sie werden dann am Haus in Empfang genommen, Doktor. Ich wünsche Ihnen noch einen angenehmen Tag.«

Abby fuhr langsam durch das Tor und die Straße hinauf. Diese führte noch ungefähr einen Kilometer weit bergan, überquerte eine Kuppe und senkte sich dann in ein weites grünes Tal hinunter. Auf der gegenüberliegenden Seite breitete sich über den ganzen Hang eine riesige Wohnanlage aus roh behauenen Holzstämmen, massiven Fenstern, Terrassen, Balkonen und sieben Schornsteinen aus. Abby hielt einen Moment lang auf der Anhöhe an, um das Panorama in sich aufzunehmen. Der Blick nach Norden umfaßte den ganzen See. Im Süden dehnte sich ein dichtbewaldetes Gelände aus – offenbar der Wildpark, der zu diesem Besitz gehörte –, und hinter ihr konnte die Fernsicht möglicherweise sogar bis Japan reichen. Es war ein beeindruckender Gedanke, wie viele prominente, die Geschicke dieser Welt lenkenden Leute wohl schon auf dieser Straße gefahren oder mit dem Hubschrauber hier gelandet sein mochten.

Abby rollte in das Tal hinunter, an einem Dutzend grasender Pferde vorbei, und dann wieder den Hang hinauf bis zu der eindrucksvollen Wohnanlage. Ein Wachmann öffnete ihr die Wagentür und sagte, daß sie den Schlüssel stecken lassen sollte. Offenbar konnte Ezra Black es nicht leiden, wenn fremde Automobile ihm die Auffahrt zuparkten. Abby stieg die breiten Stufen zur Veranda hinauf und dachte dabei an die bescheidene Behausung von Gus und Dotty Schumacher. Wie seltsam, daß deren Leben plötzlich so eng mit dem von Ezra Black verflochten sein sollte. Aber sie wußte, ohne die ganze Geschichte von Ethan Black zu kennen, daß es so war. Das Problem bestand jetzt darin, auch Ezra Black davon zu überzeugen.

Oben auf der Terrasse wurde sie von einem Diener mit leichenblassem Gesicht empfangen, der ein weißes Frackhemd mit schwarzer Weste, aber keine Jacke trug. Im

Gegensatz zu allen anderen Männern auf diesem Anwesen schien er keine Waffe zu tragen.

»Willkommen auf Feather Ridge«, sagte er und führte sie in Blacks Arbeitszimmer. »Mr. Black wird sich gleich um Sie kümmern.«

Er bot ihr einen Drink an, und sie entschied sich für ein Glas Orangensaft. Der Raum sah fast so aus, wie sie ihn sich vorgestellt hatte – mit mächtigen, roh behauenen Balken an der Decke, Jagdtrophäen an den Wänden, flauschigen Orientteppichen auf dem Boden und leicht speckigen Ledergarnituren. Auf Blacks Schreibtisch – aus massivem Mahagoni, wie Abby vermutete – hätte ein Elefant Platz gefunden. Unermeßlicher Reichtum. Trotzdem hatte dieser Ethan nicht davon abgehalten, aus einem Fenster im dreiundzwanzigsten Stockwerk zu springen.

Auf dem Schreibtisch stand eine Reihe gerahmter Fotografien. Da sie es nicht für schicklich hielt, um den Schreibtisch herumzugehen, drehte sie das ihr am nächsten befindliche Foto um und nahm es in die Hand. Es war eine recht große Schwarzweißaufnahme von Ezra Black und Senator Mark Corman. Es dauerte ein paar Sekunden, ehe sie den leicht verschwommenen Hintergrund der Aufnahme erkannte. Die beiden Herren hatten sich vor dem Haupteingang von Colstar ablichten lassen.

Sie stellte die Fotografie wieder auf den Schreibtisch zurück und nahm eine andere in die Hand. Diesmal war es ein Farbfoto von Black und einem anderen Mann, der, wie ihr Gefühl ihr sagte, Ethan gewesen sein mußte. Er war ein bißchen größer und stämmiger als sein Vater, aber die Ähnlichkeit war unverkennbar. Beide trugen hüfthohe Gummistiefel, standen bis zu den Knien in einem Gebirgsfluß, und jeder hielt stolz eine große Forelle in die Höhe. Sie schätzte, daß Ethan damals achtzehn gewesen sein mußte. Plötzlich war Ezra Blacks Verlust für sie etwas Reales, nicht nur ein Glied in einer Kette von Ereignissen.

»Tut mir leid, wenn ich Sie warten ließ, Dr. Dolan.«

Abby schwang herum und wurde sich der peinlichen Tatsache bewußt, daß sie noch immer das Foto in der Hand hielt. Ezra Black trat auf sie zu und streckte ihr seine Rechte hin, die Abby schüttelte, um dann verlegen das Foto an die Stelle zurückzusetzen, von der sie es weggenommen hatte.

»Danke, daß Sie bereit waren, mich zu empfangen«, sagte sie kleinlaut.

Black deutete auf zwei von Hand gefertigte beigefarbene Ledersofas und wartete, bis sie sich auf einem davon niedergelassen hatte, ehe er auf dem anderen Platz nahm. In den Zeitungen und im Fernsehen eine überlebensgroße Gestalt, war er tatsächlich nur von gewöhnlicher, sogar recht schmächtiger Statur, ohne ein Gramm Fett am Leibe. Sein blaßblaues Hemd paßte perfekt zu dem durchbohrenden Blick seiner Augen. Sie konnte die Energie, die von ihm ausging, förmlich knistern hören.

Abby hatte schon immer einen heftigen Widerwillen gegen Männer empfunden, die sie mit den Augen auszogen. Doch dieser Blick, mit dem Ezra Black sie musterte, war etwas gänzlich anderes. Er entkleidete sie nicht – er durchleuchtete sie. Es waren Röntgenaufnahmen von ihrer Seele. Sie fühlte sich davon weder belästigt noch eingeschüchtert, sondern ausgesprochen beeindruckt. Sie mochte jede Wette eingehen, daß Ezra Black sich in der Einschätzung von Menschen selten irrte.

»Vermutlich sind Sie zu dem Schluß gekommen, daß die zweite Person auf dem Foto, das Sie eben betrachtet haben, mein Sohn gewesen sein muß«, sagte er.

»Es stimmte mich sehr traurig, zu sehen, wie gut Vater und Sohn sich offenbar verstanden und ihr Zusammensein genossen haben. Ich bedauere sehr, was da passiert ist.«

Das leichte Anheben seiner Brauen verriet ihr, daß ihn ihr Mitgefühl überraschte.

»Ethan und ich hatten unsere Differenzen«, sagte er. »Aber in welcher Familie gibt es so etwas nicht? Er war mir nie ehrgeizig genug; vermutlich habe ich ihn nie so ganz verstanden. Aber alles in allem standen wir uns doch ziemlich nahe. Wissen Sie viel von ihm oder der Art, wie er starb?«

»Nein, Sir. Nur das, was ich in den Zeitungen gelesen habe.«

Abby achtete sorgsam darauf, stets bei der Wahrheit zu bleiben. Sie wunderte sich zunächst darüber, daß er sie nicht zu ihrer Person, ihrem Herkommen und zu den Gründen befragte, die sie dazu veranlaßt hatten, eine Stellung am Kreiskrankenhaus von Patience anzunehmen. Dann kam ihr der Gedanke, daß er möglicherweise schon binnen weniger Minuten nach ihrem Telefongespräch gestern abend bestens über sie informiert worden war. Unglücklicherweise würde das Bild, das er sich von ihr gemacht hatte, von Joe Henderson oder Lyle Quinn stammen.

»Wenn alles, was Sie über meinen Sohn wissen, nur auf Zeitungsberichten beruht, wie konnten Sie da zu dem Schluß kommen, daß er unter einer Cadmiumvergiftung litt?«

Er verschwendete keine Zeit mit Small talk, sondern kam sofort auf den Punkt: Entweder hast du mir etwas zu bieten, oder unser Gespräch ist zu Ende.

Abby öffnete ihre Aktentasche und reichte ihm die Dokumente, die sie sich zu der Thematik hatte beschaffen können, über die sie nun sprach.

»Das da ist eine Liste von mehr als hundertfünfzig Personen, die in den letzten zwei Jahren im Kreiskrankenhaus von Patience behandelt wurden und bei denen die üblichen Untersuchungsmethoden zu keiner eindeutigen Diagnose geführt haben. Alle Symptome stimmen jedoch mit dem sehr komplexen und vielschichtigen Krankheitsbild einer Cadmiumvergiftung überein.«

Black blickte nur ein paar Sekunden auf die Liste, ehe er sie wieder beiseite legte.

»Wie ich sehe, wurden bei vielen der hier verzeichneten Personen Blutproben auf Cadmium hin untersucht, jedoch alle mit negativem Ergebnis. Hat man bei Blutproben, die man diesen Leuten vorher oder nachher entnommen hat, Cadmium gefunden?«

»Nein, Sir, aber …«

»Was haben Sie noch?«

Abby spürte, wie die bereits frostige Atmosphäre sich noch mehr abkühlte.

»Ich habe hier eine Übersicht von fünf Personen, die sich nicht auf dieser Liste befinden«, sagte sie und gab ihm eine Tabelle, die sie selbst angefertigt hatte. »Wie Sie sehen können, haben diese Personen alle für Colstar gearbeitet. Einer davon ist Ihr Sohn. Zwei von diesen fünf starben eines gewaltsamen Todes. Eine von den restlichen dreien ist Angela, eine Selbstverstümmlerin. Josh Wyler befindet sich im Augenblick auf einem auf Wahnvorstellungen beruhenden Rachefeldzug. Willie Cardoza ist die Person, die Peggy Wheaton überfahren hat.« Abby spürte, daß sie viel zu schnell redete, fürchtete aber, daß Black ihr das Wort endgültig abschneiden würde, wenn sie jetzt langsamer sprach. »Wie Sie sehen können, haben vier von diesen fünf Personen – und ich habe Ethan hier nicht berücksichtigt, weil ich es von ihm nicht weiß – unter schweren, sehr ausgeprägten Kopfschmerzen gelitten. Diese Kassette enthält die Tonbandaufzeichnung eines Gesprächs, das ich heute morgen mit Dotty Schumacher, der Witwe der dritten Person auf meiner Liste, geführt habe. Vielleicht entdecken Sie Parallelen zur Krankheit Ihres Sohnes, wenn Sie sich das Band anhören.«

Black steckte die Kassette in den Rekorder und hörte zehn Minuten lang mit steinernem Gesicht zu. Abby konnte unmöglich erraten, was er dabei dachte. Dann schaltete er das Gerät wieder aus und deutete auf ihre Liste.

»Wenn ich Sie richtig verstehe, haben Sie bisher nur einen einzigen positiven Cadmiumtest, und zwar von dem Mann, der Garys Frau ermordet hat.«

»Ja. Die Blutuntersuchung wurde von einer Toxikologin

in dem Krankenhaus in San Francisco durchgeführt, an dem ich selbst gearbeitet habe. Wir sind gerade dabei, auch das Blut von Angela Cristoforo dort untersuchen zu lassen.«

»Und wie sieht es mit all diesen negativen Testergebnissen aus?«

Black war wie eine Rakete. Abby wußte, daß jetzt nicht der richtige Zeitpunkt dafür war, seiner Firma den Austausch von Blutproben oder die Fälschung von Daten zu unterstellen. Aber da das vermutlich tatsächlich so war, gab es auch keine plausible Alternative. Sie hoffte, daß die Antwort auf seine Frage sich für ihn nicht so schwach anhören würde, wie sie ihrer Meinung nach war.

»Die auf diesem Computerausdruck aufgelisteten Fälle litten bis auf wenige Ausnahmen nicht unter so schweren Symptomen wie die fünf Personen auf meiner Tabelle. Ihre Blutuntersuchung könnte möglicherweise deswegen negativ ausgefallen sein, weil sie dem Metall nicht so stark oder so lange ausgesetzt waren wie diese fünf Patienten.«

»Und dieses Kästchen, der Augenbefund, den Sie bei Cardoza und Cristoforo als positiv vermerkt haben?«

»Ein gelber, fluoreszierender Ring um die Iris, wenn man die Augen mit ultraviolettem Licht untersucht.«

»Und Sie glauben, dieses … dieses Leuchten rührt von einer Cadmiumvergiftung her?«

»Ja.«

»Haben Sie einen wissenschaftlichen Beweis dafür?«

Abby zögerte nur eine Sekunde, bevor sie den Kopf schüttelte.

»Nein, den habe ich bisher noch nicht.«

Sie konnte sein Desinteresse spüren, obwohl nun alle ihre Karten auf dem Tisch lagen. Sie saßen sich eine halbe Minute lang schweigend gegenüber, während der Milliardär offenbar über alles nachdachte, was sie ihm vorgetragen hatte. Sein Gesicht war noch immer eine nicht zu enträtselnde Maske.

»Gehören Sie zu der Allianz?« fragte er dann plötzlich.

Abby spürte, wie ihre Hoffnung schwand. Ezra Black hatte ihre Beweise gelesen, und sie hatten ihn nicht überzeugt. Nun würde sie die Motive ihres Besuchs verteidigen müssen.

»Ich habe eines ihrer Treffen besucht. Ich gestehe, daß ich Sympathien für die Ziele der Allianz empfand, habe mich jedoch nicht als ihr Mitglied betrachtet. Und ich hatte auch nicht vor, die Allianz aktiv zu unterstützen, bis gewisse Leute anfingen, mir Angst einzujagen, um mich aus Patience zu vertreiben.«

»Ihnen Angst einzujagen?«

»Jemand hat versucht, mich mit meinem Wagen von der Straße abzudrängen, als ich mit Willie Cardozas Blutprobe nach San Francisco unterwegs war. Und gestern hat mich wahrscheinlich die gleiche Person vor meinem Haus beschossen. Die Polizei denkt, daß der Schütze mich gar nicht treffen wollte. Ich bin mir dessen nicht so sicher.«

»Statt Sie also aus der Stadt zu verjagen, haben diese Leute das Gegenteil erreicht? Daß Sie sich nun dazu entschlossen haben, dazubleiben und zu kämpfen?«

»Ich bin der Meinung, daß diese Chemikalie die Gesundheit der Menschen dort gefährdet. Zuerst hatte ich das Gefühl, daß das nicht mein Kampf wäre. Jetzt denke ich anders darüber.«

Zum erstenmal, seit sie Ezra Black gegenübersaß, hatte Abby keine Mühe, von seinem Gesicht abzulesen, was er empfand – eine an Verachtung grenzende Geringschätzung.

»Dr. Dolan«, sagte er, »soweit ich sehen kann, haben Sie sich hinters Licht führen lassen. Diese mißgeleiteten Fanatiker von der Allianz haben Sie für ihre Zwecke mißbraucht. Sie rennen nun schon seit drei Jahren gegen die Colstar-Windmühle an und haben nicht das geringste vorzuweisen. Diese Leute wußten, daß Sie nach einer Erklärung für das wahnsinnige Verhalten Ihres Freundes suchen würden. Und nach einer Rechtfertigung für Ihre Entscheidung, erst diese Bestie Cardoza zu verarzten, ehe Sie sich um sein Opfer kümmerten.«

»Das stimmt nicht.«

»Glauben Sie mir, Doktor, es stimmt. Es hat niemals eine Kontamination mit Cadmium stattgefunden. Niemals. Und so etwas werden Sie in meiner Fabrik auch niemals erleben. Mein Sohn Ethan war ein Schwächling. Von Kindheit an hatte er große Mühe damit, ein Selbstwertgefühl zu entwickeln. Daß er es zwei Jahre auf seinem Posten bei Colstar ausgehalten hat, war ein Wunder. Im großen und ganzen konnte man allerdings mit ihm zufrieden sein. Bis er dann eines Abends, als er in einem Sturm nach Hause fuhr, von der Straße abkam. Er besaß einen von diesen blödsinnigen kleinen Sportwagen, die keine Sicherheitseinrichtungen haben. *Das* war sein Problem – und daß ich so dumm gewesen bin, diesem verdammten High-Society-Psychiater zu vertrauen. Von da an begann sich seine Persönlichkeit zu verändern, und es ging stetig bergab. Ethans Probleme rührten von diesem Autounfall her, nicht von irgendeiner gottverdammten Cadmium-Vergiftung.«

»Aber ...«

»Mein Sohn war ein Erbsenzähler – ein Buchhalter, der den ganzen Tag in seinem Büro saß. Wie hätte er da mit Cadmium kontaminiert werden können? Nun? Beantworten Sie mir diese Frage! Wie soll das möglich gewesen sein?«

»Ich weiß es nicht.«

»Natürlich nicht, weil er niemals mit Cadmium vergiftet wurde. Sie haben dieser Mrs. Schumacher Worte in den Mund gelegt, und das wissen Sie auch. Sie hörte Ihnen zu, und da kam ihr plötzlich der Gedanke, daß man Colstar auf Schadenersatz verklagen könnte.« Er stand auf und gab ihr das Tonbandgerät zurück. »Dr. Dolan, meine Firma befindet sich zur Zeit in vielen Bereichen in einer sehr heiklen Position. Ich möchte Sie davor warnen, uns in Zukunft noch irgendwelche Scherereien zu machen. Mein Diener wird Sie hinausbegleiten.«

Er drehte sich um und schickte sich an, den Raum zu verlassen.

»Sie irren sich, Mr. Black«, sagte Abby mit fester Stimme. »Und ich glaube, das wissen Sie auch. Es muß eine Cadmium-Kontamination stattgefunden haben – eine sehr schwerwiegende Kontamination, den Werten in Cardozas Blutprobe nach zu schließen. Und auf irgendeine Weise sind auch die Patienten auf dieser Liste damit in Berührung gekommen – einschließlich Ihres Sohnes. Sprechen Sie doch selbst mit Mrs. Schumacher, um sich ein Urteil darüber zu bilden, wem Sie glauben dürfen und wem nicht.«

»Guten Tag, Doktor«, sagte Black, ohne sie anzuschauen.

»Okay. Wie Sie meinen. Noch eine letzte Frage, und dann bin ich auch schon fort. Wurde bei Ethan eine Kernspin-Tomographie durchgeführt?«

Abrupt drehte Black sich um und sah sie noch einmal mit diesem forschenden Röntgenblick an.

»Ja, an dem Abend als er verunglückte«, sagte er schließlich. »Aber wie alle seine Untersuchungen ohne nennenswertes Ergebnis. Haben Sie einen Grund für Ihre Frage?«

Abby starrte auf den Fußboden und dann auf ihr Gegenüber.

»Wenn ich ihn habe«, sagte sie, »werden Sie der erste sein, der es erfährt.«

31. Kapitel

Obwohl Abby sich keine Stunde auf dem Feather-Ridge-Landsitz aufgehalten hatte, war der am Morgen noch so klare, heitere Himmel von dunklen Wolken überzogen, als sie wieder ins Freie kam. Und bevor sie das Haupttor erreicht hatte, begann es bereits zu tröpfeln. Die Rückfahrt nach Patience dauerte aufgrund der starken Regengüsse und schier endloser Lastwagenkolonnen mehr als drei Stunden. Kurz vor dem Ziel hielt Abby an einem Rastplatz und genehmigte sich ein Omelette, um ihren Hunger zu stillen.

Ihr Besuch bei Ezra Black war keineswegs so verlaufen, wie sie sich das vorgestellt hatte. Aber weshalb nicht? Black war doch so sehr an dem interessiert gewesen, was sie ihm vortragen wollte, daß er sie sogar in seine Wohnung eingeladen hatte. Doch er weigerte sich, auch nur die Möglichkeit in Betracht zu ziehen, daß Colstar für eine Cadmium-Kontamination verantwortlich sein könnte. Und dabei hatte sie sich sogar vorgenommen, Black als Beweis für ihre Theorie die Exhumierung von Ethans Leiche vorzuschlagen. Doch die Chance, daß er ihr dazu seine Einwilligung geben würde, war so groß wie die Wahrscheinlichkeit, daß Leben auf dem Mars existierte.

Als sie mit ihrem Wagen die Raststätte verließ, donnerte ein Lastzug an ihr vorbei. Da die gelbe, ununterbrochene Linie in der Mitte des Highways sich endlos zu erstrecken schien, ging sie vom Gas, damit der Truck ihre Windschutzscheibe nicht mit Schlamm bespritzte. Sie schaltete das Autoradio ein und versuchte, sich auf die Musik zu konzentrieren und ein wenig zu entspannen. Doch die Gedanken an Ezra Black ließen sich nicht vertreiben. Josh und den übrigen cadmiumverseuchten Patienten blieb nicht mehr viel Zeit. Und ihr selbst erging es nicht viel anders, wenn sie an den Obduktionsbericht in Joe Hendersons Schublade dachte.

Black mußte etwas von einer Umweltvergiftung durch Colstar wissen, denn anders konnte sie sich sein rüdes Benehmen nicht erklären. Er wußte, daß es dort einen Betriebsunfall gegeben hatte. Vielleicht war er sogar dafür verantwortlich, daß man diesen mit allen Mitteln vertuschte. Doch vor ihrem Anruf hatte er wahrscheinlich nicht gewußt, daß auch sein Sohn ein Opfer dieses Betriebsunfalls geworden war. Selbst jetzt war er sich dessen offenbar noch nicht sicher. Und deshalb hatte er Abby nach Feather Ridge eingeladen, um ihrer Theorie zu lauschen und herauszufinden, ob sie eine Gefahr für ihn darstellte.

Es war unglaublich naiv von ihr gewesen, anzunehmen, daß Black sich sofort von ihren Fakten überzeugen lassen und sich ihrer Theorie anschließen würde. Der Mann war nicht dadurch zum Milliardär geworden, daß er den Behauptungen wildfremder Leute blind vertraute. Er hatte ihr zugehört und war jetzt zweifellos damit beschäftigt, ihre Geschichte nachzuprüfen.

Selbst wenn Black bestritt, daß der Tod seines Sohnes mit seiner Anstellung bei Colstar zusammenhing, *mußte* ihn irgendeine Äußerung in dem Telefongespräch mit Abby nachdenklich gestimmt haben. Auf den letzten fünfzig Kilometern nach Patience spulte Abby das Telefongespräch immer wieder wie ein Tonband in ihrem Geist ab. Sie hatte damals ja nicht viel zu ihm gesagt – nur, daß eine große Anzahl von Patienten, deren Beschwerden man nicht eindeutig diagnostizieren konnte, mit Symptomen in die Notaufnahme des Kreiskrankenhauses gekommen waren, die alle zu dem Krankheitsbild einer Cadmiumvergiftung gehörten. Und daß eine Gruppe von mindestens fünf Colstar-Mitarbeitern ein bizarres, oft gewalttätiges Verhalten an den Tag gelegt hätten, das ihrer Meinung nach auf eine massive Kontamination mit diesem Schwermetall zurückzuführen sei.

Gewalttätiges Verhalten. War es das? War das der Köder gewesen, der Black dazu veranlaßt hatte, sie zu diesem Verhör in sein Haus zu bitten? Ethans Selbstmord war zwar tragisch, aber bei jemandem, der an schweren Depressionen litt, nichts Ungewöhnliches. Laut Ezra war die Depression seines Sohnes ein Produkt von dessen Kopfverletzung und eines schon von Kindheit an ausgeprägten Minderwertigkeitsgefühls gewesen. Aber einmal angenommen, es würde mehr dahinterstecken. Angenommen, Ethan hätte unter den gleichen irrationalen Wutanfällen gelitten wie Josh, Willie und Gus Schumacher. Es gab für Ezra Black natürlich keinen Grund, ihr das mitzuteilen – schon gar nicht, wenn er die Folgen solcher Wutanfälle vertuscht oder deren Opfer mit Geld zum Schweigen gebracht hatte. Aber wenn er wußte, daß das gewalttätige Verhalten seines Sohnes nicht mehr länger geheimgehalten werden konnte, bestand zumindest die Chance, daß er die Verantwortung Colstar in die Schuhe schieben würde.

Abby kannte nur eine Person, die ihr sagen konnte, ob Ethan Black ein unberechenbares, gewalttätiges Verhalten vor seinem Tod gezeigt hatte, und die Ethans Fall auf eine wirksame Weise mit den anderen vier Fällen in Verbindung bringen konnte – und zwar Dr. Graham DeShield. Es war offensichtlich, daß Ezra Black den Psychotherapeuten zumindest teilweise für den Tod seines Sohnes verantwortlich machte. Und da sie Blacks Ruf kannte, würde es sie nicht überraschen, wenn dieser inzwischen dafür gesorgt hatte, daß sein Mißfallen an dem prominenten Psychiater auch in dessen Patientenkreis bekannt wurde. In diesem Fall würde eine mitfühlende und seinem Ego schmeichelnde Stimme den Psychiater vielleicht dazu bringen, seine ärztliche Schweigepflicht zu verletzen. So, wie Abby diesen Mann in Erinnerung hatte, konnte das durchaus im Bereich des Möglichen liegen.

Es war gerade vier Uhr geworden, als sie in die Einfahrt ihres Hauses einbog. Die Sperrholzplatte, mit der das

Wohnzimmerfenster vernagelt war, kam ihr so anstößig vor wie ein fehlender Schneidezahn. Als sie sich an den nächtlichen Besuch von Lyle Quinn erinnerte, blieb sie noch eine Minute lang in ihrem Wagen sitzen, bis sie sich sicher war, daß niemand in der Nähe des Hauses auf sie lauerte. Es regnete noch immer, und der Schein der Lampen, die sie im Flur und in der Küche hatte brennen lassen, übte eine beruhigende Wirkung aus. Sie betrat das Haus durch den Kücheneingang und schaute sich sofort in allen Räumen um. Soweit sie sehen konnte, schien alles noch an seinem Platz zu sein.

Sie rief die Telefonauskunft von San Francisco an und ließ sich die Nummer von DeShields Praxis geben. Dann trug sie DeShields Telefondienst auf, daß sie den Doktor dringend in einer seinen ehemaligen Patienten Ethan Black betreffenden Angelegenheit sprechen müßte und man deshalb versuchen sollte, ihm diese Nachricht sofort zu übermitteln, statt auf seinen Rückruf zu warten. Falls ihn diese Botschaft erreichte, würde er sich sicher bei ihr melden.

Erst jetzt entdeckte sie das flackernde rote Licht auf ihrem Anrufbeantworter. Jemand hatte sie sprechen wollen. Wahrscheinlich Josh, war ihr erster Gedanke.

»Abby, ich nehme an, daß Sie mich an der Stimme erkennen werden.« Schon an Kelly Franklins ersten Worten merkte Abby, wie aufgeregt die Sicherheitsbeauftragte von Colstar war. »Ich rufe Sie von meinem Wagen aus an. Ich habe einen Umschlag für Sie bei der Frau hinterlassen, die Ihnen schon gestern etwas von mir gab. Bitte, holen Sie ihn noch heute dort ab. Wir bleiben in Verbindung.«

Abby hörte sich die Nachricht noch einmal an. Kellys Paranoia schien mit jeder Stunde zu wachsen. Was Abby jedoch nicht verwunderlich fand, wenn sie an ihre Erfahrungen mit Lyle Quinn und Joe Henderson dachte. Die Frau, von der Kelly gesprochen hatte, mußte die Bibliothekarin sein. Die Bibliothek würde in einer halben Stunde schließen. Also mußte sie jetzt in die Stadt fahren. Aber was sollte sie mit DeShield machen? Ihr fiel nur eine Möglichkeit ein: Sie mußte den Ansagetext auf ihrem Anrufbeantworter ändern.

»Hier ist Dr. Abby Dolan«, diktierte sie. »Ich wurde zu einem Notfall gerufen und werde erst um fünf Uhr wieder in meiner Praxis sein. Dr. DeShield, bitte hinterlassen Sie eine Telefonnummer, unter der ich Sie dann erreichen kann. Es ist sehr wichtig. Danke.«

Das Gerät war noch dabei, die neue Ansage zu wiederholen, als Abby ihre Windjacke vom Stuhl nahm und zu ihrem Wagen hinauseilte. Sie erreichte die Bibliothek exakt um halb fünf, als die Bibliothekarin gerade die Eingangstür absperrte.

»Heute haben wir bereits um vier geschlossen«, erklärte die Bibliothekarin, während sie beide in der Türnische vor dem anhaltenden Regen ein wenig Schutz suchten. »Kelly brachte mir so gegen zwei einen Umschlag für Sie. Sie sagte, daß ich ihn vernichten sollte, falls Sie ihn noch nicht abgeholt haben würden, wenn die Bibliothek schließt.«

»Verdammt«, murmelte Abby.

»Zum Glück«, fuhr die Bibliothekarin mit einem winzigen Lächeln fort, »hatte ich mir vorgenommen, das erst zu Hause zu tun.«

Abby bedankte sich und erhielt einen weißen Briefumschlag.

»Ich weiß, daß mich das wahrscheinlich nichts angeht, Dr. Dolan«, sagte die Bibliothekarin. »Aber befindet Kelly sich in irgendwelchen Schwierigkeiten? Diese Geheimnistuerei ist so gar nicht ihr Stil. Und sie schein mir in den letzten Tagen ziemlich nervös gewesen zu sein.«

»Sie hat wohl im Augenblick viel Streß an ihrem Arbeitsplatz«, gab Abby ausweichend zur Antwort. »Aber es wäre mir lieber, Sie würden sie selbst fragen.«

»Wir sind beide in einer Nähgruppe, die sich jeden Donnerstagabend trifft und aus Stoffresten Steppdecken herstellt, die dann für wohltätige Zwecke versteigert werden. Ich hoffe doch sehr, daß es ihr gutgeht.«

Die Frau versuchte sie jetzt offenbar auszuhorchen. Sicherlich war die Bibliothekarin nur um das Wohl einer Freundin besorgt, aber Abby hatte plötzlich das Gefühl, daß sie nicht vorsichtig genug sein konnte. Also bedankte sie sich noch einmal und eilte dann zu ihrem Wagen zurück, wobei sie sich fragte, wie Menschen, die von Natur aus mißtrauisch waren, in dieser Welt überhaupt existieren konnten. Sie fuhr in eine verlassene Seitenstraße, die mindestens zwei Kilometer von ihrer Wohnung entfernt war, ehe sie es wagte, Kellys Umschlag zu öffnen.

Abby, verzeihen Sie mir, daß ich Ihnen solche Umstände bereite, aber Lyle läßt sich in letzter Zeit ungewöhnlich häufig bei mir im Büro sehen. Und ich halte es auch für bedenklich, Ihnen wichtige Nachrichten auf Ihrem Anrufbeantworter zu hinterlassen. Ich spüre, daß Lyle von unseren Kontakten weiß, wenn er auch nicht mit mir darüber spricht.

Ich habe inzwischen die Treppe gefunden, die in die Kavernen der ehemaligen Goldmine hinunterführt. Ich denke, daß ich die Nachtschicht dafür benützen sollte, diese Kavernen zu besichtigen. Da mir mein Job erlaubt, jeden Bereich der Fabrik zu betreten, werde ich mich auch auf diese Vollmacht berufen können, falls mich jemand dort aufhalten sollte.

Es gibt einen kleinen, einsam gelegenen Park, der nur ein paar Blocks von meinem Haus entfernt ist. Ich habe eine Skizze beigelegt, wie Sie dort hinfinden können. Ich schlage vor, daß wir uns morgen um sieben Uhr dort treffen. Ich weiß nicht, was hier gespielt wird. Aber ich bin überzeugt, daß man mir etwas verheimlicht. Ich bin wütend, aber auch ruhiger, als Sie vielleicht annehmen. Wünschen Sie mir Glück. Wir sehen uns dann um sieben.

Abby las den Brief so oft durch, bis sie ihn fast auswendig konnte, und zerriß ihn dann. Anschließend studierte sie die Wegeskizze, die Kelly ihrem Brief beigelegt hatte. Kelly hatte darauf den kleinen Park und ihr Haus mit einem Kreuz markiert. Sie hatte auch ihre Privatadresse und Telefonnummer angegeben, und in einer Fußnote die Stelle beschrieben, wo sie ihren Hausschlüssel unter einer Topfpflanze neben der Hintertür versteckt hatte. Und daß die Telefonnummer ihres Exgatten mit Klebeband an der Unterseite des Telefonapparats in der Küche befestigt wäre. Paranoia. Angst. Höchstwahrscheinlich beides, dachte Abby, während sie die Wegeskizze mit Kellys Angaben unter dem Wartungsheft und der Betriebsanleitung im Handschuhfach versteckte.

Dann fuhr sie nach Hause. Es war jetzt fast fünf. Sie würde bis sechs Uhr auf den Rückruf von DeShield warten und dann kurz beim Krankenhaus vorbeischauen, um Lew von den Entwicklungen der letzten vierundzwanzig Stunden zu unterrichten. Nachdem er drei Jahre lang so hartnäckig an der Fassade von Colstar gekratzt hatte, sollte er als erster erfahren, daß diese nun zu bröckeln begann.

Kelly Franklin saß hinter heruntergelassenen Jalousien in ihrem abgesperrten Büro über Blaupausen, Gebäudeskizzen und technischen Beschreibungen. Sie hatte fast den ganzen Tag mit dem Studium dieser Dokumente verbracht und spürte, wie ihre Nackenmuskeln zu schmerzen begannen. Alle Baupläne und Konstruktionsskizzen der Fabrik wurden im Archiv verwahrt, und sie gehörte zu dem ausgesuchten Kreis derer, die einen Schlüssel dazu besaßen. Als Sicherheitsbeauftragte von Colstar mußte sie sich natürlich mit dem Heizungs- und Belüftungssystem der Fabrik und den Anlagen für die Verwahrung und Beseitigung des in der Fabrik anfallenden Sondermülls genau auskennen.

Im Archiv lagerten Dokumente aus den zwanziger Jahren, als die Kalifornische Batteriegesellschaft hier ihre erste Fabrikationsstätte errichtet hatte, und buchstäblich Hunderte von Zeichnungen und Blaupausen, die zusammengerollt und mit Gummibändern versehen in unmarkierten Papprröhren verwahrt wurden. Alle Skizzen aus neuerer Zeit, die für die Sicherheit am Arbeitsplatz von Bedeutung waren, hatte sie natürlich sorgfältig katalogisieren und in Karteikästen ablegen lassen. Weil jedoch eine Reihe von Jahren zwischen der ersten Bebauung und dem Zeitpunkt lagen, als Colstar hier eine moderne Fertigungsanlage hatte errichten lassen, hatte Kelly nie die Baupläne und Blaupausen der Fabrik und der zahlreichen Erweiterungen aus der Zeit studiert, als Colstar noch nicht Eigentümerin dieses Grundstücks gewesen war. Doch nun hatte sie viele Stunden der letzten Nacht und dieses Tages damit verbracht, diese früheren Skizzen durchzusehen und sie – oft mit Hilfe eines Vergrößerungsglases – mit den Grundrißskizzen und Bauplänen der jetzt existierenden Fabrik zu vergleichen. Wonach sie suchte, war eine Treppe oder ein Durchgang, von dem sie bisher noch keine Kenntnis gehabt hatte. Es gab Dutzende von Treppen, die in das Kellergeschoß der Fabrik hinunterführten, wo neben den Heizungsanlagen auch noch einige Werkstätten untergebracht waren. Doch man hatte ihr versichert, daß das Kellergeschoß auf einem soliden Fundament aus Urgestein errichtet worden wäre.

Dank Abby Dolans Beharrlichkeit und ihrer eigenen Nachforschungen wußte sie das nun besser. Unterhalb der Fabrikanlage befanden sich große, von Menschenhand erschaffene Kavernen, und zweifellos mußte es irgendwo in diesem riesigen Gebäudekomplex einen Zugang zu diesen Kavernen geben.

Kurz nach dreizehn Uhr hatte sie dann auf einer im Jahre 1946 angefertigten Blaupause etwas gefunden – eine Treppe im hintersten Teil eines Anbaus, aus dem später der

C-Flügel entstehen sollte. Dieser Bereich war schließlich durch eine drei Meter hohe Mauer abgeteilt worden, die jedoch einen Meter vor Erreichen der Decke endete. Hinter dieser Trennwand befanden sich ein Dutzend für Magazine und Lagerzwecke verwendete Räume. Kelly hatte diese Räume schon unzählige Male betreten, um sich zu vergewissern, daß die Einrichtungen und der Betrieb dort nicht gegen geltende Sicherheitsvorschriften verstießen. Sie konnte sich nicht entsinnen, an der in diesem Bauplan angezeigten Stelle eine Tür oder gar eine Treppe bemerkt zu haben. Vielleicht war diese Treppe zugemauert worden, aber dann fehlte auf dem Bauplan der entsprechende Vermerk. Es war so, als hätte sich zwischen 1946 und den nächsten, im Jahre 1968 angefertigten Bauskizzen, diese Treppe einfach in Luft aufgelöst.

Es war jedoch möglich, daß Skizzen von Umbauten, die in den dazwischenliegenden Jahren vorgenommen wurden, einfach verlorengegangen waren. Aber das konnte sie nur herausfinden, wenn sie selbst die Stelle in Augenschein nahm.

Sie legte die Bauskizzen des Magazinbereichs beiseite, verstaute alle anderen wieder in ihren Pappröhren und brachte sie ins Archiv zurück. Dann befestigte sie eine kleine, aber starke Taschenlampe an ihrem Gürtel, sperrte ihr Büro ab und machte sich auf den Weg. Wenn sie die Treppe an der angegebenen Stelle nicht finden konnte, würde sie die Baupläne erneut studieren müssen. Aber sie wollte jeden Betrag darauf verwetten, daß sie noch vorhanden war.

Aus welchen Gründen auch immer: niemand bei Colstar hatte ihr jemals etwas von den Kavernen erzählt – Kavernen, aus denen giftige Gase entweichen oder die bei einem Erdbeben oder sogar schon unter dem bloßen Gewicht der darüber errichteten Fabrikanlage einstürzen konnten. Während sie durch den A-Flügel zum Empfangsbereich ging und sorgsam darauf achtete, keine übertriebene Eile an den Tag zu legen, überlegte sie, wer noch von diesen Kavernen wissen konnte. Außer Lyle war keiner der leitenden Angestellten länger als zehn Jahre bei Colstar. War sie vielleicht die einzige, die Kenntnis von dieser Treppe und den drei versiegelten Ventilationsschächten hatte? Sehr unwahrscheinlich. Als Sicherheitsbeauftragte erstattete sie dem Präsidenten der Firma, Roger Sealy, direkt Bericht. Zusammen waren sie jeden Zoll der Fabrikanlage abgeschritten. Wenn Sealy etwas von diesen unterirdischen Höhlen wußte, war er nicht nur ein sehr versierter Geschäftsmann, sondern auch ein verdammt guter Schauspieler. Und letzteres würde auch auf Quinn zutreffen.

Kelly näherte sich mit klopfendem Herzen dem C-Flügel. Trotz ihrer Leidenschaft für Floßfahrten und das Tiefseetauchen war sie eigentlich kein waghalsiger Mensch. Im Moment verspürte sie eine Mischung aus Angst und Wut im Bauch. Sie hatte wegen Colstar eine recht gute und einträgliche Stellung beim staatlichen Forstdienst aufgegeben. Was hatte sie hier in all den Jahren nur gemacht? Hatte man sie bloß als Aushängeschild verwendet – als Fassade für eine Lüge? Sollten es nur ihre mehrmals wiederholten und ehrlich gemeinten Beteuerungen gewesen sein, daß die Anschuldigungen der Allianz jeder Grundlage entbehrten, weshalb Quinn und seine Spießgesellen sie hierhergeholt hatten? Bald würde sie die Antwort darauf wissen.

Sie hatte sich vorgenommen, eine ihrer üblichen Inspektionsgänge durch die Fabrik zu machen und die Stelle aufzusuchen, wo sich laut Bauplan eine Treppe befunden hatte. Die zweite Schicht war schon zwei Stunden alt, und auf den Gängen herrschte absolute Leere. Kelly hoffte, daß sie entspannter aussah, als sie sich fühlte, während sie den ersten Durchgang zum Lagerbereich passierte. Die Gänge waren hier alle so breit, daß ein mit Holzpaletten beladener Gabelstapler bequem hindurchfahren konnte. Nach dem zweiten Durchgang bog sie nach links ab und dann gleich wieder nach rechts – in einen mit Putzsachen gefüllten Raum. Männerstimmen drangen an ihr Ohr, aber niemand ließ sich blicken. Auf ihren Blaupausen waren zwar die Trennwände, aber keine Treppen eingezeichnet, so daß sie gezwungen war, abwechselnd die alten und dann wieder die neuen Baupläne zu Rate zu ziehen, um sich durch das Labyrinth der Räume bis zur Rückwand der Fabrik vorzuarbeiten.

»Kann ich Ihnen helfen?«

Kelly wirbelte erschrocken herum.

Ein junger Mann in einem Monteuranzug stand ungefähr drei Meter von ihr entfernt. Sie hatte diesen Typen hier noch nie gesehen. Sie brauchte einen Moment, um sich von ihrem Schrecken zu erholen, und zwang sich dann zu einem Lächeln. Der Mann schien sie ebenfalls nicht zu kennen, und das war recht seltsam. Sie hielt alle vier Monate vor jeder Schicht einen zweistündigen Vortrag über Gesundheitsvorsorge und Sicherheit am Arbeitsplatz, wobei auch Evakuierungs- und Erste-Hilfe-Maßnahmen bei Betriebsunfällen zur Sprache kamen. Und obwohl sie unmöglich alle zweitausendvierhundert Mitarbeiter von Colstar persönlich kennen konnte, mußte sie diesem doch gewiß bekannt sein. Sie trat so dicht an den Mann heran, daß sie den Namen auf seinem ID-Kärtchen lesen und er einen Blick auf ihres werfen konnte. *Jeff Kidd, Lagerist.*

»Ich bin Kelly Franklin von der Umweltschutz- und Sicherheitsabteilung«, sagte sie, während sie sich mit einer Hand an der Wand aufstützte, weil ihre Knie weich wurden. »Ich mache gerade einen Routinerundgang durch diese Abteilung.«

Da war kein Schimmer des Wiedererkennens in Kidds Augen. Doch er las ihren Namen auf dem ID-Kärtchen und nickte.

»Entschuldigen Sie«, sagte er, »aber ich bin erst seit zwei Monaten bei der Firma und habe Sie noch nie gesehen.«

Kelly versuchte sich vergeblich daran zu erinnern, wann sie zuletzt vor der zweiten Schicht ihren Vortrag gehalten hatte.

»Kein Problem«, erwiderte sie. »Sie werden mich schon noch kennenlernen, wenn ich Ihrer Schicht demnächst einen Vortrag über Sicherheitsmaßnahmen halten werde. Ich will mich etwa eine halbe Stunde lang hier umschauen. Da ich Sie nicht dazu benötige, können Sie sich nun wieder Ihrer Arbeit widmen.«

Der Mann gab ihren Blick viel selbstbewußter zurück, als man das eigentlich von einem erst relativ neuen Lagerarbeiter erwarten konnte, der sich einer Vizepräsidentin der Firma gegenübersah.

»Falls Sie etwas brauchen oder sich verlaufen sollten, Mrs. Franklin, müssen Sie nur rufen. Ich werde Sie bestimmt auch hinter der Wand hören können.«

»Ich werde es mir merken.«

Kelly bewegte sich langsam auf den nächsten Lagerbereich zu und überprüfte dabei die Jalousien der Belüftungsanlage. Sie spürte, daß Jeff Kidd sie immer noch beobachtete. Und tatsächlich drehte er sich erst um, als sie einen Blick in seine Richtung riskierte. Diese Begegnung hatte sie so entnervt, daß sie schon daran dachte, in ihr Büro zurückzukehren. Aber dann fing sie sich wieder und ging langsam weiter von Raum zu Raum. Außer Jeff Kidd schien sich niemand im Lager aufzuhalten, obwohl sie die Fahrgeräusche eines Gabelstaplers vernehmen konnte. Sie schaute auf ihre Blaupausen: Nur noch ein Durchgang, und sie war am Ziel. Sie blickte sich vorsichtig um. Da war niemand. Sie rollte die Blaupausen zusammen und betrat den letzten Raum des C-Flügels. Er war mindestens hundert Quadratmeter groß und mit deckenhohen Stahlgerüsten ausgestattet, auf denen Behälter mit nicht brennbaren Chemikalien, Verpackungsmaterialien und Farbkübel gelagert waren.

Während sie gespannt auf das kleinste Geräusch achtete, näherte sie sich der Westwand der Fabrik. Ihrer Gebäudeskizze nach mußte sich der Zugang zum Treppenschacht ungefähr in der Mitte befunden haben. Und genau dort stand ein mit leeren Paletten beladener Gabelstapler. Der Schlüssel steckte im Zündschloß. Kelly mußte auf ein Regal steigen, um über die Paletten hinwegschauen zu können. Und dann sah sie die verborgene Eisentür, die genauso ausschaute wie ein paar Hundert andere Türen in dieser Fabrik. Nur daß sie diese hier noch nie geöffnet hatte. Kelly zog sich nun an eine Stelle zurück, von der aus sie den ganzen Raum überblicken konnte, und entfernte den Hauptschlüssel, der zu dieser Tür passen mußte, von ihrem Schlüsselbund. Dann schaltete sie den Motor des Gabelstaplers ein und bewegte ihn nur so weit von der Wand weg, daß sie sich an den Paletten vorbeizwängen konnte. Wer durch diese Tür in den Lagerraum kommen wollte, mußte erst jemanden im Magazin benachrichtigen, damit dieser die Paletten entfernte. War dieser jemand etwa Jeff Kidd?

Der Schlüssel ließ sich leicht im Schloß drehen, und sie drückte die Tür einen Zentimeter weit auf. Dahinter war es stockdunkel. Es gab keine Möglichkeit, die Paletten wieder bis an die Tür heranzuschieben. Wenn der Gabelstapler nicht mehr an seinem alten Platz stehen würde, konnte sie sich verraten. Eine innere Stimme riet Kelly, jetzt umzukehren und es später noch mal zu versuchen. Dann könnte Abby ihr helfen und vor der Tür Schmiere stehen. Doch Kellys Wißbegierde war stärker als die Vernunft. Sie schickte noch einen letzten Blick durch den Lagerraum, bevor sie die Tür hinter sich zuzog und den Fuß auf die erste Treppenstufe setzte.

Die Dunkelheit und Stille waren überwältigend, die Luft roch feucht und muffig. Kelly lehnte sich einen Moment lang gegen die Wand, die aus einer Mischung von Naturstein und Beton zu bestehen schien. Sie hatte das Gefühl, als bekäme sie nicht genügend Luft. Es war die gleiche Panik, die sie bei ihrem ersten Tiefsee-Tauchversuch befallen hatte. Schließlich halfen ihr ein paar langsame, tiefe Atemzüge, diese Beklemmung zu überwinden. Sie schaltete ihre Taschenlampe ein und ließ den Lichtkegel über die Stufen gleiten. Es waren mindestens dreißig Betonstufen, die vor einer zweiten Tür endeten. Sie war sich sicher, daß diese Treppe weiter in die Tiefe reichte als der Boden des Kellergeschosses.

Kelly stieg die schmalen Stufen hinunter, bis sie ungefähr in der Mitte der Treppe angelangt war. Dort drehte sie sich um und richtete den Lichtkegel ihrer Lampe wieder nach oben. Noch konnte sie umkehren, um ein andermal, besser vorbereitet und von Helfern begleitet, dieses Wagnis einzugehen. Sie zögerte ein paar Sekunden und setzte dann ihren Weg nach unten fort.

Die zweite Tür war unverschlossen. Kelly öffnete sie einen Spaltbreit. Dahinter herrschte ebenfalls eine ägyptische Finsternis, doch die Luft war hier nicht mehr so stickig, sondern feucht und frisch. Sie öffnete die Tür so weit, daß sie hindurchschlüpfen konnte, und machte sie leise hinter sich zu. Obwohl es stockdunkel war, wußte Kelly, daß sie sich jetzt in einem großen Hohlraum befinden mußte – in der obersten Kaverne der ehemaligen Goldmine.

Sie schaltete ihre Taschenlampe ein und leuchtete damit vorsichtig in alle Ecken. Es war ein rechteckiger Raum, der ungefähr fünfzehn Meter breit, fünfundvierzig Meter lang, aber höchstens zweieinhalb Meter hoch war. Soweit sie sehen konnte, bestanden die Wände und die Decke aus roh behauenem Felsgestein. Dicke, hölzerne, in Form und Umfang alten Eisenbahnschwellen gleichende Deckenstützen waren über den Raum verteilt. Aber offenbar hatten Ingenieure später ausgerechnet, daß dieses Felsengewölbe das Gewicht der etwa zwölf Meter darüber errichteten Fabrik problemlos würde tragen können. Nackte Glühbirnen hingen von der Decke herab. Andere

Gegenstände vermochte Kelly in diesem Raum nicht zu entdecken.

Sie machte sich sogleich auf die Suche nach einer Treppe, die tiefer in den Fels hinunterführte. Es dauerte ein paar Minuten, bis sie diese fand – eine schmale, roh in den Fels geschlagene Wendeltreppe, die viel länger sein mußte als jene, die den Lagerraum mit der obersten Taverne verband. Sie fühlte sich an mittelalterliche Burgen erinnert und an einen Ausflug in ihrer Kindheit, wo sie die Stufen in der Freiheitsstatue hinauf- und hinuntergelaufen war. Doch diese Wendeltreppe war nicht beleuchtet, sondern stockdunkel. Da sie sich scheute, ihre Taschenlampe einzuschalten, tastete sie sich mit einer Hand an der feuchten Wand entlang, während sie vorsichtig die Treppe hinunterstieg.

Die Luft, die ihr von unten entgegenschlug, schien überraschend frisch und sauber zu sein. Und da war auch ein Summen, das sie zunächst als Reaktion ihres Gehörs auf die totale Stille interpretierte. Aber nach einer Weile erkannte sie, daß es von einer Maschine herrührte. Wieder beschleunigte sich ihr Puls – nicht nur vor Aufregung, da sie nun jeden Moment das Geheimnis von Colstar entdecken würde, sondern aus einem Gefühl der Gefahr heraus. Das Summen war jetzt zu einem dumpfen Dröhnen geworden, und sie erkannte daran, daß sie sich der unteren Kaverne näherte, die sich den alten Skizzen zufolge fast fünfunddreißig Meter unterhalb der Fabrik befand – also in Höhe des Talbodens oder sogar noch darunter.

Als sie um eine Biegung der Treppe herumkam, sah sie vor sich einen Lichtstreifen unter einer Tür. Noch sechs Schritte, und sie war am Ziel. Plötzlich spürte sie eine Bewegung hinter sich. Als sie herumschwingen wollte, legte sich die kräftige Hand eines Mannes auf ihren Mund und drückte sie fest gegen seine breite Brust. Da war das Gefühl von kaltem Stahl, der gegen ihren Hals gedrückt wurde, und dem sogleich ein heftiger Schmerz folgte. Binnen Sekunden begann sich die Welt in einem wild strudelnden Nebel aufzulösen. Ihre Panik schien wirkungslos zu verpuffen, ihre Lider wurden schwer wie Blei.

»Dummkopf«, war das einzige Wort, das sie noch hörte, ehe sie das Bewußtsein verlor.

Es war eine Stimme, die sie recht gut kannte.

32. Kapitel

Gelbe Ringe. Josh hatte an diesem Tag sein Gesicht schon mindestens ein dutzendmal im Badezimmerspiegel betrachtet. Zugegeben – er sah schrecklich aus. Aber wenn etwas mit seinen Augen nicht gestimmt hätte, würde er das schon längst gemerkt haben.

Sein Zorn wuchs mit jedem Schritt, als er den Ghost Ranch Saloon verließ und die Straße überquerte, ohne auf den Verkehr zu achten. Hupen plärrten, Bremsen kreischten, aber das nahm er gar nicht zur Kenntnis.

Diese Blitzlichter waren wieder da.

Josh eilte in das Motel zurück. Noch hatte er die Zeit dazu, das zu verrichten, was Gott ihm aufgetragen hatte. Die Zeit, um seine höllischen Schmerzen ein für allemal zu beenden. Diese schimmernden Diamanten aus vielfarbigem Licht prasselten wie Hagelkörner gegen die Innenseite seiner Augen. Er fummelte am Türschloß, drückte dann die Tür nach innen und riß den Rucksack unter dem Bett hervor.

»Dieses Mal nicht«, sagte er laut.

Dieses Mal würde er keine Kopfschmerzen mehr bekommen. Diesmal würde er Gott nicht darum bitten, ihn zu sich zu nehmen. Dieses Mal würde er Rache üben.

An Bricker … Golden … Gentry … Forrester …

Josh rezitierte diese Namen wie eine Litanei, während er seine beiden Waffen überprüfte.

Diese peinigenden Lichter waren jetzt nicht mehr ganz so grell. Das war ein Zeichen, daß der von ihm gewählte Weg der richtige war. Er packte den Rucksack und lief aus dem Zimmer. Der Haupteingang der Fabrik war keine vier Blocks von hier entfernt. Er würde höchstens fünf Minuten bis dorthin brauchen.

Er kam durch die Vordertür des Fremont Motels und blieb abrupt stehen, als ein Streifenwagen der Polizei langsam an ihm vorbeiglitt. Er zog sich in die Nische der Eingangstür zurück und wartete. Minuten später passierte ein zweiter Streifenwagen das Motel, der genauso langsam wie der erste, aber in die entgegengesetzte Richtung fuhr. Sie bemühten sich zwar, das Ganze wie eine Routinepatrouille aussehen zu lassen; aber er wußte, daß sie jemanden suchten – mit ziemlicher Sicherheit ihn. Wie konnten sie etwas von seinem Vorhaben wissen? Die einzige mögliche Antwort darauf war Abby. Sie hatte sich von Anfang an besorgt gezeigt, und mußte in sein Haus in der Orchard Road eingebrochen sein, dort die Computerdateien durchsucht und den Brief gefunden haben, den er ihr geschrieben, aber niemals abgeschickt hatte. Warum hatte er diesen verdammten Text nicht gelöscht? Nun würden Bricker und die anderen drei bestimmt vor ihm gewarnt sein, und die Polizei mußte die Beschreibung und die Zulassungsnummer seines Fahrzeugs kennen.

Er barg sich noch tiefer im Schatten des Vordachs. Abby machte einen Fehler, wenn sie ihn aufzuhalten versuchte. Aber wie immer hatte sie es wohl nur gut gemeint. Nur daß es jetzt zwangsläufig wieder zu Reibereien zwischen ihnen kommen würde. Ihre Beziehung hatte sich rapide verschlechtert. Wann war Abby zur Zielscheibe seiner Aggression geworden? Wann hatte sie damit aufgehört, ihm diese bedingungslose Liebe zu schenken, die ihr angeblich mehr bedeutet hatte als alles andere in der Welt?

Er war sich auch nicht sicher, ob sie ihn schon mit Dr. Lew Alvarez betrog. Entsetzt über die Konsequenzen seines gewalttätigen Verhaltens hatte er sie eines Abends bis zu Alvarez' Farm verfolgt. Er hatte seinen Wagen neben der Straße abgestellt, war die lange, unbefestigte Auffahrt hinaufgegangen und hatte sie durch das Fenster von Alvarez' Wohnzimmer beobachtet. Nach einer Weile war er dann zu seinem Wagen zurückgekehrt und hatte dort so lange gewartet, bis Abby die Farm wieder verlassen und an ihm vorbeigefahren war. Alvarez sah aus wie ein Leinwandstar und hatte sie mit seiner Arbeit in der Notaufnahme beeindruckt. Waren die beiden inzwischen ein Liebespaar? Er biß die Zähne so fest aufeinander, daß seine Kiefer schmerzten. War das der Grund, warum sie versuchte, ihn hier in Fremont von der Polizei festnehmen zu lassen?

Wenn er sich an Bricker und den anderen gerächt hatte, würde er sie zur Rede stellen und ein paar Antworten auf seine Fragen verlangen müssen. Sie würde ihn nicht belügen. Falschheit gehörte nicht zu ihrem Wesen. Er würde ihre Treue mit dem Leben belohnen, von dem sie schon immer geträumt hatten. Und ihre Untreue? ...

Er blickte auf seinen Rucksack hinunter und fürchtete, daß die Polizei sofort auf ihn aufmerksam werden würde, wenn er sich damit dem Seradyne-Gebäude zu nähern versuchte. Er konnte also nur die halbautomatische Waffe mitnehmen, die er unter seiner Windjacke verstecken würde. Doch mehr brauchte er ja auch nicht. Er ging in das Motel zurück und verließ es dann wieder durch die Hintertür zum Hof, wo er seinen Jeep abgestellt hatte. Es war noch früh am Abend, aber schon sehr dunkel für diese Jahreszeit, da der Himmel bewölkt war und ein leichter Nieselregen fiel. Er warf den Rucksack auf den Wagenboden, holte einen Schraubenzieher aus der Werkzeugtasche und brauchte nur Sekunden dazu, um sein Nummernschild gegen das von einem Transporter aus Colorado auszutauschen. Er hatte jetzt zwar Kopfschmerzen, aber sie waren lange nicht so schlimm, wie sie sonst im Gefolge dieser Blitzlichter zu sein pflegten.

Er schob die MAK-90 unter den Arm, zog den Reißverschluß seiner Windjacke bis zum Hals hinauf und beschloß, sich dem Seradyne-Gebäude auf einer Seitenstraße zu nähern. Die Sicherheitsmaßnahmen waren dort schon immer streng gewesen, und jetzt vermutlich schärfer denn je. Aber er hatte gar nicht die Absicht, dieses Gebäude zu betreten. Das Parkhaus kam schon eher in Frage. Möglich, daß er dort nur Bricker erledigen konnte; aber das wäre kein schlechter Anfang, da er der Hauptübeltäter dieser Viererbande war.

Ein Streifenwagen überquerte die Kreuzung vor ihm. Möglich, daß sie ihn entdeckt hatten. Er rannte in die nächstbeste Gasse hinein und gelangte zu einer Straße, die keine zweihundert Meter vom Parkhaus entfernt war. Dort hatten alle leitenden Angestellten von Seradyne reservierte Parkplätze. In spätestens einem Jahr oder vielleicht sogar noch früher hätte auch er dort parken können. Seine Leistungen waren stets überragend gewesen, doch am Ende hatte das gar nichts bedeutet. Was zählte, war nur, daß Nancy Golden mit Pete Gentry schlief. So etwas nannte man eine Rationalisierungsmaßnahme.

Brickers Fahrzeug konnte nur an der für ihn reservierten Stelle stehen. Ein Sexmobil hatte er diesen Wagen einmal genannt. Bei Bricker lief alles auf Sex hinaus. Es würde relativ einfach sein, über die Hintertreppe auf das Parkdeck zu gelangen und dort auf Bricker zu warten. Wenn sein Wagen nicht im Parkhaus stand, würde er sich neben Pete Gentrys Fahrzeug auf die Lauer legen.

Die Lichter flimmerten noch immer hinter Joshs Augen, als er sich der Rückseite des Parkhauses näherte. Er lief an einer Betonmauer entlang und suchte hinter einer Reihe von anderthalb Meter hohen Büschen Deckung. Er blieb dort eine Weile liegen, bis er wieder zu Atem kam. Vor gar nicht so langer Zeit hätte er mühelos eine halbe Marathonstrecke bewältigt. Anscheinend ging sein Körper genauso rasch aus dem Leim wie seine Seele.

Habe Geduld mit mir, Abby, dachte er. *Bitte verstehe, daß ich das tun muß.*

Aber wie sollte sie ihn verstehen können, solange er unter diesen Kopfschmerzen und dieser Konfusion litt? Das würde sie erst begreifen, wenn er davon befreit und wieder ein ganzer Mann war.

Er wartete, bis sein Atem sich etwas beruhigt hatte und die Straße leer war. Dann schwang er sich über die Mauer und landete auf dem ersten Deck. Brickers Parkplatz befand sich im zweiten. Geduckt lief er zwischen den abgestellten Autos und der niedrigen Betonmauer weiter, bis er das zweite Deck erreicht hatte. Bei dem Anblick von Brickers Fahrzeug verwandelte sein Puls sich in ein Hammerwerk. Mörsergranaten explodierten hinter seinen Augen.

Er wollte sich gerade nach einem geeigneten Versteck umsehen, als ein Sportwagen mit quietschenden Reifen um die Ecke schoß und die Rampe zum nächsthöheren Deck hinaufbrauste. Der Wagen hätte ihn fast erwischt und dorthin befördert, wo Steve Bricker hingehörte: ins Jenseits.

Josh duckte sich hinter einer Säule und sprintete dann über die Rampe hinüber zu dem Wagen, der neben Brickers Fahrzeug geparkt war. Dort kauerte er sich zwischen Kühler und Betonwand nieder. Wieder war er ganz außer Atem. Er hatte das Gefühl, als würde sein Herz jeden Moment aussetzen.

Er vergewisserte sich zunächst, ob jemand, der aus dem Aufzug oder dem Treppenhaus kam, ihn hier sehen konnte. Wahrscheinlich würde Bricker die Treppe benutzen, überlegte er, und zog die MAK-90 unter seiner Jacke hervor. Er hatte damit auf einigen Müllplätzen Schießübungen veranstaltet. Er würde zwar keine Preise bei einem Schießwettbewerb gewinnen, doch das wurde hier auch nicht von ihm verlangt. Es genügte, wenn er die Waffe in der richtigen Höhe anlegte, den Abzug bediente und das Magazin leerschoß. Es war jetzt fast fünf. Er würde hier bis zwanzig nach fünf auf Bricker warten und sich dann, für alle Fälle, nach Pete Gentrys Wagen umschauen. Seine Kopfschmerzen waren unvermindert stark, jedoch erträglich. Wenn sein Kopf aber noch einmal so heftig explodieren sollte, wie das heute bereits zweimal der Fall gewesen war, war er erledigt. Dann würde Bricker über ihn hinwegmarschieren können wie über eine tote Maus. Aber soweit würde er es nicht kommen lassen.

Plötzlich, ohne sich bewußt zu werden, was er da tat, hielt er Abbys Foto in der Hand, das er in seiner Brieftasche aufbewahrte. Gott, wie sehr er sie geliebt hatte! Sie hatte auf ihre akademische Karriere verzichtet, um zu ihm ziehen zu können. Und wie hatte er ihr das gedankt? Mit Schmerzen, Enttäuschungen, Ärger und Not. Was, zum Teufel, war nur mit ihm los? War das der Wahnsinn? War das die Verhaltensweise eines Geistesgestörten …?

Schritte hallten durch das Deck. Seine Hand krampfte sich um die Pistole. Ein Pärchen kam aus dem Treppenhaus und ging direkt auf ihn zu. Kate Alston vom Empfang und ein Typ aus dem Konstruktionsbüro. Wußten auch sie über ihn Bescheid? Er blickte auf seine MAK-90 hinunter. Wenn sie ihn hier mit dieser Waffe hinter einem Auto kauern sahen, spielte es keine Rolle mehr, ob sie es wußten oder nicht. Er legte den Finger an den Abzug und preßte sich gegen die Stoßstange des Wagens. Die beiden waren jetzt ungefähr zehn Meter von ihm entfernt. Wenn ihnen dieses Fahrzeug und der Wagen daneben gehörte, war es um ihn geschehen.

Josh hielt den Atem an. Was sollte er tun, wenn sie ihn entdeckten? Sie über den Haufen schießen? Bricker war sein Ziel, nicht diese beiden Leute dort. Kate Alston, die kaum älter als vierundzwanzig sein konnte, hatte sich immer sehr kollegial verhalten.

Hilf mir, Abby. Um Gottes willen – sag mir, was ich tun soll.

Plötzlich verstummten die Schritte. Eine Wagentür

wurde geöffnet und wieder geschlossen. Josh riskierte einen Blick. Die beiden waren in ein weißes Coupé gestiegen. Der Motor wurde angelassen, und das Coupé löste sich aus seiner Parkbucht.

Abby, ich wollte sie nicht töten. Ich wollte nur, daß die Dinge zwischen uns wieder so werden, wie sie einmal waren. Bricker und die drei anderen haben uns das angetan. Dafür werden sie bezahlen. Das ist doch nur gerecht … das ist es doch, nicht wahr?

Er schob Abbys Foto in die Innentasche seiner Windjacke. Die Kopfschmerzen schienen jetzt wieder schlimmer zu werden, und er spürte einen leichten Brechreiz.

Nun komm schon … nun komm doch endlich!

Die Tür zum Treppenhaus öffnete sich abermals, und Josh vernahm zwei männliche Stimmen. Eine davon erkannte er sofort. Bricker! Seine Hand schloß sich fest um das Griffstück der MAK-90, während er ganz tief in die Hocke ging. Dann spähte er vorsichtig durch die Fenster von Brickers Wagen. Der andere Mann war Pete Gentry! Das war mehr, als er gehofft hatte – ein Wink des Schicksals.

Es ist soweit, Abby, dachte er. *Das Ende für sie, der Neuanfang für uns.*

Er duckte sich wieder und versuchte die Entfernung nach den Geräuschen zu berechnen, die die beiden mit ihren Schuhen auf dem Betonboden erzeugten. *Zwanzig Meter. Vielleicht noch fünfzehn. Und … jetzt!*

Er kam aus der Hocke heraus, machte drei rasche Schritte zum Heck des Wagens und war jetzt nur noch fünf Meter von den Männern entfernt, die ihn erschrocken ansahen.

»Josh, nein!« schrie Bricker.

Pete Gentry senkte den Kopf und fiel auf die Knie, aber Bricker hatte die rechte Hand in seiner Rocktasche und fummelte dort herum. Eine Waffe!

»Abby, verzeih mir!« brüllte Josh.

Dann hob er die MAK-90 an die Schulter und feuerte.

33. Kapitel

Der Anruf kam um sechs, als Abby gerade dabei war, das Haus zu verlassen und Lew in der Notaufnahme aufzusuchen.

»Doktor Dolan, bitte.«

Obwohl es schon Jahre her war, seit sie Graham DeShields Vortrag in der Uniklinik gehört hatte, erkannte sie die Stimme des Psychiaters – nasal und leicht affektiert – sofort wieder.

»Am Apparat.«

»Hier spricht DeShield. Doktor Graham DeShield.«

Sie erinnerte sich an die hohe schlanke Gestalt des Therapeuten mit beginnender Stirnglatze und randloser Brille hinter dem Katheder des Hörsaals, der jetzt vermutlich in dem getäfelten Arbeitszimmer einer opulenten Villa irgendwo in Marin County saß.

»Danke, daß Sie so prompt zurückgerufen haben, Dr. DeShield.«

»Mein Telefondienst sagte, es handele sich um einen Notfall, der Ethan Black betreffen würde. Wenngleich es mir schleierhaft ist, wie ein Verstorbener sich zu einem Notfall entwickeln kann.«

»Glauben Sie mir, es *ist* ein Notfall. Dr. DeShield, Sie werden sich sicher nicht an mich erinnern, aber ich habe mehrere Jahre an der St.-Johns-Klinik gearbeitet, ehe ich vor ein paar Monaten nach Patience gezogen bin. Wir sind uns vor einigen Jahren flüchtig begegnet, als Sie in unserer Uniklinik mehrere überaus beachtenswerte Vorträge hielten.«

»Ja, ja. Ich erinnere mich noch sehr gut daran. Meine Vortragsreihe trug den Titel ›Der Narzißmus und die Stars‹. Ich habe die Gastprofessur sehr genossen.«

»Es war eine ausgezeichnete Präsentation. Eine der besten, die ich jemals zu diesem Thema gehört habe.«

»Sind Sie Psychiaterin?«

»O nein. Ich bin Spezialistin für Notfälle.«

»Ich verstehe.«

Offensichtlich war das nicht der Fall, doch Abby bezweifelte, daß Graham DeShield jemals zugeben würde, daß er von manchen Dingen nichts verstand.

»Ich habe mich heute morgen mit Ezra Black getroffen, Dr. DeShield.«

»Ah, mein guter Freund Ezra.«

»Er erzählte mir, daß er wegen des Selbstmordes seines Sohnes nicht gut auf Sie zu sprechen sei. Er will unbedingt jemandem die Schuld dafür geben – jedem, außer sich selbst.«

»Dieses Gefühl habe ich allerdings auch. Er hat bereits damit begonnen, Gerüchte über mich zu verbreiten.«

»Ich bin überzeugt, daß er Ihnen damit nicht viel schaden kann. Dafür ist Ihr Ruf zu gut.«

»Sehr freundlich von Ihnen. An welchem Hospital, sagten Sie, haben Sie gearbeitet?«

Abby lächelte. Offenbar hörte DeShield nur dann zu, wenn es um Dinge ging, die auch seine Person betrafen.

»An der St.-Johns-Klinik in San Francisco. Mehr als zehn Jahre. Und ich traf mich heute mit Mr. Black, um ihn davon zu überzeugen, daß Colstar International – die Firma, bei der Ethan gearbeitet hat, und die seinem Vater gehört –, in Wahrheit für den Tod seines Sohnes verantwortlich ist.«

»Fahren Sie fort«, sagte DeShield.

»Bei mindestens vier Colstar-Angestellten – Ethan nicht mitgerechnet – hat sich ein psychotisches und gewalttätiges Verhalten gezeigt. Eine kleine Gruppe von Leuten in Patience hat es sich nun zur Aufgabe gemacht, die Wahrheit über diese vier Personen herauszufinden. Wir glauben, daß das psychotische Verhalten dieser Leute auf eine massive Cadmiumvergiftung zurückzuführen ist, und daß eine große Anzahl von Personen mit leichteren Krankheitssymptomen in entsprechend geringerem Maße mit diesem Metall kontaminiert wurde. Die vier schlimmsten Fälle sind bereits gewalttätig geworden oder haben eine Tendenz dazu gezeigt. Einer von ihnen steht bereits unter Mordanklage. Er ist der bisher einzige Fall, bei dem wir eine Blutuntersuchung durchführen und extrem hohe Cadmiumwerte nachweisen konnten. Wir haben inzwischen auch noch die Blutprobe einer weiteren Person ins Labor geschickt, aber die Ergebnisse liegen noch nicht vor. Wir wollten eigentlich erreichen, daß Ezra Black so lange seine Fabrik hier schließt, bis er und seine Leute herausgefunden haben, wie es zu dieser Cadmiumvergiftung kommen konnte und wie das Problem beseitigt werden kann.«

»Und?«

»Anfangs schien Mr. Black mir sehr interessiert zuzuhören. Doch dann machte er plötzlich eine Kehrtwendung und warf mich mehr oder weniger aus seinem Haus.«

»Das sieht Ezra ähnlich.«

»Es ist überaus frustrierend. Egal, was für Beweise wir auch präsentieren – Colstar und die Leute, die diese Firma kontrollieren, haben immer eine Antwort darauf.«

»Auch auf die positiven Blutwerte?«

»Ich bin sicher, sie werden ein anderes, unabhängiges Labor mit einer erneuten Blutuntersuchung betreuen. Und bis das geschehen ist, und die Ergebnisse mit unseren Resultaten verglichen worden sind, werden noch weitere Leute zu Schaden kommen. Wir müssen Ezra Black auf unsere Seite ziehen. Ohne ihn werden wir niemanden, der in dieser Sache Einfluß nehmen könnte, davon überzeugen, daß hier ein Notfall vorliegt.«

»Und warum rufen Sie dann mich an? Falls es Ihnen heute noch nicht klargeworden sein sollte – ich bin die letzte Person, auf die Black hören würde.«

»Das ist sein Fehler.« Abby fragte sich, ob sie jetzt nicht ein bißchen zu dick auftrug – selbst bei einem so eitlen Menschen wie DeShield. »Aber Sie können uns wirklich helfen. Ich glaube, daß Black mir anfangs nur deswegen zuhörte, weil ich die Gewalttätigkeit der vier Patienten erwähnte. Als ihm jedoch klar wurde, daß ich meine Informationen über seinen Sohn aus der Zeitung hatte, verlor er plötzlich jedes Interesse an mir und wurde so kalt wie ein Eisblock. Ich verließ sein Haus mit dem Gefühl, daß Ezra Black mir weiter zugehört hätte, falls mir bekannt gewesen wäre, was sein Sohn aufgrund der Cadmiumvergiftung alles angestellt hat. Ich wollte ihm sogar vorschlagen, die Leiche seines Sohnes exhumieren zu lassen, aber so weit bin ich gar nicht gekommen.«

»Mit anderen Worten – Sie verlangen von mir, daß ich meine Schweigepflicht als Arzt im Falle eines Patienten verletze, der der Sohn eines der reichsten und mächtigsten Männer dieser Welt gewesen ist?«

»Ich weiß, daß Sie Ihre Schweigepflicht sehr ernst nehmen. Mir würde es genauso ergehen, wenn ich in Ihrer Lage wäre. Aber wir dürfen die Gefahr nicht außer acht lassen, die den Bewohnern von Patience droht, wenn Colstar so weitermacht wie bisher. Und nur Sie könnten uns helfen, diese Menschen zu retten.«

»Wenn Black erfährt, daß ich so etwas getan habe, wird er seine Anwälte auf mich hetzen, bis ... bis ich selbst aus dem Fenster meiner Praxis springe.«

Es reichte schon, daß der Psychotherapeut ihr die Bitte nicht einfach abschlug. Er hielt sie jetzt nur noch hin, weil er erst wissen wollte, was dabei für ihn herausspringen würde. Und für diesen Fall hatte Abby bereits ein paar Argumente vorbereitet.

»Mr. Black wird von mir niemals erfahren, daß wir beide miteinander gesprochen haben. Darauf gebe ich Ihnen mein Wort. Und wenn wir nachweisen können, daß es das Cadmium war, das Ihren Patienten in den Tod getrieben hat, kann man Sie doch nicht für dessen Tod verantwortlich machen, wie Ezra Black das gerade versucht.«

In der längeren Pause, die ihren Worten folgte, nahm

Abby bereits einen Stift zur Hand und schlug ihren Notizblock auf.

Nun komm schon, Graham. Heraus mit der Sprache …

»Wir sind uns zwar seit jenem Vortrag nicht mehr begegnet, Abby, aber irgendwie habe ich das Gefühl, daß ich Ihnen vertrauen kann.«

»Ja, das können Sie«, erwiderte Abby und bemühte sich dann, in möglichst verführerischem Ton hinzusetzen: »Und vielleicht findet sich ja bald die Gelegenheit zu einem Wiedersehen, Dr. DeShield.«

»Sie können mich Graham nennen. Und über ein Wiedersehen würde ich mich sehr freuen. Tatsächlich hat Ethan Black beinahe einen Mann erschlagen, Abby. Er ging nach einem Streit mit einem Baseballschläger auf ihn los. Ezra sorgte dafür, daß alle Zeugen dieses Vorfalls behaupteten, daß der andere den Streit begonnen habe. Und er sorgte auch dafür, daß das Opfer – ein Farmer – im Stoneleigh-Zentrum für Kopfverletzungen behandelt wurde. Kennen Sie diese Klinik?«

»Natürlich. Die beste, die es für solche Verletzungen gibt.«

»Ich fürchte, daß dieser Mann für immer dort bleiben wird. Seine Kopfverletzungen waren zu schwer.«

»Und wie war das mit Ethans Kopfschmerzen?«

Ezra Black hatte ihr nichts von irgendwelchen Kopfschmerzen seines Sohnes erzählt, aber Abby zweifelte keine Sekunde mehr daran, daß Ethan darunter gelitten hatte.

»Die begannen gleich nach seinem Autounfall«, erwiderte DeShield. »Es waren schreckliche Kopfschmerzen, die ihm seine ganze Arbeitskraft raubten. Meiner Meinung nach waren sie eine Folgeerscheinung der schweren Gehirnerschütterung, die er bei diesem Unfall erlitten hatte. Oder sind sie etwa auch auf seine Cadmiumvergiftung zurückzuführen?«

»Zweifellos. Sagen Sie, gab es vorher irgendwelche sensorische Warnzeichen? Lichter? Oder irgendein seltsamer Geschmack?«

»Komisch, daß Sie das gerade erwähnen. Tatsächlich hat er sich ständig über einen eigenartigen Geruch beklagt, wenn seine Kopfschmerzen kamen. Er sagte, es rieche nach ... nach faulen Eiern.«

Bingo!

»Dr. DeShield – *Graham* – hat Ethan neben diesem Farmer auch noch andere Personen tätlich angegriffen?«

»Ja, obwohl er diesen Mann am schlimmsten zugerichtet hat. Es war so, als hätte Ethan einen periodisch wiederkehrenden Zorn auf jedermann. Kurz bevor er Selbstmord beging, hat er noch eine Prostituierte zusammengeschlagen und ihr den Arm gebrochen.«

Abby schrieb in fieberhafter Eile mit.

»Und der liebe Papa hat das alles vertuscht?«

»Selbstredend.«

»Graham, Sie werden es nicht bereuen, daß Sie das für mich getan haben.«

»Das hoffe ich sehr, Abby. Und vergessen Sie nicht, daß Sie mir Ihr Wort gegeben haben, meinen Namen aus dieser Sache herauszuhalten. Rufen Sie mich bitte an, wenn sich etwas Neues ergeben hat. Diese üblen Gerüchte, die Ezra Black über mich in die Welt setzt, sind nicht gut für das Geschäft.«

»Noch eine letzte Frage.«

»Ja?«

»Kennen Sie zufällig die Telefonnummer von Feather Ridge?«

»Ja. Warum?«

»Ich glaube nicht, daß Ezra Black noch einmal darauf hereinfallen wird, wenn ihm die Telefonvermittlung mitteilt, ich würde ihn wegen eines Notfalls sprechen wollen.«

Obwohl es den ganzen Tag geregnet hatte, war der Abend recht mild, und im Westen brach sogar kurz die Sonne zwischen den Wolken hervor, als Abby zum Krankenhaus fuhr. Sie hatte noch vierzig Minuten Zeit bis zu ihrem Treffen mit Kelly. Abby konnte es kaum erwarten, Lew die Neuigkeiten dieses Tages mitzuteilen – ihren Besuch bei Ezra Black und Kellys Entdeckung des geheimen Treppenschachtes in der Colstar-Fabrik.

Der Erfolg bei Graham DeShield hatte ihr Auftrieb gegeben, obwohl das Versprechen, seinen Namen aus allen Gesprächen mit Ezra Black herauszuhalten, ihr einiges Kopfzerbrechen bereitete. Sie würde Black erst anrufen, nachdem sie mit Kelly gesprochen hatte. Selbst wenn Kelly nichts Wesentliches entdeckt haben sollte – was Abby sehr bezweifelte –, konnte sie immer noch Ethans Krankheitssymptome ins Spiel bringen. Sie glaubte nicht, daß Black so gewissenlos sein konnte, keine Schritte gegen eine Firma zu unternehmen, die für den Tod seines Sohnes verantwortlich war – selbst wenn diese Firma ihm selbst gehörte.

Als Abby mit dem Wagen in die Auffahrt zum Krankenhaus einbog, dachte sie noch einmal über ihre Theorie nach. Sie hatte jetzt das Gefühl – nein, sie *wußte* es sogar –, daß etwas an dieser Theorie falsch war. Auf den ersten Blick schien es zwar einleuchtend, daß eine leichte Cadmiumvergiftung – zumal dann, wenn sie von einer Kernspin-Tomographie unterstützt wurde – eine Vielzahl von Symptomen zur Folge hatte, die von der Disposition des jeweiligen Patienten abhingen, während eine schwere Cadmiumvergiftung, mit oder ohne Kernspin-Tomographie, zu heftigen Kopfschmerzen, Gewaltausbrüchen und schließlich zum Tode führte. Ihre Theorie leistete sicherlich das, was Theorien leisten sollten: Sie brachte alle Fakten zur Deckung. Doch jedesmal, wenn sie diese Theorie vorgetragen hatte – erst Lew, dann Black und schließlich DeShield –, waren ihr Zweifel gekommen.

Vor der Notaufnahme parkte eine Ambulanz, doch Abbys hochentwickelter sechster Sinn sagte ihr, daß es in der Station verhältnismäßig ruhig zuging. Tatsächlich herrschte dort ein fast paradiesischer Zustand. In Kabine eins waren zwei Schwestern damit beschäftigt, Puls und Blutdruck eines älteren Mannes zu messen, der soeben mit dem Krankenwagen eingeliefert worden war. In Kabine vier horchte Lew bei einem Jungen die Brust ab, als Abby die Station betrat. Alle anderen Kabinen und der Warteraum waren leer.

Lew, der Abby schon bemerkt hatte, als sie durch die Tür kam, deutete zum Bereitschaftszimmer hin. Sie gab ihm mit einem Nicken zu verstehen, daß sie dort auf ihn warten wollte, und machte dann, um jedes Aufsehen zu vermeiden, einen Umweg durch den äußeren Korridor. Im Bereitschaftszimmer nutzte sie die Gelegenheit, um ihren Anrufbeantworter anzuwählen und herauszufinden, ob dieser inzwischen eine Nachricht von Kelly oder gar Josh aufgezeichnet hatte. Nichts.

Sie blickte sich im Zimmer um und fragte sich, ob hier tatsächlich Wanzen eingebaut sein mochten, wie Lew das vermutete. Wenn sie an den gefälschten Autopsiebericht in Joe Hendersons Schublade dachte, konnte ein elektronischer Spion sie wohl kaum noch überraschen. Sie hatte wirklich keinen Grund, ihr Ausscheiden aus einem Krankenhaus zu bedauern, das von einer Firma wie Colstar kontrolliert und von Männern wie Henderson und George Oleander geleitet wurde. Aber sie war maßlos empört darüber, daß man sie mit Lügen und Fälschungen dazu zwingen wollte, ihren Posten aufzugeben. Außerdem war sie wütend, daß sie einen Job hinwerfen sollte, bei dem sie so viel über sich selbst und ihre Fähigkeiten gelernt hatte. Schließlich ging es ihr gegen den Strich, daß sie sich für oder gegen eine Beziehung mit Lew Alvarez entscheiden mußte, ehe sie innerlich dazu bereit war.

»Zum Henker mit dir, Henderson«, murmelte sie.

In diesem Moment ging die Tür auf, und Lew kam herein. Kaum war die Tür wieder hinter ihm ins Schloß gefallen, als ihre Arme ihn schon umfingen und ihre Lippen sich auf seine preßten. Er schien einen Moment vor Überraschung zu erstarren, aber dann hob er beide Hände, vergrub sie in ihren Haaren und drückte ihren Mund noch fester auf seinen. Als sie dann ihre Lippen wieder sacht von seinen löste, hielt sie ihn noch immer an sich gedrückt.

»Mir ist so, als hätte ich gerade in der Lotterie gewonnen«, flüsterte er.

»Vielleicht hast du das.«

Er setzte sich in einen Sessel und zog sie auf seinen Schoß hinunter. Sie barg ihr Gesicht an seinem Hals und genoß den Geruch seiner Haut und das Gefühl seiner Härte an ihrem Schenkel.

»Vorsicht«, flüsterte er. »Der große Bruder könnte uns zuschauen.«

»Laß ihn doch.«

»Du hast recht.«

»Lew, ich kann nicht lange bleiben.«

Er schob sie von sich und küßte sie leicht auf den Mund.

»Ich wußte, daß du so etwas sagen würdest. Ist alles in Ordnung mit dir?«

»Mehr als das. Außer, daß ich noch immer nichts von Josh gehört habe.«

»Ich habe für ihn gebetet.«

»Danke«, flüsterte sie. »Lew, glaubst du, daß man hier reden kann, ohne daß es ein Dritter mithört?«

Keine Ahnung, sagte sein Achselzucken. Dann forderte er sie mit einer Handbewegung auf, ihm in das Badezimmer zu folgen, wo er den Wasserhahn am Waschbecken und die Dusche aufdrehte.

»Wir sollten trotzdem nicht laut reden.«

»Einverstanden. Lew, ich glaube, daß sich bei Colstar etwas Entscheidendes anbahnt. Kelly Franklin hat nämlich eine Treppe gefunden, die ihrer Meinung nach die Fabrik mit den unterirdischen Kavernen verbindet, von denen ich dir erzählt habe.«

»Du traust ihr wirklich?«

»Ja. Ich hatte noch nie den Verdacht, daß sie mir etwas verheimlicht. Und jetzt ist sie außer sich vor Wut, daß man diese unterirdischen Räume und Entlüftungsschächte vor ihr geheimgehalten hat. Wir sind beide davon überzeugt, daß es einen verdammt guten Grund geben muß, warum ihr die Bosse von Colstar nichts davon erzählt haben. Ich werde mich in zwanzig Minuten in einem Park in der Nähe ihres Hauses mit ihr treffen, um zu erfahren, was sie dort gefunden hat.«

»Und dein Besuch bei Ezra?«

»War eine ziemliche Pleite, aber auch da besteht noch Hoffnung. Er wollte nichts mit mir zu tun haben, aber das offenbar nur, weil niemand wissen soll, daß sein Sohn einen Mann mit einem Baseballschläger besinnungslos geschlagen und einer Prostituierten den Arm gebrochen hat. Was immerhin beweist, daß er infolge der Cadmiumvergiftung gewalttätig wurde. Sobald Ezra erkennt, daß es nichts mehr zu verbergen gibt, wird er vielleicht nachgeben und zumindest eine Ermittlung anordnen.«

»Es sei denn, er weiß bereits, was Colstar so alles treibt.«

»Das wäre möglich. Ich werde nicht recht schlau aus diesem Mann.«

»Eines kann ich dir aber jetzt schon sagen: Wenn diese Firma für die Schießerei in Las Vegas und den Tod von Mrs. Wheaton verantwortlich ist, und die Anwälte sich daran festbeißen, ist der Verein aus dem Geschäft. Ich bin sehr gespannt, was diese Kelly herausgefunden hat.«

»Das werden wir bald erfahren.«

Abby stellte die Dusche und den Wasserhahn ab und ging hinüber in das Bereitschaftszimmer, um dort ihre Jacke vom Stuhl zu nehmen.

»Was mir aber noch immer keine Ruhe läßt, sind all

diese Kernspin-Untersuchungen, von denen ich dir erzählt habe«, sagte sie.

»Meinst du nicht, daß es sich hier nur um eine Absprache zwischen den Hausärzten und der radiologischen Abteilung des Krankenhauses handelt, um sich auf Kosten der Versicherungen zu bereichern? Diese Kernspin-Tomographien sind sündhaft teuer.«

»Wenn es sich tatsächlich um einen Betrug handelt, müßte es ein Zufall sein, daß bei mindestens neunzig Prozent der KAWIF-Patienten eine Kernspin-Tomographie angeordnet wurde. Biostatistik ist nicht meine Stärke, und ich wüßte nicht einmal, welche Formel ich bei den Daten, die ich gesammelt habe, hätte anwenden können. Aber wenn es eine dafür gibt, möchte ich wetten, daß alle MCTs, die bei unseren KAWIFs angeordnet wurden, eine statistische Bedeutung haben.«

»Das mag sein, aber mir fällt keine Erklärung für diese MCTs ein.«

»Der Kernspin-Tomograph ist ein starker Elektromagnet, und Cadmium ist ein Schwermetall. Man muß keine große Phantasie besitzen, um auf die Idee zu kommen, daß beides auf irgendeine Weise aufeinander reagiert.«

»Wahrscheinlich.«

Abby schlüpfte in ihre Windjacke.

»Ich muß gehen.«

»Ich werde gegen Mitternacht abgelöst, vielleicht sogar schon ein bißchen früher«, sagte er hoffnungsvoll.

»Ich komme sofort wieder hierher, wenn ich weiß, was Kelly entdeckt hat.«

»Abby, sei um Gottes willen sehr, sehr vorsichtig.«

Abby nahm sein Gesicht zwischen ihre Hände und küßte ihn leicht auf den Mund.

»Falls du es noch nicht bemerkt haben solltest«, sagte sie. »Ich bin nicht gerade der wagemutigste Mensch von der Welt.«

Der Park, den Kelly zu ihrem Treffpunkt bestimmt hatte, war eine Rarität unter den öffentlichen Plätzen von Patience – ein schlechtgepflegter, briefmarkengroßer Spielplatz am Ende einer langen Auffahrt. Von dem kleinen, kiesbestreuten Parkplatz aus konnte man ein paar Häuser erkennen, die jedoch alle ziemlich weit entfernt lagen. Der mit Unkraut durchsetzte Rasen hätte schon längst gemäht werden müssen, und die Schaukeln, Wippen und Rutschen bedurften dringend einer Reparatur. Im düsteren Licht dieses verregneten Spätnachmittags glich der Spielplatz einem verwunschenen Ort. Abby sah ihn als Metapher für die ganze Stadt.

Sie erreichte den Parkplatz kurz vor sieben, stellte Scheinwerfer und Scheibenwischer ab und wählte aus ihrer Kassettensammlung eine Symphonie von Beethoven. Im Handschuhfach lag noch die Hälfte des Schokoriegels, der heute ihr Mittagessen gewesen war – mehr hatte sie seit ihrer Rückkehr aus Feather Ridge nicht zu sich genommen. Zu wenig Bewegung, schlechte Eßgewohnheiten, noch schlechtere Schlafgewohnheiten und ein instabiles Gefühlsleben – welch großartiges Beispiel sie doch für die Patienten dieser Welt darstellte! Aber eines Tages würde sie ihr Leben schon in den Griff kriegen, schwor sie sich. Es war alles nur eine Frage der Zeit. Sie verspeiste den Rest des Schokoriegels und blickte immer wieder zu der Auffahrt hin. Nichts. Es war gerade sieben. Der feine Nieselregen, der ihre Scheiben vom Schmutz befreite, wollte nicht aufhören. Abby blickte um sich und verriegelte instinktiv die Wagentür. Beethoven füllte das Fahrzeug aus – seine Achte vermutlich, obwohl sie nicht hätte sagen können, woran sie das erkannte. Die Scheiben beschlugen sich jetzt. Ihre Gedanken schweiften ab und kehrten dann zu dem unförmigen Gebilde zurück, das sie fast gewaltsam in das Colstar-Puzzle einzupassen versuchte – den Kernspin-Tomographen.

Von fast jedem KAWIF-Patienten war eine Kernspin-

Tomographie gemacht worden. Bei den meisten war eine MCT-Untersuchung durchgeführt worden, *ehe* sie die Symptome der typischen KAWIF-Fälle aufwiesen. Nach ihrer Theorie mußten diese Patienten bereits mit Cadmium belastet gewesen sein, als man von ihnen MCT-Aufnahmen machte, und irgendwie hatte das Zusammenwirken einer Schwermetallvergiftung und eines Kernspin-Tomographen Ausschläge, Müdigkeit, Kopfschmerzen, eine starke Anfälligkeit von Infektionen und andere Gesundheitsschäden ausgelöst.

Das *Zusammenwirken*. Das war der Punkt, der sie am meisten störte. Zuerst die Cadmium-Kontamination und *dann* die MCT-Untersuchungen. Diese Kombination machte ihr Kopfzerbrechen. Nach ihrer Theorie mußten hundertfünfzig Patienten, von denen MCT-Bilder angefertigt wurden, schon *vorher* mit Cadmium belastet gewesen sein, damit *danach* die entsprechenden Krankheitssymptome auftreten konnten. Hundertfünfzig Zufälle? Das würde ihr niemand abnehmen.

Sie blickte auf ihre Uhr. Zehn Minuten nach sieben.

Nun komm schon, Kelly! Wo bleibst du?

Die Fahrzeugscheiben waren inzwischen so beschlagen, daß sie nicht mehr hindurchschauen konnte. Sie öffnete das Fenster an der Fahrerseite einen Spaltbreit, ließ den Motor wieder an und schaltete die Enteisungsdüsen ein. Dann nahm sie die Beethovenkassette aus dem Recorder und lauschte. Bis auf das Geräusch des Regens auf ihrem Wagendach war es draußen still.

Irgend etwas war schiefgegangen.

Noch fünf Minuten, entschied sie. Nein, besser zehn. Sie würde Kelly eine Frist bis sieben Uhr zwanzig einräumen und dann nach ihr suchen – erst in ihrer Wohnung, dann in der Firma.

Wo bleibst du denn so lange, verdammt noch mal!

Die Scheinwerfer eines Wagens spielten kurz über den Bäumen unten bei der Auffahrt, und Abby empfand einen

Moment lang Erleichterung. Doch dann bewegten sich die Lichter in einer anderen Richtung weiter.

Um sich die Zeit zu verkürzen, dachte sie abermals über die mögliche Bedeutung dieser MCT-Aufnahmen nach. *Versuche nie, mit zwei verschiedenen Diagnosen die Symptome eines Patienten zu erklären, wenn eine dafür genügen würde.* Diese Maxime war das Herzstück der medizinischen Fallsynthese. Niemals zwei Diagnosen, wenn eine genügte.

Abby schrieb mit dem Finger *Cadmium* in den feuchten Niederschlag des linken, und *MCT* in den des rechten Wagenfensters. Dann zog sie einen Kreis um das Geschriebene. Eine Cadmium-Kontamination genügte für die Erklärung der Symptome, aber sie erklärte nicht eine von diesen MCT- Aufnahmen.

Niemals zwei Diagnosen, wenn eine genügte.

Darauf fand sie nur eine Antwort. Keiner dieser KAWIFs war mit Cadmium vergiftet, jedoch irgendwie von der MCT-Untersuchung krank geworden. Machte das einen Sinn? Nach allem, was sie bisher über dieses Verfahren wußte, ergab das überhaupt keinen Sinn. Und was war mit den hohen Cadmiumwerten in Willie Cardozas Blut?

Vielleicht war der Kernspin-Tomograph im Kreiskrankenhaus irgendwie defekt. Aber wie konnte das die vielen hundert Fälle erklären, die einer MCT-Untersuchung unterzogen worden waren, aber nicht unter KAWIF-Symptomen litten? Fragen über Fragen.

Dann waren die zehn Minuten vorbei. Abby schaltete die Scheinwerfer ein und leuchtete damit die Auffahrt aus. Nichts. Kellys Wegskizze lag neben ihr auf dem Beifahrersitz. Anhand der Zeichnung fand Abby Kellys Bungalow, der nur drei Blocks vom Spielplatz entfernt lag. Mehrere Lichter brannten im Haus. Abby zog den Reißverschluß ihrer Windjacke hoch und tastete den Wagenboden hinter dem Fahrersitz ab, bis sie ihre Baseballmütze fand. Dann ging sie den mit Steinplatten ausgelegten Pfad bis zum

Kücheneingang hinunter und blickte durch das Fenster. Die Küche machte einen aufgeräumten, unberührten Eindruck. Rechts neben ihr stand ein Kübel mit einer Yucca-Palme und mehrere Töpfe mit Geranien und Farnen. Sie hob den Kübel an einer Seite etwas an, stemmte das Bein dagegen und wollte gerade nach dem Schlüssel suchen, der darunter versteckt sein sollte, als sie das leise Tuckern eines Automotors hörte. Sie stellte den Kübel wieder auf den Boden zurück und blickte zur Straße hin. Aber da war nichts. Plötzlich wußte sie Bescheid. Das Herz schlug ihr bis zum Hals hinauf, als sie zur Garage rannte und dort das Kipptor öffnete. Eine Wolke von Auspuffgasen quoll ihr entgegen. Abby wich einen Schritt zurück, drehte sich von der Tür weg, um ihre Lungen mit frischer Luft vollzupumpen, und zog dann ihre Bluse über Mund und Nase hinauf, ehe sie in diesen tödlichen Nebel hineinlief. Kelly lag regungslos auf dem Vordersitz eines kleinen weißen Cabriolets.

Abby riß die Fahrertür auf und stellte den Motor ab. Dann faßte sie Kelly um die Taille, zog sie aus dem Wagen und zerrte sie an den Handgelenken die halbe Auffahrt hinunter. Anschließend sank sie keuchend neben ihr auf die Knie. Abbys Atem war in der kühlen, regenfeuchten Luft deutlich zu sehen. Kelly hatte noch einen spürbaren Puls, der hin und wieder ein paar Takte aussetzte, und ihre Atmung war extrem flach. Abby schlug ihr mit der Hand ins Gesicht und rief ihren Namen. Keine Reaktion. Sie entschloß sich zu einer Mund-zu-Mund-Beatmung und überprüfte Kellys Pupillen. Diese waren nicht erweitert und starr, sondern – soweit sie das bei den gegebenen Lichtverhältnissen erkennen konnte – so klein wie Stecknadelköpfe. Die Pupillen eines Menschen mit einer Überdosis von Betäubungsmitteln.

Abby schrie verzweifelt um Hilfe, doch ihre Stimme wurde vom Regen verschluckt.

Im Haus schräg gegenüber brannte Licht, und hinter

den Gardinen bewegte sich jemand. Abby beugte sich noch einmal über Kelly und gab ihr drei kräftige Atemstöße. Dann zog sie rasch ihre Windjacke aus, legte sie zusammen und schob sie unter Kellys Genick, um die Atemwege geradezuhalten.

»Durchhalten, Kelly«, sagte sie, ehe sie herumschwang und die regennasse Auffahrt hinuntersprintete.

34. Kapitel

Als der Rettungswagen eintraf, hatten Abby und der Mann von gegenüber Kelly bereits in dessen Wohnzimmer getragen und dort auf den Teppich gelegt. Kelly war noch immer bewußtlos. Ihre Pupillen waren verkleinert und die Atemfrequenz niedrig. Beides gehörte nicht zu den klassischen Symptomen einer Kohlenmonoxyd-Vergiftung. Mit an Sicherheit grenzender Wahrscheinlichkeit hatte man Kelly mit einer Droge vollgepumpt, bevor sie in ihre Garage gebracht worden war.

Tränen vermischten sich mit dem Regenwasser auf Abbys Gesicht, als sie nach besten Kräften versuchte, Kellys Lungen mit Luft zu versorgen. Der Rettungswagen würde für die Fahrt hierher fünf Minuten brauchen. Eine Kohlenmonoxyd-Vergiftung – selbst in milder Form – gehörte zu den größten Herausforderungen der Unfallmedizin. Das Monoxyd zwang den Sauerstoff buchstäblich aus den Hämoglobin-Molekülen heraus, die diesen normalerweise zu den Zellen des Körpergewebes transportierten. Es war außerordentlich schwierig, die Wirkung dieser Vergiftung umzukehren, und das Kohlenoxydhämoglobin verhinderte, daß lebenswichtige Organe, besonders das Herz und das Gehirn, ausreichend mit Sauerstoff versorgt wurden. Zudem verursachte das Monoxyd eine gefährliche Zunahme von Säuren und einen Abfall des ph-Wertes im Blut, was zu lebensbedrohlicher Arrhythmie führen konnte. Im Wohnzimmer standen inzwischen ein halbes Dutzend Nachbarn herum, die nichts Unnatürliches in der Nähe von Kellys Haus bemerkt hatten. Tatsächlich hatte keiner von ihnen Kelly nach Hause kommen sehen. Es war also unmöglich festzustellen, wie lange Kelly den Monoxydgasen ausgesetzt gewesen war.

Abby wußte, daß die Nachbarn eine heroische Tat von ihr erwarteten. Aber ohne Sauerstoff und die Möglichkeit, diesen in hoher Konzentration zu verabreichen, gab es nicht viel, was sie tun konnte – abgesehen von einer laufenden Pulskontrolle und der Bereitschaft, beim ersten Zeichen eines Blutdruckabfalls sofort mit der äußeren Herzmassage zu beginnen. Einen der Männer hatte sie damit beauftragt, in Kellys Wagen und in ihrem Haus nach Tabletten zu suchen.

»Aber achten Sie darauf, daß Sie alles nur mit einem Tuch anfassen«, schärfte sie dem Mann ein.

»Wollen Sie damit sagen, daß Sie nicht an einen Selbstmordversuch glauben?«

»Ich weiß es nicht«, log sie. »Aber ich möchte keine Möglichkeit ausschließen.«

Abby wischte sich mit dem Handrücken das Regenwasser aus dem Gesicht. Glücklicherweise hatte Lew Dienst in der Unfallstation und nicht McCabe oder Jill Anderson. Gemeinsam würden sie alles tun, was in ihrer Macht stand. Sie blickte auf Kelly hinunter, die mühsam nach Luft rang, und rückte die Jacke unter ihrem Nacken ein wenig zurecht. Kelly war ein paar Jahre älter als sie, aber ohne diese dicke Hornbrille wirkte ihr Gesicht beinahe jugendlich.

Du hättest das nicht tun sollen, Kelly, dachte Abby. *Du hättest dort nicht allein hinuntergehen dürfen.*

Es fiel ihr nicht leicht, sich nur auf diesen Notfall zu konzentrieren. Sie war wütend, geschockt und voller Angst, aber auch entschlossen, sich nicht von Gefühlen ablenken zu lassen. In dieser Situation mußte alles nach Plan verlaufen.

Als erstes würde sie einen Beatmungsschlauch einführen und Kelly an einen Herzmonitor anschließen. Danach mußte sie ihr reinen Sauerstoff zuführen und jede im Herzen auftretende Unregelmäßigkeit behandeln. Sobald sie in der Unfallstation eintrafen, würde sie den pH-Wert und den Kohlenoxydhämoglobin-Anteil in Kellys Blut messen. Ein zu niedriger pH-Wert konnte korrigiert werden, aber die Trennung des Sauerstoffs vom Hämoglobin war eine ganz andere Geschichte. Die Sauerstoffkonzentration der Zimmerluft betrug ungefähr zwanzig Prozent. Im Krankenhaus konnten sie die Patienten mit reinem Sauerstoff – also hundert Prozent – versorgen. Leider reichte oft selbst reiner Sauerstoff nicht aus, um das Kohlenoxydhämoglobin rechtzeitig aufzuspalten und so einen ernsthaften Gehirnschaden zu verhindern. Es gab jedoch eine Möglichkeit, dem Patienten noch *mehr* als hundert Prozent Sauerstoff zuzuführen, indem man diesen mit atmosphärischem Überdruck verabreichte. Hypersaturation nannte man so etwas. Zu diesem Zweck mußten sie Kelly jedoch in eine mit Überdruck arbeitende Dekompressionskammer schaffen. Im Krankenhaus selbst gab es keine derartige Kammer, aber irgend jemand würde bestimmt wissen, wo sich die nächstgelegene befand. Das Kohlenoxydhämoglobin-Molekül ließ sich bei diesem Verfahren viel leichter aufbrechen als unter normalem oder, schlimmer noch, bei dem in Patience herrschenden Luftdruck, der noch geringer war, weil die Stadt einige hundert Meter über der Meeresoberfläche lag.

Der Schlüssel zum Behandlungserfolg bestand darin, daß man sich stets der Tücke einer Kohlenoxydvergiftung bewußt blieb. Die Patienten konnten eine gesunde Hautfarbe und auch sonst gute Untersuchungsergebnisse haben, aber solange die Sauerstoff-Hämoglobin-Werte im

Blut nicht normal waren, würde die irreversible Schädigung der Gehirnzellen ihren Fortgang nehmen. Zahllose Feuerwehrleute und Opfer von Brandkatastrophen verdankten ihr Leben nur der Hartnäckigkeit von Unfallärzten, die auf der Überdruckbehandlung bestanden hatten.

Abby schob die Hand unter Kellys Kopf und hob diesen ein wenig an. Die Frau bewegte sich nicht. Irgendwo in der Ferne waren jetzt Sirenenklänge zu hören.

»Es wäre eine große Hilfe«, sagte sie zu den Nachbarn, »wenn Sie jetzt alle so weit zurücktreten würden, daß wir genügend Raum zum Arbeiten haben.«

Im gleichen Moment stürzte der Mann ins Zimmer, den Abby auf die Suche nach Tabletten in Kellys Haus geschickt hatte. In den Händen hielt er ein Tablettenröhrchen, das er vorsichtshalber in ein Tuch gewickelt hatte.

»Im Haus habe ich nur Tylenol finden können. Aber das da lag auf dem Boden ihres Wagens«, verkündete er atemlos.

In dem durchsichtigen Kunststoffröhrchen ohne Aufkleber waren noch zwei Tabletten. Abby zweifelte keine Sekunde daran, daß es sich dabei um das Depressivum handeln mußte, welches Kellys Atmung behinderte und ihre Pupillen verengte. Sie zweifelte ebensowenig daran, daß sich niemand in der überaus effektiven und unvoreingenommenen Polizeitruppe von Patience darüber wundern würde, warum eine Frau, die Selbstmord begehen wollte, ein ganzes Röhrchen voller Tabletten schluckte – bis auf zwei.

Die Sirenentöne wurden lauter, und wenig später huschte der rote Widerschein der rotierenden Lichter auf dem Dach des Rettungswagens über die Wohnzimmerwände. Abby blieb neben Kelly auf den Knien liegen, bis der dreiköpfige Rettungstrupp durch die Wohnzimmertür kam. Der Anführer dieses Trupps war Tom Webb, dessen Gefühle sie bei der Reanimation von Bill Tracy verletzt hatte. Damals war sie über ihren Schatten gesprungen und hatte sich bei allen Beteiligten für das, was sie in der Hitze des Gefechts gesagt oder getan haben mochte, entschuldigt. Seitdem herrschte ein gutes Einvernehmen zwischen ihnen, und Abby war froh, ihn zu sehen.

»Wir müssen eine Intubation vornehmen, Tom«, sagte sie. »Keine Ahnung, wie lange sie schon in dieser Garage gelegen hat. Vielleicht sollten wir sie auch gleich hier an einen Herzmonitor anschließen. Das Monoxyd und die Übersäuerung des Blutes könnten eine verheerende Wirkung auf ihren Herzrhythmus haben. Außerdem haben wir es mit einer Überdosis Narkotika zu tun. Wir infundieren ihr null Komma vier Milligramm Narcan, um dieser entgegenzuwirken. Und sagen Sie bitte einem von Ihren Leuten, daß er in zwei Minuten noch einmal die gleiche Menge infundieren muß, wenn sich ihr Zustand bis dahin nicht gebessert haben sollte.«

Der junge Mann nickte nur und gab ihre Anweisungen an seine beiden Kollegen weiter. Obwohl sie damals bei der Wiederbelebung von Bill Tracy seine Herzmassagetechnik beanstandet hatte, waren Tom und seine Leute ein verdammt gutes Team. In weniger als einer Minute hatte die Sanitäterin seines Trupps – eine zierliche Frau, die alt genug war, um Toms Mutter zu sein – eine Kanüle samt Infusionsleitung in einer Vene angebracht und Kelly das Antinarkotikum infundiert. Ein zweiter Sanitäter war unterdessen dabei, die Bewußtlose an einen tragbaren Herzmonitor anzuschließen.

Tom Webb hatte inzwischen die notwendigen Instrumente für die tracheale Intubation bereitgelegt. Alle Rettungssanitäter waren entsprechend ausgebildet und die meisten waren stolz darauf, selbst unter schwierigen Bedingungen eine Intubation durchführen zu können. Aber abgesehen von den Anästhesisten, die fast jeden Patienten im Operationssaal intubieren mußten, beherrschten die Unfallärzte diese Technik zweifellos am besten. Und Abby war sich ihrer Fähigkeiten durchaus bewußt.

»Ich bin soweit, Doktor«, sagte Webb und reichte ihr das Laryngoskop und einen Schlauch.

Abby blickte zu dem jungen Mann hoch. Kelly atmete noch selbsttätig, was die Situation ein wenig entspannte. Vor ein paar Wochen hatte sie Webb, wenn auch unbeabsichtigt, in Gegenwart seiner Kollegen gedemütigt. Damals war sie noch der Professor gewesen, der einen Studenten zurechtwies, damit dessen Kommilitonen aus seinem Fehler lernen konnten. Doch inzwischen hatte sie am eigenen Leib erfahren, wie wichtig der Ruf eines Menschen in einer so geschlossenen Gemeinde wie Patience war – und wie zerbrechlich.

»Übernehmen Sie das, Tom«, sagte sie. »Ich werde Ihnen dabei assistieren. Kellys Atemorgane funktionieren noch; also haben wir genügend Zeit, sie auf eine Trage zu heben, wenn Ihnen das die Sache erleichtert.«

Sie hoffte, daß er verstand, was sie ihm damit sagen wollte. Daß er nicht versuchen sollte, sich neben der Patientin auf den Boden zu legen und ihr dort den Schlauch zu intubieren. Denn wenn ihm das mißlingen sollte, würde sie eingreifen und die Intubation selbst durchführen müssen. Wenn die Patientin jedoch auf der Trage lag, konnte sie ihm notfalls eine zweite Chance geben, falls der erste Versuch scheitern sollte und die Verfassung der Patientin stabil blieb.

»Helft mir, sie auf die Trage zu heben«, befahl Tom.

Während Abby Kellys Genick anhob, bis deren Hals sich im richtigen Winkel zur Unterlage befand, kniete sich der Sanitäter am Kopfende der Trage nieder und brachte seinen Körper in die für die Intubation günstigste Position. Dann schob er das beleuchtete, spatelförmige Ende des Laryngoskops über Kellys Zunge hinweg in den Rachen hinein und übte damit gerade genug Druck aus, um die Epiglottis, den Kehldeckel, vom Eingang ihrer Luftröhre wegzuheben. Abby konnte an seiner Körperhaltung und seiner Technik sehen, daß er sich einen genauen Überblick über die Lage von Kellys Stimmbändern verschaffte, und drückte ihm den Beatmungsschlauch in die Hand.

»Nur weiter so«, flüsterte sie. »Sie machen das großartig.«

Der Sanitäter führte jetzt ohne große Mühe den Schlauch in den Rachen und schob ihn zwischen den Stimmbändern hindurch in die Luftröhre. Die Sanitäterin, die Kelly das Antinarkotikum infundiert hatte, hatte inzwischen den Beatmungsbalg am Schlauch befestigt und verband diesen nun mit dem transportablen Sauerstoffgerät.

»Perfekt, Tom«, sagte sie anerkennend. Dann blickte sie zu Abby hinüber und formte lautlos mit den Lippen das Wort ›Danke‹.

Als sie Kelly auf der Trage aus dem Haus hinaus- und in den Rettungswagen hineinschoben, schienen ihre Pupillen sich ein wenig erweitert zu haben. Auch die Hautfarbe sah etwas besser aus. Aber sie war noch immer nicht aus ihrer Besinnungslosigkeit erwacht.

Abby wußte, daß das kein gutes Zeichen war.

In dem Augenblick, wo Kellys Trage aus dem Rettungswagen gehoben und in die Notaufnahme geschoben wurde, brach der Damm, der bisher Abbys Emotionen zurückgehalten hatte. Sie war außer sich vor Wut und eilte Lew entgegen, der den hektischen Betrieb in der Notaufnahme überrascht zur Kenntnis nahm.

»Sie hat etwas gefunden«, sagte Abby zu ihm. »Sie muß etwas in den unterirdischen Kavernen entdeckt haben, denn dieser Bastard Quinn hat versucht sie umzubringen.«

In dem gegenüberliegenden Behandlungsraum war Kellys Profil hinter Schläuchen und elektrischen Kabeln gerade noch zu erkennen. In den fünfundvierzig Minuten, die seit Kellys Einlieferung vergangen waren, hatte sie sich noch kein einziges Mal bewegt. Der Monitor an der Wand über Kellys Kopf zeichnete ein erschreckend unregelmäßiges Muster ihrer Herzschläge auf. Und was die Sache noch schlimmer machte – es war ihnen bisher noch nicht gelungen, eine geeignete Dekompressionskammer zu finden. Wegen der niedrig hängenden Wolkendecke und der schlechten Sicht war es auch nicht sicher, ob die medizinische Flugbereitschaft einen Hubschrauber losschicken konnte, der Kellys Transport übernehmen würde.

Abby fühlte sich frustriert und hilflos angesichts dieses Szenarios. Hätte sie Kelly doch nicht so vehement mit den Machenschaften von Colstar konfrontiert ... Hätte sie Kelly doch nur in ihrem Büro aufgesucht und sie gewarnt, bloß kein Risiko einzugehen ... Hätte sie doch einfach diese Stadt verlassen, ohne Kelly etwas von ihrem Verdacht zu sagen. Hätte ... hätte ... hätte ...

»Könnte sie denn wirklich nicht versucht haben, sich selbst umzubringen?« fragte Lew.

Abby wirbelte wie eine aufgeschreckte Katze zu ihm herum und wäre ihm fast ins Gesicht gesprungen.

»Du redest schon wie der Polizist, der eben meine Aussage zu Protokoll genommen hat. Sie wollte sich um sieben mit mir treffen, Lew! Sie klang zwar ängstlich, aber nicht deprimiert, sondern aufgeregt und wütend. Das war kein Selbstmordversuch. Irgend etwas geht in dieser Fabrik vor, was sie nicht wissen durfte.«

»Entschuldigung. Es war nur so eine Frage.«

Der Arzt, den Lew in die Unfallstation gerufen hatte, damit er Kellys Behandlung übernahm, war ein brillanter junger Kardiologe namens Harvey Shulman. Es war eine geradezu herkulische Aufgabe gewesen, Kellys irregulären Herzrhythmus zu zähmen, aber inzwischen sah es so aus, als würde Shulman in diesem Ringen die Oberhand gewinnen. Er hatte gerade das Behandlungszimmer verlassen und kam auf sie zu, während er einige Laborberichte studierte. Die dichten schwarzen Brauen waren fast zu einem Strich zusammengezogen. Abby spürte, daß er ihnen keine guten Neuigkeiten brachte.

»Ihr pH-Wert ist von sechs Komma neun auf sieben Komma drei gestiegen«, sagte er. »Das ist die gute Nachricht. Die schlechte Nachricht betrifft ihre Kohlenoxydhämoglobin-Anteile. Sie sind wieder bei fünfunddreißig Prozent gelandet.«

Abby und Lew tauschten einen besorgten Blick. Sie kannten die Kohlenoxydhämoglobin-Tabelle auswendig: ein Guru, der isoliert auf einem Berg in Tibet lebte: null Prozent. Ein durchschnittlicher Gelegenheitsraucher: ein bis zwei Prozent. Ein Kettenraucher: neun Prozent. Bei einem Patienten mit achtzehn Prozent mußte man ernsthaft an einen Krankenhausaufenthalt und eine Atmosphären-Überdruckbehandlung denken. Mit dreißig Prozent und mehr war man ein Todeskandidat.

»Sie muß in eine Dekompressionskammer«, sagte Lew. »Hatten Sie Glück?«

Shulmans Frage war an Abby gerichtet, die sich zusammen mit der Stationsschwester darum bemüht hatte, irgendwo in der Nähe eine geeignete Kammer zu finden. Abby schüttelte den Kopf, denn ihr Hals war wie zugeschnürt. Lew legte eine Hand auf ihre Schulter.

»Abby, du tust schon alles Menschenmögliche«, sagte er.

Shulman gab ihnen die Laborberichte, die bis auf diese fünfunddreißig Prozent zufriedenstellend waren.

»Problematisch ist auch, daß sie immer noch nicht bei Bewußtsein ist«, sagte Shulman. »Ich gebe ihr bereits Steroide, um einer Gehirnschwellung entgegenzuwirken. Wenn wir nicht in den nächsten zehn oder fünfzehn Minuten eine Kammer und ein Transportmittel gefunden haben, muß ich sie auf die Intensivstation verlegen. Es gibt noch andere Patienten in der Notaufnahme.«

»Nein!« sagte Abby energisch. »Laßt es uns noch einmal versuchen. Wir werden schon etwas finden.«

Shulmans dunkle Augen musterten sie forschend durch randlose Gläser.

»Abby, ich glaube nicht, daß der Rettungshubschrauber bei diesem Wetter einen Nachtflug riskieren wird. Oder möchten Sie die Verantwortung dafür übernehmen, falls der Helikopter verunglücken sollte? Außerdem braucht Kelly eine Kammer in einer Spezialklinik mit entsprechend geschulten Leuten. Ihr Herz ist noch viel zu instabil, als daß wir uns mit weniger zufriedengeben könnten.«

Da Abby seinen Argumenten nichts entgegenzusetzen wußte, drehte sie sich wortlos um und ging in das Büro der Oberschwester, um zu telefonieren. Zehn Minuten später kam sie wieder zurück und schüttelte den Kopf. Ihre Augen waren vor Müdigkeit, Streß und von Tränen gerötet. Sie gab Lew mit der Hand ein Zeichen, ihr in die von Glaswänden umgebene Diktierkabine zu folgen. Dort konnte sie ungestört mit ihm reden, während er die Station im Auge behielt.

»Im Moment kann die Flugbereitschaft nichts für uns tun«, sagte sie. »Vielleicht morgen früh, falls das Wetter sich bessert. Die Ärzte im Eden Medical Center in Castro Valley könnten sie um fünf oder spätestens sechs Uhr morgen früh in ihrer Kammer behandeln, wenn wir den Transport übernehmen und die medizinische Betreuung bis zur Einlieferung bei ihnen sicherstellen würden. Patience kann aber keinen Rettungswagen mit Besatzung für einen acht- oder zehnstündigen Krankentransport entbehren. Ich begreife das einfach nicht.«

»Kelly wird in wenigen Minuten auf die Intensivstation verlegt.«

»Lew, das übersteht sie nicht.«

»Das kannst du nicht wissen.«

»Solange der Kohlenoxydhämoglobin-Anteil in ihrem Blut bei fünfunddreißig Prozent liegt, ist es nicht einmal wünschenswert, daß sie überlebt.«

»Wir haben inzwischen ihren Exgatten erreichen können. Er kommt mit ihren Töchtern aus San Francisco.«

»Verdammt! Ich wünschte, dieser Lyle Quinn wäre jetzt hier, damit ich ihm den Hals umdrehen könnte.«

»Laß dich bitte nicht von unseren Gegnern zu irgendwelchen unbedachten Handlungen provozieren, Abby. Wir spielen auf *ihrem* Feld mit *ihrem* Ball und *ihrem* Schiedsrichter. Die einzige Möglichkeit zu gewinnen, besteht darin, daß wir viel gerissener und entschlossener spielen als sie.«

»Ich verstehe.«

Er griff nach ihrer Hand und drückte sie.

»Ob wir nun gewinnen oder verlieren – ich bin froh, daß du an meiner Seite stehst.«

»Du darfst nicht den Mut verlieren, Lew. Wir werden sie in die Knie zwingen. Ich werde nicht zulassen, daß Kelly, falls sie es nicht übersteht, ihr Leben für nichts geopfert hat.«

»Wenn wir die Ergebnisse von Angela Cristoforos Blutuntersuchung bekommen, haben wir vielleicht etwas in der Hand. Aber bis dahin weiß ich nicht, was wir unternehmen könnten.«

»Da ist noch etwas. Während ich draußen im Park auf Kelly wartete, habe ich mir noch einmal alles durch den Kopf gehen lassen, was wir bisher herausgefunden haben. Ein Stück wollte einfach nicht zu den anderen passen.«

»Welches?«

»Die MCTs.«

»Was meinst du damit?«

»Den meisten Fällen auf der Liste wurde eine Computertomographie verschrieben, *bevor* sich ihre Krankheitssymptome entwickelt hatten. Und die Gründe für die Verordnung der MCTs waren in der Regel sehr dürftig. Ist dir vielleicht bekannt, daß der Kernspin-Tomograph *selbst* die Ursache von Krankheiten sein könnte?«

»Ich dachte, du hättest bereits eine Wechselwirkung

zwischen dem Cadmium und den Magnetströmen des Tomographen vermutet.«

»Das hatte ich, ja. Aber das beruht auf der Voraussetzung, daß erst eine Cadmium-Kontamination und dann eine MCT-Untersuchung erfolgt ist. Tatsächlich haben wir jedoch keinen definitiven Laborbeweis, daß außer Willie Cardoza irgend jemand auf unserer Liste tatsächlich an einer Cadmiumvergiftung gelitten hat.«

»Colstar hat die Ergebnisse gefälscht. Das weißt du doch.«

»Ich weiß nur, daß sie dazu fähig sind.«

»Und was ist mit diesen fluoreszierenden Ringen in Angelas Augen? Und wie erklärst du dir das gewalttätige Verhalten der Patienten?«

»Das weiß ich nicht, Lew. Ich werde mir erst einmal diesen Kernspin-Tomographen etwas genauer anschauen. Und wenn ich nichts Verdächtiges an ihm finden kann, werde ich einen Radiologen der St.-Johns-Klinik hierherbitten, damit er das Gerät überprüft.«

»Wann möchtest du dir diesen Tomographen denn anschauen?«

»Sobald Kelly auf die Intensivstation verlegt und dort sicher untergebracht ist.«

»Ich glaube, daß du da auf der falschen Fährte bist.«

»Möglich. Aber seit ich angefangen habe, über unsere Fälle Daten zu sammeln, hat mich immer etwas gestört. Und ich glaube, das ist es.«

»Ich werde hiersein.«

»Hast du vielleicht eine von diesen bleistiftgroßen Taschenlampen, die du mir leihen könntest?«

»Ja, natürlich.«

Lew löste sie von seiner Brusttasche und reichte ihr die Lampe.

»Ein Werbegeschenk des Coulter-Pharmakonzerns«, sagte er und deutete auf die Inschrift am Batteriegehäuse.

Abby lachte bitter. »Ob du es glaubst oder nicht, aber

das ist eine von Ezra Blacks zahllosen Firmen. Und noch etwas. Sobald ich mich auf den Weg zum Tomographen mache, mußt du mir den Röntgentechniker ungefähr zwanzig Minuten lang von der radiologischen Abteilung fernhalten.«

»Kein Problem. Hector Ortega hat heute nacht Dienst in der Röntgenabteilung. Er ist in Napa Valley auf die Welt gekommen und dort aufgewachsen. Es macht ihn ganz verrückt, wenn die Leute denken, er müßte die spanische Sprache perfekt beherrschen. Aber mit mir plaudert er gern ein wenig auf spanisch.«

»Ausgezeichnet.«

Abby deutete mit der Hand zu der Stelle, wo die Schwestern und ein Krankenpfleger Kelly für den Umzug in die Intensivstation vorbereiteten.

»Ich werde mit Kelly hinauffahren und dich dann von der Intensivstation aus anrufen. Sie hätte nicht allein in die Kavernen von Colstar hinuntersteigen dürfen. Ich hätte sie daran hindern müssen.«

Er faßte sie bei den Schultern und schwang sie herum. Seine dunklen Augen blickten sie todernst an.

»Abby, wir haben dir damals bei dem Treffen der Allianz gesagt, daß dies ein Krieg gegen eine organisierte Mörderbande ist. Wir hatten das auch so gemeint. David Brooks war ihr erstes Opfer, und die Liste wird immer länger: Peggy Wheaton, Ezra Blacks Sohn, die Casinobesucher in Las Vegas und möglicherweise sogar Josh. Kelly könnte die nächste sein. Es tut mir leid, daß es sich so entwickelt hat. Aber zumindest sind wir beide noch übrig, um zurückzuschlagen.«

Abby wischte sich die Tränen ab, die sich plötzlich in ihren Augenwinkeln gebildet hatten.

»Du hast recht«, sagte sie. »Darauf sollte ich mich konzentrieren. Mir ist da gerade noch etwas eingefallen.«

»Ja?«

»Wenn Kelly tatsächlich etwas im Felsen unter der Colstar-Fabrik entdeckt hat, könnte sie auch hier noch in Gefahr sein. Sollte man sie nicht besser bewachen?«

»Daran hatte ich bisher nicht gedacht. Ich bin sicher, daß Barbara Torres Überstunden machen wird, sobald sie begriffen hat, was hier auf dem Spiel steht. Sie ist die Zweite Vorsitzende der Allianz, und ich werde sie gleich anrufen. Wenn meine Schicht hier beendet ist, werde ich Barbara unter irgendeinem Vorwand ablösen. Und dann müssen wir uns etwas ausdenken, damit Kelly rund um die Uhr bewacht werden kann.«

»Großartig. Ich werde auch ein paar Überstunden machen, obwohl ich hoffe, daß Kelly bereits zum Eden Medical Center unterwegs sein wird, bevor es hell ist.«

»Du brauchst mich nur anzurufen, wenn ich mit Hectors Spanischunterricht beginnen soll. Bis dahin wünsche ich *buena suerte.*«

»Quinn hätte das nicht tun dürfen«, sagte Abby, nahm eines der in der Diktierkabine bereitliegenden medizinischen Blankoformulare in die Hand, rollte es zu einer Kugel zusammen und schnippte es dann in den Papierkorb. »Und ich verspreche dir, daß er das bereuen wird.«

35. Kapitel

Abby stand neben Kellys Bett auf der Intensivstation und konnte sich nur schwer von der Patientin lösen.

Kellys Zustand war insofern unverändert geblieben, daß sie selbst auf schmerzhafte Reize noch immer nicht reagierte. Aber es gab auch Grund zur Hoffnung, denn ihre Pupillen waren nicht übermäßig erweitert und zogen sich bei Lichtreizen ein wenig zusammen. Ihre Herztätigkeit hatte sich inzwischen weitgehend stabilisiert, und der pH-Wert im Blut war jetzt bei 7,42 angelangt – also normal. Hinsichtlich der Diagnose waren Abby und der Kardiologe derselben Meinung: eine unzureichende Sauerstoffversorgung des zentralen Nervensystems und des Herzens aufgrund der Blockade des Sauerstoffträgers Hämoglobin durch Kohlenmonoxyd-Moleküle. Und die plausibelste Erklärung für das eingeschränkte Wahrnehmungsvermögen der Patientin war ein erhöhter Druck im Schädel infolge einer Schwellung der Gehirnzellen. Die hohen Steroiddosen, die Kelly intravenös verabreicht wurden, schienen zwar diese Schwellung ein wenig zu vermindern; aber wie groß der irreversible Schaden bereits war, den der Sauerstoffmangel und die Schwellungen ihrem Gehirn inzwischen zugefügt hatten, vermochte niemand zu sagen.

Abby betete, daß Kelly vor ihrer Bewußtlosigkeit nicht mißhandelt worden war. In dem Bericht, den sie der Polizei vor kurzem gegeben hatte, hatte sie mehrfach betont, daß man in Kellys Blut wahrscheinlich die Überdosis eines Narkotikums finden würde. Aber sie hatte nicht den Verdacht geäußert, daß es sich dabei um einen Mordversuch handelte. Selbstverständlich hatte sie auch mit keinem Wort Colstar oder Quinn erwähnt. Denn damit wäre sie selbst in die Schußlinie geraten und hätte ihren Handlungsspielraum begrenzt.

Quinn würde dafür bezahlen müssen, schwor sie sich. Sie hatte sich noch nie in ihrem Leben so sehr mit einer Sache identifiziert, daß sie glaubte, dafür sterben zu können. Aber wenn Quinn und Colstar für diese Tragödie verantwortlich waren und auch Josh und die anderen vier auf dem Gewissen hatten, würde sie jedes Risiko eingehen, um diese Bande zur Strecke zu bringen. Sie sah auf die Uhr. Kurz nach halb zehn. Es schien ihr eine Ewigkeit vergangen zu sein, seit sie in diesem verwilderten Park gesessen und auf Kelly gewartet hatte.

Abby blickte sich ein wenig hilflos in der Intensivstation um. Sie durfte Kelly nicht aus den Augen lassen, solange die Verantwortlichen noch frei herumliefen. Aber sonst gab es nicht viel, was sie tun konnte, abgesehen von der Inspektion des Kernspin-Tomographen im Erdgeschoß. Sie schlenderte zum Schwesternzimmer, dann wieder zurück zu Kellys Kabine, und zog die Jalousie am Fenster ein wenig auseinander, um nach dem Wetter zu sehen. Es war so dunkel und regnerisch wie bisher. Es schien keine Möglichkeit zu geben, Kelly vor morgen früh in einer Dekompressionskammer unterzubringen.

Abby ging zu dem Telefon neben der zentralen Überwachungsstation, um Lew in der Notaufnahme anzurufen und ihn zu fragen, ob er inzwischen Barbara Torres hatte erreichen können. Wenn diese bereit war, Kellys Bewachung zu übernehmen, wollte sie noch so lange warten, bis Barbara hier eintraf. Erst dann würde sie den Kernspin-Tomographen in Augenschein nehmen – vorausgesetzt, daß es Lew gelungen war, den Techniker der Röntgenabteilung abzulenken.

In diesem Moment marschierte Barbara Torres durch die Tür der Intensivstation. Sie trug ihren blaue Schwesternuniform und war mit einem Schreibbrett und einem Stethoskop bewaffnet. Ihre Miene und ein kurzes Nicken mit dem Kopf verrieten Abby, daß sie über alles informiert und bereit war, sich mit ihrer nicht unbeträchtlichen Leibesfülle und Entschlußkraft jeder Gefahr in den Weg zu stellen. Sie ging an Abby vorbei und begrüßte die Nachtschwestern der Station.

»Kelly Franklin ist eine gute Freundin von mir«, hörte Abby sie zu der Nachtschwester sagen. »Es würde mir viel bedeuten, wenn ich sie heute nacht versorgen dürfte.«

»Kein Problem, Barbara«, gab ihr die Nachtschwester zur Antwort. »Eine tüchtige Hilfe ist bei uns immer willkommen. Ich werde das nur kurz mit meinem Vorgesetzten abklären müssen und stehe Ihnen dann in zehn oder fünfzehn Minuten für ein Einweisungsgespräch zur Verfügung. Halten Sie in der Zwischenzeit bitte ein Auge auf die Patientin.«

Abby traf mit Barbara an der Tür von Kellys Kabine zusammen.

»Ich bin sofort losgefahren, als Lew mich anrief«, flüsterte Barbara. »Es scheint nicht gut auszusehen.«

»Es *sieht* nicht gut aus.«

»Nun, mein Mann hat sich einen Virus eingefangen und deshalb kann ich nicht versprechen, daß ich die ganze Nacht hierbleiben werde.«

»Ich würde ja selbst eine Sonderschicht einlegen«, sagte Abby. »Aber ich muß morgen früh um acht Uhr meinen regulären Dienst antreten«.

Abby hatte den heutigen Tag mit einem Besuch bei Dotty Schumacher und ihrem Apfelstrudel begonnen. Sie war gestern erst spät zu Bett gegangen und hatte nicht viel geschlafen, als sie wieder aufstand. Und nach allem, was heute passiert war, lagen ihre Nerven blank. Sie konnte nicht sagen, wieviel Energie noch in ihr steckte. Aber ohne ein paar Stunden Schlaf würde sie die morgige Schicht niemals durchstehen.

»Machen Sie sich darüber keine Sorgen«, sagte Barbara. »Lew oder ich werden die Sache hier schon schaukeln. Ich habe einen Sprung in die Notaufnahme gemacht, bevor ich hierherkam. Sie sollen Lew anrufen, wenn Sie den Tomographen inspizieren wollen. Was glauben Sie denn dort zu finden?«

»Das weiß ich noch nicht. Ich werde es Ihnen sagen, wenn ich zurückkomme. Lassen Sie inzwischen niemanden in die Nähe der Patientin, der keine Identitätskarte des Krankenhauses vorweisen kann.«

»Ich mache hier regelmäßige Urlaubsvertretungen. Und früher bin ich zwei Jahre lang OP-Schwester gewesen. Ich kenne fast jeden, der in diesem Krankenhaus arbeitet.«

»Aber falls Ihnen bei irgend jemandem Zweifel kommen sollten, würde ich empfehlen, eine von den Schwestern zu rufen.«

»Wird gemacht.«

Damit begab sich Barbara Torres in Kellys Kabine, um dort ihre Arbeit aufzunehmen. Und Abby rief Lew in der Notaufnahme an, der ihr mitteilte, daß Hector Ortegas Sprachunterricht in drei Minuten beginnen würde.

Das Atmen fiel mir immer schwerer, als hätte sich die Luft in eine Flüssigkeit verwandelt. Sie hatte auch einen komischen Geschmack …

Claire Buchanans Worte gingen Abby immer wieder durch den Kopf, während sie vorsichtig die Hintertreppe zur radiologischen Abteilung hinunterstieg. Die Lampen im Korridor der Station brannten auf Sparflamme, und niemand schien sich dort aufzuhalten. Vor ein paar Jahren hatte sie sich eine Sportuhr mit Wecker-, Stopp-, und Countdown-Funktion gekauft – gewissermaßen als Unterpfand ihres Versprechens, nun endlich mit regelmäßigem Joggen etwas für ihre Gesundheit zu tun. Ihrem Vorsatz war sie keine drei Wochen, der Uhr jedoch bis heute treu geblieben, die sie jedesmal, wenn sie Eier zum Frühstück kochte, an ihr gebrochenes Versprechen erinnerte. Abby stellte den Timer auf zwanzig Minuten, bevor sie die Räume der Kernspin-Tomographie betrat. Sie gelangte zuerst in den Kontrollraum, der durch eine Zwischentür mit dem Büro des für die Kernspin-Tomographie verantwortlichen Radiologen, Del Marshall, verbunden war. Die riesige elektronische Schaltanlage mit den zahllosen Monitoren war der Arbeitsbereich der Techniker, die das komplizierte Verfahren, bei dem elektromagnetische Echos in dreidimensionale Bilder verwandelt wurden, überwachten und steuerten. Dahinter, in einem Raum, der das Ausmaß eines Kleiderschrankes besaß, war der Computer untergebracht, der die Signale zu Bildern zusammensetzte. Und daneben, durch eine dicke Glaswand vom Kontrollraum getrennt, befand sich das Herz der Anlage – die MCT-Maschine.

In keinem dieser Räume brannte ein Licht. Abby schaltete deshalb die Lampen im Hauptraum ein und zog die Vorhänge hinter der Glaswand auf der Kontrollraumseite zu, um den Lichteinfall vom Hauptraum auf ein Minimum zu reduzieren. Dann betrat sie das stockdunkle Büro des Radiologen und schloß die Tür hinter sich. Von dem Licht, das im Hauptraum brannte, war hier nicht der kleinste Schimmer zu sehen. Als letzte Vorsichtsmaßnahme stellte sie einen Papierkorb vor die Tür des Büros, die auf den Gang hinausführte. Der Lärm, den dieser erzeugen mußte, wenn jemand die Tür von draußen öffnete, würde sie vorwarnen. Wie sie sich dann aus dem Staub machen sollte, war eine andere Geschichte.

Sie wechselte wieder in den Kontrollraum hinüber, machte die Tür von Marshalls Büro hinter sich zu und betrat nun den Raum, in dem sich der eigentliche Tomograph befand.

Als Stationsärztin der St.-Johns-Klinik war sie natürlich auch mit der dortigen MCT-Anlage vertraut gemacht worden. Jetzt wünschte sie sich, daß sie damals besser aufgepaßt hätte. Das Gerät war ein klobiger Kasten mit einer über zwei Meter langen und ungefähr sechzig Zentimeter breiten Röhre, die in einem rechteckigen, aus Elektromagneten bestehenden Metallgehäuse untergebracht war. Aus diesem Zylinder ragte eine Gleitschiene mit einem beweglichen Schlitten heraus, auf den sich der Patient legen mußte, um dann, elektronisch gesteuert, in die Röhre eingefahren zu werden.

Abby untersuchte rasch die Gleitschiene und spähte dann in den Zylinder hinein. Der Durchmesser der Röhre war groß genug, um einen erwachsenen Menschen mittlerer Statur aufnehmen zu können. Sie bezweifelte jedoch, daß stark übergewichtige Personen sich problemlos in diese Röhre hineinschieben ließen und es dort eine Dreiviertelstunde lang aushielten ohne den Verstand zu verlieren. Claire Buchanan war nicht sonderlich groß, litt aber an Klaustrophobie. Angesichts dieser Röhre konnte Abby Claires Mut nur bewundern.

»Was ist schiefgegangen, Claire? Was ist bloß passiert?«

Abby sprach diese Worte leise, fast tonlos vor sich hin, als sie in die Röhre hineinkroch und sich darin umsah.

Der bewegliche Schlitten ragte ein Stück aus der Röhre heraus, denn nicht alle Patienten wurden mit ihrer vollen Länge in den Zylinder geschoben. Manchmal genügte es, Schnittbilder der Lendenpartie oder der Beine anzufertigen. In diesem Fall ragte der Oberkörper des Patienten aus der Röhre.

Unter der Röhre befand sich die Hydraulik, die für die Fortbewegung des Schlittens sorgte. Abby sah sich die Kabel an, konnte aber nichts Ungewöhnliches daran entdecken. Sie verfluchte sich dafür, daß sie nicht die geringste Ahnung hatte, wonach sie eigentlich suchte.

Plötzlich hörte sie das leise Geräusch einer sich öffnenden Tür und dann das Scheppern eines Eimers. Sie war zu weit von der Tür zum Warteraum entfernt, um diese noch rechtzeitig erreichen zu können. Also duckte sie sich hinter dem Gehäuse des Tomographen und spähte über den Schlitten hinweg durch die Röhre. Wieder wurde eine Tür geöffnet und dann zog jemand Vorhänge im Kontrollraum zurück. Abby konnte von ihrem Versteck aus nicht erkennen, wer sich dort im Kontrollraum befand. Sie blickte auf die Uhr. Ihr blieben noch fünfzehn Minuten Zeit. Wenn Lew nicht kläglich versagt hatte, konnte die Person im Kontrollraum nicht der Techniker aus der Röntgenabteilung sein.

Sie hielt den Atem an, als die Tür zum Tomographenraum langsam geöffnet wurde. Sie würde den Eindringling nur dann erkennen können, wenn er vorne an der Röhre vorbeikam. Abby hörte, wie die Schritte immer näher kamen, und kletterte rasch in den Zylinder hinein. Für einen Moment verstummten die Schritte, dann schienen sie sich wieder zu entfernen. Abby schob ihren Oberkörper aus der Röhre und hob den Kopf. Vor sich sah sie den breiten Rücken eines Mannes.

Er hatte etwas Weißes an. Abbys Gedanken überstürzten sich. War das ein Radiologe? Wenn ja, was suchte er dann hier? Wollte er jetzt etwa eine MCT-Aufnahme machen? Der Mann bewegte sich weiter von dem Tomographen fort. Er trug keinen Ärztekittel, sondern einen weißen Overall, und begann jetzt den Boden zu fegen. Abby sah, wie auf ihrer Uhr die Sekunden vorbeiflogen. Nach fünf Minuten hatte der Mann seine Arbeit beendet, löschte die Lichter und verließ den Raum.

Abby ließ zur Sicherheit noch dreißig Sekunden verstreichen, bevor sie in den Zylinder zurückglitt. Wie hatte es die an Klaustrophobie leidende Claire auch nur eine Minute lang in dieser Röhre aushalten können?

Das Atmen fiel mir immer schwerer, als hätte sich die Luft in eine Flüssigkeit verwandelt …

Sie zog Lews Stiftlampe aus ihrer Brusttasche und ließ den Lichtstrahl über die weiße, emaillierte Innenseite des Zylinders gleiten. Mit gestrecktem Körper arbeitete sie sich nun Zentimeter für Zentimeter in der Röhre voran, bis sie ungefähr einen halben Meter vor deren Ende eine Reihe winziger Poren im Emaille entdeckte, die sich in einem halbkreisförmigen Bogen direkt über der Stelle ausbreiteten, wo sich bei einer Ganzkörperaufnahme die Nase oder der Mund des Patienten befinden mußte. Sie brachte ihre Lampe etwas näher an diese Poren heran und sah, daß es ungefähr dreißig stecknadelgroße Löcher waren. Gehörten sie etwa zu der Standardausrüstung eines Kernspin-Tomographen? Und wenn ja, welchen Zweck erfüllten diese Poren?

Abbys Puls raste, als sie aus dem Zylinder kletterte und das Oberlicht einschaltete. Nach ihrer Uhr blieben ihr noch acht Minuten. Sie eilte zum Tomographen zurück und untersuchte den Rand der Zylinderöffnung. Dort war ein kleiner Ventilator angebracht, der vermutlich dazu diente, während der MCT-Untersuchung den Patienten mit Frischluft zu versorgen. An der linken Seite war eine durchsichtige Plexiglasscheibe befestigt, mit der man den Zylinder verschließen konnte. Abby untersuchte nun das andere Ende des Zylinders. Dort gab es so eine Vorrichtung nicht. Gehörte diese Glasscheibe etwas zur Standardausrüstung?

Noch sechs Minuten.

Abby eilt zum Wandtelefon und rief Lew in der Notaufnahme an.

»Ist der Röntgentechniker noch bei dir?«

»Er ist gerade dabei, das Wort *ir* zu konjugieren.«

»*Menos prisa, por favor.*«

»Er soll sich viel Zeit dafür nehmen? Abby, wo hast du den Spanisch …«

»Lew, ich habe etwas gefunden, aber ich brauche mehr Zeit.«

»Schieß los.«

»Kannst du Hector sehen? Wir dürfen ihn vorläufig auf keinen Fall in seine Abteilung zurückkehren lassen.«

»Er ist gerade drüben im Schwesternzimmer und wundert sich, daß so viele Leute, die viel dümmer sind als er, so gut spanisch sprechen können. Aber hier ist soeben ein Patient mit einer gebrochenen Hand eingeliefert worden, der aus Versehen statt seiner Freundin einen Laternenpfahl geohrfeigt hat. Hector kennt den Typen und weiß, daß er jetzt bald Arbeit bekommt.«

»Ich brauche fünfzehn Minuten. Kannst du ihn noch so lange beschäftigen?«

»Was hast du gefunden?«

»Lew, es gibt hier eine Reihe winziger Löcher im Zylinder des Tomographen, und zwar exakt über der Stelle, wo sich normalerweise der Mund und die Nase eines Patienten befinden würden. Weißt du, ob diese Löcher zur Ausstattung eines Kernspin-Tomographen gehören?«

»Keine Ahnung.«

»Und dann ist da noch so eine Plexiglasscheibe, mit der man den Zylinder versiegeln kann.

»Aber wozu?«

»Keine Ahnung. Hör zu, Lew. Ich muß mich hier noch etwas umschauen und möchte dann den diensthabenden Radiologen in der St.-Johns-Klinik anrufen. Kannst du mir die fünfzehn Minuten verschaffen?«

»Ich kann es ja versuchen. Vielleicht lasse ich ihn noch *hacer el amor* konjugieren.«

»Liebe machen? Wie ich Hector kenne, ist er dafür immer zu haben. Du kannst mich hier unter der Nummer drei-drei-acht-vier erreichen. Ruf mich an, wenn du Hector nicht mehr länger aufhalten kannst. Ich werde jetzt mit der St.-Johns-Klinik telefonieren und dann versuchen herauszufinden, was es mit diesen kleinen Löchern auf sich hat.«

»Sei vorsichtig und halte mich auf dem laufenden. Kelly hat diese Leute unterschätzt.«

»Ich ebenfalls.«

Abby legte auf, stellte den Timer ihrer Armbanduhr auf dreizehn Minuten und ließ sich dann über die Vermittlung mit der St.-Johns-Klinik verbinden. Es bedurfte nur eines Gesprächs von einer Minute, um sich ihren Verdacht bestätigen zu lassen. Normale Tomographen hatten keine Löcher an der Innenseite des Zylinders und besaßen auch keine Vorrichtung, um diesen zu verschließen.

Die Luft hatte auch einen komischen Geschmack ...

Abby kehrte zu dem massigen Gerät zurück und untersuchte zunächst die Kabel und Schläuche der Hydraulik, die den Schlitten im Zylinder bewegte, und dann den Gehäuserahmen. Nichts.

Neun Minuten.

Von einer leichten Panik erfüllt, weil sie unter Zeitdruck stand, ging sie um das Gerät herum und suchte das Gehäuse mit den Augen ab. Erst jetzt wurde ihr bewußt, daß sie noch keinen einzigen Blick auf die Oberseite dieser Apparatur geworfen hatte. Rasch holte sie einen der Stühle herbei, die an der Wand standen, und stellte sich darauf. Da war es, was sie gesucht hatte: ein kleines Bündel durchsichtiger Plastikschläuche, die aus dem Boden neben der Hydraulik herauskamen, oben um das Gehäuse herumführten und schließlich an einer Stelle unmittelbar über dem Ventilator im Gehäuse verschwanden.

Sieben Minuten.

Abby verfolgte dieses Schlauchbündel bis zum Boden hinunter. Dort mündete es in einer weiß emaillierten Metallplatte. Sie nahm ihre Stiftlampe zu Hilfe, um herauszufinden, was sich hinter dieser Platte befand. Soweit sie das beurteilen konnte, schienen die Schläuche direkt aus dem gefliesten Fußboden herauszukommen. Abby legte sich auf den Boden und leuchtete die beigefarbenen Fliesen mit der kleinen Lampe ab.

Sechs Minuten.

Fünf.

Abby wollte schon aufgeben, als sie plötzlich einen dünnen, nicht einmal millimetergroßen Spalt im Fugenmörtel entdeckte, der um mehrere Fliesen herumlief. Diese Ritze war so klein, daß man den Boden schon sehr genau untersuchen mußte, bis man sie entdeckte. Zweifellos handelte es sich hier um eine Art von Falltür.

In diesem Moment klingelte das Wandtelefon. Abby sprang vom Boden auf und eilte zu dem Apparat.

»Hector hat eben einen Anruf bekommen«, sagte Lew. »Die Innere Abteilung wird ihm in zwei Minuten einen Patienten übergeben, dessen Abdomen geröntgt werden muß.«

»Verdammt!«

»Ich kann ihn nicht mehr länger aufhalten. Das würde nur Verdacht erregen.«

»Lew, ich habe es gefunden! Der Tomograph ist so umgerüstet, daß man ihn auch als eine Art Inhalationskammer verwenden kann. Deswegen auch diese seltsamen Gerüche, die Claire wahrnahm, bevor sie ihren anaphylaktischen Schock bekam. Das Gas kommt durch sechs kleine Schläuche aus dem Fußboden und gelangt über die kleinen Löcher in der Zylinderdecke in die Röhre. Wenn der Zylinder mit dieser Plexiglasscheibe verriegelt ist, kann man die Dosis ziemlich genau kontrollieren.«

»Eine Inhalationskammer! Gütiger Gott – als wenn man sich nicht ohnehin schon in diesem Ding wie lebendig begraben fühlen würde!«

»Das ist noch nicht alles. Ich habe die Schläuche bis zu der Stelle verfolgt, wo sie direkt im Fußboden zu verschwinden scheinen. Dort befindet sich offenbar eine Falltür. Ich möchte jetzt noch herausfinden, wie diese sich öffnen läßt.«

»Und Hector?«

»Wenn er nur eine Reihe von Röntgenbildern des Abdomen anfertigen soll, hat er keinen Grund, in diese Abteilung zu kommen. Ich werde das Risiko eingehen.«

»Ich weiß nicht, ob das klug ist.«

»Ich werde in zehn Minuten in die Unfallabteilung zurückkommen.«

»Aber ...«

»Ich weiß, ich weiß. Mir scheint, daß ›vorsichtig‹ das einzige ist, was du mir neuerdings zu sagen hast.«

»Ich bin verrückt nach dir. Wie klingt das?«

»Schon viel besser«, erwiderte sie. »Ich sehe dich also in zehn Minuten.«

Sie ging hinüber in den Kontrollraum und zog dort die Vorhänge an der Glaswand zu. Dann kehrte sie in den Geräteraum zurück und suchte an den Wänden nach einem Schalter, mit dem sich die Falltür vielleicht öffnen ließ. Aber schon nach wenigen Sekunden kam sie zu dem Schluß, daß ein Schalter recht unwahrscheinlich war. Es bestand nämlich die Gefahr, den Schalter aus Versehen zu betätigen. Deshalb war ein mechanischer Hebel, den man wahrscheinlich unter dem elektromagnetischen Gehäuse angebracht hatte, wesentlich praktikabler.

Abby ließ sich rasch auf die Hände und Knie nieder und suchte den Boden unter dem Zylinder an der Stelle ab, wo sich die Gleitschiene mit dem Schlitten befand. Es dauerte ein paar Minuten, doch dann berührte ihre Hand schließlich einen glatten, gebogenen Griff, der so weit vom vorderen Rand des Gehäuses entfernt war, daß man ihn nicht aus Versehen bedienen konnte. Er bestand aus einem Metall, das nicht ferromagnetisch sein konnte. Abby holte tief Luft, legte die Finger um diesen Hebel und zog daran. Mit einem leisen Geräusch löste sich irgendwo ein Riegel, und das aus vier Fliesen bestehende Segment ragte nun an einer Seite ungefähr anderthalb Zentimeter aus dem Fußboden heraus.

Mit hämmerndem Puls kroch Abby dorthin, hob die Falltür etwas weiter an und erblickte einen ungefähr zwei Meter tiefen Schacht mit einer Leiter. Am Endes dieses Schachtes befand sich ein mit Beton ausgekleideter Tunnel, der offenbar waagerecht von diesem Schacht wegführte. Die Plastikschläuche, die an der Schachtwand entlang nach unten führten, schienen sich an der Decke des Tunnels fortzusetzen. Der Boden des Tunnels war mit einem Lattenrost versehen, wie man ihn auf dem Boden von Saunaräumen findet.

Es dauerte ein paar Sekunden, bis Abby sich die genaue geographische Lage des Hospitals und der radiologischen Abteilung vergegenwärtigt hatte. Aber nachdem ihr das gelungen war, fand sie ihren Verdacht bestätigt – daß dieser Tunnel nämlich direkt auf den Colstar-Felsen zuführte.

Plötzlich hörte sie laute Stimmen von draußen. Abby eilte zum Lichtschalter neben der Tür zum Warteraum und schaltete die Beleuchtung aus. Mit ihrer Stablampe in der Hand kehrte sie wieder zur Falltür zurück. Dann hörte sie ein Geräusch, als wäre jemand mit dem Schuh gegen die Tür gestoßen, die auf den Korridor hinausführte.

Rasch kletterte Abby die Leiter im Schacht hinunter. Und nachdem sie sich vergewissert hatte, daß sich die

Falltür auch von unten öffnen ließ, zog sie diese über sich zu.

Dann kauerte sie sich am Fuß der Leiter nieder und wartete. Eine Minute verging. Zwei. Über ihr war kein Geräusch zu hören. Der Tunnel, der vom Schacht wegführte, hatte fast genau ihre Größe. Die Luft war schal, die Dunkelheit total.

Abby leuchtete mit ihrer kleinen Stablampe in den Tunnel hinein. Deren Lichtkegel reichte höchstens anderthalb Meter weit. Wieder lauschte sie, ob sie Geräusche über sich vernehmen konnte. Aber da war alles still.

Jetzt, wo sie soviel erreicht hatte, konnte sie unmöglich umkehren. Mit eingezogenen Schultern und ihrer Stablampe in der Hand tastete Abby sich in diesem Tunnel voran, der ihres Wissens nach nur zu einer der von Menschenhand geschaffenen Kavernen im Colstar-Felsen führen konnte.

36. Kapitel

Nach einer Weile führte der Tunnel etwas nach unten und machte zugleich eine leichte Biegung nach rechts. Während Abby sich durch den Tunnel bewegte, versuchte sie sich immer wieder ein Bild davon zu machen, wo sie sich gerade befand, indem sie sich die Lage der Klinik und deren Umgebung ins Gedächtnis rief und diese laufend mit ihrem augenblicklichen Standort verglich: unter dem Parkplatz hinter dem Hospital ... unter dem planierten, mit Pfählen und Wimpeln abgesteckten Geländestreifen für eine geplante Krankenhauserweiterung ... unter dem hohen Maschendrahtzaun mit den Stacheldrahtrollen darauf ... unter der mit Felsblöcken und Wildblumen bewachsenen breiten Wiese zwischen dem Zaun und dem Felsen … und schließlich irgendwo in der Nähe des Felsens oder sogar schon unter ihm.

Sie kam nur langsam voran. An der Decke des Tunnels befanden sich – jeweils im Abstand von ungefähr drei Metern – Leuchtstoffröhren, von denen jedoch keine brannte. Abby verfluchte sich nun, daß sie nicht daran gedacht hatte, in dem Schacht unter der Falltür nach einem Lichtschalter zu suchen, obwohl sie bezweifelte, daß sie auch den Mut besessen hätte, diesen zu bedienen. Parallel zu der Lichtleitung lief dieses Bündel aus sechs kleinen Plastikschläuchen an der Decke, von denen jedes mit einem andersfarbigen Klebeband markiert war: gelb, rot, blau, grün, pink und schwarz.

Die kleine Stablampe half ihr zwar, die Decke über sich und den Boden vor ihr ein paar Schritte weit auszuleuchten; aber wenn sie diese ausschaltete, war sie von totaler Finsternis umgeben. Doch die Luft roch nicht mehr so muffig wie anfangs. Ihrer Schätzung nach mußte sie sich längst unter dem Colstar-Felsen befinden, aber es war ihr absolut unmöglich, ihren Standort mit einiger Gewißheit zu bestimmen. Sie spürte jetzt nur eine leichte Luftbewegung auf dem Gesicht, und dann hörte sie auch ein leises Summen, das von einer Klimaanlage stammen mußte. Als sie schließlich aus einer leichten Biegung, die der Tunnel nach rechts machte, herauskam, sah sie ein Licht vor sich aufschimmern. Das Herz schlug Abby bis in den Hals hinauf, als sie ihren Weg fortsetzte. Zweimal mußte sie anhalten und sich gegen die Tunnelwand lehnen, bis ihr Puls sich ein wenig beruhigt hatte. Mit jedem Schritt, den sie machte, wurde das Licht heller und größer, bis sie schließlich die Umrisse des Tunnelausgangs erkennen konnte.

Abgesehen von dem Summen der Klimaanlage, war kein Geräusch zu hören. Während sich Abby nun langsam dem Tunnelausgang näherte, waren ihre Flucht- und Selbstbehauptungsreflexe auf das äußerste angespannt. Doch sie wußte, daß ihr Zorn und ihre Wißbegierde stärker waren als alle Bedenken. Das Licht, das dort vor dem Tunnelausgang brannte, mußte von Leuchtstoffröhren stammen. Und als sie nur wenige Schritte vom Ende des Tunnels entfernt war, sah sie, daß das Licht eine weißgekalkte Betonwand beleuchtete, die ungefähr sechs Meter von ihr entfernt sein mochte.

Dann war der Tunnel plötzlich zu Ende, und sie befand sich in einem schwach beleuchteten Raum, der sich über ihr grenzenlos auszudehnen schien. In der Mitte dieses Raumes befand sich ein runder, betonierter Aufzugschacht, an dessen Außenwand sich eine eiserne Wendeltreppe emporschlängelte. Am Fuß dieser Treppe war ein Metallschild mit folgender Inschrift befestigt:

WARNUNG
IM FALLE EINES FEUERS ODER GASLECKS
AUF KEINEN FALL DEN AUFZUG BENUTZEN!
ACHTEN SIE DARAUF, DASS DIE BERIESELUNGS-
ANLAGE EINGESCHALTET IST. FALLS NICHT,
BEDIENEN SIE DEN HEBEL DER SPRINKLERAN-
LAGE, EHE SIE DEN RAUM VERLASSEN.
BENUTZEN SIE DIE TREPPE ZUR
ERSTEN ODER ZWEITEN EBENE.
DORT BEFINDET SICH DER NOTAUSGANG.

Neben diesem Warnschild befand sich in einem mit einer Glasscheibe abgedeckten Kasten der rote Feueralarmknopf und der Hebel für die Notfall-Berieselungsanlage. In einem Gestell am Boden darunter war ein halbes Dutzend Handfeuerlöscher modernster Bauart aufgereiht, und an der Wand daneben hingen drei gummierte Schutzanzüge und ebenso viele Gasmasken.

Abby preßte sich mit dem Rücken gegen die Wand des Aufzugsschachtes und horchte, ob sich vielleicht etwas in ihrer Nähe bewegte. Aber alles war still. Da sie die Skizzen und Pläne in den Unterlagen, die Kelly für sie in der

Stadtbibliothek und im Katasteramt hatte bereitlegen lassen, sehr sorgfältig studiert hatte, wußte sie auch, wo sie sich jetzt befand – am Grund des Hauptschachtes der ehemaligen Patience-Goldmine. Und bei den auf dem Schild genannten Notausgängen konnte es sich nur um zwei von drei alten Ventilationsschächten der Mine handeln, deren Öffnungen in der Felswand man so sorgsam mit bemalten Holzplatten getarnt hatte.

Froh darüber, daß sie nicht mit Straßen-, sondern Segeltuchschuhen bekleidet war, stieg Abby vorsichtig auf die erste Stufe der Metalleiter hinauf, verharrte dort ungefähr drei Sekunden regungslos und setzte dann ihren Weg nach oben fort. Die Beleuchtungsanlage im ehemaligen Förderschacht der Mine war primitiv und bestand aus in großen Abständen an der Felswand befestigten Glühbirnen geringer Wattzahl in Feuchtschutzfassungen mit Plastikabdeckung. Wenn sie sich über den aus einem schwarzen Eisenrohr bestehenden Handlauf der Wendeltreppe beugte, konnte sie bis zum Grund des Schachtes hinunterblicken. Der erste Ventilationstunnel befand sich rund sieben Meter über der Talsohle, doch der Zugang war mit einem Metallgitter verschlossen, hinter dem Zementsäcke, Handbohrer und andere Werkzeuge am Boden lagen, was darauf hindeutete, daß dort gerade Reparaturarbeiten vorgenommen wurden.

BENUTZEN SIE DEN NOTAUSGANG ZWEI, stand auf dem Schild, das mit Draht am Gitter befestigt war. Abby schlich auf Zehenspitzen bis zum nächsten Treppenabsatz hinauf und blickte dort aus einer schwindelerregenden Höhe von sechzehn Metern hinunter auf den Schachtgrund. Zu ihrer Rechten befand sich der Notausgang Nummer zwei, der dieselben Maße zu haben schien wie der Tunnel, der den Schacht mit dem Krankenhaus verband. Zu ihrer Linken befand sich eine betonierte Plattform mit einer kurzen, geraden Treppe, die von dort nach oben führte.

Abby entschied sich zuerst für diese Treppe. Sie mündete in einem stockdunklen Raum, in dem Abby die in der *Kurzen Geschichte der Patience Mine* beschriebene obere Kaverne wiedererkannte. Obwohl der Kegel ihrer Stablampe nur zwei Meter weit reichte, sagte ihr ein Gefühl, daß diese obere Kaverne leer war. Dem Buch zufolge befand Abby sich nun ungefähr zwölf Meter unter der Fabrik und ungefähr achtzehn Meter über der unteren Kaverne.

Abby kehrte zu dem Tunnel des zweiten Notausgangs zurück. In diesem gab es überhaupt keine Beleuchtungseinrichtungen, und sie blieb deshalb eine Weile lauschend vor dem Tunneleingang stehen. Obwohl sie nicht das Gefühl hatte, daß sich irgend jemand in ihrer Nähe aufhielt, ging sie mit äußerster Vorsicht in den Tunnel hinein.

Dieser mußte ungefähr dreißig Meter lang sein, doch sie brauchte eine unverhältnismäßig lange Zeit dazu, dessen Ende zu erreichen, da er sich an manchen Stellen verengte, und sie sich sogar ein paarmal bücken mußte, um den Tunnel passieren zu können.

Sie fragte sich, ob Kelly wohl so weit gekommen war. Der Gedanke an diese Frau und an den Zustand, in dem sie sich jetzt befand, ließ Abby ihre Angst vergessen und ihren Zorn bis zum Siedepunkt ansteigen.

Die Tür, die so hervorragend der Felswand angepaßt war, wenn man sie von außen betrachtete, bestand tatsächlich aus Sperrholz und war an der Innenseite schwarz gestrichen. Sie war links und rechts mit jeweils drei Gleitbolzen an der Felswand befestigt und mit der Inschrift versehen: TÜR IST DURCH ALARMANLAGE GESICHERT: NUR IM ÄUSSERSTEN NOTFALL BENUTZEN!

Abby ließ den Strahl ihrer Stablampe am Rand der Tür entlangwandern, kehrte dann um und erreichte nach einigen Minuten problemlos wieder den Hauptschacht. Sie stieg die Wendeltreppe hinunter und befand sich ungefähr drei oder vier Meter über dem Schachtboden, als das

Räderwerk des Aufzugs sich plötzlich neben ihr mit einem so lauten, von der Schachtwand widerhallenden Poltern in Gang setzte, daß sie vor Schreck fast ihre Stablampe fallengelassen hätte. Der Raum am Schachtgrund war nur spärlich beleuchtet und leer. Da Abby nicht wußte, ob die Aufzugskabine nach oben oder unten fuhr, rannte sie die restlichen Stufen der Treppe hinunter und barg sich dann im Schatten des Tunnels, der zum Krankenhaus führte.

Es dauerte nur ein paar Sekunden, bis das Rasseln im Schacht wieder verstummte. Dann öffnete sich eine Tür, und ein schmächtig gebauter Mann mit dicken Brillengläsern kam aus dem Aufzug heraus. Er trug einen Laborkittel und hatte ein Klemmbrett in der Hand. Abby drückte sich noch tiefer in den Schatten des Tunnels hinein, aber wenn der Mann sich in ihre Richtung drehte, konnte er ihr direkt ins Gesicht blicken. Doch er war offenbar so sehr in das vertieft, was sich auf seinem Brett befand, daß er keine zwei Meter von ihr entfernt auf das Licht zuging, das links hinter einer Betonwand leuchtete.

Obwohl ein Rückzug in das Hospital gewiß die vernünftigste Entscheidung gewesen wäre, wollte Abby den Weg, den sie beschritten und auf dem sie schon so weit vorangekommen war, nun auch zu Ende gehen. Sie kam also wieder aus dem Tunnel heraus, lief auf Zehenspitzen zur Betonwand hinüber, bewegte sich vorsichtig an dieser entlang und blickte dann um deren Ecke.

Vor ihr breitete sich ein von zahllosen Leuchtstoffröhren taghell erleuchteter Raum von beträchtlicher Tiefe aus, der von einer dicken, bis zur Decke hinaufreichenden Glaswand umschlossen und durch eine ungefähr einen Meter breiten Betonschürze von der Felswand getrennt war. Zahllose Glaswände teilten den großen Raum in mehrere kleine, und in einer dieser Parzellen saß der Mann, der eben mit seinem Klemmbrett aus dem Aufzug gestiegen war, vor einem Computermonitor. An der Wand hinter ihm befand sich ein Korkbrett, an dem einige Zeitungsartikel und

Dokumente mit farbigen Reißzwecken befestigt waren. An der Wand gegenüber hing die amerikanische Flagge.

Abby machte sich so klein wie möglich, kroch an der äußeren Glaswand entlang und spähte in die einzelnen Räume hinein. Einer davon, der ungefähr eine Fläche von fünfzig Quadratmetern umfaßte, war an der Decke mit einer farbigen Mörtel- oder Gipsschicht abgedichtet. Die Seitenwände waren jeweils mit vier runden, außen mit dicken Handschuhen und innen mit Greifarmen bestückten, offensichtlich luftundurchlässigen Pforten versehen. Vor einer dieser Pforten saß ein großer dunkelhäutiger Mann im Laborkittel, der mit dem Greifarm die Substanz in einem kleinen Messinggefäß umrührte. Als Abby diesen Mann sah, zog sie sich sofort wieder in den Schatten der Felswand zurück, denn auch dieser Wissenschaftler hätte sie sofort entdecken müssen, wenn er nicht so sehr in seine Arbeit vertieft gewesen wäre.

Zu ihrer Linken, in einem kleineren, mit dem schwarzgelben Universalsymbol für gefährliche Stoffe gekennzeichneten Bereich, befanden sich zwei Dutzend Gastanks verschiedener Größe, die in den gleichen Farben gehalten waren wie die Markierungsstreifen der sechs Plastikschläuche, die in das Gehäuse des Kernspin-Tomographen hineinführten. Sie waren auf Metallgerüsten befestigt und mit Aufschriften versehen, die Abby von ihren Standort aus jedoch unmöglich entziffern konnte. Aber wenn sie versuchte, sich diesen Tanks noch weiter zu nähern, mußte der Mann am Computer sie unweigerlich entdecken.

Sie schien jetzt aber nur noch zwischen zwei Möglichkeiten wählen zu können: Entweder verharrte sie hier im Schatten der Felswand und riskierte damit, früher oder später von einem der Wissenschaftler entdeckt zu werden, oder sie arbeitete sich näher an diesen Lagerbereich heran, las die Inschriften und kehrte wieder ins Krankenhaus zurück. Sie legte sich flach auf die Betonschürze und robbte an der Glaswand entlang, bis das Mobiliar in dem Büro, in dem der Mann am Computer arbeitete, ihm teilweise die Sicht versperrte, und er schon eine halbe Drehung machen mußte, bevor er sie hier entdecken konnte. Dann hob Abby den Kopf und riskierte wieder einen Blick auf die Gastanks, die jetzt nur noch ungefähr vier Meter von ihr entfernt waren. Die mit Hilfe von Schablonen angebrachten Buchstaben waren groß genug, um aus dieser Entfernung entziffert zu werden. Das Blut wollte ihr in den Adern zu Eis erstarren, als sie die schwarze Inschrift auf rotem Untergrund las: SARIN.

Nach der Katastrophe in der Tokioter Untergrundbahn, als Hunderte von Menschen von einer radikalen religiösen Sekte mit diesem Gas vergiftet worden waren, hatte Abby ein Seminar über Sarin und andere chemische Kampfstoffe besucht. Ironischerweise war der Kursus und die damit verbundenen Übungen von ihrer Freundin, der Toxikologin Sandra Stuart, durchgeführt worden. Sandra war damals von einem Kampfstoffexperten der US-Armee aus Alabama unterstützt worden, der ihren Vortrag mit einer Reihe schauriger Dias begleitet hatte, die teilweise noch aus dem Ersten Weltkrieg stammten.

Sarin gehörte zu der chemischen Gruppe von Organophosphaten, für die es einigermaßen effektive Gegenmittel gab. Aber die von jedem Molekül dieses Kampfstoffes ausgeübte neuroparalytische Wirkung war so groß, daß oft schon eine sehr kurze oder geringe Exposition ausreichte, einen Erstickungstod herbeizuführen, ehe man dem Betroffenen ein Gegenmittel verabreichen konnte. Plötzlich erinnerte sich Abby wieder an den Patienten von George Oleander, in dessen Blut man eine geringe Menge von Organophosphaten entdeckt hatte. Der Mann wäre mit Düngemitteln in Berührung gekommen, hatte ihr George Oleander damals erklärt. Das sei völlig normal, wenn Farmer fahrlässig mit diesem Zeug umgingen. Nichts, was sie beunruhigen sollte.

Blödsinn, George!

Abby warf gerade noch rechtzeitig einen Blick zwischen den Beinen eines Tisches und zwei Werkbänken hindurch. Der Mann mit den dicken Brillengläsern erhob sich von seinem Platz und wollte offenbar in die Abteilung mit den Roboterarmen hinüberwechseln. Einen Moment lang lag sie wie gelähmt da, als er direkt zu ihr hinblickte. Sie drückte sich ganz flach auf den Boden und erwartete, als sie nach einer halben Minute wieder den Kopf zu heben wagte, daß er ihr direkt gegenüber auf der anderen Seite der Glaswand stehen und auf sie hinunterstarren würde. Statt dessen kehrte er ihr den Rücken zu und sprach mit dem dunkelhäutigen Wissenschaftler, der ein sympathisches Gesicht hatte und wild gestikulierte. Abby fragte sich, was er wohl dabei empfand, wenn er täglich mit Chemikalien arbeitete, die eine Großstadt in ein Totenhaus verwandeln konnten.

Nach einem Gespräch, das nur wenige Minuten dauerte, klopfte der Mann mit den dicken Brillengläsern seinem dunkelhäutigen Kollegen freundschaftlich auf die Schulter und entfernte sich dann zum Aufzugschacht hin. Kurz darauf hörte Abby wieder das polternde Geräusch von Rädern und Stahlseilen. Im Augenblick befanden sich also nur der wieder in seine Arbeit vertiefte Wissenschaftler und sie in diesem unterirdischen Labor. Sofort änderte Abby ihren Plan. Sie würde nicht nur nachschauen, was die restlichen Tanks dort enthielten, sondern anschließend auch noch in das Büro des Labors eindringen und sich die Dokumente ansehen, die dort auf dem Korkbrett befestigt waren.

Auf Händen und Knien kroch sie näher an das Gastanklager heran. Die Inschrift auf dem gelben Tank konnte sie als erstes lesen – TRICHOTHECENE. Diese Chemikalie – besser bekannt unter den Namen TTC – war ebenfalls in dem Seminar an der St.-Johns-Klinik behandelt worden und gehörte wie das sogenannte Senfgas, das sich in dem blauen Tank daneben befand, zu den die Lungen- und Hautzellen schädigenden Reizkampfstoffen.

Der pinkfarbene Tank enthielt ein als Mycotoxin bezeichnetes Gas, und der schwarze trug die Aufschrift VX in weißen Lettern. Beide Namen sagten ihr nichts. Die letzte Reihe von Tanks in grüner Farbe mit weißer Aufschrift enthielt Phosgen, das dem Experten aus Alabama zufolge seit über fünfundsiebzig Jahren weltweit in Gebrauch war und in jüngster Zeit von den Sowjets gegen die Afghanen und von den Irakern gegen die Kurden eingesetzt worden war. Nun sah es so aus, als könnte man auch die Regierung der Vereinigten Staaten, die das Gift gegen Claire Buchanan und andere Patienten des Kreiskrankenhauses von Patience verwendete, auf diese Liste setzen. War Claire beinahe an einer versehentlichen Überdosis dieses Gases gestorben? Oder hatte es sich bei ihr um eine heftige allergische Reaktion auf das Phosgen gehandelt? Wenn Del Marshall in diese ›Experimente‹ eingeweiht war – und es war schwer vorstellbar, daß er davon nichts wußte –, mußte sie sich nicht wundern, daß er so blaß ausgesehen hatte, als sie Claire wieder ins Leben zurückgeholt hatten.

Abby hatte sich nun gut zwanzig Minuten in diesem Labor aufgehalten. Höchste Zeit, daß sie wieder in das Hospital zurückkehrte und Lew von ihren Entdeckungen berichtete. Es gab immer noch ein paar ungelöste Rätsel, etwa die Verbindung zwischen dieser unterirdischen Hexenküche und der Cadmiumvergiftung von Josh, Willie Cardoza und den übrigen drei Personen. Aber mit dem, was sie hier gesehen hatte, mußte es der Allianz gelingen, die Unterstützung eines Politikers zu gewinnen, der genügend Einfluß und ein Gewissen besaß, um diesen Machenschaften ein Ende zu bereiten.

Abby kroch nun bis zur Felswand zurück und bewegte sich in deren Schatten auf den Tunnel zum Krankenhaus zu. Ein kurzer Sprint, und sie würde sich in Sicherheit befinden. Aber statt dessen hielt sie neben der Tür des von Glaswänden umschlossenen Büros an, wo der mit dem Greifarm beschäftigte Wissenschaftler sie nicht sehen konnte. Aber sobald sie in dieses Büro eingedrungen war, würde sie sich in seinem Blickfeld befinden.

Abby ließ sich abermals auf Händen und Knien nieder und kroch in das Büro hinein. Durch die gegenüberliegende Glaswand konnte sie den Bereich der unterirdischen Anlage überblicken, in dem offensichtlich die hier zubereiteten Chemikalien in die Plastikleitungen eingespeist wurden. Es war eine Kammer, die sechs Tanks in den sechs Farben der Plastikleitungen enthielt und dazu noch einen orangefarbenen und einen weißen Tank. Abby mochte jede Wette eingehen, daß einer dieser beiden Tanks Cadmiumdämpfe in irgendeiner Form enthielt. Sie erinnerte sich wieder an Kellys Bemerkung über die maximal zulässige Menge Cadmium in der Atemluft – zwei pulverisierte Aspirintabletten, die auf den Rauminhalt eines überdachten Footballstadions verteilt wurden. In gasförmigem Zustand würde dieses Schwermetall an Giftigkeit den Gasen in den anderen Tanks sicherlich nicht nachstehen.

Je mehr Abby über diese Möglichkeit nachdachte, um so überzeugter wurde sie davon. Vielleicht hatte sie hier die Antwort auf eine bisher noch ungelöste Frage gefunden. Aus einem dieser Tanks mußten Cadmiumdämpfe entwichen sein, denen Josh und andere Angestellte von Colstar ausgesetzt gewesen waren. Aber da Gus Schumacher bereits mit Cadmium vergiftet worden war, bevor Josh nach Patience zog, mußte diese Panne mindestens zweimal passiert sein. Die Annahme zweier versehentlicher Cadmium-Kontaminationen schwächte zwar ihre Theorie, erklärte aber die Fakten.

Von einem war sie jedoch felsenfest überzeugt: Diese Zylinder dort drüben waren über ein kompliziertes, aus Ventilen, Meßgeräten und Schläuchen bestehendes System mit den KAWIFs verbunden gewesen.

Von ihrem Standort aus konnte sie nun auch die Überschriften der Artikel entziffern, die an dem Korkbrett befestigt waren:

VIELE TOTE UND HUNDERTE VON VERLETZTEN
BEI DEM GIFTANSCHLAG IN DER TOKIOTER
UNTERGRUNDBAHN

KURDEN BESCHULDIGEN SADDAM HUSSEIN DES
VÖLKERMORDES.
HUNDERTE VON TOTEN UND TAUSENDE VON
SCHWERVERLETZTEN
NACH EINSATZ VON CHEMIKALIEN

SARIN, TÖDLICHES SARIN –
WER WIRD DAS NÄCHSTE OPFER SEIN?

KRIEGSVETERANEN PROTESTIEREN GEGEN DIE
UNTÄTIGKEIT
DER REGIERUNG.
»MAN HAT KAMPFGASE GEGEN UNS EINGESETZT«, SAGEN DIE
VETERANEN

Daneben waren mindestens zwei Dutzend Artikel an das Korkbrett geheftet, die von angeblichen oder erwiesenen chemischen Waffeneinsätzen gegen militärische und zivile Ziele in der ganzen Welt berichteten. Abby duckte sich ganz tief und kroch noch weiter in das Büro hinein. Sie wollte gerade die auf einem Schreibtisch abgelegten Papiere untersuchen, als sie aus den Augenwinkeln eine Bewegung wahrnahm. Der dunkelhäutige Wissenschaftler hatte die Station mit den Roboterarmen verlassen und bewegte sich durch ein Labyrinth von Türen auf dieses Büro zu. Sie war einen Moment lang vor Schreck wie gelähmt und wußte nicht, ob sie fliehen oder sich hinter einem Möbelstück verstecken sollte. Ihr Zögern raubte ihr die Möglichkeit zur Flucht. Sie sprach ein stilles Gebet, daß der Mann sie noch nicht entdeckt haben möge, kroch unter den nächstbesten Schreibtisch und zog die Knie bis unter das Kinn, um sich so klein wie möglich zu machen. Es war ein großer Fehler gewesen, dieses unterirdische Labor nicht zu verlassen, solange sie noch die Möglichkeit dazu besessen hatte. Jetzt würde sie für diese Hybris bezahlen müssen – wahrscheinlich mit ihrem Leben. Der Wissenschaftler kam in das Büro und ging direkt auf ihren Schreibtisch zu. Abby atmete langsam durch die Nase, verzweifelt darum bemüht, bloß kein Geräusch zu machen. Er stand nun direkt vor ihr und kramte in einigen Papieren, die sich nur wenige Zentimeter über ihrem Kopf befanden. Wenn er den Bürosessel unter den Schreibtisch schob, würde er ihren Kopf treffen.

Aber statt dessen trat der Mann vom Schreibtisch zurück. Abby sah seine abgewetzten Schuhe, die Aufschläge seiner Hose und den unteren Rand seines Laborkittels, als er durch die Tür ging, unter der sie vor kurzem noch gekauert hatte. Dann bewegte er sich nach links zum Aufzugschacht hin. Abby fragte sich, ob er vielleicht das Labor verließ, ohne die Türen abzuschließen und das Licht auszuschalten. Aber dann erinnerte sie sich wieder daran, daß sie in der Nähe des Aufzugschachtes eine Toilette gesehen hatte.

Er ist nur austreten gegangen und wird gleich wiederkommen, dachte sie.

Mit wild klopfendem Herzen kroch Abby unter dem Schreibtisch hervor, sprintete den Korridor hinunter und dann in den Tunnel zum Krankenhaus hinein. Nachdem sie ungefähr zwanzig Meter weit in den Tunnel hineingegangen war, hielt sie an und gestattete sich ein grimmiges Lächeln. Sie hatte das Unternehmen, das Kelly begonnen hatte, erfolgreich zu Ende geführt. Nun waren Lew und die übrigen Mitglieder der Allianz gefragt. Sie tastete sich in dem stockdunklen Tunnel weiter voran und betete im stillen, daß Kelly inzwischen das Bewußtsein wiedererlangt haben möge.

Da sie nun mit dem Terrain vertraut war, kam sie viel schneller voran als beim ersten Mal. Sie verlangsamte ihre Schritte erst, als sie spürte, daß sie sich in unmittelbarer Nähe der Leiter und Falltür beim Kernspin-Tomographen befand. Es galt jetzt nur noch, so lange unentdeckt zu bleiben, bis sie Lew in der Unfallstation erreicht hatte. Quinn und seine Komplizen wußten natürlich, daß schon jemand hinter ihr streng gehütetes Geheimnis gekommen war – eine Frau, die jetzt ohnmächtig auf der Intensivstation lag. Aber sie hatten bestimmt keine Ahnung davon, daß inzwischen eine zweite Frau ihr Geheimnis aufgedeckt hatte. Solange sich Kelly im Koma befand, würden sie keinen Grund sehen, von ihren bisherigen Gewohnheiten abzuweichen.

Als Abby die Leiter am Ende des Tunnels erreicht hatte, benutzte sie zum ersten Mal wieder ihre kleine Stablampe. Alles war noch so, wie sie es verlassen hatte. Auf ihrer Uhr war es jetzt zwanzig Minuten nach elf. Es war nicht zu erwarten, daß sich jemand zu dieser späten Stunde in der MCT-Abteilung aufhalten würde. Trotzdem achtete sie darauf, beim Öffnen des Falltür kein Geräusch zu machen, und hob diese zunächst ein paar Zentimeter weit an, um sich in dem Raum darüber umzusehen. Dort war es so dunkel wie in dem Tunnel, den sie soeben verlassen hatte. Sie stieg auf die nächsthöhere Sprosse der Leiter hinauf und legte die Falltür vorsichtig nach hinten um. Dann erklomm sie die nächste Sprosse, so daß sie sich mit ihrem Oberkörper im Tomographen-Raum befand. In diesem Moment gingen die Lichter an der Decke über ihr an.

Abby blinzelte, bis sich ihre Augen an die Helligkeit gewöhnt hatten. Vor ihr, mit leicht gegrätschten Beinen und vor der Brust verschränkten Armen, stand Lyle Quinn. Und hinter ihm waren George Oleander, Joe Henderson, Martin Bartholomew, der Radiologe Del Marshall und Captain Gould von der Polizei.

»Guten Abend, Abby«, sagte Quinn. »Wir haben Sie schon erwartet.«

37. Kapitel

Abby starrte Lyle Quinn benommen an, als dieser einen Schritt auf sie zu machte und ihr seine Hand hinstreckte. Sein schwarzes Sportjackett war nicht zugeknöpft und enthüllte ein Schulterhalfter mit Pistole.

»Kommen Sie, ich helfe Ihnen«, sagte er.

»Fassen Sie mich nicht an!«

Quinn trat einen Schritt zurück und zuckte mit den Schultern.

»Dann eben nicht.«

Für wenige Sekunden herrschte ein unbehagliches Schweigen, während Abby, die noch immer bis zu den Hüften in dem Schacht steckte, die Gruppe vor ihr musterte. Nur Del Marshall, der vielleicht noch unter dem Eindruck ihrer lebensrettenden Aktion in seiner Abteilung stand, schien Abbys Situation peinlich zu sein. Er trat unruhig von einem Bein auf das andere und sah zu einer Wand hinüber. Schließlich trat George Oleander einen Schritt vor, während Quinn, der sie mit angespannten Muskeln keinen Moment aus den Augen ließ, einen Schritt zur Seite machte.

»Abby, vor neun Jahren war Patience – das *ganze Tal* – am Ende«, sagte Oleander in seinem väterlichen Tonfall. »Die Existenz eines jeden hier hing und hängt noch immer von Colstar ab. Und Colstar war im Begriff unterzugehen. Senator Corman tat damals alles, was in seinen Kräften stand, um der Firma Regierungsaufträge zuzuschanzen, und eine Weile sah es so aus, als wäre Colstar gerettet. Wie Sie inzwischen ja wissen, ist Ezra Blacks Wohnung nicht weit von Patience entfernt. Und obwohl ihm zahlreiche Firmen in der ganzen Welt gehören, hatte er schon immer ein besonderes Verhältnis zu Colstar und diesem Tal. Er tat deshalb alles, um Colstar über Wasser zu halten, während Corman sich in Washington im Rahmen seiner Möglichkeiten für die Firma einsetzte.«

Oleander blickte sich kurz zu den anderen um, ob sein Vortrag allgemeine Zustimmung fand. Martin Bartholomew und Del Marshall nickten zufrieden. Captain Gould und Joe Henderson verharrten mit ihren vor der Brust verschränkten Armen so unbeweglich wie Statuen. Quinn, dessen silberfarbene Haare unter den Leuchtstoffröhren an der Decke zu glühen schienen, verriet mit keiner Miene, was er darüber dachte. Seine Arme hingen locker an den Seiten herab, und seine Finger waren fast unmerklich, aber ständig in Bewegung. Er sah aus wie ein sprungbereiter Panther.

Der medizinische Direktor räusperte sich, verlagerte sein Gewicht von einem Bein auf das andere und kniete sich dann auf den Boden hin, so daß er Abby direkt ins Gesicht blicken konnte. Sein Ton war jetzt eine Mischung aus Väterlichkeit und Beschwörung.

»Mit den Regierungsaufträgen, die Corman Colstar verschaffen konnte, sah es eine Weile so aus, als würde sich das Blatt zu unseren Gunsten wenden. Dann, vor ungefähr acht Jahren, sprengten Terroristen in Südamerika die dortige Colstar-Fabrik in die Luft, die unser wichtigster Rohstofflieferant war. Fünf Colstar-Mitarbeiter kamen bei dem Sprengstoffattentat ums Leben. Nach dieser Katastrophe war niemand mehr dort unten bereit, der Firma beim Wiederaufbau zu helfen. Es sah so aus, als hätte unser letztes Stündlein geschlagen. Das war der Moment, wo Senator Corman mit einem Vorschlag an uns herantrat.«

»Mit einem Angebot, das Sie nicht ausschlagen konnten«, sagte Abby, die Oleander und die anderen fünf Männer mit ihren Augen in Schach hielt, während ihr Verstand eine Reihe von Möglichkeiten prüfte und verwarf.

Renne ... schreie ... ergib dich ... kämpfe ... winsle um Gnade ... versuche, die Schwächeren auf deine Seite zu ziehen ...

»Ich nehme an, daß man es so nennen könnte«, erwiderte Oleander. »Die Wahrheit ist jedoch, daß wir es gar nicht ausschlagen *wollten.* Damals wurde fast täglich von neuen chemischen Kampfstoffen berichtet, die in den Vereinigten Staaten oder anderswo erprobt wurden. Unsere Wissenschaftler machten Tierversuche, um Gegenmittel für diese Kampfstoffe zu entwickeln. Doch oft zeigte es sich, daß diese bei einem Schwein, Schaf oder Affen erfolgreich erprobten Mittel unsere Truppen kränker machten als der Kampfstoff selbst. Das Golfkrieg-Syndrom ist ein perfektes Beispiel dafür. Die Hälfte der Symptome, an denen unsere Truppen litten, rührten von den Chemikalien her, denen der Diktator Hussein sie aussetzte. Der Rest davon wurde von den sogenannten Schutzdrogen verursacht, mit denen *wir* unsere Soldaten fütterten.«

Die KAWIFs, schoß es Abby durch den Kopf. Die Allianz war mit der Vermutung, daß man alle auf ihrer Liste stehenden Patienten einem schädlichen Stoff ausgesetzt hatte, auf der richtigen Spur gewesen. Doch mit ihrer Annahme, daß sie ausnahmslos cadmiumgeschädigt seien, hatten sie sich auf dem Holzweg befunden. Cadmium war nur ein Teil dieses häßlichen Szenarios. Die sehr unterschiedlichen Symptome der KAWIFs stimmten weitgehend mit dem Krankheitsbild einer Schwermetallvergiftung überein, was jedoch genauso für die zahllosen Beschwerden der Golfkriegsveteranen galt.

»Also wollte Corman ein Laboratorium mit menschlichen Versuchskaninchen haben«, sagte Abby, »die in einem kontrollierten Bereich mikroskopisch kleinen Mengen von Gas ausgesetzt und dann mit ebenso mikroskopisch kleinen Mengen eines Gegenmittels behandelt wurden.«

»So etwas Ähnliches. Zunächst arbeitete die Regierung mit Strafgefangenen, aber das ist inzwischen nicht mehr erlaubt. Zudem benötigte sie eine viel strenger kontrollierte Versuchsanordnung.«

»Wie sie ein Krankenhaus darstellt«, sagte Abby.

»Anfangs benutzten wir dafür unseren Computertomographen. Dann, als die Kernspin-Tomographen auf den Markt kamen, schafften wir uns ein solches Gerät an, bevor ein anderes Hospital vergleichbarer Größe in diesem Land sich eine derart kostspielige Apparatur leisten konnte. Einige Leute wurden leider ... gesundheitlich beeinträchtigt. Ich möchte das nicht abstreiten. Aber außer diesem Kernspin-Tomographen hat uns unsere Bereitschaft, bei der Lösung der für unser Land so lebenswichtigen Probleme mitzuwirken, die Neugeburt diese Tales beschert – neue Handwerksbetriebe, Geschäfte, Schulen, Parkanlagen und ganz besonders dieses modern eingerichtete Krankenhaus.«

Und einen fetten Scheck am Ende des Monats für jeden von euch.

Vielleicht schien Joe Anderson ihrem Gesichtsausdruck anzumerken, daß Oleanders Ausführungen sie nicht überzeugt hatten, weil er jetzt vortrat, während der medizinische Direktor sich wieder müde vom Boden hochrappelte.

»Abby, das mit diesem Autopsiebericht tut mir leid«, begann der Direktor des Krankenhauses. Er hatte sein künstliches Henderson-Grinsen aufgesetzt und machte sich erst gar nicht die Mühe, vor ihr auf die Knie zu sinken. »Aber Sie haben sich in dieser Sache ja wie ein Bullterrier benommen, der sich in unsere Beine verbissen hat und sie nicht mehr loslassen will. Deshalb hielten wir es für das beste, wenn Sie Patience wieder verlassen würden. Vielleicht hätten wir uns alle an einen Tisch setzen und Ihnen die ganz Geschichte erklären sollen.«

»Vielleicht hätten Sie das wirklich tun sollen«, sagte Abby hohl, wohl wissend, daß diese Möglichkeit *vor* dem Anschlag mit dem Pritschenwagen, dem gefälschten Obduktionsbericht und der Salve aus dem Schnellfeuergewehr niemals in Betracht gezogen worden war.

Ein Zucken umspielte Hendersons Mundwinkel. Sein Zahnpasta-Lächeln erlosch einen Moment.

»Nun, das tun wir jetzt doch, nicht wahr?« sagte er mit seinem affektierten, nasalen Akzent.

Seine Haltung und seine Manieren verrieten Abby, daß er nicht mehr länger mit ihr verhandeln wollte.

Abby blickte zu Lyle Quinn hoch und sah die Ausdruckslosigkeit in seinen Augen. Er war ein Soldat – aber ein Soldat ohne Gewissen. Es mußte einen Grund geben, warum sie nicht schon tot war. Lyle Quinns Mitgefühl hatte damit sicherlich nichts zu tun.

»Woher wußten Sie, wo ich mich gerade befand?« fragte sie.

Alle Augen waren jetzt auf Quinn gerichtet.

»Sie haben einen stummen Alarm ausgelöst«, antwortete er, »als Sie eine Lichtschranke am anderen Ende dieses Tunnels unterbrachen. Bedauerlicherweise hat der Alarm nicht richtig funktioniert. Auf dem Fabrikgelände und an den Zäunen gingen zwar alle Lichter an, aber für mich und den Wachhabenden gab es keinen erkennbaren Auslöser dieses Alarms. Als wir Sie dann schließlich auf unseren Monitoren hatten, krochen Sie gerade auf dem Boden unseres Laborbüros herum. Ich nahm an, daß Sie sich nun auf den Rückweg in das Krankenhaus machen würden, und hielt es für das beste, Sie hier zu erwarten.«

»Warum?«

»Ich verstehe nicht.«

»Warum haben Sie mich hierher zurückkehren lassen, statt mich zu betäuben, in einer geschlossenen Garage in einen Wagen zu legen und den Motor anzustellen, wie Sie das bei Kelly Franklin gemacht haben?«

Aufmerksam beobachtete Abby Quinns Komplizen. Bartholomew, Oleander und Del Marshall machten ein überraschtes Gesicht; Gould und Henderson hatten davon gewußt.

»Ich weiß nicht, wovon Sie reden«, verteidigte sich Quinn vehement. »Das mit Kelly tut mir leid, denn ich mag sie sehr. Und ich habe ganz bestimmt nichts mit ihrem Selbstmordversuch zu schaffen. Abby, wir benötigen Ihre Mithilfe. Wir müssen wissen, wer sonst noch in diesem Krankenhaus – in dieser Stadt – Kenntnis davon hat, und woher Sie wußten, wie Sie sich Zugang zu dem Forschungslabor verschaffen konnten. Vor allen Dingen müssen wir wissen, ob Sie bereit sind, sich diesem Programm anzuschließen, mit dem wir die Stadt und das ganze Tal am Leben erhalten.«

»Ich ... ich brauche etwas Bedenkzeit.«

»Wofür?« erwiderte Quinn mit einer unmißverständlichen Ungeduld in der Stimme.

Er starrte auf sie hinunter. Abby las in seinen Augen, daß der Sicherheitschef von Colstar inzwischen zu der Ansicht neigte, sie habe genug gesehen und gehört.

»Es gibt mehrere Personen, die wissen, wo ich mich befinde und was ich gerade mache«, sagte sie.

Quinns eiskalter Blick schien sie zu durchbohren.

»Das ist völliger Unsinn«, schnaubte er plötzlich. »Wir haben es auf Ihre Weise versucht, George. Nun werden wir es auf meine machen. Hinaus mit Ihnen. Alle bis auf Gould.«

Als die vier Männer schweigend und offenbar erleichtert den Raum verließen, fürchtete Abby, daß ihre letzte Stunde geschlagen hatte.

Quinns Augen hatten einen drohenden Ausdruck angenommen. Der großgewachsene, breitschultrige Polizeichef trug ein entnervendes Lächeln zur Schau. Unbewußt feuchtete er seine Lippen mit der Zunge an. Was auch immer jetzt mit ihr passieren sollte – er würde es genießen.

»Abby, ich denke, wir sollten uns jetzt in mein Büro in der Colstar-Fabrik begeben«, sagte Quinn, während er einen Schritt auf sie zu machte. »Wir müssen dort über alles reden.«

Vor Abbys innerem Auge tauchte nur kurz das Bild von Kellys regungsloser Gestalt auf, die quer auf den Vordersitzen ihres Wagens lag. Der Mann, der jetzt über ihr stand, kannte kein Erbarmen. Ob mit Drogen, mit Foltermethoden oder mit beidem – Quinn würde bestimmt einen Weg finden, die Antworten auf seine Fragen aus ihr herauszuholen. Danach würde Abby Dolan einfach verschwinden. Und aller Wahrscheinlichkeit nach würde auch Lew Alvarez vermißt oder irgendwo tot aufgefunden werden. Auf diese Weise war Quinn mit David Brooks und Kelly verfahren. Es gab keinen Grund anzunehmen, daß er mit ihr etwas Besseres im Sinn hatte.

Allein schon der Gedanke daran, daß Quinn sie anfassen würde, jagte ihr einen kalten Schauer über den Rücken. Und die Vorstellung, daß sie ihm vollkommen hilflos ausgeliefert sein würde, war absolut unerträglich. Sie hatte sich noch nie in ihrem Leben so verängstigt und wehrlos gefühlt wie in diesem Augenblick. Trotzdem würde sie sich keinesfalls ohne Gegenwehr von ihm gefangennehmen lassen. Möglich, daß Schreie eine gewisse Wirkung haben würden – möglich, aber nicht sehr wahrscheinlich. Statt dessen zog sie den linken Fuß auf der Leitersprosse ein Stück zurück, stieß sich mit dem anderen Fuß von der Schachtwand ab und ließ sich in den Tunnel hinunterfallen. Über ihr gab Quinn Captain Gould rasch einen Befehl und kletterte dann hinter ihr die Leiter hinunter, während Abby bereits geduckt durch den Tunnel zu dem unterirdischen Labor zurückrannte.

»Abby, machen Sie das nicht«, rief Quinn hinter ihr, und seine tiefe Stimme rollte wie ein Donnerhall durch den Tunnel. »Das ist gar nicht nötig, und es wird Ihnen auch nichts helfen.«

In diesem Moment gingen alle Lichter an der Decke des Tunnels an. Die plötzliche Helligkeit blendete Abby, sie verlor das Gleichgewicht und prallte mit der Schulter gegen die Tunnelwand. Sie schrie vor Überraschung und Schmerz laut auf, während Quinn immer näher kam. Seine ledernen Schuhsohlen erzeugten auf dem Lattenrost ein Geräusch wie Pistolenschüsse. Er war viel schneller als Abby. Die Dunkelheit und die niedrige Tunneldecke hatten ihr nur vorübergehend einen Vorsprung verschafft. Verzweifelt schloß sie die rechte Hand zur Faust und führte damit einen Schlag gegen die nächste Leuchtstoffröhre. Das splitternde Glas verletzte ihre Hand, aber vor lauter Angst empfand Abby keinen Schmerz. Mit gesenktem Kopf lief sie weiter, zerschmetterte nacheinander alle Leuchtstoffröhren an der Decke und ließ ein Meer von Glassplittern und die totale Dunkelheit hinter sich.

Die Schritte hinter ihr wurden langsamer. »Geben Sie auf, Abby!« rief Quinn.

Er versuchte, einen überlegenen und zuversichtlichen Ton zu finden, aber Abby merkte, daß er frustriert war. Der Gedanke daran weckte in ihr wieder Zuversicht und setzte neue Kräfte frei. Solange ihr niemand vom anderen Ende des Tunnels entgegenkam, hatte sie eine Chance. Und wenn jetzt jemand versuchte, ihr den Weg zu verstellen, sollte er sich das lieber zweimal überlegen. Sie hatte sich inzwischen ein recht gutes Bild von der ehemaligen Patience-Goldmine gemacht und war bereits bis zu der oberen Kaverne vorgedrungen. Irgendwie mußte der Aufzugschacht in der Mitte der Mine mit der Fabrik oben auf dem Felsen verbunden sein. Und zweifellos gab es dort irgendwo auch noch eine Treppe, die vermutlich von der oberen Kaverne abging. Wenn sie *diese* Treppe erreichen konnte, hatte sie eine echte Chance.

Plötzlich tauchten Lichter vor ihr auf. Jetzt mußte sie schneller laufen als Quinn. Sie hatte die letzte Biegung vor der unteren Kaverne erreicht und wünschte, daß der Tunnel länger gewesen wäre. Zumindest hatte bisher noch niemand versucht, ihr den Weg zu versperren. Dabei hatte Quinn Captain Gould doch gewiß befohlen, die Leute im unterirdischen Labor telefonisch von ihrer Ankunft zu informieren. Das Ende des Tunnels war in Sicht, doch niemand schien sie dort zu erwarten. Offenbar hatte Gould niemanden im Labor erreichen können.

Wenn Quinn aus dem Tunnel herauskam, mußte er annehmen, daß sie die Wendeltreppe hinaufgelaufen war. Denn in dem Labor mit seinen gläsernen Wänden konnte sie sich nicht verstecken. Also überlegte sie fieberhaft, ob es eine Alternative gab. Plötzlich fiel ihr die Toilette ein. Wenn sie sich dorthin flüchtete und Quinn die Treppe hinaufrannte, konnte sie durch den Tunnel wieder in das Krankenhaus zurücklaufen, um sich in Sicherheit zu bringen. Aber wenn er aus dem Tunnel herauskam, bevor sie die Toilette erreicht hatte, oder dort nach ihr suchte, war sie verloren.

Vielleicht konnte sie die Treppe auch schneller hinaufrennen als er und dabei einen solchen Vorsprung herausholen, daß es ihr gelingen würde, den zweiten Treppenaufgang in der oberen Kaverne zu erreichen, bevor er dort anlangte – vorausgesetzt natürlich, daß diese Treppe überhaupt existierte. Immerhin war sie ungefähr fünfzehn Jahre jünger als er. Aber Quinn schien körperlich topfit zu sein, was man von ihr nicht gerade behaupten konnte.

Mit diesen deprimierenden Gedanken erreichte sie das Ende des Tunnels.

Der Aufzug und die Wendeltreppe befanden sich unmittelbar vor ihr, die Toilettenräume lagen ungefähr sechs Meter entfernt. Sie konnte bereits seine Schritte hinter sich hören. In wenigen Sekunden würde Quinn aus dem Tunnel herauskommen. Da fiel ihr Blick auf den roten Knopf und den Hebel der Berieselungsanlage hinter der Glasscheibe. Rasch griff sie nach dem an einer Kette hängenden kleinen Hammer, zertrümmerte damit die Scheibe, löste den Feueralarm aus und aktivierte die Berieselungsanlage. Im gleichen Moment ertönte eine Sirene, und kurz darauf ergoß sich aus Dutzenden von Düsen an der Decke ein sintflutartiger Regen.

Abby riß einen der Feuerlöscher aus dem Gestell neben der Treppe, entfernte den Sicherheitsstift und trat einen Schritt vom Tunnel zurück, als Quinn aus diesem herauskam. Er war höchstens anderthalb Meter von ihr entfernt, und der Regen hatte seine Kleider bereits völlig durchnäßt. Er war jetzt nicht mehr der selbstbewußte und überlegene Sicherheitschef, sondern glich eher einem wütenden, zähnefletschenden Raubtier. Abby richtete den Feuerlöscher auf sein Gesicht und drückte den Hebel. Sofort verschwand sein Kopf hinter einer dicken Schicht weißen Schaumes. Er schrie, sank auf die Knie und griff sich mit beiden Händen ins Gesicht, um den klebrig-beißenden Schaum aus den Augen zu wischen. Dank der Sprinkleranlage, die vor ein paar Sekunden noch Abbys Verbündeter gewesen war, konnte Quinn sich rasch von der Schaumschicht befreien.

Bestürzt darüber, daß sie ihren Vorteil so schnell eingebüßt hatte, und aus Angst, daß er sich jeden Moment auf sie stürzen würde, hob sie den schweren Feuerlöscher bis zu ihrem Kinn hinauf und schleuderte ihn Quinn entgegen. Er traf ihn an der Schulter und seitlich am Gesicht, und da er den schweren Stahlzylinder nicht hatte kommen sehen, kippte er nach hinten und fiel auf den nassen Kachelboden. Als Abby sah, daß er nur leicht verletzt war, drehte sie sich rasch um und rannte die Treppe hinauf.

Die untersten Stufen waren jedoch von dem Wasser der Sprinkleranlage so schlüpfrig geworden, daß sie darauf ausrutschte und sich das Schienbein aufschlug. Ein stechender Schmerz durchzuckte sie, und einen Moment fürchtete Abby, sie habe sich das Schienbein gebrochen. Sie schrie und klammerte sich am Geländer fest, als sie von der Treppe herunterzufallen drohte. Doch dann merkte Abby, daß sie nur eine Fleischwunde davongetragen hatte, blickte rasch über die Schulter und sah, daß Quinn sich bereits wieder vom Boden erhoben hatte. Er rieb sich zwar immer noch den Schaum aus den Augen, aber es war nur eine Frage von Sekunden, bis er wieder sehen konnte. Im Treppenschacht über dem Labor gab es keine Sprinklerdüsen mehr, so daß die Stufen dort trocken waren. Und obwohl Abbys Lungen wie Feuer brannten, verlieh ihr die Angst fast übermenschliche Kräfte, und sie nahm zwei oder drei Stufen auf einmal. Als sie am Eisengitter des ersten Lüftungsschachtes vorbeikam, hörte sie plötzlich Schritte, die sich von oben her näherten.

Es hatte keinen Sinn, jetzt anzuhalten und nach unten zu schauen. Sie wußte, daß Quinn ihr die Treppe hinauf gefolgt war. Abby steckte in einer Falle, die bald über ihr zuschnappen mußte. Die einzige Hoffnung, die ihr jetzt noch blieb, war die obere Kaverne. Wenn sie diese noch rechtzeitig erreichen konnte, würde sie sich über die Treppe, die sie dort vermutete, in die Fabrik flüchten können.

Aber es gab noch eine Alternative, wie Abby jetzt erkannte.

Der Treppenabsatz mit dem zweiten Notausgang mußte sich wenige Meter über ihr befinden. Wenn sie diesen erreichen konnte, bevor sie mit dem von oben herunterkommenden Mann zusammenstieß, würde es wahrscheinlich eine momentane Verwirrung geben, bis dieser Mann und Quinn sich darüber einig waren, ob Abby sich nach links gewandt hatte, wo die Treppe zur oberen Kaverne hinaufführte, oder nach rechts in den Entlüftungsschacht hinein. Vielleicht verschaffte ihr das einen so großen Vorsprung, daß sie das Ende des Schachtes erreichen, dort die sechs Bolzen der Tür lösen und sich nach draußen flüchten konnte. Dort war sie dann auf ihr Improvisationstalent angewiesen. Aber wenn dieser Entlüftungsschacht als Notausgang diente, mußte es ja auch irgendwelche Griffe oder Stufen in der Felswand geben, mit deren Hilfe sie entweder auf den Talboden hinunter- oder auf den Felsen hinaufgelangen konnte.

Der Mann, der ihr von oben entgegenkam, konnte höchstens noch eine halbe Treppenwindung von ihr entfernt sein, als Abby sich duckte und in den Tunnel zu ihrer Rechten eintauchte. Die Decke dieses Tunnels, die ihrer Schätzung nach zwanzig Zentimeter niedriger war als die des Krankenhaustunnels, würde ihr noch einen zusätzlichen Vorsprung von zehn oder fünfzehn Sekunden gegenüber Quinn verschaffen. Aber selbst für sie war der Weg durch diesen ungefähr dreißig Meter langen Tunnel überaus beschwerlich und zeitraubend. Das bißchen Licht, das vom Hauptschacht in den Tunnel hineinreichte, wurde schon nach wenigen Schritten von einer totalen Finsternis abgelöst. Immer wieder stieß sie mit dem Kopf oder den Armen gegen einen Felsvorsprung oder eine Steinkante, und bald war ihr durchnäßtes Hemd an beiden Schultern in Fetzen gerissen und die Haut darunter durchgescheuert. Abby ignorierte den Schmerz.

Ihre Lunge brannte wie Feuer, und die Luft war so stickig und schwer, daß sie kaum einen vernünftigen Atemzug machen konnte. Die dreißig Meter kamen ihr endlos vor. Dann erreichte sie die Tür. Sie schlug mit dem Kopf dagegen, stürzte zu Boden und war einen Augenblick lang betäubt. Gegen den Brechreiz und das Schwindelgefühl in ihrem Kopf ankämpfend, rappelte sie sich wieder hoch und suchte in fieberhafter Eile in den Taschen ihrer nassen Jeans nach Lews Stablampe. Sie war erstaunt, daß dieses Werbegeschenk von Ezra Blacks pharmazeutischer Firma seinen Geist noch immer nicht aufgegeben hatte. Rasch löste sie den ersten Bolzen der Tür. Ihre Knöchel wurden von der Felswand wundgescheuert. Hinter sich konnte sie noch immer das Wimmern der Sirene hören, das sich nun mit dem Geräusch herannahender Schritte vermischte. Sie hatte bereits den fünften Bolzen entriegelt, als Lyle Quinns Stimme den Schacht erfüllte.

»Geben Sie auf, Abby! In diesem Moment wird ein Haftbefehl an alle Polizeistationen des Landes geschickt, in dem Sie des versuchten Mordes an Kelly Franklin bezichtigt werden. Die Kooperation mit uns ist Ihre einzige Hoffnung. Nur wir können Sie jetzt noch retten.«

Verzweifelt riß Abby an dem letzten Verriegelungsbolzen.

»Abby, bleiben Sie hier! Sie werden niemals lebend den Fuß dieses Felsens erreichen.«

Verdammt. Der letzte Bolzen wollte sich einfach nicht lösen lassen. Da die Tür keine Angeln besaß, mußte man sie vermutlich gänzlich entfernen, bevor man durch die Öffnung ins Freie gelangen konnte. Die Schritte hinter ihr kamen immer näher. Abby warf sich auf den Rücken, zog die Knie bis unter das Kinn und trat dann mit voller Wucht gegen die Tür. Sie hörte ein berstendes Geräusch, bevor die Tür in die kühle Nacht hinausflog. Im nächsten Moment wurde der Tunnel mit Frischluft und Licht überflutet.

Abby blickte durch die Öffnung in der Felswand. Das Tal und die Stadt lagen tief unter ihr. Flutlichter entlang des Zaunes, der auf der Wiese am Fuße des Felsens die Grundstücksgrenze markierte, sorgten für eine fast taghelle Beleuchtung der Felswand. Es regnete noch immer, und im Schein der Flutlichter schimmerte der dunkle Granit wie Silber. In der Ferne konnte sie das rotierende Blaulicht von zwei Einsatzwagen sehen, die sich durch das Stadtzentrum auf den Felsen zu bewegten. Wenn Quinn die Wahrheit gesagt hatte – und es gab keinen Grund, das zu bezweifeln –, dann waren die Polizisten, die in diesen Wagen saßen, mit einem Haftbefehl für eine gewisse Abby Dolan unterwegs zur Colstar-Fabrik. Wenn Joe Henderson einen falschen, aber rechtlich einwandfreien Autopsiebericht präsentieren und George Oleander es so einrichten konnte, daß seine Patienten mit schädlichen Chemikalien behandelt wurden, war ein betrügerischer Haftbefehl ein Kinderspiel für die Männer von Patience.

Soweit sie sehen konnte, befanden sich keine von Menschenhand erschaffenen Stufen oder Kletterhilfen außen an der Felswand. Aber zu ihrer Erleichterung stellte sie fest, daß diese nicht so glatt und schroff war, wie sie vom Talboden aus erschien. Sie war zwar steil, aber unter optimalen Bedingungen – an einem trockenen Tag, wenn sie es nicht sonderlich eilig hatte und nicht nach unten schaute – würde sie vermutlich genügend Vorsprünge und Spalten in der Wand gefunden haben, um den Abstieg zum Talboden einigermaßen problemlos bewältigen zu können. Doch keine Situation hätte von solch optimalen Bedingungen weiter entfernt sein können als jene, in der sie sich in diesem Augenblick befand.

Abby hätte fast alles dafür gegeben, um nicht auf die Felswand hinausklettern zu müssen. Doch im Vergleich zu der Aussicht, Lyle Quinns Gefangene zu werden, schien ihr die Gefahr, den Halt zu verlieren und auf den kantigen Felsblöcken am Fuß der Felswand zu zerschellen, das kleinere Übel zu sein.

Ohne zu zögern, setzte sie die Füße auf ein Sims, das nicht breiter als fünfzehn Zentimeter sein konnte, krallte die Finger in eine flache Felsrinne und zog sich hinaus auf die schlüpfrige Felswand.

38. Kapitel

Abby versuchte, ja nicht in die Tiefe zu sehen, und krallte sich mit den Fingerspitzen in den nassen Fels. Sie kam nur langsam voran, da die heftigen Windböen sie von der Wand reißen und in die Tiefe stürzen konnten. Der Fels war rechts von ihr ein wenig gewölbt, und je weiter sie sich in diese Richtung bewegte, um so schwieriger würde es für Quinn werden, auf sie zu schießen, falls er das vorhatte.

Sie konnte sich kaum vorstellen, daß Quinn – oder wer auch immer sich diesen Fluchtweg aus dem unterirdischen Labor ausgedacht haben mochte – jemals versucht hatte, diesen auch tatsächlich zu benutzen. Aber vermutlich waren sie davon ausgegangen, daß bei einem Feuer oder Gasausbruch nur der untere Notausgang in Frage kam, der sich lediglich acht Meter über dem Talboden befand.

Abby suchte immer wieder verzweifelt den Fels rechts neben ihr mit den Augen ab. Jedesmal, wenn sie glaubte, nicht mehr weiterzukommen, fand sich doch noch irgendwo ein Spalt oder ein kleiner Vorsprung, auf den sie den Fuß setzen und mit den Händen einen Halt finden konnte. Sie stieß bei jedem Atemzug einen leisen Schrei aus, um sich von dem stechenden Schmerz in ihrem Schienbein und ihren Schultern abzulenken. Eine kleine Glasscherbe, die sich am Rand ihres rechten Handtellers ins Fleisch gebohrt hatte, versetzte ihr jedesmal, wenn sie die Finger in eine Felsritze krallte, einen heftigen Nadelstich. Sie bewegte sich noch immer in seitlicher Richtung am Fels entlang, um einen möglichst großen Abstand zur Öffnung des Entlüftungsschachtes zu gewinnen, bevor Quinn diese erreicht hatte.

Sie befand sich etwa in der Mitte des Felsens, so daß die Fabrik und der Talboden gleich weit von ihr entfernt waren. Den Fels zu erklimmen war aber ohne entsprechende Ausrüstung unmöglich, da das obere Ende einen Überhang bildete. Abby blickte in die Höhe. Die monströse COLSTAR-Leuchtschrift tauchte den Himmel in blutrotes Licht.

Schließlich erreichte Abby eine Stelle in der Felswand, die ihr sicher genug erschien, um einen Moment innezuhalten und nach unten zu schauen. Sie war inzwischen ungefähr sechzehn oder siebzehn Meter von der Öffnung in der Felswand entfernt und befand sich im Schatten zwischen den fächerförmigen Lichtkegeln zweier starker Scheinwerfer, die vom Talboden aus die Wand anstrahlten.

Noch war Quinn nirgends zu sehen. Der Wind und der Regen machten das Verharren in der Wand zu einer recht gefährlichen Angelegenheit. Abby klammerte sich an eine Felsnase und betrachtete die Felsblöcke und die Wiese am Fuß der Colstar-Klippe. Über den Maschendrahtzaun mit den darüberliegenden Stacheldrahtrollen würde sie nicht klettern können. Im Norden lief er um einen Felsvorsprung herum, aber im Süden endete er direkt an der Felswand, die dort besonders steil und glatt zu sein schien. Von außen konnte man den Zaun dort unmöglich überwinden. An der Innenseite des Zaunes schien der Fels jedoch weniger steil und auch etwas zerklüftet zu sein. Wenn sie unten auf der Wiese am Zaun entlanglief und diese Stelle erreichte, konnte sie dort vielleicht die Felswand ein Stück weit hinaufklettern und jenseits des Zaunes wieder hinunterrutschen. Dieser Gedanke war nicht ganz so schrecklich wie die Vorstellung, was mit ihr passieren würde, wenn sie aufgab. Die rotierenden Blaulichter kamen mit jeder Sekunde näher.

Nachdem sie sich für eine bestimmte Route entschieden hatte, machte sie einen Schritt nach rechts. Aber sie verfehlte den anvisierten Sims mit den linken Fuß und rutschte an der Felswand ab. Bevor sie ihren Fehler korrigieren konnte, hatte auch ihr rechter Fuß keinen Boden mehr unter sich. Während sie verzweifelt versuchte, sich irgendwo an der Felswand festzukrallen, rutschte sie an der nassen Wand nach unten, die ihr den Bauch, die Brust und die Arme zerschrammte. Drei Meter, sechs Meter … immer schneller wurde die Fahrt, bis ihre Füße plötzlich mit einem großen, gezackten Vorsprung im Felsen kollidierten, der ihren Fall so stark abbremste, daß sie ihre Finger in eine Felsspalte krallen konnte, an der sie vorbeiglitt. Im nächsten Moment hing ihr ganzes Gewicht an ihren Fingern. Die Arme wurden auf eine schmerzvolle Weise überdehnt, während ihre Beine über dem Abgrund hin und her pendelten. Abby krallte die Finger tiefer in die Spalte und blickte über die Schulter nach unten. Da ging es noch ungefähr zehn Meter senkrecht in die Tiefe, bevor sich die Felsblöcke wie schlafende graue Echsen auf der Wiese ausbreiteten. Der Glassplitter in ihrer rechten Hand verursachte fürchterliche Schmerzen, und das Pochen in Abbys Schultern war unerträglich. Trotzdem hielt sie sich in der Felsspalte, während sie mit den Beinen verzweifelt nach irgendeinem Halt suchte.

In dem Moment, wo sie meinte, daß sie sich nicht länger würde halten können, fand der große Zeh ihres rechten Fußes einen winzigen Vorsprung im Fels, auf dem er Tritt fassen konnte. Sofort stemmte sie ihren Körper etwas in die Höhe, um die Hände von dessen Last zu befreien. Mit dem linken Fuß stieß sie nun auf ein Felsband, das schräg an der Wand entlanglief und so breit war, daß es bequem ihren ganzen Fuß aufnehmen konnte. Sie vertraute diesem Steinsims ihr ganzes Gewicht an, ließ langsam mit einer Hand die Felsspalte los und suchte sich einen neuen Halt.

Abby rang nach Luft und verharrte auf dem schmalen Sims, bis ihre Atemfrequenz wieder normal war. Auf ihrem Gesicht vermischten sich Tränen mit dem strömenden Regenwasser. Die Prellungen, die sie bei diesem Beinaheabsturz erlitten hatte, waren viel schmerzhafter als der gebrochene Arm vor etlichen Jahren bei einem Handballturnier in der High-School. Aber sie war dem Talboden erheblich näher gekommen. Die Felswand unter ihr schien jetzt nicht mehr ganz so steil zu sein wie oben und auch mehr Risse und Spalten zu haben. Sie konnte sich sogar schon in Gedanken eine Route abstecken, auf der sie einigermaßen problemlos den Talboden erreichen mußte. Aber wo, zum Teufel, war Quinn?

In diesem Moment vernahm sie seine Stimme, die durch den Regen gedämpft wurde. Quinn mußte sich links von ihr befinden.

»Das war verdammt knapp, wie? Gut, daß Sie immer Ihre Cornflakes essen, Abby. Das zahlt sich aus!«

Er hatte offensichtlich das Eisengitter im unteren Entlüftungsschacht entfernt, stand jetzt ungefähr zehn Meter links von ihr in der Felswand und wurde von einem der Scheinwerfer unten auf der Wiese beleuchtet. Er hatte sein schwarzes Sportjackett abgelegt, war aber noch mit dem schwarzen Rollkragenpullover und seiner dunklen Hose bekleidet, so daß er kaum von der Felswand zu unterscheiden gewesen wäre, wenn ihn das Licht nicht angestrahlt hätte.

Abby blickte zu dem Zaun hinunter. Wenn sie den Südrand der Wand erreichen konnte, würde sie vielleicht den Zaun überwinden können, indem sie dort den Felsen ein Stück hinaufkletterte und hinter dem Zaun wieder hinabstieg. Abby zögerte keine Sekunde und kletterte die Felswand auf einer diagonal nach unten führenden Linie zum Südrand hinunter.

»Ich könnte Sie erschießen, Abby! Hier und jetzt! Soll ich es Ihnen beweisen?«

Im nächsten Moment hörte sie einen Knall und sah ungefähr einen Meter vor ihrem Gesicht eine kleine Staubfontäne aufsteigen. Eine zweite Kugel überschüttete sie kurz darauf mit Steinsplittern. Abby zuckte zusammen, bewegte sich instinktiv etwas langsamer, setzte ihren Weg Richtung Wiese aber beharrlich fort.

»Sie sind hier oben besser aufgehoben als dort unten am Boden!« rief Quinn ihr hinterher.

Er bewegte sich rasch auf sie zu, hielt nur kurz an, um noch einmal auf sie zu schießen, wobei die erste Kugel direkt über ihrem Kopf in der Wand einschlug, während die zweite von dieser abprallte und dabei die Wade an ihrem linken Bein streifte. Der Schmerz, der sie im selben Moment durchzuckte, fiel bei den anderen Schmerzen, unter denen sie bereits zu leiden hatte, kaum noch ins Gewicht.

Jetzt hat dich also eine Kugel getroffen, dachte sie nur, während sie ihren Abstieg fortsetzte. Der Anblick dieses selbstherrlichen Bastards, der da hinter ihr in der Wand turnte, erregte mehr Wut als Angst in ihr. Sie versuchte ihn aus ihrem Bewußtsein zu verdrängen, indem sie sich nur noch auf Felsspalten und Vorsprünge konzentrierte, an denen sie sich festkrallen und ihre Füße einen Halt finden konnten. Doch ihr wurde auch klar, daß sie es wohl kaum schaffen würde. Denn wenn sie den Fuß der Felswand erreicht hatte, mußte sie auf einer Länge von ungefähr fünfzig Metern über mächtige Felsblöcke hinwegsteigen, bevor sie das Ende des Zaunes erreichte. Und dort mußte sie dann wieder fünf Meter an der Felswand hochklettern, um schließlich aus derselben Höhe auf der anderen Seite des Zauns hinunterzusteigen.

Es waren die ständigen Adrenalinausschüttungen in ihrem Körper, die Abby jetzt vorantrieben. Doch die regennasse Kleidung, die Fleischwunde an ihrer Wade, die zahllosen Prellungen und Blutergüsse und ihre nicht gerade glänzende Konstitution arbeiteten gegen sie.

»Sie sollten auf mich hören, Abby! Die Wachtposten sehen es gar nicht gern, wenn man in ihr Territorium eindringt!«

Ihr Abstand zum Talboden betrug jetzt höchstens fünf Meter, und der Felsblock auf der Wiese war etwa zwei Meter entfernt. Momentan befand sie sich auch außerhalb von Quinns Gesichtsfeld. Sie schielte durch den Regen nach oben. Die Colstar-Klippe glich einem fensterlosen Wolkenkratzer. Abby rechnete sich größere Chancen aus, das Ende des Zauns zu erreichen, wenn sie nicht über die Felsblöcke lief, sondern diese umrundete. Falls Quinns Wachtposten sie dort unten erwarten sollten, war die Jagd zu Ende. Aber Quinn würde sie wohl kaum vor diesen gewarnt und sie dazu aufgefordert haben, hier oben zu bleiben, wenn er sich seiner Sache so sicher gewesen wäre.

Als sie nur noch zwei Meter vom Erdboden entfernt war, ließ Abby sich von der Wand herunterfallen und landete zwischen einem Felsblock und der Colstar-Klippe im

Morast. Sie kauerte dort ein paar Sekunden lang auf dem Boden, um wieder zu Atem zu kommen und auf die Schritte von Quinn oder seiner Wachtposten zu lauschen.

»Abby!«

Das hörte sich so an, als wäre Quinn noch ein gutes Stück von ihr entfernt. Sie schöpfte wieder Hoffnung. Vielleicht konnte sie doch noch das Ende des Zauns erreichen. Sie mußte sich nur so tief bücken, daß Quinn sie nicht sehen konnte, wenn sie um die Felsblöcke herumlief.

»Geben Sie auf, Abby«, schrie Quinn. »Unsere Posten könnten sonst sehr böse auf Sie werden!«

Abby lief geduckt um den ersten Felsblock herum. Quinn konnte sie jetzt nur sehen, wenn er von der Felswand heruntersteig und auf die Wiese trat. Dann würde es wieder zu einem Wettrennen zwischen ihr und ihm kommen. Denn diese Wachtposten, mit denen er gedroht hatte, konnte sie hier nirgends entdecken.

Abby sprintete über eine zwei Meter breite offene Grasfläche und suchte hinter einer Reihe von Felsblöcken Deckung. Sie vermutete, daß Quinn sich an einer Stelle befinden mußte, wo er sie nicht sehen konnte, denn sonst hätte er vermutlich längst auf sie geschossen. Vorteil Dolan. Sie war jetzt noch ungefähr zehn Meter vom Ende des Zauns entfernt. Aber vielleicht würde sie dort feststellen müssen, daß die Felswand viel steiler war, als sie angenommen hatte. Doch seit jenem schrecklichen Moment im Kernspin-Computerraum, als plötzlich die Lichter angingen und diese sechs Männer über ihr standen, hatte ihr jedesmal ein glücklicher Zufall oder ein Wunder aus der Patsche geholfen.

»Das ist jetzt Ihre letzte Chance«, brüllte Quinn. »Ich habe eine Pfeife in der Hand. Ein Pfiff, und die Wächter werden alarmiert. Wenn ich zweimal pfeife, lassen sie Sie in Ruhe. Jedenfalls hoffe ich, daß sie das tun …«

Abby bewegte sich langsam um einen Felsblock herum. Die Wiese wurde zum Ende des Zauns hin immer schmaler.

»Also gut, Abby. Sie wollen es nicht anders haben. Dann mal los, Jungs!«

Sie hörte keinen Pfiff, doch im nächsten Moment begriff sie auch warum. Denn dieses Gelände am Fuße des Colstar-Felsens wurde nicht von Männern, sondern von *Hunden* bewacht. Als sie in nördlicher Richtung am Zaun entlang blickte, sah sie die Tiere schon auf sich zukommen – zwei dunkle Torpedos, die über das wellige Terrain hinschossen und sich ihr in einem atemberaubenden Tempo näherten. Als Abby sich wieder umdrehen und losrennen wollte, tauchte Quinn plötzlich auf dem Scheitel eines großen Felsblockes auf. Er war immer noch gut fünfundzwanzig Meter von ihr entfernt, so daß sie es tatsächlich bis zum Endes des Zauns schaffen konnte. Andererseits war es auf die Entfernung ein leichtes, sie mit einer Kugel aus seinem Revolver niederzustrecken. Aber er verließ sich ganz auf die Hunde, stemmte die Hände in die Hüften und beobachtete die Szene mit einem boshaften Lächeln.

Abby wußte, daß es sinnlos war, noch vor den Hunden das Ende des Zaunes erreichen zu wollen. Aber sie hatte keine andere Wahl. Sie wirbelte herum, glitt jedoch auf dem schlüpfrigen Boden aus und fiel hin. Sie konnte jetzt die Hunde an dem Felsblock vorbeiflitzen sehen, auf dem Quinn stand. Es waren zwei riesige Dobermänner – schwarzgoldene Phantome, die kurz nacheinander durch den hellen Lichtkegel eines Scheinwerfers flogen. Sie waren jetzt so nahe, daß sie ihr Fauchen hörte.

Oh, mein Gott …

Der erste Hund hatte den Scheitel der Bodenwelle hinter ihr erreicht, und sein Körper streckte sich wie der eines Wettkampfschwimmers, der einen Hechtsprung vom Startblock ins Wasser macht. Abby schrie und hob instinktiv den Unterarm vor das Gesicht, um es vor den Zähnen des Tieres zu schützen. Plötzlich änderte jedoch der fliegende Schatten mitten in der Luft seine Richtung und landete mit einem dumpfen Laut neben ihrem Gesicht im Gras.

Auch der zweite Dobermann hatte inzwischen die Erhebung hinter ihr erreicht und setzte zum Sprung an. Als er sich vom Boden löste, hörte Abby ein sirrendes Geräusch. Der Dobermann stieg senkrecht vor ihr in die Luft und fiel dann seitlich gegen einen Felsblock, wo er mit einem langen Jagdpfeil, der seinen Hals durchbohrt hatte, liegenblieb. Erst jetzt bemerkte Abby auch den gefiederten Schaft eines Pfeils, der dem ersten Dobermann aus der Brust ragte.

»Ives!«

Als sie diesen Namen rief, hörte sie einen Knall und spürte im gleichen Moment einen stechenden Schmerz in der rechten Hüfte. Quinn hatte tatsächlich auf sie geschossen. Der Schuß hallte noch über die Wiese, als sie abermals das sirrende Geräusch eines Pfeils vernahm. Im nächsten Moment stieß Quinn einen Schrei aus, schoß noch ein paarmal wild in die Luft und fiel dann vom Felsblock herunter.

»Rasch, Abby! Hier herüber!«

Ives lag dort vor dem Zaun auf den Knien im Gras und hielt eine große Drahtschere in den Händen, mit der er den Maschendraht bearbeitete. Als Abby zu ihm hinlief, warf sie einen letzten Blick auf Quinn. Der Sicherheitschef von Colstar wand sich vor Schmerz auf dem Boden. Ein langer Pfeilschaft ragte aus seinem rechten Knie. Erst jetzt wurde ihr bewußt, daß dem Einsiedler für seine drei Meisterschüsse nur ein kleines Loch im Zaun zur Verfügung gestanden hatte. Ives bog den Zaun auseinander und Abby schlüpfte durch die Öffnung. Vor Freude fiel sie ihm um den Hals.

»Sie scheinen sich da mit einer Meute wilder Tiere angelegt zu haben«, sagte er.

»Aber ich bin am Leben, und das habe ich Ihnen zu verdanken«, erwiderte sie und blickte kurz auf die Wiese zurück. »Es tut mir nur um die Hunde leid. Sicher ist es Ihnen nicht leichtgefallen, die beiden Tiere zu erschießen.«

Der Einsiedler drückte rasch ihre Hand.

»Wir sollten jetzt wohl besser von hier verschwinden«, sagte er. »Zwei Einsatzwagen der Polizei sind gerade zur Colstar-Fabrik hinaufgefahren.« Er deutete mit der Hand auf die Wiese hinter dem Zaun. »Die Polizei wird nicht lange rätseln müssen, wer hierfür verantwortlich ist.«

»Zum Henker mit dir, Ives!« brüllte Quinn. »Dafür wirst du bezahlen, du Hundesohn ...!«

»Glauben Sie, daß der Pfeil ihm das Knie zertrümmert hat?« fragte Abby, als sie am Zaun entlang auf Ives' Hügel zu liefen.

»Keine Ahnung. Wenn ja, sollte ich öfter Schießübungen machen. Ich habe nämlich nicht auf das Knie gezielt.«

39. Kapitel

Sam Ives und Abby rannten nach Norden. Der Einsiedler lief voran, und obwohl Abby ziemlich erschöpft und von ihren Blessuren mitgenommen war, hatte sie keine Mühe, mit ihm Schritt zu halten. Ives' Bein verheilte zwar rasch, doch die Muskeln, die von der chronischen Infektion zerstört worden waren, würde ihm kein noch so guter Arzt ersetzen können. Deshalb lief er nun auf eine etwas steife, schwerfällige Weise vor ihr her, die ihm wohl einige Schmerzen bereiten mußte, wie Abby instinktiv spürte.

Sie blickte zum Hospital hinüber, als sie daran vorbeirannten, und dachte automatisch an den Tunnel, der den MCT-Raum mit dem unterirdischen Colstar-Labor verband. Sie fragte sich, wie es jetzt wohl Kelly Franklin gehen würde – ob Barbara Torres noch bei ihr Wache hielt und Lew daran denken würde, sie abzulösen, wenn sein Dienst in der Unfallabteilung zu Ende war. Sie hatte ihm gesagt, daß sie in zehn oder höchstens fünfzehn Minuten wieder in die Station zurückkommen würde, und das war schon eine Ewigkeit her. Er mußte sich inzwischen schreckliche Sorgen ihretwegen machen.

Sie blickte zum Nachthimmel hinauf. Die Wolken hingen so tief über dem Tal, daß noch einige Stunden vergehen würden, bevor ein Hubschrauber der medizinischen Flugbereitschaft hier landen und Kelly zu einer Dekompressionskammer transportieren konnte. Wenn Kelly bis morgen früh das Bewußtsein nicht wiedererlangt hatte, würde jede Hilfe zu spät kommen. Aber vielleicht war sie schon jetzt nicht mehr zu retten, dachte Abby bedrückt.

Rechts von ihr konnte sie die beiden offenen Notausgänge in der Felswand sehen, die zwei klaffenden Wunden ähnelten. In kürzester Zeit würden diese Löcher wieder verstopft sein, damit niemand Verdacht schöpfte. Abby blickte über die Schulter zurück, als einer der beiden Streifenwagen mit Blaulicht und heulender Sirene die Auffahrt der Colstar-Fabrik herunterbrauste. Es war typisch für Quinn, daß er erst in den Tunnel hinuntergestiegen war, nachdem er Gould befohlen hatte, einen Haftbefehl gegen sie zu erwirken. Experimente mit Menschen, gefälschte Autopsieberichte, Mord, versuchter Mord und fabrizierte Haftbefehle. Die goldene Regel von Colstar: Wir haben das Geld und sind das Gesetz.

Aber mich habt ihr noch nicht, dachte sie zornig. Und außerdem war sie nicht allein, denn da gab es ja noch Lew, Barbara Torres, Gil Brant und ganz gewiß noch weitere Personen, wenn die Wahrheit erst einmal bekannt wurde. Der Deich leckte, und bald würde er so viele Löcher haben, daß Colstar nicht mehr wußte, welches zuerst gestopft werden sollte. Als sie am nördlichsten Punkt des Zaunes angelangt waren, ging Abby die Puste aus. Sie geriet ins Stolpern, als sie den Oxbow River auf der schmalen Holzbrücke überquerten, und hielt sich keuchend am Geländer fest.

»Ich muß eine kurze Rast einlegen, Ives«, sagte sie.

Ives blickte nervös auf das Tal zurück.

»Tun Sie, was Sie tun müssen«, erwiderte er. »Sie haben eine Menge durchgemacht. Ist die Polizei jetzt auch hinter Ihnen her?«

»Soviel ich weiß, ja.«

»Gibt es einen Platz, wo Sie sich verstecken könnten?«

»Bestimmt nicht in meiner Wohnung. Dort bin ich nicht mehr sicher. Am besten wäre ich jetzt wohl auf der Farm von Dr. Alvarez aufgehoben. Dort könnte ich mich so lange vor der Polizei verstecken, bis er nach Haus kommt.«

»Ich kenne ihn, denn ich habe eine Weile für ihn gearbeitet.«

»Ich weiß.«

»Ein guter Mann. Wo steht Ihr Wagen?«

»Beim Krankenhaus. Aber ich kann es jetzt nicht wagen, mich dort blicken zu lassen. Ich stecke in echten Schwierigkeiten, Ives.«

»Ich schätze, das können Sie von uns beiden sagen. Haben Sie sich inzwischen so weit erholt, daß wir unseren Marsch fortsetzen können?«

»Solange ich nicht laufen muß, ja.«

»Schön.«

»Wohin gehen wir den jetzt?«

»Erst mal zu meiner Hütte. Auf dem Schleichweg, den ich auch vorhin benutzt habe. Wir werden allerdings ein bißchen klettern müssen. Meinen Sie, daß Sie das schaffen werden?«

Abby blickte zum Colstar-Felsen hinüber.

»Ich denke schon.«

Ives nickte ihr zu und bewegte sich im schnellen Tempo den Hügel hinauf.

»Ives«, sagte Abby, als sie sich einer ziemlich steilen Stelle näherten, »die Polizei weiß vermutlich, wo Sie wohnen, nicht wahr?«

»Da haben Sie recht, und deshalb werden wir uns auch

nicht lange in meiner Hütte aufhalten. Aber ich habe dort ein paar saubere, trockene Sachen für Sie. Ihre Sachen, um genau zu sein, oder zumindest jene, die Sie mir einmal gebracht haben. Dann werde ich mich bei Freunden einquartieren, die keine hohe Meinung von der Polizei haben. Sie können sich dann auf den Weg zu Dr. Alvarez' Farm machen.«

»Die ist aber etliche Meilen von hier entfernt. Wie soll ich dort hinkommen?«

»Wenn Ihnen nicht plötzlich Flügel wachsen sollten, zu Fuß. Kommen Sie, wir müssen weiter. Sie können mir ja später in meiner Hütte erklären, wie es dazu kam, daß Sie plötzlich aus einer dieser Schießscharten im Colstar-Felsen herausgekrochen sind.«

»Und Sie können mir erzählen, wie es dazu kam, daß Sie plötzlich dort unten am Zaun auftauchten.«

»Der Handel gilt.«

Der Schleichweg zu Ives' Hütte bestand aus einer Reihe von Tauen, die an strategisch wichtigen Stellen an Baumwurzeln und Ästen befestigt waren. Mit Hilfe dieser Kletterseile und künstlicher Felsspalten, die den Zehen einen festen Halt verliehen, war es Ives möglich, ohne große Schwierigkeiten einen fast senkrechten Aufstieg zu seiner Hütte zu machen, obwohl er Abby hier und dort ein wenig helfen mußte. Normalerweise brauchte man für den Weg vom Tal bis zu seinem Lager, je nach Wetterlage, zwischen dreißig und fünfundvierzig Minuten, während sie es auf dieser Route in zehn Minuten schafften. Und nachdem Abby ihn an einem Seil aus seiner Hängematte hatte klettern sehen, mochte sie jede Wette eingehen, daß er für den Abstieg zur Wiese vor dem Colstar-Felsen keine fünf Minuten gebraucht hatte.

Als sie auf der Lichtung vor Ives' Behausung angelangt waren, verschwand er in seiner Hütte und kam wenig später mit einem kleinen Rucksack, einem Dutzend neuer Pfeile, einem alten Jogginganzug und einer schwarzen

Regenjacke wieder hinaus. Der Anzug und die Regenjacke hatten einmal Josh gehört. Es war seltsam, Ives so angespannt und ängstlich zu erleben.

»Nehmen sie die Sachen, und ziehen Sie sich in meiner Hütte um«, sagte er. »Ich werde mich inzwischen hierhersetzen, damit Sie mir erzählen können, warum man inzwischen Hunde und Bullen auf Sie hetzt.«

Abby betrat seine Hütte, die wie immer bemerkenswert sauber und aufgeräumt war. Heute wurde sie sogar von einer Laterne erhellt. Sie blickte hinüber zu einem aus Ziegelsteinen und Brettern gefertigten Wandregal, das von oben bis unten mit abgegriffenen Taschenbüchern gefüllt war. Es stimmte sie sehr traurig, daß Ives ihretwegen seine Wohnung aufgeben mußte. Doch im Augenblick wußte sie nicht, wie sie das verhindern konnte.

Es kostete sie einige Mühe, die nassen Sachen auszuziehen, die ihr auf der Haut klebten. Die zahllosen Schürfwunden, Schrammen, Blutergüsse und Schnitte, die sie davongetragen hatte, waren häßlich, aber erträglich. Die beiden Streifschüsse an der Wade und Hüfte hatten nur zwei oberflächliche Fleischwunden hinterlassen, die sie nun mit den Bandagen verband, die sie für Ives im Krankenhaus besorgt hatte.

»Es gibt ein unterirdisches Labor im Colstar-Felsen«, sagte Abby, während sie die schlimmsten Schrammen an ihren Schultern und Armen behandelte. »Colstar lebt in erster Linie von lukrativen Regierungsaufträgen. Und die Firma bedankt sich dafür bei der Regierung, indem sie hier im Krankenhaus chemische Kampfstoffe und entsprechende Gegenmittel an ahnungslosen Patienten ausprobiert. Ich habe das Labor entdeckt, aber dann hat Quinn *mich* entdeckt.«

»Sie müssen den Alarm in der Fabrik ausgelöst haben, weil plötzlich alle Scheinwerfer angingen, die dort entlang des Zaunes installiert sind«, erwiderte Ives. »Ich hatte so etwas noch nie zuvor gesehen, und deshalb nahm ich den

Feldstecher und begab mich auf meinen Aussichtspunkt. Als ich dann die Felswand durch das Glas betrachtete, kamen Sie plötzlich aus einer dieser Luken heraus, auf die Sie mich damals aufmerksam gemacht haben. Ich hatte das Gefühl, daß Sie Hilfe brauchen würden, und nahm deshalb die Abkürzung.«

»Ich bin Ihnen sehr dankbar, daß Sie das getan haben«, sagte Abby.

»Sie sind ein guter Mensch. Sie tun Leuten wie mir Gutes. Zuweilen bekommen wir die Chance, etwas davon zurückzugeben.«

»Ives – absolut jeder, der in dieser Stadt etwas zu sagen hat, ist in die Sache verwickelt: Quinn, der Polizeichef, der Direktor des Krankenhauses, der medizinische Direktor, selbst dieser Grobian, der Ihnen damals die Schnitte im Gesicht vernäht hat – sie alle haben einen Pakt mit dem Teufel in Gestalt von Senator Corman geschlossen. Dafür, daß sie diese Stadt in ein Laboratorium verwandeln, in dem mit Menschen experimentiert wird, bekommen sie die Vollbeschäftigung dieser Region, schöne Parkanlagen und großartige Schulen.«

Abby kam aus der Hütte. Sie trug jetzt einen recht fadenscheinigen Jogginganzug, eine gummierte Regenjacke und eine alte Baseballkappe, die Josh aus irgendeinem Grund ausgemustert hatte. Sie hatte es stets genossen, wenn sie Sachen von ihm anziehen konnte. Und obwohl sie am Tage seines Auszugs mit dieser Gewohnheit gebrochen hatte, war es jetzt ein seltsames, aber nicht unangenehmes Gefühl, diese nun wiederaufleben zu lassen.

»Wir müssen jetzt verschwinden«, drängte Ives. »Sie können mich begleiten, wenn Sie das möchten.«

»Ich kann Sie nicht noch mehr gefährden, Ives. Der Kontakt mit Lew ist meine einzige Hoffnung.«

»Der Weg, den ich Ihnen zeigen werde, führt über die Hügel durch den Wald. Wenn Sie die Taschenlampe, die ich Ihnen mitgeben werden, sparsam benutzen, wird man Sie vom Tal aus nicht sehen können.«

Er holte eine große, mit vier Batterien bestückte Stablampe aus seinem Rucksack und reichte sie Abby.

»Das kann ich nicht annehmen, Ives. Sie werden sie genauso nötig brauchen wie ich.«

Sam Ives blickte sie an. Und da war jetzt ein Funkeln in den Augen über dem mächtigen Vollbart.

»Wenn ich mich recht entsinne, haben wir uns schon einmal über die Umstände unterhalten, unter denen ich gut oder gar nichts sehen kann. Zwingen Sie mich nicht dazu, mich mit meiner Sehkraft zu brüsten.«

Abby prüfte das Licht der Stablampe und gab ihm dann mit einem Nicken ihr Einverständnis, sie zu behalten. Nachdem Ives das Licht in seiner Hütte gelöscht hatte, warf er noch schnell einen Blick über die Lichtung, ehe sie sich nach Westen hin in Marsch setzten.

Der Wald strotzte vor Feuchtigkeit. Wasser tropfte unablässig von den Zweigen, und Abby vermochte nicht zu sagen, wie stark es noch tatsächlich regnete. Zunächst ging es hügelabwärts, bis die Stadt ungefähr dreißig Meter unten ihnen lag. Sie waren schon ein gutes Stück von Ives' Lager entfernt, als sie schließlich auf einen teilweise zugewachsenen Pfad stießen.

»Prägen Sie sich diesen Weg gut ein«, sagte Ives. »Er führt um den ganzen Talhang herum und sieht überall so aus. Wenn Sie die Augen offenhalten, werden Sie nicht vom Weg abkommen. Falls aber doch, behalten Sie Patience immer zu Ihrer Linken, und bleiben Sie stets auf gleicher Höhe. Dann werden Sie das Ziel nicht verfehlen.«

Plötzlich hob er die Hand, legte einen Finger auf die Lippen und deutete den Hang hinunter. Zwischen den Stämmen des dichten Waldes hindurch konnte Abby einen Wagen sehen, der sich ihnen auf einer Straße näherte, die unmittelbar unter ihrem Standort zu enden schien. Diese

Straße hatte sie selbst benutzt, wenn sie Ives in seiner Hütte besuchte.

»Polizei«, flüsterte er, lange bevor sie das ausgeschaltete Blaulicht auf dem Wagendach ausmachen konnte.

»Das ging aber schnell.«

»Sie werden in die andere Richtung gehen, wenn sie zu meiner Hütte hinaufwollen. Aber wir sollten jetzt nicht länger hier stehenbleiben.«

Die nächsten fünfzehn Minuten wanderten sie stumm durch den Wald. Abby, die jetzt die Führung übernommen hatte, kam nur einmal vom Weg ab. Dann erkannte sie ihren Fehler, kehrte auf ihre Spur zurück und fand den Pfad wieder. Ives kam jetzt offenbar zu dem Schluß, daß er genug gesehen hatte.

»Okay«, sagte er. »Ich werde hier den Hang hinaufklettern, während Sie weiter geradeaus gehen. Sie kennen inzwischen die Stadt und das Tal gut genug, um zu wissen, wo Sie sich ungefähr befinden. Von hier sind es jetzt noch etwa drei Meilen. Wenn Sie sich dem Ziel nähern, können Sie den Hügel hinaufsteigen und sich dann über die Weiden hinter Dr. Alvarez' Haus an dieses heranpirschen. Oder die versuchen es von unten über die Auffahrt.«

»Ich werde wohl den Weg über den Hügel vorziehen. Wenn die Polizei oder einer von Quinns Männern vor dem Haus auf der Lauer liegt, glaube ich nicht, daß sie mich am Leben lassen werden. Sie müssen jetzt mit allen Mitteln verhindern, daß ich Patience verlasse. Ich habe zuviel gesehen. Bevor wir uns trennen, möchte ich Ihnen alles anvertrauen, was ich weiß.« Sie holte tief Luft.

»Das Laboratorium am Grunde der ehemaligen Goldmine im Colstar-Felsen pumpt kleine Mengen giftiger Gase durch Schläuche, die über einen unterirdischen Tunnel mit dem Kernspin-Tomographen in der radiologischen Abteilung des Krankenhauses verbunden sind. Vor diesem Gerät befindet sich eine Falltür im Boden. Der Hebel, mit dem man diese öffnen kann, befindet sich am hinteren Ende des Tomographengehäuses unter dem Schlitten. Wenn ein Gegenmittel ausprobiert werden soll, wird es den Patienten von den Ärzten verabreicht. Quinn, Joe Henderson, Dr. Bartholomew, Dr. George Oleander, Dr. Del Marshall und Captain Gould von der Stadtpolizei sind definitiv in die Sache verwickelt. Ich bin mir aber ziemlich sicher, daß noch andere Personen daran beteiligt sind. Konnten Sie sich die Namen merken?«

»Mein Gehirn ist in letzter Zeit nicht sonderlich belastet. Da ist eine Menge Platz für ein paar Namen und Fakten.«

»Entschuldigung, daß ich Sie das überhaupt gefragt habe. Dr. Sandra Stuart ist eine Freundin von mir, die im St.-Johns-Hospital in San Francisco arbeitet. Rufen Sie dort an, sobald Ihnen das möglich ist, und erzählen Sie ihr, was Sie wissen.«

»Ich habe selbst ein paar alte Kollegen an dieser Universität, die sich für das, was Sie hier gefunden haben, bestimmt interessieren würden und auch einen gewissen Einfluß haben.«

»Ausgezeichnet. Aber seien Sie bitte vorsichtig, Ives.«

»Das gleiche gilt für Sie, Doktor.«

»Falls ich heil aus dieser Geschichte herauskommen sollte, werde ich nach Ihnen suchen und die Behandlung Ihres Beines zu Ende führen. Ich werde auch dafür sorgen, daß jeder erfährt, warum Sie Quinn einen Pfeil ins Knie geschossen haben.«

Sie umarmte ihn zärtlich, und er gab ihre Liebkosung auf eine etwas unbeholfene Art zurück. Dann kletterte er den steilen Hang rechts von ihr hinauf. Abby blickte ihm nach. Nach ein paar Metern blieb der Einsiedler stehen und drehte sich noch einmal zu ihr um.

»Sie sind eine Zierde ihres Berufsstandes«, sagte er.

Damit setzte er seinen Aufstieg fort und war schon eine halbe Minute später in der Dunkelheit verschwunden.

Abby verharrte noch eine Weile an dieser Stelle,

lauschte der Stille des nächtlichen Waldes und fühlte sich schrecklich allein und niedergeschlagen. *Zumindest hast du einen Platz, wo du hingehen kannst,* sagte sie sich dann und blickte noch rechtzeitig auf die Stadt hinunter, um dort das rotierende Blaulicht eines Streifenwagens zu sehen, der sich rasch dem Talausgang näherte. Die Polizei würde inzwischen alle ihr zur Verfügung stehenden Kräfte mobilisiert und jede aus dem Tal herausführende Straße abgeriegelt haben.

Sie riskierte es jetzt, mit Ives' Taschenlampe ein paar Sekunden lang den Pfad vor ihr zu beleuchten. Schließlich überwand sie ihre momentane Trägheit und setzte ihren Weg nach Westen fort. Mit jedem Schritt besserte sich ihre seelische Verfassung, und ihre Tatkraft wuchs. Sie war doch nicht so weit gekommen – so weit *getrieben worden* –, um jetzt zu verlieren. Lew würde, wie geplant, nach seiner Schicht Barbara Torres an Kellys Krankenbett auf der Intensivstation ablösen. Aber vielleicht hatte sich inzwischen der Zustand von Barbaras Ehemann so weit gebessert, daß sie die ganze Nacht hindurch auf der Intensivstation bleiben konnte. Es wäre wunderbar, wenn Lew sie bereits erwarten würde, sobald sie bei seiner Farm anlangte.

Diese Wanderung in ihren nassen Segeltuchschuhen durch den feuchten Wald schien eine Ewigkeit zu dauern. Die trockenen Kleider und die Regenjacke waren zwar hilfreich, aber schon nach einer halben Stunde war sie von den Hüften bis zu den Fußsohlen vollkommen durchnäßt und so verfroren, daß sie jedesmal mit den Zähnen klapperte, wenn sie einen Moment anhielt. Ives hatte nicht zuviel versprochen, denn der Weg war tatsächlich leicht zu finden. Und wenn sie glaubte, doch von der Route abgekommen zu sein, gab es immer irgendwo eine Lücke im Laubwerk, durch die sie auf die Stadt hinunterblicken und sich neu orientieren konnte. Zuweilen sah sie auch hier und dort im Tal die flackernden Blaulichter der Einsatzwagen und stellte sich vor, was für ein hektischer Betrieb jetzt wohl im Polizeirevier herrschen mochte. Sie fragte sich auch, ob man inzwischen das verletzte Bein von Quinn in der Unfallstation behandelt hatte, und lachte laut auf bei dem Gedanken, daß Lew gerade Dienst hatte, als man Quinn in die Notaufnahme schob.

Nachdem sie eine gute Stunde am Talrand entlangmarschiert war, erkannte Abby an der Leuchtschrift von McDonald's, daß sie ihr Ziel jetzt fast erreicht hatte. Die Auffahrt zu Lews Farm mußte sich direkt unter ihr befinden. Es fiel Abby immer schwerer, gegen ihre Erschöpfung anzukämpfen, und es taten ihr Stellen am Körper weh, wo sie ihrer Erinnerung nach gar keine Schrammen oder Blutergüsse davongetragen hatte. Und was die Sache noch verschlimmerte – sie war jetzt an der Stelle angelangt, wo der Pfad eine scharfe Biegung nach rechts machte, und Abby einen ziemlich steilen Hang hinaufklettern mußte, wenn sie sich Lews Farm von der Rückseite her nähern wollte.

Sie versuchte zunächst, sich die Topographie der Farm ins Gedächtnis zurückzurufen, soweit sie sich diese bei ihren kurzen Besuchen hatte einprägen können. Im Südwesten gab es zwei breite, flache Felder, von denen das eine mit Mais, das andere mit Weizen oder Gerste bepflanzt war. Daran grenzten im Süden und Osten mehr oder weniger stark gewellte Wiesengründe, und dahinter ragten im Osten und Norden steile, felsige und kaum bewaldete Hügel auf.

Der Regen hatte sich inzwischen in Nebel verwandelt. Der Wind war stärker geworden und hatte die Temperatur in einen ungemütlich tiefen Bereich hinuntergedrückt. Abby dachte an ein prasselndes Kaminfeuer, trockene Kleider und eine Kanne voll dampfendem Kakao, um ihre Kräfte für diesen letzten Aufstieg zu mobilisieren. Sie hatte keine Ahnung, wie es Lew gelingen sollte, sie aus dem Tal herauszuschmuggeln, aber sie war sich sicher, daß er einen

Weg finden würde. Am besten war sie wohl in San Francisco aufgehoben. St. John war ein sicherer Hafen. Und sobald sie diesen erreicht und dort ihre Geschichte erzählt hatte, würden Quinn und seine Komplizen sie nicht mehr so leicht aus dem Verkehr ziehen können. Allerdings konnte es durchaus passieren, daß niemand ihrer Geschichte Glauben schenkte oder es wagte, etwas gegen Mark Corman und Ezra Black zu unternehmen. Aber sie konnte es sich jetzt nicht leisten, an eine solche Möglichkeit überhaupt zu denken.

Abby hatte inzwischen eine Stelle erreicht, von der aus die Lichter der Stadt nicht mehr zu sehen waren. Damit war es ihr auch nicht mehr möglich, ihren Standort genauer zu bestimmen. Wenn sie einen zu frühen Richtungswechsel nach unten machte, würde sie viel Zeit und Energie verschwenden und vielleicht gefährlich nahe bei der Straße herauskommen, wo man sicherlich schon nach ihr Ausschau hielt. Sie bewegte sich nun auf einer parallel zum Scheitel des Hügels verlaufenden Linie durch Buschwerk, Unterholz und Dornenranken, die sich in dem nassen Stoff ihrer Jogginghose verfingen und ihren Beinen weitere Schrammen zufügten. Schließlich wechselte sie die Richtung und bewegte sich hangabwärts. Nasse Steine und versteckte Baumwurzeln erschwerten ihr den Weg.

Als Abby die Lichter der Stadt in der Ferne sah, wußte sie, daß der Richtungswechsel an der richtigen Stelle erfolgt war – ein ermutigendes Zeichen. Noch ein paar Schritte, und sie hatte die letzten Bäume des Hangwaldes hinter sich gelassen und befand sich nun am Rand einer breiten, glatten Felsplatte. Zu ihrer Linken, ungefähr dreihundert Meter von ihrem Standort entfernt, konnte sie das Wohnhaus, die Scheune und die Außengebäude der Farm sehen. Über der Hintertür des Wohnhauses brannte ein Licht, doch alle Fenster waren dunkel. Barbara hatte sich also nicht entschieden, die ganze Nacht hindurch im Krankenhaus zu bleiben.

Abby ging in die Hocke, rutschte die Felsplatte hinunter und überquerte die dahinter liegende Wiese. An der Seitenwand der Scheune brannte ein Licht, das den leeren Parkplatz darunter und das letzte Stück des Fahrweges ausleuchtete, der von der Straße zur Farm hinaufführte. Kein Laut durchbrach die Stille. Abby blickte sich mißtrauisch um und überlegte kurz, ob sie nicht eine Scheibe im Wohnhaus einschlagen und sich darin verstecken sollte. Aber sie hielt es für besser, sich in der Scheune zu verkriechen und dort Lews Heimkehr abzuwarten.

Im gleichen Moment hörte sie den Motor eines Wagens, der die Auffahrt heraufkam. Sie preßte sich gegen die Wand der Scheune und vergewisserte sich, daß die Seitentür der Scheune nicht von innen verriegelt war. Sie betete, daß es Lews Wagen sein möge, der nun jeden Moment aus der Zufahrt herauskommen mußte. Doch statt dessen sah sie einen Streifenwagen der Polizei, der langsam und mit ausgeschalteten Scheinwerfern auf das Haus zurollte. Sie duckte sich rasch und schlüpfte durch die Seitentür in die Scheune hinein. Dank der Hoflampe an der Hinterwand war es nicht so dunkel darin, wie Abby befürchtet hatte, weil genügend Licht durch die zahllosen Ritzen in den Innenraum der Scheune fiel. Obwohl zwei der vier darin befindlichen Pferdeboxen mit Stroh ausgelegt waren, wurde die Scheune nicht als Unterkunft für Tiere benutzt, sondern nur als Geräteschuppen und Lagerplatz für Heu.

Von draußen drangen jetzt Männerstimmen an ihr Ohr, aber Abby konnte kein Wort verstehen. Sie blickte sich nach einem geeigneten Versteck um. Eine Holzleiter führte zum Heuboden hinauf, aber dort würden sie vermutlich zuerst nachsehen. Deshalb lief Abby zum hintersten Verschlag in der Scheune, in dem ein kleiner Lieferwagen stand, der mit einer Plane zugedeckt war.

Sie hatte sich gerade zwischen der Plane und der Scheunenwand verborgen, als sie hörte, wie das große vordere Scheunentor geöffnet wurde. Der Kegel eines starken

Handscheinwerfers wanderte von einer Wand zur anderen, dann hinauf zum Heuboden und wieder zurück. Kurz darauf hörte sie über sich Schritte und fand ihre Vermutung bestätigt, daß die Polizisten als erstes den Heuboden durchsuchen würden. Einer von ihnen wanderte dort oben herum und stach dabei offenbar mit einer Heugabel ununterbrochen ins Stroh. Sie fragte sich, ob er vielleicht in der anderen Hand eine entsicherte Pistole hielt. Nach ein paar Minuten hörte sie ihn die Leiter heruntersteigen und dann Schritte, die sich in ihre Richtung bewegten. Abby kroch rasch unter das Fahrzeug, das nach Lehm und Öl roch. Es mußte sich um einen alten Lieferwagen handeln. Die Schritte kamen näher. Wenn sie die Luft anhielt, konnte sie den Polizisten sogar atmen hören. Sie spürte, daß er nur zwei Meter von ihr entfernt sein konnte, und war jeden Moment darauf gefaßt, daß er die Plane beiseite schieben und sie mit seiner Taschenlampe anstrahlen würde.

Bitte nicht … bitte nicht … bitte …

Plötzlich entfernten sich die Schritte wieder. Abby blieb regungslos unter dem Laster liegen und ließ die angehaltene Luft langsam aus ihren Lungen entweichen. Dann atmete sie ebenso langsam wieder ein. In der Scheune war es jetzt totenstill. Draußen wurden leise wieder ein paar Worte gewechselt. Dann hörte sie, wie ein Motor ansprang. Räder rollten über den Kies der Auffahrt. Offenbar hatte der Streifenwagen die Farm wieder verlassen. Trotzdem verharrte sie noch zehn Minuten lang in ihrem Versteck. Erst dann kam sie zu dem Schluß, daß die Luft wieder rein sei, kroch unter dem Wagen hervor und richtete sich mit der Umständlichkeit eines von Ischias geplagten Menschen auf, der jede falsche Bewegung mit heftigen Kreuzschmerzen bezahlen muß.

Wieder hatte sie ein kleines Wunder gerettet.

Als sie sich zu ihrer vollen Höhe aufrichten wollte, blieb der Schirm ihrer Baseballkappe an der Plane hängen und schob diese nach oben. Abby drehte sich um und erstarrte.

Mit zitternder Hand zog sie Ives' Taschenlampe aus ihrer Regenjacke und richtete den Lichtkegel auf das Fahrzeug. Ihr Puls raste, als eine Flutwelle aus Ungewißheit und Verwirrung über ihr zusammenbrach. Der Laster, unter dem sie sich versteckt hatte, war ein Pritschenwagen mit übergroßen Reifen.

Ohne daran zu denken, daß möglicherweise ein Polizist der Streifenwagenbesatzung hiergeblieben sein konnte und dort draußen auf sie lauerte, schleuderte sie eine Ecke der Plane über das Dach des Fahrerhauses.

Der schwarze Stahlpflug, der ihren Mazda gerammt und beinahe von der Straße heruntergeschoben hatte, war noch immer vor dem Kühler befestigt. Die Fahrertür war verschlossen. Abby leuchtete mit der Taschenlampe in das Fahrerhaus hinein. Vor dem Beifahrersitz lag eine schwarze Skimaske und ein Karton mit Patronen auf dem Boden. Über der Heckscheibe war ein Gestell mit einer Klemmvorrichtung angebracht, in dem sich ein Gewehr mit einem aufgeschraubten Zielfernrohr befand. Und zwischen den beiden Sitzen sah sie eine Konsole mit einem Autotelefon.

Verschwinde! hatte eine Männerstimme am Telefon von ihr verlangt, nachdem sie vor ihrem Haus in einen Kugelhagel geraten war. *Verschwinde sofort aus dieser Stadt …!*

40. Kapitel

Abby zog die Plane wieder über das Fahrerhaus des Pritschenwagens und lehnte sich gegen die Innenseite der Scheunenwand. Ihr Verstand weigerte sich noch immer, die ganze Tragweite dieser Entdeckung zu erfassen. Es war Lew gewesen, nicht Quinn, der ihr mit dem Pritschenwagen nachgefahren und ihren Mazda mehrmals gerammt hatte – Lew, nicht Quinn, der vor ihrem Haus auf sie geschossen und sie dann am Telefon bedroht hatte. *Aber warum?* Weshalb sollte er sie dazu drängen, Patience Hals über Kopf zu verlassen?

Sie hatte damals auf ihrer Fahrt mit den Blutproben nach San Francisco das Gefühl gehabt, daß der maskierte Fahrer des Pritschenwagens seine Chance nicht genutzt hatte. Und der Unbekannte, der mit einem Schnellfeuergewehr auf sie schoß, hätte sie ohne weiteres töten können, wenn das seine Absicht gewesen wäre. Warum wollte Lew ihr einen Schrecken einjagen? Sie war zwar bei den Attentaten nicht verletzt worden, aber das hätte durchaus geschehen können. Warum war Lew bereit gewesen, dieses Risiko auf sich zu nehmen, um sie aus der Stadt zu vertreiben?

Warum ...?

Verwirrt trat Abby durch die Seitentür der Scheune hinaus in die Nacht. Die Lichter von Patience erinnerten sie an eine Christbaumbeleuchtung – bezaubernd und unschuldig. Hinter diesen Lichtern ragte der bedrohliche Colstar-Felsen in den Himmel, auf dessen Gipfel sieben glühende Buchstaben thronten, die ihr Leben so gründlich verändert hatten.

Warum ...?

Lew wollte unter allen Umständen beweisen, daß Colstar die Menschen krank machte. Das war unbestreitbar. Und Abby hatte viel getan, um sein Anliegen zu unterstützen. Es machte also überhaupt keinen Sinn, wenn er versuchte, sie aus Patience zu vertreiben. Aber vielleicht hatte er das auch gar nicht bezweckt. Es mußte eine andere Erklärung für sein Verhalten geben, und als Abby einen Moment darüber nachdachte, erkannte sie die ganze Wahrheit.

Es war niemals seine Absicht gewesen, ihr Angst einzujagen – jedenfalls nicht für lange. Er hatte ihre Bekanntschaft gesucht, um herauszufinden, was sie in Rage zu bringen vermochte, und wo sie lieber zurücksteckte, als sich auf die Hinterbeine zu stellen. Er hatte seine Hausaufgaben gut gemacht – nein, nicht nur gut, sondern *meisterhaft*. Es war seine Absicht gewesen, sie zu *erzürnen* – sie so wütend auf Lyle Quinn und Colstar zu machen, daß sie alles tun würde, um zu deren Vernichtung beizutragen. Anfangs hatte sie die Sache der Allianz nur lauwarm unterstützt. Sie wäre nicht der Typ, der sich für eine Idee stark mache, hatte sie zu ihm gesagt. Sie sei kein Kreuzfahrer, sondern ein unpolitischer Charakter, der sich für die Schmerzen und Leiden anderer nur auf eine intime Weise engagiere; auf einer persönlichen Ebene, von Mensch zu Mensch.

Doch Lews Attacken hatten wesentlich dazu beigetragen, daß die Sympathisantin die Anführerin des Colstar-Feldzuges geworden war, während Lew sich immer im Hintergrund gehalten und ausschließlich Informationen geliefert hatte. *Sie* hatte ihre akademischen Verbindungen genutzt, um einen definitiven Cadmiumnachweis in einer Blutprobe zu erhalten. *Sie* hatte Kelly Franklin zu einer Verbündeten der Allianz gemacht. *Sie* hatte das unterirdische Colstar-Labor aufgespürt und diese Entdeckung fast mit ihrem Leben bezahlt. Lew dagegen hatte sich vom ersten Tag ihrer Bekanntschaft an aus dem Rampenlicht herausgehalten.

Aber warum …?

Abby ignorierte den Regen, marschierte bis zum vorderen Rand des mit Kies bestreuten Parkplatzes und wieder zurück. Plötzlich fiel ihr der Ratschlag ein, den Lew ihr am Anfang ihrer Bekanntschaft gegeben hatte.

Garrett Owen sollte nicht vergessen, das Blut Ihres Freundes auf Cadmiumwerte hin untersuchen zu lassen, wenn er sich mit dessen Krankheitsbild befaßt.

Er hatte das am Abend des Allianztreffens zu ihr gesagt und schien damals sehr zuversichtlich gewesen zu sein, wie das Ergebnis dieser Bluntuntersuchung ausfallen würde. Und während er bei Josh mit seiner Vermutung absolut richtig gelegen hatte, hatte er sich bei allen anderen KAWIF-Patienten gründlich geirrt. Nicht das Cadmium war für die Krankheitssymptome verantwortlich, sondern die Stoffe, die den Patienten über den Kernspin-Tomographen zugeführt wurden. Lew hatte Colstars Kontrolle über das Krankenhauslabor von Patience die Schuld dafür gegeben, daß man in den Blutproben dieser Patienten kein Cadmium gefunden hatte. Er war davon überzeugt, daß diese Laborergebnisse gefälscht waren. Doch Abby wußte es inzwischen besser. Die Laborergebnisse waren negativ, weil die KAWIF-Patienten nicht an einer Schwermetallvergiftung litten. Wie konnte sich Lew dann aber so sicher sein, daß man in Joshs Blut Cadmiumwerte würde nachweisen können?

Es sei denn …

Weißt du noch, wie ich mir den Oberschenkel an einem Nagel aufgerissen hatte? Er hat damals meine Wunde vernäht …

Das waren Joshs Worte gewesen, als sie ihn fragte, wie er Lews Bekanntschaft gemacht habe. Willie Cardoza war von einer Leiter heruntergefallen und hatte sich dabei den Kopf aufgeschlagen. Ethan Blacks Vater und sein Psychiater hatten Ethans Gewalttätigkeitssyndrom auf einen Autounfall zurückführen wollen, bei dem er Hautabschürfungen und eine Gehirnerschütterung erlitten hatte. Von Anfang an hatte es für Abby so ausgesehen, als ob diese drei – plus Angela Cristoforo und in jüngster Zeit auch noch Gus Schumacher – zu einer besonderen Gruppe gehörten, die sich von den übrigen KAWIF-Patienten unterschied. Ihr Krankheitsbild war wesentlich ausgeprägter, sie litten alle unter einer vermuteten oder erwiesenen Cadmiumvergiftung, und bei keinem von ihnen hatte eine MCT-Untersuchung stattgefunden, *bevor* die Krankheitssymptome aufgetreten waren. Außerdem war aus dieser Gruppe jeder bei Colstar beschäftigt gewesen. Lew hatte Joshs Wunde vernäht. War es möglich, daß Lew auch die anderen vier verarztet hatte? Und wenn ja – was hatte er mit ihnen während der Behandlungszeit angestellt?

Abby blickte auf ihre Armbanduhr. Wie es jetzt aussah, würde die medizinische Flugbereitschaft vor fünf oder sechs Uhr morgens unmöglich einen Hubschrauber schicken können, der Kelly hier abholte. Demnach blieben ihr noch ein paar Stunden Zeit, um die Antworten auf ihre Fragen in Lews Haus zu suchen. Ohne zu zögern, rannte sie zur Hintertür des Wohnhauses und schlug dort mit dem Ellenbogen die Scheibe ein. Dann hielt sie einen Moment inne, bevor sie langsam den Arm ausstreckte und die Tür von innen öffnete. Das Haus war offenbar nicht durch eine Alarmanlage gesichert. Aber wenn es eine Fernmeldeverbindung zum Polizeirevier in der Stadt gab, die in diesem Moment einen Einbruch anzeigte, war sie geliefert. Doch sie bezweifelte, daß eine solche Einrichtung existierte.

Sie wollte zunächst im Krankenhaus anrufen und mit Lew sprechen – nur, um sicherzugehen, daß er sich dort noch eine Weile aufhalten würde. Schließlich verwarf sie diesen Gedanken wieder. Wenn Lews Telefon angezapft war, würde sie mit diesem Telefonat Quinn auf den Plan rufen.

Abby blickte sich zunächst im Keller um, obwohl sie gar nicht wußte, wonach sie eigentlich suchte. Der Keller war mit Werkzeugen, Kartons und Gartengeräten vollgestopft. Nach wenigen Minuten gab sie die Suche auf. Wenn Lews Geheimnis *hier* verborgen war, würde sie es niemals finden.

Sie kehrte in das Erdgeschoß zurück, betrat die Küche und öffnete dort alle Schubladen und Schränke. Doch sie hatte das Gefühl, daß sie auch hier nichts finden würde. Abby ließ das Eßzimmer links liegen und begab sich gleich in den Raum, wo das Treffen der Allianz stattgefunden hatte. Wie damals blieb sie im Flur stehen und betrachtete die gerahmten Fotos, die dort hingen. Es waren Landschaftsfotos von Paraguay und Porträtaufnahmen seiner verstorbenen Frau. In den vielen Stunden, die Abby seitdem mit ihm verbracht hatte, hatte er niemals von ihr oder seinem Geburtsland gesprochen. Doch Abby erinnerte sich noch deutlich an die tiefe Traurigkeit in seiner Stimme, als er ihr an jenem Abend die Fotos erläutert hatte. *Paraguay …*

Der Name dieses Landes weckte irgendeine dunkle Erinnerung in ihrem Geist. Sie betrachtete erneut die bronzefarbene, dunkeläugige Schönheit, die etwas ergreifend Sanftmütiges an sich hatte und sie mit bemerkenswert intelligenten Augen ansah.

Die Frau auf dem Foto ist … war … meine Frau. Sie ist tot.

Das war alles, was Lew an jenem Abend gesagt hatte.

Sie ist tot …

Abby öffnete einige Schränke in dem großen getäfelten Raum. Sie scheute sich davor, die Beleuchtung einzuschalten – aus Angst, daß die Polizei noch einmal zurückkommen könnte. Mit ihrer Taschenlampe beleuchtete sie kurz die Wandregale, in denen viele klassische Werke in spanischer Sprache neben Fachbüchern aus dem Bereich der Ökologie und des Umweltschutzes standen.

Paraguay …

Was war das nur, was sie mit diesem Namen zu assoziieren versuchte? Sie nahm einen Roman des Nobelpreisträgers Gabriel García Marquez aus dem Regal: *El amor en los tiempos des cólera,* – ›Die Liebe in den Zeiten der Cholera‹. Auf dem Vorsatzblatt klebte ein elegantes Bucheignerzeichen, das zwei Drachen zeigte, die sich um ein aufgeschlagenes Buch ringelten. *Ex Libris Dr. Luis María Galatín,* war unter dieser Vignette in kalligraphischen Buchstaben vermerkt.

Luis …

Abby stellte das Buch ins Regal zurück. Dr. Luis María Galatín war Lew, dessen war sie sich sicher. Sie blickte auf die Uhr und beschloß, ihr Glück im oberen Stockwerk zu versuchen. Abby setzte sich noch eine Frist von zwanzig Minuten. Wenn sie bis dahin nichts gefunden hatte, würde sie ein Münztelefon aufsuchen und Ezra Black anrufen. Aber sie wollte Black nur einen Teil der Geschichte erzählen und die Stellen auslassen, die seinen Sohn betrafen.

Auf Zehenspitzen stieg sie die schmale Treppe zum oberen Stockwerk hinauf und fand sich plötzlich auf einem schmalen, mit Teppichen ausgelegten Flur wieder, von dem vier dunkel gebeizte Türen abgingen. Die erste, gleich rechts neben der Treppe, führte in Lews Schlafzimmer. Abby warf einen kurzen Blick hinein. Dort standen ein Bett aus Nußbaumholz, eine Kommode, ein Fernsehgerät, ein freistehendes Bücherregal und ein Kleiderschrank.

Hier würde sie vielleicht etwas finden, hoffte Abby. Besonders der Kleiderschrank war vielversprechend.

Sie wollte jedoch erst noch die übrigen drei Räume überprüfen. Die zweite Tür führte ins Badezimmer und die dritte in ein gepflegtes Gästezimmer mit zwei Einzelbetten. Die vierte Tür, am Ende des Korridors, war verschlossen. Abby befiel ein leichter Schwindel, als sie diese Entdeckung machte. Hier würde sie die Antwort auf all ihre Fragen finden. Sie warf sich mit der Schulter gegen die Tür und versuchte es dann mit einem Fußtritt. Keine Chance. Schließlich erinnerte sie sich daran, unten im Keller eine Brechstange gesehen zu haben. Sie lief die Treppe hinunter und kehrte nach einigen Sekunden mit diesem Werkzeug und einem Hammer in das obere Stockwerk zurück.

Selbst mit der Brechstange ließ sich die aus solidem Eichenholz gefertigte Tür nur schwer öffnen. Als sie schließlich nachgab, war der Boden mit unzähligen Holzsplittern von Tür und Rahmen bedeckt. Abby schaltete ihre Taschenlampe ein und trat leise in das Zimmer. Der Raum war angefüllt mit Stapeln alter Zeitungen, Notizbüchern, Kartons mit Briefen und anderen Papieren, Büchern über Paraguay und alten paraguayischen Bildkalendern. Die beiden Fenster des Zimmers waren mit Brettern vernagelt, auf denen große Werbeplakate von Paraguay prangten, die aus einem Reisebüro stammen mußten. An der gegenüberliegenden Wand lehnte ein sechzig Zentimeter großes Porträt von Lews verstorbener Frau, auf dem sie noch hinreißender aussah als auf den Fotos im Erdgeschoß – eine fast mystische Schönheit. Der Gedanke, daß diese Frau in der Blüte ihrer Jahre dahingerafft worden war, bedrückte Abby sehr.

Obwohl die Fenster auf die Rückseite des Hauses hinausgingen, überprüfte Abby zunächst, ob die beklebten Sperrholzplatten die Fenster so gut abdichteten, daß an den Rändern kein Licht durchfiel, ehe sie die Deckenlampe anschaltete. Abgesehen von einem großen, prächtig verzierten Kruzifix waren die Wände des Zimmers kahl. Die meisten der bereits stark vergilbten Zeitungen stammten aus Asunción und San Juan Bautista. In einer Ecke des Raumes lehnten zwei Holzrahmen an der Wand, in denen sich unter Glas jeweils die Titelseite einer Zeitung befand. Beide Seiten stammten aus der gleichen Zeitung – dem *Diario Hoy* – und waren vor fast neun Jahren im Abstand von drei Monaten erschienen.

Abbys Spanisch war gut genug, um die Artikel auf den Titelseiten zu übersetzen. Sie ließ sich auf dem Boden nieder, lehnte sich mit den Rücken an die Wand und legte die schweren Holzrahmen in ihren Schoß. In dem ersten Leitartikel wurde von einer Erdlawine berichtet, die in den Außenbezirken von San Ignacio, einer zwanzig Kilometer von San Juan Bautista entfernten Stadt, ein ganzes Wohnviertel zerstört und mindestens achtzig Menschenleben gefordert hatte. In dem Artikel wurde auch ein Arzt zitiert, dessen Praxis von dieser Lawine fortgerissen und dessen Frau unter den Erdmassen begraben wurde. Der Name diese Arztes war Luis María Galatín.

»… diese schreckliche Tragödie hätte niemals passieren dürfen«, sagte Galatín. »Und es ist auch klar, wer für diese Katastrophe die Verantwortung trägt. Jahrelang hat die Colstar-

Minengesellschaft die Bodenschätze im Bergabhang ausgeplündert, ohne Rücksicht auf die Bodenbeschaffenheit oder die Bewaldung zu nehmen. Und jahrelang haben die Behörden die Augen vor diesem Raubbau verschlossen und ihre Brieftasche aufgehalten.«

Erst jetzt erinnerte Abby sich daran, was George Oleander ihr über einen Vorfall in Südamerika erzählt hatte. Terroristen hatten dort eine riesige Colstar-Raffinerie in die Luft gesprengt und mehrere Colstar-Angestellte getötet. Dieses Sprengstoffattentat hätte der Gesellschaft fast den Todesstoß versetzt und hatte schließlich zu dem Handel mit Senator Corman und dem Militär geführt.

Was für eine Ironie, dachte sie bei sich. Der Tod von Colstar in Paraguay hatte entscheidend dazu beigetragen, daß man hier ein unterirdisches Labor eingerichtet und Patience wieder zum Leben erweckt hatte.

In dem zweiten Artikel jüngeren Datums bestätigte *Diario Hoy* nur das, was Abby bereits wußte. Eine Bande von Terroristen hatte die Colstar-Raffinerie zerstört, drei Sicherheitsbeamte und zwei Arbeiter der Nachtschicht getötet und Dutzenden von anderen Angestellten teilweise lebensgefährliche Verletzungen zugefügt. Die Polizei hatte eine Fahndung nach dem Mann eingeleitet, den man für den Anführer dieser Terroristen-Bande hielt – einen gewissen Dr. Luis María Galatín. Für Hinweise, die zur Ergreifung dieses Mannes führten, hatte Colstar eine hohe Belohnung ausgesetzt.

Das Foto von Galatín – ohne Schnurrbart und fast eine Dekade jünger – zeigte Lew und zeigte ihn auch wieder nicht. Irgendwann im Verlauf der letzten neun Jahre hatte ein genialer kosmetischer Chirurg Lews Nase und sein Kinn verändert, die Augenwinkel etwas verkleinert und dem jungenhaften Gesicht einen verwegenen Zug gegeben.

Abby studierte das Foto eine Zeitlang und allmählich fügten sich die einzelnen Puzzleteile zu einem Ganzen. Da sie ja selbst alle Stadien der Zulassungsverordnung für Ärzte durchlaufen hatte, wußte sie, daß es für einen Mann mit Galatíns Intelligenz und Willensstärke nicht schwierig gewesen sein konnte, sich in einen Dr. Lew Alvarez zu verwandeln – besonders dann nicht, wenn er sich hier in Kalifornien zum Facharzt hatte ausbilden lassen. Aber sie wußte auch, daß es kein Pseudonym gab, das man nicht knacken konnte. Demnach mußte Luis Galatín sich so unauffällig wie möglich verhalten.

Deshalb hatte er sie gebraucht.

Lew Alvarez hatte sich um eine Stelle als Unfallarzt am Krankenhaus von Patience beworben. Doch er mußte dann sehr rasch erkannt haben, daß er hier nicht einfach einen Hügel hinaufmarschieren und auch diese Colstar-Fabrik in die Luft sprengen konnte. Sie war viel zu groß, völlig unzugänglich und streng bewacht. Alvarez konnte diese Fabrik nicht wie jene in San Juan Bautista physisch vernichten. Also suchte er nach einer Schwachstelle in der Fabrik und fand sie in Gestalt der rund hundertfünfzig KAWIF-Patienten, die Colstar als Versuchskaninchen benutzt hatte.

Du hast nur die Daten falsch interpretiert, Lew, dachte Abby. Aber wer hätte das nicht, wenn er die vielen Tonnen Cadmium gesehen hätte, die hier täglich angeliefert wurden? Eine Cadmiumvergiftung drängte sich als Lösung geradezu auf, so daß Lew gar keinen Grund sah, nach einer anderen Erklärung zu suchen. Alles, was er jetzt noch brauchte, um Colstar auch vor Gericht zu schlagen, war ein Beweis.

Abby erhob sich vom Boden, stellte die Rahmen mit den beiden Zeitungsseiten wieder an ihren Platz zurück und nahm sich nun einen kleinen, mit Korrespondenz gefüllten Karton vor. Er enthielt rund dreißig, aus allen Teilen der Welt stammende Briefe, die zumeist in spanischer Sprache verfaßt waren. Nur einer nicht – ein handgeschriebener Brief mit dem Briefkopf eines gewissen David Brooks, Dr. med.

Lew,

ich schreibe Dir diese Zeilen in der Hoffnung, daß Du sie mehrmals lesen und dann das Richtige tun wirst.

Als Du mich das erste Mal in Dein Haus eingeladen, mir eine Liste ungewöhnlicher Fälle vorgelegt und dann Deine Theorie einer kontinuierlichen Cadmiumvergiftung durch ein Leck in der Colstar-Fabrik erläutert hast, war ich davon sehr beeindruckt. Tatsächlich habe ich mich schon seit vielen Jahren mit Problemen der Umweltverschmutzung und den daraus resultierenden Gesundheitsschäden beschäftigt. Ich war deshalb auch sofort bereit, mich Dir und Deiner Allianz anzuschließen, weil ich glaubte, daß hier gravierende Gesundheitsschäden aufgrund einer Umweltverschmutzung vorliegen würden. Und das glaube ich auch heute noch. Die Zahl der ungewöhnlichen Fälle ist einfach zu hoch, um an einen Zufall zu glauben.

Aber sosehr ich dich auch respektiere, kann ich mich nicht länger einem Mann anschließen, der mehrere Menschenleben auf dem Gewissen hat. Während eines Kongresses für Unfallärzte in New York beschloß ich, einen Teil meiner Zeit mit Recherchen über jene Gesellschaft zu verbringen, die wir beide als Umweltsünder betrachteten …

Im nächsten Absatz erwähnte Brooks einen zufällig in seine Hände gefallenen Zeitungsartikel, der Licht auf die wahre Identität von Alvarez und seines Verbrechens warf. Nach allem, was Abby über ihren Vorgänger in der Unfallabteilung des Kreiskrankenhauses erfahren hatte, war Brooks nicht nur ein umgänglicher und gutherziger, sondern ein ebenso prinzipientreuer Mensch gewesen.

Abby legte den Brief in den Karton zurück. Es war darin mit keinem Wort das unterirdische Colstar-Labor erwähnt worden. Es gab auch keinen Hinweis darauf, daß Dr. Brooks etwas entdeckt hatte, was ihn in Lebensgefahr hätte bringen können. Nichts, außer der Entdeckung von Lew Alvarez' wahrer Identität.

Der Gedanke verursachte ihr Übelkeit. Lew hatte David

Brooks genauso benutzt wie sie. Und als Brooks für ihn zu einer Bedrohung geworden war, hatte Luis María Galatín ihn einfach eliminiert. Es gab keinen Grund, weshalb er mit ihr gnädiger verfahren sollte.

Abby wußte, daß es niemanden in Patience gab, dem sie vertrauen konnte. Wenn die Polizei sie festnahm, bedeutete das ihr Todesurteil. Selbst eine Flucht nach San Francisco würde ihr vermutlich nicht viel helfen. Lyle Quinn war ebenso rücksichtslos wie Alvarez. Die Art, wie er mit Kelly Franklin verfahren war, machte das deutlich. Zudem besaß er großen Einfluß und fast unbegrenzte Hilfsmittel. In dem Moment, wo Abby irgendwo auftauchte und ihre unglaubliche Geschichte erzählte, würde ihr sicherlich etwas Ähnliches wie Kelly passieren – ein ›Selbstmord‹ oder ein tödlicher Unfall. Oder sie würde einfach verschwinden. Es war sogar zweifelhaft, daß Quinn sich auf Dauer dazu bereit finden würde, den unterirdischen Krankenhaustunnel oder die Falltür im MCT-Raum zu versiegeln. Man würde Gras darüber wachsen lassen, geschickte Öffentlichkeitsarbeit betreiben und schließlich wieder im Geschäft sein.

Nein, Flucht war keine Lösung. Ihre größte Chance war immer noch Ezra Black. Sie mußte ihm nur beweisen, daß der ›Freitod‹ seines Sohnes in Wahrheit Mord gewesen war. Dieser Beweis war ihr einziger Trumpf. Obwohl Black sicherlich von dem Versuchsprogramm bei Colstar wußte und es vielleicht sogar abgesegnet hatte, gab es doch Grenzen für ihn. Abby hatte den Eindruck gewonnen, daß er zwar ein harter Geschäftsmann, aber bestimmt kein Monster war. Er hatte ein Gewissen. Ihre Intuition sagte ihr, daß es so war.

Man konnte das Colstar-Programm nicht direkt für den Tod von Peggy Wheaton, Gus Schumacher und Ethan Black verantwortlich machen. Aber es hatte den Boden für *den* Mann vorbereitet, der dafür die Verantwortung trug. Ezra Black würde das sicherlich auch so sehen. Doch bevor sie ihn anrief, mußte sie das letzte Glied finden, das in ihrer Beweiskette noch fehlte.

Sie entdeckte es in einem Schuhkarton, der mit einem Gummiband zusammengehalten wurde und mehrere Reagenzgläser mit einem grauweißen Pulver enthielt. ›Cadmiumsulfid‹ stand auf den Aufklebern der Reagenzgläser. Darunter fand sie eine Liste mit Daten, Namen und den Mengen, die Alvarez seinen Patienten unter dem Vorwand, ihnen prophylaktisch ein Antibiotikum zu spritzen, verabreicht hatte. Es waren neun Personen, die auf der Liste standen – einschließlich der fünf, die Abby bereits kannte. Die Dosen, für die Alvarez sich dabei entschieden hatte, variierten; doch Josh, Willie Cardoza, Angela Cristoforo, Ethan Black und Gustav Schumacher hatten die mit Abstand größten Mengen erhalten.

Intravenöses Cadmium. Die Toxizität dieses Schwermetalls, wenn es über die Atemwege, den Verdauungstrakt oder über die Haut in den Körper aufgenommen wurde, war gründlich erforscht und dokumentiert worden. Aber sie war sich sicher, daß bisher weder Daten noch Forschungsberichte von einer intravenösen Verabreichung dieses Schwermetalls existierten. Lew Alvarez hatte seinen Patienten das Cadmium injiziert, ohne zu wissen, welche Konsequenzen das haben würde. Tatsächlich war ihm das egal gewesen, solange nur Abby Dolan die richtigen Knöpfe drückte und Colstar als Giftküche entlarvte, die ihre Angestellten und andere Bewohner des Tales gesundheitlich ruinierte.

Abby eilte in die Küche und fand dort einen Karton mit weißen Kunststoff-Müllbeuteln. Damit die Folie nicht so leicht reißen konnte, schob sie zwei Beutel ineinander und rannte damit in das Zimmer im oberen Stockwerk zurück, um die Reagenzgläser, die Briefe und ein paar Zeitungsartikel darin zu verstauen. Das würde ihrer Meinung nach ausreichen, um Blacks Interesse zu wecken. Wenn sie jedoch merken sollte, daß er sie nicht bis zu Ende anhören oder auf ihren Vorschlag eingehen wollte, konnte sie immer noch ihr Glück in San Francisco versuchen – vorausgesetzt natürlich, daß sie aus diesem Tal herauskam.

Dank Graham DeShields Kooperationsbereitschaft kannte Abby die Telefonnummer von Ezra Blacks Wohnung in Feather Ridge. Jetzt brauchte sie nur noch ein Telefon, das nicht angezapft war, und einen Wagen. Da fiel ihr plötzlich Lews Pritschenwagen ein. Wenn sie die Schlüssel des Pritschenwagens hier irgendwo im Haus fand, hatte sie nicht nur ein Fahrzeug, sondern auch ein Telefon.

Nachdem sie im Wohnzimmer und in der Küche nach den Wagenschlüsseln gesucht hatte, gab sie auf. Dann kam ihr der Gedanke, daß sie zwar den Motor nicht anlassen, aber sich zumindest Zutritt zum Fahrerhaus verschaffen konnte. Und darin befanden sich zwei Dinge, die sie in diesem Moment überaus dringend brauchte – ein Autotelefon und das Gewehr, mit dem auf sie geschossen worden war.

Sie rannte wieder in das obere Stockwerk und nahm den Hammer, mit dessen Hilfe sie in das verschlossene Zimmer eingedrungen war. Dann zog sie die Regenjacke mit der schwarzen Seite nach außen an, verließ das Haus, blickte sich vorsichtig nach allen Seiten um und lief hinüber zur Scheune. Als sie die Seitentür erreichte, spürte sie, daß jemand in ihrer Nähe war.

»Halt! Stehenblieben! Den Hammer fallen lassen!« rief eine heisere, fast unmenschliche Stimme.

Abby gehorchte und drehte sich langsam um. Am hinteren Ende der Scheune stand ein Mann, der sich mit dem Ellenbogen an der Wand aufstützte und mit einer Waffe in der zitternden rechten Hand auf ihre Brust zielte. Es war Josh.

41. Kapitel

Im Nieselregen und von der Lampe über der Hintertür der Scheune seitlich angestrahlt, glich Josh einem Gespenst. Abby wich unwillkürlich einen Schritt vor dem Mann zurück, mit dem sie zwei Jahre lang ihr Leben und ihr Bett geteilt hatte. Das war nicht der feueräugige Dämon ihrer Alpträume; Joshs Gesicht war abgezehrt und aschfahl, seine Augen nicht viel mehr als schwarze Löcher in einem Schädel. Seine Sprache war stockend und kaum verständlich, und die Waffe, die er auf sie richtete, schien zu schwer für ihn zu sein. Die Mündung beschrieb kleine Kreise und rutschte dann nach links weg, bis er sich wieder fing und erneut auf ihre Brust zielte.

»Josh, ich … ich habe mir große Sorgen um dich gemacht.«

»Ich kann schon selbst auf mich aufpassen.«

Er war nicht weiter als zehn Schritte von ihr entfernt. Abby bemühte sich verzweifelt, seinen Zorn auszuloten – und die Gefahr, in der sie schwebte.

»Warum zielst du mit dieser Waffe auf mich?« sagte sie schließlich. »Bist du hierhergekommen, um mich zu töten?«

»Ja … Nein … Ich meine, ich weiß es nicht.«

Sie sprach jetzt langsam und bedächtig, darauf achtend, daß sie ja nichts sagte, was ihn verletzen und seine Wut noch mehr anstacheln konnte.

»Hast du Bricker und die anderen drei gefunden?«

»Ja.«

»Und hast du sie …?«

Sie hielt den Atem an.

»Getötet? Sollte ich wohl … standen ja direkt vor mir … Bricker und Gentry … Ich hätte sie beide zur Hölle schicken sollen.«

Abby spürte, wie eine Welle der Erleichterung in ihr hochstieg.

»Aber du hast es nicht getan?«

»Nein ... Ich ... ich schoß ... in die Decke des Parkhauses ... und noch ... ein paar Autos zusammen ... Abby, warum hast du es mich nicht einfach tun lassen? ... Bricker hat den Tod verdient ... Er stahl mein Leben.«

Abby machte jetzt vorsichtig einen Schritt auf ihn zu. Ihn in diesem Zustand erleben zu müssen, erfüllte sie mit tiefer Trauer – und einem rasenden Zorn auf Lew Alvarez.

»Du hast das Richtige getan, Josh«, sagte sie.

Wieder sackte die Mündung seiner Waffe nach unten. Diesmal bemühte er sich nicht mehr darum, sie wieder in Anschlag zu bringen. Abby schaltete ihre Taschenlampe an und gab sie ihm. Dann deutete sie auf das Scheunentor.

»Komm mit hinein. Dort ist es trocken und wir können in Ruhe miteinander reden«, sagte sie. »Ich war krank vor Sorge um dich.«

Er zögerte und folgte ihr dann in das Innere der Scheune. Seine Kleider – Segeltuchschuhe, Jeans und ein dunkles Sweatshirt – waren vollkommen durchnäßt. Abby bemerkte den verschreckten, verwirrten und wilden Ausdruck in seinen Augen, den sie schon so oft bei sterbenden Patienten beobachtet hatte. Er stand jetzt fünf Schritte von ihr entfernt an die Innenwand der Scheune gelehnt und hielt seine Waffe mit beiden Händen. Es war fast unmöglich, ihn mit dem Mann in Verbindung zu bringen, der immer so problemlos mit den Jungen, die halb so alt waren wie er, beim Baseballspiel hatte mithalten können.

»Ich hätte sie umbringen sollen«, sagte er wieder.

»Ich bin froh, daß du das nicht getan hast. Wie hast du mich hier gefunden?«

Er schielte zu ihr hin, ließ seine Waffe mit einer Hand los und rieb sich die Augen. Abby spürte, daß sie nur den Arm auszustrecken brauchte, um ihm die Waffe wegzunehmen. Doch sie rührte sich nicht und wartete.

»Ich fuhr am Haus vorbei ... Die Polizei ist dort ... Zwei Streifenwagen. Sie halten Ausschau nach mir.«

»Durchaus möglich, aber sie lauern dort auch auf *mich.* Und wenn sie mich erwischen, werden sie mich vermutlich töten. Woher kennst du denn *dieses* Haus? Bist du schon einmal hiergewesen?«

»Einmal ... Wo ist Alvarez?«

»Josh, warum setzt du dich nicht hin, bevor du umfällst?«

»Halt den Mund! ... Wo ist Alvarez?«

»Im Krankenhaus.«

»Alles wäre jetzt wieder in Ordnung ... wenn du mich nur Bricker hättest töten lassen.«

»Man kann nichts in Ordnung bringen, indem man einen Menschen umbringt. Du bist krank, Josh. Sie haben dich vergiftet. Mit Cadmium. Du brauchst Hilfe. Du mußt behandelt werden.«

»Seid ihr beide ein Liebespaar?«

»Josh ...«

»Antworte mir!«

»Nein.«

»Ihr seid es! Ich kann es dir ansehen!«

»Würdest du jetzt bitte diese Waffe weglegen? Wir müssen dich in ein Krankenhaus bringen, Josh.«

Josh rieb sich abermals die Augen, machte stolpernd einen Schritt rückwärts und setzte sich dann, als Abby ihn noch einmal dazu aufforderte, auf den Boden. Die halbautomatische Waffe war selbst ihr zu schwer. Abby legte sie zur Seite, kniete neben ihm nieder, legte ihm einen Arm um die Schultern und stützte ihn. Sie konnte den Alkohol in seinem Atem riechen.

»Hast du schlimme Kopfschmerzen?« fragte sie.

Josh begrub das Gesicht in den Händen und drückte die Finger gegen die Schläfen.

»Ich kann sie nicht mehr ertragen ... Wenn ich Bricker und Gentry getötet hätte ... wäre ich davon befreit ... Warum hast du mich daran gehindert?«

»Ich wollte nicht, daß du tötest. Wo ist der Jeep, Josh?«

»Im Wald ... eine Meile von hier ... hatte keinen Sprit mehr.«

Abby fluchte leise. Hier im Schuppen standen sicherlich ein oder zwei volle Benzinkanister herum, aber sie mußte damit rechnen, daß die Polizei auch nach Joshs Jeep Ausschau hielt. Ob sie nun versuchten, nach San Francisco oder Feather Ridge durchzukommen – am ehesten würde ihnen das noch mit dem Pritschenwagen gelingen. Aber wenn sie keine Wagenschlüssel dafür hatten, mußten sie sich mit Alvarez auseinandersetzen.

Vielleicht sollte es auch so sein, dachte Abby.

Sie blickte auf Josh hinunter und fragte sich, inwieweit sie sich dabei auf ihn verlassen konnte. Mit dem Überraschungseffekt und Alvarez' Gewehr oder Joshs Waffe auf ihrer Seite, würde sie seine Hilfe vielleicht gar nicht brauchen.

Abby fand ein Wäscheseil, das in der Scheune an der Wand hing, und eine Rolle Klebeband auf einem Regal. Sie legte beides neben dem Pritschenwagen auf den Boden. Dann entfernte sie die Plane, schlug mit dem Hammer das Fenster an der Fahrerseite ein und benutzte die Skimaske dazu, die Splitter auf den mit Heu bestreuten Boden hinunterzufegen. Josh saß zusammengesunken an der Scheunenwand. Er schien zu schlafen oder war bewußtlos.

Abby nahm das Schnellfeuergewehr mit dem Zielfernrohr aus dem Gestell über der Heckscheibe, lud das Magazin mit drei Patronen und führte dann eine Patrone in die Kammer ein. Als Kind hatte sie im Sommerlager zuweilen mit einem Kleinkalibergewehr geschossen, in späteren Jahren nur noch bei Jahrmarktsbesuchen. Sie öffnete die Scheunentür und visierte durch das Zielfernrohr den Wetterhahn auf dem Dach des Wohnhauses an. Der Metallkopf des Vogels – eine schwarze Silhouette vor dem etwas helleren Himmel – füllte das Fernrohr gänzlich aus. Das ›O‹ in ihrem Stanford-T-Shirt zu treffen, wäre für einen Scharfschützen überhaupt kein Problem, hatte Captain Gould zu ihr gesagt. Sie konnte das jetzt nachvollziehen. Abby machte einen Schritt von der Tür weg, um Josh vor dem Knall zu schützen. Dann drückte sie den Gewehrkolben fest an die Schulter, legte den Schnittpunkt des Fadenkreuzes auf die Stelle, wo sie das Auge des Hahns vermutete, und bediente den Abzug. Der Rückstoß war wie der Faustschlag eines Schwergewichtsboxers, aber sie war darauf vorbereitet. Die Detonation des Schusses war von einem metallischen Scheppern begleitet. Der Wetterhahn auf dem Dach drehte sich wie ein Kreisel.

Volltreffer.

Abby kehrte in die Scheune zurück. Josh starrte sie kurz mit erschöpften Augen an und sank dann wieder an die Wand zurück. Abby lud eine Patrone nach und legte das Gewehr neben das Wäscheseil. Dann zog sie ihre Brieftasche aus der Regenjacke, fand darin den Zettel mit Ezra Blacks Nummer und drückte die Tasten des Autotelefons. Sie fragte sich, ob Black sich wohl zu dieser späten Stunde selbst melden würde.

»Feather Ridge«, sagte eine kultivierte Stimme.

Abby hatte sogleich das Bild des spindeldürren Butlers vor Augen.

»Hier ist Dr. Abby Dolan. Ich hätte gern Mr. Black gesprochen.«

»Ist es ein Notfall?«

»Ja.«

»Einen Moment bitte.«

Tatsächlich dauerte es fast eine Minute, bevor Black an den Apparat kam. Seiner Stimme war nicht anzumerken, daß er bereits geschlafen hatte. Abby hatte schon bei seinen ersten Worten das Gefühl, daß er über ihr Eindringen in das unterirdische Labor informiert war.

»Haben Sie wieder einmal Ihren akademischen Titel dafür mißbraucht, sich mit meiner Wohnung verbinden zu lassen? Oder werde ich mir eine andere Nummer besorgen müssen?«

»Sie können sie behalten.«

»Darf ich Sie fragen, von wem Sie diese Nummer bekommen haben?«

»Wir haben über wichtigere Dinge zu reden, Mr. Black.«

»Und die wären?«

»Ich stecke in Schwierigkeiten.«

»Das hat man mir erzählt. Ein Mordversuch ist ja auch nicht gerade eine Lappalie.«

»Kelly Franklin und ich standen auf der gleichen Seite. Wir wollten beide die Wahrheit herausfinden. Ich hatte keinen Grund, ihr etwas zuleide zu tun. Es war Lyle Quinn, der versucht hat, sie umzubringen.«

Die momentane Stille, die ihren Worten folgte, sprach Bände. Black wußte nichts davon! Quinn mochte ihm zwar etwas von der Entdeckung des unterirdischen Labors erzählt haben, doch was Kelly betraf, hatte er ihm wohl nur Falsches oder gar nichts berichtet.

»Und wer hat dann versucht, Mr. Quinn umzubringen?« fragte Black.

Diesmal war es Abby, die eine Pause einlegte.

»Ein Mann, der sich bemüht hat, mein Leben zu retten. Sind Sie über Quinns Gesundheitszustand informiert?«

»Sein Assistent erzählte mir, ein Pfeil hätte Quinns Knie zerschmettert. Er muß operiert werden..«

Trotz der schwierigen Situation, in der sie sich befand, mußte Abby lächeln.

»Er hat versucht, Kelly Franklin umzubringen. Und jetzt hetzt er seine Leute auf mich, damit sie mit mir das gleiche anstellen.«

»Haben Sie mich angerufen, um mir das zu sagen?«

»Nein. Ich möchte, daß Sie diesen Captain Gould und all die anderen Leute zurückpfeifen, die im Augenblick hinter mir her sind.«

»Wenn Sie von der Polizei gesucht werden, Dr. Dolan, wäre es meiner Meinung nach am klügsten, sich zu stellen.«

»Das wäre mein Todesurteil. Mr. Black, ich habe nicht den Eindruck, daß Sie zu jener Sorte von Männern gehören, die es dulden würden, daß ihre Angestellten Menschen ermorden.«

»Das würde ich allerdings nicht dulden.«

»Wenn dem so ist, glaube ich nicht, daß Lyle Quinn Ihnen alles erzählt hat. Ich rufe Sie an, weil ich Ihnen einen Handel vorschlagen möchte.«

»Weiter.«

»Sir, ich habe Ihnen gestern erzählt, daß ich glaube, Ihr Sohn wäre bei einem Betriebsunfall in Ihrer Firma mit Cadmium vergiftet worden.«

»Und ich sagte Ihnen gestern, was ich von Ihrer Theorie halte.«

»Sie hatten recht. Ich weiß jetzt, daß das kein Unfall und auch nicht Colstars Verschulden war. Ethan wurde *vorsätzlich* vergiftet, und ich kann Ihnen auch sagen wie, von wem und warum. Mr. Black, Ihr Sohn handelte nicht aus freien Stücken, als er den Farmer zusammenschlug und aus dem Fenster sprang. Niemand kann ihn dafür verantwortlich machen.«

Abby konnte förmlich fühlen, wie Black bei der Erwähnung des Farmers stutze und fieberhaft überlegte, wem sie diese Information verdankte. Er brauchte nicht lange dazu.

»Dr. DeShield wird zu spüren bekommen, was es bedeutet, wenn man mein Vertrauen mißbraucht«, sagte er. »Und ich *werde* diese Nummer ändern lassen.«

»Mr. Black, wir reden über Ihren Sohn und seinen Mörder.«

»Was verlangen Sie denn von mir im Austausch für Ihre Information?«

»Ich möchte, daß meine Verfolger zurückgepfiffen werden. Als nächstes erwarte ich, daß etwas mit diesem Labor in der ehemaligen Patience-Goldmine geschieht. Und außerdem verlange ich, daß Quinn sich für das, was er

Kelly Franklin angetan hat, vor einem Gericht verantworten muß.«

Diesmal währte die Pause ziemlich lange.

»Haben Sie mir noch etwas mitzuteilen?« fragte Black schließlich.

Abby spürte, wie ihre Hoffnungen schwanden. Sie hatte diesen Mann offenbar doch falsch eingeschätzt.

»Nein«, erwiderte sie. »Das war alles.«

»Nun, wenn die Polizei einen ordentlichen Haftbefehl gegen Sie hat, sollten Sie sich besser stellen, bevor Sie verletzt werden. Zweitens: Ich weiß nichts von irgendeinem Labor in einem Bergwerk. Und was Mr. Quinn anlangt, unterscheidet sich seine Situation nicht von der Ihren. Wenn man ihm ein Verbrechen zur Last legt, muß er sich dafür auch verantworten. Soweit ich weiß, liegt im Augenblick jedoch nichts gegen ihn vor. Ich bin zwar Mr. Quinns Arbeitgeber, aber nicht sein Ankläger, Richter oder Henker.«

»Leben Sie wohl, Mr. Black.«

»Wenn das wahr sein sollte, was Sie von meinem Sohn behaupten, dann werde ich das auf diese oder jene Weise ganz bestimmt herausfinden.«

Das war eine kaum verhüllte Drohung. Doch Abbys Frustration und Wut waren so groß, daß sie ihre Angst in den Hintergrund drängte.

»Aber nicht, bevor die Öffentlichkeit die Wahrheit über diesen schmutzigen Handel mit Mark Corman und das unterirdische Labor erfahren hat«, fauchte sie. »Denken Sie über mein Angebot nach. Ich werde möglicherweise später noch einmal zurückrufen.«

»Machen Sie, was Sie wollen, Dr. Dolan.«

Abby knallte den Hörer auf die Konsole. Blacks letzte Worte hatten zwar die Möglichkeit eines erneuten Versuchs offengelassen, aber auf ihre Freunde in San Francisco würde sie gewiß eher zählen können. In diesem Moment hörte sie das Rotorengeräusch eines Hubschraubers über dem Tal und rannte durch die Seitentür aus der Scheune. Ein großer Helikopter kreiste mit eingeschalteten Landelichtern über der Stadt und senkte sich dann auf das Krankenhaus hinunter. Die medizinische Flugbereitschaft! Wenn dieser Helikopter Kelly zu einer Dekompressionskammer befördern sollte, würde es nicht mehr lange dauern, bis Lew nach Hause kam.

Abby ging in die Scheune zurück, kniete sich neben Josh auf den Boden und überzeugte sich davon, daß sein Pulsschlag kräftig genug war. Dann überprüfte sie seine Pupillen. Sie waren fast so klein wie Stecknadelköpfe. Zweifellos hatte er mit dem Alkohol auch starke Schmerzmittel zu sich genommen.

»Josh«, flüsterte Abby, während sie ihn sacht an der Schulter rüttelte. »Josh, wach auf. Ich muß mit dir reden.«

Er bewegte sich und öffnete die Augen.

»Laß mich in Ruhe«, murmelte er.

»Josh, hör zu. Es war Dr. Alvarez, der dir das angetan hat. Er hat dich mit Cadmium vergiftet. Damals, als er dir die Wunde am Schenkel vernähte. Du erinnerst dich doch noch daran, nicht wahr?«

Joshs schlaftrunkene Augen weiteten sich.

»Warum?«

»Er dachte, Colstar wolle einen Betriebsunfall, bei dem Cadmium freigesetzt worden war, durch gefälschte Blutprobenergebnisse vertuschen. Und er fürchtete, daß Colstar damit Erfolg haben könnte, weil es keine besonders auffälligen Krankheitssymptome bei den kontaminierten Personen gab. Deshalb beschloß er, diese Symptome selbst zu schaffen. Er hoffte, daß man die Firma dann anzeigen und zur Einstellung ihres Betriebes zwingen würde.«

Und natürlich, fuhr sie in Gedanken fort, *versicherte er sich dabei auch der Mithilfe einer gewissen Abby Dolan, die ihm vertraute und dafür sorgen würde, daß die Blutproben an die richtige Adresse gelangten und der Kampf gegen Colstar eskalierte.*

Josh rappelte sich mühsam vom Boden auf.

»Wo ist er jetzt?«

»Er wird bald heimkommen. Aber wir werden ihm nichts antun, denn das ist Aufgabe der Justiz. Mit den Beweisen, die ich gegen ihn habe, wird er seiner Strafe nicht entgehen können. Das verspreche ich dir.«

Zum erstenmal hatte Abby das Gefühl, als könnte sie in Joshs Augen einen Hoffnungsschimmer sehen.

»Was kann ich dabei tun?« fragte er.

Abby rief in der Unfallabteilung des Krankenhauses an und erfuhr, daß Dr. Alvarez sich gerade auf dem Hubschrauberlandeplatz befand, um beim Verladen von Kelly Franklin zu helfen, die zu einer Überdruckkammerbehandlung nach Castro Valley gebracht werden sollte.

Abby bestand darauf, daß man Dr. Alvarez unbedingt ans Telefon holen müsse, weil es sich um einen dringenden Fall handele.

»Himmel, hab ich mir deinetwegen Sorgen gemacht«, sagte Lew fast im Flüsterton, nachdem er sie an der Stimme erkannt hatte. »Die Polizei ist schon zweimal hiergewesen und hat nach dir gefragt. Ich glaube, die lauern jetzt noch immer irgendwo in der Nähe. Wo bist du denn jetzt?«

»In einer Telefonzelle bei den ›Five Corners‹.«

»Ich werde dich dort abholen.«

»Nein! Ich habe hier einem Typen erzählt, daß mein Wagen eine Panne hätte, und er wartet jetzt mit seinem Auto vor dem Telefonhäuschen, um mich zu deiner Farm hinaufzubringen. Wir sehen uns dort. Ich werde bei der Scheune auf dich warten.«

»Ich komme in fünf Minuten. Falls du in der Scheune warten solltest, dann laufe dort bitte nicht allzuviel herum. Es gibt mehrere morsche Dielenbretter.«

»Danke für die Warnung«, erwiderte Abby, während sie am Fahrerhaus des Pritschenwagens lehnte.

»Abby, die Prognosen für Kelly sind jetzt wesentlich besser. Ich glaube, daß die Steroide allmählich zu wirken beginnen. Der Hubschrauber der medizinischen Flugbereitschaft hebt gerade wieder ab. Offenbar ist die Dekompressionskammer in Castro Valley schon für ihre Aufnahme vorbereitet.«

»Und wie geht es Quinn?«

»Ist das der Einsiedler Ives gewesen?«

»Was?«

»Der Bogenschütze, der ihm den Pfeil ins Bein geschossen hat. Jedenfalls gleicht dieser Pfeil jenen, die Ives auf seiner Werkbank herzustellen pflegt. Er hat ihm damit die Kniescheibe zerschmettert und möglicherweise auch die Kniekehlenarterie durchtrennt. Der Orthopäde und die Spezialisten für Gefäßkrankheiten sind gerade bei ihm. Durchaus möglich, daß er sein Bein verlieren wird.«

»Ives hat nur getan, was er tun mußte, um mein Leben zu retten. Lew, ich muß jetzt auflegen. Wir treffen uns dann auf deiner Farm.«

»Ich bin froh, daß wir nichts passiert ist, Liebling.«

»Das weiß ich, Lew. Komm schnell nach Hause, damit ich dir erzählen kann, was ich inzwischen alles entdeckt habe.«

42. Kapitel

Fünf Minuten. Abby war wie elektrisiert, von der gleichen hochgespannten Erwartung erfüllt, die sie schon so oft in der Notaufnahme empfunden hatte.

Wir sind unterwegs zu Ihrer Station mit einem Unfallverletzten der Dringlichkeitsstufe eins. Ich wiederhole: Dringlichkeitsstufe eins. Geschätzte Ankunftszeit bei Ihnen: Fünf Minuten …

Organisiere die Mannschaft. Geh schon mal in Gedanken die Behandlungsprotokolle durch. Überlege dir, welche Problem auftreten können und suche jetzt schon die Antworten darauf. Und das wichtigste von allem: Bleib ruhig und zeige Besonnenheit, selbst wenn du das Gefühl hast, auf wackeligen Beinen zu stehen. Bereite dich darauf vor, ein Fels in der Brandung zu sein.

Abby öffnete das vordere große Scheunentor und stellte das Gewehr ein paar Schritte davon entfernt im Schatten zweier Balken ab. Dann kehrte sie zum Pritschenwagen zurück, legte den Plastikbeutel mit ihren Beweisstücken auf den Boden des Fahrerhauses und half Josh auf die Ladefläche hinauf. Er war viel zu schwach, um eine aktive Rolle bei diesem Unternehmen zu spielen. Er konnte ihr höchstens dabei helfen, Alvarez Fesseln anzulegen, wenn sie diesen überwältigt hatte und mit dem Gewehr in Schach hielt.

Als Vorsichtsmaßnahme riß sie ein paar meterlange Stücke Klebeband von der Rolle ab, hängte die Streifen an der Tür des Führerhauses auf und machte einen Schleifknoten in das eine Ende des Wäscheseils. Damit war sie auch auf den Fall vorbereitet, daß sie alles allein machen mußte.

»Gleich ist es vorbei, Josh«, sagte sie und reichte ihm seine Waffe. »Noch ein paar Minuten, und wir können uns auf den Weg in die Stadt machen. Von dort aus fahren wir direkt zum St.-Johns-Krankenhaus, und sobald du in Behandlung bist, wirst du dich gleich viel besser fühlen.«

Josh rappelte sich hoch auf die Beine, hielt seine Waffe mit beiden Händen und richtete sie auf ein imaginäres Ziel in der Dunkelheit.

»Josh«, flüsterte Abby, »halt dich bitte zurück. Ich will ihn nach San Francisco mitnehmen und dort der Polizei übergeben. Misch dich bitte nicht ein … Versprichst du mir das? … Josh, bitte!«

»Versprochen«, murmelte er.

Er rieb sich abermals die Augen und schüttelte den Kopf, als wolle er sich von scharfen Klauen befreien, die sein Gehirn durchbohrten.

Abby sprang von der Ladefläche herunter. Nachdem sie das vordere Scheunentor geöffnet hatte, würde das Scheinwerferlicht eines Wagens, der die Auffahrt heraufkam, den ganzen Innenraum der Scheune ausleuchten. Sie überzeugte sich davon, daß man den Pritschenwagen hinter der Holzwand der Pferdebox nicht sehen konnte.

»Sei jetzt still und rühre dich nicht von der Stelle«, flüsterte sie.

Dann ging sie hinaus ins Freie und lehnte sich neben dem offenen Scheunentor an die Seitenwand. Fünf Minuten verstrichen. Zehn Minuten. Nichts. Sie verließ ihren Posten und lief zurück in die Scheune, um nach Josh zu sehen. Er saß noch immer an das Fahrerhaus gelehnt, aber er schlief jetzt, den Kopf auf eine Schulter gelegt. Seine Waffe ließ er selbst im Schlaf nicht los. *Auch gut*, dachte sie.

Abby blickte auf die Uhr. Allmählich wurde sie nervös. Da stimmte etwas nicht. Sie verließ die Scheune und blickte unverwandt zur Auffahrt hin. So vergingen weitere fünf Minuten. Er wollte in fünf Minuten hiersein, hatte Alvarez gesagt. Jetzt waren schon fünfzehn Minuten daraus geworden.

Abby hatte das Gewehr in der Scheune versteckt, um einen Überraschungserfolg erzielen zu können. Nun beschlich sie das Gefühl, daß sie es zu ihrem Schutz brauchte. Sie drehte sich um und sog geräuschvoll die Luft ein. Alvarez stand keine zwei Meter von ihr entfernt und grinste verschlagen.

»Ich kenne dich zu gut, Abby«, sagte er. »Ich habe dich schon vom ersten Tag unserer Begegnung an in- und auswendig gekannt. Deswegen konnte man dich auch so leicht beherrschen. Ich merkte gleich, daß irgend etwas nicht stimmte, als du mich angeblich von einer Telefonzelle aus angerufen hast. Es gab auch keine Verkehrsgeräusche im Hintergrund. Deshalb beschloß ich für alle Fälle, die alte Holzfällerstraße zu nehmen und mich dann zu Fuß über die Felder der Rückseite meines Hauses zu nähern. Dort stellte ich fest, daß du die Scheibe an der Hintertür eingeschlagen hast.«

»Damit ich dein Telefon benutzen konnte.«

»Wenn ich das nur glauben könnte! Später sah ich dann, daß du auch meinen alten Pritschenwagen abgedeckt hast. Du hast das Autotelefon benutzt, nicht wahr? Ich vermute, du bist zufällig auf den Wagen gestoßen und hast ihn wiedererkannt. Das war der Grund, weshalb du ins Haus eingebrochen bist.«

Statt einer Antwort, holte Abby mit dem rechten Bein aus, um Alvarez einen kräftigen Tritt in die Lenden zu versetzen. Doch bevor dieser sein Ziel erreichte, schoß seine rechte Hand blitzschnell nach unten, packte sie beim Sprunggelenk und drehte ihr das Bein um, daß sie der Länge nach auf den Boden hinschlug.

»Ich hatte mir vorgenommen, den Wagen umspritzen zu lassen,« sagte er. »Denn in absehbarer Zeit wärst du ja bei mir eingezogen. Nun kann ich mir diese Ausgabe wohl ersparen, denke ich.«

»Ich wäre niemals zu dir gezogen.«

»Ich kenne dich besser, Abby. Vor zwei oder drei Wochen, noch bevor dein Freund Wyler ausgezogen ist, habe ich den morgigen Tag im meinem Kalender rot angestrichen. Das ist der Tag, an dem wir ein Liebespaar geworden wären.«

»Fahr zur Hölle.«

Abby zwang sich dazu, ihren Blick nicht von Alvarez' Augen abzuwenden. Das Gewehr war nur ein paar Schritte entfernt, aber er hatte es noch nicht entdeckt. Er schien auch Josh nicht bemerkt zu haben, als er feststellte, daß sein Pritschenwagen abgedeckt worden war. Vielleicht konnte sie ihn dazu bringen, mit ihr zum Haus hinüberzugehen. Auf dem Weg dorthin hätte sie Josh wecken können, indem sie sich auf irgendeine Weise bemerkbar machte.

»Du hast vielen Leuten weh getan«, sagte sie. »Und ein paar von ihnen sind jetzt tot.«

»Du bist also im Haus gewesen. Vermutlich hast du dort Fotos von meinem Dorf gesehen. Es herrscht Krieg. Jeder Krieg fordert Opfer. Ich möchte nur gern wissen, wie du vom Krankenhaus in die Colstar-Fabrik gelangt bist, und was du dort gesehen hast.«

»Die Polizei ist schon zweimal hier oben gewesen. Sie kann jeden Moment wieder auftauchen.«

Alvarez packte sie beim Handgelenk, riß sie auf die Beine und drehte ihr den Arm so weit nach oben, daß Abby vor Schmerz laut aufschrie. Ihre Augen füllten sich mit Tränen.

»Ich habe dich etwas gefragt«, sagte er und trieb sie vor sich in die Scheune hinein.

»Laß mich los!« schrie Abby.

Er lockerte ein wenig seinen Griff, während sie dem Pritschenwagen immer näher kamen.

»Sag es mir!« schnaubte er.

»Du hast dich geirrt«, sagte sie mit lauter Stimme. »Von Anfang an! Es ist nie Cadmium gewesen. Sie haben dort unten ein Labor eingerichtet und benutzen Menschen als Versuchskaninchen für chemische Kampfstoffe und deren Gegenmittel.«

»Sie leiten giftige Gase in den Kernspin-Tomographen?«

»Ja! Und jetzt laß mich endlich los!« wiederholte sie mit noch lauterer Stimme.

Doch Josh schien sie nicht zu hören. Offenbar befand er sich bereits im Koma.

»Hast du irgend etwas aus Gabriellas Zimmer mitgenommen?«

Er drehte Abbys Arm so weit nach oben, daß ihr vor Schmerz Tränen in die Augen schossen.

»Hast du das?«

»Im Wagen«, schluchzte sie.

Alvarez lockerte seinen Griff ein wenig und schob sie weiter auf den Pritschenwagen zu. Noch zwei oder drei Schritte, und es war nicht mehr zu verhindern, daß er Josh auf der Ladefläche entdeckte. Abby konnte jetzt nur noch an die Waffe in Joshs Schoß denken. Was sollte sie tun? Sollte sie versuchen, Josh doch noch zu wecken, oder sollte sie sich von Alvarez losreißen und selbst auf die Ladefläche hinaufspringen?

Sie entschied sich für beides.

»Josh!«

In dem Moment, wo sie seinen Namen rief, befreite sie sich mit einem mächtigen Ruck aus Alvarez' Griff und machte einen Hechtsprung über die Bordwand des Pritschenwagens. Doch sie blieb mit der Hüfte an der Ladeklappe hängen und schlug mit dem Becken so heftig auf der metallenen Oberkante auf, daß sie den Schmerz bis zu den Zehen hinunter spürte.

Die Ladefläche war leer.

Alvarez packte Abby bei den Beinen und zog sie vom Pritschenwagen herunter. Sie fiel auf den Scheunenboden und rollte sich blitzschnell von ihm weg. Alvarez lief hinter ihr her, war aber noch einige Schritte von Abby entfernt, als Josh aus dem Schatten des Fahrerhauses heraustrat.

»Halt!« befahl er.

Joshs Stimme war kraftlos. Alvarez blieb stehen und drehte sich langsam und mit erhobenen Händen zu ihm um. Abby sprang vom Boden auf und bemerkte gleich, daß Josh sich nur auf den Beinen halten konnte, indem er sich mit dem Rücken gegen die Scheunenwand lehnte. Er hatte außerdem große Mühe damit, seine Waffe so hoch zu heben, daß der Lauf auf Alvarez' Brust gerichtet war.

Das eisige Lächeln wich nicht aus seinen Zügen, als Alvarez sich nach links auf die Seitentür der Scheune zubewegte, wobei er stets eine gewisse Distanz zu Josh und Abby beibehielt.

»Sie sehen krank aus, Wyler«, sagte er.

»Bleiben ... Sie ... stehen.«

Joshs Worte waren so leise, daß sie kaum noch vernehmbar waren. Abby blickte ihn an. Die Schmerzen und die Bewußtseinstrübung, die sich in Joshs Augen widerspiegelten, konnten Alvarez unmöglich verborgen geblieben sein. Wenn Alvarez jetzt einen Satz zur Seite machte, konnte er sich durch die Seitentür in Sicherheit bringen, bevor Josh darauf reagieren würde. Aber er tat nichts dergleichen, sondern blieb stehen und betrachtete Josh mit einem amüsierten Lächeln.

»Gib mir die Waffe, Josh«, sagte Abby und machte vorsichtig einen Schritt in seine Richtung.

Er reagierte nicht.

»Josh?«

Der Lauf der Waffe sackte nach unten und war nun auf den Scheunenboden gerichtet. Abby erkannte, daß Josh, obwohl er immer noch aufrecht stand, das Bewußtsein verloren haben mußte. Sie sah, daß Alvarez mit einem kleinen Schritt zur Seitentür Joshs Reaktionsvermögen testete. In diesem Moment drang ein schreckliches Gurgeln aus Joshs Kehle. Sein Kopf ruckte nach hinten, und sein Körper wurde ganz steif. Dann taumelte er nach links und fiel zu Boden, wo er mit zuckenden Gliedern liegenblieb. Dabei entglitt die Waffe seinen Händen und schlitterte unter den Pritschenwagen. Alvarez konnte die Waffe viel schneller erreichen als Abby, weil er sich direkt vor dem Pritschenwagen befand. Deshalb wirbelte Abby herum und lief zum vorderen Ende der Scheune, wo sie das Gewehr versteckt hatte

Sie hatte es gerade mit einer Hand gepackt, als Alvarez unter den Wagen kroch und einen Arm nach der Waffe ausstreckte. Abby ließ sich auf den Boden fallen und richtete das Gewehr auf ihn.

»Laß das sein, Lew!«.

Und um ihrem Befehl Nachdruck zu verleihen, gab sie

einen Schuß ab, der ungefähr zwei Handbreit neben seinem Gesicht eine Furche durch den Scheunenboden zog.

Langsam kroch er rückwärts unter dem Wagen hervor. Abby sah, daß es ihm offenbar gelungen war, die Waffe an sich zu nehmen.

»Wirf sie weg, Lew«, befahl sie. »Auf der Stelle!«

Alvarez, der immer noch auf dem Boden lag, drehte sich zu ihr herum. Er ließ die Waffe zwar nicht fallen, aber sein rechter Arm war angewinkelt, so daß es ihm unmöglich war, die Waffe auf sie zu richten, bevor sie einen Schuß abgeben konnte. Um ihre Entschlossenheit auf die Probe zu stellen, schob er den Arm ein wenig nach vorne.

»Okay, das reicht«, sagte sie.

Das schien ihn nicht zu beeindrucken. Die Mündung der Waffe drehte sich ein Stück weiter in ihre Richtung.

»Genug, habe ich gesagt!« schnaubte Abby. »Du kennst mich doch so gut, wie du behauptest. Was werde ich deiner großartigen Intuition zufolge tun, wenn du jetzt nicht sofort deine Waffe wegwirfst?«

Er betrachtete sie abschätzend.

»Du wirst nicht schießen«, erklärte er schließlich.

»Gut. Es freut mich, daß du so denkst. Und da du dich noch nie in mir getäuscht hast, kann dir ja gar nichts passieren, nicht wahr. Was ist? Worauf wartest du denn noch? *Meine* Intuition sagt mir, daß deine Eigenliebe viel zu groß ist, um zu riskieren, daß diese Welt vielleicht ohne dich auskommen müßte. Mal sehen, wer von uns beiden recht hat.«

Fünfzehn endlose Sekunden vergingen, bis Dr. Luis María Galatín schließlich mit einer kurzen Bewegung aus dem Handgelenk seine Waffe über den rauhen Scheunenboden schob.

»Bleib auf dem Bauch liegen!« befahl Abby mit scharfer Stimme und ging auf Alvarez zu, wobei sie den Lauf des Gewehrs auf seinen Hinterkopf richtete.

»Wie willst du mich denn fesseln, wenn du das Gewehr nicht aus der Hand legst?«

»Leg die Hände auf den Rücken, Lew!«

»Und wenn ich das nicht tue?«

»Dann werde ich dir eine Kugel verpassen. Vielleicht in die Beine, vielleicht aber auch in deine kostbarste Stelle. Nun? Was meinst du? *Werde ich, oder werde ich nicht?*«

Da schob Alvarez langsam die Arme zur Seite und legte sie auf den Rücken. Abby ließ die vorbereitete Schlinge der Wäscheleine über seine Hände gleiten und zog sie dann zusammen. Als nächstes wickelte sie das Seil um seine Handgelenke und legte es dann als Schlinge um seinen Hals. Erst jetzt wagte sie, das Gewehr in ihre Armbeuge zu legen und nach den vorbereiteten Klebebändern zu greifen.

Abby verwendete knapp zwanzig Minuten darauf, ihn mit Hilfe der Wäscheleine und Klebebandrolle zu verschnüren. Erst dann war sie sicher, daß sie das Gewehr weglegen und sich um Josh kümmern konnte.

Er befand sich in dem Zustand, den Abby schon unzählige Male bei Patienten nach einem epileptischen Anfall beobachtet hatte. Josh war zwar bei Bewußtsein, aber benommen, und er stöhnte bei jedem Atemzug leise. Er hatte sich im Verlauf des Anfalls auf die Zunge und auf die Innenseite seiner Wangen gebissen. Nun liefen ihm blutige Speichelfäden aus den Mundwinkeln. Abby dachte einen Moment daran, ihn hierzulassen und später, wenn sie das Tal verlassen hatte, die Unfallstation zu alarmieren, damit sie einen Rettungswagen zu ihm schickten. Aber da nur Josh alle Abkürzungen und Schleichwege hier kannte, würde sie ohne seine Hilfe niemals aus diesem Tal herauskommen.

Sie prüfte seinen Puls, der kräftig war, und seine Pupillen, die nicht mehr ganz so klein waren wie Stecknadelköpfe. Der Anfall war vermutlich auf seine Cadmiumvergiftung zurückzuführen, obwohl auch der Alkohol daran schuld gewesen sein konnte. Jedenfalls hatten die Schmerzmittel, die er offenbar vorher eingenommen hatte, die Wirkung des Anfalls gemildert. Um die Cadmium-Ablagerungen in seinem Körper zu entfernen, mußte sie ihn nach San Francisco bringen, denn nur dort gab es die entsprechenden Experten für eine solche Behandlung. Die Fahrt bis dahin konnte jedoch katastrophale Auswirkungen auf seinen Zustand haben. Aber Abby wußte, daß sie dieses Risiko eingehen mußte. Sie legte einen Arm um seine Schultern und richtete ihn in eine sitzende Stellung auf. Sein Kopf wackelte zuerst kraftlos hin und her, aber nach ein paar Sekunden schien er langsam wieder die Kontrolle zurückzugewinnen.

»Kannst du mich hören, Josh?«

Ein schwaches Nicken.

»Du hattest einen Anfall, der wahrscheinlich von dem Gift ausgelöst wurde, das in deinem Körper steckt. Wir müssen dich in das St.-Johns-Krankenhaus bringen. Verstehst du mich?«

Wieder ein Nicken.

Abby half ihm auf die Beine und schnallte ihn auf dem Beifahrersitz des Pritschwagens an. Sie fand den Zündschlüssel für das Fahrzeug in einer von Lews Jackentaschen. Als nächstes zog sie an der Wäscheleine. Alvarez' Arme wurden dadurch so weit nach hinten gebogen, daß er aufstehen mußte. Sie befahl ihm, sich zur Rückseite des Pritschenwagens zu begeben, doch er weigerte sich, ihrer Aufforderung nachzukommen. Abby nahm Joshs Waffe und hielt die Mündung an einen von Lews Daumen.

»Ich habe keine Zeit für solche Mätzchen«, sagte sie. »Wenn ich dir den Daumen weggeschossen habe, gebe ich dir als Arzt die Garantie, daß er nicht mehr nachwachsen wird. Was sagt deine kostbare Intuition dazu? Werde ich abdrücken?«

Ohne ein Wort zu erwidern, hüpfte Alvarez bis zur Ladefläche und schob sich schwerfällig auf diese hinauf. Abby suchte in der Scheune nach einem zweiten Seil. Dann wickelte sie Alvarez in die Plane ein, mit der der Pritschenwagen zugedeckt gewesen war, legte das Seil darum und zurrte ihn auf der Ladefläche fest.

»Hör auf damit, Abby«, sagte er. »So bekomme ich nicht genügend Luft und werde unter der Plane ersticken.«

»Das werden wir ja sehen«, erwiderte Abby, verriegelte die hintere Ladeklappe und ging zum Fahrerhaus.

Der Motor sprang schon bei der ersten Drehung des Zündschlüssels an.

»Josh, ich muß das Tal verlassen, ohne eine der Überlandstraßen zu benutzen. Kennst du eine andere Route?«

»Ja … Mein Kopf … Er bringt mich noch um.«

Er holte ein Tablettenröhrchen aus der Tasche, konnte es aber nicht öffnen. Abby half ihm zwei Tabletten auf seine Handfläche zu schütteln, die er ohne Wasser hinunterschluckte.

»In welche Richtung?« fragte sie.

»Nach Südwesten … auf das Haus zu.«

Die Straße, auf die Josh sie dirigierte, was steil und mit Schlaglöchern übersät. Nachdem Abby eine Meile weit gefahren war, fiel Josh wieder in einen halb bewußtlosen Zustand und hüpfte bei jedem Stoß, den der Wagen bekam. Immer wieder schlug er dabei mit dem Kopf gegen die Windschutzscheibe, so daß Abby schließlich versuchte, den Wagen mit einer Hand zu lenken und mit der anderen Josh in den Sitz zu drücken. Einmal hielt sie sogar an, um nachzusehen, was das Bündel hinten auf der Ladefläche machte. Lew war außer sich vor Wut, aber unverletzt.

Die unbefestigte Straße hatte weder Gabelungen noch Abzweigungen, so daß Abby keinen Grund sah, Josh aus seinem Halbschlaf zu wecken. Eine Dreiviertelstunde fuhr sie durch den regennassen Wald. Als es dann ziemlich steil bergab ging und sie von den Löchern in der Fahrbahn gründlich durchgerüttelt wurde, sah sie plötzlich Scheinwerfer, die vor ihr vorbeihuschten. Abby verringerte sofort die Geschwindigkeit und löschte alle Lichter. Der Highway, auf den sie sich nun im Schneckentempo zubewegte, war die zweispurige Straße durch die Berge, die sie erst für ihre Fahrt nach San Francisco und dann für die nach Feather Ridge benutzt hatte.

»Josh!« rief sie aufgeregt, »wir haben es geschafft!«

Er gab keine Antwort. Sein Atem war unregelmäßig und unnatürlich laut.

»Josh?«

Sie rüttelte ihn an der Schulter, aber er reagierte nicht darauf. Sie drehte sein Gesicht in ihre Richtung und sah das Zucken seiner Lippen und Wangenmuskeln. Er hatte wieder einen Anfall.

»Verdammt«, fluchte sie leise.

Wenn sie nach rechts abbog, würde sie in frühestens vier Stunden in San Francisco ankommen. Wenn sie nach links abbog, konnte sie in spätestens einer halben Stunde wieder in Patience sein, ein Nest voller Giftschlangen, in dem sie keinen einzigen Verbündeten hatte. Abby biß sich auf die Unterlippe und blickte noch einmal auf Josh hinunter. Dann holte sie tief Luft, schaltete die Scheinwerfer wieder ein und lenkte den Wagen auf die rechte Fahrbahn, auf der sie weiter nach Süden fuhr. Josh saß zusammengesunken neben ihr. Sein Anfall war vorüber, aber er hatte das Bewußtsein nicht wiedererlangt. Bis zur Abzweigung nach Feather Falls waren es nur noch acht Kilometer. Ezra hatte seinen eigenen Helikopter. Mit diesem konnte Josh in ungefähr einer Dreiviertelstunde auf dem Dach des St.-Johns-Hospitals in San Francisco landen. Es war zumindest einen Versuch wert.

Abby wollte gerade den Hörer des Autotelefons von der Mittelkonsole nehmen, als ein grelles blaues Licht durch das Fahrerhaus huschte. Ihr Herz setzte einen Takt lang aus. Der Streifenwagen befand sich ein paar Autolängen hinter ihr und kam langsam näher, während der uniformierte Fahrer darauf wartete, daß sie am Straßenrand anhielt. Feather Falls lag unmittelbar vor ihr. Wenn sie jetzt der Aufforderung des Polizisten Folge leistete, konnte das bedeuten, daß man sie nach Patience zurückbrachte, wo ein ungewisses, aber zweifellos sehr unangenehmes Schicksal sie erwartete. Ganz bestimmt bedeutete es eine Verschlimmerung von Joshs Zustand, weil dadurch sein Transport in ein Krankenhaus verzögert wurde. Und da gegen Lew Alvarez kein Haftbefehl vorlag, war es durchaus möglich, daß Galatín die Polizisten dazu überreden konnte, ihn freizulassen und der gegen Abby Dolan erhobenen Anschuldigung noch die der Freiheitsberaubung hinzuzufügen. Es waren höchstens noch zehn Kilometer bis Feather Ridge.

»Halt dich gut fest«, sagte sie, als würde Josh sie hören können.

Dann drückte sie das Gaspedal bis zum Boden hinunter und spürte, wie der Pritschenwagen mit einer erstaunlichen Kraftentfaltung darauf reagierte. Im gleichen Moment gesellte sich zu dem rotierenden Blaulicht noch das Jaulen einer Sirene. Abby behielt den rechten Fuß flach auf dem Wagenboden. Der Streifenwagen versuchte auf gleicher Höhe zu bleiben, doch auf dieser schmalen Straße war es nicht schwer, ein solches Manöver zu vereiteln. Glücklicherweise herrschte um diese Zeit so gut wie kein Verkehr. Abby schoß über einen Hügelkamm und hinterließ einen Funkenregen, als der Wagen wieder aufsetzte. Vor ihr lag jetzt die Hauptstraße von Feather Falls. Der Tacho zeigte über hundert, und der Wind, der wie ein Sturm durch das zerschlagene Seitenfenster brauste, peitschte ihr die Haare ins Gesicht. Josh hüpfte wie eine am Gummiband befestigte Puppe auf und nieder. Der Streifenwagen versuchte erneut, sich neben den Pritschenwagen zu schieben, doch Abby drängte ihn abermals ab.

Dann sah sie plötzlich einen zweiten Streifenwagen mit kreiselndem Blaulicht, der mitten auf der Straße und quer zur Fahrtrichtung stand. Rechts davon war noch genügend Platz für den Pritschenwagen, falls die Bank und das Halteschild, die sich dort befanden, keinen nennenswerten Widerstand darstellten. Hundertzehn Stundenkilometer. Hundertzwanzig. Abby sah, daß der Polizist, der sie neben seinem Einsatzwagen erwartete, allmählich begriff, daß sie das Gas nicht wegnehmen würde, und einen Hechtsprung nach links machte. Im letzten Moment lenkte sie den Kleinlaster nach rechts auf den Bürgersteig. Ihr Kopf flog nach vorn, als der vor dem Kühler montierte Stahlpflug die Holzbank von ihren Betonfüßen trennte. Das Stopschild dahinter leistete keinen Widerstand.

Sekunden später war sie aus der Stadt heraus und raste durch das Hügelland auf Feather Ridge zu. Die beiden Streifenwagen hinter ihr holten wieder auf. Aber Abby wußte, daß ihre Verfolger es jetzt nicht mehr ganz so eilig haben würden. Sie saß in der Falle, denn vor ihr befand sich das massive Gittertor von Feather Ridge. Ihr Verfolger konnten natürlich nicht wissen, daß sie keineswegs die Absicht hatte, dort anzuhalten.

Offensichtlich hatte die Polizei das Wachhaus am Tor bereits von ihrem Kommen verständigt. Als Abby sich dem Gittertor näherte, gingen dort die Scheinwerfer einer dunklen Limousine an, und ein Wachmann tauchte mit einer Waffe in der Hand am Straßenrand auf. Abby zielte mit dem Kühler und dem daran befestigten Stahlgerüst auf die Mitte des Tores, nahm das Lenkrad fest in beide Hände und tauchte unter das Armaturenbrett. Eine Kugel schwirrte über sie hinweg und schlug im Dach des Fahrerhauses ein. Dann mußte eine zweite Kugel den linken Vorderreifen getroffen haben. Er explodierte mit dem Geräusch einer platzenden Kesselpauke und riß ihr das Lenkrad genau in dem Augenblick aus der Hand, als der Wagen das Tor rammte. Abby stieß mit der Stirn gegen die Lenksäule und war einen Moment lang wir gelähmt von der Wucht des Aufpralls. Blut strömte ihr in die Augen. Aber der Kleinlaster sprengte das Tor und nahm Kurs auf den Obstgarten.

Abby drückte das Gaspedal bis zum Wagenboden durch, während sie darum kämpfte, die Kontrolle über das

Lenkrad zurückzugewinnen. Der Pritschenwagen pflügte ein paar Bäume um, bevor er einen Schwenk nach rechts machte und auf die Fahrbahn zurückfand. Der Gestank von verbranntem Gummi erfüllte das Fahrerhaus. Abby mußte ihre ganze Kraft aufbieten, um das Lenkrad nach rechts drehen zu können, damit der Wagen in der Spur blieb. Das Blut, das ihr aus einer Stirnwunde in die Augen lief, machte sie fast blind. Die beiden Streifenwagen und die dunkle Limousine fuhren auf gleicher Höhe neben ihr her. Aber vor ihr lagen schon die Gebäude von Feather Ridge, die sich auf dem gegenüberliegenden Berghang ausbreiteten.

Mit drei intakten Reifen hüpfte Abby den letzten Abhang vor dem Ziel hinunter. Vor dem Haus hatte bereits ein halbes Dutzend Wächter Aufstellung genommen. Mit einem letzten, stillen Gebet stieg Abby auf die Bremse. Es folgte ein ohrenbetäubendes Quietschen, als der Kleinlaster sich auf dem Hang quer stellte, einmal um seine Längsachse gedreht wurde, sich aufbäumte, auf zwei Rädern weiterfuhr und schließlich krachend auf allen vieren auf dem Boden landete. Sofort wurden die beiden Türen des Fahrerhauses aufgerissen. Grobe Hände zerrten sie und Josh heraus und warfen sie auf die Erde. Im nächsten Moment waren sie von einem Dutzend Männer umgeben, die ihre Waffen auf Abby richteten und ihr Gesicht mit Taschenlampen anstrahlten. Einer der Wachleute trat ihr mit dem Stiefel ins Kreuz, packte sie dann vorn am Sweatshirt und zog sie in eine sitzende Lage hoch.

Abby blinzelte und versuchte, den Mann schärfer ins Blickfeld zu bekommen, was ihr jedoch bei dem Licht, das sie blendete, und dem Blut, das ihr in die Augen lief, nicht gelang. Plötzlich ließ der Wachmann sie wieder los und trat zur Seite. Sie wischte sich mit dem Ärmel über die Augen und sah einen Mann auf sie zutreten, der ihr ein Taschentuch gab. Sie band es sich um den Kopf, nachdem sie die Wunde auf der Stirn abgetastet und für harmlos befunden hatte.

»Ihr Wunsch, mich zu sehen, muß wirklich sehr groß gewesen sein«, sagte Ezra Black.

Abby wehrte die Männer ab, die ihr vom Boden aufhelfen wollten, und eilte zu der Stelle, wo Josh lag. Er wimmerte leise, war aber noch immer bewußtlos. Abby überprüfte rasch seine Vitalzeichen. Sie schienen kräftig zu sein, und sie konnte auch keine anderen Hinweise darauf finden, daß er bei dieser Höllenfahrt irgendeine innere Verletzung davongetragen hatte.

Anschließend holte sie das Plastiksäckchen mit den Beweisstücken aus dem Fahrerhaus und gab Black ein Zeichen, daß sie mit ihm unter vier Augen sprechen wollte. Seine Leibwächter waren gerade dabei, ihre Ladung zu untersuchen.

Es war durchaus möglich, daß nach den schrecklichen Stößen, die Galatín bei dieser mörderischen Verfolgungsjagd hatte einstecken müssen, sich nur noch eine Leiche in der Plane befinden würde. Aber nach einigen Sekunden konnte Abby sein Stöhnen vernehmen.

»Der Mann, der dort drüben auf dem Boden liegt, muß so rasch wie möglich nach San Francisco in das St.-Johns-Hospital gebracht werden«, sagte sie. »Könnte Ihr Helikopter das übernehmen?«

»Was fehlt ihm denn?«

»Er ist mit Cadmium vergiftet worden, wie Ihr Sohn. Wenn man ihm nicht bald hilft, wird er sterben.«

Sie griff in den Plastikbeutel und holte die Schachtel heraus, in dem sich die mit Cadmium gefüllten Reagenzgläser und die Artikel über das Sprengstoffattentat auf die Colstar-Raffinerie befanden. Black studierte beides. Es war ihm deutlich anzusehen, daß Luis María Galatín für ihn kein Unbekannter war.

»Galatín ist für alles verantwortlich?«

»Ja.«

»Und wo befindet sich der Mann jetzt?«

Abby deutete zum Pritschenwagen hin, wo Galatín jetzt

auf der Ladefläche saß und laut über Schmerzen in seinem rechten Arm jammerte.

»Ist das alles, was Sie von mir verlangen? Ein Flug nach San Francisco?«

»Nein. Ich möchte, daß das Labor im Colstar-Felsen für immer geschlossen wird.«

Black blickte sie ein paar Sekunden lang an.

»Kann ich mit Ihrer absoluten Diskretion rechnen, wenn ich Ihrer Bitte entspreche?«

»Ich gebe Ihnen mein Wort darauf.«

Abby zog die Liste mit den Cadmiumopfern aus dem Plastikbeutel und faltete sie auseinander.

»Josh Wyler ist der Mann, der dort drüben bewußtlos auf dem Boden liegt. Der nächste auf der Liste ist Willie Cadoza – der Mann, der Peggy Wheaton überfahren hat. Der dritte Name auf der Liste ist der Ihres Sohnes Ethan, wie Sie sehen können. Galatín hat in der Unfallabteilung des Kreiskrankenhauses von Patience unter dem Namen Alvarez gearbeitet. Alle Leute, die hier auf seiner Liste stehen, sind bei Colstar beschäftigt gewesen. Er hat ihnen Cadmium verabreicht, wenn sie mit einer kleinen Fleischwunde oder anderen harmlosen Verletzungen zu ihm in die Notaufnahme kamen. Er hatte keine Ahnung davon, daß intravenös verabreichtes Cadmium sich an einer Stelle im Gehirn ablagert, wo es Wahnvorstellungen erzeugt, die Ihren Sohn in den Tod trieben. Aber das war ihm auch egal. Er wollte Colstar ruinieren, und dafür war ihm jedes Mittel recht.«

»Ich verstehe ... Sie wollen einen Handel mit mir abschließen?«

Abby warf einen Blick auf den Kleinlaster.

»Ich möchte, daß die besten Anwälte, die man für Geld kaufen kann, Willie Cardoza und Josh vor Gericht verteidigen. Und ich verlange, daß etwas mit Quinn passiert.«

Black musterte sie mit einem bewundernden Blick. »Sie sind eine verdammt harte Nuß.«

»Das bin ich erst in den letzten Wochen geworden«, erwiderte sie.

»Einverstanden. Ich gebe Ihnen mein Wort, daß Quinn in Patience erledigt ist. Ich habe auch gehört, daß man sein Bein nicht mehr retten kann.«

»Das tut mir nicht leid. Weiterhin möchte ich, daß Kelly Franklin die beste medizinische Versorgung und entsprechende Rehabilitation bekommt. Falls sie diesen Mordanschlag nicht überleben sollte, werde ich mich noch einmal mit Ihnen in Verbindung setzen, um die Versorgung ihrer beiden Töchter durch Colstar zu regeln.«

»Ist das alles?«

»Ja.«

»Sind Sie sich dessen auch sicher?«

Abby dachte einen Moment nach.

»Ja.«

»Gottlob ... He, Nick!« rief er einem der Männer zu, die beim Kleinlaster standen. »Mach dich für einen Flug bereit! Diese Lady und ihr Freund müssen nach San Francisco in ein Krankenhaus.«

Abby deutete mit dem Kopf zum Pritschenwagen hin. »Und was wird aus ihm?«

»Ich kann mich nicht daran erinnern, daß es zu unserer Vereinbarung gehört, Ihnen darüber eine Auskunft zu geben.«

Abby zögerte und sagte dann: »Nein. Es gehört nicht dazu.«

»Sie können aber davon ausgehen, daß es nicht meine Absicht ist, Galatín zu töten, wenngleich er sich vielleicht schon bald wünschen mag, daß ich das getan hätte. Ich habe ein paar gute Freunde und Geschäftspartner in der Regierung von Paraguay, und ich weiß, daß sie sich sehr über die Heimkehr dieses ... dieses Abschaums freuen werden.«

Abby begegnete einen Moment lang dem Blick des Milliardärs und nickte. Dann drehte sie sich um und folgte den

Männern, die Josh zum Hubschrauber-Landeplatz trugen. Ein paar Minuten später waren sie in der Luft. Abby hatte sich auf einer sofaähnlichen Sitzbank im hinteren Teil der eleganten Kabine niedergelassen. Josh lag neben ihr und hatte den Kopf in ihren Schoß gebettet. Er hatte nur kurz das Bewußtsein wiedererlangt, aber doch lange genug, um ein Lächeln zustande zu bringen.

Der Hubschrauber gewann mit einer anmutigen Schleife über Ezra Blacks Landsitz an Höhe und nahm dann Kurs auf Südwesten. Abby blickte aus dem Kabinenfenster, in dem sich ein recht mitgenommen und erschöpft aussehendes Gesicht spiegelte, das nur eine sehr entfernte Ähnlichkeit mit ihr zu haben schien. Sie hob die Hand und schaltete die Lichter in der Kabine aus. Hoch oben im Norden, fast verloren in der Finsternis der Landschaft und des Himmels, konnte sie gerade noch einen kleinen roten Fleck ausmachen, ehe auch dieser erlosch.

Epilog

Fünftausend Kilometer weiter, kurz hinter der Grenze zwischen Tennessee und North Carolina, lag Lally Dorsett auf einer Trage und sah die fluoreszierenden Lichter an der Korridordecke über sich vorbeihuschen. Sie wohnte nun schon seit fünfundvierzig Jahren in Gilbert, einer kleinen Kreisstadt am Rand der Blue Ridge Montains, und war noch keinen Tag krank gewesen. Aber jetzt, nur wegen dieses kleinen Schwindelanfalls, befand sie sich in diesem vermaledeiten Krankenhaus. In diesen fünfundvierzig Jahren war sogar Gilbert die meiste Zeit hindurch recht gut ohne ein Krankenhaus ausgekommen, doch momentan schienen die Ärzte wie Pilze aus dem Boden zu schießen.

Vor gar nicht langer Zeit hätte sie sich über ihre Schwindelanfälle nicht den Kopf zerbrochen und darauf gewartet, daß sie von allein weggingen. Und das hätten sie mit der Zeit auch ganz bestimmt getan, denn solche Probleme waren in der Regel nur von kurzer Dauer. Aber ihre Kinder hatten auf einer Untersuchung bestanden, und außerdem gab es ja dieses schöne neue Krankenhaus. Deshalb stand ihr jetzt eine Untersuchung bevor, die selbst ihr Hausarzt nicht genau erklären konnte. Es handelte sich um einen MCT-Test, hatte er gesagt. Nun, das war das letzte Mal, daß sie sich so etwas widerstandslos gefallen lassen würde. Ihre Kinder meinten es zwar gut mit ihr, konnten sich aber auch nicht erklären, wieso mit der wachsenden Anzahl von Ärzten, die sich in Gilbert niederließen, auch die Zahl der Kranken in der Stadt anzusteigen schien.

Ihre Trage wurde nun in einen Raum geschoben, der genauso aussah, wie man ihn ihr beschrieben hatte – hell erleuchtet und mit einem Apparat in der Mitte, der einem riesigen Raumschiff glich. Sie ließ sich von der jungen technischen Assistentin zu dem Gerät führen und legte sich auf den Schlitten, der am vorderen Ende aus dem Tomographen herausragte. Auf die Empfehlung ihres Arztes hin nahm sie dankend eine schwarze Augenbinde und einen Kopfhörer entgegen, die ihr das Mädchen reichte, und ließ sich dann in die Röhre hineinschieben, die sich im Zentrum dieses Apparats befand.

»Sind Sie soweit, daß wir anfangen können?« hörte sie die Stimme des Mädchens im Kopfhörer.

»Jederzeit«, erwiderte Lally.

Musik erklang aus dem Kopfhörer. Lally schloß die Augen hinter ihrer Maske. Man hatte ihr etwas von Magnetspulen erzählt, die sich in diesem Kasten befanden und beim Einschalten Lärm machen würden, aber tatsächlich schepperten diese Dinger so laut, daß die Musik kaum dagegen ankam. Dann begann irgendwo über ihrem Kopf ein Ventilator zu summen. Die Luft in der Röhre roch plötzlich wie Honig und wurde seltsam schwer. Davon hatte ihr der Arzt aber nichts erzählt! Sie überlegte, ob sie das der jungen Assistentin über ihr Kehlkopfmikrofon mitteilen sollte.

Ach, zum Teufel damit, dachte Lally und versuchte sich wieder zu entspannen. *Sieh lieber zu, daß du es möglichst rasch hinter dich bringst …*

Während einer Besprechung erfährt die Wirtschaftsanwältin Sidney Archer, daß ihr Mann bei einem Flugzeugabsturz ums Leben gekommen sein soll. An Bord der Maschine waren der Präsident des amerikanischen Zentralbankrates – und anscheinend auch Sidneys Mann Jason, ein aufstrebender Computer-Experte. Noch während Sidney versucht, das Unfaßbare zu verarbeiten, teilt ihr Jasons Chef seinen Verdacht mit, ihr Mann habe sich mit firmeninternen Informationen zur Konkurrenz abgesetzt. Sidney will die Wahrheit wissen – und findet Unterstützung bei Lee Sawyer, einem FBI-Agenten, der den Flugzeugabsturz untersucht. War die Ursache des Unglücks Sabotage? Und wenn ja, wer sollte das Opfer sein: der Bankenchef – oder Jason, dessen Leben ein einziges Geheimnis zu sein scheint ...

ISBN 3-404-12976-8

BASTEI
LÜBBE